Unicorn

独角兽书系

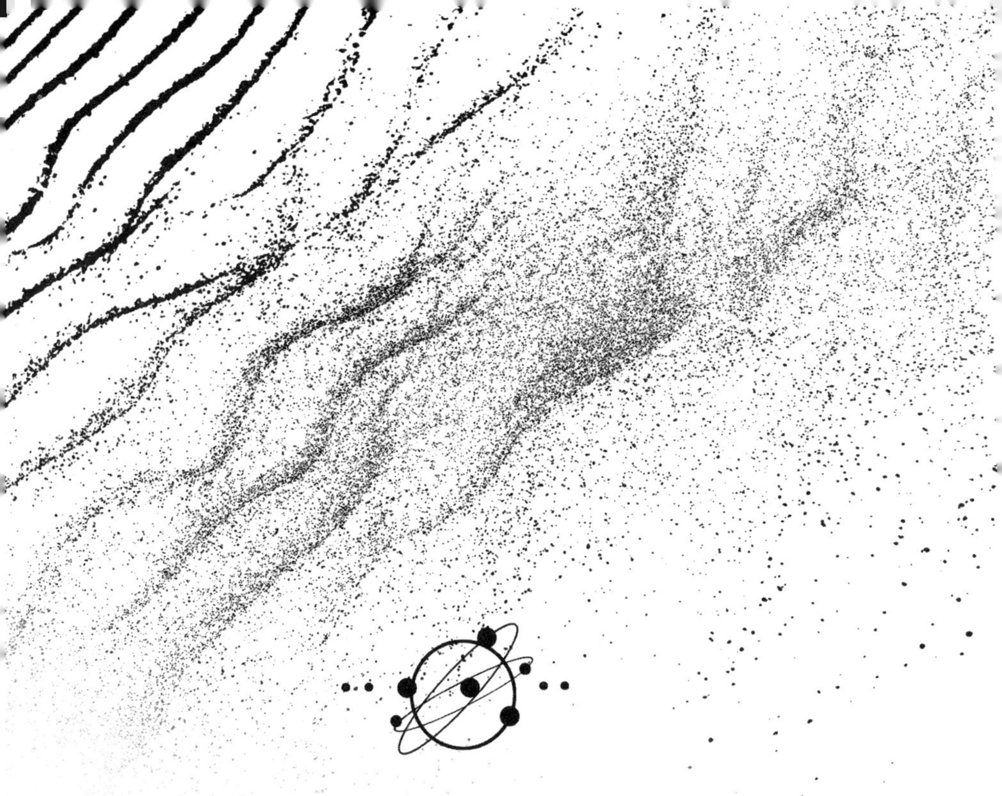

沙丘序曲

DUNE:

House Harkonen

哈克南家族

布莱恩·赫伯特　凯文·J.安德森　著
王梓涵　译

重庆出版集团　重庆出版社

版贸核渝字(2020)第033号

图书在版编目(CIP)数据

沙丘序曲:哈克南家族/(美)布莱恩·赫伯特,(美)凯文·J.安德森著;王梓涵译.—重庆:重庆出版社,2021.10
书名原文:Dune:House Harkonnen
ISBN 978-7-229-15843-9

Ⅰ.①沙… Ⅱ.①布… ②凯… ③王… Ⅲ.①长篇小说—美国—现代 Ⅳ.①I712.45

中国版本图书馆CIP数据核字(2021)第119995号

沙丘序曲:哈克南家族
SHAQIU XUQU:HAKENAN JIAZU
[美]布莱恩·赫伯特　凯文·J.安德森　著　王梓涵　译

特约统筹:丁　济
责任编辑:邹　禾　唐　凌　王靓婷
装帧设计:谢颖设计工作室
责任校对:郑　葱

重庆出版集团
重庆出版社　出版

重庆市南岸区南滨路162号1幢　邮政编码:400061　http://www.cqph.com
重庆出版社艺术设计有限公司 制版
重庆豪森印务有限公司 印刷
重庆出版社有限责任公司 发行
邮购电话:023-61520656

开本:890mm×1230mm　1/32　印张:22.75　字数:606千
2021年10月第1版　2025年8月第2次印刷
ISBN　978-7-229-15843-9
定价:116.80元

如有印装质量问题,请向重庆出版社有限责任公司调换:023-61520678

感谢我们共同的朋友埃德·克莱默，

没有他，这个计划就不会实现。

是他点燃了让我们走到一起的火花。

探索是危险的……但生活也是如此。一个不愿冒险的人注定永远不会学习，永远不会成长，永远不会生活。

——行星学家帕多特·凯恩斯，《厄拉科斯入门》，写给他的儿子列特

当沙尘暴从南方呼啸而来时，帕多特·凯恩斯最先想到的是它的气象读数，而不是先找个安全的地方躲起来。他的儿子列特——今年虽然只有十二岁，但成长于严酷的沙漠环境之中——正对他们在废弃的植物试验站里找到的古老气象舱进行着评估。他对这台机器是否还能运转起来没什么信心。

列特把头转向了沙丘的另一边，望着远处冲他们袭来的沙尘暴。“旷野中的恶魔之风。胡拉斯卡利·瓦喇。”然后他近乎本能地检查了一下自己的蒸馏服。

“是科里奥利风暴[①]，”凯恩斯纠正道，他用的是一个科学术语，而不是他儿子选择的弗雷曼土话，“穿越开阔平原的风被星球的革命性运动放大。使得阵风时速达到了七百公里。”

在父亲说话的时候，年轻人忙着把蛋形的气象舱封好，同时检查

①科里奥利风暴是厄拉科斯上十分常见的沙暴，风在平坦的陆地上起势，与星球本身的自转力叠加，风速可达每小时七百公里。

了通风孔的闭合、沉重的舱门入口以及储存的应急物资等情况。他无视着他们带来的信号发生器和遇险信号灯，因为沙尘暴带来的静电会把所有的传输信号都撕裂成电磁碎片。

在一个娇生惯养的社会里，列特会被视为小男孩，但艰苦的弗雷曼社会给了他一个无比短促的成长期，即使岁数比他大两倍的人也很难达到他现在的成就。他比他父亲更有能力处理紧急情况。

老凯恩斯搔了搔他那沙灰色的胡子。“像这么猛烈的风暴可以跨越四个纬度。”说着他点亮了分离舱里分析设备那昏暗的屏幕，“它把微粒带到两千米的高空，并让它们悬挂在大气层中，所以在风暴过后很长一段时间里，灰尘仍会持续从空中落下。”

列特最后一次拽了拽舱口锁，确保它能抵御住沙暴，然后说道：“弗雷曼人把那叫做艾尔－萨耶尔，也就是‘沙雨’。”

“有朝一日，等你想成为一名行星学家了，你就得学会使用更专业的词语，”帕多特·凯恩斯用专家的口吻说道，“我还会偶尔发报告给皇帝，虽然不像我应该做的那样频繁吧。而且我怀疑他到底有没有读过我的报告。”说着他敲了敲某个设备。“啊，数据显示大气锋面已经很接近我们了。”

列特打开舷窗盖，迎面而来的是一堵静止的白褐色大墙：“一个行星学家除了会用科学语言外，还得学会用他的眼睛。看看窗外吧，父亲。”

凯恩斯冲他儿子咧嘴一笑：“是时候升高气象舱了。”他操纵着长期处于休眠状态的控制系统，成功地让双排悬挂式发动机运转了起来。吊舱对抗着重力颠簸着离开了地面。

风暴张着大嘴向他们袭来，列特关上了盖板，希望这台古老的气象设施能撑得住。他在某种范围内相信他父亲的直觉，但不相信他的实际动手能力。

蛋形的气象舱在浮空器的作用下平稳地升到半空，受到了前导微风的冲击。“啊，来了，”凯恩斯说，“现在我们开始工作吧——”

风暴像一根大棒似的击中了他们，把他们抛进了漩涡。

几天前，在一次深入沙漠的旅行中，帕多特·凯恩斯和他的儿子发现了一个熟悉的标志，显示这里有一个数千年前废弃的植物试验站。弗雷曼人已经彻底搜查了大部分的前哨研究站，为的是搜寻有价值的物品，但这个位于岩层深处的孤立研究站一直没被人发现，直到凯恩斯发现了它。

他和列特打开了那扇布满灰尘的舱门，像准备进入地下墓穴的食尸鬼一样朝里面窥探着。他们被迫在炎炎烈日下等待着。让大气交换清除掉里面污浊得要命的空气。帕多特·凯恩斯在松软的沙地上踱步，随后屏住呼吸，把头探进黑暗之中，等着进去好好探究一番。

这些植物试验站建于旧帝国的黄金时代。在那个时候，凯恩斯记得，这个沙漠星球还没什么特别的，没有值得注意的资源，也就没有理由殖民。而当那些禅逊尼流浪者①在历经了几代人的奴役后来到这里时，他们希望建立一个自由的世界。

但那是在发现香料美琅脂之前的事情了，这种珍贵的物质在宇宙的其他地方都找不到。所以一切都变了。

凯恩斯不再把这个世界称为厄拉科斯，也就是它在帝国记录中的名字，而是采取了弗雷曼人的叫法：沙丘。虽然在他内心深处已当自己是一名弗雷曼人了，但他仍然是帕迪沙皇帝的仆人。埃尔鲁德九世当初派他前来解开香料的秘密：它从哪里来，它是怎样形成的，在哪里可以找到它。但凯恩斯却和沙漠居民一起生活了十三年，他还娶了

①禅逊尼可追溯至公会前纪元 1381 年，主要强调神秘主义，并回归父系时代。

一个弗雷曼人做妻子，并养育了一个有一半弗雷曼血统的儿子，这孩子希望能跟随他的脚步，成为沙丘下一任行星学家。

凯恩斯对这颗行星的热情从未减退。他为能有机会学习新东西而兴奋不已，即使他不得不将自己置身于风暴之中……

气象舱那古老的浮空器对抗着科里奥利风暴，发出嗡嗡的轰鸣声，像是一窝黄蜂在愤怒地嚎叫。这艘气象舱在旋转的气流上跳动着，像是个钢制的气球。被风暴吹起来的尘土冲刷着舱体。

“这让我想起了我在萨鲁撒·塞康达斯①上看到的极光风暴，”凯恩斯又瞎琢磨起来，“真是令人惊奇的景观啊——非常多彩也非常危险。平地就能刮起一阵铁锤似的飓风一下子把你压扁。你可不想在外面被逮个正着。”

“我压根也不想待在外面。”列特说。

由于舱体持续地受力，一面侧板被压瘪了，随着一声微弱的呼啸声，空气从裂缝中钻了进来。列特蹒跚走过甲板，朝破口处走去。他一直随身带着修理包和泡沫密封胶，因为他十分确信这个破旧的气象舱迟早会破裂：“我们被神握在手里，随时都可能被他挤碎。”

“那是你妈妈的说法。”行星学家说道，眼睛仍不错神地目送着一串串信息从录音设备涌进了一个旧数据包。“瞧，时速达八百公里的阵风呵！”他的声音里没有恐惧，只有兴奋，“这是个多么可怕的风暴！”

列特在那道细细的裂缝上涂上了密封胶，看着它变得如石头般坚

①萨鲁撒·塞康达斯是外屏五星系的第三行星，原为柯瑞诺家族的母星，后在皇室迁往凯坦星之后，被指定为帝国的监狱星球。它也是禅逊尼流浪者迁徙途中的第二个停留点。根据弗雷曼人的传统说法，他们在萨鲁撒·塞康达斯上为奴整整九代。

硬然后抬起头来。漏气的刺耳呼啸声消失了，取而代之的是飓风的沉闷噪音。“如果我们在外面，这风会把我们身上的肉从骨头上刮下来。”

凯恩斯噘起嘴唇：“很有可能如此，但你必须学会客观地、量化地表达观点。人们不会在给皇帝的报告里写上类似‘把肉从骨头上刮下来’这样的话。”

猛烈的飓风、刀割般的沙子和风暴的嚎叫声达到了高潮，气象舱内的压力爆发了，凭空爆出了一个寂静的气泡。列特眨着眼睛，拼命咽了一口唾沫，好清一下自己耳朵和喉咙。寂静的压力在他的脑壳里抽搐着。但透过嘎吱作响的舱体外壳，他仍然能听到科里奥利风暴的声响，就像噩梦中的低语一般。

“我们跑到风暴眼里了。”帕多特·凯恩斯高兴得容光焕发，放下了手中的仪器，“这里堪称是风暴中心的一个穴地啊，是你最意想不到的避难所。”

蓝色的静电在他们周围噼啪作响，这是沙子和灰尘摩擦在一起所产生的电磁场。“我宁愿现在就回到我们的穴地里去。”列特抱怨道。

在风暴之墙猛烈地抽搐了一阵之后，气象舱在暴风眼里安全而平静地漂流起来。两人被关在了这艘小飞船里。总算有机会以父子的身份聊聊天了。

但他们还没来得及……

不到十分钟，他们就撞上了对面的沙暴墙，被厚重的沙暴风横扫进了疯狂的气流里。列特踉跄一步，稳住了身子，他的父亲也设法站稳了脚跟。舱体震动起来，发出哗啦哗啦的响声。

凯恩斯看了看他的控制系统，看了看地板，又看了看他的儿子：“我不知道该怎么办了。浮空器现在显示”——他们忽然开始往下滑，就像安全绳被谁割断了一样——“失效中。”

在受损的气象舱坠向那被昏暗沙尘所遮蔽的地面时，列特竭力对抗着可怕的失重状态。他们开始在空中翻滚起来，可行星学家仍在继续尝试修复控制系统。

快要掉下去的浮空器在外面噼啪作响，在马上脱离舱体前又稳住了。霍尔茨曼力场发生器产生的力量足以缓冲它们，吸收掉最大的撞击力。然后这架气象舱就“砰”的一声坠落在了沙地上，科里奥利风暴在头顶呼啸不止，就像一辆香料收割机在碾压脚下的袋鼠。沙尘如瓢泼大雨般从空中倾泻下来。

浑身瘀青但没受什么致命伤的帕多特·凯恩斯和列特·凯恩斯一起站了起来，在肾上腺素的余力作用下对视了一眼。风暴攀升起来飞越了他们，把气象舱留在了后面……

列特捅开了被沙子堵塞的通风口，新鲜空气这才涌入了密闭的舱内。而当他撬开沉重的舱门时，一股沙子流了进来，但列特已经用静态泡沫黏合剂把墙壁的缝隙都填满了。他借助弗雷曼工具包里的一把铲子和自己的双手，开始把他们挖出来。

帕多特·凯恩斯完全相信他儿子有能力拯救他们，所以他忙着在昏暗中把新获得的天气数据整理进单个的老版本数据包里。

列特眨巴着眼睛，像一个刚从母亲身体里爬出来的婴儿一样爬出了舱外，他凝视着被风暴冲刷过的世界。沙漠重生了：沙丘像行进的兽群一样向前移动了；熟悉的地标也改变了；足迹、帐篷甚至小村庄都被抹去了。整个盆地看起来干净而崭新。

一身白色灰尘的列特爬到了比较稳定的高地上，他这才看清了面前埋着气象舱的洼地。原来在他们坠毁时，这艘小飞船在被风吹动的沙漠表面撞出了一个大坑，随后猛烈的风暴就把一大片沙子扔到了他们身上。

列特凭借弗雷曼人的直觉和天生的方向感，大致能够确定他们的位置，他们就在离南部假墙不远的地方。他认出了岩石的形状、悬崖的纹路、山峰和沟壑。如果风暴把他们多吹出一公里远的话，气象舱就会撞到炽热的山体上……这对于这位伟大的行星学家，弗雷曼人口中的乌玛，也就是他们的先知来说可不是一个光彩的结局。

列特向下面那个埋着气象舱的大洞喊了一声："父亲，我想附近的悬崖上有一个穴地[1]。如果我们到那儿去，弗雷曼人可以帮我们挖出舱体来。"

"好主意，"凯恩斯回答，声音有些低沉，"去确认一下吧。我留在这儿继续工作。我……有了个主意。"

年轻人叹了口气，穿过沙地，走向那块突出的赭色岩石。他的脚步毫无节奏感，这样不会引来大虫子：走，拖，停……拖，停，走两步……拖，走，停，走……

列特在红墙穴地的同志们，尤其是他的血亲沃里克，十分羡慕他能全程陪伴行星学家。毕竟乌玛凯恩斯给沙漠中的人们带来了天堂一般的愿景——他们也相信他唤醒沙丘的梦想，并追随着他。

在哈克南家族——他们只知道在厄拉科斯开采香料，所有人在他们眼里都只是用来压榨的奴隶——不知情的情况下，凯恩斯指挥着一支秘密的、忠诚的工人大军，他们不仅通过种植青草固定住了流动的沙丘，还在隐蔽的峡谷里布下了一大片仙人掌丛和耐寒灌木丛，通过露水过滤器进行灌溉。即使是在未开发的南极地区，他们也种植了棕榈科植物，这种植物已经站稳了脚跟，现在很是繁盛了。石膏盆地里还有一个郁郁葱葱的示范项目，不断生产出鲜花、新鲜水果和矮树来。

然而，尽管这位行星学家有能力策划出如此宏伟、跨越整个世界

---

①穴地是弗雷曼语，意为"聚居避难处"。由于弗雷曼人长期生活在危难之中，这个词慢慢变成了通用语，指一个部落居住的洞穴群落。

的雄伟计划，但列特觉得他还是有些缺乏常识，不能让他长时间独处。

这个年轻人沿着山脊向前走着，直到他在岩石上发现了一些细微的火焰痕迹，以及一条外人不会注意到的杂乱小路，褪色的石头上刻满了信息，承诺在著名的阿尔阿米亚旅行者祝福规则下为旅行者提供食物和住处。

有穴地里那些弗雷曼壮汉的帮助，他们便可以挖出气象舱并把它拖到一个隐藏的地方去了，在那里可以回收或是修理。不出一个小时，弗雷曼人就会抹去一切痕迹，让沙漠重新陷入一片沉思般的寂静。

但当他回头看向失事地点时，他惊恐地发现那艘被撞坏的飞船自己晃动了起来，已经从沙坑里向外探出三分之一了。随着低沉的嗡嗡声，舱体上下起伏着，就像一头被困在贝拉·特古斯①沼泽里的巨大野兽。但那个跳动着的浮空器明显有些动力不足，每次只能把船向上带动几厘米。

当列特意识到他父亲正在做什么时，他顿时呆住了。浮空器，还是在空旷的沙漠里！

他拼命向前跑去，绊了一跤又一跤，每跑一步就有一大片沙尘随着他的脚步倾泻而下。“父亲，停下来。关掉它们！”他嗓音嘶哑地大喊起来。怀着忐忑不安的心情，他望向那片金色的沙丘，望向遥远的碧水鸟洼地那地狱般的深渊。他扫视了一下，寻找涟漪的影子，那个暗示着地层深处运动的波动……

①贝拉·特古斯是位于坤青星系的第五行星。禅逊尼信徒被迫流亡的第三个落脚地。

“父亲，快出来啊。”他在打开着的舱门前急停了下来，气象舱仍在持续地前后移动着，拉扯着。浮空立场也开始变形了。列特抓住门框的边缘，荡起身子跳进了气象舱，吓了凯恩斯一跳。

这位行星学家对他的儿子咧嘴笑了起来。“这是某种自动系统——我不知道我碰到了什么按钮，但这个气象舱可能会在不到一小时内自动浮出地面。”说着他又转向他面前的仪表，“它给我争取了不少时间，把所有的新数据整理到一个单独的存储器里——”

列特一把抓住父亲的肩膀，把他从控制台上拉了下来。他一下子把手按在了紧急切断开关上，浮空器渐渐停了下来。凯恩斯有点不明白了，想要抗议，但他的儿子不由分说把他推向打开的舱门。“出去，现在！用你最快的速度跑向那块岩石。”

“但是——”

列特怒不可遏地喊道：“在霍尔茨曼力场上操作浮空器，就等于激活了一个屏蔽场。你知道在空旷的沙地上启动个人屏蔽场会发生什么事吗?”

“浮空器再次开始工作?”凯恩斯眨了眨眼睛，然后忽然便明白了，眼睛随之一下子亮了起来，“啊！会引来一条虫子。”

“而虫子是一定会来的。现在快跑吧!”

老凯恩斯跌跌撞撞地爬出舱门，一下子摔倒在沙地上。他赶忙恢复了平衡，在刺眼的阳光下找到了方向。瞄准了一公里外列特所指的那条悬崖线，他步履蹒跚，极不协调地迈着复杂的舞步，时而前进，时而滑动，时而停顿，时而向前跳跃。年轻的弗雷曼人则跟着从舱口里跳了出来，紧随其后，一起朝着安全的岩石跑去。

没过多久，他们便听到从身后传来一阵嘶嘶的轰鸣声。列特回头看了一眼，然后推着父亲翻过一个沙丘：“快跑啊。我不知道我们还有多少时间。”他们加快了速度。帕多特又绊了一下，但很快爬了起来。

一片涟漪横穿沙土，径直向着半埋着的气象舱，向着他们而来。随着一条长长的虫子猛地钻出地面，沙丘顿时倾斜翻滚起来。

“使出吃奶的力气跑啊！”他们冲向悬崖，翻过一个沙丘峰，滑下去，然后又向前冲去，柔软的沙子不停拉拽他们的脚。看到那块可以避险的岩石距离自己只有不到一百米远了，列特的精神顿时振奋起来。

随着巨虫加快速度，嘶嘶的轰鸣声越来越大了。他们脚下的地面也在颤抖。

终于，凯恩斯来到第一块巨石前，他像锚一样紧紧抓住它不松手，大口喘着粗气。但列特却一把将他推到了斜坡上面，以确保怪物不会从沙地上直起身来袭击他们。

过了一会儿，帕多特·凯恩斯和儿子坐在岩架上，一言不发地用鼻孔吸着热气，想要好好喘口气，回头望去，一个沸腾的漩涡围绕着半埋着的气象舱。在一片尘土飞扬中，搅拌的沙子发生了黏度上的变化，舱体开始晃动起来，渐渐下沉。

漩涡的中心升起一个巨大的铲状的嘴巴。这只沙漠怪物一口吞下了这艘令人讨厌的小船和成吨的沙子，把所有的东西都塞进了一条布满了水晶牙齿的食道。然后，蠕虫又深深地沉入了这片不毛之地，列特盯着它一路走远所形成的涟漪，它的速度越来越慢，最后消失在了空空的盆地里……

在随之而来的沉寂中，帕多特·凯恩斯看上去并没有死里逃生的庆幸。相反，他看起来很沮丧。“我们失去了所有的数据，”行星学家深吸一口气，说道，“我本可以用我们的读数来更好地理解这些风暴的。”

列特把手伸进自己蒸馏服正面的口袋里，掏出他从气象舱的仪表盘上抓来的老式数据包，说道：“即使是在疲于奔命的时候——我仍然关注着我们的研究。”

凯恩斯带着父亲的自豪微笑起来。

在沙漠烈日的灼烧之下，他们开始沿着崎岖不平的小路不断攀登，直奔安全的穴地。

看呐，人啊，你能创造生命。你可以终结生命。但是，瞧，你别无选择地必须去体验生命。这便是你们最大的优势和最大的劣势。

——《奥兰治天主圣经》，金拉·赛普提玛书，5：3

在浸满石油的杰第主星①上，结束了漫长的一天劳作后，工人们和往常一样离开田地。在红日余晖照耀下，被汗水和尘土覆盖着的人们，开始步履艰难地从坑道往家里走去。

人群中，哥尼·哈莱克的一头金发因汗水黏在一起，他正有节奏地拍手。这是他保持前进的唯一办法，也是他发明的对抗哈克南领主压迫的手段，当然他们此时听不见。他编了一首歌词驴唇不对马嘴的劳动号子，试图让他的同伴们也加入进来，或者至少跟着他嘟囔几句也行。

我们每天拼命行走，像条哈克南家的狗，
起早又贪黑，没时间洗澡，
需要干的活儿却一点也不见少，不见少啊，不见少……

---

①杰第主星是一颗位于蛇夫座 B36 星系的行星。是哈克南人的母星，属于中等发达星球，处于低活性光合作用地带。

人们一言不发地艰难前行。在布满岩石的地里劳作了十一个小时，他们确实太累了，几乎没人给这位准游吟诗人一个反应。哥尼听天由命地叹了口气，最终放弃了努力，不过他仍然苦笑着说："朋友们，我们确实很难受，但我们不用那么沮丧啊。"

前方出现了一个由预制建筑组成的低矮村庄——这是一个名为迪米特里的定居点，以纪念前哈克南族长，弗拉基米尔男爵的父亲迪米特里·哈克南。在几十年前，这位男爵控制了哈克南家族后，他仔细研究了杰第主星的地图，并根据自己的喜好重新命名了各个地方。正是在这个过程中，他为那些荒凉的地方增添了一丝戏剧性：悲伤岛、沉沦浅滩、死亡悬崖……

毫无疑问，在几代人之后，一定会有人重新给这些地标命名的。

这种担忧超出了哥尼·哈莱克的能力。虽然他没有受过良好的教育，但也知道帝国是巨大的，有一百万颗行星人口达到了一千的十一次方人口……而他自己就连哈克城都没去过，那个人口密集、烟雾缭绕的大都市，在北部地平线上散发出永恒的红光。

哥尼研究了他周围的工人，这些他每天都能见到的人。他们低垂着眼睛，像机器一样大踏步走回他们肮脏的家。他们是那么的阴郁，使得他很想大笑出声来："多往肚子里灌点儿汤吧，我希望你们今晚能开始唱歌。《奥天圣经》上不是说过'要从内心深处欢呼，因为太阳的起落是根据你观看宇宙的角度而定的'？"

一些工人带着微弱的热情咕哝了几句，这也总比没人搭话强。至少他让他们高兴起来了。生活如此沉闷，任何一点色彩都值得为之努力。

哥尼今年二十一岁，从八岁起就在地里干活，他的皮肤已经变得如皮革一般粗糙，但他那双明亮的蓝眼睛仍习惯汲取生活中的每一个细节……虽然迪米特里村和荒凉的田野也没什么好汲取的。他的下巴棱角分明，鼻子太圆，五官扁平，看上去已经和一个老农没什么两样了，因此毫无疑问，他最后肯定会娶村里一个同样毫无光泽、疲惫不堪的姑娘为妻。

哥尼一整天都在壕沟里，挥舞着一把铲子，把一堆堆的石土铲出去。在同一块土地上耕作了这么多年之后，村民们不得不把土地挖得很深才能找到养分。男爵当然不会把宇宙索浪费在肥料上——最起码不会为了这些人。

在他们对杰第主星几个世纪的管理中，哈克南家族已经养成了一种习惯，那就是竭尽全力地压榨这片土地。榨干这个世界是他们的权利——不，是他们的责任——反正他们随时可以把村庄转移到新的土地上。有一天，当杰第主星最终只剩一个空壳时，哈克南家族的领袖无疑会去要求一个新的封地，作为对帕迪沙皇帝效劳的新奖赏。毕竟，在帝国中有许多世界可供选择。

但哥尼对银河政治不感兴趣。他的视野仅限于享受即将到来的夜晚，在聚居区里找一点乐子放松放松。毕竟明天又会是一个累死人的工作日。

在这地方，只有黏稠的、富含淀粉的克劳尔块茎长得很好，虽然大部分的作物都被出口用作动物饲料了，但毕竟这种淡而无味的块茎营养丰富，足以喂饱人们。所以哥尼和其他人一样，每天都吃着这种食物。土壤贫瘠必然味道差。

他的父母和同事们满嘴都是箴言，很多都是来自《奥兰治天主圣经》，哥尼都记住了，还经常给它们配上曲子。音乐是他被允许拥有的唯一财富，而他又免费分享给了别人。

工人们住在他们各自独立又一模一样的住所里，哈克南家族低价买来了这些有缺陷的预制建筑，随后把他们安置在里面。哥尼凝视着那间他和父母以及妹妹贝丝一起住的小屋。

他的家比其他的家更有格调一些。锈迹斑斑的旧坩埚里盛着泥土，泥土里长出来五颜六色的花朵：栗色、蓝色和黄色的三色紫罗兰和雏菊，甚至还有看上去更加俗气的马蹄莲。大多数房屋都有小菜园，人们在那里种植植物、草药和蔬菜——不过，任何看起来太美味的农产品都可能被哈克南巡逻队没收并吃掉。

那天很暖和，空气中弥漫着烟雾，但他家里的窗户是开着的。哥尼可以听到贝丝甜美的声音和轻快的旋律。他脑海中立马浮现出她那长长的稻草色头发，他觉得这颜色应该是“亚麻色”——来自他熟记的古代人类诗歌中的一个词——尽管他从未见过亚麻粗布吧。虽然只有十七岁，但贝丝容貌姣好，性格甜美，还没有被终生辛苦的劳作所摧毁。

哥尼拧开外面的水龙头，用水冲掉了脸上、胳膊上和手上的灰色泥块。又把脑袋浸在冷水里，浸湿了蓬乱的金发，然后用粗糙的手掌把头发捋得井井有条。他甩了甩头，大步走进了屋子，吻了吻贝丝的脸颊，却把凉水溅到了她身上，贝丝尖叫一声退了几步，然后又回去帮着做饭了。

他们的父亲已经瘫坐在椅子上，而母亲则在后门外的大木箱前弯着腰，收拾克劳尔块茎准备去市场贩卖。她一看见哥尼回家了，便擦干了手，进来帮贝丝布置饭桌。他的母亲现在站在桌旁，用深沉的声音虔诚地读了几段从一本破旧的《奥天圣经》（她的目标是在自己去世之前给孩子们读完整本巨著）里找出来的诗篇，然后他们便坐下来开始吃饭。他和妹妹边说边喝着一碗蔬菜汤，汤里只加了盐和几根干香叶。在吃饭的时候，哥尼的父母很少说话，通常只会说一些单音节的词。

吃完饭后，哥尼把盘子拿到盆里擦洗后晾干，以便第二天使用。他伸出一双湿手拍了拍父亲的肩膀，问道：“你要和我一起去酒馆吗？今晚是聚会之夜。”

老人摇了摇头：“我宁愿睡觉。你的歌有时让我觉得太累。”

哥尼耸耸肩，说道：“那你就歇着吧。”然后他回到自己的小房间里，打开摇摇晃晃的衣柜，拿出了他最珍贵的东西：一把老式的巴厘琴①，一种有九根琴弦的乐器，但哥尼只能弹七根，因为有两根琴弦断了，而他又没有找到替换品。

这把破损的不能弹奏的琴原本被人丢掉了，被他捡了回来，然后耐心地修理了六个月……打磨、上漆、塑形……最终这把巴厘琴发出了他所听到过的最甜美的声音，尽管它至今没有完整的音调范围吧。哥尼经常在夜里花上好几个小时来拨弄琴弦，转动平衡轮。他自学弹奏他听过的曲子，或者干脆自己写新曲子。

夜幕笼罩整个村庄时，他的母亲累得瘫倒在一张椅子上。她把珍贵的《圣经》放在膝上，似乎它的重量比文字更让她感到安慰。“别迟到了啊。”她用干巴巴、空洞的声音说道。

“不会的。”哥尼心想就算自己整夜不归，估计她也不会注意到，“我还得留点儿体力对付明天那些壕沟呢。”说着他举起一只肌肉发达的手臂，假装自己对那些大家都认为永远不会结束的劳作充满了热情。然后他便穿过泥泞的街道，来到了酒馆。

几年前，一场致命的高烧传染病在此地肆虐了一阵，结果有四个预制房屋空置了下来。于是村民们把这些房子搬到了一起，拆掉了连接的墙，改造成了一个大的社区中心。尽管这并没有违反那些数目众多的哈克南禁令，但当地的执法者对这样的举动还是表示了不满。不过酒馆最终还是保存了下来。

哥尼加入了已经来到酒馆参加聚会之夜的一小群人里。有些人还带来了他们的妻子。其中一人已经瘫倒在桌子上，与其说是喝醉，还不如说是累的，因为他那壶淡啤酒只喝了一半。哥尼蹑手蹑脚地走到他身后，握紧了手中的巴厘琴，拨出叮当一声脆响，一下子就把他完

---

①巴厘琴是一种九弦乐器，由奇特拉琴演变而来。以秋夕星的音阶调制，通过拨动琴弦弹奏。是宫廷乐手最喜欢的乐器。

全吓醒了。

“下面是首新曲子，朋友们。和你们老母亲唱的那种赞美诗不大一样，我回来会教给你们的。”他冲着大家咧嘴一笑，“你们跟着我一起唱哈，我估计你们准得跑调。”眼前这些都不是很会唱歌的人，但是歌唱是很有意思的一件事，能给他们的生活带去些许的光明。

他精力充沛地给一首熟悉的曲子上加上了几句嘲讽的歌词：

哦主星杰第！
你的黑影无人可替，
从黑石平原到石油大海，
再到皇帝眼中最黑的夜晚。

远道而来的人啊，
看看我们把什么藏进脑和心，
能不能举起一两把鹤嘴锄
帮着我们干点活儿……
让我们过得更舒服。

哦主星杰第！
你的黑影无人可替，
从黑石平原到石油海洋，
到皇帝眼中最黑的夜晚。

当哥尼唱完这首歌时，他那平平的方脸上洋溢着笑容，在自己想象的掌声中鞠了一躬。其中一个人嘶哑地嗓子喊道：“当心点，哥尼·哈莱克。要是哈克南人听见了你那悦耳的声音，他们一定会把你逮到哈克城去的——这样你就能给男爵唱歌了。”

哥尼粗鲁地哼了一声：“男爵对音乐完全没有鉴赏力，他肯定不喜欢我这种好听的歌曲。”这句话顿时引得人们哄堂大笑起来。他拿起一杯苦啤酒，大口地灌了下去。

这时大门突然打开了，贝丝跑了进来，她那亚麻色的头发散在肩膀上，脸涨得通红：“巡逻队来了！我们看到了浮空器的灯光。他们开来了一辆囚犯运输车，还有一车卫兵。”

大家都猛地一下子站起身来。其中两人马上大步跑向门口，但其余的人仍呆在原地不动，被吓得动弹不得。

哥尼拿起他的巴厘琴弹奏了一首抚慰人心的曲子，然后说道：“冷静点，朋友们。我们在做什么违法的事吗？‘有罪之人清楚并表现出他们的罪行。’我们只是在聚会呀。哈克南家族不能因此逮捕我们。事实上，我们是在表达我们有多喜欢我们的环境，我们有多高兴为男爵和他的手下工作。对吧，兄弟们？”

他的话最终只引起了众人一阵垂头丧气的抱怨。哥尼放下他的琴，走到社区中心的梯形窗口，正好看到一辆囚犯运输车停到了村子中央。在运输车强化玻璃窗户后面的黑暗之中似乎还可以看到几个人影，这说明哈克南家族一直在忙着抓人——而且似乎都是女人。虽然他拍了拍妹妹的手，试图保持自己良好的幽默感，好给别人打气，但哥尼清楚，多抓几个人对这些士兵来说不需要什么理由。

明亮的聚光灯对准了村庄。黑色的装甲车冲上泥泞的街道，房屋颤抖起来。然后随着一声巨响，社区中心的门被撞开了。

六个人迈着大步走了进来。哥尼认出了男爵卫队的克鲁比队长，他负责哈克南家族的安全工作。“都给我站好，接受检查。”克鲁比命令道，说着嘴唇上竖起了一撮小胡子。他的脸很窄，两颊凹陷，好像经常咬牙切齿似的。

哥尼站在窗户前面没动地方：“我们没有做错什么，队长。我们一直遵守哈克南的法律。我们也一直都在拼命工作。”

克鲁比看了看他，问道：“是谁任命你做这个村子的首领的？”

哥尼脑子一时没转过弯儿来，没能控制住自己的嘲讽：“那又是谁任命你来骚扰无辜村民的？你会让我们无法完成明天的差事。”

酒馆里的同伴们被他的无礼吓坏了。贝丝紧紧抓住哥尼的手，试图让哥哥安静下来。哈克南的卫兵则端起武器摆出威胁的架势。

哥尼用下巴指着窗外押送囚犯的车，继续追问：“那些人做了什么？犯了什么事儿以至于被你们逮起来？”

“没犯什么大事儿。”克鲁比沉着地回答，他并不害怕说出真相。

哥尼向前迈了一步，但三个卫兵马上抓住他的胳膊，把他重重摔在地上。他知道男爵经常从农村招募守卫。这些新的暴徒——从绝望的生活中被解救出来，得到了新的制服、武器、住所和女人——常常会对自己以前的生活嗤之以鼻，事实证明他们要比外星球的那些职业打手更为残忍。哥尼希望他能认出某个来自邻近村庄的人，这样他就可以朝他的眼睛吐口水了。他的头重重撞在坚硬的地板上，但他一下子又跳了起来。

贝丝急忙走到她哥哥身边：“别再惹他们了。”

这是她这辈子犯的最大失误。克鲁比指着她说：“好吧，那把她也带走。”

三个卫兵中的两个抓住了贝丝削瘦的胳膊，她那张瘦小的脸顿时变得苍白起来。她挣扎着被拖到仍然开着的大门口。哥尼把他的巴厘琴扔到一边，冲了过去，但剩下的那名守卫举起了武器，用枪托狠狠地打向年轻人的前额和鼻子。

哥尼踉跄了一下，但紧接着再次向前一扑，握紧拳头，像锤子一样挥动起来。“别碰她！”他先是把一个卫兵打倒在地，然后又把另一个卫兵从他妹妹身旁拽了过去。她大声尖叫起来，眼看着三个人一起向哥尼扑来，抡起武器狠狠砸向他，打断了他的肋骨，而他的鼻子早已血迹斑斑。

“帮帮我！”哥尼冲那些目光呆滞的村民们喊道，“我们人数比这帮混蛋多。”

但没有人来帮他。

他拳打脚踢，但在卫兵一通乱踢和武器重击下还是倒了下去。他使劲抬起头，看见克鲁比正指挥他的手下把贝丝往门口拽。哥尼拼命挣扎，想甩掉那些把他压在地上的大块头士兵。

透过戴着护腕的胳膊和穿着护甲的腿，他眼看着村民们像绵羊一样僵在座位上。他们都惊恐地望着他，却也都像城堡里的石头一样纹丝不动。“救我啊，你们这些该死的！”

一名卫兵朝他的太阳穴打了一拳，他顿时喘不过气来，开始干呕。哥尼的声音消失了，呼吸也消失了。眼前金星乱舞。终于，卫兵们都撤退了。

他用一只胳膊肘撑着身子，正好看到了哈克南人把贝丝拖进黑暗时她那张绝望的脸。

他又气又恼，摇摇晃晃地站起身来，努力保持清醒。他听到外面广场上的囚犯运输车开始启动了。在酒馆窗户上方灯光的照耀下，运输车咆哮着向另一个村庄进发，去抓更多的俘虏。

哥尼眨着肿胀的眼睛看向其他人。都是些陌生人。他咳嗽起来，大口吐血，然后擦掉了嘴唇上的血。最后，当他喘过气来的时候，他开口了：“你们这帮混蛋就在那儿干坐着。一点忙也不帮。”说着他掸了掸身上的灰尘，怒视着村民们，“怎么能让他们这样对待我们？他们抓走了我妹妹！”

但他们比绵羊强不到哪去，而且从来都是如此。从这一刻起，他再也不会对他们抱有什么希望了。

他轻蔑地把血沫和口水吐在地上，然后踉踉跄跄地走向门口，走了出去。

秘密是权力的一个重要组成部分。有效的领导者传播秘密以确保人们对他保持忠诚。

——拉斐尔·科瑞诺王子，《银河系帝国的领导论》第十二版

一个长着一张雪貂脸的人，正像一只偷窥的乌鸦那样站在厄拉奇恩①住宅的二楼。他向下凝视着宽敞的中庭。“你肯定他们都知道我们要举办一个小小的晚宴，嗯-嗯-啊？”他的嘴唇早已被干燥的空气吹得裂开了，而且多年来一直如此，“所有的请柬都是亲自送到的吗？所有的人都通知到了吗？”

哈什米尔·芬伦伯爵向站在他旁边的身材瘦削、下巴松弛的卫队长杰拉尔多·威洛布鲁克探身问道。而那个穿着红金相间制服的男人则点了点头，在透过棱柱形、屏蔽场加固窗户透进来的明亮光线中眯着眼睛回答道：“大人，这可是您结婚周年的盛大庆典啊。就连乞丐们也都已经聚集在前门了。”

“嗯-嗯-啊，很好，非常好。我的妻子会很高兴的。”

在楼下的主楼，一名厨师端着银质咖啡具走向厨房。烹饪的气味飘了上来，有异国情调的浓汤和调味汁，以及用厄拉科斯人从没见过的动物烤成的肉串，都已经为晚上的奢华庆典准备好了。

---

①厄拉奇恩是厄拉科斯星球的首个定居点，长期以来的行星总督府所在地。

芬伦抓住了有雕刻的硬木栏杆。足有两层楼高的哥特式拱形天花板上装着伊拉迦木横梁和强化玻璃天窗。他虽然肌肉发达，但身材并不高大，因此身处这所巨大的房子里显得很是渺小。天花板是他自己亲自装修的，餐厅里的那个也一样。新的东翼也是根据他的理念设计的，有着优雅的客房和豪华的私人泳池。

在他担任这个沙漠星球的帝国观察员的十年里，周围不断传来的都是开工的嗡嗡声。在他被沙达姆驱逐出凯坦皇宫之后，他不得不用自己的方式在这里留下印记。

在他和玛格特夫人共用的私人房间附近，有一个正在建造的植物温室，他能听到电动工具的嗡嗡声和日间工人的劳动号子。他们开辟出一道锁眼拱门，把旱喷泉放在壁龛里，再用五颜六色的几何图形马赛克装饰墙壁。为求好运，一个铰链支撑起一扇沉重的装饰门，象征性地塑造成法蒂玛之手的形状，她是古泰拉的一位远古先知的爱女。

芬伦正要把威洛布鲁克打发走，突然传来了一阵响亮的撞击声，震得楼上都颤抖了起来。俩人连忙跑下弯曲的走廊，跑过书柜。房间里，电梯管道中，好奇的仆人们纷纷抬起头来，看向走廊方向。

温室那扇椭圆形门大开着，露出一大堆缠结在一起的金属和强化玻璃。一名工人在嘈杂的尖叫声中大声呼喊着医护人员。原来是一个吊满重物的浮空脚手架倒了。芬伦发誓，一旦调查人员找到了替罪羊，他将亲自给予适当的惩罚。

芬伦挤进房间，抬起头来。透过拱形屋顶上敞开的金属框架，他看到了柠檬黄色的天空。这里只安装了几扇过滤玻璃窗，还有一些没来得及装上的，正散落在乱糟糟的脚手架里。他用厌恶的语气说道：“你们真会挑时候，嗯-嗯-嗯？明知道今晚我要带着客人参观。”

“是的，时候真不合适，芬伦伯爵，大人。”威洛布鲁克说道，工人们则开始在瓦砾中挖掘并寻找伤者。

身穿卡其布制服的家庭医护人员匆匆从他身边跑过，跑进了事故区域。其中一名医护人员开始给一名刚从废墟中拖出来满脸是血的工人包扎，另外两人则帮忙把一大块强化玻璃从其他伤者身上移走。只是项目主管已经被倒下的脚手架压扁了。*真是个笨蛋，芬伦心想，但运气不错，他要是活着我还不定怎么收拾他呢。*

芬伦看了一眼他的腕表。两个小时之后客人才会来。他向威洛布鲁克示意："先把这儿的事都停了。宴会时我不希望这个区域有任何噪音。那会提供完全错误的信息，嗯-嗯-嗯？玛格特夫人和我本来已经把今晚的宴会安排得很周密了，细致到了每一个细节。"

威洛布鲁克皱眉，但显然很快便改变了主意，不打算表示反对："好的，大人。一小时之内完工。"

芬伦这才冷静了下来。事实上，他对外来的植物一点也不感兴趣。最初他同意进行这次昂贵的改造，只是对自己那贝尼·杰瑟里特妻子玛格特夫人做出的一个让步。虽然她只要求一间通风适中的房间，里面有植物，但芬伦——这个野心勃勃的人——已经把它扩展成了更令人印象深刻的房间。他计划从帝国各地收集稀有植物。

前提是这间温室能完工的话……

他定了定神，在拱形入口处向玛格特打着招呼，她刚从城市里那迷宫般的露天市场回来。她身材苗条，金发碧眼，五官端正，比他高出一头。她穿着一件为展示自己身材而定制的长袍，黑色的长袍上沾满了街上的灰尘。

"他们拿的是埃卡兹萝卜吗，亲爱的？"伯爵贪婪地盯着仆人们提着的两个用棕色香料厚纸包着的沉重包袱。那天下午，玛格特听说有个商人乘着运航机来了，便急忙跑到厄拉奇恩去购买稀缺的蔬菜。他想撩起包装纸偷看，但她开玩笑地把他的手拍开了。

"亲爱的，都准备好了吗？"

"嗯，一切都很顺利，"他答道，"不过，我们今晚不能参观你们的新植物温室了。对我们的客人来说，那儿有些太乱了。"

为了迎接将在日落时分莅临的重要宾客，玛格特·芬伦夫人站在宅邸的中庭，墙上较低的位置用木板装饰着帕迪沙皇帝们的画像，从曾参加过芭特勒圣战的传奇将军法坎·科林，再到开明的统治者拉斐尔·科瑞诺皇太子，以及“猎人”冯迪尔三世和他的儿子埃尔鲁德九世。

在中庭的中央，有一座现任皇帝沙达姆四世的金色雕像，皇帝身着萨多卡全套军服并高举着一把仪式用剑，姿态英武非凡。这是皇帝登基头十年中监督完成的众多昂贵作品之一。在宅邸和庭院四周还有许多这样的作品，都是来自她丈夫少年时代的朋友的礼物。尽管在沙达姆刚登上皇位时两人曾发生过争吵，但现在他们的关系又逐渐亲密了起来。

穿过防尘的双扇门，一群穿着优雅的女士们鱼贯而入，陪伴左右的男人们则穿着乌鸦一般的后芭特勒式燕尾服以及各种颜色的军装。玛格特本人穿着一件丝质塔夫绸拖地长裙，胸衣上镶着祖母绿闪光的亮片。

穿制服的传令员高声喊出到房的客人的名字，玛格特一一向他们致意。他们按顺序走进了充满笑声、谈话声和碰杯声的大厅。来自荣格勒家族的艺人为大家表演了魔术，还演唱了诙谐歌曲来庆祝芬伦夫妇在厄拉科斯这十年任期。

她的丈夫昂首阔步地从二楼顺着大楼梯走了下来。芬伦伯爵身穿一件深蓝色复古燕尾服，胸前有一条深红色的皇家绶带，这是他在比福卡为自己量身定做的。她弯下腰，好让这个矮个子男人亲吻她的嘴唇。“亲爱的，现在进去欢迎我们的客人吧，别让男爵把所有谈话都霸占了。”

芬伦轻手轻脚地避开了一位来自科瑞诺某颗亚行星的公爵夫人

（她长相邋遢且不怀好意）。在喝酒之前，公爵夫人在酒杯上放了一个遥控的毒物探测器，然后小心翼翼地把遥控器塞进了宴会礼服的口袋里。

玛格特看着丈夫走到壁炉前与哈克南男爵交谈起来。哈克南男爵目前是厄拉科斯西瑞达①封地的所有者，也是那里昂贵香料垄断权的所有者。壁炉里的棱镜强化了熊熊燃烧的火焰，使男爵那浮肿的面容显得阴森可怖。他看上去可不怎么好。

在她和芬伦驻扎在那里的那些年里，男爵曾邀请他们去他的城堡里吃饭，或者一同观看由来自杰第主星的奴隶进行的角斗士比武。他是个太过自负的危险人物。现在，这位男爵靠在一根镀金的手杖上，手杖的头设计得很像是一头厄拉科斯大沙虫的嘴。

在过去的十年里，玛格特发现男爵的健康状况一直在急剧下降，他患有一种神秘的肌肉和神经疾病，导致他体重不断增加。从她的姐妹们那里，她获悉了他得病的原因，也就是在他强奸盖乌斯·海伦·莫希阿姆圣母时，他被下毒了。然而男爵却完全不清楚这痛苦的来源。

莫希阿姆本人，这次活动另一位精心挑选的客人，进入了玛格特的视线。这位白发苍苍的圣母穿着一件正式的阿巴长袍②，领口镶着钻石。她双唇紧闭地微笑着打了个招呼，然后微微晃了几下手指，发送了一个信息和一个问题：“哈里什卡大圣母有什么消息吗？告诉我具体细节。我有事必须要向她报告。”

玛格特也用手指回应道：“护使团③有了进展。但只是谣言，没有得到证实。失踪的姐妹还没有找到。时间过长。她们可能都死了。”

---

①西瑞达是加拉赫语，意为“行星的”。

②阿巴是弗雷曼女子所穿的黑色宽松长袍。

③护使团是贝尼·杰瑟里特的一个团体，专门在原始星球上散布容易传染的迷信行为，让那些地区得以被贝尼·杰瑟里特利用。

莫希阿姆看上去并不高兴。她自己也曾在护使团工作过，这是一个非常有价值的慈善机构，在遥远的世界撒下了传染性迷信的种子。莫希阿姆年轻时就曾在这里待过几十年，当时她假扮成一名城镇妇女，传播小道消息，散播迷信，而这些都可能有利于姐妹会。莫希阿姆自己从来没能渗透进封闭的弗雷曼人社会，但在过去的几个世纪里，许多其他姐妹已经进入了沙漠深处和弗雷曼人混在一起——然后便消失了。

因为玛格特在厄拉科斯的身份是伯爵的配偶，所以她被指派了确认护使团那些微妙的工作任务成果。到目前为止，她听到了一些未经证实的报道，说是一些圣母已经加入了弗雷曼人，转入了地下，还有一些关于部落中出现了类似贝尼·杰瑟里特的某种宗教仪式的传言。一个孤立的穴地据说出了一名圣女。还有就是在镇上的咖啡帐篷里，有人听到一名满身灰尘的旅行者在谈论一个救世主的传说，这个传说显然是受到了护使团预言[①]的启发……但这些信息都不是直接来自弗雷曼人自己。那些沙漠人，就像他们的星球一样，实在令人太过费解。

也许弗雷曼人直接杀死了那些贝尼·杰瑟里特姐妹，并从她们的身体里偷走了水分。

“其余的人都被沙子吞没了。”玛格特比画着手指。

“无所谓，找到她们。”莫希阿姆点了点头，结束了这段沉默的谈话，然后穿过房间朝侧门走去。

“隆多·图克，”传令员宣布，“水商。”

玛格特转过身来，看见一个身材瘦长的宽脸男人摇摇晃晃地迈着古怪的步伐穿过门厅。他脑袋的两侧各长着一簇灰白的头发，头顶上则只有稀疏的几缕头发，一双灰色的眼睛离得很远。她伸出手来对他

---

①护使团预言是贝尼·杰瑟里特麾下的护使团为了利用原始地区而散布的迷信信息、预言的总称。

表示欢迎："啊，是的——你就是那个走私者。"

图克扁平的脸顿时沉了下来了，但马上又绽开了灿烂的笑容。他朝她摇了摇手指，就像老师教导学生那样，说道："我只是一名拼命想从肮脏的冰盖中挖出水来的水商。"

"如果没有你们的辛勤劳动，我相信就是连帝国都会崩溃的。"

"夫人这么说真是太仁慈了。"图克鞠了一躬，走进了大厅。

在宅邸外面，可怜的乞丐们聚在了一起，希望伯爵能表现出少有的仁慈。一些民众也都过来加入了乞丐的行列，热切地望着宅邸那华丽的正门。水贩们穿着色彩鲜艳的传统服饰，摇着铃铛，发出一声声诡异的吆喝："簌簌簌咔！[①]"卫兵们——从哈克南卫队暂借来的、强行穿上了皇家制服——则站在门口，挡住不受欢迎的人，并为受邀者清出道路。这一切看起来都像是一个马戏团。

当最后一批客人到达时，玛格特看了一眼嵌在墙上的古董计时器，上面装饰着机械的人物，能发出精致的钟声。他们迟到了将近半个小时。她急忙跑到丈夫身边，对他耳语起来。他派了一个人去艺人那里，让他们安静下来——这是客人很熟悉的信号了。

"请大家注意了，嗯-嗯-嗯？"芬伦喊道。穿着华丽的男仆出现在出席者的身旁，开始引导他们："我们将在餐厅再次见面。按照传统，芬伦伯爵和伯爵夫人将会走在客人们后面。"

在通往餐厅的宽阔门道的两边，放着镶金瓷砖的洗手盆，上面镶嵌着错综复杂的马赛克图案，上面有科瑞诺和哈克南家族的徽章，这无疑是出于政治需要。而厄拉科斯前总督李芝家族的徽章则被煞费苦心地凿掉了，取而代之的是一只蓝色的哈克南狮鹫。客人们在盆子前停下来，把手伸进水里，再把一些水泼到了地板上。擦干手后，他们把毛巾扔进一个越来越大的水坑里。

---

①簌簌簌咔是厄拉科斯上水商的吆喝语。源自一个叫做簌咔的集市。

这一套民俗式的东西是哈克南男爵提出来的，为了表明这颗行星的统治者毫不担心水资源短缺问题。这是一种对财富的乐观炫耀。芬伦很喜欢这个调调，于是才有了这一套程序——但是，大概是因为仁慈之心吧，玛格特夫人把这套东西变成了一种帮助乞丐的方法，当然在很大程度上只是象征性的。也就是在她丈夫勉强同意的情况下，她告诉大家，每次宴会结束后乞丐都可以到宅邸外面来，取走所有从脏毛巾中挤出来的水。

玛格特那双湿漉漉的手有些发麻了，她和丈夫走进了长长的大厅。古老的挂毯装饰在墙壁上。随意飘浮着的球形灯在房间里四处游荡，都被设置成距离地板相同的高度上并调到了黄色光谱。在光亮的木桌上，挂着一盏蓝绿色的哈葛尔石英吊灯，吊灯的上端则藏着一个灵敏的毒物探测器。

一小队仆人为用餐者们摆好了椅子，并在每位客人的腿上铺上了餐巾。有人绊了一跤，把一件水晶中心装饰品打碎在地。仆人们连忙上前把碎片打扫干净，并取来了一个新的放在原处。而其他人都假装没注意到。

玛格特坐在长桌的尾端，和蔼地向行星学家帕多特·凯恩斯和他十二岁的儿子点头问好，他们被安排坐在她的两侧。这个罕见的沙漠人接受了她的邀请时，她感到很惊讶，她想要知道关于他的谣言有多少是真的。根据她的经验，虽然晚宴上的闲聊和不真诚是出了名的无意义，但有些事还是逃不过一个精明的贝尼·杰瑟里特观察者的。她仔细地打量着这个瘦削的男人，注意到他外衣的灰色领子上有一块修补过的补丁以及他长着沙黄色胡须的硬朗下巴。

离她两步远的莫希阿姆圣母坐到了椅子上。哈什米尔·芬伦也在桌首坐了下来，哈克南男爵就在他的右边。玛格特知道男爵和莫希阿姆互相厌恶，所以安排他们相隔远远的。

芬伦抬手打了个响指，仆人们端着一盘盘珍奇小吃从侧门走了出来。他们在桌子周围走来走去，一一说明食物的名称，然后从盘子里分发给众人。

“谢谢你邀请我们，芬伦夫人。”凯恩斯的儿子看着玛格特说。行星学家以“维奇赫”为名介绍了这个年轻人，意思是“心爱的人”。她可以看出这孩子和他的父亲很像，但老凯恩斯的眼里有一种梦幻的神情，而这位维奇赫则因为在厄拉科斯长大显得有些冷漠无情。

她也朝他微笑道：“我们的厨师中有一位城市弗雷曼人，他为宴会准备了一种特色穴地美食，也就是加了蜂蜜和芝麻的香料蛋糕。”

“弗雷曼菜系现在是一种皇家菜了?”帕多特·凯恩斯苦笑着问道。他的样子看起来就好像他从没把食物看作是食物之外的东西，而一直把这种正式宴会看作是对工作的一种干扰。

“所谓菜系只是一种……味道而已。”她的措辞很有技巧。同时目光闪烁。

“那我就当是否认了。”他说。

身材高挑的女侍者从一个地方走到另一个地方，手里拿着装有蓝色美琅脂葡萄酒的细颈瓶。而最令当地人惊讶的是一整盘的鱼被端了出来，鱼旁边还有张着嘴的巴塞尔贻贝。即使是最富有的居民也很少能品尝到海鲜。

“啊!”一个仆人揭开了一个托盘上的盖子，芬伦在桌子的另一端高兴地说道，“我一定得好好尝尝这些埃卡兹萝卜，嗯-嗯-嗯。谢谢你，亲爱的。”仆人把黑酱浇到了蔬菜上。

玛格特说道：“为我们尊贵的客人花多少钱都是值得的。”

“让我来告诉你们为什么这些蔬菜这么贵吧，”一位来自埃卡兹[①]

---

①埃卡兹是半人马阿尔法 B 星系的第四行星，人称雕塑家的天堂，埃卡兹星球上盛产烟木，一种仅凭人类的意识就可以随意塑造其外形的植物。

的外交官忽然抱怨起来，吸引了大家的注意。这位名叫比迪克·纳尔维的人虽然个子矮小，但却声如洪钟："对农作物的破坏已经大大减少了我们对整个帝国的蔬菜供应量。而我们已经把这种新的瘟疫命名为'格鲁曼疫病'了。"

他怒视桌子对面的格鲁曼[①]大使，一个身材魁梧、嗜酒如命、皮肤黝黑的男人，然后指责道："我们还发现在伊拉迦，在我们的烟木森林里出现了生化破坏的痕迹。"帝国上下都非常珍视埃卡兹烟木雕塑，它可以通过人类思维的力量来引导生长。

尽管对面那个莫里塔尼家族的人身材魁梧，但他说话的声音却非常尖细刺耳："不过是埃卡兹人再次装作物资短缺，想要推高价格而已。这是个老把戏了，自从你的那些贼人祖先被逐出古地球以来就屡试不爽。"

"根本不是这样的——"

"先生们，拜托。"芬伦打断了他们。格鲁曼人一直是一个非常反复无常的民族，只要感觉受到了一点侮辱，他们就会疯狂地报复。芬伦觉得这一切都很浅薄，也都很无聊。他看向他的妻子："我们是不是把座位安排错了，亲爱的，嗯哼?"

"或者从客人名单开始就错了。"她打趣道。

礼貌而尴尬的笑声在桌子周围响了起来。争吵的人这才安静下来了，尽管他们仍在互相怒目而视。

"很高兴看到我们杰出的行星学家带来了他帅气的儿子，"哈克南男爵油腔滑调地说道，"真是个相当漂亮的小伙子。你绝对是这里最年轻的客人了。"

"我很荣幸能来这里，"男孩回答，"和这么多受尊敬的人在一起。"

---

①格鲁曼是牛舍星系的第二行星，统治家族是莫里塔尼。

“我听说，你准备将来接替你的父亲。”男爵接着说道。玛格特却从他低沉的声音中察觉到一丝隐藏着的讽刺意味。“也是，没有行星学家的话我们可怎么办呀。”事实上，凯恩斯很少出现在城里，也几乎没有向皇帝提交过规定的报告，但沙达姆却没有注意到或在意这一点。玛格特从她丈夫那里打听到的是皇帝正忙于其他——还不知道是什么——的事情。

年轻人热情的双眼亮了起来。他举起一个水瓶，说道：“我提议为我们的男主人和女主人干杯！”帕多特·凯恩斯则对儿子的大胆举动很是赞赏，也对自己没有首先想到这个社交礼节而感到惊讶。

“好主意啊。”男爵大大咧咧地附和道。玛格特察觉到了他声音中的懈怠，估计是因为喝了太多的香料葡萄酒。

这个只有十二岁的男孩声音坚定地说着祝酒词：“祝愿所有在这里展示给我们的财富、食物和水源，都无法与你们富足的内心相比。”说完他抿了一口水。

聚集在一起的客人都对祝酒词表示了赞同，玛格特却从他们眼中看出了闪烁的贪婪。行星学家则坐立不安起来，随着碰杯次数的减少，他也终于开始说出他的想法来：“芬伦伯爵，我知道您建造了一个精心设计的热带温室。我很有兴趣去看看。”玛格特突然明白了为什么凯恩斯会接受邀请，为什么他会从沙漠到这里来了。他穿着朴素但很实用的束腰外衣和马裤，披着一件沙棕色的斗篷，根本不像一个皇室仆人，倒更像是一个肮脏的弗雷曼人。

“看来你已经知道了我们的小秘密了，嗯-嗯-啊？”芬伦噘起嘴唇，显得很不自在，“我本来是打算今晚把温室展示给客人们看的，但遗憾的是某些……嗯-嗯-啊，延误让这一切变得不可能了。也许改天吧。”

“你造了一个私人的温室，这岂不是在向厄拉科斯人炫耀他们无法拥有的东西吗？”年轻的维奇赫问道。

“暂时无法拥有。”帕多特·凯恩斯低声纠正道。

玛格特听见了这句话。有意思，她这才意识到低估这个粗犷的男人，甚至低估他的儿子都是个错误。“从帝国各地把植物收集起来肯定是一个令人钦佩的目标吧?”她耐心地暗示道，“我把这看作是一种对宇宙所能提供的财富的展示，并不是想提醒人们缺少什么。”

帕多特·凯恩斯用低沉而坚定的语气告诫身旁的年轻人：“我们到这里来不是要把自己的观点强加于人的。”

“相反的，请说明一下你的观点吧，”玛格特催促道，试图不去理会埃卡兹大使和格鲁曼大使正隔着桌子交换侮辱性的眼神，“我们不会生气的，我保证。”

“是啊。”一位坐在宴会桌中间区域的迦太格武器进口商附和道。他的手指上满是宝石戒指，重得几乎无法抬起手来，“解释一下弗雷曼人的想法吧。我们都想知道呢!”

凯恩斯慢慢地点了点头，说道：“我和他们住在一起很多年了。要想了解弗雷曼人，首先就必须明白生存是刻在他们骨子里的东西。他们什么东西也不会浪费。所有东西都会被回收再利用。”

“榨干最后一滴水，”芬伦说，“甚至是尸体里的水，嗯-嗯-嗯-嗯?”

凯恩斯看了看儿子，然后又回头看着玛格特：“而你的私人温室需要大量这种珍贵的水才能维持。”

“啊，但是作为帝国监察员，我可以用自然资源做任何我想做的事情，”芬伦指出，“我认为花在我妻子温室上的钱是值得的。”

“你当然有权这么做，”凯恩斯说，他的语气像屏蔽场城墙[①]一样坚定，“而我是沙达姆皇帝的行星学家，就像我是他之前的皇帝埃尔

①屏蔽场城墙是厄拉科斯北部地区的一座山脉，它保护着一小块区域不受星球科里奥利风暴的影响。

鲁德九世的行星学家一样。芬伦伯爵，我们每个人都有自己的责任。我不会在这儿做一个生态问题演讲的。我只是回答你夫人的问题。”

“好吧，那么，行星学家，告诉我们一些关于厄拉科斯的不为人知的事情吧，”男爵说道，眼睛盯着桌子，“你在这儿待的时间确实也够长了。而我死在沙漠里的人比死在哈克南要塞里的人还要多。公会甚至不能在星球轨道上部署足够多的气象卫星来提供可靠的监测和预报。这是最令人沮丧的。”

“不过，多亏了香料，厄拉科斯也是最赚钱的星球，”玛格特说，“特别是对您来说，我亲爱的男爵。”

“这颗星球不愿意被人理解，”凯恩斯说道，“要想知道这里到底发生了什么，需要用比我短暂的一生更长的时间才行。我只知道一点：我们必须学会如何与沙漠共处，而不是与之对抗。”

“那弗雷曼人恨我们吗?”寇拉公爵夫人，一位皇族远亲问道。她边说边把一叉子白兰地调味的小牛胸送进嘴里。

“他们是与世隔绝的，不信任任何弗雷曼以外的人。但他们也是诚实、直接的人，有一种荣誉准则，在座的任何人，包括我自己，都不能完全理解这种准则。”

玛格特优雅地扬起眉毛，问出了下一个问题，并仔细观察他的反应：“我们听说你也成了他们中的一员，这是真的吗，行星学家?”

“我仍然是帝国的仆人，我的夫人，虽然有很多东西需要从弗雷曼人身上学习。”

当第一道甜点上桌时，座位上的人们都开始窃窃私语起来，声音更加嘈杂了。

“我们的皇帝仍然没有继承人。”格鲁曼大使卢皮诺·奥德评论道。这个大个子男人的声音轻快而尖锐，从刚才开始他就一直在不停地喝酒。“他只有两个女儿，伊勒琅[1]和查丽丝。我并不是说女人不值钱……”说着他用炭黑的眼睛调皮地四下看了看，发现桌旁有几位女士投来了显而易见的反对目光。“但假如没有男性继承人，那么科瑞诺家族必须让位给另一个大家族。”

“假如他也能活得和埃尔鲁德一样长，那么我们皇帝的寿命可能还有一个世纪呢，”玛格特指出，“也许你没听说阿妮鲁尔夫人又怀孕了?”

奥德承认了这一点。“我的职责有时会让我远离主流新闻，”说着他举起了酒杯，“让我们祝愿下一个是男孩。”

“是啊，是啊!”几位食客跟着喊道。

但埃卡兹的外交官比迪克·纳尔维却对他做了一个下流的手势。玛格特听说过阿曼德·埃卡兹大公爵和格鲁曼的莫里塔尼子爵之间长期以来的仇恨，但她没意识到这种仇恨竟有如此严重。她真希望自己没把这两个仇敌安排得这么近。

奥德抓起一个细颈瓶，没等仆人给他倒自己抢先倒了些蓝葡萄酒，然后说道：“芬伦伯爵，你有许多以我们皇帝为主题的艺术品——绘画、雕像、刻有皇帝肖像的牌匾。沙达姆是不是把太多的钱投入到这种太过自我的项目中了? 现在帝国的各个角落里都是这种东西。”

“而有人一直在损毁它们，或是把它们推倒在地。”那位迦太格武器进口商哼了一声说道。

玛格特又想到了身边的那位行星学家和他的儿子，便从甜点盘里选了一块美琅脂甜蛋糕给他们。看来有些客人们还没有听说那些谣言，比如这些善意的艺术品礼物里其实都装有监视装置，皇帝通过它

---

①伊勒琅·科瑞诺公主是第八十一任帕迪沙皇帝沙达姆·科瑞诺四世和阿妮鲁尔，一位贝尼·杰瑟里特隐秘者的大女儿。她也是未来皇帝保罗·厄崔迪的妻子。

们监视帝国的动向。比如奥德身后那面墙上的牌匾就是这种东西。

“沙达姆希望能在历史上留下他的印记，嗯-嗯-嗯？”芬伦说，“我认识他很多年了。他希望脱离他父亲的政策，毕竟他父亲在位太久了。”

“也许吧，但他忽略了对萨多卡普通士兵的训练，而任凭他的将军们……他们的军衔叫什么来着？”

“波萨格[①]。”有人回答。

“对，任凭他们的数量不断增加，这就导致了过高的养老金和其他福利支出。萨多卡军的士气肯定下降了，因为他们被要求用越来越少的资源去完成更多的任务。”

玛格特注意到她的丈夫进入了一种象征着危险的安静状态。他的大眼睛现在眯成了一条缝，死死盯着那个愚蠢的醉汉。

这时一个女人对格鲁曼大使耳语了几句。他这才伸出手指摸了摸酒杯的边，说道：“哦，对，我很抱歉在一个如此了解我们的皇帝的人面前说了这些显而易见的事。”

“奥德，你就是个白痴。”纳尔维大吼了一声，仿佛他一直在等待机会侮辱他似的。

“而你就是个傻瓜，一个死人。”格鲁曼大使站起身来，把身后的椅子都撞翻了。他起身太快，时机也太精准了。难道他是假装喝醉了，只是为了找一个借口来激怒对面那个人？

卢皮诺·奥德忽然抽出一支闪闪发光的刀盘手枪，伴随着一阵刺耳的枪声，他向着对手反复射击。难道这就是他的计划，所以才要先激怒埃卡兹对手？刀盘手枪撕裂了纳尔维的脸和胸部，早在刀锋上的毒药生效前就致死了。

参加宴会的客人们大声喊叫起来，四散奔逃。男仆一把抓住跌跌

①波萨格是萨多卡军团里的将军级别的司令官。

撞撞的大使，从他手中夺走了那件早已弹尽的武器。玛格特只是呆坐在那里，与其说是害怕，不如说是惊讶。*我错过了什么？埃卡兹和莫里塔尼家族之间的仇恨到底有多深？*

“把他关进一个地下隧道里去，”芬伦命令道，“派一名卫兵全天候守着他。”

“但我有外交豁免权！”奥德抗议道，他的嗓音更尖了，“你不敢把我关起来。”

“永远不要假设我有什么不敢做的事。”伯爵瞥了一眼周围那些惊惶失措的面孔，“我大可以让我的其他客人惩罚你，然后再行使他们自己的……*豁免权*，嗯-嗯-嗯？”说着芬伦挥了挥手，于是那个喷着口水的人被带走关了起来，直到芬伦安排他回格鲁曼为止。

这时医护人员才匆匆赶来，这些人就是芬伦之前在温室事故中见到的那批医护人员。显然，他们已经不能为残缺不全的埃卡兹大使做任何事了。

今天这里的死亡人数可真多，芬伦寻思着，*而且一个也不是我杀的*。

“嗯-嗯-嗯-啊，”他对站在他旁边的妻子说道，“我担心这将成为一个……事件。埃卡兹大公爵一定会提出正式申诉的，目前还不知道莫里塔尼子爵会如何回应。”

他命令仆人们把纳尔维的尸体抬出大厅。许多客人已经分散到宅邸的其他房间了。“我们把人们叫回来好吗？”他紧握着妻子的手，“我讨厌看到今晚就这样结束。也许我们可以把那些艺人请回来，让他们讲些有趣的故事。”

哈克南男爵拄着他那根虫头手杖走到他们身边：“芬伦伯爵，这是你的地盘，不是我的。你得把此事报告皇帝。”

“我会处理的，”芬伦简洁地回答，“我本来也要去凯坦星处理另一件事，我会给沙达姆提供必要的细节。还有适当的借口。”

在古地球[1]时代，有一些毒药专家，他们都是些狡猾的聪明人，从事着所谓“遗产粉末”的交易。

——胶片书摘录，凯坦皇家图书馆

宫廷内侍比利·里东多骄傲地咧嘴笑着，大踏步走过门口：“陛下，您又添了一个女儿。您的妻子刚刚为您生了一个健康的漂亮姑娘。”

沙达姆四世并没有感到高兴，反而低声咒骂了几句，把他打发走了。*事不过三！再多个女儿对我有什么用呢？*

他的心情非常糟糕，这是他拼尽全力地把年迈的父亲从金狮宝座上赶下来后，心情最糟糕的一刻了。沙达姆走进他的私人书房，经过了一块古老的牌匾，上面写着：“法律是终极科学”——这是皇太子拉斐尔·科瑞诺说过的废话之一，他本人甚至从来没有戴上过皇冠。沙达姆把身后的门关上，把自己瘦削的身体狠狠塞进了办公桌后面那把质地粗糙的浮空椅里。

沙达姆中等身材，肌肉松弛，长着一个鹰钩鼻子。他长长的指甲修剪得很整齐，红头发用发油抹过直梳到脑后。身上穿着一件带有肩

①古地球，也称为旧地球或旧泰拉，是位于太阳恒星系统的第三颗行星。人类起源于此。在芭特勒圣战之后，宗教大同编译委员会聚集此地，编写了《奥兰治天主圣经》。

章和金银饰边的灰色萨多卡制服，但这种军队服饰不再像以前那样让他感到舒适了。

除了又一个女儿的出生，他还有许多心事要操心。最近，在哈蒙塞普[①]一个倒金字塔体育场的一场盛大音乐会上，有人放出来一个巨大的沙达姆四世充气雕像。这真是一种低俗的侮辱，这个花哨的东西让他看起来就像个小丑一样。这个充气人从放声大笑的人群头顶上飘过去，直到被哈蒙塞普龙卫把它射成燃烧的碎片为止——任何傻瓜都能看出这件事的象征意义！尽管进行了最严厉的镇压和审讯，但即便是萨多卡的调查人员也无法确定到底是谁制造或释放了这尊充气雕像。

在另一起事件中，卡尼达尔二号星纪念碑峡谷的花岗岩石壁上被人潦草地涂写上了足有几百米高的大字：“沙达姆，你的皇冠还能舒服地戴在你的尖脑袋上吗?”而在帝国的各个世界里，他的几十座新纪念雕像都被毁了。并且没人能查出谁是作案人。

一定是有人恨透了他，所以才做了这些事羞辱他。*一定是有人。*这个问题一直撕咬着他的皇帝之心，伴随着其他的隐忧……包括即将前来的哈什米尔·芬伦，他是来向自己报告特莱拉进行的那个人造香料秘密项目的。

奥马尔计划[②]。

这项研究始于他父亲的统治时期，只有少数人知道。如果奥马尔计划成功，它可能会提供给科瑞诺家族一个可靠的、人造的美琅脂来源，也就是宇宙中最珍贵的物质。但那些该死的特莱拉人花了太长时

---

①哈蒙塞普是禅逊尼大迁移的第六站，星球名为英格斯里所起。据推测该星球原本属于孔雀四星系。

②奥马尔，也被称为奥基达马尔，是贝尼·特莱拉和科瑞诺家族联合起来试图创造一个可行的人造美琅脂的计划。该项目在伊克斯实施，利用那里已经存在的先进设备和特莱拉人所拥有的广泛的遗传学知识。

间做实验了，日子一天天过去，他愈发心烦意乱。

而现在……他的第三个被诅咒的女儿诞生了！他不知道自己什么时候——或者是否——会费心去看一眼这个无用的新女孩。

沙达姆的目光沿着镶板的墙壁移动到一个书架上，书架上放着一幅阿妮鲁尔身穿婚纱的立式全息照片，旁边还有一本厚重的历史大灾难参考卷。她长着一双大大的母鹿般的眼睛——在某些光线中是淡褐色的，而在别的时候会更黑一些——那眼睛里似乎藏着什么东西。他早该注意到的。

这已经是第三次了，这个贝尼·杰瑟里特的“隐秘者”没能生下自己所需要的男性继承人，而沙达姆也没有为这种可能发生的事情制订任何应急计划。他的脸变得火热起来。他总能让几个小妾怀孕，并指望她们给自己生个儿子，但在已经有了和阿妮鲁尔的合法婚姻之后，如果他试图宣布一个私生子为王位继承人，他将陷入巨大的政治困境。

他也可以杀了阿妮鲁尔，然后再娶一个妻子——这种事他父亲已经干过不知道多少次了——但这样的行为可能会激怒贝尼·杰瑟里特姐妹会。其实只要阿妮鲁尔给他生一个儿子，一个健康的男孩，他就可以宣布有继承人了，一切问题就都解决了。

但经过几个月的耐心等待，现在又……

他听说那些女巫实际上可以通过操纵自己身体的化学反应来选择孩子的性别，那么这些女儿的出生便不是偶然的。他被贝尼·杰瑟里特这些权力操盘手们给欺骗了，当初就是她们把阿妮鲁尔强加给了他。她们怎么敢对百万世界的皇帝这么做呢？阿妮鲁尔来到皇室的真正目的到底是什么？她是在收集勒索情报来对付他吗？他应该把她打发走吗？

他拿起一支手写笔，敲打着满是血纹的伊拉迦木桌，盯着祖父冯迪尔三世的画像。冯迪尔因为喜欢寻找蛛丝马迹并主动消灭一切潜在的叛乱，而被人们称作“猎手”，他甚至在自己家族内部也同样令人感到畏惧。虽然这位老人早在沙达姆出生前就去世了，但他知道一些猎手的脾气和方法。如果冯迪尔面对的是这样一位傲慢的妻子，他会找到摆脱她的方法的……

沙达姆按下了桌子上的一个按钮，他的私人内侍又走进了书房。里东多鞠了一躬，高高的额头上闪闪发亮。“陛下？”

“我现在就想见阿妮鲁尔。就在这儿。”

“陛下，夫人已经睡下了。”

“别让我重复我的旨意。”

里东多二话没说就消失在了木门后，像蜘蛛一样缓缓地消失了。

过了一会儿，一位脸色苍白、香气浓烈的侍女走了进来。她声音颤抖地说：“皇帝陛下，阿妮鲁尔夫人希望我向您转达，您的孩子出生后，她就一直很虚弱。她恳求你允许她继续卧床休息。并且您能不能考虑来看看她和孩子？”

“我明白了。她希望我能包容她一下？可我不想再看到一个无用的女儿，也不想听到更多的借口了。这是你们皇帝的命令：阿妮鲁尔现在要到这里来。她必须自己过来，不能有任何仆人或机械设备的帮助。听明白了吗？”

要是运气好的话，也许她会在路上累死的。

侍女吓坏了，她连忙鞠了一躬：“遵命，陛下。”

不一会儿，皮肤灰白的阿妮鲁尔站在了他私人书房的门口，紧紧地抓着那根有凹槽的柱子。她穿着一件皱巴巴的红金色长袍，没能完全遮住里面的睡衣。她的腿虽然不停颤抖着，但她的头却始终高昂。

“你有什么要说的吗？”他问道。

“我刚经历了一次难产，身体很虚弱。”

“借口，都是借口。你的智商能明白我的意思。你是真聪明啊，这么多年来把我骗得团团转。”

“骗你？”她冲他眨着母鹿般的眼睛，好像他在说疯话似的，“陛下，请原谅，我累了。您为什么要这么狠心把我叫到这儿来，还不肯见我们的女儿？”

他的嘴唇毫无血色，好像血已经被人从嘴唇里抽干了一般。他面沉似水地说：“因为你明明可以给我生一个男性继承人，但你却拒绝这样做。”

“这不是真的，陛下，纯属谣言。”为了不摔倒，她几乎用上了所有的贝尼·杰瑟里特训练。

“这是情报，不是谣言，”皇帝用一只眼睛瞪着她，好像这样可以看清更多的细节，“你想死吗，阿妮鲁尔？”

阿妮鲁尔想到他可能会杀了她。*我们之间当然没有爱情，但他敢冒着得罪姐妹会的危险处决我吗？*在他登基之前，沙达姆就已经同意娶她了，因为他需要在不稳定的政治态势下得到一个有利的盟友。现在，十几年过去了，沙达姆对自己的皇位好像有些太过自信了。“每个人都会死的。”她回答道。

“但不是以我为你安排的方式。”

阿妮鲁尔尽量不流露出感情来，她提醒着自己，她不是一个人，在她的心灵里有一个叫做其他记忆[①]的、由杰瑟里特前辈组成的集体记忆。于是她的声音平静了下来：“我们并不是人们想象中的那种复杂、狡猾的女巫。”当然，这话并不是真的，尽管她知道这不会减少沙达姆多少怀疑。

他的态度果然没有软化：“对你来说什么更重要……你的姐妹们还是我？”

她沮丧地摇了摇头，答道：“你无权问我这样的事情。我从来没

①其他记忆是贝尼·杰瑟里特姐妹会的一个专用术语，来描述她们的圣母所拥有的集体遗传记忆。

做过任何对皇室不忠的事。”

说着，阿妮鲁尔骄傲地抬起头，提醒自己她在悠久历史的姐妹会中所处的地位。她永远不会向他承认她确实收到了贝尼·杰瑟里特的命令，不能给科瑞诺家族生儿子。姐妹们的智慧在她脑海中回荡着。*爱会让你变得软弱。是危险的，因为它模糊了理智，使我们偏离了职责。这是一种畸形，一种耻辱，一种不可原谅的违规行为。我们不能爱。*

阿妮鲁尔试图平息沙达姆的愤怒：“接受您的女儿吧，陛下，因为她可以用来巩固你重要的政治同盟。我们应该讨论一下她的名字。你觉得文丝西亚怎么样？”

她突然一惊，感到大腿内侧涌出一股温暖的湿气。血？是缝线断了吗？红色的血珠随即滴落在了地毯上。

阿妮鲁尔看见沙达姆瞪着她的脚边。皇帝的脸上笼罩着新的怒火：“那块地毯在我的家族里已经有好几个世纪了！”

*不要示弱。他是一只动物……会攻击弱者而避开强者。*她慢慢地转过身，又洒了几滴血，然后才摇摇晃晃地走开：“考虑到科瑞诺家族的历史，我敢肯定这地毯对血腥味并不陌生。”

据说在整个宇宙中没有什么是稳定的，没有什么是平衡的，没有什么是持久的——没有什么能保持它原来的状态，每一天，每一小时，每一时刻都有变化在发生。

——贝尼·杰瑟里特护使团预言

在卡拉丹城堡下方那崎岖的海岸上，一个孤独的身影站在长码头的尽头，映衬着大海和初升的太阳。他有着一张狭窄的、橄榄色的脸庞，高高的鼻梁使他看起来像是一只鹰。

海面上，一群捕鱼船队刚刚出发，船尾拖着道道尾流。身穿厚毛衣、外套和针织帽的男人们在乱糟糟的甲板上忙活着，准备着他们一天劳作所需的装备。在下游的村子里，缕缕烟雾从烟囱里升起。当地人称这里为“老城”，在优雅的首都城市和太空港建成前的几个世纪里，这里便是最初的定居点，它就建在城堡后面的平原上。

雷托·厄崔迪公爵穿着一身休闲的蓝色钓鱼工装裤和一件绣着红鹰的白色外衣，他深深地吸了口清新的、咸咸的空气。雷托虽然是厄崔迪家族的主人，在兰兹拉德联合会和皇帝面前代表着卡拉丹人，但他更喜欢和渔夫们一起早出晚归，其中许多渔民他都知道叫什么。有时他们甚至会邀请公爵到家里去做客，尽管他的安全指挥官，那位不相信任何人的杜菲·哈瓦特会反对，但他还是偶尔会与他们一起共饮一碗海鲜汤。

咸咸的海风掠过水面，激起飞舞的白浪。他真希望自己能一起去打鱼，但他在卡拉丹的责任太大了。更何况还有一些比这个世界更为重要的事要他操心。他既要效忠帝国，也要效忠他所统治的人民，他发现自己被推到了历史的中心。

一名埃卡兹外交官令人震惊地被格鲁曼大使谋杀了，即使是在遥远的厄拉科斯这也不是一件小事，但格鲁曼的莫里塔尼子爵似乎并不在意公众舆论。大家族已经在呼吁帝国进行干涉以避免更大的冲突了。就在前一天，雷托把自己的信息发给了兰兹拉德联合会，自愿充当调解人。

他今年只有二十六岁，却已经在一个大家族担任了十年的掌舵人。他把自己的成功归于不忘本。为此，他应该感谢自己已故的父亲保卢斯。从表面上看，老公爵是一个谦逊的人，喜欢和他的臣民打成一片，就像雷托公爵现在所做的那样。但他的父亲也清楚——尽管他从未向雷托承认过——这本就是一个很好的政治策略，一个让公爵赢得人民的爱戴的策略。政治从来都是混合品。有时雷托都搞不清扮演个人角色和官方角色应该从何时开始，又在何时结束。

在他火线就任公爵后不久，雷托·厄崔迪便以那场戏剧性的没收审判震惊了整个兰兹拉德联合会，当时他被诬陷在公会运航机内袭击了两艘特莱拉飞船，为了洗清冤屈他做了一个大胆的赌博。雷托处理此事的技巧给许多大家族留下了深刻印象，他甚至还收到了亨德罗·莫里塔尼发来的贺信。亨德罗·莫里塔尼是格鲁曼的子爵，性情乖戾，令人讨厌，他经常拒绝合作——甚至拒绝参与——帝国事务。子爵说，他钦佩雷托“对规则的轻蔑”，证明了“领导能力是由具有坚定信念的强者所造就的，而不是那些研究法律条文的职员”。雷托并不完全确定莫里塔尼是否真的相信自己是无辜的。相反，他认为子爵只是喜欢看到厄崔迪公爵在如此不可逾越的困难面前逍遥法外。

另一方面，雷托和埃卡兹关系也不错。他的父亲老公爵是埃卡兹叛乱中的伟大英雄之一，曾与多米尼克·维尔纽斯并肩作战，推翻了暴力分裂主义者，捍卫了兰兹拉德认可的森林世界统治者。在阿曼德·埃卡兹重登红木宝座的胜利仪式上，保卢斯·厄崔迪就站在心存感激的年轻大公爵身边。在老公爵的财物中，有一条阿曼德·埃卡兹亲手戴在保卢斯那粗壮脖子上的勇气锁链。在兰兹拉德审判期间为雷托辩护的律师就来自埃卡兹。

由于自己受到冲突双方的尊重，所以雷托认为他可能会为他们展示一条和平之路。政治！他父亲总是教导他要仔细地考虑全局，从最小的到最大的元素都要考虑到。

雷托从他的外衣口袋里掏出一份语音记录器，口述了一封给他堂兄沙达姆四世的信件，祝贺他又获得一个孩子。这条信息将由下一趟前往凯坦的公会运航机上的官方信使代为转达。

等雷托再也听不到渔船引擎的声音了，他才沿着那条弯弯曲曲的陡峭小径爬上了悬崖。

他和二十岁的邓肯·艾达荷在院子里共进早餐。这个圆脸的年轻人穿着绿黑相间的厄崔迪骑兵制服。他浓密的黑发被剪得很短，这样便不会遮住眼睛，方便他接受强有力的武器训练。杜菲·哈瓦特和他相处了很长的一段时间，证明他是一个非常有技巧的学生。但邓肯已经达到了门泰特战士所能教他的极限。

在邓肯还是个孩童时，他逃离了哈克南人的奴役来到了卡拉丹城堡，在这里老公爵对他展示出了极大的同情心。长大之后，邓肯仍然是厄崔迪家最忠诚的臣民之一，当然也是最好的武士学员。作为厄崔迪家族的长期军事盟友，吉奈斯家族的剑术大师们最近批准了邓肯进入他们那所著名的学院。

“你要走了我会很难过的，邓肯，”雷托对他说道，“八年可是一段很长的时间……”

邓肯坐直了，没有显露丝毫恐惧：“可是一旦我学成归来，公爵，我就能更好地为您效劳了。我还年轻，到那时就没人敢威胁您了。”

“哦，他们还是会威胁我，邓肯。毫无疑问。”

年轻人停顿了一下，然后对雷托坚定地微笑起来：“那么犯错误的就会是他们。而不是我。”说着他拿起一片帕拉丹瓜①放进了嘴里，咬了一口黄色的瓜瓤，然后擦去顺着下巴淌下来的咸汁，“我会想念这些瓜的。军营里的食物比不了这个。”说着他把他面前那份切了开来。

九重葛蔓生在他们周围的石墙上，但此时仍是冬天，植物还没有开花。然而在不合时宜的温暖和早春的预兆下，花蕾已经开始在树上冒头了。雷托心满意足地叹了口气，说道：“在整个帝国的广大疆域中，我还没见过有比春天的卡拉丹更美丽的地方。”

“杰第主星的景色当然无法与这儿相比。”邓肯提高了警惕，不安地发现雷托似乎有些放松和满足，“公爵，我们必须时刻保持警惕，不能展现出丝毫的软弱。永远不要忘记厄崔迪和哈克南之间是世仇。”

“现在你越来越像杜菲了。”雷托舀起一口甜甜的庞迪米饭布丁，“邓肯，我相信在为厄崔迪家族服务的这些人当中，没有比你更好的了。但我担心我们把你送去接受这八年的训练可能会制造出一个怪物来。你回来的时候会变成什么样呢？”

一股骄傲注入了年轻人那深邃的蓝绿色眼睛：“我将成为吉奈斯的剑术大师。”

很长一段时间里，雷托都在担心着这所极度危险的学校。毕竟有近三分之一的学生会在训练中死亡。但邓肯对这些数据一笑置之，说

①帕拉丹瓜是一种专门生长在海水中的球形水果，它的内部果肉略咸，但却有一种沁人心脾的味道。帕拉丹瓜是卡拉丹星球的主要出口产品之一，在靠近海洋的三个大洲里都发现了瓜林。

他对抗哈克南人的胜率比这个还要低，但他也幸存了下来。而他是对的。

“我知道你会成功的。”雷托说道。他感到喉咙里哽咽起来，为自己放任邓肯离开而感到了深深的悲伤。“但你永远不能忘记同情心。不管你学到了什么，不要带着你比别人更强大的自负回到这里。”

“我不会的，我的公爵。”

雷托把手伸到桌下，拿出一个又长又细的包裹，隔着桌子递给他：“这就是我邀请你和我一起吃早餐的原因。”

邓肯惊讶地打开它，取出一把雕刻华丽的仪式剑。他一眼就看到了剑柄上镶饰着的绳索图案。“老公爵的剑！您要把它借给我？”

“是送给你，我的朋友。还记得我在武器大厅见到你的那一天吗，就在我父亲死在斗牛场之后不久？当时你从陈列架上把这把剑拿了下来。它几乎和你当时一样高，但现在你已经长大了。”

邓肯不知该如何感谢雷托了。

雷托上下打量着这个年轻人，似乎在鉴定他：“我相信，如果我的父亲能活着看到你变成了这样一个男人，他也一定会亲自把这把剑送给你的。你现在长大了，邓肯·艾达荷——你配得上公爵的剑。”

“早上好啊。”一个愉快的声音说道。隆博·维尔纽斯王子漫步走进了庭院，仍然睡眼惺忪，但已穿戴整齐。他右手上的红宝石戒指在朦胧的阳光下闪闪发亮。他的妹妹凯莉娅跟在他旁边，铜色的头发被一个金扣子扣在后面。隆博瞥了一眼剑刃，发现了邓肯眼中的泪水，于是问道：“这是怎么回事？”

“是我给邓肯一份离别礼物。”

隆博吹了个口哨：“对个马童来说这礼物还真不错。”

“也许这礼物太贵重了。”邓肯看着雷托公爵说。他凝视着剑，然后瞪了一眼隆博：“不过，维尔纽斯王子，我再也不会在马厩里工作了。下次你再见到我时，我就会成为一名剑术大师了。”

“剑是你的了，邓肯，”雷托用最坚定的语气说道，这是他从父亲那里学来的，“这件事不会再讨论了。”

“如您所愿，公爵，”邓肯鞠躬道，“我请求告退，去准备我的旅行。”然后年轻人大踏步地穿过院子，离开了。

隆博和凯莉娅坐在已经摆好了早餐盘子的桌旁。凯莉娅对雷托笑了笑，但不是她惯常的那种热情微笑。多年来，这对男女一直在感情问题上小心翼翼，无法更进一步，这完全是因为公爵出于政治考虑，不愿与一个强大家族的女儿结婚。他的理由是他父亲灌输给他的，一个公爵要卡拉丹人民负起责任。雷托和凯莉娅只握过一次手，他甚至从来没有吻过她。

凯莉娅压低了声音问道：“你父亲的剑，雷托？真的有必要吗？它太贵重了。”

“但那只是个物件，凯莉娅。它对邓肯而言比对我更重要。我不需要借助刀剑来保留对我父亲的美好回忆。”接着，雷托注意到了他朋友脸上的金色胡楂，这让隆博看起来更像一个渔夫，而不是王子，“你上次刮胡子是什么时候？”

“地狱在下！刮不刮胡子会影响我的长相吗？”说着他喝了一口苹果汁，刻薄地抿着嘴唇，“我有的是更重要的事。”

凯莉娅吃得又快又安静，同时那双锐利的绿眼睛打量着她的哥哥。然后撇着像猫一样的小嘴，表示不以为然。

雷托望着桌子对面的隆博，注意到他朋友仍然长着一张孩子般的圆脸，但棕色的眼睛却不再那么明亮了。相反，这双眼睛里饱含失去家园、母亲被杀、父亲失踪的深切悲痛。现在这个曾经显赫的家族只剩下他和他妹妹了。

“我想确实没什么影响，”雷托承认道，“我们今天没有国事，也没有光荣的凯坦星之旅。所以你最好干脆连澡也别洗了。”雷托搅拌着他那碗庞迪米饭布丁，然后声音变得异常尖锐：“尽管如此，你仍然是我的宫廷成员——也是我最信任的顾问之一。到现在为止，我仍然希望你能制订一个计划，重新获得你失去的财产和头衔。”

隆博仍然在每件衬衫的领子上都戴着紫铜相间的螺旋，不断提醒着人们伊克斯曾经的辉煌岁月，在特莱拉人接管之前，维尔纽斯家族统治着那个机器世界。雷托注意到，隆博的衬衫皱得厉害，明显需要洗洗了。

“雷托，如果我知道该怎么做，我会马上跳到一艘运航机上去试试的，”他看上去有些慌乱，“特莱拉部队已经把伊克斯封锁在无法穿透的屏障后面。你想让哈瓦特派出去更多的间谍吗？前三个一直没找到去地下洞穴城的路，最后两个干脆消失得无影无踪了。”说着，他把双手叉在了一起。“我只希望忠诚的伊克斯人民能继续在内部战斗，然后很快推翻侵略者。我觉得一切都会好起来的。”

“我的朋友，一名乐观主义者。”雷托说。

凯莉娅在早餐期间一直愁眉苦脸着，最后终于忍不住开口了：“已经十二年了，隆博。这一切还需要多久才能神奇地自我复原呢？”

她哥哥很不自在，试图转移话题：“你听说了吗？沙达姆的妻子刚刚生下了他们的第三个女儿。”

凯莉娅哼了一声道：“我了解沙达姆，我敢打赌他会因为不是男性继承人而很不高兴的。”

雷托拒绝接受这种消极的想法：“他弄不好欣喜若狂也说不定，凯莉娅。此外，他的妻子还能给他生很多孩子呢。”然后他又转向隆博，“这使我想到，老朋友——你应该找个老婆了。”

“让我勤洗澡，然后监督我每天刮胡子？”

“也许是为了重新开始你的工作。以一个流亡继承人的身份延续维尔纽斯家族的血脉。”

凯莉娅差点儿开口说些什么，但似乎又重新考虑了一下。她吃完了一个甜瓜，咬了一片吐司。不一会儿就站起来离开了桌子。

在漫长的沉默中，泪水在伊克斯王子的眼中闪烁，然后顺着他的脸颊流下来。他不好意思地抹了把脸说："是啊。我自己也一直在想这个问题。你是怎么知道的？"

"在我们喝光了两三瓶酒之后，你不止一次这样对我说过。"

"这是个疯狂的念头。我的家族已经死了，伊克斯也落入了狂热分子之手。"

"所以，在卡拉丹建立一个新的小家族吧，一个新的家族产业。我们可以看看行业目录，看看需要什么。凯莉娅很有商业头脑。而我会为你提供建立人脉所需的资源。"

隆博苦乐参半地笑了笑："我的命运将永远与你的命运紧密相连，雷托·厄崔迪公爵。不，我最好还是留在这儿掩护你吧，确保你不会把整个城堡都给弄丢了。"

雷托面无笑容地点了点头，然后他们像帝王那样握了握手。

大自然从不犯错，对与错是人类的划分。

——帕多特·凯恩斯，《厄拉科斯讲座》

这是个单调的日子。这支由三个人组成的哈克南巡逻队沿着一千公里的飞行路线，在金色的沙丘上巡逻着。在这枯燥的沙漠中，哪怕是一阵沙尘也会让他们兴奋起来。

士兵们驾驶着他们的装甲扑翼机，绕着山脉盘旋，然后从大平原向南拐去。是男爵的侄子、厄拉科斯临时总督格洛苏·拉班指示他们这样定期飞行的，目的就是让人们看见——以便告诉大家，哈克南家族对那些肮脏的弗雷曼定居点的监视是毫不松懈的。

基尔是一名侧枪手，他认为这个差事可以让他在香料采集点附近合法地猎杀弗雷曼人。是什么让这些肮脏的流浪者认为他们可以不经迦太格地区办事处的许可就擅自进入哈克南的领土？但是，很少有人在白天看到弗雷曼人，所以这项任务就不免变得有些枯燥乏味了。

加朗驾驶着扑翼机，时而上升时而下降地捕捉着上升气流，就像在玩一场游戏。他保持着一种坚忍的表情，尽管当飞船在恶劣的空气中颠簸时，偶尔会露出一丝笑容。当他们完成第五天的巡逻任务时，他仍能持续地在地形图上标出不同之处，而每发现一个错误，他都会厌恶地嘟囔一声。这是他用过的最糟糕的地图了。

后座上坐着的是最近才从杰第主星调来的乔斯滕。已经习惯了工业设施、灰色天空和肮脏建筑的他此时凝视着窗外的沙漠荒地，研究着几乎可以催眠的沙丘排列模式。他发现了一团尘雾向南飘去，直奔丧原[①]深处。“那是什么？香料采集作业？”

“不可能，”侧枪手基尔说，“采矿车会向空中射出一缕细长的烟柱的，看上去就像一个圆锥体。”

“太低了，不会是尘卷风。太小了。”加朗耸了耸肩，猛地拉了一下扑翼机控制杆，飞向那低低的红褐色云层，“我们过去看看吧。”经过这么多天乏味的日子，就算是一块从沙海里探出头来的大石头他们也愿意去看看……

当他们到达现场时，没有发现任何痕迹，没有机器，也没有人类存在过的迹象——然而大片的沙漠看起来已经被摧毁了。斑驳的铁锈色把沙子染成了更深的赭色，就像伤口涌出的血在烈日下被晒干了一样。

“好像有人在这里扔了一颗炸弹。”基尔说。

“也有可能是一次香料喷发，”加朗说，“等我把飞机降落，仔细看看去。”

扑翼机停在了不断搅动着的沙地上，基尔打开舱门。温控气体发出了嘶嘶声，随之而来的便是一股股热浪。他被沙尘呛得咳嗽起来。

加朗从驾驶舱探出身子，使劲闻了闻。“你们好好闻闻吧。”一股烧焦的肉桂味扑鼻而来，“肯定是香料喷发。”

乔斯滕挤过基尔身边，跳到松软的沙地上。他惊讶地弯下腰，抓起一把赭色的沙子放到嘴唇上：“我们能不能挖点儿新鲜香料带回去？肯定值一大笔钱呐。”

基尔也在思忖同样的事情，但此时他却轻蔑地转向这个新人：“我们没有加工设备。你需要把香料和沙子分开，而光靠手指头是做

①丧原是厄拉科斯上一片著名的大沙海。

不到这一点的。”

加朗则用更为平静且坚定的声音说道：“而且如果你回到迦太格，然后向街头小贩出售这些香料的话，你就会被直接拉到拉班总督面前——或者更糟的是，你必须向芬伦伯爵解释皇帝的香料是如何落入巡逻队员口袋里的。”

士兵们迈着沉重的步伐来到了正在消散的尘埃云中心的一个破烂坑洞前，乔斯滕环顾了一下四周，问道：“我们在这儿安全吗？沙虫不会来找香料吧？”

“害怕了，孩子？”基尔问道。

“如果我们看到沙虫的话，就把他扔给它好了，”加朗建议道，“然后我们就能逃跑了。”

基尔忽然察觉到沙子坑洞中有什么动静，似乎有什么东西在蠕动，像是某种深埋在地下的东西想要钻上来，就像腐烂的肉里的蛆虫似的。乔斯滕张开嘴想说些什么，然后又把嘴闭上了。

一种像鞭子一样的生物突然从沙地中出现，身长两米，皮肤多肉。它有一条大蛇那么长，嘴巴张开成一圈，喉咙里排列着尖牙，闪闪发光。

“沙虫！”乔斯滕大喊道。

“只是个雏儿而已。”基尔嘲笑道。

“是条幼虫——你说呢？”加朗问道。

虫子摆动着它那没有眼睛的头。身旁还有一窝爬行动物在蠕动着，好像是刚从爆炸中孵化出来的。

“这些东西到底是从哪儿来的？”基尔问道。

“我的简报里反正没有。”加朗说。

“我们能……抓一个么？”乔斯滕问道。

基尔意识到这个年轻的新兵的确出了一个好主意，便停止了粗鲁的反驳：“来吧！”说着他便一头冲进了翻腾的沙子里。

蠕虫察觉到有人靠近，于是直立起来，似乎不确定是该攻击还是该逃跑。然后，它便像海蛇一样弓起身子，一头扎进沙子里，扭动着挖起洞来。

乔斯滕全速向前冲刺，在即将到达坑洞时，猛扑过去，一把抓住了它那分段的身体。“它力气太大了！”侧枪手也跟着他跳了下来，揪住沙虫那条不断抽打着的尾巴。

沙虫想要挣开，但加朗跑到了它身前，把手伸进沙子，从它脑袋后面紧紧地按住了它。三名巡逻队员扭打拉扯着。那条小虫子则像电盘上的鳗鱼一样扑打不已。

在深坑的另一边，其他的小沙虫则像一片奇怪的潜望镜森林似的从沙海中冒出头来，把黑色的圆嘴对准众人。有那么一瞬间，基尔心头一凉，觉得它们马上就会像骨髓水蛭一样冲过来了，但这些年幼的沙虫却快速逃离，消失在地下。

加朗和基尔把他们的俘虏从沙地里拽了出来，拖向扑翼机。作为一支哈克南巡逻队，他们拥有逮捕罪犯所需的所有设备，包括老式的那种把俘虏像畜群一样关起来的装置。“乔斯滕，去把我们缉拿箱里的束缚绳拿过来。”飞行员说。

新人拿着绳子跑回来，套成了一个圈，从虫子的头上滑过去，紧紧地系上。加朗松开了按在沙虫橡胶状皮肤上的手，抓住了绳子另一头，乔斯滕则又在虫子下半截系了一根绳子。

“我们要拿它怎么办？”乔斯滕问道。

有一次，早在基尔刚被分配道厄拉科斯的时候，他加入过拉班的捕虫行动，但他们没有成功。当时他们有一位弗雷曼向导，装备精良的部队，甚至还有一位行星学家。他们用那名弗雷曼向导作诱饵，诱骗了一条巨大的沙虫，并用炸药将它炸死。但在拉班拿到他的战利品之前，那头野兽就溶解了，变成了一种单细胞生物——落到沙地后只剩下了软骨骨架和疏松的水晶般的牙齿。拉班当时非常愤怒。

基尔心头一紧。男爵的侄子可能会觉得三个普通巡逻兵都能捉到一条虫子而他自己却抓不到，这是对自己的一种侮辱，于是说道：“我们最好淹死它。”

“淹死它？”乔斯滕问道，“为什么啊？我为什么要浪费我的水配给来做这个呢？”

加朗的脑子里却忽然灵光一闪：“我听说弗雷曼人经常这样做。他们觉得如果你把一条虫仔淹死，它会吐出某种非常罕见的毒药来。”

基尔点点头：“嗯，没错。那些疯狂的沙漠人会在他们的宗教仪式中使用它。它能让每个人都陷入疯狂，然后交媾，许多人都死在了仪式中。”

“但……但我们舱里只有两升水啊。”乔斯滕仍然紧张地说。

“那我们就用一升。不管怎么说，我知道在哪里可以把水加满。”飞行员和他的侧枪手交换了一下眼色。他们在一起巡逻的时间足够长了，已经十分默契。

那条小虫似乎明白了自己的命运，拼命挣扎起来，但它已经越来越虚弱了。

“一旦我们拿到了药，”基尔说，“我们就去找点乐子吧。”

在夜间，巡逻队的扑翼机都会以隐形模式飞行，他们飞越了险峻的山脉，从山脊后面靠近着一个叫做比拉尔营地的肮脏村庄，最后降落在了村庄上方坚硬的平顶山上。这里的村民们都居住在挖空的洞穴和延伸到平顶山的地面建筑里。依靠风车产生着动力。补给箱上闪烁着细小的灯光，吸引了几只蛾子和以它们为食的蝙蝠。

与隐居的弗雷曼人不同，这里的村民稍微文明一点，但也更受压迫：他们充当着沙漠向导，也会加入香料收割队。只是他们已经忘记了如何在自己的世界里生存而不是当行星统治者的寄生虫。

在早些时候的一次巡逻中，基尔和加朗在这个平顶山上发现了一个隐藏起来的蓄水池，简直是一座水的宝库。基尔甚至不知道村民们是从哪里弄来的这些水。最有可能的是他们犯了欺诈罪，夸大了他们的人口普查数字，因此哈克南家族慷慨地提供了超出他们应得的水分。

比拉尔营地的村民们用石头盖住蓄水池，让它看起来像是一个天然的巨石，但村民们没有在他们这个非法蓄水池附近安排守卫。由于某些原因，沙漠文化中偷盗行为的严重程度甚至超过了谋杀。所以他们相信自己的财产不会被夜间的强盗或小偷拿走。

当然，哈克南的士兵们不会偷水——也就是说，他们会直接拿走。

乔斯滕尽职尽责地举着他们不断晃动着的容器一路小跑回来，容器里面装着被淹死的蠕虫停止挣扎后分泌的黏稠有毒物质。他们对自己的所作所为感到恐惧和紧张，于是把那条软绵绵的虫子尸体扔回了香料喷发处附近，然后带着毒物离开了。而基尔则十分担心蠕虫分泌出的有毒物质可能会腐蚀掉整个贮水袋。

加朗操纵比拉尔蓄水池那巧妙隐蔽起来的水龙头，将他们的一个空容器装满了水。为了一个对村民所做的恶作剧而浪费掉所有的水是没有意义的。然后基尔拿起盛有蠕虫毒物的容器，把里面的黏稠液体倒进蓄水池。当下次村民们喝下这些非法囤积的水时，一定会大吃一惊。“罪有应得。”

“你知道这种药会对他们产生什么影响吗?”乔斯滕问道。

加朗摇了摇头，回答：“我听说过很多关于这种药的疯狂故事。”

“也许我们应该让孩子先试一试。”侧枪手说。

乔斯滕后退了几步，举起了手。加朗再次看了看被污染的水箱，说道：“我敢打赌，他们会脱下衣服在街上光着身子跳舞，然后像野鸡一样叫个不停。”

基尔说："要不我们留下来看看乐子吧。"

加朗皱起了眉头反问道："你愿意去和拉班解释我们归队迟到的原因吗?"

"那我们还是走吧。"基尔急忙回答。

当虫毒注入水池时，哈克南的士兵们急忙回到他们的扑翼机里，很不情愿让这个恶作剧留待村民们自己去发现了。

在我们面前，所有的学习方法都受到本能的影响。在我们面前，依靠本能的研究人员的注意力很难持续——通常不超过一个人的一生。他们从未想到过跨越五十代甚至更多代人的项目。他们也没有意识到肌肉/神经训练的概念。而我们则学会了如何学习。

——贝尼·杰瑟里特《阿扎之书》

这个孩子真的很特别吗？圣母盖乌斯·海伦·莫希阿姆看着眼前这个身材比例完美的女孩在圣母学校训练模块的硬木地板上进行普拉纳－宾度肌肉神经训练。

从前几天厄拉科斯那场失败的宴会回来后，莫希阿姆就试图用公正的眼光看待她的这名学生，把真相暂时隐瞒起来。杰西卡，我自己的女儿……决不能让这女孩知道她自己的血统，甚至都不能让她有所怀疑。即使在秘密的贝尼·杰瑟里特育种图表上，莫希阿姆也没有用自己的姐妹会名字，而是用她的本名“塔尼蒂亚·奈鲁斯”。

十二岁的杰西卡泰然自若地站着，双臂放在身体两侧，试图放松自己，试图阻止身体每一块肌肉的活动。她右手握着一把想象中的剑，直直地盯着一个想象中的对手。她唤起了内心深处的平静和专注。

但莫希阿姆敏锐的眼睛注意到，杰西卡的小腿肌肉、脖子周围和一侧眉毛上出现了一丝几乎无法察觉的抽搐。这个孩子需要更多的练习来完善技巧，但她已经取得了长足的进步，展现出了很大的潜力。很幸运的是杰西卡拥有着极大的耐性，她有能力让自己平静下来，倾听别人对她说的话。

太专注了，这个孩子……真是充满了潜力。而且生来如此。

杰西卡假装移向左边，飘浮，旋转——然后身体突然僵硬了，又变成了一个雕像似的。她的眼睛直视莫希阿姆，却无视她的教练和导师。

严厉的圣母走进了训练场地，凝视着女孩清澈的绿眼睛，发现那里空无一物，就像一具尸体在凝视前方。杰西卡不见了，消失在她的神经和肌肉纤维中。

莫希阿姆蘸湿了一根手指，把它放在女孩的鼻子前。她感到空气只发出了一阵轻微的颤动。女孩颀长躯干几乎纹丝不动。杰西卡几乎进入了完全宾度歇止[①]状态……但还是没做到完全。

还有许多艰苦的工作要做。

在这个姐妹会中，只有彻底完美才够好。作为杰西卡的教练，莫希阿姆会一遍又一遍地复习那些古老的套路，回顾那些必须要遵循的步骤。

圣母退了几步，打量着杰西卡，但没有叫醒她。在女孩那张椭圆形的脸上，她想要看出哪些特征来源于自己，而哪些则是出自她父亲弗拉基米尔·哈克南男爵：长脖子和小鼻子是莫希阿姆的基因，但寡妇尖形状的发际线、宽嘴巴、厚嘴唇和光润的皮肤则是来自男爵……当年仍然健康迷人的男爵。杰西卡深邃的绿眼睛和光亮的古铜色头发来自更遥远的基因。

*你要是知道自己是谁就好了。*莫希阿姆回忆起当初她被告知这个计划时的情景。杰西卡未来的女儿，在长大成人后注定要生下魁萨

---

①蜡屈症的一种特殊形式，由自我诱导引发。

茨·哈德拉克[①]——数千年精心育种的巅峰之作。莫希阿姆注视着女孩的脸，寻找着任何抽搐的迹象，寻找任何具有重大历史意义的迹象。你还没有准备好去发现这个秘密。

杰西卡开始说话了，她做着口型念出一句和贝尼·杰瑟里特圣母学校一样古老的真言："每个攻击者都是在无限道路上飘浮着的羽毛。当羽毛靠近时，它将会被改道并移走。而我的答案是吹一口气，把羽毛吹走。"

莫希阿姆后退了几步，她的女儿迅速做了一个模糊的动作，试图通过反射动作飘移起来。但杰西卡仍在努力强迫她的肌肉安静而流畅地流动，而她本应该放任它们如此。

女孩的动作比以前更好了，更集中也更精确了。杰西卡最近的进步让人印象深刻，就好像她经历了一场醍醐灌顶的顿悟，提升到了一个新的高度。然而，莫希阿姆仍然发现了太多青涩的能量和未被释放的压力。

这个女孩是哈克南男爵恶意强奸的产物，强奸发生在她的姐妹会勒索他，要他给姐妹会生一个女儿之后。莫希阿姆在遭受性侵时实施了报复，她用一种贝尼·杰瑟里特技术控制了自己体内的化学物质，让他患上了一种能使人衰弱的痛苦疾病。这样一种令人愉快的缓慢折磨。随着病情的恶化，男爵在过去的一年里一直离不开手杖。在芬伦家的宴会上，她非常想告诉那个粗野的男人她究竟对他做了什么。

但是，如果莫希阿姆告诉了他，在厄拉奇恩宅邸的餐厅里很可能会发生另一起暴力事件，肯定会比埃卡兹和格鲁曼大使两人之间的争吵严重得多。她甚至可能会使用致命的战斗技能杀死男爵。就算是杰西卡，尽管她所受的训练有限，也有能力迅速而轻松地干掉那个男人

①魁萨茨·哈德拉克，意为"捷径之法"。是贝尼·杰瑟里特寻求的一个基因解决方案：一个男性贝尼·杰瑟里特，他的精神和肉体之能可以穿越时空。对于这个未知的人物，她们称其为"魁萨茨·哈德拉克"。

——她的父亲。

伴随着机器发出的嗡嗡声，莫希阿姆看到一个真人大小的人偶从地板上出现了。这标志着例行训练的下一阶段开始了。就在那一瞬间，女孩转身一脚侧踢，将它斩首。

“还得更灵巧一些。杀戮的触感必须是微妙的，精确的。”

“是的，圣母。”

“不过，我还是为你所取得的成就感到骄傲。”莫希阿姆说话的语气异常温柔，她的上级一旦听到了，肯定不会原谅她。任何形式的爱在这里都是被禁止的。

“姐妹会已经为你安排了很好的计划，杰西卡。”

“萨图赫”是一个有很多意思的词。每一个贝尼·特莱拉都知道这是第一位特莱拉大师的名字。但是，正如这个人不仅仅是一个凡人一样，他的称呼也有其深度和复杂性。根据音调和声音的变化，“萨图赫”可以表示“你好”或“祝福降临于你”。或者，当一名信徒准备为伟大的信仰而牺牲时，它可以用这一个字代表一段祷词。出于这样的原因，我们选择它作为被我们征服的行星的新名字，这颗星球以前被称作伊克斯。

——特莱拉人训练磁盘

应急计划的好坏取决于制订它的头脑。

在迷宫般的研究馆里，希达尔·芬·阿吉迪卡觉得自己对这条格言再理解不过了。总有一天皇帝会派人来刺杀他的。因此，谨慎的防御措施无疑是必要的。

“请这边走，芬伦伯爵。”阿吉迪卡一边思考一边用最愉快的声音说道。不洁的婆温达[①]。然后他漫不经心地瞥了那人一眼。我现在就应该杀了你！

①婆温达是贝尼·特莱拉常用的一个术语，用来描述任何不是出生在特莱拉文化中的人，或者任何不相信他们非常具体和深奥的宗教信仰的人。这个词的意思是“不信教的人”，尽管它的字面意思与异教徒、叛教者等词有着相似的含义，但其贬义要远远大于字面意思。这个词很少在非特莱拉人群中被提及。

但这位研究大师不可能安全地杀掉这个人，可能永远也找不到合适的机会。即便他成功了，皇帝也会派遣他的监察员和更多的萨多卡士兵来干涉自己微妙的工作。

“很高兴听到你们这个奥马尔计划终于取得了进展。毕竟埃尔鲁德九世对你们的委托已经过去十几年了，嗯-嗯-嗯?”芬伦此刻正在这座地下城市的一条毫无特色的走廊里踱步。他穿着一件猩红色的皇家夹克和一条金色紧身裤，深色头发用剃刀刮过了，显得他的大脑袋更大了。“而我们一直都非常有耐心。”

阿吉迪卡穿着一件白色的实验室大褂，口袋很大。衣服面料上散发着化学气味，他的头发以及像尸体一样的灰色皮肤上也是如此：“我在一开始就提醒过你们，开发一个完整的产品可能需要很多年的时间。十几年对于帝国几个世纪以来一直想要的东西来说，只是一眨眼的工夫。”他皱鼻，勉强挤出一个微笑。

“然而，我还是很高兴地向你报告，我们的改装培育罐现在已经数量大增了，初步试验也已经进行了，数据正在分析中。在此基础上，我们放弃了那些不可行的解决方案，从而缩小了剩余的可能性。”

“皇帝对‘缩小的可能性’不感兴趣，研究大师，他只对结果感兴趣，”芬伦刻薄的声音变得冰冷，“在我们的帮助下你们接管了伊克斯的工厂，而在此之后你们的开支还是很大。”

“我们的财务记录经得起任何审计，芬伦伯爵，”阿吉迪卡说。同时他也很清楚，芬伦不会允许公会银行家检查这里的支出情况的。相比任何其他团体，宇航公会更不能知晓这个项目的最终目标。“所有资金都得到了适当的使用。所有的香料库存都是按照我们原来的协议计算的。”

“你的协议是和埃尔鲁德拟订的，小个子，不是和沙达姆，嗯-嗯-嗯-哼？皇帝可以随时叫停你们的实验。”

像所有的特莱拉人一样，阿吉迪卡已经习惯被傻瓜侮辱和挑衅了，所以他决定不生气：“一个有趣的威胁，芬伦伯爵，尤其考虑到是你本人亲自促成了我的族人和埃尔鲁德之间的接触。我们可是有记录的，就存放在特莱拉母星。”

芬伦一下子被激怒了，他步步紧逼，向着研究馆深处走去：“通过观察你，研究大师，我学到了一些东西。”他的语调变得油腔滑调起来：“你对躲在地下感到恐惧，嗯-嗯-嗯？而且这种恐惧感是最近才找上门来的。”

“毫无根据。”尽管阿吉迪卡马上矢口否认了，但他的额头还是冒出了汗珠。

“啊，但我从你的声音和表情里看出了一些谎言哦。你是靠服用药物来应对这种恐惧的……你夹克右边的口袋里就有一瓶药。我看见那个凸出来的东西了。”

阿吉迪卡试图掩饰自己的愤怒，他结结巴巴地说道：“我非常健康。”

“嗯-嗯-嗯-啊，我是想说，你能否持续健康取决于这里是否有进展。你越早完成奥马尔项目，你就能越早呼吸到新鲜的空气，再次回到美丽的特莱拉。你上次去那儿是什么时候？”

“很久以前，”阿吉迪卡承认道，“你不知道它是什么样子的。没有一个婆温”——他控制住了自己——“没有一个外来者被允许进入特莱拉的太空港。”

芬伦只是用一个令人发狂的、意味深长的微笑回答了他：“让我看看你们在这里做了什么吧，我就可以回去向沙达姆报告了。”

在进入口，阿吉迪卡举起手臂挡住了芬伦的去路。特莱拉人闭上眼睛，虔诚地吻了吻房门。这个短暂的仪式关闭了致命的安全系统，这道门融化成了一道墙上的窄缝。

“您现在可以安全进入了。”阿吉迪卡走到一边，让芬伦走进一间白色的光滑强化玻璃房间，这位研究大师已经在那里布置了许多演示图来展示实验的进展。在这个巨大的椭圆形房间的中央，放着一台高分辨率显微镜，一个金属架子上放着实验用的罐子和小瓶子，一张红色的桌子上则放着一个圆顶状的物体。当阿吉迪卡走近展示区时，他看到了芬伦那双大眼睛里显示出的浓厚兴趣。“请不要碰任何东西。”

空气中到处都充斥着狡诈的阴谋，而这个帝国婆温达将永远不会发现或理解这些阴谋，直到一切都太晚了为止。阿吉迪卡的计划是先解开人造香料的谜团，然后立即带着神圣的培育罐逃到帝国最远的安全星球。他在没有暴露自己的情况下做了很多巧妙的安排，利用承诺和贿赂转移着资金……这一切都是在他的上级不知情的情况下进行的。只有他自己知道。

他断定在自己的同胞之中存在着异端分子，这些皇帝的盲从者把自己降低为受人压迫的羔羊，以至于忘记了伟大教义的核心。就像一个把自己伪装得过于完美以至于忘了自己原本是谁的变脸者①。如果阿吉迪卡顺从地允许这些人接触到他在奥马尔项目里的那些伟大发现，他们就会立刻交出这些本应让他们获得霸权的东西。

阿吉迪卡决定继续扮演好他的角色，直到自己做好准备。然后他就可以控制人工香料并帮助他的人民并完成使命了……不管他们是否愿意。

芬伦伯爵凑近桌子上的圆顶状物体，低声问道：“真是迷人。我想这里面一定有什么东西吧，嗯-嗯-啊？”

“世间万物都有内在的东西。”阿吉迪卡回答。

他一想到大量的人造香料流入星际市场，然后对宇联商会和兰兹拉德联合会造成严重的经济灾难，他就忍不住笑起来。就像水坝上一

---

①变脸者，字面意思是面舞者，是贝尼·特莱拉的一个种族。他们在特莱拉人社会中的地位低于特莱拉大师，他们可以变形成他人的能力使他们扮演着许多角色，比如间谍和刺客。

个小小的裂缝，一点点便宜的美琅脂最终会演变成一股汹涌的洪流，将帝国彻底颠覆。如果处理得当，阿吉迪卡将成为新经济和政治秩序的核心人物——而这个秩序当然不是为了侍奉他自己，而是为了侍奉神。

我们神祇的大能是我们的救赎所在。

阿吉迪卡对芬伦伯爵笑了笑，露出一排尖利的牙齿："请放心，芬伦伯爵，我们在这件事上的目标是一致的。"

到了那时，当他拥有了无法想象的财富后，阿吉迪卡会开发一个针对他的统治的忠诚度测试，而他将开始同化贝尼·特莱拉教团。虽然现在让他们加入他的计划仍太过危险，但他心里已经有几个候选人了。有了适当的军事支持——也许驻扎在此地的萨多卡到时候也会皈依他？——他甚至可能在可爱的首都班达隆设一个总部……

芬伦继续窥探着演示设备，同时说道："你听过'信任但要核实'这句话吗？它来自古地球。你会惊讶于我的这些小知识的。我那个贝尼·杰瑟里特妻子喜欢收集物品、小摆设之类的东西。而我则喜欢收集信息。"

特莱拉人的窄脸上露出了不悦的神色："我知道了。"他需要尽快结束这烦人的检查。"请您看这边。"说着阿吉迪卡从架子上取下一个不透明的瓶子，掀开瓶盖，顿时散发出一股生姜、香柠檬和丁香的强烈气味。他把这个容器递给芬伦，芬伦凝视着里面那种黏稠的橙色物质。

阿吉迪卡说："不是完全的美琅脂，尽管它的化学成分里已经含有很多的香料前体细胞了。"说着他把黏液倒在了扫描板上，然后把它插入显微镜阅读器，然后示意芬伦通过目镜观看。伯爵看到了细长的分子就像被一根缆绳拴住一样，彼此连接在了一起。

"一条不寻常的蛋白质链，"研究大师说，"我们很快就会取得突破了。"

“有多快?”

“芬伦伯爵，我们特莱拉人也有条谚语：‘一个人越接近目标，它就似乎离我们越来越远。’在科学研究方面，时间总是会不断延长的。只有神才通晓未来。突破可能发生在几天或几年之内。”

“都是空话。”芬伦嘟囔着。当阿吉迪卡按下圆顶物体底部的一个按钮时，他沉默了。

强化玻璃那多雾的表面被清理干净了，露出了容器底部的沙子。特莱拉研究大师按下了另一个按钮，开始往内部填充精细的沙子。沙子越来越多，形成了一个小小的沙丘。就像一条鱼从浑浊的水中冒出头来似的，一条形似小蛇的蠕虫探出头来，它的身长只有半米多一点，长着一圈水晶般的细小牙齿。

“沙虫，未成熟的形态，”阿吉迪卡解释道，“从厄拉科斯运到这里才十九天。我们预计它不会活太久。”

从圆顶物体的顶部，一个小盒子掉落在沙堆隐藏的浮空器上，然后打开，露出了更多闪闪发光的橙色凝胶状物质。“奥马尔 1522. 16,”阿吉迪卡说，“这是我们目前开发的最好的变种之一。”

芬伦眼看着这只幼虫的嘴开始左右蠕动起来，在它的食道深处露出了闪闪发光的尖刺。然后那家伙便游向那堆橙色的物质，然后困惑地停了下来，没有碰它。不一会儿，它便转身钻回了沙堆里。

“沙虫和香料有什么关系?”芬伦问道。

“如果我们知道这一点，我们就能解开这个谜题了。如果我在这里面放入真正的香料，那虫子就会马上疯狂地吃掉它。尽管这条蠕虫识别出了差异，但至少它的确接近了样本。我们成功引诱到了那虫子，但没能让它完全满意。”

“你这个小小的展示也没能让我满意。有人告诉我，伊克斯的地下反抗运动仍在继续，不断制造麻烦。沙达姆担心他最重要的项目会受到干扰。”

“只是一批少数反叛分子，芬伦伯爵——他们资金不足，资源有限。没什么好担心的。”阿吉迪卡搓着双手说道。

“但他们确实破坏了你们的通信系统，还摧毁了一些设施，嗯-嗯-哼?”

“不过是维尔纽斯家族在垂死挣扎罢了。他们倒台已经超过十年了，很快便会完全灭亡。他们无法接近这个研究馆的。”

“好了，你的安全问题有办法解决了，研究大师。皇帝已经同意再派遣两个萨多卡军团作为维和部队过来，由坎多·加隆霸撒①领导，他是我们最好的指挥官之一。”

这个小特莱拉人的脸上立马流露出慌乱和惊讶的神色。他那紧绷的脸现在涨得通红：“但这是毫无必要的啊，大人。这里的半个军团就足够了。”

“皇帝可不这么想。派遣这些部队表明了你的实验对他很重要。沙达姆会做任何事来保护奥马尔项目，但他的耐心已经耗尽了，”伯爵的眼睛眯了起来，“你应该把这看作好消息。”

“为什么是好消息？我不明白。”

“因为皇帝陛下没有下令处死你。”

①霸撒是萨多卡的军衔，比标准军队军衔的上校稍高一个等级。是行星次级行政区的军事首脑。

反抗军的调度中心可以是移动的，它不需要是一个仅供人们碰头的固定场所。

——卡马尔·皮尔鲁，伊克斯流亡大使《关于不义政府倒台的论述》

特莱拉入侵者对不上晚班的人实施了严厉的宵禁。对于克泰尔·皮尔鲁来说，偷着溜出去参加隐秘的反抗军会议只是另一种蔑视他们秩序的方式。

只有在自由战士们安保措施周密的不定期会议上，克泰尔才能最终摘掉面具和伪装，变回那个曾经的自己，那个一直深藏于内心的自己。

他清楚一旦自己被抓住就会被处死，但这个黑头发的矮个子男人仍然向会场走去。他走在建筑物之间的浓浓夜色里，不发出一丝声响。特莱拉人恢复了洞穴天花板上的天空投影，但他们重新配置了星星的位置，以显示他们自己星球上空的星座。如今的伊克斯，甚至连天堂都是错的。

这里不再是当初那个荣耀之地了，而是藏在星球表面下地狱般的监狱。*我们会改变这一切的。总有一天。*

在长达十多年的镇压中，黑市商人和革命者建立了他们的秘密网络。分散的抵抗组织相互交流物资、设备和信息。但每次碰面都会让克泰尔感到十分紧张。如果他们一起被抓住了，那么这场羽翼未丰的叛乱可能会几分钟之内就被激光枪完全消灭。

如果可能的话，他宁愿单独行事——就像他一直做的那样。他不相信任何人，从不泄露自己秘密生活的细节，甚至也不向其他反抗军透露。他只和与极少数外来者进行私人接触，在入境港峡谷——一座位于陡峭悬崖壁上的开放式停机坪上，戒备森严的飞船将特莱拉产品运送到轨道上，等着运航机运走。

帝国需要含有伊克斯技术的重要零件，这些物品现在是在特莱拉人的监督下制造的。入侵者需要利润来资助他们自己的工作，他们不能冒外人监督的风险。尽管他们无法将伊克斯完全封闭起来，与帝国其他地区彻底隔绝，但特莱拉人很少会依赖外来者的服务。

有时候，在最可怕的情况下，克泰尔会冒着极大的风险贿赂运输工人，让他们把货物偷走，或者抢走重要的部件。其他黑市商人则有着他们自己的运作方式，但是他们拒绝彼此分享这些信息。这样更安全一些。

现在，他在幽闭恐怖的夜色中悄悄走过一家废弃的工厂，拐入一条更加黑暗的街道，然后加快了脚步。会议即将开始。也许今晚……

虽然看起来毫无希望，但克泰尔仍在持续寻找着打击特莱拉奴隶主的方法，其他反抗军也采取了同样的做法。由于无法抓获任何破坏者，统治者们怒不可遏，将很多不幸的次人作为“警示”。在酷刑和肢解之后，这个替罪羊会被人从大王宫的阳台上扔到远处洞穴的地板上，这里曾经是建造运航机的地方。受害者脸上的每一个痛苦表情，每一个滴血的伤口，都被投射在全息天空上，记录仪则记录下他的哀号和尖叫。

但特莱拉人对伊克斯的灵魂了解甚少。他们的暴行只会引起更大的动乱和更多的暴力叛乱事件。多年来，克泰尔看出特莱拉人渐渐疲惫不堪，尽管他们试图用变脸者奸细和监视机来粉碎抵抗组织。但自由战士的斗争仍在继续。

少数能接触到未经审查的外部新闻的反抗军报道了帝国内的活动。从他们那里，克泰尔了解到他的父亲——流亡的伊克斯大使——在兰兹拉德联合会面前发表了慷慨激昂的演讲——不过是些无用的姿态罢了。而多米尼克·维尔纽斯伯爵在被推翻后宣布变节，然后便完全消失了，他的继承人隆博王子流亡到了卡拉丹，没有军队，也没有兰兹拉德的支持。

反抗军不能指望从外面得到救助了。*胜利必须从内部开始。从伊克斯开始。*

他转过另一个拐角，进入了一条狭窄的小巷里，然后把脚放在一个金属栅栏上。克泰尔眯起他的黑眼睛，左右张望，总怕有人会从阴影中跳出来。他的举止诡秘而迅速，与他在公开场合表现出的那种懦弱而合作的态度截然不同。

他说出了口令，栅栏放了下来，露出一条通往街道下方的路。他匆匆顺着这条黑暗的走廊向下走去。

上白班时，克泰尔会穿一件灰色的工作服。多年来，他已经学会了如何模仿头脑简单、无精打采的次人了：那就是走路驼背，眼睛呆滞，对什么都不感兴趣。他有十五张身份证，没有人费心去研究流动工人的面孔。让自己隐身是很容易的。

反抗军现在已经开发出了他们自己的身份检查装置。他们在废弃的设施外面依靠红外线球形灯隐蔽地布置了守卫。监视眼和声波探测器提供了进一步的保护——只是一旦自由战士被人发现了，这些装置都无济于事。

在这一层可以看到守卫了。在克泰尔咕哝出应答密码后，他们挥手让他进去。太容易了。为了获得他需要的设备，他不得不忍受这些人和他们无能的安全游戏，但对他来说不舒服就是不舒服。

克泰尔扫描了会议地点——还好这地方至少是经过精心挑选的。

这个被关闭了的基地曾经集结了用来训练战士对抗各种战术或武器的战斗机器人。但是，特莱拉统治者单方面认定，这种“具有自我意识”的机器人违反了芭特勒圣战的严格规定。尽管所有会思考的机器在一万年以前就已经被消灭了，但严格的禁令仍然有效，而人们的情绪也变得高涨。这个地方和其他类似的地方在伊克斯暴乱后就被遗弃，生产线也荒废掉了。一些设备被用于其他用途，其余的则都变成了废铁。

其他的要务占据了特莱拉人的注意力。*秘密工程*，一个庞大的计划，只用他们自己的人。没有人能，甚至包括克泰尔反抗组织的成员也不能够确定领主们到底在做什么。

在回音室里，目光坚定的抵抗战士低声交谈着。这里没有正式的议程，没有领导人也没有演讲。克泰尔甚至能闻到他们紧张的汗味，听到他们低沉声音中那些奇怪的音调变化。无论他们采取了多少安全措施，设计了多少撤离计划，让这么多人聚集在一个地方仍然是危险的。而克泰尔总是睁大眼睛，留意着最近的出口。

他来这儿是有事要办的。他随身带了一个伪装起来的小挎包，里面装着他囤积的最重要的东西。他需要和其他的拾荒者进行交易，为他发明的极其创新但仍存在不少问题的发射器——罗格寻找部件。这个原型机可以让他通过折叠空间与他的孪生兄弟德默尔沟通上，德默尔现在是宇航公会的领航员。但克泰尔发现成功建立联系的次数很少，要么是因为他的双胞胎已经变异得越发不像人类了……要么是因为发射机本身正在崩溃。

在一张满是灰尘的金属桌子上，他拿出了武器组件、电源、通信设备和扫描设备——如果有任何特莱拉人停下来盘查他，那么这些东西会立即导致他被处决。但克泰尔也不是吃素的，他在以前就杀过这些侏儒。

克泰尔展示了他的商品。然后审视着面前的反抗军战士们，在一片粗糙的伪装和故意留下的污迹中间，他看到了那个长着一双大眼睛、突出颧骨和窄下巴的女人。她的头发被剪得乱七八糟，为的是不留下任何一丝美丽的痕迹。他知道她叫米拉尔·阿莱切姆，尽管这很可能不是她的真名。

在她的脸上，克泰尔看到了维尔纽斯伯爵的漂亮女儿凯莉娅·维尔纽斯的影子。他和孪生兄弟都很喜欢凯莉娅，都曾和她调情……在他们认为生活永远不会发生改变时。凯莉娅被流放到了卡拉丹，德默尔则变成了公会的领航员。他们这对双胞胎兄弟的母亲原本是名公会银行家，却在伊克斯陷落时被杀。而克泰尔自己现在就像一只鬼鬼祟祟的老鼠，从一个藏身之处窜到另一个藏身之处……

“我找到了你要的水晶匣。”他对米拉尔说。

她从腰间的袋子里取出一件包着的东西，说：“我也找到了你要的模块棒，精确校准过了……我觉得是吧。我没办法检测。”

克泰尔收下了包裹，觉得没有必要检查商品：“我自己检测吧。”他把水晶匣递给米拉尔，但没问她用来做什么。在场的每个人都在寻找对付特莱拉的办法。别的任何事都不重要。他和米拉尔交换了一个紧张的眼神，他怀疑她是否和自己有同样的想法，那就是换一个场合他们也许会发展些私人关系来。但克泰尔不能让她过于靠近自己。任何人都不行。这会削弱他的力量，转移他的决心。为了伊克斯的事业，他必须保持专注。

一个门卫忽然发出警报声，大家立即陷入了可怕的沉默，弓下了身子。柔和的球形灯光黯淡了下来。克泰尔屏住呼吸。

一个嗡嗡的声音从众人头顶掠过，一架监视机出现在了废弃的建筑物上空，试图捕捉未经授权的振动或移动信号。阴影笼罩在隐蔽着的反抗军战士身上。克泰尔在脑海中捋了一遍所有能从这个设施逃出去的路径，做好遁入黑暗的准备。

但这个嗡嗡作响的机器沿着城市的岩洞盘旋而去了。过了一会儿，神经紧绷着的反抗军们都站起身，发着牢骚擦去脸上的汗水，神经兮兮地大笑起来。

由于受到了惊吓，克泰尔决定离开。他记下了反抗军下次碰面的坐标，打包了剩下的设备，环顾四周再一次扫视着这些面孔，在脑海中做了标记。如果他们被抓住，他可能再也见不到这些人了。

他最后一次向米拉尔·阿莱切姆点了点头，然后溜进了伊克斯的夜色之中，在人造的星星下掠过。他很快就决定了他将在哪里度过余下的睡眠时间……以及第二天他会选择什么身份出现在人们面前。

据说，弗雷曼人没有良心，他们被强烈的复仇欲望夺去了良心。这是愚蠢的看法。只有最原始的人和反社会者才没有良心。单个的弗雷曼人都会秉承一种高度进化的世界观，那就是永远要以同胞的福祉为中心。弗雷曼人对社会的归属感几乎超过了自我意识。只是在外人看来，这些沙漠居民似乎很野蛮……就像外人给他们的印象一样。

——帕多特·凯恩斯，《厄拉科斯人》

“奢华之物是为出身高贵的人准备的，列特。”帕多特·凯恩斯边说边驾驶着他的地行车驶过了不平的地面。在这儿，在私底下，他可以使用他儿子的秘密穴地名字，而不是为外人保留的名字维奇赫。“在这个星球上，你必须立即正确认识自己所处的位置，并时刻保持警觉。如果你不懂这个，那可就活不长了。”

凯恩斯一边操作着面前简单的控制系统，一边指着融化在荒凉沙丘上的黄油般的晨光：“这里也会有回报。我是在萨鲁撒·塞康达斯长大的，即使是那个破碎和受伤的地方也有它的美……虽然没有什么能比得上沙丘的纯净吧。”凯恩斯从他干裂的嘴唇间长吁了一口气。

列特的眼睛则一直盯在刮痕累累的强化玻璃窗上。不管脑子里冒出什么样的想法，他的父亲总是会滔滔不绝地说出来，总是会发表声明，而弗雷曼人也总会认真听他说，仿佛他说的都是重要的属灵的事情，而列特更喜欢沉默。他眯起眼睛观察周围的景色，寻找任何不在其位置上的小东西。永远警戒着。

在这样一个严酷的星球上，人们必须发展自己的感知，每一种感知都与生存的每一刻息息相关。虽然他的父亲年纪比自己大得多，但列特不确定这位行星学家是否真像他自己说的那样懂得那么多。帕多特·凯恩斯的头脑中有着强大的整体概念，但这位老人只把它们当作深奥的数据来体验，从不用内心和灵魂去了解这片沙漠……

多年以来，凯恩斯一直住在弗雷曼人中间。据说沙达姆四世皇帝对他已经不怎么感兴趣了，并且由于凯恩斯不再要求任何资金和补给，他们干脆也就不再理睬他了。随着年份过去，他的存在感越来越低。沙达姆和他的顾问们已经不再期待从这位行星学家的定期报告中得到任何重大的启示。

而这种情况很适合帕多特·凯恩斯和他的儿子。

在他的漫游生涯中，凯恩斯经常去偏远的村庄，那里的洼地[①]人和地堑人已经摆脱了肮脏的生活。而真正的弗雷曼人很少和这些镇上的人接触，他们多少有些蔑视这些镇上的人，觉得他们太软弱，太文明。把帝国所有的宇宙索都给列特，他也永远不会选择住在这些可怜的定居点里。但帕多特还是拜访了他们。

他们避开了大路和人们常走的小道，乘着地行车，检查了气象站和收集来的数据，尽管帕多特那忠实的弗雷曼卫队很乐意替他们的“乌玛”[②] 做这项卑微的工作。

列特·凯恩斯的面部特征与他父亲很是相似，尽管他的脸要更瘦一些，眼睛也和弗雷曼母亲一样的紧凑。他有着一头浅色的头发，下巴仍然很光滑，尽管以后他很可能会长出和伟大的行星学家一样的胡

---

①洼地是厄拉科斯上一种特殊地形区域，是一种因地层底部下陷而导致的低洼区。

②乌玛是弗雷曼语中先知的意思。虽然在帝国词典中，这个词带有贬义，一般用来泛指任何作出狂想预言的狂人。

子。列特的眼睛也是那种对香料上瘾的深蓝色，因为他吃的每顿饭和吸入的每一口穴地空气都含有美琅脂。

当他们经过峡谷犬牙交错的拐角处时，列特听到了父亲急促的吸气声。在那个地方，隐蔽起来的采集器将水分导向了人工种植的金花矮灌木丛和贫瘠的草地。“看到了吗？它有了自己的生命。我们会在几代人的时间里把这颗星球从草原‘循环’成森林的。沙子含盐量很高，表明这里曾存过古老的海洋，而香料本身则是碱性的，”说着他窃笑起来，“如果我们把香料下脚料用做肥料这么低级的东西，帝国那伙子人会被吓到的。”他又对儿子笑了笑，“可我们知道这些东西的价值，嗯？如果我们分解香料，我们可以建立蛋白质消化系统。即使是现在，如果我们飞得足够高，我们也能看到一片片的绿色，那些植物可以把沙丘固定在合适的位置上。”

年轻人叹了口气。他的父亲是一个伟大的人，对沙丘有着宏伟的梦想——然而凯恩斯太专注于这一件事，以至于他看不到他周围的宇宙。列特知道，如果哈克南的巡逻队发现了这些植物，他们就会摧毁它们，然后惩罚弗雷曼人。

尽管只有十二岁，列特已经和他的弗雷曼兄弟们一起参加过劫掠突袭了，并亲手杀死过哈克南人。一年多来，他和他的朋友们——在暴脾气的斯第尔格的带领下——袭击了很多其他人不会考虑的目标。就在一周前，列特的同伴们在一个补给站里炸毁了十几架巡逻扑翼机。不幸的是，哈克南军队却报复了贫穷的村民们，在他们眼里，这些定居下来的人和神出鬼没的弗雷曼人没什么区别。

他没有把自己的这些游击行动告诉父亲，因为老凯恩斯不明白这有什么必要。这种有预谋的暴力，无论出于什么原因，对行星学家来说都是一个陌生的概念。但是列特会做那些他认为必要的事。

现在，地行车靠近了一个隐藏在岩石丘陵中的村庄。在他们的地形图上这里叫做比拉尔营地。帕多特继续谈论着美琅脂和它的特殊属性："他们在厄拉科斯很快就发现了香料。正是香料让科学研究偏离了方向。它从一开始就很有用，根本没人费心去探索它的奥秘。"

列特转过身来看着他，说道："我想这就是为什么你一开始被派到这里来的原因——去了解香料。"

"是啊……但我们还有更重要的工作要做。我仍经常向帝国汇报，足以让他们相信我还在做着我的工作……虽然不是很成功。"他谈起自己第一次来这个地区时的情景，然后把车开向对面那一堆脏兮兮的建筑，颜色看起来像沙子和灰尘混在了一起。

地行车被一块坚硬的岩石颠了一下，但列特没有理会它，而是仍旧盯着前方的村庄，沙漠清晨那刺眼的光线让他眯起了眼睛。早上的空气有如水晶般脆弱。"有点不对劲。"他打断了父亲的话。

凯恩斯继续说了几秒钟，然后把车停了下来："怎么了？"

"有点不对劲。"列特指了指前面的村庄。

凯恩斯手搭凉棚挡住了强光："我什么也没看见啊。"

"那我们……也最好小心行事吧。"

在村子的中心，他们正好赶上一场恐怖大游行。

幸存下来的受害者像疯了一样四处游荡，像动物一样尖叫咆哮着。叫声和气味都令人毛骨悚然。他们把脑袋上的头发扯下来，揉成了血淋淋的一团。有人则用长指甲从眼窝里抠出了自己的眼睛，再把挖出来的眼球放在手掌里。这些瞎了的人踉踉跄跄地撞到了民居那棕黄色的墙壁上，留下了一道道深红色的潮湿污迹。

“夏胡鲁[①]呀！”列特屏住呼吸低声喊道，而他的父亲则用一种普通的加拉赫帝国语发出了大声的诅咒。

一名男子的眼窝撕裂了，像是颧骨上多了张血淋淋的大嘴，他一下子撞到一个正在爬行的女人身上。而另外两名受害者像发疯了似的，赤手空拳撕扯着对方的皮肤，又咬又吐又叫。街上到处都是泥点子和打翻的水罐。

地上躺着许多伸展着四肢的尸体，像被压扁的昆虫似的，僵硬的胳膊和腿摆成了奇怪的角度。很多建筑都上锁关闭了，看来是为了挡住外面这些疯狂的受害者，他们拼命地敲打着墙壁，无声地哭喊着想要进去。在一间屋子的楼上，他看到一个女人惊恐的脸出现在了布满灰尘的强化玻璃窗后面。其他人好像都躲了起来，不知怎的，他们似乎并没有受到这种致命疯狂的影响。

“我们得帮帮这些人，父亲。”列特还没等他父亲把车完全停稳，就从密封的地行车里跳了出来，“带着你的武器。我们可能需要自卫。”

他们带上了旧毛拉手枪和匕首。他的父亲虽然是个科学家，但也是名优秀的战士——他保留这一技能是为了守护自己的愿景。传说他曾经杀死了几个试图谋害三个年轻弗雷曼人的哈克南杀手。那些获救的弗雷曼人现在都是他最忠实的副官：斯第尔格、图洛克和欧姆恩。但是帕多特·凯恩斯从来没有与这种敌人较量过……

发疯的村民们注意到了他们，纷纷号叫着冲了过来。

“除非情势所逼，否则尽量别杀他们，”凯恩斯说道，并对儿子

①夏胡鲁指的便是厄拉科斯的沙虫，又被称作“沙漠老人”“永恒老父”“沙漠老爷爷”，是弗雷曼人信奉的土地神。沙虫可以长到非常大（有人在沙漠深处见过长达四百多米的沙虫），而且寿命极长，除非被同类吞噬，或被水淹死（对沙虫来说，水是剧毒之物）。厄拉科斯的香料多数是沙虫活动的产物。

如此迅速地装备了一支晶牙匕[①]和毛拉手枪感到惊讶，“一定小心啊。”

列特壮着胆子走到大街上。首先扑面而来的便是那股可怕的臭味，仿佛是一个垂死的麻风病人呼出的臭气被人装进一个瓶子里，然后再慢慢地释放出来似的。

帕多特难以置信地瞪大了眼睛，离地行车越来越远了。他在村子里没有看到激光枪灼烧的痕迹，也没有枪弹留下的碎片疤痕，没有任何迹象表明是哈克南人蓄意袭击了这里。难道是一种疾病吗？如果是这样，那它很可能会传染。如果这里发生了瘟疫或某种传染性的精神错乱，他不能让弗雷曼人把这些尸体送到亡者蒸馏器[②]里去。

列特向前挪动着，说道：“弗雷曼人肯定会把这个归结于恶魔。”

两个满脸血迹的受害者发出恶魔般的尖叫，向他们冲了过来，他们的手指像鹰爪一样弯曲着，嘴巴则像无底洞一样四敞大开。列特举起了毛拉手枪，快速祈祷了一句，然后开了两枪。他精准地击中了两个袭击者的胸部，他们一下子倒在地上死了。

列特向他们鞠了一躬：“请原谅我，夏胡鲁。”

帕多特看着他。*我试着教给我儿子很多东西，但至少他学会了同情。所有其他的东西都可以从胶片书中学到……但唯独同情不能。这是他与生俱来的。*

年轻人俯在两具尸体前，仔细地观察他们，驱赶着自己迷信带来的恐惧。“我不认为这是一种疾病，”他回头望向帕多特，“我曾经协

---

①晶牙匕是厄拉科斯弗雷曼人的圣刀。由死沙虫的牙制成，有两种形式，一种是“已定”，另一种是“未定”。未定之刀必须贴近人体的磁场，否则会迅速分解。已定之刀受过处理，可以收藏。所有的晶牙匕长度都约为二十厘米。

②亡者蒸馏器是弗雷曼人回收尸体中水分的地方。在厄拉科斯，水是最珍贵的资源。根据弗雷曼人的传统，一个人体内的水分属于他的部落。因此，弗雷曼人发明了这种蒸馏器，作为回收死者体内水分的一种方式，因为这水分属于他们的部落，而死者不再需要它们了。

助过穴地的治疗师，你知道的，我确信……”他的声音渐渐变小了。

“你想说什么？”

“我确信他们是被下毒了。”

在尘土飞扬的街道上，饱受折磨的村民们一个接一个地尖叫着跌倒在地，最后只剩三个人还活着。列特挥舞着晶牙匕，无痛且快速地结果了最后这几位受害者。不管他们能不能康复，任何部落或村庄都不会再接受他们了，因为大家会认为他们已经被恶魔腐蚀了。甚至就连他们体内的水分也会被看作已受污染。

让他奇怪的是，自己竟那么轻易地就在父亲面前发号施令。他指了指其中两座被封锁的建筑说：“我们得想办法让栅栏后面那些人相信我们没有恶意。我们必须弄清楚这里发生了什么。”他的声音变得低沉而冰冷，“我们必须知道是谁在搞鬼。”

帕多特·凯恩斯走向布满灰尘的建筑。指甲的划痕和血淋淋的手印就印在泥砖墙和坑坑洼洼的金属门上，看来疯狂的受害者曾经试图闯进去。他使劲咽了口唾沫，准备陈述一下现状，让里面那些惊恐的幸存者相信他们的噩梦已经结束了。他转身问他的儿子：“那你要去哪儿，列特？”

这个年轻人看着一个打翻的水容器。他知道只有一种毒药能同时毒害这么多人。“我去检查供水系统。”

帕多特点了点头，脸上满是关切。

列特研究了一下村子周围的地形，发现有一道模糊的痕迹通向突出的平顶山。他就像一只被太阳晒得暖洋洋的蜥蜴般，飞快地沿着山路跑向蓄水池。他发现这个蓄水池所在的位置已经被人巧妙地伪装起来了，只是村民们的活儿干得并不很利索。即使是笨手笨脚的哈克南巡逻队也可能发现这个非法的蓄水池。他迅速研究了这个区域，观察着沙地上的足迹。

在蓄水池上开口附近，他闻到了一股强烈的生物碱苦味，他尝试着分析这种气味。这种气味并不常见，只有在盛大的穴地庆典上才闻到过。是生命之水！是一头被淹死的沙虫的分解物。而一个萨亚迪娜[1]会将自己体内的化学物质作为催化剂，把这种分解物转化为一种人们能够承受的药物，这药物能让整个穴地进入一种狂喜的疯狂状态，但弗雷曼人只有在经过萨亚迪娜转化之后才会使用这种物质。没有转化过程的话，这种分解物就只是一种凶猛的毒素。

比拉尔营地的村民喝下的就是未经转化的生命之水。是有人故意这样做的……故意给他们下毒的。

接着，他看到了平顶山那松软的土壤上出现了扑翼机的痕迹。一定是哈克南扑翼机。是一支日常巡逻队干的……恶作剧？

列特皱着眉头，向下走回到被摧毁的村庄，在那里，他的父亲成功地救出了把自己关在屋子里的幸存者。幸运的是，这些人没有喝下有毒的水。现在他们跪在街上，周围是一片可怕的大屠杀惨状。他们悲恸的哭喊就像是幽灵在陡峭悬崖边发出的微弱哀号一样随风飘散。

是哈克南人干的。

帕多特·凯恩斯竭尽所能地安慰着他们，但从村民们脸上疑惑的表情上，列特可以看出他的父亲可能说错了话，他在用众人无法理解的抽象概念来表达他的同情。

列特顺着斜坡往下走，脑子已经开始各种计划。他们一回到穴地，他就会见了斯第尔格和他的突击队。

他们打算报复哈克南家族。

---

①萨亚迪娜是弗雷曼宗教阶层中的女性侍祭。

一个建立在力量基础上的帝国，无法吸引情感与忠诚，无法让人们心甘情愿地献出他们的创造力和美好的事物。用美丽、用文化去装饰你的伟大帝国吧。

——摘自皇太子拉斐尔·科瑞诺的演讲，凯坦档案馆

弗拉基米尔·哈克南男爵这几年过得都不太顺。

盛怒之下，他挥舞着他的虫头手杖砸向治疗室的柜台。药罐子、药膏、药片和注射器都被他砸到了地板上。“都没有效果！”他一天比一天难受，外表变得越来越让人恶心了。他照镜子时，看到的是一张肥嘟嘟的红脸，一幅自怨自艾的讽刺漫画，他几乎认不出镜子里的人是谁了。

“我看起来就像个肿瘤，一点人模样都没有了。”

彼得·德伏飞快地跑进房间，准备提供帮助。男爵用那根沉重的拐杖向他打去，但皮特却似眼镜蛇般优雅地躲开了。

“给我滚远点儿，皮特，”男爵踉跄了一下，想保持住平衡，“不然这次我真会想个办法杀了你。”

“如男爵您所愿。”德·弗里斯声音阴柔地说道。然后他鞠了一躬，退到门口。

男爵只对少数人抱有好感，但他欣赏这位变态门泰特狡猾的运作，复杂的阴谋，以及长远的谋略……有时会忘了他令人憎恶的不拘

小节和缺乏尊重。

“等等，皮特。我需要你的门泰特大脑，”他拄着拐杖，步履蹒跚地向前走去，“还是老问题。查明我的身体为什么会衰败，不然的话我就把你送到最深的奴隶坑里去。”

这个瘦骨嶙峋的门泰特停下脚步，等着男爵赶上来：“我会尽力的，男爵。我很清楚所有给您看过病的医生都是什么下场。”

“他们都是些废物！”他咆哮起来，“什么也搞不明白。”

曾几何时，男爵是个身体健康、精力充沛的人，现在的他却患上了一种导致他不断衰弱的疾病，这种疾病的临床表现使他感到厌恶和恐惧。现在他的体重增加了很多。健身没有帮助，医学扫描也没用，甚至实验性手术也失败了。多年以来，他尝试过各种治疗手段和奇怪的实验性方案，但都无济于事。

作为对他们失败的惩罚，二十多名家族医生落到了彼得·德伏的手中，在痛苦中结束了生命，很多都死在了自己的医疗器械的创新应用上。这样做的结果，自然是没有高水平的医生愿意继续留在杰第主星了——或者至少不会露面了。这些没有被处决的医生要么躲了起来，要么逃到别的世界去了。

更恼人的是，仆人们也开始消失了——而且并不总是因为男爵下令处死他们。他们从城堡逃出去，跑到了哈克城，消失在不计其数、无人注意的劳工队伍中。当男爵在他的卫队长克鲁比的陪同下，冒险走到街上去的时候，他发现自己总能找出一些人和抛弃他的仆人们长得差不多。于是他走到哪里都会留下一串尸体。然而，杀戮并没有给他带来多少快乐，他宁愿知道问题的答案。

德·弗里斯陪着男爵一瘸一拐地进入了走廊，他的手杖敲在地板上喀哒直响。这个高大的男人心说，不久以后自己就得靠浮空椅才能减轻疼痛不止的关节上的负担了。

当两个人走近时，一队工人愣住了。男爵注意到他们正在修理前一天因为自己的愤怒而损坏的墙壁。当男爵咔哒咔哒地从他们身边走过时，他们每个人都向他鞠了一躬，而当他们看见他消失在拐弯处后，都发出了清晰的、表示宽慰的叹息声。

当他和德·弗里斯走进挂着天蓝色窗帘的客厅时，男爵坐到了一张黑色猪蝓皮沙发上。“坐在我旁边，皮特。”门泰特墨黑的眼睛四下踅摸着，就像一只被困住的动物一样，但男爵却不耐烦地哼了一声道：“如果你能给我个好建议，我今天可能就不杀你了。”

门泰特保持自己随意的举止，没有透露任何私人的想法：“给您出主意是我存在的唯一目的，男爵阁下。”他的表情仍然是冷漠的，甚至是傲慢的，因为他知道，哈克南家族找人取代他的代价太高了，尽管贝尼·特莱拉总是可以从相同的遗传基因中培育出另一个门泰特来。事实上，他们可能已经有了替代品了，只是在等待。

男爵用手指敲着长椅的扶手，说道：“这倒不假，但你并不总是能给我所需的建议。”他仔细地看了看德·弗里斯，“你是个很丑的人，皮特。即使我现在生病了，我还是比你漂亮。”

门泰特那蜥蜴般的舌头从被纱芙汁染成红色的嘴唇里蹦了出来：“可是我亲爱的男爵，您总是喜欢盯着我看啊。”

男爵的脸板了起来，他靠近了这个又高又瘦的门泰特，说道：“我受够业余的了。我要你给我找一个苏克医生[①]来。”

德·弗里斯吃了一惊，快速深吸了一口气：“但您坚持要我们对您的病情完全保密啊。而苏克医生必须向他们的核心集团汇报所有的行动——还得把大部分费用都寄给他们。”

弗拉基米尔·哈克南曾让兰兹拉德联合会的成员们相信，他的肥胖是因为他的过度荒淫造成的——这对他来说是个可以接受的借口，

①苏克医生或者苏克学校的毕业生都是已知宇宙中的杰出医生。他们因其先进的医学知识和心理训练闻名于世，据说这种心理训练能够阻止他们对病人的所有背叛行为，减少谋害病人生命的可能性。

而且并不代表软弱。更何况，根据男爵的品行，这本就是一个让人很容易相信的谎言。他不希望自己成为其他贵族眼中可怜的笑柄。一个伟大的男爵不应该患上这么一种简单的、令人尴尬的疾病。

“想个办法解决。不要通过常规渠道。如果一名苏克医生真能治好我的病，那我也就没有什么可隐瞒的了。”

几天后，彼得·德伏得知一名才华横溢但有点自恋的苏克医生正巧驻扎在哈克南的盟友李芝家族那里。门泰特的思维开始转动起来。过去，李芝家族曾在哈克南策划的阴谋里扮演过自己的角色，比如在斗牛场里谋害了保卢斯·厄崔迪公爵，但盟友经常会分不清主次。为了这个最为敏感的问题，德·弗里斯邀请了李芝家族的总理艾因·卡利玛尔到男爵位于杰第主星上的要塞里来，讨论“一项互利的事业”。

卡利玛尔年纪较大，穿着一丝不苟，仍旧保持着年轻时的运动精神。他皮肤黝黑，鼻子宽阔，戴着一副金属丝框眼镜，身上穿着一件金色翻领的白色西装，很快便抵达了哈克城太空港。四个身穿蓝色哈克南制服的卫兵护送他来到了男爵的私人房间。

卡利玛尔一走进男爵的房间，便闻到一股怪味，他鼻子抽搐了一下，而这一动作没有逃过主人的目光。一个裸体男孩就挂在离他只有两米远的壁橱里，男爵故意让门开着一条缝。尸体的腐臭气味和房间原有的气味混合在一起，即使是浓郁的香水也掩盖不了。

“请坐。”男爵指了指沙发上的一张沙发，那里仍然可以看到微弱的血迹。他准备的这个会面充满了下意识的威胁和不愉快，目的只是为了让这位李芝家族的领导人紧张不安。

卡利玛尔犹豫了一下——这让男爵很高兴——然后接受了这个座位，但拒绝了递过来的基拉那白兰地，尽管招待他的主人自己先喝了一口。随后男爵便跌坐在一张上下颠簸着的浮空椅上。在他身后，是他那烦躁不安的门泰特，他阐述了哈克南家族要求会面的原因。

卡利玛尔惊讶地摇了摇头道：“你想租我的苏克医生吗?”他的鼻子持续不断地抽动，目光则在房间里寻找着气味的来源，最后落在了壁橱的门上。他调整了一下他的金色眼镜，说道：“很抱歉，我不能答应。私人苏克医师代表了一种责任和义务……更不用说巨大的开支了。”

男爵噘起嘴来：“我试过其他医生，而且我希望这件事不要公开。我不能简单地登广告招聘一个傲慢的专业人士。而你的苏克医生必须得遵守他的保密誓言，并且不能有人知道他曾短暂地离开过你，”男爵听出了自己声音里的哀怨，“怎么样，怎么样，你的同情心呢?”

卡利玛尔把目光从黑暗的壁橱上移开：“同情心？这话从你嘴里说出来真有意思，男爵。在过去的五年里，尽管我们一直在苦苦哀求，但你的家族就是懒得帮我们解决我们的问题。”

男爵身子前倾。他的虫头手杖现在横放在膝盖上，杖尖里装满了蛇毒飞镖，正对准着面前这个穿白衣的人。该死啊，真是该死。“也许我们可以达成谅解。”他用质问的眼神看了看他的门泰特，希望他能帮着解释一下。

德·弗里斯连忙说道：“总而言之，是钱，我的男爵指的是钱。大家都知道李芝家族的经济状况不怎么好。”

“正如我国大使一再向你们的大使解释的那样，”卡利玛尔补充道，“自从我的家族失去了对厄拉科斯的香料生产的控制权——也就是你们取代了我们，别忘了这一点——我们一直在试图重建我们的经济基础。”总理高昂下巴，装出他多少还有点自尊心的样子，“一开始，伊克斯的陷落对我们来说是一个福音，我们的竞争对手没有了。然而我们的财务状况仍然有些……紧张。”

男爵那双像黑蜘蛛一般的眼睛闪烁着光芒，欣赏着卡利玛尔的尴尬。李芝家族是异族武器和复杂机器的制造商，擅长小型化产品和李芝镜。在伊克斯陷落期间，在与伊克斯公司竞争的那些领域里市场份额首次出现了增长。

“但是五年前，特莱拉再次开始出售伊克斯的产品，”德·弗里斯的口气中只有冷冰冰的逻辑，“你们便失去了过去十年所获得的一切。随着伊克斯技术的重新普及，李芝产品的销量严重下滑。”

卡利玛尔让自己的声音保持着平静：“所以你看，我们必须要有资源来提升我们的工作，投资新设施。”

“李芝，特莱拉，伊克斯……我们尽量不去干涉别人的争斗，”男爵叹了口气道，“我希望整个兰兹拉德都能和平相处。”

总理的脸上涌出一股愤怒：“男爵阁下，这不仅仅是争斗。这事关生存。我的许多特工在伊克斯失踪了，应该都死了。我甚至都不敢想那些特莱拉人会拿他们的肢体做什么。”说着他又调整了一下眼镜，额头上的汗珠闪闪发亮，“再说，贝尼·特莱拉不是任何类型的家族。兰兹拉德不会接纳他们的。”

“这是个纯技术性问题。”

“这么说，我们陷入了僵局。”卡利玛尔宣布，好像要站起来离开。他又看了一眼那扇不祥的壁橱门，“我不相信你能给出我们心目中的价位，不管我们的苏克医生有多优秀吧。”

“等等，等等——”男爵举起一只手，“贸易协定和军事协定是一回事。友谊是另一回事。你和你的家族在过去一直是我们忠实的盟友。也许我以前没能完全理解你们问题的严重程度。”

卡利玛尔把头往后一仰，从鼻梁上望向男爵：“我们的问题很严重，由许多零组成，并且没有小数点。”

男爵那嵌在一圈肥眼窝里的黑眼睛狡黠地凝视着对面的人：“如果你能派你的苏克医生来，总理，我们将重新考虑形势。我相信你会很高兴听到我们报价的财务细节。就权当是首付吧。”

卡利玛尔不为所动："我想现在就听你的提议，请说吧。"

男爵看着总理脸上那僵硬的表情，只得点了点头："皮特，把我们的提议告诉他。"

德·弗里斯对苏克医生的租赁费报了一个很高的价格，可以用美琅脂支付。不管这位苏克医生要花费多少钱，哈克南家族都可以通过提取他们隐藏的非法香料库存，或者通过压榨厄拉科斯的生产来挤出这笔额外收入。

卡利玛尔假装在考虑这个提议，但男爵知道他别无选择，只能接受。"苏克医生马上就会送过来，这名医生叫做威灵顿·岳，一直在从事半机械人的研究，他开发出了一种人机界面，可以通过人工手段恢复失去的肢体，这是对特莱拉人在培育罐中培养假肢的一种替代品。"

"'汝等不得创造像人一样思维的机器。'"德·弗里斯引用道——这句话源自芭特勒圣战的总戒律。

卡利玛尔被这句话吓呆了："我们的专利律师已经对这个项目进行了详细审查，没有任何违反禁令的行为。"

"我不在乎他的特长是什么，"男爵不耐烦地说，"所有的苏克医生都有着丰富的知识储备可以为我所用。你知道这件事必须严格保密吗?"

"这方面完全不用担心。苏克的核心集团几代以来一直掌握着兰兹拉德各个家族的那些令人尴尬的医疗信息。你不用担心。"

"我更担心你的人会说出去。你能保证不泄露我们交易的任何细节吗？这也会让你很尴尬的。"男爵那双黑眼睛似乎在他浮肿的脸上陷得更深了。

总理生硬地点点头，说道："我很乐意帮忙，男爵阁下。我有幸仔细观察过这位岳医生。请允许我向你保证，他给人的印象实在太深刻了。"

军事胜利是没有意义的，除非这胜利代表了人民的意愿。皇帝的存在也只是为了阐明这些愿望。他执行人民的意志，否则他在位的时间长不了。

——《原理》，帝国领导学院

皇帝戴着一个黑色的安全兜帽，坐在他那把精致的浮空椅上，御览着利读联报告水晶上的信息。在向皇帝提交了加密的摘要后，哈什米尔·芬伦站到了他身边，等待着这些信息在沙达姆脑海中发酵。

皇帝不喜欢这个消息。

在谈到项目进展时，芬伦清了清嗓子，说道："希达尔·芬·阿吉迪卡对我们隐瞒了很多，陛下。要不是他对奥马尔计划至关重要的话，我早就解决他了，嗯-嗯-哼？"

皇帝摘下安全兜帽，从容器里取出闪闪发光的水晶。他调整了一下眼睛，以适应从他私人塔楼的天窗透入的明亮晨光，然后才朝芬伦看了一眼。而那个人正懒洋洋地躺在皇帝那张镶嵌着乳白色塑石①的金色秋夕②木桌前，仿佛这桌子是他的一样。

①塑石是巴塞尔行星上最珍贵的闪光宝石。它们是由一种叫做丑鬣蟹的单翅海洋生物磨损的甲壳产生的，就像古老的地球上蛤蜊产生乳白色的珍珠一样。

②秋夕星是白羊八星系的第四行星。被人称为"音乐之星"，盛产高质量的乐器。

“我明白了，”沙达姆自言自语道，“那个小侏儒很不愿意再接受两个萨多卡军团。加隆指挥官会给他施加压力，让他好好表现，而他会觉得自己越来越受人钳制了。”

芬伦走到一扇窗前，窗外就是一座盛开着柑橘和薰衣草花的屋顶花园。他抠了抠夹在指甲下的灰，弹开了。“我们不都是这样吗，嗯-嗯-嗯？”

沙达姆注意到，芬伦伯爵的目光已经转移到阿妮鲁尔挂在墙上的三个小女儿的全息照片上了——这些东西时刻提醒着他仍然没有男性继承人，这真是让人恼火。伊勒琅四岁了，查丽丝一岁半，而那个女婴文丝西亚才两个月大。他尖刻地关掉了全息照片，看向他的朋友。

“你是我在沙漠中的眼线，哈什米尔。特莱拉人一直从厄拉科斯偷走幼虫让我很是不安。我原本以为这是不可能的。”

芬伦耸耸肩说：“就算他们弄走了一两条小虫子又有什么关系呢？这种生物离开沙漠后不久就会死掉，不管他们费多大劲照顾它们。”

“也许生态系统就不应该被这么破坏。”皇帝那件金红相间的束腰外衣从浮空椅的边缘拖到了地上，他从旁边的碗里拿起一颗深红色的水果咬了一口，“在他提交的最后一份报告中，我们那位沙漠行星学家声称，特定物种的减少可能会对食物链造成毁灭性的后果。他说，我们的后代要为今天的错误付出代价。”

芬伦做了一个不屑的手势，反驳道：“您就不该为他的报告而烦恼。如果您能把我从流放中解放出来，陛下，我就能帮您消除这些烦恼。我可以替你思考，嗯-嗯-嗯-啊？”

“你是帝国观察员，不能说是一种流放。你是一位伯爵，你是我的香料大臣。”沙达姆心烦意乱起来，想要些喝的东西，也许再来点音乐，异国舞蹈，甚至是在外面举行个阅兵式什么的。这些本是他一句话就能实现的，但在最后一刻他又忽然失去了兴趣：“你想要一个额外的头衔吗，哈什米尔？”

芬伦避开他那双大得有些突兀的眼睛，说道："那只会引来更多的注意。我已经很难向行会隐瞒我经常去萨图赫的情况了。再说，微不足道的头衔对我来说毫无意义。"

皇帝皱着眉头，把果核扔进碗里。下一次，他会命令仆人在上菜前把果核提前切掉。"'帕迪沙皇帝'是一个微不足道的头衔吗？"

听到三声哔哔声，两人抬头看向天花板，一根强化玻璃管子从天花板上螺旋形下降到皇帝的秋夕木桌上的接收容器里。一个紧急传讯筒"嗖"地穿过管道正好落入容器之中。芬伦拿回圆筒，剪下信使的封条，取下两张卷好的木马纸递给皇帝，克制住了自己先看的欲望。沙达姆把纸张展开，表情痛苦地扫视着。

"嗯-嗯-嗯-嗯？"芬伦不耐烦地问道。

"另一封来自埃卡兹大公爵的正式投诉信，以及一份针对格鲁曼的莫里塔尼家族的血海深仇战①声明。这真的很严重。"他把指尖沾上的红色汁液抹在鲜红的长袍上，然后继续读下去。他的脸涨得通红。"等一下。雷托·厄崔迪公爵已经向兰兹拉德联合会表示愿意充当调解人，但埃卡兹人正在亲自处理这件事。"

"有意思。"伯爵说道。

沙达姆生气地把信塞到芬伦手里："雷托公爵在我之前就知道这件事了？这怎么可能呢？我才是皇帝！"

"陛下，考虑到他们在我家那场正式宴会上的种种不光彩行为，这次的爆发并不奇怪。"看到皇帝露出一副茫然的表情，他接着解释道："格鲁曼大使在餐桌上动手杀了他的对手？您还记得我的报告吗？几个月前就递交给您了啊，嗯-嗯-嗯-嗯？"

沙达姆努力在脑海中把这些碎片拼在一起，然后轻蔑地朝桌子旁

①血海深仇战指的是冲突双方约好在大联合协定规定的严格限制条件范围内，展开家族间的世仇战。

边的黑色强化玻璃书架挥了挥手："报告也许还在那儿放着呢。我还没读完呢。"

芬伦的黑眼睛里闪着恼怒的光芒："您有时间读一位行星学家写的晦涩难懂的玩意儿，而不读我的报告？如果您注意到我的报告，您早就准备好面对这场争斗了。我警告过您，格鲁曼人很危险，得派人盯着点儿。"

"我知道了。告诉我报告说了什么吧，哈什米尔。我是个大忙人。"

芬伦讲述了他是如何因为外交豁免权而不得不释放了傲慢的卢皮诺·奥德。皇帝叹了口气，召唤了侍从，并召集他的顾问召开紧急会议。

在沙达姆皇家办公室隔壁的会议室里，一个由门泰特法律顾问、兰兹拉德发言人和公会观察员组成的团队审查了血海深仇战的技术细节，这种世仇战是一曲精心设计的战争芭蕾，旨在伤害真正的参战人员，而将平民的伤亡尽量最小化。

大联合协定[①]禁止了原子和生物武器，并要求争端各方通过可接受的直接和间接方法进行有控制的争斗。几千年来，这些严格的规则形成了帝国的框架。顾问们叙述了当前冲突的背景，比如埃卡兹家族是如何指控莫里塔尼家族在他们脆弱的烟木森林中破坏植被的，而格鲁曼大使又是如何在芬伦的宴会上谋杀了埃卡兹大使的，以及埃卡兹大公爵是如何正式宣布以血海深仇战来对付莫里塔尼子爵的。

"另一项值得注意的是，"帝国贸易专员像舞剑似的在半空中挥

①大联合协定是在公会、大家族和帝国这三方力量互相制衡下达成的一份全宇宙范围内的停战协议。主旨是禁止对人类使用原子武器。大联合协定的每一条规定都以如下字句开始："必须遵守如下约定……"

舞着他那根疙疙瘩瘩的手指，“我得知一整飞船的纪念币——刚刚铸造完的，如果您还记得的话，陛下，是为了庆祝您登基金狮宝座十周年——被盗了，有人胆大包天地突袭了一艘商业护航舰。如果报道可信的话，他们自称是太空海盗。”

沙达姆狠狠瞪了他一眼，不耐烦起来：“小偷小摸和我们谈论的事情有什么关系？”

“那艘飞船是开往埃卡兹的，陛下。”

芬伦兴奋起来，问道：“嗯-嗯-嗯，还有别的东西被偷了吗？战争物资，任何武器？”

贸易专员查看了他的笔记，回答：“没有——那帮所谓的劫掠者只抢走了帝国的纪念币，而把其他值钱东西留下了。”然后他放低了声音，咕哝着，好像是在自言自语，“不过，因为我们在铸造这些硬币时使用了劣质的材料，所以经济损失并不大……”

“我建议我们派帝国观察员到埃卡兹和格鲁曼去，”宫廷内侍里东多指出，“这样就能维持好秩序。毕竟莫里塔尼家族是出了名的……啊，喜欢自己拓展他们对正式法规的解释。”里东多是个骨瘦如柴、皮肤发黄的狡猾男人，他总是自己完成任务却让沙达姆独揽功劳。所以他在宫廷内侍这个位置上做得很稳。

然而，在里东多的建议被讨论之前，另一个传讯筒砰的一声落在了皇帝椅子旁边的容器里。浏览完信息后，沙达姆将它一把摔在了会议桌上。“亨德罗·莫里塔尼子爵对外交侮辱的回应是对埃卡兹王宫及其周围半岛地区进行了地毯式的轰炸！桃花心木王座被摧毁了。十万非战斗人员死亡，几座森林起火。埃卡兹大公爵带着他的三个女儿侥幸逃脱。”他又眯起眼睛看了看木马纸，然后很快地看了芬伦一眼，但却并不是在征求意见。

“他竟然无视血海深仇战的规则？”贸易专员惊呆了，“他们怎么能这么做呢？”

宫廷内侍里东多高耸的苍白额头上似乎也多了几道关切的皱纹：“莫里塔尼子爵没有他祖父那样的荣誉感，他祖父是‘猎手’皇帝的朋友。对这种野杂种我们该怎么办呢?”

“格鲁曼一直讨厌成为帝国的一部分，陛下，”芬伦指出，“他们总是找机会朝我们脸上吐口水。”

众人的讨论愈加狂热起来。沙达姆一边听，一边装出一副帝王的模样来，心里琢磨着当一名皇帝和自己想象中的有多么不同。现实是极其复杂的，有着太多的强大势力了。

他回忆起自己和年轻的哈什米尔一起玩战争游戏的情景，意识到自己是多么怀念儿时朋友的陪伴和建议。但一个皇帝不可能轻易地推翻自己做出的重要决定——芬伦将继续被派往厄拉科斯，监督盟友的人造香料计划。如果间谍们相信他们之间出现了隔阂那就更好，尽管沙达姆很可能已经计划好要更频繁地去访问他的童年伙伴了……

“陛下，规则必须要得到尊重，”里东多说，“是法律和传统在约束着帝国。我们不能允许一个贵族家庭随意地无视规则的限制。显然，莫里塔尼家族认为您很软弱，不会介入这场争斗。他这是在公然嘲笑您。”

*帝国不会从我的手指间溜走的。*沙达姆发誓。他决定以此树一个典型：“通知整个帝国，萨多卡军团要在格鲁曼驻扎两年。我们要把这个子爵拴起来。”说着他转向桌子另一头的宇航公会观察员，“此外，我希望公会对所有来往格鲁曼的货物征收高额关税。这些收入将用于赔偿埃卡兹。”

公会代表沉默了很长一段时间，好像在思考这个“决定”，实际上这只是皇帝的一个请求。毕竟宇航公会并不受帕迪沙皇帝的控制。最后他点了点头道：“可以。”

一名宫廷门泰特笔直地坐在他的椅子上，说道：“他们会上诉的，陛下。”

沙达姆吸吸鼻子：“如果莫里塔尼家族真要上诉，那就随他们吧。”

芬伦用手指敲着桌子，考虑着后果。沙达姆已经派遣了两个萨多卡军团去监视伊克斯的特莱拉人了，现在他又派了更多的部队去格鲁曼。在帝国四面八方的那些其他的动乱地区，他都明显增加了精锐部队的数量，希望能借此扼杀任何反叛的念头。他在整个军队中增加了波萨格的任命，现在有了更多的中层指挥官，随时可以根据需要调遣。

即便如此，一些不大但却很恼人的破坏或是涂鸦事件仍在随机发生，比如运往埃卡兹的纪念币被盗，飘在哈蒙塞普体育场上空的沙达姆气球，刻在纪念碑峡谷悬崖上的侮辱性文字……

如此一来，忠诚的萨多卡军队有些太过分散了，而且由于昂贵的奥马尔计划，帝国的国库没有足够的资金来训练和招募新的士兵。因此，军队储备正被一点一点耗尽，芬伦感到一个动乱的时代就在眼前。正如莫里塔尼家族这次行为所表明的，兰兹拉德里有些力量感觉到了帝国的虚弱，闻到了血腥味……

芬伦考虑过提醒沙达姆这一切，但他却在会议进行中保留自己的意见。他的老朋友似乎认为，没有他，自己也能处理好这些事情——那就让他证明一下吧。

皇帝会让自己陷入越来越深的麻烦，最后他不得不把他流放出去的“香料大臣”召回凯坦星。一旦发生这种情况，芬伦肯定会让他先对自己好好卑躬屈膝一番……然后直到最后一刻再答应他。

建立起一个组织是反抗运动成功的关键。当然它也是敌人的主要目标。

——卡马尔·皮尔鲁，伊克斯流亡大使，《关于不义政府倒台的论述》

在抵抗组织再次碰头之前的这段时间里，克泰尔把自己伪装成了一个性格内向的次人工人。在这个伪装下，他花了好几天的时间在地下侦察叛军计划要碰面的地方。

映衬着一座座钟乳石建筑的全息投影天空看起来完全错了，那光线完全不像是来自于伊克斯的太阳。克泰尔把沉重的板条箱放在自动驱动的托盘上，这些补给、设备和原材料将会被运送到已经被封了的研究展览馆里，他的手臂感到一阵阵的疼痛。

侵略者征用了一批工业设施，并对建筑进行了改造，修建了屋顶和相互连接的侧道。在维尔纽斯家族统治期间，建筑设施都是经过精心设计的，既美观又实用。而现在它们就像是一群啮齿动物的巢穴一般，到处都是倾斜的街垒和装甲三角墙，在防御屏蔽场下闪闪发光。他们那些隐蔽窗就像瞎了眼的眼睛一样难看。

那帮特莱拉人都在里面干些什么呢？

克泰尔身上的衣服很单调，脸也耷拉着，眼睛似乎也变得呆滞了。他专注于单调乏味的工作。当灰尘或污垢弄脏了他的脸颊或是油脂弄脏了他的手时，他也不会清洁自己，只是像钟表一样缓慢地走着。

虽然特莱拉人认为次人不值得注意，但入侵者在占领伊克斯时就是召集的这些工人作为内应。尽管当时承诺给他们以更好的生活条件和更好的工资待遇，但现在次人依旧被特莱拉人踩在脚下，而且踩得远比他们在多米尼克·维尔纽斯统治下要狠得多。

下班后，克泰尔住在次人大杂院里的石头房间里。工人们几乎没有社交生活，彼此之间也不怎么说话。几乎没有人注意到这个新来的人，也没有人问他的名字。他们中没有一个对他表示过友好。在起义初期，他曾在一个有屏蔽场的房间里躲了好几个月，而在这个大杂院里，他觉得自己比以前隐藏得更深了。

克泰尔喜欢隐遁起来。这样他能做更多的事。

他偷偷溜了出去，事先评估了一下秘密会面的地点。他带着走私设备进入了空荡荡的补给室，扫描监视设备。他不敢小看特莱拉人——尤其是现在多了两个帝国的萨多卡军团驻扎在这里，使得管控较以往更严了。

他站在房间的中央，慢慢地转了个圈，通向密室的那五条隧道让他很是担心。*更多的入口意味着更多的伏击地点。*他想了一会儿，然后笑了起来，因为他有了一个主意。

第二天下午，他偷了一个小型全息投影仪，可以用它投放出几乎没什么特色的岩石图像。他悄悄地把投影仪放在一个入口处，然后启动了它。一个虚假的岩石顿时挡住了其中一条隧道，真是个完美的幻象啊。

克泰尔在怀疑和恐惧中生活了这么久，从来不敢奢望自己的计划会顺利进行。但这并不意味着他停止希望……

自由战士们一个接一个地在约定时间内抵达了会场。没有人冒险与其他叛军一起前来，并且每个人都做了乔装改扮，每个人也都为自己为什么会前往地下次人隧道准备了一个借口。

克泰尔来晚了——来晚了却很安全。蹑手蹑脚的反抗战士们交换着重要的装备，压低声音刺耳地讨论着计划。但没人能说出一个总体的策略来。而他们的一些方案也太过天马行空了，克泰尔强忍着才没有笑出声，不过也有一些建议是他应该效仿的。

他需要更多的硅酸盐晶体棒装在他的罗格收发机上。他每次尝试和他那远在天边的领航员兄弟联系后，水晶都会碎裂开来，真是头痛得很。

上次使用罗格时，克泰尔就没能与德默尔建立联系，他能感觉到他的孪生兄弟就在身边，但只有一些不稳定的思维，最后没能联系上。在这之后，他在黑暗的房间里躺了好几个小时没有睡着，克泰尔感到一阵阵的失落和沮丧，以及一股强烈的孤独感。当听到伊克斯上的其他人已经逃脱并幸存下来时，他这才意识到自己有多么在乎兄弟的平安。

克泰尔有时会问自己，他在这么多年的斗争中究竟取得了什么成就。他想做得更多，想要有力地打击特莱拉人——但他到底能做到什么程度呢？他盯着面前聚在一起的反抗军，这些人说得多，做得却很少。他注视着他们的脸，注意到黑市商人的贪婪和其他人的神经质。克泰尔怀疑这些人是不是自己真正需要的盟友。不知怎的，他对此很是怀疑。

米拉尔・阿莱切姆也在那里，疯狂地跟别人换着东西，为她那神秘的计划添置更多零件。她似乎与众不同，愿意采取必要的行动。

他小心翼翼地靠近了米拉尔，引来了她警惕的目光。“我研究过你买的零件，”他朝她手里拿着的几件东西点着头说，“我不大理解你的计划。我也许……也许能帮上忙吧。我自己也做过不少改造。”

她后退了半步，像一只满腹狐疑的兔子，试图揣度他话语背后的含义。最后，她动了动苍白的嘴唇，耷拉着嘴巴说道：“我有一个……想法。我需要搜索——”

她还没来得及说下去，克泰尔就听到隧道里传来了动静，脚步声一开始很微弱，但很快大了起来。望风的卫兵马上喊了起来。当枪声响起时，有一个卫兵马上跑进了房间。

“我们被出卖了！”这名反抗军战士大喊起来。

在混乱中，克泰尔看到萨多卡士兵和特莱拉战士从四个出口冲了进来，封锁了隧道。他们向聚集在一起的抵抗战士疯狂射击，好像面对着一个射击训练场。

尖叫声、浓烟和鲜血混成一片。萨多卡士兵拔出手中的冷兵器，一拥而上。一些士兵赤手空拳就能杀人。克泰尔等到烟雾变得更浓，等到反叛者更加疯狂地四散奔逃之后——才奋力向前冲去。

米拉尔觉得自己无处可逃了，便蹲下身子。克泰尔一把抓住了她的肩膀。她开始和他搏斗，又踢又打，好像他是她的敌人一样，但克泰尔却把她推向了坚实的石墙。

她觉得自己一下子穿墙而过了。他也跟着她跳进被全息投影笼罩着的洞口。克泰尔感到一阵内疚，因为他没有带走其他反抗军，但如果所有的反抗军都朝这个逃生口来的话，萨多卡士兵马上就会向他们扑来的。

米拉尔困惑地四下张望着。克泰尔抓住她的胳膊，拽起她就往前走：“我提前安排好了撤退路线。这是个全息图像。”说着他们开始飞快地穿过了隧道。

米拉尔跌跌撞撞地跟在他身边：“我们的团队完了。”

“反正从来也不是我的团队，”克泰尔气喘吁吁地说，“他们太业余了。”

她边向前跑边看了看他，那双黑色的眼睛仿佛看透了他：“我们必须分开。”

他点了点头，然后两人向相反的隧道跑去。

在他身后很远的地方，他听到了萨多卡士兵的叫喊声，因为他们发现了那个伪装的洞口。克泰尔加快了步伐，跑向左边的一条隧道，然后向上跑了一段，又折回到另一个洞穴。最后，他走到一根电梯管道前，这条管道将把他带出洞穴。

就像一个去上晚班的次人那样，他摸索着掏出身份证，在读卡器上刷了一下。电梯把他带到了一座钟乳石建筑里，这里曾经是维尔纽斯家族官员和贵族居住的地方。

在上层，他飞快地跑过连接通道，在建筑物之间穿行，同时俯视腐败的工厂那闪烁着的灯光。最后，在曾经是大王宫的地壳内，他找到了自己很久以前放弃的那个有屏蔽场的避难所。

他溜进了房间，锁上了门。他觉得没有必要在此地躲太长的时间——但今晚的情形比以往任何时候都危险。在寂静的黑暗中，克泰尔爬上了那张散发着霉味的小床，这张床曾在许多个紧张的夜晚陪伴过他。他气喘吁吁地盯着上方黑色的低矮天花板，心怦怦直跳。他放松不下来了。

他想象这间房子上方的那些星星，在伊克斯的原始表面上，暴风雪般的点点繁星洒在开阔的夜空上。当他的思绪飞向浩瀚的银河系时，他想象着德默尔驾驶着他的公会运航机……在离这里足够安全的远方。

克泰尔必须尽快与他取得联系。

宇宙就是我们的画作。只有不成熟的人才会把宇宙描绘成他们所认为的样子。

——西甘·维思，首席总教练，公会领航员学校

德默尔，一个声音在他心里响了起来，德默尔……

在他驾驶的这架运航机顶部那个密封的领航员舱室里，德默尔正在香料气体中遨游着，他带蹼的双脚上下扑腾，橙色的漩涡在他周围打着转。在他的导航灵态中，所有的恒星系统和行星都是一幅宏伟的挂毯，他可以沿着任何他选择的路线去航行。他从进入宇宙的子宫和征服宇宙的奥秘中获得了无上的快乐。

深邃开阔的太空是如此的宁静。太阳的光辉来了又去……就像一个广阔的永恒之夜，点缀着细小的光点。

德默尔进行着高阶的心理计算，以预测通过所有恒星系统的安全路线。他驾驶这艘巨大的飞船穿过了无边无际的虚空。他可以到达宇宙的各个角落，把乘客和货物送到他们想去的任何地方。他能看到未来，并顺应它。

由于他的卓越表现，德默尔是为数不多的很快就被提升到领航员位置的变异人类之一。人类，这个词现在对他来说只不过是一个挥之不去的记忆罢了。

他的情感——从他最初的身体形态中产生的奇异碎片——以一种

他没有预料到的方式动摇着他。在他和孪生兄弟克泰尔一起在伊克斯度过的十七个标准年里，他没有时间、智慧或意愿去理解作为人类对自己来说意味着什么。

在过去的这些年里，应当承认这是他自己的选择，他已经从那个可疑的现实中脱离出来，进入了另一种存在，一半是梦想，一半是噩梦。毫无疑问，他的新面貌会吓到任何没有思想准备的人。

但他加入公会所带来的好处，可不仅仅是对此的补偿。他因此体验到了其他生命形式无法领略的宇宙之美：他们只能想象的东西，他却亲眼看到了。

为什么宇航公会会接受他呢？很少有外人被允许加入这个精英组织：公会更偏爱他们自己选择的领航员候选人——那些公会员工和拥护者的后代，其中的一些人甚至从未踏足过坚实的土地。

*难道我只是一个实验品，一个怪胎中的怪胎？*某些时候，比如在某一次伟大的航行中的冥想时间里，德默尔的思绪会变得飘忽不定。*此时此刻，我是否正在接受某种能够扫描我异常想法的考验？*每当他那狂野的过去人类的自我意识浮现出来时，德默尔就觉得自己好像站到了悬崖边上，正在决定自己是否要跳进虚空。*而公会一直在盯着自己。*

他在领航员舱内飘浮着，同时也在残存的情感中遨游着。一种不寻常的悲哀笼罩着他。他为了能有今天的成就而牺牲了太多。他永远不可能在任何星球上着陆了，除非他把自己泡在一个带轮子的封闭香料气体罐里……

他努力集中注意力，让自己的思绪回到正轨。如果他让自己的人类自我意识变得过于强大，德默尔驾驶的运航机很可能会径直坠落下去。

“德默尔！”那个令人心神不宁的声音又出现了，就像愈发严重的头疼所带来那种悸动般的痛楚一般。“德默尔……”

他忽略了它。他试图说服自己，这样的想法和遗憾对于领航员来说一定很常见，其他人也和他一样经常会经历这些。但是为什么教官不提前警告一下他呢？

我很坚强。我能克服这个。

在一次前往贝尼·杰瑟里特所在的瓦拉赫九号星的例行飞行中，他驾驶的是伊克斯人建造的最后几架运航机之一（之后特莱拉人便接管了伊克斯，恢复了那些早期的、效率较低的设计）。他运用意念审查了乘客名单，看到了映在领航员舱体墙壁上的一些字眼。

船上有一位公爵——雷托·厄崔迪。以及他的朋友隆博·维尔纽斯，被放逐了的伊克斯继承人。都是些熟悉的面孔和记忆啊……

在近乎一辈子以前，德默尔在大王宫里被介绍给了年轻的雷托。领航员们可以偷听到帝国的一些零星新闻，也可以偷听到那些通过通信渠道进行的商业活动，但他们很少关注这些琐碎的事情。这位公爵赢得了没收审判，而这一不朽的成就使得他在整个帝国中都受到了尊敬。

但雷托公爵为什么要去瓦拉赫九号星呢？而且他为什么要带着伊克斯难民一同前往呢？

那个遥远的尖厉的声音又插了进来："德默尔……回答我……"

他突然清醒过来，意识到这是他过往人生的一种象征。忠诚、善良的克泰尔一直试图和自己保持联系，尽管好几个月来德默尔一直没有回复他。也许这是由于大脑的持续进化造成了扭曲，扩大了他和他兄弟之间的鸿沟。

领航员那萎缩的声带其实仍能发声，但嘴巴却是主要用来消化越来越多的美琅脂。这种香料灵态带来的思维扩张最终抹掉了德默尔以前的生活和人际关系。他无法再体验爱，只能把它当作一种闪烁的记忆。他再也不能接触一个人类了……

他伸出一只短粗的、带着蹼的手，从容器里取出一粒浓缩的美琅脂药丸，塞进他的小嘴里，这样可以加快香料在他体内的流动。他的思维游离起来，但仍不足以减轻过往人生以及试图和他进行精神接触所带来的痛苦。这一次，他的感情太强烈了，无法控制。

他的兄弟终于不再呼唤他了，但他很快就会回来的。他总是会回来的。

现在，德默尔唯一能听到的声音就是气体输入密室那平稳的嗞嗞声。美琅脂，美琅脂。它持续地灌进他的身体，完全填满了他的感官。他没有什么作为人的个性了，再也不能忍受和自己的兄弟对话了。

他只能听，然后记住……

战争是一种有机行为。军队是男性群体的生存手段。而在另一方面，一个全是女性的群体，传统上都会是以宗教为导向的。他们是神圣秘密的守护者。

——贝尼·杰瑟里特教诲

从轨道运航机上下来，穿过复杂的大气层防御系统后，雷托·厄崔迪公爵和隆博·维尔纽斯在圣母学校所在的太空港里遇到了三名黑袍女子。

人们在地面上是看不见瓦拉赫九号星那蓝白色太阳的。一阵刺骨的微风吹进了众人所在的露天门廊里。雷托隔着衣服都感到寒气逼人，就连他呼出的气息中也带着一股白雾。在他身边，隆博拉紧了夹克的衣领。

护送委员会的首领自我介绍是哈里什卡大圣母——这是一份雷托没有预料到的荣誉。我究竟做了什么值得受到这样的礼遇？当他被关押在凯坦星，等待没收审判时，贝尼·杰瑟里特姐妹会曾秘密向他提供了帮助，但从未解释过她们这样做的理由。而贝尼·杰瑟里特做事从不会没有目的。

哈里什卡虽然年纪大了，但精力充沛，她有着一双深色的杏眼，说话直来直去。“隆博·维尔纽斯王子。”她向那个圆脸的年轻人鞠了一躬道，而隆博也用一个潇洒的姿势撩了撩他那紫铜相间的斗篷，

“你所在的伟大家族发生了如此逆事真是可惜，太可惜了。甚至姐妹会也觉得贝尼·特莱拉……不可理喻。”

“谢谢，但是，呃，我相信一切都会解决的。就在前几天，我们的流亡大使已经向兰兹拉德议会递交了另一份请愿书，”他强迫自己乐观地笑了笑，“我不需要同情。”

“那你需要一个妃子，对吗?”老圣母转身带着众人走出门廊，来到圣母学校的操场上，“我们很高兴能有机会把我们的一个姐妹送往卡拉丹城堡。我相信她会为你以及厄崔迪家族作出贡献的。”

他们沿着一条鹅卵石小路继续前行，两旁都是些相互连接的灰泥建筑，屋顶上铺着陶土瓦片，像蜥蜴的鳞片那样排列着。最后他们来到了一个鲜花盛开的院子，在一个黑色石英雕像前停了下来，雕像是一个跪着的女人。“她是我们这所古老学校的创始人，”哈里什卡介绍道，“拉奎拉·贝托－阿妮鲁尔。她曾经通过控制自己体内的化学物质，幸免于一次致命的毒杀。”

隆博弯下腰去读黄铜匾上的字：“这上面说，关于这个女人的所有书面和图片记录在很久以前就已经丢失了，入侵者放火烧毁了图书馆大楼，毁坏了原来的雕像。呃，那你们是怎么知道她长什么样的?”

哈里什卡皱着眉头笑了笑，神秘地答道：“为什么，因为我们是女巫啊。”这位身穿长袍的老圣母不再答话了，带领他们顺着一段短短的楼梯向下方走去，途中穿过一个潮湿的温室，在那里姐妹会培植着奇异的植物和药草。当然，那些草药也有可能是毒药。

圣母学校是一个充满传奇和神话的地方，很少有男人来过这里，雷托对他那轻率的请求最终还能获得如此热情的接纳感到十分惊讶。他要求贝尼·杰瑟里特为隆博挑选一位有才华、聪明的伴侣，而他那位头发蓬乱的朋友也同意前来此地“购物”。

哈里什卡迈着轻快的步伐穿过一片草地，那里的女巫们都穿着轻便的短袍，做着看上去难度极大的伸展运动，她们跟着一个满脸皱纹的驼背老妇的声音节奏，一个动作接着一个动作。雷托发现她们对自己的身体有着令人惊叹的控制力。

最后，他们走进了一幢巨大的灰泥建筑，这里有黑色的木梁和擦得锃亮的木地板，雷托很高兴能避开外面刺骨的寒风。这栋建筑有着一股像是旧灰泥墙上，满是灰尘的黑板所散发出的气味。门厅通向一个训练大厅，十几名身穿白色长袍的年轻女子一动不动地站在大厅中央，像士兵一样笔直地等待检阅。她们的兜帽都向后甩到了肩膀上。

大圣母在这些侍从姐妹面前停住了。另外两位圣母陪着她走到两列年轻女子的身后。“谁在这里求妃?”哈里什卡问道。这是个传统的问题，是仪式的一部分。

隆博向前站了一步，回答：“是我——呃，隆博王子，长子，维尔纽斯家族继承人。也许我求的是一个妻子。”说着他瞥了雷托一眼，放低了声音，“既然我的家族已经变节了，我也就没必要玩愚蠢的政治游戏了。不像我认识的某些人。”

雷托脸涨得通红，不由得想起了父亲对他的教诲：*你到哪里去寻找爱都可以，但永远不要为爱而结婚。你的头衔属于厄崔迪家族——用它来达成最好的交易吧。*

在莫里塔尼家族对阿曼德大公爵那座祖传的城堡进行了地毯式轰炸之后，雷托前几日赶往了森林星球埃卡兹，在临时首都与阿曼德大公爵会面。在皇帝的制裁下，一个萨多卡军团被派到了格鲁曼，前去制约愤怒的子爵，两个家族之间的公开敌对行为这才算是停止了，至少是暂时停止了。

阿曼德·埃卡兹大公爵曾要求一个独立调查小组前去调查著名的埃卡兹烟木森林和其他作物所受到的破坏，但沙达姆拒绝了这个请求。“不要自找麻烦”是他的官方回应。他希望这个问题到此为止。

大公爵意识到雷托在竭力平息尚不稳定的紧张局势，于是非正式地提到，他的大女儿桑娅可能适合嫁入厄崔迪家族。听到这个建议后，雷托最先考虑的是埃卡兹家族的资产以及他们的商业、政治和军事力量，还有他们能否补充卡拉丹的资源。他甚至看都没有看那姑娘一眼。研究婚姻联盟的政治优势。他的父亲会很高兴的…

现在，大圣母说道："这些年轻女人在取悦贵族这方面都受过良好的训练。她们都是根据你资料选出来的，王子。"

隆博走近那排女人，仔细打量她们的每一张脸。金发女郎、棕发女郎、红发女郎，有的皮肤苍白如牛奶，有的皮肤光滑如乌木。毫无疑问她们都是貌美且聪慧的……她们都怀着镇定和期待的心情打量着他。

雷托很了解他的朋友，所以当他看到隆博在一个相貌平平的女孩面前停下来时，他并不惊讶。这个女孩长着一双深褐色的大眼睛，还有一头和男人一样短的灰褐色头发。她正视着隆博审视的双眼，目光没有移开，也没像其他人那样假装矜持。雷托注意到她嘴角微微上扬，轻笑起来。

"她叫特希雅，"大圣母介绍道，"一个非常聪明有才华的年轻女人。她能完美地背诵古代经典，还能弹奏好几种乐器。"

隆博仰起下巴，凝视着她深棕色的眼睛，问道："但你能被笑话逗笑吗？然后再说一个更好的笑话作为回报？"

"你是说玩一些聪明的文字游戏，大人？"特希雅答道，"那你是喜欢一个糟糕透顶的双关语，还是一个下流得让你脸红的笑话？"

隆博高兴得大笑起来："就这个了！"他碰了碰特希雅的胳膊，她立即跳出了队列，平生第一次陪伴着他向前走去。雷托很高兴看到他的朋友能这么开心，可这也让他的心情变得很沉重，因为他自己毫无感情生活。隆博做事时常很冲动，但他总能用一股不屈不挠的劲头把事情导回正轨。

"过来，孩子们，"哈里什卡严肃地说道，"都站在我面前，低下你们的头。"她们手拉着手，照做了。

雷托像父亲一样皱着眉头走上前去把隆博的衣领拉直，又抚平了他垫肩上那条令人反感的褶皱。伊克斯王子的脸红了起来，然后喃喃地道谢。

哈里什卡继续说道：“愿你们白头到老，多子多福，享受彼此光荣的陪伴。你们的余生已经绑定在了一起。如果，在未来的岁月里，你们选择正式结婚并缔结超越纳妃的契约，你们必将得到贝尼·杰瑟里特的祝福。而如果你对特希雅不满意，她可以随时回到圣母学校来。”

雷托惊讶地发现，这套本质上就是一份商业协议的选妃仪式里有这么多装饰性的东西。通过来往于卡拉丹的信使，他们其实早已就一系列价格达成了协议。但尽管如此，大圣母的祝词还是赋予了这种关系某种根基，并为二人美好的未来奠定了基础。

“隆博王子，站在你面前的是一位特殊的女人，她的训练方式可能会让你大吃一惊。听从她的忠告吧，因为特希雅的智慧超越了她的年龄。”说着大圣母退后了几步。

特希雅俯身对着隆博耳语了几句，被放逐的王子笑了起来。他看着他的朋友雷托说道：“特希雅有一个有趣的想法。雷托，你为什么不为自己选一个妃子呢？这里有很多选择啊。”说着他指了指其他的侍从姐妹，“这样你就不用一直对我妹妹抛媚眼了！”

雷托的脸唰地红了。他长期以来为凯莉娅着迷这件事肯定是显而易见的，尽管多年来他采取了一些措施来掩盖这一点。他被公爵职责的要求和父亲的训诫弄得心力交瘁，所以一直拒绝把她带到自己的床上。

“我有过别的情人，隆博。这你是知道的。无论是城里的还是乡下的女孩都觉得他们的公爵很有魅力。这一点也不丢人——而且即使是在你妹妹面前我的名誉也没有受损。”

隆博转了转眼睛，说道：“这么说，码头上那几个渔民的女儿在你看来挺配你的，而我妹妹反而不行？”

“根本不是这样。我这么做是出于对维尔纽斯家族还有你的尊重。”

哈里什卡插话进来道：“恐怕我们带过来的这些女人不适合厄崔迪公爵。她们是为了与隆博王子配对而挑选出来的。”她那修长的嘴唇微微一翘，笑了笑道：“然而，我们也可以为您安排一些别的……”说着她抬头看了一眼室内阳台，就好像有人正躲在上面偷看他们似的。

“我不是来这里选妃子的。”雷托粗声粗气地说。

“嗯，他就是这样特立独行。”隆博对大圣母说，然后对特希雅挑了挑眉毛，“我们该拿他怎么办呢？”

“他知道自己想要什么，但却不知道如何承认这一点，”特希雅报之以聪慧的笑容，“这是公爵才有的坏习惯。”

隆博拍了拍雷托的背，说道：“看吧，她已经在给出好的建议了。你为什么不让凯莉娅做你的妃子，然后了结这桩心事呢，雷托？我对你这种学童一般的焦虑越来越感到厌倦了。当然，怎么做是你的权利，而我们，呃，都知道这已经是她人生追求的最高水平了。”

雷托不安地笑了笑，打消了这个念头，尽管他已经考虑过很多次了。他曾犹豫过要不要向凯莉娅提出这样的建议。而她会有什么反应呢？她会不会不甘于只做一名妃子呢？而这是不可能的。

不过，隆博的妹妹清楚政治现实。在伊克斯的悲剧发生之前，维尔纽斯伯爵的女儿确实是一名公爵可以接受的伴侣（也许老保卢斯就是这么打算的）。但现在，作为家族首领，雷托永远不能和一个不再拥有任何帝国头衔或封地的家族联姻了。

所有人都自以为了解的爱到底是什么？他们真的明白它是多么的难以实现吗？难道爱的定义不比宇宙中的繁星还要多吗？

——《贝尼·杰瑟里特问答书》

十二岁的杰西卡站在室内阳台上，从这里可以俯瞰下面等待着的女人们，她怀着强烈的好奇心，目光专注地观察隆博选妃的全过程。站在女孩身边的莫希阿姆圣母吩咐她要仔细观察，所以杰西卡留心着每一个细节。

可老师究竟想让我看什么呢？

在抛光过的硬木地板上，大圣母站在那里，同年轻的贵族和他新挑选的妃子特希雅·阿－瑞尔交谈着。杰西卡没有预料到他会做出这个选择，其他几个候选者的相貌更漂亮，身材更匀称，也更加光彩迷人……但杰西卡并不了解这位王子或他的性格，也不熟悉他的品味。

她们的美貌是不是让他害怕了，这是一种自卑的表现吗？也许侍从姐妹特希雅让他想起了某个他认识的人？或者也许他只是出于某种难以解释的原因而被她吸引了……也许是她的微笑，她的眼睛，或是她的笑声。

“千万不要试图去理解爱情，”莫希阿姆察觉到女孩的想法，用一种定向的低语告诫道，“只要去了解它对普通人会有什么影响就够了。”

在下方，另一名圣母带来了一份写在白板上的文件，交给王子签名。而他的同伴，一个黑头发、鹰钩鼻的贵族，越过他的肩膀审视那些小字。杰西卡听不清他们在说什么，但她熟悉这种古老的责任仪式。

那位黑头发的公爵伸手去给他的同伴系了系衣领。她觉得这个动作特别可爱，于是笑了出来。

“莫希阿姆圣母，有一天我也会这样被送去见贵族吗？”她低声问道。从来没有人向杰西卡解释过她在贝尼·杰瑟里特姐妹会里的任务到底是什么，这一直是她好奇心的来源，为此也经常激怒莫希阿姆。

正如杰西卡所预料的那样，圣母那张朴实而苍老的脸上露出了一丝怒容：“孩子，等时机成熟了你会知道的。懂得何时问问题是一种智慧。”

杰西卡以前也听到过这样的劝告：“是的，圣母。急躁是一种弱点。”

贝尼·杰瑟里特有许多这样的格言，而杰西卡把它们都牢牢记住了。她恼怒地叹了口气，然后控制住自己的反应，希望老师没有看见。姐妹会显然对她有一些计划——但为什么她们不揭示出她的未来呢？大多数其他的侍从姐妹都对她们预定的道路多少有了一些了解，但杰西卡只能看到她前面那一堵空白的墙，上面没有任何的文字。

*我正在接受某种训练。为某一项重要的任务做准备。*为什么她的老师在这个时候把她带到这个阳台上？这不是偶然，也不是巧合，贝尼·杰瑟里特对每一件事都进行了周密的计划和考虑。

“孩子，你还是有希望的，”莫希阿姆喃喃地说，“我让你观察——但你盯上了错误的人。不是那个选择了特希雅的人。而是另一个，观察他们俩，观察他们是如何相互影响的。然后告诉我你看到了什么。”

杰西卡从她所在的高点审视着这两个男人。她深吸了一口气，让肌肉放松下来。她的思想现在就像悬在一杯水中的矿物质，无比澄清。

“这两个人都是贵族，但没有血缘关系，这可以从他们的衣着、举止和表达方式的差异判断出来。”她的目光聚焦在他们身上，“他们是多年的好友。两个人相互依赖。黑头发的那个很关心他朋友的幸福。”

“还有呢？”杰西卡从老师的声音里听到了兴奋和期待，但她不知道为什么。圣母的眼睛紧盯着第二个贵族。

“从他的举止和与他人的互动中，我可以看出那个黑头发的人是一名领袖，他很认真地对待自己的责任。他有权有势，却不沉迷其中。他可能是一个比他自己认为的更好的统治者。”她注视着他的动作、他那通红的脸庞以及他看其他侍从姐妹的样子，发现他强迫自己转过身去，“并且他也很孤独。”

“非常好。”莫希阿姆微笑着看着自己的徒弟，但她的眼睛却眯了起来，“那个人就是雷托·厄崔迪公爵——你命中注定要嫁给他，杰西卡。总有一天，你会成为他孩子的母亲。”

虽然杰西卡知道她应该无动于衷地接受这一消息，把它看作是为姐妹会所应尽的职责，但她突然发现自己有必要让那颗怦怦直跳的心平静下来。

而就在这一刻，雷托公爵抬头看了杰西卡一眼，似乎感觉到她就在阳台的阴影中——他们的目光相遇了。她从他灰色的眼睛里看到了火焰，看到了力量和超越他年龄的智慧，这是肩挑重担的结果。她感到自己被他吸引住了。

但她开始抗拒这股吸力。这是本能的……下意识的反应和回应……*我不是一只动物*。然后她把这些情绪排了出去，正像莫希阿姆多年来教她的那样。

杰西卡先前的问题就这么消失了，一时间她也想不到还有什么新问题要问。深沉而平静的呼吸让她进入了一种静谧的状态。不管出于什么原因吧，她喜欢这个公爵的长相……但她是对姐妹会负责的。她会耐心等待，看前方的路会把她带向何方，而她会做任何必要的事情。

急躁是一种弱点。

莫希阿姆在内心深处笑了起来。在得知自己被要求编织的基因线索后，这位圣母就在杰西卡和厄崔迪公爵之间安排了这次短暂但遥远的会面经过几代人的精心培育，杰西卡将会创造出魁萨茨·哈德拉克。

而这个项目的女主人，魁萨茨圣母，沙达姆皇帝的妻子阿妮鲁尔声称，如果哈克南家族这一代的女儿能生下一个厄崔迪家族的女儿，那么项目成功的可能性最大。而杰西卡的秘密父亲正是哈克南男爵……等她准备好了，她就会和雷托·厄崔迪公爵结合。

莫希阿姆发现极具有讽刺意味的是，这两个不共戴天的仇敌——哈克南家族和厄崔迪家族——注定要组成一个如此重要的联盟，两大家族都不会想到……也不会容忍的联盟。

想到这里，她就难以抑制住自己的兴奋：多亏了杰西卡，姐妹会离最终目标只有两代人的距离了。

当你问一个问题的时候，你是真的想知道答案，还是你只是在炫耀你的权力？

——迪米特里·哈克南，写给我儿子们的笔记

为了这位苏克医生，哈克南男爵不得不付了两次医药费。

他一度觉得，自己向李芝总理卡利玛尔支付的巨额款项足以让威灵顿·岳医生尽可能长期地为他诊断和治疗那个令他衰弱的疾病。但是，岳却拒绝合作。

这位面色蜡黄的苏克医生完全沉浸在他自己和他在克罗娜[①]轨道实验室里进行的技术研究之中。当有人提起男爵的名字时，他也一点也不尊敬，也没有感到害怕。“我可能是在为李芝人工作，”他用坚定而毫无幽默感的声音说道，“但我不属于他们。”

彼得·德伏被派到李芝为男爵敲定这些机密的细节，于是他领教到了这位岳医生那衰老、呆板的嘴脸，以及他那毫不自知的固执。他们一起站在人造研究站的一间小实验室里，而这个人造研究站其实就是一颗闪耀在李芝天空里的人造卫星。尽管卡利玛尔总理再三要求，但这位有着一张窄脸，留着一抹长长的八字胡，乌黑的头发被一枚苏

①克罗娜是一颗人造卫星，围绕着李芝星运行。克罗娜是李芝家族设计并建造的一个研究基地，也是一个秘密的美琅脂仓库。

克学校银环箍了起来的岳医生仍然拒绝了杰第主星的邀请。自信又自大，德·弗里斯心说，可以用来对付他。

“你，先生，是个门泰特，习惯于把你的思想和智慧卖给任何主顾。”岳抿紧嘴唇，仔细端详着德·弗里斯，好像在解剖……或者想要解剖他似的，“而另一方面，我是苏克核心集团的一员，通过了完全的帝国预处理[①]。”说着他轻轻敲了敲布满皱纹的前额上的钻石形刺青。“我不能被买卖，也不能租出去。你控制不了我。现在，请允许我回到我重要的工作里去。”说完，岳向他微微鞠了一躬，动身回到李芝实验室继续他的研究了。

此人从来没被人挫败过傲气，从来没被人伤害过……也从来没有被打败过。彼得·德伏认为这是一个挑战。

在三合一中心的政府大楼里，李芝总理卡利玛尔给了德·弗里斯一个毫无意义、故作姿态的道歉。然而，他轻松地获得了这位总理的授权，通过安全大门和警卫前往克罗娜卫星研究站。在这件事上他别无选择，门泰特只能前往岳医生的无菌医疗实验室。只身前往。

是时候为男爵重新谈判了。不搞定一名完全不合作的苏克医生，他是不敢回杰第主星的。

他迈着碎步，走进一间金属墙壁的房间，里面摆满了机器、电缆和保存在容器里的身体部位——这容器把最先进的李芝机电技术、苏克手术设备和其他动物的生物标本混合在了一起。尽管研究站的空气交换机试图清理污染物，但润滑剂、腐烂物、化学药品、烧焦的肉和燃烧回路的气味仍然填满了寒冷的房间。周围还有几张放着水池、金

①帝国预处理是一种苏克医学院开发的技术，可以制约一个人的杀人冲动。受过帝国预处理的人员会在前额刺上钻石形刺青，获准蓄留长发，并用一个苏克银环将长发箍起来。

属、强化玻璃管道、蛇形电缆和分配机的桌子。而在解剖区上方，闪闪发光的全息蓝图将人的四肢描绘成了一台有机机器的样子。

当门泰特扫视着实验室时，一个台子的另一侧忽然冒出了岳的脑袋——瘦削、涂了油脂，面部的骨头突出，好像是金属做的一颗脑袋。

“请不要再打扰我了，门泰特。”他语气生硬地说道。他甚至没有问德·弗里斯是如何来到这颗受限制的克罗娜卫星的。他额头上那个帝国预处理钻石形刺青闪闪发光，上面是他不小心擦手后留下的黑色润滑剂污迹。“我很忙的。”

“不过，医生，我还是得跟你谈谈。这是我们男爵的命令。”

岳眯起了眼睛，好像在想着如何把他的一些原型机械部件用在这个门泰特身上。“我对你们男爵的身体状况不感兴趣。这不是我的专长。”他看了一眼摆满了实验假肢的架子和桌子，似乎答案显而易见。岳仍是那副高高在上的样子，好像什么东西都碰不到他，都不能弄脏他似的。

德·弗里斯一边说个不停，一边向对面的矮个男人靠近过去。如果他被迫杀死了这个烦人的医生，他无疑会面临严重的惩罚。“我们男爵曾经非常健康，体形匀称，他一直为自己的身体而自豪。但在没有改变饮食习惯或是锻炼流程的情况下，他的体重在十年里几乎增加了一倍。他现在饱受肌肉功能衰退之苦，身子也越来越大。”

岳皱起了眉头，但他的目光终于回到门泰特身上了。德·弗里斯捕捉到了他的表情变化，便压低了声音，给出了致命一击：“医生，这些症状你听起来熟悉吗？你在别的地方见过类似的情况吗？”

这时，岳开始算计起来。他来回走动着，把自己和变态门泰特分开。在房间的另一边，一根长长的玻璃管持续冒着泡，散发着臭味。“没有哪个苏克医生会给出免费的建议。我的费用你承受不了的，我在这里的研究至关重要。”

德·弗里斯咯咯地笑了起来，他那增强了的头脑思索着各种可能性：“医生，你这么专心于缝缝补补，竟没有注意到你的老板李芝家族就快要破产了吗？而哈克南男爵的佣金可以资助你的研究很多年。”

变态门泰特突然把手伸进上衣口袋，岳医生被吓得向后退了一步，害怕他掏出一件消音武器。相反，德·弗里斯只是拿出了一台带着触控板的黑色平板。一个老式水手储物箱的全息投影出现了，它完全是用金子做的，顶部和侧面都镶嵌着珍贵的宝石饰钉，图案则是蓝色的哈克南狮鹫。“在你替我们男爵看完病之后，你可以继续你的研究。”

岳好奇地伸出手，他的手和前臂穿过了这幅全息图像。随着一声尖啸的合成音，全息箱子的盖子打开，里面空荡荡的。“我们会在这里面装满你喜欢的东西。美琅脂，塑石，蓝曜石，月白火焰石[①]珠宝，哈葛尔石英……随你点。是个人都知道苏克医生是可以花钱雇来的。”

“那你去雇一个吧，公开招标。”

“我们更希望做一个，呃，更为机密的安排，就像卡利玛尔总理承诺的那样。”

面色蜡黄的老医生又噘起那黝黑的嘴唇来，陷入了沉思。岳的全部精力似乎都投入到了他周围的这个小世界里，好像其他人都不存在，都不重要似的。“我不能提供长期护理，但我或许可以诊断出这种疾病。”

德·弗里斯耸了耸他那瘦骨嶙峋的肩膀，说道：“除非是必须，男爵不会留你太长时间。”

看着门泰特承诺给他的巨额财富，岳心里思忖，如果自己有了足够的资金，他在克罗娜上的工作会更有成效。不过他还是犹豫起来：“我还有其他责任。我被苏克医学院指派到这里是为了一个特殊目的。

①月白火焰石是哈葛尔星球上一种稀有的乳白色宝石。

一旦试验成功，那么半机械假肢对李芝家族和我们来说都将是一个极有价值的市场。”

德·弗里斯屈服地叹了口气，按了平板上的一个按键，水手储物箱明显地变得更大了。

岳摸了摸他的胡子，说道：“我还是有可能在李芝星和杰第主星之间往返工作的——当然得用假名。我可以去给您的男爵看病，然后再回到这里来继续我的工作。”

“真是个不错的主意，”门泰特说，“那么你接受我们的条件了？”

“我同意给病人做检查。而我也会考虑在你提供的财宝箱里放些什么，”岳指了指旁边的一个台子，“现在把测量仪递给我。既然你已经打断了我的工作，你就帮我做一个身体核心的原型吧。”

两天后，在杰第主星上，适应了工业雾霾和更大重力的岳医生在哈克南要塞的医务室里为男爵做了检查。所有的门都关上了，所有的窗户都被遮住了，所有的仆人也都被赶走了。彼得·德伏从他的窥视孔里看着这一切，咧嘴偷笑。

岳把以前医生们多年来编纂的、用来记录疾病进展的医疗文件都扔了。“都是些愚蠢的菜鸟。我对他们和他们的体检结果都不感兴趣。”岳医生打开他的诊断工具，取出了自己的一套扫描仪，这是一套只有受过高度训练的苏克医生才能解读的复杂装置，“现在请脱下你的衣服。”

“你在开玩笑吗?”男爵试图保持他的尊严，保持他对局势的控制。

“不。”

男爵把自己的注意力从这些令人不适的探诊和穿刺上转移开，开始考虑如果岳也没能发现疾病的原因，自己该如何杀死这名自负的苏克医生。他用手指咚咚地敲着检查台，说道："我的医生里没有一人能提出什么有效的治疗方案。他们让我在清洁的头脑和清洁的身体之间做出选择，而我只能选了一个。"

无视着男爵低沉的声音，岳戴上了一副有着绿色镜片的护目镜。"他们不敢建议你同时追求这两个目标？"说着他初始化了电源包和扫描程序，然后盯着面前病人那恶心的裸体。男爵肚子向下趴在了检查床上。嘴里不停地嘟囔，抱怨着痛苦和不适。

岳花了几分钟的时间检查男爵的皮肤、内脏和身体孔口，直到他的脑海中浮现出一串微妙的线索来。最后，这台精巧的苏克扫描仪检测到一条矢量路径。

"你的情况似乎是性行为造成的。你的这东西还能用吗？"岳说这话，口气一点也不幽默。就好像在给出什么股票报价似的。

"用？"男爵粗鲁地哼了一声，"他妈的，它仍然是我最好用的身体部位。"

"真是讽刺。"岳掏出手术刀从男爵的下体割下一块皮，男爵又惊又痛地叫了起来，"我需要化验一下。"医生的语气中丝毫没有道歉的意味。

岳用细长的手术刀把那片皮肤涂在一张薄薄的幻灯片上，然后把它插入护目镜下边的一个狭槽里。通过手指控制，他在不同的光照下将样本在眼前旋转起来。强化玻璃眼镜的颜色从绿色变成了猩红，再变成淡紫。然后他又将样本进行了多级化学分析。

"这有必要吗？"男爵咆哮道。

"这只是开始。"接着，岳又从工具箱里拿出了更多的工具——其中很多都是非常锋利的。而如果能在别人身上使用这些工具，男爵一定会很感兴趣。"我还有很多试验要做。"

穿上长袍后，哈克南男爵向后一靠，脸色发白，汗流浃背，成千上万个以前从没疼过的地方都疼了起来。有几次，他真想动手杀了这个傲慢的苏克医生——但他不敢打断这个冗长的诊断。其他医生都无能为力而且都是些愚才。现在，为了得到答案，他必须忍受一切必要的事情。男爵希望治疗和最终的治愈过程不会像岳原来分析的那样激进，以及那样痛苦。他斟了一杯基拉那白兰地，一口气喝了一大口。

“男爵，我已经减少了可能性的范围，”岳噘着嘴唇说道，“你患上了一种罕见的疾病，定义狭窄，有针对性。我可以再收集一套完整的样本，如果你想让我三重确认诊断的话？”

“没有这个必要。”男爵坐起来，攥着他的手杖，以便自己需要用它打人，“你到底发现了什么？”

岳继续说道：“传播媒介很明显，通过异性性交。你被你的一个女情人感染了。”

男爵那终于找到答案后的短暂兴奋感在混乱中消失了：“可我没有女情人啊。女人都厌恶我。”

“好吧，我明白了。”岳的很多病人常常都否认这一点的，“这些症状是如此微妙地常态化，我并不奇怪那些能力较差的医生会忽略它。甚至苏克教学最早也没有提到它，而我是通过我的妻子得知这种有趣疾病的。她是个贝尼·杰瑟里特，而姐妹会偶尔会利用这些病菌——”

男爵瘫倒在沙发上。那张长着双下巴的脸上顿时怒火冲天：“那些该死的女巫！”

“啊，你想起来了，”岳得意地问道，“接触是什么时候发生的？”

男爵犹豫了一下，然后答道：“十几年前。”

岳摸了摸他的长胡子。“我的瓦娜[1]告诉过我，贝尼·杰瑟里特圣母能够改变她们体内的化学物质，让病毒潜伏在她们自己体内。”

---

[1]瓦娜·马库斯是一名贝尼·杰瑟里特女巫，是威灵顿·岳的妻子。

“是那个贱人！”男爵吼道，“就是她感染了我。”

医生似乎对这种不公正的侮辱不感兴趣：“这种病原体可不是被动感染的，而是需要通过意志力释放出来。这不是偶然的，男爵阁下。”

男爵的脑海里顿时浮现出那长着一张马脸的莫希阿姆来，还有在芬伦家的宴会上，她对他的嘲笑和无礼。她早就知道，从来就知道——她一直在看着他的身体变成一个恶心的肥大肿块。

这一切都是她造成的。

岳合上了他的护目镜，把它们塞回诊断箱里，说道：“我们的交易结束了，我现在要走了。在李芝我还有很多研究工作要完成。”

“你答应给我看病的。”男爵想起身，却一下子失去平衡，又瘫倒在嘎吱作响的沙发上。

“我同意为您诊断，而现在诊断结束了，男爵。任何一名苏克医生也不能改善你的状况。目前还没有已知的治疗手段，也没有治愈的方法，不过我相信我们最终会在苏克学院研究它的。”

男爵握紧拐杖，终于站了起来。他满腔怒火，一下子想到了藏在拐杖尖里的那些被毒液浸透的飞镖。

但他也明白，如果他杀死一名苏克医生的消息传了出去会带来什么样的政治后果。苏克医学院与帝国有极强的联系。逞一时之快有些不值。此外，他已经杀了足够多的医生了……至少他终于得到了答案。

也同时得到了复仇的合法目标。毕竟他知道这事是谁干的了。

“恐怕您还是得请贝尼·杰瑟里特帮忙，男爵。”

威灵顿·岳医生二话没说，匆匆离开了哈克南要塞，乘下一班次的运航机离开了杰第主星，他很高兴自己再也不用和这位男爵打交道了。

有些谎言比真相更容易让人相信。

——《奥兰治天主圣经》

即使被其他村民包围着，哥尼·哈莱克也感到自己身处完全的孤独之中。他凝视着面前的啤酒。啤酒既淡又苦，但只要喝得足够多，他身体和内心里的痛苦就会变得麻木。但最后他只落了个头痛的宿醉，没有任何找到妹妹的希望。

在克鲁比队长和哈克南巡逻队把她掠走的这五个月里，哥尼断裂的肋骨、瘀伤和伤口都已经愈合了。“软骨头。”他对自己说道，这是一个苦涩的笑话。

在贝丝被绑架的第二天，他又回到了田地里，缓慢而痛苦地挖起沟来，种着不值钱的克劳尔块茎。其他的村民都斜眼瞥了他一眼，然后回去继续干活，假装什么也没发生。他们清楚如果生产率下降，哈克南家族就会回来，对他们进行更严厉的惩罚。哥尼得知其他几家的女儿也被抓走了，但被抓走了孩子的父母从未在外人面前提起此事。

回到酒馆，哥尼很少再唱歌了。尽管他仍随身带着他的那把破巴厘琴，琴弦却保持着沉默，歌声似乎也不肯再从他嘴里发出来了。他喝着苦啤酒，闷闷不乐地坐着，听着同伴们疲惫地聊着天。男人们反复抱怨着工作、天气和自己无趣的配偶。哥尼对此早已充耳不闻。

尽管想到贝丝可能要忍受的痛苦，他还是希望她还活着……她可能被关在哈克南的妓院里，被训练去做一些不可言喻的事情。如果她反抗或没有达到预期，她就会被杀死。正如那次巡逻扫荡所证明的，哈克南人总能为他们臭气熏天的妓院找到其他的候选人。

在家里，他的父母把自己的女儿留在了记忆之外，如果没有哥尼的悉心照料，他们甚至可能会让贝丝的花园就此荒芜。他的父母甚至举行了一场模拟葬礼，并背诵了那本破旧的《奥兰治天主圣经》中的诗句。有那么一会儿，哥尼的母亲点燃了一支蜡烛，盯着摇曳的火焰，嘴唇动了动，默默地祈祷着。他们剪下马蹄莲、百合花和雏菊——这些都是贝丝最喜欢的花——摆出一束纪念她的花束来。

然后，一切都消失了，他们继续着他们沉闷的生活，没有再提到她，仿佛她从来没有存在过。

但哥尼从未放弃过。

“你就不在乎吗?”一天晚上，他终于冲着父亲那布满皱纹的脸吼了起来，“你怎么能让他们那样对待贝丝呢?”

“我没有让他们做任何事。”年迈的老人眼光直直地穿过他的儿子，就好像他是由脏玻璃做成的，“我们什么也做不了——如果你想要反抗哈克南家族，他们会要了你的命。”

哥尼怒气冲冲地跑酒馆里生闷气了，但那里的村民也帮不了他。夜复一夜之后，他连他们也都开始厌恶起来。几个月就这么不知不觉地过去了。

连续很多天都泡在酒杯里的哥尼，突然在桌边坐了下来，开始意识到自己堕落的鬼样子了。每天早晨，他都在镜子里看到自己那张迟钝的脸，逐渐明白这个人已经不再是他自己。他，哥尼·哈莱克——性情温和，喜好音乐，吵吵闹闹——一直在试图唤醒这些村民的生活。但最终他自己却变得和他们一样。他虽然才二十几岁，但已经老得和他年迈的父亲没什么两样了。

那些村民还在进行着单调乏味的谈话，而哥尼只是盯着光滑的预制墙和斑驳的窗板看。这种日复一日的乏味生活已经好几代都没有什么变化了。他紧握着酒杯，估量着自己的才能。他无法用蛮力或武器与哈克南人搏斗，但他有了另一个主意。他可以用一种更阴险的方式回击男爵和他的手下。

他觉得自己的精力恢复了，于是咧嘴一笑道："伙计们，我给你们准备了一支曲子——你们以前从来没有听过的那种曲子。"

男人们不安地笑了笑。哥尼则拿起巴厘琴，粗暴地拨弄起琴弦，仿佛在剥一棵粗大的蔬菜，然后狂风骤雨般地大声唱起来：

我们劳作在田间，劳作在城镇，
这就是老天的安排。
就因为河水它不窄，山谷也很矮，
还有就是男爵——他就是个肥仔。

我们活着没快乐，死去没悲愤，
这就是老天的安排。
就因为山峦它不低，海水也不浅，
还有就是男爵——他就是个肥仔。

我们的姐妹被偷走，我们的儿子被压成狗，
我们的父母却忘怀，我们的邻居想不起来——
这就是老天的安排！
我们拼命劳动，休息也没，
就因为我们的男爵吃得很肥。

他一边唱着，发现听众们都惊恐地睁大了眼睛。"别唱这种歌，哈莱克！"一个人从座位上站了起来冲他说道。

“为什么，伯德？”哥尼冷笑着问他，“你就这么爱戴男爵吗？我听说他喜欢带你这样强壮的年轻人到他的娱乐室里去。”

哥尼勇敢地又唱了一首侮辱性的歌曲，他唱了一首又一首，直到他终于感到解放了为止。这些小调儿给了他以前想象不到的自由。而一旁的观众则感到十分不安。在他持续唱歌时，许多人起身离开了，但哥尼却不为所动。他一直待到午夜过后很长时间才走。

那天晚上，当哥尼·哈莱克迈步往家里走去时，他的步伐终于轻盈了起来。他回击了那些折磨他的人，尽管他们永远不会知道。

到了这个时候，他已经没办法好好睡觉了，毕竟一大清早就要开始工作。但这并没有困扰他——他感到自己浑身都充满了能量。哥尼回到了他父母那所自打退休后就一直居住的昏暗老房子里。他把巴厘琴放在自己的衣橱里，躺在床上，带着微笑打起盹来。

不到两周后，一支沉默的哈克南巡逻队进入了迪米特里村。就在天亮前三个小时。

武装卫兵猛地砸开了这栋预置住宅的门，但哈莱克一家其实从来也不锁门。借着炽热的球形灯光，穿制服的士兵们闯了进来，把家具撞到了一边，把陶器也都砸碎了。他们把贝丝种在前门外面旧花盆里的花全部连根拔起，接着把覆盖着小窗户的窗帘也扯了下来。

哥尼的母亲尖叫着，蜷缩在床上。他的父亲则踉踉跄跄地走到房门前，一眼看见了那些士兵。他无法保护自己的家，只是后退了几步，砰的一声关上了卧室的门，好像这样就能保护自己似的。

但士兵们只对哥尼感兴趣。他们一下子把那个年轻人从床上拖了起来，哥尼则拼命地挥舞拳头。那些人反而觉得他的反抗很有趣，就脸朝下地把他拍到了壁炉上。于是哥尼磕掉了一颗牙，也刮伤了下巴。他四肢着地，想要爬起来，但两个哈克南人踢向了他的肋骨。

一个金发士兵洗劫了他的那个小衣柜，举着那把布满裂痕和补丁的巴厘琴走了出来。他径直把它摔在了地板上，克鲁比相信哥尼的脸现在正对着这把乐器。然后，哈克南人把哥尼的脸颊压在壁炉的砖块上，卫队长抬起一只穿着靴子的脚重重地踩在巴厘琴上，从中间把巴厘琴踩断了。琴弦发出刺耳的嘶叫声。

哥尼呻吟着，对他来说这要比揍他一顿更痛苦。他为了修理这架巴厘琴所做的一切，以及它给他带来的一切乐趣都没有了。“混蛋!”他啐了一口，然后又挨了一拳。

他拼尽力气看向他们的脸，认出了一个方脸棕色头发的挖沟工人，他是以前在附近的一个村子里认识的他，现在他身着华丽的新制服，上面有一个代表着中士的低级徽章。他还看到了另一个长着蒜头鼻子和兔唇的士兵，他确信这个人是哈克南人在五年前从迪米特里村“招募”来的。但他们看上去好像根本不认识哥尼，也没有表示出任何的同情。他们现在是男爵的部下了，决不会冒险去做任何有可能导致回到从前生活的事情。

看到哥尼认出了他们，这几位卫兵们便把他拖到外面，以加倍的热情殴打他。

在殴打哥尼的过程中，克鲁比的脸色一直阴沉着，高高站在原地做着评估。不时用一根手指摸着他的小胡子。卫队长一言不发地冷眼看着手下对哥尼拳打脚踢，从受害者的反抗中汲取着能量。最后他们后退了几步，喘了口气。

然后拿出了棍子……

最后，在哥尼骨头折断、肌肉受伤、浑身血污无法动弹后，哈克南人这才退了出来。在一簇簇耀眼的球形灯光照射下，哥尼躺在那儿不住地流血呻吟。

克鲁比举起手，示意士兵们回到车上去。他们把球形灯都带走了，只留下一个球形灯把闪烁的微光洒在受伤的哥尼身上。

克鲁比作出很关切的样子望着他，跪在了他身边。他轻声地说着那些只让哥尼听到的话。即使他的脑子里弥漫着痛苦的杂音，哥尼也觉得很奇怪。他原以为哈克南卫队长会大声欢呼，好让所有的村民都能听到。但相反，克鲁比似乎更像是失望，而不是沾沾自喜："其他人早就放弃反抗了。大多数人都比你更聪明。你这是自找的啊，哥尼·哈莱克。"

队长摇摇头接着说道："你为什么要逼我这么做呢？你为什么一定要给自己惹来滔天大祸呢？这次算我饶了你一命。但我很不情愿。可如果你胆敢再违抗哈克南家族，我们就一定会杀了你。"说着他耸了耸肩，"或者干脆杀了你的家人代替，再把你弄残废。我的一个手下有用手指挖人眼睛的天赋。"

哥尼张开自己血肉模糊的嘴唇，努力了好几次想要说点什么。"混蛋。"最后他终于成功了，"我的妹妹在哪儿？"

"不用琢磨你妹妹的事了。她死了。你老实待在这儿，忘了她吧。做好你的工作。我们每个人都要为男爵好好工作，而如果你的工作做得不好——"克鲁比的鼻孔张大了——"那么我就得完成我的工作了。如果你公然反对男爵，如果你侮辱了他，如果你嘲笑他以激起不满，我将不得不采取行动。你很聪明，应该清楚这一点了。"

哥尼愤怒地哼了一声，摇了摇头。现在支撑着他的只有他的愤怒。他发誓要用哈克南人的血来偿还这溅在地上的每一滴血。就算拼尽最后一丝力气，他也要找出妹妹到底出了什么事——如果贝丝能够奇迹般地活下来，他就会救她。

克鲁比转身向已经坐满了士兵的装甲运兵车走去。"别让我再回到这里来，"他扭头看了看哥尼，然后说出了一个很奇怪的词，"拜托。"

哥尼静静地躺在地上，不知道父母还要多久才敢冒险出来看看自己是否还活着。他透过模糊的视线，用疼痛不已的眼睛目送着运兵车驶离了村庄。他不知道是否还有其他的灯还亮着，也不知道是否会有村民出来帮他，毕竟哈克南人都走了。

但迪米特里村仍然是一片漆黑。大家都在假装无事发生。

我们最大的敌人便是画地自限。

——弗雷德里·吉奈斯，《剑术大师的哲学》

当邓肯·艾达荷到达吉奈斯时，他认为只要拿着老公爵那把珍贵的宝剑，他就能成为一名伟大的战士。他的脑子里充满了浪漫的幻想，想象着未来的自己会有多么神气，将会学到多么非凡的战斗技巧。他只有二十岁，憧憬着美好的未来。

但现实却截然不同。

吉奈斯学院是由一大片可居住的岛屿组成的群岛，它们像面包屑一样散落在碧绿的海面上。在每个岛上，不同的大师在传授着他们的独门绝技，从屏蔽场格斗、军事战术、战斗技巧到政治哲学。在八年的艰苦训练中，邓肯将会从一个岛屿转移到另一个岛屿，从而向帝国中最优秀的战士学习。

前提是他能存活下来的话。

学校的主岛是太空港和行政中心，周围布满了礁石，阻挡汹涌的海浪。岛上密集的建筑让邓肯想起了带刺老鼠身上的鬃毛，很像他在哈克南监狱里养的那只宠物。

吉奈斯的剑术大师在帝国备受尊崇，他们把自己的主要建筑都建成了博物馆和纪念馆，而不是教室。这反映了他们对自己战斗能力的极度自信，而且是一种近乎狂妄的自信。在政治上他们保持中立，他们只为自己的技艺服务，并允许这种技艺的实践者自己做出对帝国事务的选择。学院的毕业生里有很多都是兰兹拉德大家族的领袖，这对吉奈斯神话的形成起到了推波助澜的作用。宗师级别的诗人不断地为吉奈斯传奇英雄们的伟大事迹谱写诗篇和赞歌。

在岛中央的摩天大楼里，矗立着吉奈斯学院的创始人乔－诺莱的坟墓，而邓肯会在这里进行他最后的考验。诺莱的石棺被透明的装甲强化玻璃和一个霍尔茨曼屏蔽场包围着——但只有“有价值”的人才能亲眼目睹它。

邓肯发誓要证明自己是有价值的……

在太空港迎接他的是一位身材苗条、身穿黑色武术宽松服的秃顶女人。她轻松而简洁地做了自我介绍，说她的名字是卡斯蒂·托帕尔。“我被派来取走你的物品。”说着她便伸手去拿他的背包和装着老公爵宝剑的那个长包袱。

他紧紧护住宝剑：“前提是你能亲自向我保证这些物品的安全。”

她皱起眉头，这让她刚剃过的头皮都皱了起来：“我们比兰兹拉德联合会里的任何家族都更看重荣誉。”她的手依旧向前伸着，毫不动摇。

“不可能比厄崔迪家族更看重。”邓肯反驳道，仍然拒绝放弃宝剑。

卡斯蒂·托帕尔琢磨了一下，最后皱着眉头说：“确实没有。但我们不相上下。”

邓肯这才把包裹递过去，她指示他前往一架长途扑翼机：“去那里坐飞机。你会被带到你的第一个岛。他们让你做什么就做什么，不要抱怨，从每件事中学习。”然后她把裹着剑的包裹和他的背包夹在了腋下。“我们会替你保存这些东西，直到时机成熟为止。”

没有看到吉奈斯的城市，也没有看到学校的行政塔，邓肯就被扑翼机带着飞跃了深海，来到了一个郁郁葱葱的低矮小岛上。这座小岛就像一片睡莲的叶子，几乎没有露出水面。岛上丛林茂密，小屋寥寥无几。三个穿制服的船员把他扔到海滩上，没有回答他的任何问题就飞走了。邓肯独自站在那里，听着海浪冲向岛屿海岸的声音，不禁想起了卡拉丹。

他不得不认为这是一种对他的考验。

一个皮肤晒得黝黑的男人，分开棕榈叶，迈着大步出来迎接他，此人满头卷曲的白发，四肢瘦削而强壮，身上穿着一件腰部系带的无袖黑色束腰外衣。他眯起眼睛，望向海滩上耀眼的灯光，表情僵硬。

“我叫邓肯·艾达荷。先生，您是我的第一任教练吗?”

“教练?”那人皱起了眉头，“是啊，小耗子，我的名字是杰莫·里德——而这里的犯人是不需要名字的，因为每个人都知道自己的位置。做好你的工作，别惹麻烦。如果别人不能让你守规矩，那就我来。”

犯人？“对不起，里德大师，我是来这里进行剑术大师训练的——”

里德笑了起来：“剑术大师？你想得美!”

这个人没给邓肯时间安顿，反而马上把他派给了那些黑皮肤的吉奈斯土著，一起去完成一项艰苦的工作。邓肯只能用简单的手势和这些土著人交流，因为他们都不说加拉赫语。

为了改善一个内陆村庄的供水系统，工人们在闷热的天气下干了好几天，挖了沟渠和水井。空气中充满了湿气和叮人的蚊虫，邓肯几乎无法呼吸。夜幕降临后，蚊虫四散开来，丛林里满是蚊子和黑苍蝇，邓肯被咬得浑身都是肿包。他不得不喝下大量的水以补充他出汗所流失的水分。

邓肯吃力地用手搬起沉重的石头，阳光炙烤着他裸露而起伏的背部肌肉。里德师傅在芒果树的树荫下盯着他，双臂交叉在胸前，一只手里握着一根有饰钉的鞭子。他从来没有提过剑术大师训练一个字。

但邓肯从不抱怨，也没有追问答案。他希望这能让吉奈斯人……感到意外。

这一定是某种考验。

在他九岁生日之前，他在哈克南家族遭受了残酷的折磨。他亲眼目睹了格洛苏·拉班杀害了他的父母。在他还是个孩子的时候，他就在森林警戒保护区里杀死过猎人，最后逃到了卡拉丹，却眼睁睁看着自己的恩人保卢斯·厄崔迪公爵死在了斗牛场。现在，在为厄崔迪家族服务了十年之后，他已经学会把每一天的劳作都视为一种训练，是在为未来的战斗锻炼自己。他一定会成为吉奈斯剑术大师……

一个月后，另一架扑翼机毫不客气地把一个红头发、白皮肤的年轻人扔了下来。这个新人站在海滩上，看起来很不自在，心烦意乱——就像邓肯刚来时一样。还没等任何人过去和这位红头发的说话，里德大师就派工人们拿着钝弯刀去砍那片茂密的林下灌木丛，而这片雨林似乎总是配合人们伐木的速度重新长起来。也许这就是把犯人们送到这里来的目的吧，这就是一项永恒且毫无意义的任务，就像他在厄崔迪家学习时听到过的西西弗斯神话①一样。

直到两天后的晚上，当邓肯试图在自己那原始的棕榈叶小屋中入睡时，他才再次见到了那个红头发。在海岸线营地另一侧的棚屋里，这个新来的人被晒伤了，正躺在那里呻吟。在吉奈斯的星光下，邓肯蹑手蹑脚地走出来帮助他，他学着那些当地人的样子，在他最严重的水泡上擦乳状的药膏。

---

①西西弗斯是希腊神话中的人物，与更加悲剧的俄狄浦斯王类似，西西弗斯是科林斯的建立者和国王。他甚至一度绑架了死神，让世间没有了死亡。最后，西西弗斯触犯了众神，诸神为了惩罚西西弗斯，便要求他把一块巨石推上山顶，而由于那巨石太重了，每每未上山顶就又滚下山去，前功尽弃，于是他就不断重复、永无止境地做这件事——诸神认为再也没有比进行这种无效无望的劳动更为严厉的惩罚了。西西弗斯的生命就在这样一件无效又无望的劳作当中慢慢消耗殆尽。

红头发疼得嘶嘶直叫，强忍住没有喊出声来。最后他终于说出了一句加拉赫语，这让邓肯很吃惊。“谢谢你，不管你是谁吧。”说完他就躺了下来，闭上了眼睛，“他们的办学方式真是太糟了，你说呢？我在这儿都干了些什么呢？”

这个年轻人名叫希·雷瑟，来自格鲁曼的一个小家族。作为家族传统的一部分，他们每隔一代都会挑选一位候选人前来接受吉奈斯的训练，但在这一代人里，他是唯一的人选。“他们觉得我是个糟糕的选择，把我送到这里来是一个残酷的玩笑，我父亲确信我一定会失败的。”雷瑟坐了起来，揉了揉自己起了水泡的粗糙皮肤，然后又蜷缩了回去，“每个人都倾向于低估我。”

他们俩都不知道该如何解释自己的处境，他们现在都被困在一个满是罪犯的岛上了。“这至少能让我们强壮起来。”邓肯说。

第二天，杰莫·里德看到他们在交谈，他抓了抓自己卷曲的白发，皱了皱眉头，然后把他们分配到岛上不同的地方去做不同的工作了。

于是邓肯有一段时间没有再见到雷瑟了……

几个月过去，没有得到进一步的信息，也没有进行有组织的训练，邓肯开始变得愤怒起来，他痛恨这些本可以用来服务厄崔迪家族的时间就这么被浪费了。照这样下去，他怎么可能成为一名剑术大师呢？

一天黎明，邓肯躺在他的小屋里，他没有听到预期的里德大师的召唤，而是听到了扑翼机有节奏地扇动翅膀的声音，他的心怦怦直跳。邓肯连忙跑到外面，看见一艘飞船在宽阔潮湿的海滩上着陆了，就在一排浪花中间。铰接的翅膀扇起风来，像风扇一样吹打着树叶。

一个穿着黑色宽松服，瘦削、秃顶的身影从扑翼机里爬了出来，过去和杰莫·里德说话。强壮的大师咧嘴一笑，热情地和她握了手。邓肯从来没有注意到里德的牙齿竟会这么白。卡斯蒂·托帕尔站到一边，她的目光扫视着从棚屋里出来的那些好奇的囚犯。

里德大师转身对着站在破败不堪棚屋旁的犯人们喊道："邓肯·艾达荷！过来，小耗子。"邓肯穿过岩石海滩向扑翼机跑去。当他靠近扑翼机时，他看到红发的希·雷瑟已经坐在驾驶舱里了，正把那张满脸雀斑的笑脸贴在弯曲的强化玻璃窗上。

那女人剃过的光头一低，向他鞠了一躬，然后像扫描仪一样上下打量着他的身体。最后转向里德，用加拉赫语说道："成了，里德大师？"

这位工头耸了耸肩，湿润的眼睛里突然充满了感情："其他囚犯并没有想要杀他。他也没有给自己惹上麻烦。我们把他身上的肥肉和弱点都去掉了。"

"这是我训练的一部分吗？"邓肯开口问道，"一个能让我强壮起来的劳改营？"

秃头女人把双手叉在她的细腰上，答道："他们可是货真价实的罪犯，艾达荷。这些人里有杀人犯，也有小偷，他们注定要在这里度过余生。"

"而你们就把我送到这儿来了？与他们一起劳改？"

杰莫·里德走上前来，给了他一个惊喜的拥抱。"是的，小耗子，而你活下来了。希·雷瑟也是。"说着他像父亲一样重重地拍了一下邓肯的后背，"我为你们感到骄傲。"

尴尬而困惑的邓肯不大相信地哼了一声道："当我还是个八岁孩子时，我经历过更糟糕的监狱生活。"

"从今天起，你就会面临更糟的情况了，"卡斯蒂·托帕尔用严肃的语气解释道，"这是对性格、服从和耐心的考验。一名剑术大师必须有耐心去研究对手，去实施计划，去伏击敌人。"

邓肯说："但一名真正的剑术大师通常对自己的情况有更多的了解。"

“现在我们知道你有多大能耐了，小耗子，”里德擦去了脸上的泪水，“别让我失望——我希望在最终考验时见到你。”

邓肯说：“那八年以后见。”

托帕尔带着他走向那架翅膀仍在扇动的扑翼机，他高兴地看到她把老公爵的宝剑还给了他。秃头女人不得不提高她的声音，以便他能在飞机引擎的嗡嗡声中听清她的声音：“现在是你开始真正训练的时候了。”

如果专业知识把你带到了无法进一步解释的地步，那么它就会成为一种可怕的劣势。

——门泰特箴言

在哈克南要塞那最黑暗的地下室里，有一间冥想室，在这里彼得·德伏听不到截肢的嘎吱声，也听不到走廊尽头一扇敞开的大门里传来的酷刑受害者的尖叫声。他的门泰特注意力完全集中于其他更重要的事情上了。

大量的重度药物强化了他的思维过程。

他闭着眼睛打坐，思考着整个帝国的组织结构，思考着帝国齿轮是如何啮合、滑动以及在一起摩擦的。兰兹拉德里的大小家族、宇航公会、贝尼·杰瑟里特姐妹会和商业贸易集团宇联商会是其中最关键的齿轮。而一切的基础是同一个东西。

美琅脂，也就是香料。

哈克南家族从其香料垄断中获得了巨额利润。多年前，当他们得知了“奥马尔计划”的秘密时，男爵无须任何劝说就意识到，如果有人开发出一种廉价的香料替代品，他将遭受到怎样的经济损失——这种替代品将使厄拉科斯变得一文不值。

皇帝（或者，更有可能是芬伦）很好地掩盖了这个人造香料计划。他把这个耗资巨大的工程藏在了变幻莫测的帝国预算之中——这里加点儿税，那里捏造点儿罚款，收回一些长期债务，出售部分有价值的房产。但是彼得·德伏知道该往哪里去寻找。后果、计划、准备、三阶和四阶的蛛丝马迹都不可能总不被人发现。只有一个门泰特能跟上他们的节奏，而种种迹象表明，这是一项长期的工程，而它必将导致哈克南家族的经济崩溃。

然而，男爵却不愿保持沉默。他甚至不惜在贝尼·特莱拉和厄崔迪家族之间发动战争，好破坏“奥马尔”的进程……但因为那个可恶的雷托公爵，这个计划失败了。

从那以后，派遣间谍到那颗之前被称为伊克斯的行星上显然不那么容易了，而他的门泰特的推测使他没有理由相信特莱拉人已经停止了他们的实验。事实上，由于皇帝又向伊克斯增派了两个萨多卡“维和部队”军团，所以这项研究可能终于有所成就了。

或是沙达姆可能已经到了忍耐的极限。

现在，德·弗里斯进入了门泰特灵态，除了眼睛，浑身上下纹丝不动。他的脖子上挂着一盘增强思维的药物，一个缓慢旋转的平台，就像桌子中间摆着的装饰品似的。一只黄色的食腐苍蝇落在他的鼻子上，但他没有看见，也没有感觉到。虫子爬到他的下唇上，舔了舔从他嘴角溢出来的苦味纱芙汁。

德·弗里斯审视了一下旋转的药物自助平台，眨了眨眼，转盘停了下来。平台倾斜起来，把一小瓶蒂科皮亚糖浆倒进他的嘴里……然后是那只倒霉的苍蝇，最后是一粒美琅脂浓缩胶囊。门泰特把香料胶囊咬破，吞了下去，一股肉桂香在嘴里爆发开来。然后他又吞下第二粒美琅脂胶囊，他从来没有一次吃过两粒。但他现在需要一颗清晰的头脑。

在远处的牢房里，一名被酷刑折磨的犯人惨叫着，随后喃喃地招供了。但是德·弗里斯什么也没有注意到。他不受干扰，深入自己的思想。更深些。他感到自己意识开始打开了，时间也像花瓣一样展开了。他沿着时间线游动，每个时间节点都进入了他的大脑。他看到了自己现在的确切位置。

在他的脑海里，未来的某个可能性变得清晰起来，这是一种基于海量信息和直觉的非凡的门泰特投射，被他消耗的大量美琅脂所强化。他看到的是一系列痛苦的影像，直刺入他的眼睛。他看到特莱拉研究大师骄傲地拿着一小瓶人造合成香料，大笑着一口吞了下去。他们成功了！

然后他的眼前一片模糊。他看到了厄拉科斯上的哈克南人，都在收拾着行装，把他们生产的香料抛在了身后。武装的萨多卡卫兵将模糊的人影押到一辆帝国运输车前，把他们从沙漠世界里带走了。他看到哈克南的蓝狮鹫旗从迦太格要塞和厄拉奇恩驻地飘落下来。

取而代之的是绿黑相间的*厄崔迪家族*旗帜！

他的喉咙里发出一阵阵窒息的声音，他的门泰特思维在筛选这些预示着未来的画面，把它们变成同一种模式，并试图把他看到的东西翻译出来。

哈克南家族将失去他们对香料的垄断。但并不一定是由特莱拉与皇帝勾结的奥马尔计划所引起的。

那么，究竟为何？

随着药效逐渐收紧，他窒息起来，他的大脑沿着一条条神经突触快速地移动。但每一次他都一无所获，只有死胡同。他又转了一圈，重新试了一次，但还是得到了同样的结果。

它是如何发生的呢？

大量混合服用药物并不是一种被认可的刺激脑力的方法。但他不是一个普通的门泰特，一个被学校录取的、接受了数据整理分析的神秘技艺训练的普通天才。彼得·德伏是一个“变态了的”门泰特——是在特莱拉的培育罐里用一个死门泰特的细胞克隆出来，并接受了那些与门泰特学校决裂之人的训练。虽然特莱拉赦免了这种反常的训练，但他们对这些门泰特完全失去了控制，尽管德·弗里斯毫不怀疑他们还有另一个和自己基因相同的死灵，以防哈克南男爵多次对他失去耐心。

特莱拉的这种“扭曲”产生了一种无法用其他方法获得的天赋。它赋予德·弗里斯更大的能力，远远超出了正常门泰特所能获得的能力。但这也让他变得不可预测、危险，可能无法控制。

几十年来，贝尼·特莱拉已经对他们的门泰特们进行了药物组合试验。在他的成长期，德·弗里斯就是他们的一个实验对象。这种影响是不可预测的，也是不确定的，而且也确实改变了——他希望是改善了——他的大脑。

自从他被卖到哈克南家族后，德·弗里斯就自己开始做起实验来，试图调整他的身体，使其达到他所希望的状态。只要有了合适的化学混合物，他就能获得高度的思维清晰度，从而更快地处理数据。

为什么哈克南家族会失去香料垄断呢？还有这会发生在什么时候？

建议男爵加快他的行动是明智的，还得再次检查他们藏在兰基维尔和其他地方的那些美琅脂秘密储备。*我们必须避免这次灾祸。*

他沉重的眼皮忽闪忽闪地抬了起来。明亮的光线刺入他的眼睛，他费了好大劲才集中了注意力。他听到了惨叫声。有两个穿制服的人推着一架吱吱作响的轮床走过半开着的门，轮床上绑着一个没有了人形的畸形肉块。

*为什么哈克南家族会失去香料垄断呢？*可悲的是他发现自己配的药效力正在逐渐消失，而他还在努力解开这个令人困惑的预言。为什么呢？他需要进入更深的层次。*我必须知道答案！*

在一阵狂乱中，他把药盘从脖子上拿了下来，把果汁和胶囊都倒在地上。他跪了下来，把能找到的药丸都捡起来吞了下去，像只动物一样舔舐洒在地上的纱芙果汁，然后颤抖着蜷缩在冰冷的地板上。为什么呢?

当一股愉悦之情袭上心头时，他正躺在黏糊糊的湿地板上，眼睛瞪着天花板。他的身体机能不自觉地减缓了下来，他现在看上去就死了一样。但他的大脑却在加速运转，其电化学活性不断地增强，神经元对信号进行着分类、处理、搜索……电脉冲跃起突触间隙也越来越快。

为什么? 为什么?

他的认知路径向四面八方放射出去，交叉起来嗞嗞作响。钾离子和钠离子在他的脑细胞中与其他自由基发生碰撞。内部机理开始崩溃，很难再处理快速流动的数据了。他处在精神混乱和昏迷的边缘。

取而代之的，是他那奇妙的门泰特思维现在进入了生存模式，开始关闭大脑功能，降低伤害……

彼得·德伏躺在一地的药物残渣里，醒了过来。他的鼻孔、嘴巴和喉咙都在燃烧。

在门泰特的身边，男爵踱来踱去，像个孩子似的骂着他：“看看你弄得这一团糟，皮特。所有这些美琅脂都浪费了，我差点打算从特莱拉那买一个新的门泰特过来。别再这样粗心大意，浪费时间了!”

德·弗里斯挣扎着坐起来，想告诉男爵他那个哈克南家族毁灭的预言。“我……我看见了……”但他连个整句都没说出来。他还得花很长时间才能连贯地把词句串起来。

更糟糕的是——即使他这样过度服药，他仍然没有找到问题的答案。

太多的知识让你无法直接做出决定。

——拉斐尔·科瑞诺皇太子，《领导力论》

在兰基维尔星球冰封的北极圈内，商业鲸鱼毛皮船就像一座座水上城市一般，巨大的加工厂在钢灰色的海水上隆隆作响，历经数月繁重的工作后才能返回太空港码头交出货物。

男爵同父异母的兄弟阿布鲁尔德·哈克南更喜欢有土著船员在的小型船只。对他们来说，捕鲸是一种挑战，一种艺术，而不是一种产业。

刺骨的寒风把他灰金色的头发吹到耳朵和肩膀周围，他眯起苍白的眼睛望着远方。天空乌云密布，但他已经习惯了这种气候。尽管其他家族的星球上都盖有富丽堂皇、造价昂贵的哈克南宫殿，但阿布鲁尔德还是选择了这个寒冷多山的世界作为自己的家。

他已经出海一个星期了，虽然他的外表和兰基维尔本地人大不相同，但他还是愉快地想要给那些黝黑的水手打下手。他的手掌酸痛，上面的水泡迟早会变成老茧。这些信教的捕鲸者们似乎对他们的行星统治者亲自出来劳动感到困惑，但他们知道他的怪癖。阿布鲁尔德从来就不喜欢举行盛大的仪式，不喜欢滥用权力，也不喜欢炫耀财富。

在北部深海，琼达斯毛皮鲸像水生野牛一样成群游动。金色皮毛很常见，而有着独特豹斑的则很少见。站在嘎嘎作响的祈祷轮和飘带旁，观察台上的瞭望员用双筒望远镜扫视结成了厚厚冰层的海面，寻找落单的鲸鱼。不当班的捕鲸者轮流祈祷着。这些当地的猎人是有选择性地杀死猎物，只选择那些有最好的皮毛、能卖出最高价格的动物。

阿布鲁尔德闻到了咸咸的空气和即将来临的雨雪那无处不在的强烈气味。他等待着捕鲸行动开始，期待着一次快速的捕猎，当船长和大副发出命令时，最好能把阿布鲁尔德当做一个普通船员看待。而现在，他无事可做，只能等待和想家……

晚上，冰块撞到了摇摇晃晃的捕鲸船的加固船体上，发出啪嗒啪嗒的声响。这时，阿布鲁尔德唱起歌来，然后和大家玩一种当地的赌珠游戏。他甚至还会和那些粗暴但虔诚的船员们一起诵经。

船舱里的加热器永远比不了他在图拉峡湾那所豪华宅邸或是峡湾入口处那所浪漫私人别墅里热气腾腾的壁炉。虽然他很喜欢捕鲸，但阿布鲁尔德已经开始想念他安静而坚强的妻子了。他和埃米·拉班－哈克南已经结婚几十年了，分开的日子只会让他们的重聚更为甜蜜。

埃米有贵族血统，但出身于一个小家族。四代人以前，也就是在与哈克南家族联姻之前，兰基维尔还是个并不重要的家族，也就是拉班家族的封地，这个家族更看重他们的宗教追求。拉班家族选择在陡峭的山脉里建造修道院和神学院，而不是开发他们这个世界的资源。

很久以前，在他的父亲迪米特里去世后，阿布鲁尔德带着埃米在厄拉科斯度过了不愉快的七年。他同父异母的哥哥弗拉基米尔用铁腕手段夺取了哈克南家族的全部权力，但他们父亲的遗嘱却把香料控制权交给了阿布鲁尔德，他善良的书生儿子。阿布鲁尔德明白这个权力的重要性，清楚美琅脂给他的家庭带来过多少财富，尽管他从没领悟沙漠世界的基调和政治复杂性。

阿布鲁尔德被迫离开了厄拉科斯，据说是被赶走的。但不管他们怎么说，他宁愿生活在兰基维尔星上，干一些力所能及的事，和他了解的人在一起。他为沙漠世界里那些被男爵野心所践踏的人感到难过，并且发誓要在这里竭尽全力，尽管他还没有想过向帝国索要他应有的分区总督头衔。毕竟单调乏味的政治在他看来似乎是浪费人力。

他和埃米只有一个儿子，那就是三十四岁的格洛苏·拉班，根据兰基维尔的传统，他取的是母姓。不幸的是，他们的儿子性格粗鲁，更像他叔叔而不是自己的父母。尽管阿布鲁尔德和埃米一直想要更多的孩子，但哈克南家族一直以来就不多产……

“白化鲸！”瞭望员喊了出来，他是一个目光锐利的男孩，一头浓密的黑发盘在他温暖的皮大衣上，“白化鲸落单了——离左舷二十度。”

这艘船立刻变成了一个活动的蜂巢。鱼叉手拿起了武器，船长则提高了船速。人们爬上甲板的梯子，手搭凉棚，凝视满是冰山的海面，那些冰山看起来就像漂浮的一颗颗白色臼齿。从上次捕猎到现在已经整整一天了，所以甲板很干净，处理箱的盖子敞开着，一切准备就绪，人们都很焦虑。

双筒望远镜终于传递到了阿布鲁尔德手里了。他凝视白色的浪花，觉得自己看到的很可能是白化鲸鱼的闪光，但实际上只是一块漂流的大冰块。终于，他发现了它，捕捉到了它那乳脂般的白色皮毛，是只年轻的鲸鱼。白化鲸是最罕见的动物，一旦被鲸群驱逐，或者断绝与鲸群的联系、失去了鲸群的支持，它们很少能活到成年。

当那艘船向猎物冲去时，人们纷纷弯腰拿起武器。祈祷轮在微风中继续旋转，发出铿锵有力的声音。船长从舰桥甲板上探出身子，用足以打破坚冰的洪亮声音喊道：“如果我们能把它完好无损地抓来，我们就有足够的钱回家了。”

阿布鲁尔德喜欢看到他们脸上洋溢出的那种纯粹的喜悦和兴奋。他自己也感到一阵战栗，心脏怦怦直跳，这也让他在如此严寒的天气里保持着血脉畅通。他一向不要捕鲸所得的利润，因为他不需要额外的钱，从来都是让捕鲸人把钱都分掉。

那只白化的野兽感觉到有人在追赶自己，于是加快速度向冰山群岛游去。船长加大了引擎的力度，船身后面的尾流翻腾起来。如果鲸鱼潜入水中的话，他们就会失去它了。

长毛的鲸鱼一次会在沉重的冰原下待上几个月。在那个充满营养物质、被火山喷口温暖着的黑暗水域里，鲸鱼吞食成群的磷虾、真菌和兰基维尔丰富的浮游生物，而这些浮游生物通常不需要阳光的直接照射就能进行光合作用。

随着砰的一声巨响，一支远程步枪在白色鲸鱼的背上打上了一个脉冲标记。白化鲸一阵刺痛，于是潜入了水中。船员通过操纵控制装置，让脉冲标记发出一股股电流，迫使鲸鱼再次浮出水面。

船身转了过来，右舷撞到了冰山上，发出刺耳的摩擦声，但加固船身毫发无损。两个主鱼叉手小心翼翼地安静走到各自的捕猎艇上，这种小艇非常光滑，有着狭窄的船头和可以切割开冰块的龙骨。他们把自己绑好，密封好头顶上的透明保护罩，然后把小艇放到冰冷的海水之中。

捕猎艇在波涛汹涌的海面上颠簸，撞击大块的冰块，接近目标。主船则绕了一大圈，从反方向开了过去。两个主鱼叉手从白化鲸面前交叉而过，掀开头上的保护罩，相对站立。他们的脚下保持着完美的平衡，然后同时向鲸鱼掷出长长的击晕棒，释放出一股麻痹能量。

鲸鱼翻滚着向捕鲸船游来。鱼叉手又追了上去，但主船已经靠得很近了，有另外四个鱼叉手正趴在甲板上。就像训练有素的罗马军团投掷出标枪那样，他们使出浑身的力量投掷出击晕棒，最终使鲸鱼失去了知觉。两艘捕猎艇靠近了这只长毛巨兽，然后鱼叉手们齐心协力地投下了致命一击。

最后，当捕猎艇被吊回到船上时，皮货工人和剥皮工人穿上带着尖刺的鞋子，沿着船侧向下爬到了漂浮的尸体上。

阿布鲁尔德以前见过很多次的鲸鱼捕猎了，但他对最后的屠宰过程却很反感，所以他走到了右舷甲板上，向北望着冰山组成的山脉。它们那高低不平的形状让他回想起了自己曾居住过的地方，在那里，形成峡湾石壁的陡峭岩石就是这个样子的。

捕鲸船现在已经到达了最北部的捕鱼海域。宇联商会的捕鲸船员从来没有冒险进入过这些高纬度地区，因为他们巨大的船只应付不了如此危险的海域。

阿布鲁尔德站在船头，独自享受北极冰那棱镜般的纯净，水晶般的光芒增强了被乌云遮挡的阳光。他听到了冰山碰撞的声音，睁大了眼睛，没有意识到周围的视觉反映了什么。似乎有什么东西在侵蚀他的潜意识，直到最后，他的目光才集中在了一块巨石上，那是一座四方形的山，看上去比其他的山稍微灰暗一些，反射的光芒比较少。

他又眯起眼睛仔细看了看，然后拿起了放在甲板上的双筒望远镜。阿布鲁尔德听到身后传来了湿漉漉的声音，那是几个船员一边大喊，一边把战利品切成碎片准备带回家。他把望远镜的焦点对准了那座浮在水面上的灰色冰山。

很高兴能有什么事把他的注意力从这种血腥的工作里转移走，阿布鲁尔德花了很长时间仔细观察从冰山上掉落下来的碎片。对于那些从冰架上自然脱落并四处漂流、还要撞击和刮擦其他冰山的碎片来说，它们有些过于准确、精密了。

然后，在海平面上，他发现了一个可疑的东西，看起来竟然像是一扇门。

于是他大步走到舰桥甲板，说道："船长，你还得在这儿继续工作一个小时，对吧？"

那个大肩膀的男人点了点头回答："是啊，然后我们今晚就回家。您也想亲手干这种脏活儿了吗？"

阿布鲁尔德挺直了身子，一想到自己可能会被这些鲸鱼的血呛死，就感到恶心："不……事实上，我想借一条小船去看看……我在冰山上发现的东西。"正常情况下，他会要求有人护送，但现在整条捕鲸船上的人都在忙着屠宰。而即使孤身进入前方那寒冷、未知的海域，阿布鲁尔德也会为自己能有机会远离死亡的气味而感到高兴。

船长扬起了浓密的眉毛。阿布鲁尔德看得出这个粗鲁的人想表达他的疑虑，但他还是保持了沉默。他那张又宽又平的脸上流露出对这位行星统治者的敬意。

阿布鲁尔德·哈克南本来就会开船——他经常开着一艘船去海湾里探险——所以他拒绝了其他捕鲸船员陪他同行的请求。他独自一人缓缓地向前驶去，警惕着危险的冰面。在他的身后，屠杀仍在继续，空气中弥漫着浓烈的血腥味和动物内脏气味。

有两次，当他驾驶着他的小船穿过这座迷宫般的浮动山脉时，阿布鲁尔德都失去了方向，但最终他还是找到了目标。它就隐藏在漂流着的座座冰山中，这一大块灰色冰块似乎从来没有移动过。他怀疑它是否被什么东西锚定了。

他把小船划到冰山那崎岖不平的岸边，然后用动量锚把它锁定在冰面上。一种不真实和错位的感觉笼罩着这个奇怪的庞然大物。当他小心翼翼地走出船，走到前方的白色冰面上时，他才意识到这个物体是多么奇特。

因为脚下的冰一点也不凉。

阿布鲁尔德弯下腰去触摸那看似为乳白色冰面的地面。他用指关节敲打地面：这种物质应该是某种聚合物晶体，一种几乎像冰一样的半透明固体。他重重地跺了几脚，冰山在他脚下发出阵阵回声。那声音非常奇怪。

他绕过一个锯齿状的角落，来到了他刚才看见的有着均匀几何形裂缝的地方，面前是一个平行四边形，可能是类似出入口的地方。他盯着它，直到他发现了一个凹痕，那是一个似乎已经损坏了的通行面板，可能是与真正的冰山相撞才导致它坏掉了。他找到了一个启动按钮，按了下去，四边形的覆盖物滑到了一边。

一股强烈的肉桂味飘了出来，他一下子就认出了那股刺鼻的气味，他倒吸了一口冷气。在厄拉科斯的日子里，他已经闻够了这种味道。是美琅脂。

他深深地吸了一口气，好再次确认一遍，然后冒险走进了那道诡异的走廊。地板很光滑，好像被许多只脚踩塌了。这是一个秘密基地吗？还是一个指挥所？又或是一个隐藏的档案馆？

他发现每个房间里装的都是零熵容器，这些密封的箱子上面都有着哈克南家族的淡蓝色狮鹫图案。这是他自己的家人藏起来的香料啊——从没有人告诉过他。一张网格图显示了这座仓库在水下延伸的距离。在兰基维尔，就在阿布鲁尔德的眼皮底下，男爵竟然藏了一大笔非法物资！

如此多的香料足以让整个行星系统的价值倍增。阿布鲁尔德脑袋一阵发晕，他无法理解这笔偶然发现的宝藏。他需要思考。他需要和埃米谈谈。凭借她的智慧，她会给出自己所需要的建议。他们将一起决定该怎么做。

虽然他认为捕鲸船的船员都是些诚实又谨慎的人，但数量如此之大的香料储备即使是最高尚的人也会受到诱惑。阿布鲁尔德匆匆离开，关上身后的门，爬回了自己的船。

在回捕鲸船的路上，他在脑子里仔细地标出了坐标。当船长问他是否发现了什么时，阿布鲁尔德摇了摇头，然后回到了他的私人船舱。毕竟他不相信自己能在其他人面前控制住自己的表情。在他回到妻子身边之前，这将是一次漫长的回家之旅。啊，他是多么地想念她啊，又是多么地需要她的智慧啊。

在离开图拉峡湾的码头之前，船长把那只白化鲸的肝脏送给了阿布鲁尔德作为奖金，尽管与他分给每个船员的白化毛皮相比，这只鲸肝根本不值什么钱。

当他和埃米在一周以来第一次在宅邸共进晚餐时，阿布鲁尔德心烦意乱，坐立不安地等待着厨师完成她的大餐。

香喷喷、热气腾腾的鲸鱼肝盛在两个镀金的银盘子里端了上来，周围辅以成堆的腌筋菜，配菜则是熏牡蛎坚果。这张长长的正式餐桌最多能容纳三十位客人，但阿布鲁尔德和埃米却在餐桌的一端紧挨着坐在一起，享用丰盛的菜肴。

埃米有一张和蔼可亲的兰基维尔宽脸庞和一个方形的下巴，长得不迷人也不美丽——但阿布鲁尔德还是很宠爱她。她的头发是最纯正的黑色，笔直地垂到肩膀以下，剪得平平的。她那双圆圆的眼睛是深棕色的，光洁如玉石一般。

通常，阿布鲁尔德夫妇会和其他人一起在公共餐厅吃饭，与大家一起聊天。但是，由于阿布鲁尔德刚从漫长的捕鲸旅行中回来，家里的每个人都知道他们俩想安静地独处。阿布鲁尔德毫不犹豫地把他在冰冷的海水里发现的那个大秘密告诉了他的妻子。

埃米深深地沉默了。她一向都是在想好前不说话，而且除非言之有物，否则她也不会开口。现在她认真聆听丈夫的话，没有打断他。等阿布鲁尔德讲完他的故事后，埃米静静地坐在那里，思考他说的话。他等了很久，等她考虑着几种可能性，然后才问她道："我们该怎么办呢，埃米?"

"这些都是从皇帝的份额里偷出来的。它可能已经藏在那儿很多年了，"她点着头，坚定了自己的信念，"你不想让它弄脏你的手吧。"

"可是我同父异母的兄弟欺骗了我。"

"他一定有他的安排。他没有告诉你是因为他知道，你会觉得自己有道义责任必须把这件事举报出去。"

阿布鲁尔德咬了一大口筋菜馅饼，吞到了嗓子眼，然后喝了一杯卡拉丹白葡萄酒把它送了下去。只要有一点点暗示，埃米总能准确地说出他在想什么：“但我确实觉得我有道义责任举报这件事。”

她考虑了一会儿，然后说道：“如果你暴露了这个储藏点，我能想象得出会有多少祸事随之而来，而且肯定会伤害到兰基维尔的人民，或是你自己的家人。我真希望你从来没有找到它。”

他望着她那玉石般棕色的眼睛，想看看有没有什么诱惑的光芒穿过眼睛射出来，但他看到的只有关切和谨慎。“也许弗拉基米尔是在逃税，或者只是在盗用公款来填补哈克南家族的金库，”她试探着说，表情变得强硬起来，“但他仍然是你的兄弟。如果你向皇帝告发他，你就会给你的家族带来灾难。”

阿布鲁尔德忽然意识到另一个后果，不禁呻吟起来：“如果男爵被抓起来了，那么我将不得不去接管哈克南家族的所有资产。假如我们保住了厄拉科斯的封地，我就又得回去了，或者住在杰第主星上。”他痛苦地又灌了一口酒。“这两种选择我都不能接受，埃米。我喜欢这儿。”

埃米抓起他的手，她抚摸着它，而他把她的手举到唇边，亲吻她的手指。“那么我们的决定就很明显了，”她说，“我们现在知道香料藏在哪儿了……就让它待在那儿好了。”

沙漠就像是一名外科医生，它会切开表皮，露出下面的东西。

——弗雷曼谚语

当红铜色的月亮在沙漠的地平线上升起时，列特·凯恩斯和七名弗雷曼人离开了岩石，向那座柔软崎岖的沙丘走去，在那里他们很容易被大家看到。按照弗雷曼传统，人们一个接一个地仿照一号月亮①上的印记举起拳头。

“准备好。”斯第尔格等了一会儿后说道，那张窄脸就像月光下的一只沙漠鹰。他的瞳孔也扩大了，这让他那双坚定的蓝眼睛看上去更加漆黑。他和其他年长的游击队员一样，用沙漠作伪装，把自己裹严实。“据说，当一个人在等待复仇时，时间过得最为缓慢而甜蜜。”

列特·凯恩斯点了点头。他虽然打扮得像个体弱多病的农村男孩，但他的眼睛却像维兰钢铁一样坚硬。在他旁边的是他的穴地同伴、血亲沃里克，一个比他稍微高大一些的小伙子，也点头表示赞同。在这个晚上，他们将扮演两个流落在外的无助孩子……这对预定路线上那些哈克南巡逻队来说是再好不过的目标了。

“这是必要之举。”列特拍了拍沃里克的肩膀。这两个十二岁的

①一号月亮是厄拉科斯的主卫星，每天夜晚最先升起，月盘表面有一个显著的拳形。

孩子每个人的手都染过一百多个哈克南人的血，要不是因为彼此间还在友好地相互竞争，他们早就不再计数了。“我把生命托付给我的兄弟。”

沃里克伸出自己的手捂住了列特的手，说道：“没有我在他身边，列特会怕死的。”

“沃里克，不管有没有你，我今晚都不打算死。”列特反驳了他，这引起了同伴们的一阵开怀大笑，“我是为了复仇而来。”

在比拉尔营地那场毒药大屠杀之后，弗雷曼人的怒火从一个穴地蔓延到另一个穴地，就像水泡进沙子里一样。通过在隐藏的贮水池附近发现的扑翼机痕迹，他们得知了凶手是谁。而所有哈克南人都必须付出代价。

在迦太格和阿桑特附近，消息传到了安插在哈克南要塞里那些外表胆怯的工人和满身尘土的仆人那里。这些渗透者有的正在用干抹布和研磨剂擦洗兵营的地板。另一些人则装成了卖水者为占领军供应水。

中毒村庄的事情也在哈克南士兵之间传播，逐渐便成了夸大其词的奇闻。弗雷曼人的眼线则寻找着到底是谁从这个消息中得到了最大的乐趣。他们研究了士兵分配和哈克南巡逻队的路线记录。没过多久，他们就确切地知道哪些哈克南巡逻队员该为此事负责。以及在哪里可以找到他们……

伴随着一声刺耳的尖啸声，一直急速扑打着薄纱翅膀的小型密波[①]蝙蝠从他们身后山上的观察点俯冲下来。斯第尔格举起一只手，密波蝙蝠便落在了他的前臂上，僵硬地合上翅膀，等待着奖赏。

斯第尔格从他喉咙处的小吸管里挤出一小滴水，让它滴到蝙蝠那

①密波是一种装置，可以在翼手目或鸟类神经系统上加载短暂的神经印记。当携带密波的鸟类啼叫时，这种印记可以通过另一台密波装置解读出来。

张开的嘴里。然后他拿出一个薄薄的圆筒放在耳朵旁，聆听着蝙蝠发出的复杂、时断时续的吱吱声。斯第尔格拍了拍蝙蝠的头，又把它扔进了夜空中，就好像放鹰人放飞自己的大鸟一般。

他转过身，面对着那群满怀期待的士兵，他们被月影笼罩着的脸上纷纷露出了掠食者的微笑。“有人看见他们的扑翼机就在山脊上。当他们巡视沙漠时，哈克南人的飞行路线是可预测的。但他们这样巡逻已经太久了，自负的他们已经陷入了一种固定模式。”

“今晚，他们将会飞进一张死亡之网。”沃里克在沙丘顶上说道，以一种非常不像男孩的姿势举起了拳头。

弗雷曼人检查了他们的武器，松开了刀鞘里的晶牙匕，测试了绞索。他们的长袍沙沙作响，抹去了所有走过的痕迹，只留下那两个年轻人。

斯第尔格抬头望着夜空，下巴上有一块肌肉在不住地颤动：“这是我从乌玛凯恩斯那里学来的。当我们对地衣进行分类时，我们看到了一种岩蜥，它似乎在我们眼前凭空消失了。然后凯恩斯就对我说，‘我给你介绍一下，这就是变色龙，它能把自己和所在背景匹配起来，这就是你必须要学习的生态学根源和人格同一性的基础。’”斯第尔格严肃地看着他的士兵，有些犹豫地说道：“我虽然不知道他到底是什么意思……但现在我们必须成为沙漠中的变色龙。”

穿着浅色衣服的列特，开始沿着沙丘的斜坡往上走去，故意留下了明显且深深的脚印。沃里克同样笨拙地跟在他后面，而其他的弗雷曼人则躺倒在平坦的沙滩上。他们拔出呼吸管，用宽松的头罩遮住脸，然后挥舞着手臂，动作模糊。颗粒状的沙子很快吞没了他们，而他们则一动不动地等待着。

列特和沃里克四处跑动，抚平了沙丘表面的皱纹，除了自己的脚印什么也没留下。就在巡逻队扑翼机那闪烁的红灯出现在岩石边缘上时，他们完成了任务。

两个穿着白衣的弗雷曼人僵在了原地，就在月光皎洁的沙地之上，他们那明亮的衣服清晰地暴露了出来。没有一个真正的弗雷曼人会有如此笨拙的表现……但哈克南人并不知道这一点。他们丝毫也不会怀疑。

扑翼机一出现，列特就做了一个夸张的表示惊慌的姿势。“来吧，沃里克。让我们好好玩一把。”说完两个人就慌慌张张地跑开了。

不出所料，扑翼机盘旋而来打算拦截他们。明晃晃的聚光灯照射下来，然后一个大笑着的侧枪手从扑翼机里探出了身子。他用激光枪射击了两次，在沙地上画了一道融化的玻璃线。

列特和沃里克从陡峭的沙丘上滚下来。枪手又开了三枪，每次都没能打中。

扑翼机降落在附近一个沙丘那宽阔的表面上。离斯第尔格和他手下人的隐藏之地很近。列特和沃里克彼此间闪过一个微笑，准备进行游戏的第二部分。

侧枪手基尔扛起他那支滚烫发热的激光步枪，砰的一声打开了门：“我们去宰几个弗雷曼人吧。”加朗刚把巡逻机降落在地面，他就跳到了沙地上。

在他们身后，新兵蛋子乔斯滕到处找自己的武器：“从空中射他们更容易。”

“那算什么运动？”加朗用他粗哑的声音反问道。

“或者你只是不想把血溅到你的新制服上，孩子？”基尔回过头来喊道。他们站在装甲飞船旁边，望着月光下的沙丘，两个骨瘦如柴的弗雷曼人正跌跌撞撞地向远处跑去——好像在被一名哈克南士兵锁定后，他们还有逃脱的希望似的。

加朗抓起武器，三个人大步穿过沙地。两个弗雷曼年轻人像甲虫一样逃窜着，而来自士兵的威胁可能会迫使他们掉头投降……或更好的，像走投无路的老鼠一样和他们战斗。

“我听说过弗雷曼人的事儿。”乔斯滕气喘吁吁地跟在两位老兵身后，“据说他们连小孩子都是杀手，他们的女人则会用连彼得·德伏都无法想象的方式折磨你。”

基尔粗鲁地哼了一声道：“而我们有激光枪，乔斯滕。他们能怎么样——朝咱们扔石头？”

“有些弗雷曼人会带着毛拉手枪。”

加朗回头看了看年轻的新兵，然后耸了耸肩道：“那你为什么不回扑翼机去取我们的击昏器[1]呢？更何况如果势头不对，我们还可以依靠广阔的土地。”

“是啊，”基尔附和道，“这样我们就能让这游戏持续更长时间了。”两名身穿白衣的弗雷曼人继续在沙地上挣扎着前进，而哈克南的士兵们则迈出坚定的步伐逼近他们。

乔斯滕很高兴自己能有机会远离战斗，他飞奔过沙丘，向等候着的扑翼机跑去。在沙丘顶上，他回头看了看他的同伴们，然后向黑暗的飞船飞奔而去。就在他俯身进入机舱之后，他发现一名穿着沙漠皮衣的男子，他的双手正在控制台上飞快地舞动，那速度就像一条蛇在热板上移动一样。

“嘿，你在干什么——”乔斯滕喊道。

在船舱灯光照射下，他看到那个人有一张瘦削的坚忍脸庞。那双蓝里透蓝的眼睛就像杀人惯犯那样死死盯着他。乔斯滕还没来得及做出反应，他的胳膊就被一双鹰爪般有力的手抓住了，随后便被拖进了驾驶舱深处。弗雷曼人的另一只手闪了一下，他看见一把柔蓝色的弯

①击昏器是一种射弹式武器，可以射出速度缓慢的枪弹，通常是淬过毒药或麻醉剂的毒镖。实际使用时受限于屏蔽场以及目标和射击者的相对运动，作用有限。

曲匕首在空中一挥。一道明亮的痛苦冰柱刺进了他的喉咙，直刺脊椎——然后，刀刃在还未沾上一滴血之前就消失了。

就像一只刚刚拔出毒刺的蝎子，弗雷曼人向后退去。乔斯滕则向前倒去，他能感觉到红色的死亡从他的喉咙蔓延开来。他想说点什么，想问一个对他来说似乎至关重要的问题，但他的话只是一些模糊的喀喀声。弗雷曼人从他的蒸馏服里掏出了什么东西，压在年轻人的喉咙上，那是一块吸水的布，把他流出来的血吸干了。

这个沙漠人打算救他吗？那是绷带吗？一缕希望在乔斯滕的脑海中闪现。这一切都是一个错误吗？这个瘦骨嶙峋的本地人是想弥补自己的过失吗？

但乔斯滕的血液泵出过快且过于强烈，无法接受任何医疗救助了。随着他的生命逐渐消逝，他意识到那个吸收包从来就不是用来包扎伤口的，而只是用来捕捉每一滴血液中的水分的……

当基尔逐渐靠近那两个弗雷曼年轻人，进入了射程时，加朗回头看了看月光，说道："我好像听到扑翼机那边有什么动静。"

"大概是乔斯滕自己绊倒了。"侧枪手说着，没有放低手中的武器。

被困住的弗雷曼人踉踉跄跄地在一片软沙子上停了下来。他们蹲下身子，掏出一把看上去很是笨拙的小刀。

基尔大声笑了起来："你打算怎么要这些东西？拿来剔牙么？"

"我打算把你的牙齿从尸体上剔下来。"一个男孩喊道，"你有那种老式的金色假牙吗？我们好去厄拉奇恩卖了换钱。"

加朗咯咯地笑着，看着他的同伴说："这下有意思了。"士兵们步调一致地向那片平坦的沙地走去。

当他们距离目标五米远的时候，周围的沙地爆发了。不断有人形从沙尘中冒出来，身上都覆盖着黄褐色的影子，就像从墓地里爬出来的死尸一样。

加朗喊出了一声无用的警告，基尔则用他的激光枪开了一枪，打伤了其中一人的肩膀。随后，更多尘土飞扬的人形出现在他们眼前。一拥而上包围了飞行员，距离太近导致飞行员连手中的激光枪都拿不住了。他们像拍打伤口上的血虱一样攻击他。

当他们把加朗按在地上时，他像个老女人一样大叫起来。弗雷曼人制服了他，他能做的只剩下呼吸、眨眼和尖叫了。

其中一个身穿白衣的“目标”大踏步走上前来。这个年轻人——正是列特·凯恩斯——掏出了那把刚刚被加朗和基尔嘲笑过的小刀。他猛刺下去，用刀尖一挑——他的力道控制很精确，几乎像一个吻那样温柔——挖出了加朗的两只眼睛，那双眼窝现在变成了两个俄狄浦斯式的红色污渍。

斯第尔格吼道：“把他绑起来。我们要把这个人抓回红墙穴地去，让那些女人用她们的方式来对付他。”

加朗又尖叫起来……

当弗雷曼人冲上去攻击基尔时，侧枪手挥起了他的武器，就像挥着一根棍子。一只像爪子一样的手抓住了枪托时，他出其不意地松开了激光枪。攥住枪托的弗雷曼人被这个意外的动作弄得失去了平衡，向后倒去。

然后基尔开始逃跑。战斗对他没有任何好处。他们已经把加朗抓走了，而他估计乔斯滕已经死了。于是他逃离了弗雷曼人，以前所未有的速度向前跑去。他狂奔着穿过黑夜的沙丘，远离岩石，远离那架扑翼机……一旦进入了空旷的沙漠。弗雷曼人还是有可能抓住他，但他也有了逃跑的机会。

基尔上气不接下气，把他的同伴们抛在了身后，他毫无目的地跑过沙丘，只希望自己能跑得越远越好……

“我们完好无损地缴获了那架扑翼机，斯第尔。”沃里克激动地说道，肾上腺素让他涨得满脸通红，同时他为自己感到非常自豪。突击队长则冷冷地点了点头。乌玛凯恩斯听到这个消息会非常高兴的。因为他在进行农业勘查时总会用到扑翼机，而他不需要知道它是从哪里来的。

列特低头看着眼前那个被弄瞎了的俘虏，他的眼窝现在被一块布盖住了：“我亲眼目睹了哈克南家族对比拉尔营地的所作所为……有毒的水箱，被污染的水。”另外的一具尸体现在就在巡逻队扑翼机的后面，准备送往亡者蒸馏器。“而这还不能弥补你们所作所为的十分之一。”

沃里克走到他的血亲身边，脸上也露出了厌恶的表情：“我真是鄙视他们，我甚至都不想为咱们的部落取出他们的水了。”

斯第尔格怒视着他，好像他说了什么亵渎神灵的话：“那么说你宁愿让他们在沙子里变成木乃伊，让它们的水分浪费在空气中？这是对夏胡鲁的侮辱。”

沃里克低下了头，说道：“我的愤怒让我口不择言了，斯第尔。我不是那个意思。”

斯第尔格抬头望着冉冉升起的红月。整个伏击行动持续了不到一个小时：“我们将举行滔海仪式，这样他们的灵魂将永远得不到安息。他们将受到永远行走于沙漠的诅咒。”忽然，他的声音变得沙哑而恐惧起来，“但我们必须格外小心，把我们的足迹都盖起来，以免把他们的鬼魂引向我们的穴地。”

弗雷曼人呢喃着，恐惧压过了他们复仇的喜悦。斯第尔格吟诵着古老的圣歌，其他人则在沙地上画出迷宫般的力量符文，将被诅咒者的灵魂永远束缚在这座沙丘之上。

月光照耀在沙海上，他们看到剩下的那名哈克南士兵仍在笨拙地向前奔跑。“这个人将会是我们献给夏胡鲁的祭品。”斯第尔格吟唱完毕后说道。滔海诅咒完成了。“世界将因此而平衡，我们取悦了沙漠。”

“他的脚步声就像一只坏了的爬虫。”列特站在斯第尔格旁边，尽管他的身材比突击队长要小，但还是挺直了身子，“不会太久了。”

他们把补给收集起来。尽可能多地放进了巡逻扑翼机里，同时剩下的弗雷曼人溜回了沙地。他们采用熟练的随机步态，这样他们的脚步就不会在沙漠里发出不自然的声音。

哈克南侧枪手在恐慌中盲目地逃窜。到目前为止，他可能还抱有一丝活命的希望，尽管他穿越沙丘的方向会把他带到不毛之地。

几分钟之后，一条沙虫扑向了他。

争论的目的是改变真理的本质。

——贝尼·杰瑟里特格言

在他进行过的所有那些狡诈的交易中，弗拉基米尔·哈克南男爵从未对任何人有过如此的厌恶。

那个贝尼·杰瑟里特婊子怎么能这样对我呢？

在杰第主星的一个烟雾缭绕的早晨，他走进城堡的健身房，锁上门，吩咐人不许打扰他。由于他的体形越来越大，无法使用杠铃或滑轮设备，因此他只能坐在地板的垫子上，试着做简单的抬腿运动。曾经的他有着完美的体形——而现在的他几乎不能抬起腿来。他的内心充满了厌恶。

在接受了岳医生的诊断后的这两个月时间里，他一直琢磨着如何把莫希阿姆的内脏一个接一个地取出来。同时还得让她保持清醒，用生命维持系统电击她，他会让她亲眼看着自己做一些有趣的事情……比如烧她的肝，让这个女巫贱人吞下她自己的脾脏，再用她的肠子勒死她。

现在，他明白了莫希阿姆在芬伦的宴会上为何会有那种洋洋自得的表情了。

就是她害的我！

他对着一面落地镜子审视自己，把头发重新卷了起来。他的脸又肿又肥，非常难看。他举起沉重的手臂猛地把那面强化玻璃镜子从墙上拽下来，砰的一声摔在地上，把那面牢不可破的强化玻璃镜扭得变了形，这使得镜中的自己更为扭曲了。

莫希阿姆对他强行与她发生关系这件事感到愤怒是可以理解的。但女巫一开始就勒索他和她发生关系，要求他为那个该死的姐妹会提供一个哈克南血统的女儿——而且还是两次！这是不公平的。他也是受害者。

男爵怒火中烧，几欲爆发。他不敢让自己在兰兹拉德里的任何一个对手知道事态的原因，这就是力量和弱点的区别。如果他们继续相信他是因为过度的放纵而变得身材臃肿，而且是通过这种放纵来炫耀他的成功，那么他就能维持他的权力。相反，如果他们得知他是被一个强迫与他发生关系的女人弄得患上了一种恶心疾病的话……男爵不敢往下想了。

是的，听到莫希阿姆发出惨叫无疑是一种极为痛快的报复，但对他这样的人来说，也不过就是解解气而已。她只是贝尼·杰瑟里特姐妹会中一个令人讨厌的附庸而已。那些女巫们觉得自己很优越，可以碾压任何人——甚至是一个家族的首领。她们必须受到惩罚，为了家族自豪感也要如此，这是一种以整个兰兹拉德的名义维护权力和地位的行为。

而且，他会享受其中的。

但是，如果他鲁莽行事，他就永远也无法从女巫那里得到治疗了。那名苏克医生曾经声称，目前还没有已知的治疗方法来治疗这种疾病，只有贝尼·杰瑟里特可以。是姐妹会对男爵做了这样的事，只有她们才能恢复他那曾经健美的身体。

她们真该死啊！

他需要扭转这个局面，进入她们邪恶的思想，找出那里到底潜伏着什么。他会想办法反过来勒索她们的。他会剥去她们那葬礼上才会用到的黑袍（这是一种比喻），然后让她们赤身裸体地站在那里，等待他的审判。

他把那面扭曲的镜子扔到铺着瓷砖的地板上，镜子打滑撞上了一台健身器材。没有了手杖的他也失去了平衡，摔了一跤，跌回到了垫子上。

这实在是太让人难以忍受了……

男爵镇定下来后，一瘸一拐地走进他那乱糟糟的工作室，叫唤着彼得·德伏的名字。他低沉的声音响彻了走廊，仆人们四处奔忙，寻找着门泰特。

整整一个月以来，德·弗里斯都在尝试从他愚蠢的服用香料过量中恢复过来。这个白痴声称看到了哈克南家族垮台的景象，但他无法提供任何有用的信息来告诉男爵该如何避免如此惨淡的未来。

现在这名门泰特可以通过设计一个针对贝尼·杰瑟里特的声东击西战术来弥补他的失败。每当德·弗里斯就要把男爵惹急了，把他逼到打算处死他的境地时，他总能设法再次证明自己是不可或缺的。

我怎样才能伤害到那些女巫？我怎么才能削弱她们，让她们如坐针毡？

男爵一边等，一边向城堡外望去，审视着哈克城，那里的建筑物布满油污，几乎看不到一棵树。通常他是喜欢这种视野的，但现在却让他更加沮丧了。他嚼着嘴里的东西，感到自怜的泪水渐渐干涸了。

我要摧毁姐妹会！

但那些女人并不愚蠢。而且聪明绝顶。通过育种计划和政治阴谋，她们增强着自己的队伍。而且为了更好地改进这一点，她们甚至想让他那高贵哈克南基因成为她们组织的一部分。啊，他现在是多么地痛恨她们啊！

需要想一个仔细的计划……一个诡计中的诡计……

“男爵阁下。”彼得·德伏开口道，他静静地走了过来。他的声音从喉咙里冒出来，与从坑里爬出来的毒蛇相仿。

在外面的走廊里，男爵听到了一阵喧哗还有金属的碰撞声。好像有什么东西砰的一声撞在墙上，把家具都撞碎了似的。他从窗口转过身来，一眼便看到他那魁梧的侄子大踏步穿过门口，就跟在门泰特身后。即使是正常地迈步，格洛苏·拉班似乎也像是在地板上跺来跺去的。“叔叔，我来了。”

“我又不瞎。现在退下吧。我叫的是皮特，不是你。”通常，大部分时间里拉班都会一直待在厄拉科斯上，完成男爵布置的各项任务，但每当他回到杰第主星，他都不想错过每一次会议和每一次讨论。

男爵深吸了一口气，重新考虑了一下，说道：“再一想，你还是留下的好，拉班。我还是得告诉你这件事。”毕竟，这个傻大个是他假定的继承人，是哈克南家族未来最大的希望，比起拉班的父亲，那个笨头笨脑的阿布鲁尔德要优秀得多。尽管大家都有自己严重的缺点，但他们两人真是有天壤之别啊。

他的侄子笑得像一只可怜的小狗，很高兴自己能参会：“告诉我什么，叔叔?”

“我要处死你。”

拉班那双淡蓝色的眼睛呆滞了一会儿，然后又亮了起来：“不，你不会的。”

“你怎么这么肯定?”男爵双目圆睁，而门泰特则快速审视事态的发展。

拉班的反应十分迅速：“因为如果你真的打算处死我，你不会先警告我的。”

男爵那张胖胖的脸上偷偷地闪过一丝微笑：“也许你并不完全是一个傻瓜。”

接受了这番恭维后，拉班瘫倒在一把狗椅[①]上，来回扭动身体，直到那生物根据他的身体塑了形。德·弗里斯站在原地，观察着，等待着。

男爵重述了一遍莫希阿姆让他染病的细节，以及打算报复贝尼·杰瑟里特的想法："我们必须想个办法跟她们算账。我要一个计划，一个美妙的计划，能让我们……好好地……报答她们。"

德·弗里斯站在那里，他那娘里娘气的脸蛋耷拉着，目光也很散漫。他现在正处于门泰特模式下，正以超高的速度在脑海中搜索着。他的舌头飞快地掠过他那红润的嘴唇。

拉班用他的脚后跟踢了一脚狗椅，让它调整为另一个姿势，说道："我们为什么不对瓦拉赫九号星发动全面的军事进攻？我们可以摧毁那颗星球上的每一栋建筑。"

德·弗里斯的脸抽动了一下，有那么一刹那，他似乎朝拉班看了一眼，但他的眼神是那么快，以至于男爵不能肯定他是不是真的看了。这位门泰特似乎不能容忍男爵侄子那简单的头脑玷污门泰特宝贵而精密的思考过程。

"你是说，就像往晚宴里扔进一头萨鲁撒公牛？"男爵问道，"不，我们需要更有技巧的东西。如果你不熟悉这个概念，可以查字典。"

拉班没有生气，而是靠在椅子上，眯着眼睛说："我们……有无场船。"

男爵吃了一惊，转过脸来望向他。就在他认为这个蠢货笨得连看门的能力都没有的时候，拉班总能给他一个意外的惊喜。

他们曾大胆地使用这艘实验性的隐形飞船摧毁了特莱拉飞船，并

①狗椅是通过生化基因工程把狗塑造成椅子的形态，这些狗被训练得可以按摩坐在椅子上的人。

嫁祸于那个倒霉的年轻公爵厄崔迪。但因为拉班杀死了那位古怪的李芝发明家，所以他们到现在都没办法复制这项技术。尽管如此，依然没人怀疑过这艘飞船的存在，甚至连女巫们也不曾怀疑。

“也许吧……除非皮特有什么不同的想法。”

“我确实有，男爵阁下。”德·弗里斯的眼皮一眨，视线重新集中起来。“门泰特总结，”他开口说道，声音比平常的宁静语调更为生硬，“我在帝国法律中找到了一个有用的漏洞。十分吸引人，男爵。”说着他便像法律专家一样，逐字逐句地引用了那段法律条文，然后提出了一个计划。

刹那间，男爵身上的一切疼痛感都消失在欢欣鼓舞之中了。他转向他的侄子说道：“现在你看到潜力了吗，拉班？我宁愿以灵巧著称，也不愿以野蛮闻名。”

拉班勉强地点了点头道：“我仍然认为我们应该使用无场船。以防万一。”正是他自己驾驶了那艘无形的战舰，发动了本应引发一场全面的厄崔迪–特莱拉战争的袭击。

为了不让门泰特太过沾沾自喜，男爵还是对拉班点了点头：“不过有一个后备计划总没坏处。”

准备工作进行得迅速而完善。克鲁比队长强令他的部下严格执行彼得·德伏的指示。拉班则像个军阀一样在机库和兵营间穿梭，让军队保持适当的紧张氛围。

行会运输船已经被召唤了，同时一艘哈克南护航舰被清理出来，装入了远超正常数量的人员和武器，旁边还停着一艘只在十多年前使用过一次的超高机密飞船。

从军事角度来看，隐形技术是一个很有潜力的优势，不同于历史上任何其他技术。从理论上讲，它可以让哈克南人在不被发现的情况下对敌人进行毁灭性打击。想象一下，格鲁曼的莫里塔尼子爵会为这样的优势支付多少钱。

这艘看不见的战舰在首航时运行良好，但由于技术人员不断修复着陆续出现的机械故障，进一步的航行计划被不断推迟了。虽然大多数问题都是些小毛病，但有些问题——涉及到无场引擎本身——被证明是比较棘手的。发明它的那位李芝发明家已经不在人世了，无法提供帮助。尽管如此，这艘飞船在最近的测试中仍表现得很好，只是那位声音颤抖的机械师警告说它可能不完全适合参加战斗……

一名动作最慢的货运工人被扔到了蒸汽压榨机里，逐渐压成了碎块，此举是为了更好地激励他的同事，督促他们不要错过预定的出发时间。毕竟男爵很着急。

满载着武器和士兵的护航舰进入了瓦拉赫九号星上空的静止轨道，就在圣母学校建筑群的正上方。男爵和彼得·德伏以及格洛苏·拉班一起站在护航舰的舰桥上，男爵并没有向贝尼·杰瑟里特总部发出信号。他没必要这么做。

“表明你们的来意。”通信系统里传来一个女人的命令，那声音强硬且冷淡。他在想这声音里会不会隐藏着一丝惊讶？

德·弗里斯一本正经地回答道：“杰第主星的弗拉基米尔·哈克南男爵阁下想要通过私人频道和你们的大圣母通话。”

“不行。事先没这个安排。”

男爵身体前倾，对通信系统厉声喊道：“你有五分钟时间接通你们那位大圣母的秘密频道，否则我就用开放的频道说话了。那样的话，明显会，呃……很尴尬的。”

这次停顿的时间更长了。就在最后期限前的最后一秒，一个不同的刺耳声音从扬声器里传来：“我是哈里什卡大圣母。现在是我的私人通话线路。”

“很好，那你就仔细给我听好了。”男爵笑着说道。

德·弗里斯复述了一遍案情，然后说道：“大联合协定的条款对某些严重罪行的描述是非常明确的，大圣母。这些法律是在思维机器对人类犯下了恐怖罪行之后建立的。使用原子武器攻击人类是终极的罪行之一。而另一个则是用生物技术侵害人类。”

“是的，是的。我不是军事历史学家，但如果你愿意的话，我可以找个人来给我讲讲这些。什么时候你的门泰特关心起这些官僚主义细节来了，男爵？我看不出这些法律条文和我们有什么关系。你想让我给你讲个睡前故事吗？”

她的讽刺只能说明她开始紧张了。“‘禁令必须遵守’，”男爵引用道，“对违反这些禁令的惩罚是立即由兰兹拉德将肇事者毁灭。每个大家族都曾立下誓言，会拿出压倒性的联合力量来对付违反禁令的势力。”他停顿了一下，言辞变得更有威胁性了，“而你们没有遵守禁令，是不是，大圣母？”

彼得·德伏和拉班对视了一眼，两人都笑了。

男爵继续说道：“哈克南家族准备向皇帝和兰兹拉德联合会提出正式申诉，指控贝尼·杰瑟里特对大家族非法使用了生物武器。”

“你这话毫无根据。贝尼·杰瑟里特没有军事方面的野心。”大圣母听起来陷入了完全的困惑中。难道她不知情？

“知道吗，大圣母——我们有无可辩驳的证据证明，当我为姐妹会提供服务的时候，你那个叫盖乌斯·海伦·莫希阿姆的圣母故意对我注入了生物病毒。你自己去问问那个婊子，假如你的下属连你都有所隐瞒的话。”

男爵没有提到姐妹会曾用非法香料储备来勒索他这件事。而即使它暴露了也没关系，因为他已经提前做好了准备，把所有的美琅脂存货都转移到了哈克南的偏远地区，藏在那里的话永远不会有人发现。

男爵满足地向后靠去，享受着通话器里那深深的寂静。他在心里想象着大圣母脸上会露出多么惊恐的表情。他干脆又火上浇了一把油：“如果你怀疑我们的陈词，那就去再读一遍大联合协定吧，然后想想看你们是否愿意上兰兹拉德的公开法庭。而且别忘了，你们攻击我的武器——那位莫希阿姆圣母——是坐着一艘公会飞船来找我的。我想要是宇航公会得知了这件事，他们会很不高兴的。”说着他用指尖轻敲了一下控制台，“即使你的姐妹会没有被解散，你们也会受到帝国的严厉制裁，重罚，甚至是被勒令解散。”

最后，哈里什卡终于被男爵的话动摇了，她尽全力掩饰着问道：“你夸大了你的情况，男爵，但我希望彼此能开诚布公。你到底想从我们这里得到什么？”

他能感觉到她的不安，于是回答：“我将会乘一架穿梭机降落到地面，私下与你会面。派一名飞行员来，带我们通过你们的行星防御系统。”他并没有多此一举地指出，如果他们在这次旅行中发生任何意外，他会安排把证据和指控直接转交给凯坦方面。这是因为大圣母肯定清楚他一定会这么做。

“当然，男爵阁下，但您很快就会意识到，这完全是个可怕的误会。”

“只要把莫希阿姆带来就行了。然后准备好为我进行有效的治疗——否则你和你的姐妹们就没有希望从这场灾难中幸存下来了。”

年迈的大圣母仍然冷淡地问道：“您的随行人员有多少人？”

“告诉她，我们有一支完整的军队。”拉班小声对叔叔说道。

男爵却把他推开了：“我和六个人。”

“你的会面请求被批准了。”

当通信中断后，拉班问道：“我可以一起去吗，叔叔？”

“你还记得我对你说过的关于技巧的话吗？”

“我按照你的命令查了这个词和它所有的定义。”

“那在我跟女巫圣母见面时，你留在这儿继续研究吧。”

拉班生气地跺着脚走开了。

一小时后，一艘贝尼·杰瑟里特的小型飞船停靠在了哈克南护航舰的旁边。一个小脸的，有着一头栗色鬈发的年轻女人走进了入口。她身上穿着一件光滑的黑色制服。“我叫克丽丝琴。我将引导你们前往地表。”她的眼睛闪闪发光，“大圣母在等着诸位呢。”

男爵带着六名精挑细选、全副武装的士兵向外面走去。彼得·德伏用女巫听不见的声音说道：“永远不要低估贝尼·杰瑟里特，我的男爵。”

男爵哼了一声，大步走过舱门，登上了小型飞船：“别担心，皮特。她们现在被我们拿捏死了。”

宗教就是孩子在模仿成人。宗教是过去信仰的通谕：比如神话就是一种猜测，是一种隐藏在宇宙中的关于信任的假设，是那些为了寻求个人权力的人们发明出来的东西……一切都混杂着启迪的碎片。而终极的不成文戒律总是“你不应该质疑！”但最终我们还是质疑了。我们当然会违背这条戒律。因为我们为自己所做的工作正是解放想象力，利用想象力去激发人类最深层的创造力。

——贝尼·杰瑟里特姐妹会教义

玛格特·芬伦女士无疑是一个美丽的女人，虽然被困在一个荒凉的世界里，但她从没抱怨这个尘土飞扬的驻军小镇的刻板、灼热和不适。厄拉奇恩位于一片坚硬的盐碱地上，荒凉的沙漠向更高海拔的南方扩散开，而蜿蜒的屏蔽场城墙山脉则向西北方向延伸而去。由于这里越过不确定的虫线足有几公里，所以这个定居点从来没有被那种大沙虫袭击过，但这仍是一个偶尔会引起关注的话题。如果有什么东西发生改变了呢？在这个沙漠星球上，生命从来都不是彻底安全的。

玛格特想起了那些为护使团工作时迷失了的姐妹们。很久以前，她们遵循大圣母的命令去了沙漠，从此再也没有回来。

厄拉奇恩回荡着沙漠的韵律……无处不在的干燥以及宝贵的水，像吹过浩瀚海洋的狂风一般凶猛的沙暴，还有那些关于危险和生存的传说。在这里，玛格特能感到极强的宁静和灵性；在这里，她可以远离帝国政治的喧嚣，沉思于自然、哲学和宗教；在这里她有时间做一些自己想做的事，有时间去发现自己。

而那些迷失了的女人们又发现了什么？

在柠檬色的晨光中，她站在宅邸二楼的阳台上。细小的沙尘过滤了初升的太阳，给大地带来了新的风景，在生物躲藏的地方留下了深深的阴影。她看见一只沙漠雄鹰飞向阳光普照的地平线，缓慢地拍打着翅膀。日出就像一位大师的油画，用一抹柔和的色彩清晰地勾勒出城镇的屋顶和屏蔽场城墙。

在沙漠的某个地方，在岩石荒原上的那无数个穴地之中，居住着难以捉摸的弗雷曼人。他们有她所需要的答案，有哈里什卡大圣母要求她获取的重要信息。这些沙漠游牧民族到底是接受了护使团的教导，还是仅仅杀死了使者并偷走了她们的水？

在她身后，刚刚建成的温室被密封在一个气闸里，那道气闸只为她打开。芬伦伯爵还在卧室里睡觉，他帮她弄到了些帝国最珍奇的植物。但这些植物只是为了供她欣赏而已。

最近，她听到了关于一个弗雷曼人做的关于绿色厄拉科斯之梦的谣言——堪称是一个典型的伊甸园神话，这种通常都是由护使团传播开来的。这可能是那些失踪姐妹的迹象。然而，一个在艰苦的环境中挣扎生存的民族，即使没有贝尼·杰瑟里特的鼓励，也很可能会有自己的天堂梦想，这是很正常的一件事。和行星学家凯恩斯讨论这些故事想必会很有趣，也许可以问问他，那位弗雷曼人口中的神秘“乌玛”可能是谁。她无法想象这一切会有什么联系。

沙漠雄鹰乘风而起，翱翔天际。

玛格特仍然站在阳台的窗前，她拿起一个小杯子，喝了一口美琅脂茶，一股辛辣的味道沁人心脾，满口留香。虽然她已经在厄拉科斯生活了十二年，但她仍旧只是适度地食用香料，小心翼翼地不让自己上瘾，以免眼睛变了颜色。不过，在早晨，美琅脂可以增强她感知厄拉科斯自然之美的能力。她听人说，美琅脂的味道从来没有两次是相同的，它就像生活本身那样，每次感受都会发生改变……

改变是这里的一个基本概念，是理解弗雷曼人的关键。从表面上看，厄拉科斯看起来总是一样的，一个仿佛延伸了无限距离和无限时间的废土。但沙漠的意义远不止这些。一天，玛格特的弗雷曼女管家，夏敦特·梅普斯也提出了同样的看法："夫人，厄拉科斯并不像看上去的那样。"真是个诱人的说法啊。

有些人说，弗雷曼人个性乖张，可疑，而且很臭。而外来人说话时总会带有批判的眼光和尖锐的言辞，没有同理心，也没有任何试图去理解这些土著居民的意图。然而，玛格特认为弗雷曼人的那些奇怪之处很是有趣。她想了解他们那种极端独立的生活方式，了解他们的思维方式，以及他们是如何在这里生存下来的。如果她能更好地了解他们，她就能更有效地完成任务了。

她可以学到她需要的答案。

通过研究在宅子里工作的弗雷曼人，玛格特辨别出了他们在身体语言、声音变化和气味中那些难以辨认的标识。如果弗雷曼人有什么话要说，如果他们认为你值得听，他们肯定会告诉你的。否则，他们就只是埋头苦干，像沙漠里的一颗尘沙那样消失在他们社会组织的挂毯中。

在寻找答案的过程中，玛格特考虑过把她的问题说清楚，要求得到关于这些失踪姐妹的信息，希望弗雷曼仆人们能把她的请求带到沙漠里去。但她知道这些弗雷曼仆人会因此消失，他们不愿受人胁迫。

也许她应该暴露自己的弱点以获得他们的信任。弗雷曼人起初会感到震惊，然后感到困惑……甚至愿意和她合作。

我唯一的责任是对姐妹会。而我是一个忠诚的贝尼·杰瑟里特。

但如何在不那么显眼、不引起怀疑的情况下与他们进行交流呢？她考虑过写个便条，把它放在一个他们肯定能找到的地方。弗雷曼人总是在偷听，总是在鬼鬼祟祟地收集情报。

不行，玛格特必须要谨慎，而且必须要尊重他们。她得吊起他们的胃口才行。

然后她想起了一个奇怪的招数，那还是她从几个世纪的其他记忆那里学来的本领……要不就是她在瓦拉赫九号星时读到的一些冷知识？不管怎么来的吧。在古地球上，曾有过一个以荣誉感为基础的社会，那就是日本，他们有一个雇佣忍者刺客的传统，这些忍者安静而有效，可以回避法律纠纷。而当一个人想要雇佣这些神秘杀手时，他会走到一堵指定的墙前，面对它，然后低声说出目标的名字和提供的费用。虽然忍者们不用看见他，但他们总是在倾听，并最终和他签订一份合同。

而在这所宅子里，弗雷曼人也一直在听。

玛格特把她的金发甩到肩上，松开凉爽的丝织衣服，来到了办公室外面的大厅里。在这座巨大的宅邸里，即使是在凉爽的清晨，也都会有人四处走动，干着打扫、掸灰、擦蜡的工作。

玛格特站在中庭，抬头望着高高的拱形天花板。她用一种柔和的、直截了当的声音说话了，因为她清楚这种老住宅的建筑风格会带来很好的回音效果。人们随便在什么地方都能听到她的声音。她不知道听到自己的会是谁，也不想知道。

“我谨代表贝尼·杰瑟里特姐妹会，对弗雷曼之道致以最崇高的敬意和赞赏。而我个人也对你们的事情很感兴趣，”她等待着微弱的回声渐渐消失，又继续说道，“如果有人能听到我的话，也许我有关于李桑·阿尔-盖布[1]的消息要告诉你们——一些你们现在还不知道的消息。”

---

①李桑·阿尔-盖布，意为“天外之音”。在弗雷曼人的救世主传说中，这是一个来自外来世界的先知。有时候也会被称为“给水者”。

李桑·阿尔－盖布，也就是所谓的“天外之音”，是一个弗雷曼人的神话，是关于一个救世主的传说，讲的是一个先知，与姐妹会自己的育种计划有着惊人的相似之处。显然，一些先前的护使团使者已经把这个传说作为贝尼·杰瑟里特的魁萨茨·哈德拉克即将到来的前兆传播出去了。这样的准备工作已经在帝国的无数世界里进行过了，她今天的言论肯定会引起弗雷曼人的兴趣。

她看见一个转瞬即逝的影子，一件褐色的长袍，皮革般的皮肤。

那天晚些时候，当她再次看着弗雷曼仆人做家务时，玛格特认为他们看她的眼光包含了不同的关注，他们是在评估她，那一双双蓝眼睛不再像以前那样回避她了。

现在，她开始等待，以贝尼·杰瑟里特姐妹那极大的耐心等待。

羞辱永远难以忘怀。

——吉奈斯的勒贝克

吉奈斯学校的下一座岛屿是一座古代火山的遗迹，像是一个从水中升起、被热带阳光晒干了的荒凉疤痕。在干涸火山口的碗状区域内，有一个像是另一个流放地的定居点。

邓肯和其他一百一十名年轻人站在石头铺成的操场上，其中包括来自格鲁曼的红头发学员希·雷瑟。在最初的一百五十人中，有三十九人没有完成最初的测试。

邓肯那一头卷曲的黑发已经剃光了，他身上穿着的也是学校发的黑色宽松服。无论学生们来吉奈斯时带来了什么样的武器，他们都可以随意使用，而邓肯则有老公爵的剑——但他首先要学会依靠自己的能力和反应，而不是一个总能让他想起家乡的吉祥物。年轻人现在感到很舒服，也认为自己已经足够强壮，他准备好了。终于，他渴望已久的训练就要开始了。

在火山坑里，走出来一位自称是哲武的初级训练大师。这位大师肌肉发达，长着一个圆圆的鼻子，下巴很软，看上去像只鼬蜥。他乌黑的长发卷成蛇一样的细发辫。“宣誓，”他说道，“一起，请！”

“以此纪念剑术大师，”邓肯和其他学生吟诵道，“以我们的心、灵魂和思想，以乔-诺莱之名无条件宣誓。荣誉是我们存在的核心。”

大家默哀了片刻，向这位确立了吉奈斯建校原则的伟人致敬，在主校区的行政大楼里，人们如今仍然可以看到他那神圣的遗体。

当他们立正站好时，新教练在一排排学生中走来走去，上下打量他们。哲武忽然伸出头来，在邓肯面前停了下来。“给我你的武器。”他说的是吉奈斯语，但脖子上那根细细的紫色衣领将其翻译成了加拉赫语。

邓肯照他说的做了，把老公爵的剑柄递了过去。在浓密的脏辫下，哲武的眉毛弯了起来，好像一朵雷云一样悬在他的额头上。“好刀。奇妙的锻造。纯正的大马士革刀。”说着他熟练地把刀刃掰弯了，使它向后弯曲，然后猛地松开，刀刃像敲击音叉一样发出了清脆的叮当声。

“每一把新锻造的大马士革刀刃据说都是在奴隶体内淬火的，”哲武停了下来，他的细发辫看起来就像条条准备攻击的大蛇，“艾达荷，你傻到相信这种废话吗？”

“那要看这话是不是真的，先生。”

不苟言笑的训练大师终于露出了一丝微笑，但他却没有回答邓肯。“这是保卢斯·厄崔迪公爵的剑吧？”他眯起眼睛，用一种更温暖的声音说道，“你要证明自己配得上这把剑。”说着他把剑塞回了邓肯的剑鞘。

“在你准备好使用这一种武器之前，你先要学习如何使用其他武器。去军械库拿起一把重一点儿的大刀来，然后换上全套盔甲——古中世纪的板甲就行。”这时，哲武那张蜥蜴脸上的笑容显得更加阴险了，“今天下午的课你会用到它。我想拿你做示范。”

在火山坑那布满浮岩和碎石的地上，邓肯·艾达荷全副武装，踏着沉重的步伐前进。锁子甲挡住了他的余光，迫使他只能透过狭缝直视前方。金属压在他身上，好像有几百磅重。在他的锁子甲外，他还戴着肩甲、颈甲、腹甲、护胫、胸甲和腿甲。他的手里则擎着一把巨大的双手大刀。

“站在那里，”哲武指着一个填满了砾石的区域说道，“考虑一下在穿着这么一身的情况下你打算怎么战斗。这不是一项容易的任务。”

不久，岛上的太阳把这身盔甲变成了一个幽闭恐怖的大烤箱。早已是满头大汗的邓肯，挣扎着走过不平的地面。他的双臂和双腿几乎都无法弯曲。

其他的学生都没有穿着类似的盔甲，但邓肯没有一丝幸运感。“我宁愿戴着个人屏蔽场。”他说道，声音却被头盔里的回声淹没了。

“举起武器。”初级训练大师命令道。

邓肯像个戴着镣铐的囚犯似的笨拙地举起了大刀。他下意识地把僵硬的金属护手弯到了剑柄周围。

“记住，邓肯·艾达荷，你有最好的盔甲……应该是你最大的优势。现在，防守吧。”

从他狭窄的视线之外忽然传来一声大叫，然后他就被其他学生包围了。他们用传统的长剑猛击他的铁甲，发出铿锵的响声。听起来就像一场猛烈的冰雹打在了薄薄的金属屋顶上。

邓肯转过身，挥起大刀，但动作太慢了。一个剑柄猛地击中了他的头盔，砸得他耳朵嗡嗡直响。尽管他再次挥出刀去，却几乎无法透过头盔上的狭缝瞄准对手，所以对手轻松地躲过了这一击。随后另一把刀击中了他的肩胛骨。他跪倒在地，挣扎着想要站起来。

“快点儿啊，艾达荷，还击啊，”哲武不耐烦地扬起眉毛，“别光站在那儿啊。”

邓肯不愿意用他那把巨大的大刀去伤害其他学生，但是他的平刃攻击没有一次能击中目标。学生们却反复来回地攻击他。汗水从他的皮肤上淌了下来，黑点在他的眼前飞舞。他头盔里的空气逐渐令人窒息起来。

我能打得更好！

邓肯的反应变得更灵活了，学生们纷纷躲避着他的挥刀重击，但沉重的板甲让他无法自由行动。他的呼吸声和怦怦的心跳声在他耳边震耳欲聋。

他不停地进攻，直到他终于摔倒在了坑坑洼洼的沙砾上。训练大师走上前来，一把扯下他沉重的头盔，邓肯在耀眼的阳光下眨着眼睛。他大口喘着气，从眼睛里抖出咸汗来。沉重的盔甲像一双巨人的大脚一样把他压在地上。

哲武站在他旁边，说道：“你拥有我们所有人中最好的盔甲，邓肯·艾达荷。你还有一把最大的剑。”训练大师低头看着他无助的样子，等着他思考，“可是你却完全失败了。你能解释一下原因吗？”

邓肯保持沉默，他不打算为自己在训练中遇到的虐待和尴尬找任何借口。很明显，生活中有许多困难是一个人必须面对和克服的。他会接受逆境，并利用这逆境变得更强。生活并不总是公平的。

哲武转向其他学生，说道：“你们说说这里面有什么教训。”

来自人工世界阿尔-达纳布的一位身材矮小、皮肤黝黑的学员立刻大声答道：“完美的防御并不总是一种优势。过度的保护甚至可能会成为一种障碍，因为它会在其他方面限制你。”

“很好，”哲武用手指摸着下巴上的伤疤，“别的呢？”

“行动自由是比笨重盔甲更好的防御，”希·雷瑟说，“鹰比乌龟更不易受攻击。”

邓肯强迫自己坐了起来，厌恶地把那把沉重的大刀推到一边。他也用沙哑的声音说道：“最大的武器并不总是最致命的。”

训练大师低头看着他，发辫垂下来，他真诚地笑了笑道：“好啊，艾达荷。你也许真可以从我这儿学到一些东西呢。”

学会认识未来，就像舵手识别指路之星辰和纠正飞船航向一样。从过去中学习，但千万不要以它为锚。

——西甘·维思，首任总教练，公会领航员学校

在伊克斯洞穴城市的深处，炽热的地下隧道映射出红色和橙色的光芒。几代人以前，伊克斯的建筑师们在炽热的星球地幔上钻出了一座座坑洞，这些无底洞是吞噬工业废料的饥饿之口。空气中总是弥漫着刺鼻的化学物质和硫黄味。

次人工人们在自动传送带旁汗流浃背地工作了整整十二个小时，这些传送带可以把岩屑倾倒到硫黄之火中。身穿长袍的特莱拉卫兵同样汗流浃背地站在一旁，无聊且漫不经心。面无表情的工人们照料着传送带，在废弃工厂的残骸中搜集那些有价值的物品，比如贵金属、电线和各种零部件。

克泰尔·皮尔鲁一边工作，一边偷了所有他能偷到的东西。

在这条流水线上，这个年轻人总能在不被人发现的情况下找到一些珍贵的晶体、微小的电源，甚至是微传感器网格。两个月前，在萨多卡军团对自由战士发动突袭后，他再也没有线人可以为他提供所需的技术物资了。他现在孤身一人战斗，但他拒绝承认失败。

两个月来，他一直风声鹤唳地活着。虽然他在天空港所在的洞穴和资源加工码头还有一些外围的联系人，但他所知道的起义军，包括

所有他接触过的黑市商人，都被屠杀了。

他极力保持低调，避开以前经常出没的地方，以防哪个被捕的叛军在被审讯后提供一些有关他身份的线索。他甚至和米拉尔·阿莱切姆失去了联系，于是他深入了地下，而且是字面意义上的，虽然他从未有过在地下废品处理矿井里工作的经验。

在他的身旁，有一个垃圾处理工人看上去很不安，经常四处张望。尽管那个黑发男子有意回避着他，但克泰尔还是能感觉到他不是个没智慧的次人。他不和自己进行目光接触，也不主动交谈，尽管他的这位工作伙伴很显然是想要和自己建立联系。克泰尔怀疑他是另一名伪装成次人的难民。但是，克泰尔不会轻易相信任何人。

他保持着他那呆滞迟钝的假象，心里却考虑着换班。一个好奇的同事可能很危险，甚至可能他就是一个变脸者也说不定。克泰尔得在自己被敌人包围之前想办法先逃走。特莱拉人有计划地消灭了伊克斯的中产阶级和贵族，他们不把所有人赶尽杀绝是不会罢休的。

一天下午，轮班期间，身穿长袍的卫兵们簇拥着一位特莱拉大师走向了工人们。克泰尔的头发无力地垂在他那疲惫的双眼前，被汗水浸透了。他那个好奇的工友却僵住了，然后疯狂地集中精神干起手头的工作来。

克泰尔人打了个冷战，毛骨悚然起来。如果特莱拉人是冲着他来的，如果他们知道了他是谁，他们一定会折磨他好几天，然后再处死他。他绷紧了肌肉，准备好战斗。也许在临死之前，他可以把其中的几个特莱拉人扔进那个岩浆坑里。

然而，卫兵们却走向了克泰尔身旁那个焦躁不安的男人。领头的特莱拉大师捻着他那蜘蛛般的手指，微笑着。他的鼻子很长，下巴窄，那浅灰色的皮肤就好像被榨干了所有生命力似的。“你，次人公民……不管你是什么。我们已经发现你的真实身份了。”

那人很快抬起头来，瞥了一眼克泰尔，好像在恳求他帮忙，但克泰尔故意避开了他的目光。

“不用再躲了，”大师继续甜腻地说道，“我们发现了记录。我们知道你实际上是一名会计，曾经负责保管伊克斯产品的存货。”

卫兵用手拍了拍那个人的肩膀。工人顿时惊慌失措起来。所有的伪装都失效了。

特莱拉大师走得更近了，语气变得更像个父亲，而不是威胁：“你看错我们了，公民。我们费了很大的力气才找到你，是因为我们需要你的服务。我们贝尼·特莱拉，作为你们的新主人，需要有智慧的工人前往我们的总部协助我们。像你这样有数学专长的人对我们很有用。”

特莱拉大师冲着又热又臭的房间做了个手势。伴随着滚滚而来的自动传送带的轰鸣声，岩石和金属碎片从传送带边缘掉进了炽热的岩浆坑里。“这份工作对你来说有些太屈才了。跟我们来吧，我们会给你一些更有趣、更有价值的事情做。”

带着一丝希望的微笑，那人微微地点了点头，说道：“我很擅长会计。我可以帮你们。我可以很有价值的。你们得像做生意一样经营政府，你知道的。”

克泰尔想要对他发出警告。这个人怎么会这么蠢呢？他都已经在特莱拉人的压迫下生存十二年了，怎么会看不穿这么明显的伎俩呢？

“对，就是这样，”特莱拉大师说道，“我们开个会，你可以把你的想法都告诉我们。”

一名卫兵忽然严厉地瞪了一眼克泰尔，这让他打了个冷战，这名士兵问他道：“公民，这件事与你有什么关系吗？”

克泰尔尽力让脸松弛下来，眼睛里不要流露出恐惧，他的声音缓慢而沉闷：“现在我得干更多的活儿了呀。”说着他绝望地望向流水线。

“那就好好干活儿吧。”

特莱拉大师和卫兵们带走了他们的俘虏。克泰尔则回到了他的工作中，盯着那些碎片，在把它们倒进长长的管道之前，再仔细检查一遍里面每一件东西吧……

两天后，克泰尔和他所在的班次被召集到了主洞窟，前去观看这个会计“间谍”被处决的过程。

当他在单调的日常工作中偶然遇见米拉尔·阿莱切姆时，克泰尔很好地掩饰住了他的惊讶。

克泰尔被前几天那个会计的遭遇吓到了，所以他又换了一份工作。他从未在连着的两天里使用过同一张身份证。他从一项工作转到另一项工作，忍受着一些好奇的目光，但伊克斯的工人知道最好不要乱问问题。任何一个陌生人都可能是一个潜入劳工队伍里的变脸者，试图获得关于叛乱或破坏计划的情报。

他不得不等待时机，制订新的计划。他辗转于不同的食品站，在那里排着长队，等着吃那些分发给工人们的无味的食物。

特莱拉人利用他们的生物技术，从他们那些神秘的大罐子里制造出无法辨认出成分的食物。他们通过细胞分裂来种植蔬菜和根茎，这样植物只会产生可食用的不成形肿块。吃饭变成了一种过程，而不是一种愉快的行为，就像轮班期间的那些例行任务一样，成了一件苦差事。

克泰尔回忆起他与父亲，伊克斯驻凯坦星的大使，还有母亲，行会银行的重要代表，在大王宫度过的那些美好的时光。他们品尝着来自异域的美味佳肴，吃着最好的开胃菜和沙拉，痛饮最好的进口葡萄酒。这样的回忆现在似乎成了一种幻想。他甚至想不起那些食物的味道了。

他排在队伍的最后，这样就不必和其他饿极了的工人竞争。当服务员发给他食物时，他一下子注意到了米拉尔·阿莱切姆那双又大又黑的眼睛以及她剪得凌乱的头发，当然还有那张窄小却迷人的脸。

他们的目光锁定在了一起，彼此都认出了对方，但两人都知道这时什么也不能说。克泰尔瞥了一眼他身后的座位区，米拉尔则举起了勺子："工人，坐到那张桌子去。不要钱。"

克泰尔也不问为什么，坐到指定的位置就开始吃东西。他专注于他的食物，慢慢咀嚼，耐心地等她自己过来。

没过多久，领取食物的队伍都走光了，食物分发也结束了。最后，米拉尔端着自己的食物托盘走了过来。她坐下来，盯着她的碗，开始吃起来。虽然克泰尔并没有直视她，但他们很快开始含糊地交谈，嘴唇尽量保持不动。

米拉尔说："我在这条食品分发线工作。我一直害怕换工种，因为这会引起别人的注意。"

"我有很多身份证。"克泰尔说道。他从来没有告诉过她自己真正的名字，现在他也不打算告诉。

米拉尔说："所有人都不见了，我们是唯一剩下的两个人了。"

"还会有其他人的。我还认识几个熟人。现在我一个人工作。"

"那样不会有什么作为的。"

"如果我死了，更不会有什么作为了。"当她吃着食物没作答时，他继续说道，"我已经一个人战斗十二年了。"

"十二年你也没什么太大成就啊。"

"永远都不够大，除非特莱拉人消失，伊克斯回到我们人民的手里。"他紧闭着双唇，担心自己说得太激烈了。于是他又从碗里慢慢地舀了两大口吞下去，"你从来没有告诉过我你搜集那些科技产品做什么。你有什么计划吗？"

米拉尔瞥了他一眼，很快把目光移开了："我正在造一个探测装置。我要弄清楚特莱拉人在他们严密把守的研究馆里做些什么。"

“那里可以屏蔽扫描仪，”克泰尔咕哝道，“我已经试过了。”

“这就是我为什么需要一个新设备。我认为……我认为那里正在进行的实验是他们侵略伊克斯真正的意图所在。”

克泰尔吓了一跳：“你是什么意思？”

“你有没有注意到，特莱拉人的实验进入了一个新的阶段？一些非常黑暗和恶心的事情正在发生。”

克泰尔把勺子送到嘴边，但又停了下来，他看了看她，又低头看了一眼面前那几乎空了的碗。如果他想在不引起别人注意的情况下结束这次谈话，他就得慢慢地吃。

“我们的女人一直在消失，”米拉尔的声音里饱含着愤怒，“都是年轻女性，生育能力强，身体健康。我眼睁睁看着她们的名字从工作名单上消失了。”

克泰尔在同一个地方停留的时间还不够长，所以压根没有注意到这样的细节。他强吞下一口食物，问道：“特莱拉人绑架她们是为了建一个后宫吗？但是他们为什么会接纳所谓‘不洁’的伊克斯女性呢？”

据说，从没有一个外人见过女性特莱拉人。他听说贝尼·特莱拉狂热地守护着他们的女人，保护她们免受帝国的污染和误导。也许特莱拉女人被藏起来是因为她们和特莱拉男人一样丑陋也说不定。

这些失踪的女性都是健康的、处于生育年龄的，这难道只是一个巧合吗？这样的女人会是最好的嫔妃……但是这些冷淡的特莱拉人似乎不是那种会奢侈地沉迷于性乐趣的人。

米拉尔说：“我认为这个问题的答案与那个被屏蔽起来的研究馆里发生的事情有关。”

克泰尔把勺子放了下来。他的碗里只剩下最后一口了：“我知道的是：这些入侵者来到我们这儿有一个可怕的目的，不仅仅是要占领我们的设施或征服这个世界。他们有另外一个目的。如果他们只是为了自己的利益而占领了伊克斯，他们就不会拆除这么多工厂了。他们永远不会停止生产新设计的运航机、反应战斗机器人和其他产品，这些产品为维尔纽斯家族带来的只有财富。”

她点点头说：“我同意。他们打算在这儿干一些别的事情——而且他们是在屏蔽场和紧锁的大门后面进行的。也许我能搞清楚它到底是什么。”米拉尔吃完了饭，站了起来。“而如果我知道了，你也就知道了。”

她起身离开后，克泰尔数月以来第一次重见希望的曙光。至少他不是唯一与特莱拉战斗的人了。如果有另一个人参与了这场斗争，那么其他人肯定也会在世界各地展开小范围的抵抗运动。虽然他已经好几个月没有听到任何消息了。

他的希望在一点一点地破灭。他无法忍受日复一日、周复一周地等待合适的机会。也许他的格局太小了。是的，他需要改变策略，向外界寻求帮助。他必须到外星球去，不管有什么风险。他需要寻找强大的盟友来帮助他推翻特莱拉人。

而他知道有一个人的赌注比他更大。

在任何特定的时刻，都有未知的事物围绕着我们。而那里就是我们应该去寻求知识的地方。

——拉奎拉·贝托-阿妮鲁尔大圣母，《对抗恐惧的演讲》

在皇宫华丽的戏班门廊前，阿妮鲁尔·科瑞诺夫人和沙达姆的宫廷代表团站在一起。每个人都穿着奢华艳丽的衣服，有些人看上去华而不实得有些可笑，大家都在等待着另一位贵人的到来。这本是每天的例行公事，但今天这位客人与众不同……

因为哈什米尔·芬伦伯爵一直都是个危险人物。

她眯起眼睛，凝视着凯坦星那永远完美无瑕的清晨阳光，看着训练有素的蜂鸟们在花朵上飞翔。在星球轨道上，时刻警惕的气象控制卫星控制冷暖气流的方向，以保持宫殿周围始终处于最佳气候。微风轻拂着她的脸颊，仿佛在温暖地轻吻着她，在这么一个完美的日子里这样的感觉真是太好了。

一切都是那么的完美……除了芬伦伯爵的到来。虽然他娶了一个和他一样精明的贝尼·杰瑟里特姐妹做妻子，但芬伦还是让阿妮鲁尔起了一身的鸡皮疙瘩。他的周围总是弥漫着令人不安的血腥味。作为魁萨茨圣母，阿妮鲁尔知道贝尼·杰瑟里特育种计划里的每一个细节，清楚这个人本身就曾在这个计划的一个分支中被培育成了一个潜在的魁萨茨·哈德拉克——但是他被发现有先天缺陷，陷入了某种生物学上的死胡同。

但芬伦无疑有异常敏锐的头脑和危险的野心。尽管他大部分时间都在扮演所谓的皇家香料大臣，但他仍然控制着他儿时的朋友沙达姆。阿妮鲁尔痛恨他的这种影响力，即使已经成为了皇帝的妻子，她都没能达到他的境界。

随着一阵喧闹，一辆由两只金色哈蒙塞普狮子拉着的敞篷马车驶近了宫殿的大门。侍卫们挥手让伯爵进来，伴随着车轮和巨大的合金狮爪发出的杂乱响声，马车绕过了环形车道。侍从走上前去，打开了马车的珐琅门。阿妮鲁尔和她的随从们等在那里，像一座雕像似的微笑着。

芬伦走到门廊前的石板地。为了参加招待会，他今天特意打扮了一番，穿了件黑色长礼服，还戴了一顶高礼帽，腰间系着一条金红相间的腰带，佩戴了几枚花哨的徽章。因为皇帝喜欢这些华贵的装饰，所以伯爵也就跟着一起打扮上了。

他脱下帽子，鞠了一躬，然后抬起两只闪闪发光的大眼睛望着她，问候道："阿妮鲁尔夫人，见到你真高兴，嗯-嗯-嗯？"

"芬伦伯爵，"她简单地鞠了一躬，露出愉快的微笑回应道，"欢迎回到凯坦星来。"

他没有再说什么，连礼貌的寒暄都没多说，只是把大礼帽戴回到他那畸形的脑袋上，从她身边走了过去，径直去觐见皇帝。她远远地跟在他后面，被宫廷里那些虚荣之辈簇拥着。

芬伦从来都是直接去见沙达姆，在阿妮鲁尔看来，沙达姆显然不在乎她不喜欢芬伦这个事实。他也没有问她为什么会有这样的想法。芬伦并不知道自己在培育计划中的失败地位，也不知道自己曾浪费了多么大的潜力。

芬伦与他后来迎娶的玛格特·拉西诺－齐娅合伙为沙达姆安排了一场婚姻，让他娶了一名贝尼·杰瑟里特隐秘者——阿妮鲁尔夫人本人。那时，在老埃尔鲁德死后那段不平静的过渡期里，新皇帝确实需要一个微妙而强大的盟友。

但沙达姆愚蠢之处，是他甚至到现在也没有意识到自己的危险处境。与格鲁曼的冲突只是整个帝国动荡不安的表现之一，还有对科瑞诺家族纪念碑那不断的挑衅、破坏和损毁行为。人民已经不再畏惧他，甚至不再尊重他了。

令阿妮鲁尔感到不安的是，皇帝认为他已经不再需要贝尼·杰瑟里特的影响力了，他现在很少去请教那位年老的真言师①，洛比亚圣母了。他对阿妮鲁尔也更加恼火，因为她服从了姐妹会的秘密命令，没有给他生儿子。

帝国起起落落，阿妮鲁尔心想，但贝尼·杰瑟里特却一直都在。

她跟着芬伦，看着他迈着矫健的步伐朝自己丈夫的觐见厅走去。沙达姆和芬伦都不清楚，正是那些细微之处和幕后行动把帝国黏合在了一起。在历史的舞台上，贝尼·杰瑟里特才是最终的胜利者，而那些闪耀和隆重的仪式则并不重要。与魁萨茨圣母阿妮鲁尔相比，帕迪沙皇帝和哈什米尔·芬伦都是普通的菜鸟——而且他们甚至一点都不自知。

她在内心深处暗自发笑，和其他记忆里拥挤的姐妹们一起分享她的快乐，这些一直与她相伴的伙伴来自几千年来的过往人生。这一长达千年的育种计划最终将迎来一个具有非凡能力的雄性贝尼·杰瑟里特的诞生。就在两代人之后……如果一切计划都能转化为胜利果实的话。

在这里，阿妮鲁尔伪装成了皇帝忠实的妻子，操纵着所有的关系，控制着所有的行动。阿妮鲁尔也在指挥着瓦拉赫九号星上的莫希

①真言师是一种具有特殊能力的圣母，她们可以进入辨真灵态，检验出面前说话的人是否在撒谎。

阿姆，她正和她的女儿，也就是弗拉基米尔·哈克南男爵的秘密女儿杰西卡一起工作。阿妮鲁尔的姐妹们则忙着制订一个计划，打算把杰西卡和厄崔迪家族联系起来……

在她的身前，芬伦自信地迈着大步，他比任何人都熟悉这座城市一般大小的皇宫，甚至比沙达姆皇帝本人还要熟悉。他穿过镶嵌着宝石的华丽门廊，走进了皇家的会客室。偌大的房间里收藏着世界上无价的艺术珍品，但这些东西他以前都见过。他都没有回头看，就把帽子扔给了一名男仆，大步走过光亮的石料地板，朝金狮宝座走去。而那会是一段很长的路。

阿妮鲁尔在一根巨大的石柱旁徘徊。朝臣们忙着自吹自擂，扮演自己的角色。然后她绕开那些无价的雕像朝一个拢音效果好的凹室走去，她经常会站在那里，聆听四面八方。

半透明的蓝绿色金狮宝座上坐着帕帝沙皇帝沙达姆四世，他是科瑞诺家族出的第八十一位皇帝。他穿着层层的军服，徽章和绶带叮当作响。他就要被这些地位的象征压垮了，几乎动弹不得。

他那位干瘪的真言师洛比亚，正站在水晶宝座一侧的凹室里。洛比亚是沙达姆那三足鼎立的顾问团队中的第三条腿，其他人包括趾高气扬的宫廷内侍里东多以及哈什米尔·芬伦（不过，由于对伯爵的放逐已广为人知，所以皇帝很少在公开场合征求他的意见）。

沙达姆没有注意到他的妻子。驻扎在宫殿里的十五个贝尼·杰瑟里特姐妹像影子一样在各个房间里无声地移动……若隐若现。正如他所希望的那样。这些姐妹对沙达姆的忠诚是毋庸置疑的，尤其是在他和阿妮鲁尔结婚之后。一些人充当了侍女，另一些人则照顾起了伊勒琅、查丽丝和文丝西亚三位公主，并将在某一天成为她们的导师。

那位雪貂模样的皇家香料观察员沿着红地毯组成的河流蹦跳而下，然后登上了高台那又宽又浅的台阶，来到宝座之下。沙达姆坐在高处向前倾着身子，芬伦停了下来，深深地鞠了一躬，然后抬起头，抿嘴微笑起来。

就连阿妮鲁尔也不知道伯爵为什么会从厄拉科斯匆忙赶到这里来。

但是皇帝看起来并不高兴："作为我的仆人，哈什米尔，我希望你能做到随时把你职责之内的情报禀告给我。而你最近的报告并不完整。"

"嗯-嗯-啊，如果陛下觉得我遗漏了一些重要的东西，那么我向您道歉。"芬伦马上答道，但脑子里却开始飞快地思考着各种可能性，试图猜测沙达姆愤怒的原因，"我不想用那些最好由我自己来处理的琐事来麻烦您。"他的眼睛左顾右盼，心里不住地盘算着，"呃－啊，陛下，有什么事困扰着您吗？"

"我得到消息说，由于游击队的破坏，哈克南家族在厄拉科斯的人员和装备损失严重。香料生产又开始下降了，我每天都被宇航公会那无穷无尽的抱怨包围着。这里面有多少事情是真的？"

"嗯-嗯-啊，我的皇帝，哈克南人有些太爱发牢骚了。也许这只是一个他们在公开市场上提高香料价格的策略，或者是为了证明他们要求降低帝国关税是合理的？男爵本人是怎么解释的？"

"我不能问他，"沙达姆说，开始设局，"刚刚通过运航机送给我的报告说，男爵已经带着全副武装的护航舰前往瓦拉赫九号星了。这到底是怎么回事？"

芬伦警觉地扬起眉毛，揉了揉自己的长鼻子，问道："他冲着贝尼·杰瑟里特圣母学校去了？我，嗯-嗯，说实话，还真不知道这件事。男爵似乎不是那种愿意跟姐妹会打交道的人。"

阿妮鲁尔同样吓了一跳，不禁向前倾，靠近听筒。为什么哈克南男爵会去瓦拉赫九号星呢？当然不是为了找顾问，因为在姐妹会强迫他为育种计划提供了一个健康的女儿之后，他就毫不掩饰自己对姐妹会的厌恶之情了。还有他为什么要带军舰去呢？她努力让自己急速跳动的脉搏平静下来。这听起来可不太好。

皇帝哼了一声："你不怎么善于观察，是吧，哈什米尔？还有为什么我在阿桑特那座最昂贵的雕像会被离奇地损毁？这事儿就发生在你的后院。"

芬伦眨眨他那双又大又黑的眼睛，说道："陛下，我不知道阿桑特有任何破坏公物的行为。这是什么时候发生的？"

"有人擅自在我的官方雕像身上安了个生理结构还算正常的生殖器——但因为犯罪者把器官做得太小了，所以直到最近才有人看到它。"

芬伦差点没有笑出声来："陛下，这可真是太不幸了。"

"我不觉得这有什么好笑的，更何况还有其他的侮辱和冒犯。这种情况已经持续很多年了。到底谁干的？"

沙达姆硬生生地从宝座上站了起来，一只手拂过制服的前襟，把勋章和徽章弄得叮当作响："到我的私人房间来，哈什米尔。我们必须更详细地讨论这个问题。"

当他以傲慢的帝王姿态昂首挺胸时，芬伦的反应可以说是太流畅了。阿妮鲁尔这才意识到，虽然沙达姆所说的那些羞辱是真事，但这次讨论只是一个计谋，目的是为了把伯爵带到这里来，研究另外的一些事，一些他们不会在别人面前讨论的事情。

当男人试图保守秘密时，他们是如此地笨拙。

虽然她对这些秘密很感兴趣，但阿妮鲁尔对男爵在瓦拉赫九号星的意图更为关心，也更为担心。她和真言师洛比亚隔着帝国宝座，用谨慎的手势交流起来。

马上就会有消息送到圣母学校去。狡猾的老哈里什卡将会有充足的时间来策划一个适当的应对措施。

思维，以及思想交流的方式，会不可避免地创造出一个充满幻想的系统。

——禅逊尼教义

神情傲慢的女巫克丽丝琴引导哈克南男爵穿过迷宫般的阴暗通道，他的手杖在冰冷的石板上敲出咔哒咔哒的响声。在身后六个卫兵的保护下，他蹒跚着向前走着，试图跟上女巫的步伐。

“你们的大圣母别无选择，只能听我的，”男爵用刺耳的声音说道，“如果我得不到治疗方法，皇帝就会知道姐妹会的罪行！”克丽丝琴并不理睬他，只是甩了甩她那栗色的短发，连头也没回。

在瓦拉赫九号星这个潮湿的夜晚里，只有冷风不时打破外面的寂静。黄色的球形灯照亮了学校建筑群的走廊。一眼望去看不到任何一名圣母，只有斑驳的人影在晃动。男爵觉得他好像走进了一座坟墓一般——而如果他向兰兹拉德立法会提起诉讼的话，这里肯定会变成一座坟墓的。打破大联合协定是女巫们能犯下的最严重的罪行。他的手里无疑有一副好牌。

在若明若暗的球形灯光照耀下，克丽丝琴大踏步向前走，似乎从男爵视野中消失了。年轻的女巫回头看了一眼，但没有等他。一名卫兵试图上去搀扶男爵，但男爵推开了他的胳膊，自己勉力继续走。他的脊背一阵阵颤抖，好像有人在他耳边低声诅咒了他似的。

贝尼·杰瑟里特掌握着隐藏的战斗技巧，而在她们的巢穴里肯定有一大群姐妹们埋伏着。所以说如果大圣母不在乎他的指控呢？如果那老巫婆认为他是在虚张声势呢？即使是他的家族卫兵也不可能阻止女巫们在她们自己的巢穴里杀死他，如果她们选择出手的话。

但是男爵知道她们不敢得罪他。

*所以女巫们都藏在哪儿了呢？*想到这里他笑了起来。*她们一定是怕我了。*

男爵怒气冲冲重新审视了一遍自己将要提出的要求，只要三个简单的让步，他就不会在兰兹拉德上正式提出起诉：治愈他的疾病，将盖乌斯·海伦·莫希阿姆完整地交给他，并准备好接受彻底的羞辱……还有把那两个让他被迫当父亲的女儿还给他。这是因为男爵对自己的后代在女巫们的计划里到底扮演着什么角色很是好奇，当然他认为如果有必要的话，他也是可以放弃这个要求的。毕竟他并不是真的想要那两个孩子，不过这也给了他一定的谈判空间。

克丽丝琴走在最前面，卫兵们则跟在他身后踌躇不前，配合着男爵痛苦而沉重的步伐。她拐了个弯，变成了他身前的一道阴影。闪烁的球形灯光似乎太黄了，产生的静电也太多了。这都开始让他感到阵阵头疼，视线愈发模糊起来。

当男爵一行人也转过拐角时，他们面前只有一个空荡荡的大厅。克丽丝琴踪迹不见。

冰冷的石墙回响着哈克南护卫队那不安的喘息声。一阵阴风陡起，像是濒死之人的最后气息，吹进了男爵的衣服里。他不由得打了一个冷战，似乎听到某种微弱的耳语，又像是啮齿动物奔跑的脚步声，但眼前却什么也没有。

“快去前面给我看看！”他用胳膊肘狠推了一下身旁的队长，“她到哪儿去了？”

其中一名士兵端起激光步枪，一路沿着闪烁的球形灯光的走廊向前跑去。过了一会儿，他的声音传来回来："这里什么也没有，男爵大人。"只是他的声音里似乎有着一种怪异、空洞的感觉，好像这个地方能从空气中吸收声音和光线似的。"到处都没人。"

男爵等待着，提高了警惕。冷汗顺着他的后背淌了下来，他眯起那双蜘蛛般的黑眼睛，与其说是害怕，不如说是惊愕。"检查附近所有的通道和房间，然后向我报告。"男爵朝走廊前面看了看，不打算再深入陷阱一步了，"还有，不要吓得给我互相开枪。"

他的人从他的视线中消失了，很快他就听不到他们的叫喊声和脚步声。这个地方冷得就像一座该死的陵墓。他一瘸一拐地走进一间凹室，背靠着墙静静地站着，准备好保护自己。他取出一支个人用的箭弹手枪，检查了一下那带毒的箭头……然后屏住了呼吸。

一盏球形灯开始在他头顶上闪烁起来，然后逐渐变得黯淡。令人昏昏欲睡。

随着一阵跑步声，他的一个手下回来了，气喘吁吁地说道："请您跟我来，男爵大人。您得看看这个。"

很明显这个卫兵十分不安，他带着男爵下了一小段楼梯，经过了一个图书馆，那里还在放胶片书，耳语般地嗡嗡响，但没有任何观众。几分钟前还坐有人的椅子上留着凹痕。似乎所有人就这么凭空消失了，甚至都懒得关掉胶片书。低沉的喇叭里传来仿佛渐渐消失的鬼魂般的声音。

士兵们保护男爵一瘸一拐地从一个房间走到另一个房间，又从一座建筑走到另一座建筑，他变得越来越沮丧。他们没能找到任何人，即使他的人使用原始的生命追踪扫描仪也不行。女巫们到底在哪里呢？在地下墓穴里吗？还有那个克丽丝琴究竟到哪儿去了？

男爵气得满脸通红。如果连大圣母的人都找不到，又怎么能向她提出自己的要求呢？哈里什卡这么做是想拖延时间吗？她避免和自己发生正面冲突，让他的复仇之路自行短路了。但她以为自己会这么一走了之吗?

他讨厌这种无助感。男爵挥舞手杖，砸碎了离他最近的一个图书馆阅读器，然后四处乱挥手杖，把他能找到的东西都打碎了。卫兵们则开始兴高采烈地踢翻桌子，推倒书架，把那些沉重的书籍扔出玻璃窗。

最终是一无所获。“行了。”男爵最后说道，然后领着众人沿着走廊继续向前走去。

不一会儿，他来到了在一间宽敞的办公室里。门上的金字标明这里是大圣母的工作室。漆黑、光亮的桌子上没有任何东西，没有任何文件和记录。它的椅子向后倾斜着，好像被人突然向后推了一下似的。一个瓷盘上的熏香还在燃烧，散发出淡淡的丁香味。他一把将盘子打翻在地，芳香的烟灰被弄得到处都是。

可恶的巫婆。男爵气得直发抖。他只得带着手下从房间里退了出来。

他们再次来到了户外，发现已经迷失了方向，被不安、陌生的迷失感包裹着。他和他的卫兵们无法就返回穿梭机的路线达成一致。男爵只得大步穿过一个室外公园，进入一座大型灰泥木材建筑旁的走廊里，那里至少还点着灯。

在宏伟的餐厅里，长长的厚木板桌上是数百份热气腾腾的饭菜，长凳也整齐地摆放着。但房间里没有其他人。根本就是空无一人。

其中一名士兵伸出手指捅了捅一碗炖肉里的一大块肉。“别碰那个。”男爵叫道，“可能有皮下毒素。”而这正是女巫们的手段。卫兵退缩了。

卫队长用那双苍白的眼睛扫视着四周，他的制服已经被汗水浸透了：“她们几分钟前一定还在这里。到现在还能闻到食物的味道。”

男爵一边咒骂，一边在桌子上挥舞他的虫头手杖，把盘子、杯子和食物都打翻在地。噼里啪啦的声音在大厅的墙壁和天花板上回荡着，但就是没有别的声音。

他的手下用探测设备检查地板、墙壁和天花板，四处扫视，但什么都没找到。

“检查那些生命追踪器的校准。女巫就在这里的某个地方，该死的！”

男爵看着他的人手忙脚乱，气得直冒火。他的皮肤刺痒起来。忽然他觉得自己听到了一阵微弱的、压抑的笑声，但很快便消失在萦绕着的寂静里了。

“您要我们把这地方烧了吗，男爵？”队长急切地盼望能在这地方点一场大火。

在他的脑海中，整座圣母学校开始熊熊燃烧起来，那些令人费解的智慧、历史和育种记录都在地狱之火中化作一堆灰烬。也许那些穿着黑衣的女巫会被大火困在她们躲藏的避难洞里，被活活地烧焦。这场面一定值得一看。

但他最终还是摇了摇头，对自己被迫说出的回答恼怒不已。毕竟只有在女巫们给了他急需的治疗方法后，哈克南男爵才敢攻击贝尼·杰瑟里特。

而在这之后……他将会弥补这些被浪费了的时间。

这世上本没有现实——只有被强加在一切之上的我们的秩序。

——贝尼·杰瑟里特基础宣言

对杰西卡来说，这就像一个孩子的游戏……只不过这是一次非常严肃的游戏。

几百个姐妹们挤在大餐厅里，像蝙蝠一样发出沙沙声，都在开心地看着男爵的滑稽动作，她们躲着他，好像在玩隐形捉迷藏游戏。她们中有的蜷缩在桌子下面，杰西卡和莫希阿姆则紧靠着墙。所有的女人都采用了安静呼吸模式，专注于制造幻觉。没有人说话。

她们其实就在眼前，但昏头昏脑的哈克南人既看不见她们，也感觉不到她们。男爵只能看到贝尼·杰瑟里特想让他看到的东西。

主餐桌上站着的是那位皮肤黝黑的、上了年纪的大圣母，此时她像一个恶作剧成功的女学生一样在嬉笑。哈里什卡把她纤细的胳膊交叉在胸前，眼看着找她的人越来越沮丧，情绪也越来越激动。

一名士兵从杰西卡面前几厘米处走了过去，手里挥舞着一个生命追踪器，几乎打中了她的脸。但是士兵看到的只是些错误的读数。当士兵从杰西卡身边经过时，扫描仪刻度盘上的数据其实已经开始闪烁了，但对他来说，刻度盘上什么也没有显示。设备不会轻易被愚弄的……但是人不一样。

生活就是一种幻觉，要根据我们的需要来调整，她在心里说道，

这是从她的老师莫希阿姆那里学到的。每个侍从姐妹都知道如何欺骗人的眼睛，那是人类最脆弱的感官。姐妹们用小到几乎听不见的声音交流着，同时尽可能避免做出哪怕最轻微的动作来。

大圣母看到这位耀武扬威的男爵要找过来了，便把姐妹们召集到大餐厅里。“哈克南男爵相信一切都在他的掌控之中，”她用嘶哑的声音说道，“他想要恐吓我们，但我们必须消除他的力量，让他感到无能为力。”

“我们这也是在为自己争取时间来好好考虑这个问题……同时也能让男爵有时间自己犯错误。而哈克南人没耐心可是出了名的。”

在房间的另一边，笨拙的男爵几乎就要碰到克丽丝琴姐妹了，但被她顺滑地闪避开了。

“那边他妈的是怎么回事?”男爵突然转过身来，似乎感觉到了空气的流动，还有短暂出现的一丝布料的气味。“我听到沙沙声了，好像是一件长袍。”卫兵连忙端起武器，但仍旧没有看到目标。那个身材魁梧的男人不禁打了个寒战。

杰西卡和她的老师交换了一个微笑。圣母那双平日里无神的眼睛现在充满了兴奋。大圣母坐在高高的主座位上，像一只猛禽似的俯视着面前这几个惊慌失措的人。

为了集体催眠男爵和他的随从们，克丽丝琴姐妹必须允许他们看见她自己，这样她就可以引导他们进入这张蜘蛛网。但随着其余姐妹们把注意力集中到了这些软弱的受害者身上，她这位向导便逐渐淡出了他们的视线。

男爵一瘸一拐地走了过来，脸上带着一种狂怒的表情。杰西卡其实有机会绊他一跤，但她还是没有选择这样做。

莫希阿姆走到了他的身边，呢喃了几句微弱而可怕的警告：“你应当恐惧，男爵。”莫希阿姆的声音十分低沉，只有她异常鄙视的这个胖男人能听到，几乎是一种听不清的喃喃话语，她把那篇《迎恐祷文》变成了另一段完全不同的文字：

“你应恐惧。因为恐惧扼杀心智。恐惧是带来彻底毁灭的小死神，”她绕过他，对着他的后脑勺继续呢喃道，“而你却不能直面你的恐惧。它会进入你的身体，然后感染你。”

他用手四下拍打，好像要赶走一只讨厌的昆虫。男爵的表情看起来非常不安。“当我们看向恐惧临过你的轨迹时，你将一无所有。”莫希阿姆轻柔地离他而去，“唯有姐妹会留存。”

男爵突然停下了脚步，脸色苍白，双颊抽搐。他的黑眼睛向左边瞥了一眼，几秒钟前莫希阿姆就站在那里。他猛地朝那个方向挥舞手杖，结果因为用力太猛，以至于一下子失去了平衡，摔倒在了地板上。

“把我从这儿弄出去!”他向卫兵们吼道。

两名士兵冲过去把他搀扶起来。队长带着众人走到大门，来到过道上，其余的卫兵则继续寻找着目标，手中激光步枪的枪口前后摇摆着。

来到大门口后，男爵犹豫了一下：“该死的女巫。”他看了看四周，问道，“哪条道能回去?”

“向右，男爵阁下。”队长声音坚定地答道。其实他并不清楚回去的路，克丽丝琴此时正在他身边悄无声息地出没，在他的耳边低声指着路。而当他们回到穿梭机时，他们会发现飞机已经启动了自动驾驶系统，随时准备带男爵穿越星球上复杂的防御系统回到轨道上的护航舰上去。

失败，沮丧，无助。男爵很不习惯这些情感。“她们是不敢伤害我的。”他低声叨咕着。

附近的几个姐妹不禁窃笑起来。

当最终这帮哈克南人夹着尾巴像狗一样跑掉时，大餐厅里传来了阵阵幽灵般的笑声。

无所作为常被误认为和平。

——埃尔鲁德·科瑞诺九世皇帝

隆博的新妃子特希雅心情愉快地陪着他在卡拉丹城堡庭院里转了一大圈。令她感到有趣的是，这位被流放的王子看上去更像一个兴奋而笨拙的孩子，而不像一个变节家族的继承人。这是一个阳光明媚的早晨，云朵仿佛镶上了花边，在高高的天上飘动不停。

“我的王子，当你如此奉承我时，我是很难了解你的。”他们一起沿着山坡上阶梯般的小径向前走着。

隆博显然觉得自己配不上她：“嗯，那你可以先试着管我叫隆博。”

她扬起了眉毛，乌黑的眼睛闪闪发着光：“我想这是个开始呢。”

他们继续走着，隆博的脸涨得通红。“我想我一定是被你迷住了，特希雅。”说着他从草坡上的花丛里摘了一朵雏菊，递给了她，“既然我是一名伟大伯爵之子，我想我不会被允许这样做的，是吗?”

特希雅接受了他献上的鲜花，害羞地将花举到她那张平凡却聪慧的面庞前转动起来。她从花瓣缝隙间偷看他，她的表情开始变得温情而宽容：“我想，流亡生活还是有一些好处的。那就是没人会注意到你被谁迷住了。”

然后她严厉地用手指着他说：“不过，如果你能做点什么来洗刷你家族耻辱的话，我就会更尊敬你了。你当一个乐观主义者已经很多年了，没有取得任何成就，不是吗？你相信一切都会有好的结果，觉得除了坐在这里抱怨却什么也做不了，对吗？而空谈是不能代替行动的。”

隆博对她的这番指责感到十分惊讶，连忙结结巴巴地回答：“但我已经，呃，要求皮尔鲁大使递交了一份又一份的请愿书啊。而我那些被压迫的人民会不会试图推翻侵略者，然后迎接我回去？我确实希望能杀回去，恢复我的家族……随时都可以。”

“如果你安全地躲在这里，等着你的人民为你干脏活儿，那么你就不配统治那样的人民。难道你从雷托·厄崔迪那儿什么也没学到吗？”特希雅把手放在自己纤细的臀部上，“如果你想成为一名伯爵，隆博，你必须学会有激情。还有就是更好的情报信息。”

他显然对这些话感到很不舒服，她话中的真情确实戳痛了他，却让他不知所措：“怎么干呢，特希雅？我没有军队。沙达姆皇帝拒绝干预……还有兰兹拉德联合会也是。只有当我的家人变节时，我才得到了有限的赦免。我还能做什么？”

她下定了决心，一把抓住他的胳膊肘，快步向前走去：“如果你允许的话，也许我可以提些建议。她们在瓦拉赫九号星上教了我们许多科目，包括政治、心理学、策略引导……别忘了我是一个贝尼·杰瑟里特，不是一个上菜的丫鬟。我很聪明，受过良好的教育，我能看到许多你看不到的东西。”

隆博和她一起跌跌撞撞地走着，试图让心态恢复平衡。他起了疑心，问道：“这是贝尼·杰瑟里特姐妹会唆使你干的吗？你被派来做我的妃子，就是为了帮我把伊克斯弄回来吗？”

“不，我的王子。我不想骗你，是，贝尼·杰瑟里特确实希望维尔纽斯家族能够重新掌权。毕竟贝尼·特莱拉要难对付得多……他们有些令人迷惑不解。”特希雅边说边用手指拨弄她那一头剪得很短的棕色头发，这让它看上去像王子那永远缠在一起的乱发一样凌乱，“但就我个人而言，我宁愿做伊克斯那座传说中的大王宫里一位伟大伯爵的妃子，也不愿做一位流亡王子的妾，况且这位王子还要靠一位慷慨的公爵的恩典过日子。”

隆博使劲咽了口唾沫，又摘下一朵雏菊，自己闻了一闻，说道：“我也不想做这种人的，特希雅。”

雷托从城堡的阳台上往下看着，隆博和特希雅手拉着手穿过一片在海风中摇曳的野花丛。雷托心里感到一种沉重的疼痛，对他的朋友产生了一丝温暖的嫉妒，伊克斯的王子似乎有些飘飘然，几乎就要把他那早已陷落的家乡全都抛之脑后了。

这时他闻到了身后凯莉娅的香水味，那是一种甜蜜的花香，能让人想起风信子和铃兰，但他没有听到她走近的声音。他回头看着她，不知道她在那儿站了多久，看着他在一直俯视这对形影不离的恋人。

“她对他很好，”凯莉娅说，“在此之前，我从来就不怎么喜欢这些贝尼·杰瑟里特女巫，但特希雅是个例外。”

雷托咯咯地笑了：“他似乎确实很喜欢她。这是姐妹会诱惑训练成功了的证明啊。”

凯莉娅抬起头来，她的头发上戴着一个镶满珠宝的梳子，还特别小心地涂上了最讨喜的妆容。他一直觉得她很美，但这一刻的她似乎……更加光彩夺目。

“要让我兄弟开心，不仅仅是练习决斗、游行和钓鱼……或是任何男人的事儿。”凯莉娅和雷托走到阳光明媚的阳台上，雷托不安地意识到他们是多么的孤独。

凯莉娅·维尔纽斯以前在伊克斯是一个势力强大家族的女儿，当时她似乎是雷托的完美配偶。如果时间允许，在正常情况下，老保卢斯公爵和多米尼克·维尔纽斯伯爵很可能会安排一段婚姻。

但现在的情况大不相同了……

他不可能和一个来自变节家庭的年轻女子纠缠在一起，理论上，如果她试图参与帝国政治，就会被判处死刑。而作为一个贵族的女儿，凯莉娅也永远不会成为一个普通的情人，就像某个来自卡拉丹城堡下村庄的女孩那样。

但他无法否认自己的感情。

公爵难道没有权利随心所欲地娶妾吗？对凯莉娅来说，这也没有什么可羞愧的，毕竟她的前途渺茫。

“好吧，雷托——你还在等什么？”她走近他，她一侧的胸部轻擦过雷托的胳膊。她的香水中含有的信息素使他头晕目眩，“你是公爵。你可以得到你想要的任何东西。”凯莉娅说出了最后一个字。

“你凭什么认为我有什么……想要的？”在他自己的耳朵里，他的声音听起来出奇的空洞。

她扬起眉毛，对他忸怩地笑了笑：“你现在肯定已经习惯做出艰难的决定了吧？”

他犹豫了一下，身子愈发冰冷起来。*说实在的，他心想，我还在等什么呢？*

两人几乎同时动起来，他热烈地把她一把搂进怀里，长长地舒了口气，感到如释重负，且激情澎湃。

雷托从小就记得，他曾看着父亲在卡拉丹城堡的庭院里度过了那些阳光明媚的日子，聆听人们的请愿、关心和祝愿。那个胡子拉碴、大熊一般的老保卢斯称之为“做公爵的事”。而雷托继承了这个传统。

一行人艰难地沿着陡峭的道路，来到敞开的大门前，参加一个古老的公爵解决争端的仪式。尽管所有的大城市都有有效的法律制度，但雷托这样做是为了能有机会接触到他的人民。他喜欢亲自回应他们的抱怨和建议。他发现它们比任何数量的调查、民意调查和所谓专家的报告都要好。

他坐在清晨温暖的阳光下，看着队伍一个接一个地向前移动着。有一位老妇人，她的丈夫在暴风雨中出海后再也没有回来，她请求宣告丈夫的死亡，然后请求获得雷托的祝福和特许，让她嫁给她丈夫的兄弟。年轻的公爵告诉她这两件事要等一个月后才能批准。

还有一个十岁的男孩想给雷托看一只他从小养大的海鹰。那只大红冠鸟松开原先抓住的男孩戴着皮手铐的手腕，飞到了院子里的露天广场上，盘旋着（这让筑巢在屋檐上的麻雀们惊恐万分），而当男孩一吹口哨，它就自己飞回来了……

在家里，雷托喜欢专注于处理臣民的个人事务上，这样他才能真正看到他的决定对他人民的生活是多么的重要。这是个庞大的帝国，本应跨越“一百万个世界”，但这概念似乎太过抽象，庞大得有些无足轻重了。尽管如此，其他世界里的那些血腥冲突——比如埃卡兹和格鲁曼之间的冲突，或者厄崔迪家族和哈克南家族之间由来已久的仇恨——仍能以某种方式影响着他自己的人民，就像他现在看到的这样。

雷托早就有了结婚的资格——事实上非常有资格——而其他兰兹拉德家族的成员都想与厄崔迪家族联姻，从而血脉交织。是阿曼德·埃卡兹的某个女儿呢，还是选择别的会给他更好条件的家族呢？他必须玩他父亲教他的政治游戏了。

多年来，他一直倾心于凯莉娅·维尔纽斯，但她的家族已经衰败，她的家人也成了叛徒。厄崔迪家族公爵决不能娶这样的女人。这将是一场政治自杀。然而，这并没有减低一分凯莉娅的美丽，或是他对她的感情。

沉迷于特希雅的隆博则建议雷托娶凯莉娅做他的公爵侍妾。对凯莉娅来说，能被一位公爵选中作情人当然没有什么可羞耻的。事实上，这将稳固她在卡拉丹那不稳定的地位，她是凭着临时大赦留在这里的，没有任何保障……

接着，一个斜眼的秃顶男人打开了一个发臭的篮子。两名卫兵马上走了过去，但当他拿出一条肯定已经死了好几天的潮乎乎、散发着臭味的鱼时，他们又退回去了。苍蝇在死鱼周围嗡嗡作响着。雷托皱起了眉头，不知道这是一种什么侮辱。渔夫突然意识到自己给别人的印象，脸一下子白了："哦，不，不，俺的公爵大人！这不是贡品。不——你们看哈。这条鱼有疮。俺在南海捕到的鱼都生了疮。"的确，鱼的肚子很粗糙，像是得了麻风。"俺们捕鱼的都快饿死了，而且臭气熏天的。到底是咋回事呀，我想您应该知道的。"

雷托看了看杜菲·哈瓦特，指示这位老战士使用他的门泰特技能："是浮游生物泛滥吗，杜菲？"

哈瓦特皱起眉头，脑子转个不停，然后点了点头。"这些浮游生物可能先污染了海藻，它们现在应该已经腐烂了。然后再在鱼里传播疾病。"

雷托看了看正急忙把篮子盖好、背在背后、免得把公爵的椅子也染上鱼腥味的渔夫，说道："先生，谢谢你让我们注意到这一点。我们必须去烧掉那些死去的海藻，也许还会往水中添加一些营养物质，这样就能恢复浮游生物和藻类的适当平衡了。"

"不好意思，这臭味儿，公爵大人。"渔夫坐立不安起来。雷托的一个卫兵上前拿起篮子，隔着老远把它提到大门外，海风可以吹散它的气味。

"如果没有你，我可能几个星期都不会注意到这个问题。我们对你表示感谢。"尽管卡拉丹拥有优秀的卫星和气象站，但雷托经常可以通过人民而不是这些机制更准确、更迅速地获取信息。

下一个女人想把自己宝贵的鸡献给他。然后是两个人为了庞迪稻田的边界起了争端，并因为某个被洪水毁掉的果园的估值而讨价还价。一位老太太要送给雷托一件她亲手编织的厚毛衣。而接下来是一位骄傲的父亲想让雷托摸摸他刚出生的女儿的额头……

做公爵的事。

特希雅在城堡住所外她与隆博共享的休息区域偷听，雷托正和王子在那里讨论着帝国政治：科瑞诺纪念碑遭到的那些尴尬的破坏，哈克南男爵健康状况的持续恶化，埃卡兹和莫里塔尼之间那不愉快的冲突升级（即使有萨多卡维和部队在看着格鲁曼人），以及雷托不断努力让自己的外交使团介入的原因。

他们的谈话最终转到了维尔纽斯家的悲剧上，以及自从伊克斯陷落以来究竟过了多长时间了。对此表达不满已成为隆博的口头语了，尽管他从未找到勇气采取下一步，从而收回他那与生俱来的权利。由于在卡拉丹很是安逸，所以他放弃了复仇的希望……或者至少把它推迟到了一个未定的日子。

而现在，特希雅已经受够了。

当她还在圣母学校读书的时候，她读过大量维尔纽斯家族的资料。她的历史知识和科技政治学是她和隆博的共同兴趣。即使她知道姐妹会永远计中有计，但她还是觉得自己是为了隆博而存在的——因此她有义务敦促他采取行动。她不愿再见到他这么……卡着了。

她穿了一件黑黄相间的长裙，在男人们之间的桌子上放了一个银托盘，托盘上摆着一壶黑啤酒。她大声打断了他们的谈话，这让他们很吃惊："我已经答应过帮助你了，隆博。除非你打算对你家族遭受的不公正做些什么，否则下一个十年里我不想听你的抱怨了。"特希雅骄傲地扬起下巴，转过身来，"就我个人而言，我不想听。"

雷托看到了她那双炯炯有神的大眼睛。他惊奇地看着她离开房间，只留下衣服发出的轻微沙沙声。“好吧，隆博，我原以为你这位贝尼·杰瑟里特会更为……谨慎。她总是这么直率吗？”

隆博看上去也惊呆了。他拿起啤酒，灌下去一大口，说道：“在短短的几个星期里，特希雅是怎么搞清楚我到底需要听什么的呢？”他的眼睛里燃烧着一团火，仿佛这个侍妾只不过是点燃他心里堆积良久的火绒的一束火花。“也许这些年来你对我太好了，雷托。让我太过安逸，弄得我父亲至今东躲西藏，我的百姓也一直当着奴隶。”他眨了眨眼睛，“光靠自己是不会有好结果的，不是吗？”

雷托盯着他看了很长时间。“不，我的朋友。不，不会。”

隆博不能要求雷托以自己的名义派出大量军队来，因为那样会引起厄崔迪家族和贝尼·特莱拉之间的公开战争。雷托已经冒了一切风险来阻止这一切的发生。现在，他只是一块没有目标的残骸碎片了。

王子的脸色因下定了决心而阴沉了下来：“也许我应该做个大动作，回到我的故土，乘坐一艘正式的外交护航舰，带有完整卫队的那种——嗯，我想我可以租一艘——在伊克斯的入境港峡谷降落。我会公开收回我的名号，要求特莱拉放弃他们对我们星球的非法占领。”他怒喝道，“你觉得他们会怎么说？”

“别犯傻了，隆博。”雷托摇摇头，不知道他的朋友是否是认真的，“他们会把你抓起来，然后用你的身体做医学实验的。你会被切成一打碎片，扔进一打不同的培育罐里去。”

“地狱在下，雷托——我还能怎么办呐？”王子心烦意乱地站了起来，“抱歉失陪了，我需要想想。”说着他步履沉重地回到了他的私人卧房，关上了门。雷托盯着他的朋友看了很长一段时间，抿了一口酒，然后也回到他自己的私人书房，看着面前成堆等待他检查和签名的库存文件……

在楼上的阳台上，特希雅飞快地走下蜿蜒的楼梯，打开了卧室的门。在里面，她发现躺在床上的隆博正盯着墙上的一张他父母的肖像画。那幅画是渴望回到大王宫的凯莉娅自己画的。在这幅画中，多米尼克和珊多·维尔纽斯身穿华服，秃头伯爵穿着白色制服，衣领上装饰着紫铜相间的伊克斯螺旋形饰物，而珊多则穿着一件飘动的淡紫色丝质长袍。

特希雅按摩他的肩膀，说道："我不该在公爵面前使您难堪。我很抱歉。"

他在她那深褐色的目光中看到了温柔和同情："为什么要道歉？你说得对，特希雅，尽管我很难承认。也许我是该感到羞愧。我该为我的父母报仇。"

"为你所有的人民报仇——并解放他们，"她发出一声带着恼怒的叹息声，"隆博，我真正的王子，你想继续这么消极、挫败、贪图安逸下去……还是想要胜利？我想要帮你。"

隆博感到她那强壮得惊人的手熟练地在他那打结的肌肉上按摩，让它们逐渐放松下来并加热它们。她的触摸就像一种镇静剂，他禁不住想睡去了，以便忘掉烦恼。

他摇了摇头道："我没有反抗就放弃了，是不是？"

妃子的手指从他的脊梁骨一直伸到他的腰背，把他唤醒了："这并不意味着你失去反抗的机会了。"

凯莉娅·维尔纽斯疑惑不解地给她哥哥送来了一个发亮的黑色小包，对他说道："这上面有我们家族的徽章，隆博。是卡拉市的信使刚刚送来的。"

他的妹妹有着一双绿色的眼睛，铜黑色的头发用琉璃贝壳梳在后面。她的脸庞风姿绰约，带着青春的柔美。她让隆博想起了他们的母亲珊多，而珊多曾经是埃尔鲁德皇帝的妃子。

王子迷惑不解地盯着包裹上的螺旋图案，但看不见其他的标记。穿着普通舒适衣服的特希雅走到了隆博身后，这时他正用一把小渔刀切开包裹。他皱起眉头，拿出一张利读联晶纸，上面画着线、三角形和点。然后他屏住了呼吸。

“它看起来像一个暗号，一个用几何密码写的伊克斯战斗密码。”

凯莉娅噘起嘴唇：“父亲教给了我复杂的生意经，却很少教我军事知识。我觉得我看不懂它们。”

“你能解码吗，我的王子?”特希雅问道，她的声音使隆博不禁怀疑起来，他这位贝尼·杰瑟里特妃子是否也有特殊的解码技巧。

他挠了挠自己乱蓬蓬的金发，然后伸手去拿笔记本：“呃，让我想想啊。我的导师过去常常把这些密码灌输给我，但我已经有好多年不去想它们了。”隆博盘腿坐在地板上，然后开始按照他已经记住的乱序书写着加拉赫字母表。他画了一些线，更仔细地重新画了一遍。随着过去的记忆重现，他紧紧盯着那张纸，脉搏都加快了。毫无疑问，这封信件是懂得密码的自己人写的。但这人到底是谁呢?

接着，隆博拿起一把尺子，仔细地量了量，做了一张新的格子纸。在顶部，他写了一个混乱的字母表，每个正方形里面都有一个字母，然后他又添加了一个编码点的模式。他把这个神秘的信息放在解密纸旁边，用字母把点排成一行，然后一次抄写一个单词：“地狱在下!”

隆博·维尔纽斯王子，合法的伊克斯伯爵：特莱拉篡位者正在对我们的人施以酷刑或予以处决，然后用尸体进行恐怖的实验。我们的年轻女人在黑暗中被绑架。我们的工业区仍然被侵略者侵占。

伊克斯没有了正义——只有回忆、希望和奴役。我们渴望有一天，维尔纽斯家族可以粉碎入侵者，再次解放我们。带着无上的敬意，我们请求您的援助。请帮帮我们吧。

这张便条最后是伊克斯自由战士克泰尔·皮尔鲁的签名。

隆博跳了起来，拥抱着他的妹妹："是大使的儿子——凯莉娅，你还记得他吗?"

她想起了那对黑头发的双胞胎是如何跟她调情的，她的眼睛里也闪烁起幸福的光芒："那个漂亮的年轻人？他的兄弟成为了公会的领航员，对吧?"

隆博忽然沉默了下来。多年以来，他知道自己的世界上正在发生着这样的惨剧，但他避免去想它，希望这些问题会自己消失。他怎么能联系到伊克斯反抗军呢？作为一个被放逐的、失去了家族的王子，他该如何处理如此的悲剧呢？他不愿意考虑所有的可能性。

"记住我的话，"隆博发下了誓言，"我要做点什么。我的臣民等得太久了。"

他把目光从妹妹身上移开，转向站在那里望着他的特希雅。"我愿意帮你，"她说道，"你是知道的。"

隆博把他的妃子和妹妹拉了过来，紧紧地抱在怀里。终于，他找到了目标。

要了解这个宇宙，就必须在真正存在危险的地方开始探索。教育本身不能传授这一发现，它不是一种可以传授、使用或扔掉的东西。它不会让你取得什么成就。虽然在我们的世界里，我们曾认为成就是最重要的，可一个人如果太过专注于成就就会很致命。

——弗雷德里·吉奈斯，《剑术大师的哲学》

运输扑翼机里挤满了吉奈斯的学员，他们沿着一个难以接近的新岛屿的边缘飞行着，旁边是黑色的熔岩悬崖，几个世纪以来，这座悬崖因为瀑布一直在滑塌。尖利的岩石就像一颗颗腐烂的牙齿一样伸出水面，这里没有丛林，没有绿叶，没有明显的居住场所。这座多山的岛屿位于群岛的东端，周围尽是深深的、变幻莫测的海水，除了军事上的名称外，这里没有其他名字。

“啊，看啊，另一个热带天堂。”希·雷瑟用干巴巴的语气开着玩笑。透过一个小舷窗，邓肯·艾达荷站在拥挤的同学旁边凝视下方，他知道这个地方只会给他们所有人带来新的考验。

但他已经准备好了。

扑翼机提升了高度，迎风飞到了一个陡峭的火山口。烟雾和火山灰仍然从火山口里不断喷发出来，给潮湿的空气增加了一层阴沉、炙热的阴影。飞行员绕着火山口边缘盘旋，以便大家看到那架降落在火山口边缘的闪亮的扑翼机。毫无疑问，那艘小飞船将被用于他们的某些训练。邓肯猜不出等待他们的到底是什么。

扑翼机巡航到了火山底部，在那里，突出的裂化礁石和冒着蒸汽的火山喷气孔包围着他们的营地。彩色的自建帐篷点缀在平坦的熔岩表面，圈成了一个大营地。但这里没有任何建筑设施。当他们降落后，许多学生冲出去抢占帐篷，但邓肯不明白它们有什么可选的。

等着他们的是那位有着坚韧的皮肤，一头浓密的灰色头发下垂到了后腰，一双阴郁的眼睛深深嵌在眼窝里的高个子剑术大师。邓肯怀着敬畏的心情认出来他就是传说中的战士莫德·库尔。在孩提时代，库尔是哈葛尔星球那场矿区大屠杀的唯一幸存者。之后他像个野孩子似的生活在森林覆盖着的悬崖上，自学了如何战斗，然后渗透到摧毁了他村庄的强盗团伙中。在赢得了他们的信任后，他单枪匹马地杀死了首领和所有的强盗，然后加入了皇帝的萨多卡卫队。在退休到吉奈斯学院任教之前，他还曾多年担任埃尔鲁德皇帝的私人剑术大师。

在他们齐声背诵了剑术大师的誓词后，这位传奇武士说道："我杀死的人比你们这些小崽子们见过的人还要多。所以祈祷你们不要和他们一个下场吧。如果你们真能从我这儿学到点什么，那我就没有理由宰了你们。"

"向他这样的人物学习，我不需要任何激励。"雷瑟扯着嘴角对邓肯说道。老人听到了他的低语，飞快地瞥了一眼这个红头发的学生。在队伍后面有另外一名格鲁曼学员特林·克罗诺斯（虽然他不怎么友好吧），他窃笑了起来，然后连忙闭上了嘴。

莫德·库尔目光锐利地捕捉到了雷瑟，等待着，邓肯则清了清嗓子，向前走了一步，说道："剑术大师库尔，他的意思是，向您这样的大人物学习，我们谁也用不着额外的激励。"说着他紧紧握住了老公爵的剑柄。

"向伟人学习确实不需要借口。"库尔转过身来看着所有的学生，"你们知道自己为什么会在这里吗？这儿，我指的是吉奈斯。"

“因为这是乔－诺莱①白手起家的地方，”来自阿尔－达纳布的那个黑皮肤的学员迅速答道。

“那个乔－诺莱一事无成，”库尔忽然说道，这句话当即让他们惊呆了，“是，他确实是一位了不起的剑术大师，精通九十三种武功。他熟稔各种武器、盾牌、战术和肉搏术。共有十几个武艺高超的武士像门徒一样追随他，恳求诺莱把那些高深的武艺传授给他们，但这位伟大的武士总是在拒绝，总是在拖延，总是说等时机成熟时再去训练他们。*而他从来没有兑现过承诺！*

“一天晚上，一颗流星坠入了近岸的海洋，引发了海啸，摧毁了乔－诺莱居住的岛屿。海水把他的小屋夷为平地，在睡梦中杀死了他。他的追随者所能做的就是找到他的尸体，这尸体你们想看的话他们会很自豪地带你们去行政主岛参观的。”

“但是，大人，如果乔－诺莱什么也没教，为什么要以他的名字建立吉奈斯学校呢?”雷瑟追问道。

“因为他的门徒发誓不再犯同样的错误。他们记住了自己打算向诺莱学习的所有技能，然后组成了一个学院，在这里他们可以把人们可能需要的所有战斗技巧传授给最合适的候选人。”这时，一阵夹杂着灰尘的微风吹乱了他的头发，“那么，你们到底准备好学习如何成为剑术大师了吗?”

学生们齐声响亮地回答：“准备好了！”

库尔甩了甩他长长的灰发，笑了起来。海风呼啸，听起来就像是锋利的指甲刮着熔岩峭壁，“很好。我们将从两周的诗歌学习开始。”

在五颜六色的帐篷里，学员们睡在岩石上——晚上很冷，白天很

①乔－诺莱原本是一名吉奈斯雇佣兵，后来成为了第一名真正意义上的吉奈斯剑术大师，是芭特勒圣战期间一名传奇战士。

热。火山喷出的灰云遮天蔽日。他们没有椅子坐，只能吃又干又咸的食物，喝的是储存在旧桶里的温水。而这里的每样东西都带着硫黄的余味。

但没人埋怨。到了这个时候，每一位剑术大师学员都学会了吃苦。

在这样艰苦的环境中，他们学会了隐喻和诗歌。即使在那片古代的土地上，受人尊敬的武士们也把他们写俳句的能力看得和他们的刀法一样重要。

当莫德·库尔站在热气蒸腾的火山岩上吟诵古代史诗时，他声音里的激情打动了学员们的心。最后，当老人看到所有人都被自己感动得热泪盈眶时，他微笑着拍起手来。从岩石上跳了下来，这才宣布：“成了。很好，现在是你们学习战斗的时候了。”

邓肯穿着柔软的锁甲，骑在一只巨大的装甲海龟上，这只装甲龟不停地撕咬它身上的缰绳和扶手。邓肯坐在鞍座上，张开双腿，包住宽大的装甲龟壳，手里还举着一根有钝化金属尖端的木制长矛。他把长枪平端在一只手腕上，盯着对面三个装备着同样武器的对手。

这些好斗的海龟是从偷来的蛋中孵化出来的，并在海湾围栏中饲养长大。这些缓慢的庞然大物让邓肯想起了他不得不穿着厚板甲战斗时的情景。但它们那长着角的下颚能像爆破门一样“砰”地关闭，一旦它们想要，这些海龟也能以地狱般的速度狂奔突进。从布满了裂纹的龟壳上邓肯可以看出，这些野兽是他从未见识过的战斗老手了。

邓肯用长矛敲着海龟的厚壳，像鼓手一样擂得咚咚响。他胯下的野兽迈着沉重的步伐向希·雷瑟的坐骑前进，一边捶打它那巨大的脑袋，一边撕咬能够到的任何东西。

“我要把你从上面打下来，雷瑟！”邓肯刚一开口，胯下的海龟却不识时务地停了下来，再怎么驱赶也无法让它动起来。而其他的海龟也都不愿意合作了。

在十项全能比赛中，海龟格斗是第九项比赛，学生在进入下一级之前是必须要通过的。在五天的艰苦训练中，邓肯在游泳比赛、跳远比赛、弩、弹弓、标枪、有氧举重、飞刀和爬隧道比赛中的成绩从未掉出过前三。这期间莫德·库尔一直站在高高的岩石上，自始至终注视着整个过程。

雷瑟已经成为邓肯的朋友和对手了，也取得了不错的成绩。格鲁曼的其他学生组成了自己的小集团，聚集在恃强凌弱的领袖特林·克罗诺斯周围，克罗诺斯似乎非常自负，而且很看重自己的血统（尽管他展示的战斗能力并没有显示出他与其他学生有什么不同）。克罗诺斯对自己在莫里塔尼家族的服役经历很是感到自豪，但雷瑟就很少谈论自己的家乡或家庭。他只希望能从吉奈斯人身上多学哪怕一分的本领。

每天晚上，在夜深人静的时候，邓肯和雷瑟都会带着一堆胶片书，在帐篷图书馆里学习。吉奈斯学院的学员要学习军事史、作战策略和个人作战技巧。莫德·库尔也给他们留下了关于伦理学、文学、哲学和冥想的深刻印象……而这些都是那个在森林覆盖的哈葛尔悬崖上的野孩子不能自己学会的。

在与剑术大师们的晚间会议上，邓肯·艾达荷已经会背诵大联合协定了，这份协定里关于武装冲突的规则构成了芭特勒圣战之后帝国文明的根基。出于同样的道德伦理考虑，吉奈斯人制定了战士准则。

现在，邓肯一边挣扎着想要控制住他那只乖戾的海龟，一边揉着他发红的眼睛，咳嗽起来。他的鼻孔被空气中的灰烬塞满了，喉咙也一直发痒。在他身边，大海咆哮着撞击在岩石上，火山喷气孔嘶嘶作响，把臭鸡蛋似的臭味喷吐到空气中。

在他的不断刺激下，雷瑟的海龟终于向前冲了出去，红头发竭尽全力不让自己从上面掉下来，并让手里的钝长矛指向正确的方向。很快，所有的海龟都开始动起来了，它们笨拙地挤在一起，呈现出一种疯狂的慢动作。

邓肯避开了雷瑟和第二名对手同时发起的长枪攻击，并用自己的长枪扎向第三名对手。长矛的钝端正好刺中了那名学员的胸甲，他一下子摔了个四脚朝天，重重地落在了粗糙的地面上，然后马上滚向一边以避开拼命咬人的海龟。

邓肯让大腿紧贴着坐骑的外壳，避开了雷瑟的又一次攻击。然后，邓肯的乌龟停了下来，开始排便——这又花了很长时间。

邓肯坐在鞍座上，无助地扫视四周，看到剩下的对手骑在龟背上追赶着雷瑟，而雷瑟总是能出色地保护自己。最后，当他的海龟终于完事了，邓肯开始寻找起精确的时机来，他把身体靠在硬龟壳的一侧，尽可能靠近对手。就在雷瑟用自己的武器反击并击倒一个对手的时候，他高举起了长矛，摆出一副胜利的姿态——邓肯就知道他会这样做的。于是就在这电光火石的一瞬间，邓肯伸手用长矛猛刺红头发的侧身，把雷瑟从海龟上打了下来。此时，战场上就剩下邓肯·艾达荷一个人了，他是胜利者。

他跳下了海龟，然后把雷瑟扶了起来，拂去他胸口和大腿上的沙子。过了一会儿，邓肯的海龟又爬了起来，开始笨拙地四处找食物。

“你们的身体是最强大的武器，”莫德·库尔说道，“在配得上用剑之前，必须先学会信任你们的身体。”

“但是师父，你教导过我们，头脑才是我们最强大的武器。”邓肯打断了他。

“身体和思想是一体的，”库尔回答，他的声音像他的宝剑一样锋利，“失去其中任何一个会怎样？精神控制身体，身体控制精神。”

他沿着崎岖的海滩昂首阔步，尖利的岩石在他长满老茧的脚下嘎吱作响，“你们都把衣服脱下来——只剩短裤！鞋子也脱下来。把所有武器都留在地上。”

学员们毫不犹豫地脱下了衣服。灰色的火山灰继续在他们身边落下，火山喷气孔里呼出的硫黄气体就像地狱的气息。

“经过这个最后的考验，你们就可以离开我，离开这个岛了，”莫德·库尔严肃地噘起嘴唇，“你们的下一个目的地会有更多的鲜花和便利设施。”一些学生发出了刺耳的欢呼声，夹杂着对即将面临的严峻考验的不安。

“既然你们在来吉奈斯之前都通过了‘扑翼机飞行员能力测试’，我就给你们简单解释一下吧。”说着库尔指了指陡峭山坡上那高高的火山口，那里被一片朦胧的灰色笼罩着，“有一艘飞船在上面等着你们。你们来的时候已经看到了。第一个到达火山口的人可以飞到你们干净舒适的新兵营去。坐标已经锁定在操控台上了。剩下的学员嘛……就得自己走回山下，再次在这里的岩石上露营了，没有帐篷也没有食物。”说完，他眯起了那张老脸上的眼睛，“现在，去吧！”

学员们拼命向前冲去，都想利用储备的体力领先一步。邓肯没有抢先跑出去，他准备先谨慎地选好路线。陡峭的悬崖把一些路径挡在了半山腰，而其他悬崖在到达顶部之前就已经陷入了死胡同。一些沟壑看起来很诱人，但小溪和瀑布预示着前方会是一段滑而不稳的上坡路。在他们最初接近火山口时，曾看到扑翼机停在了火山口边缘的高处，当时他就细心地留意了这些斜坡，提前做好了功课。现在，他把他当初所观察到的一切都利用了起来。随后，他起跑了。

随着地势变得陡峭，邓肯逐渐逼近了前面的山沟，他很有技巧地选择了山沟或峡谷，爬上崎岖多节的火山岩，而其他人则陷入了看似简单的岩石斜坡，这些斜坡在他们脚下坍塌，让他们一次又一次地滚了回去。他沿着连接的山脊和圆形的山肩奔跑，这些山脊并不能直接到达山顶，但提供了更稳固的地面，可以更快地爬升。

几年前，当他在杰第主星那崎岖的森林保护区里，为了生存奔跑时，拉班曾试图追捕过他。相比之下，今天这情景算是很容易了。

粗糙的火山岩在邓肯的光脚下很是锋利，但他比他的大多数同学多了一个优势：那就是多年赤脚在卡拉丹海滩上行走而形成的老茧。

他绕过一个温泉，爬上一个裂缝，这个裂缝就像是一个危险的脚手架。他不得不把自己挤进裂缝里，寻找可以让自己爬到有着另一个身长的地方的突出物和缝隙。一些腐烂的岩石松动了，滚了下来。

在别的地方，他会毫不怀疑特林·克罗诺斯或其他一些以自我为中心的竞争对手会想尽办法搞破坏，而不是专注于加快自己的步伐。

日落时，他终于到达了火山口的边缘——他是班上第一名。他不停地奔跑，爬上危险的碎石山坡，小心翼翼但毫不犹豫地选择了路线。看着身后不远处的竞争对手正从山体的各个侧面一拥而上，他跃过一个喷气孔，向等候着的扑翼机跑去。

他一看到这艘飞船，就往身后看了一眼，一眼看到希·雷瑟正跌跌撞撞地紧跟在他身后。红头发的皮肤都被刮破了，上面覆盖着火山灰。“嗨，邓肯！”空气中充满了从火山口喷出的烟尘。火山隆隆作响。

在接近胜利的时候，邓肯突然加速，接近了扑翼机。雷瑟见自己没有获胜的机会了，便气喘吁吁地往后退了几步，优雅地承认朋友的胜利。

在火山口边缘，特林·克罗诺斯从另一条路线爬了过来，他的脸涨得通红，因为他看到邓肯是如此靠近那架扑翼机，不禁大为光火。而当克罗诺斯看到他的同胞，也就是格鲁曼学员雷瑟气喘吁吁地停下脚步认输时，他看上去更加愤怒了。虽然他们来自同一个世界，但克罗诺斯经常不厌其烦地表达自己对雷瑟的蔑视，总找机会羞辱这个红头发，让他的生活更加痛苦。

在这门课上，适者生存，许多学生对彼此产生了强烈的厌恶感。看着克罗诺斯骚扰他格鲁曼同胞的样子，邓肯对这个被宠坏了的贵族之子下了一个很不好的定义。一旦邓肯乘扑翼机飞走，克罗诺斯可能拿自己的格鲁曼朋友出气，弄不好会痛揍雷瑟一顿来发泄他的沮丧。

当邓肯的一只脚已经迈入这艘空空的飞船上时，他做出一个决定："希·雷瑟！如果你能在我系好安全带离开之前赶到这里，我相信这架扑翼机能载两个人。"

在远处，克罗诺斯突然加速起来。

邓肯啪的一声系上他的安全带，摸了摸牵开杆，缩短了机翼准备喷气推进起飞，而雷瑟则难以置信地盯着他。"过来呀！"

红头发咧嘴一笑，找到了新的动力。在邓肯调整飞船启动器的时候，他向前冲了上去。邓肯在为公爵服务的那些年里，他从帝国里最好的飞行员那里学会了飞行技术。现在他顺利地完成了这些操作。

克罗诺斯抱怨邓肯违反了竞赛规则，他向前跑去，一路用脚踢着碎石头。扑翼机的仪表盘亮了起来。一个明亮的橙色盒子告诉邓肯，喷气舱已经装备好了，他能听到涡轮机开始发出低沉而有力的嘶嘶声。

雷瑟跳上了扑翼机的悬梯，邓肯正好在喷气舱的协助下抬升了飞机。红头发气喘吁吁地抓住驾驶舱门的边缘，死死抓住不放，然后大口吸着气。

特林·克罗诺斯知道自己无法到达飞船了，便弯下腰抓起一块参差不齐的拳头大小的火山岩扔了出去，击中了雷瑟暴露在机舱外的臀部。

邓肯按下了一个发光的动作序列按钮，翅膀啪的一声上下摆动起来，扑翼机便飞到了火山熔岩盖的上方。喷气舱启动，机翼进入升力状态。他放松了控制。雷瑟一直在舱内手舞足蹈，乱作一团。他上气不接下气地挤进了驾驶舱，坐到了邓肯身边那片狭小的空间里，开始大笑起来。

扑翼机翅膀扇起来的风吹打着失望的克罗诺斯。这个被抛下的年轻人又扔出了一块石头，石头砸到强化玻璃窗上弹了回来，没造成任何伤害。

邓肯兴奋地挥着手，从扑翼机的补给包掏出一个手电筒扔给了克罗诺斯。格鲁曼人一把接住了它，虽然天已经越来越黑了，但他对邓肯的善意没打算表示一点儿感谢。而在他身后很远的地方，其他学员们都已经疲惫不堪、疼痛难忍了，他们只能步行回营地，在户外度过这个寒冷而痛苦的夜晚。

邓肯增加了动力，把两翼展开到最充分的位置。太阳已经沉到地平线以下了，在水面上留下一道橙红色的光芒。夜幕开始降临，像一道沉重的帷幕遮住了西面的群岛。

“你为什么要带着我?”雷瑟问道，边说边拭去自己额头上的汗水，“这应该是一个单独的测试。那帮剑术大师们可没教导我们要互相帮助啊。”

“他们当然没有了，”邓肯笑着回答，“这是我从厄崔迪家族那里学到的。”

说着，他把仪表盘的亮度调整为一种微弱的辉光，然后在点点繁星的照耀下飞向了下一个岛的坐标所在地。

永远不要低估人类大脑相信它想要相信之物的力量，不管存在着多么明显的自相矛盾的证据。

——凯德蒙·厄尔布，《政治与现实》

为了弄明白姐妹会是如何让自己吃瘪的，男爵和彼得·德伏在哈克南军事护航舰的金属墙会议室里乱作一团。飞船正绕着瓦拉赫九号星飞行着，武器也已经准备就绪……但就是找不到目标。两天以来，每隔一小时向贝尼·杰瑟里特发送的通信信息都没有收到任何答复。

这一次，就连门泰特也不知道女巫们藏在哪里了，还有是怎么藏的。没有概率，推测，或者求和。他这回算是失败了。而男爵从不接受任何失败的借口（而德·弗里斯确实辜负了他），他正准备用一种最令人痛苦的方式处死什么人。

在一旁沉思不已的格洛苏·拉班觉得自己像是个局外人，就这么坐在一边看着他们，他希望自己能提供一些见解。“她们毕竟是女巫，不是吗？”他最后开口道，但似乎没有人对他的评论感兴趣。没人打算听他的意见。

最后拉班厌恶地离开了会议室，他知道叔叔很高兴看到他走掉。他们为什么非得讨论这个情况呢？拉班不能容忍无所事事，一事无成。这让他们大家看起来都很软弱。

作为假定的男爵继承人，拉班认为自己对哈克南家族很是尽心尽责了。他曾监督厄拉科斯的香料生产，甚至还发动过第一次秘密袭击，这本该导致一场全面的厄崔迪－特莱拉战争。他一次又一次地证明了自己，但男爵总是觉得他反应迟钝，甚至当面称他为“肌肉坦克脑袋”。

如果他们带着我去女巫学校的话，我都能把她们闻出来。

拉班非常清楚自己需要做什么。他也知道最好不要请求什么许可。男爵只会说不……而男爵否定自己将会是个错误。拉班打算自己解决这个问题并要求奖赏。他叔叔也终于可以看到他的能力了。

脚下踩着沉重的黑色靴子，这名魁梧的男人大踏步穿过了护航舰的走廊，专心去完成他的任务。在他周围，这艘武装飞船在地心引力静静的拥抱之中隆隆前进。当他经过船舱和工作站时，他听到了船员断断续续的谈话。一些穿着蓝色制服的人匆匆走过，履行他们的职责，并总是恭敬地看着他。

当他下达命令之后，士兵们就扔下手头的活儿，急忙为他打开了一堵墙。拉班双手叉腰站在那里，心满意足地凝视着隐藏的密室，里面停放着一架无比光滑、异常光亮的飞行器，一架单人战斗机。

那是他那艘试验性的无场飞船。

十多年前，他驾驶这艘隐形战机进入了行会的运航机，这艘飞船无可挑剔地履行了它的职责……完全无声也完全隐形。尽管这个计划最终失败了，但他的行动却毫无瑕疵。以前，想法太多被证明是个致命的错误。因为雷托·厄崔迪——这个该死的混蛋——从不按大家的预期行事。

不过，这一次，拉班的计划将简单而直接。飞船和里面的东西都是看不见的。他可以去任何地方，观察任何事情——而且没有人会察觉。他可以暗中监视女巫们在做什么，然后如果他愿意的话，他就可以消灭整个圣母学校。

他启动了攻击飞船的低噪音引擎，无场船从绕着轨道飞行的护航舰底部落了下去。随着被感知风险的增加，拉班启动了无场引擎——飞船顿时消失在了太空里。

在他降落到星球表面的过程中，飞船的所有系统都运转正常。最近试飞中发现的故障已经修复了。越过草木覆盖的山丘，他向圣母学校那些有着土黄色屋顶的灰泥建筑径直飞了过去。所以，这帮女巫们觉得，当男爵要求会面时，她们就可以凭空消失了吗？她们只是在显摆自己的聪明吗？如今，女巫们拒绝了多次要求会面的要求。她们又能避开这个问题多久呢？

拉班按下了感应器按钮，启动了飞船上的武器。一场大规模的、意想不到的袭击将吞噬图书馆、住宅和博物馆，将它们夷为平地。

这一定会引起女巫们的注意的。

他想知道男爵是不是已经发现了他离开了。

当这架无声的飞机向圣母学校建筑群俯冲而去时，拉班忽然看到大楼外出现了一群聚在一起的、不断移动着的女人，似乎愚蠢地觉得她们不再需要躲起来了。女巫们真以为她们能羞辱哈克南家族吗。

拉班降低了高度巡弋着。他的武器系统变得火热起来，瞄准屏幕发着光。在他摧毁主建筑之前，也许他会先一次一个地干掉几个秃鹰一样的女巫，只是为了好玩。他这艘安静的无场船，似乎是上帝的一根炽热的手指，轻而易举就能击垮她们的傲慢。无场船进入了射程。

突然，女巫们都抬头看向了他。

他顿时感到有什么东西压在了心头。就在他盯着下面的时候，那些女人闪着光消失了。然后他的视线便模糊起来，他感到自己的脑袋开始跳动……*疼痛难忍*。他把一根手指按在太阳穴上，试图集中注意力。但脑袋里的压力越来越大，就像一头公象猛击着他的前额一样。

而在飞船下面，人影闪闪放着光。贝尼·杰瑟里特的女巫们再次闪现在他眼前，然后又消失在余光之中。建筑、地标、星球表面，都在动摇。拉班几乎看不到控制装置了。

他失去了方向感，头疼得都要裂了，他一把抓住驾驶控制台。无场船在他身下像个活物般蠕动着，飞船开始旋转起来。拉班发出了一声含糊不清的叫声，甚至没有意识到自己身处危险之中，然后碰撞泡沫和安全绳便把他裹在其中了。

无场船一头栽进了一个苹果园，在地面上撕开了一道长长的褐色裂口，然后翻了个身。停了一段时间之后，这艘损毁的飞船缓缓滑下了河堤，掉进了一条浅溪里。

受损的引擎着火了，机舱里弥漫着油乎乎的蓝色烟雾。拉班能听到灭火系统的嘶嘶声，他从泡沫和安全保护网中爬了出来。

苦涩的烟雾呛得他喘不过气来，眼睛里也闪着酸涩的泪水，拉班打开了船腹的逃生舱门，从残骸中爬了出来。他从又热又滑的金属上摔了下来，双手和膝盖着地掉进了小溪里冒着热气的水里。他迷惑不解地摇了摇头，回头看了看无场船，发现船身忽隐忽现着。

在他身后，女巫们蜂拥而下，像一大群穿着黑袍的蝗虫……

当哈克南男爵意外地收到来自哈里什卡大圣母的通信信息时，他真想掐死这个女人。几天以来，他的呼叫和威胁都没有得到回应。而现在，就在他站在护航舰指挥舰桥的地板上急得来回转时，这个老女人却开始和自己联系了。她的脸出现在了通信系统的椭圆形屏幕上。

“男爵阁下，很抱歉在您来访时我正忙着，也很抱歉我们的通信系统出了故障。我知道你有事要和我商量，”她的语气愉快得令人抓狂，“但我不清楚你是否打算先让你的侄子回去呢？”

看着她那双邪恶杏眼下的薄嘴唇，他知道他那肥胖的脸现在一定露出了极度混乱的表情。他转过身来看看他的卫队长，然后又看看彼得·德伏：“拉班在哪里？”两个人都摇了摇头，和他一样惊讶。“给我把拉班找来！”

大圣母做了个手势，几个姐妹把那个魁梧的男人押到屏幕前。尽管拉班的脸上有着血淋淋的擦伤和伤口，但他满脸的不服气。他的一条胳膊软绵绵地垂在身边，膝盖处的裤子撕裂了，露出下面参差不齐的伤口。

男爵低声咒骂起来。*这个白痴又干了什么蠢事？*

“他的飞船出现了某种机械故障。他是来拜访我们的，是吗？还是为了监视……或者甚至是攻击我们？”紧接着，失事飞船的视频图像出现在屏幕上，就在一片被毁的果园边上，船身仍在冒着烟。“他驾驶的是一架非常有趣的飞行器。注意它是如何进入和退出人们视线的。某种受损的隐形技术？真是精妙啊。”

男爵惊得瞠目而视。*天哪，我们竟然损失了无场船！*他这个愚蠢的侄子不但被姐妹会抓住了，还让无场船——哈克南家族最强大的秘密武器——落入了女巫的手中。

彼得·德伏悄无声息地走了过来，在他耳边低声耳语，试图使他平静下来：“慢一点，深呼吸，我的男爵。您还想让我继续和大圣母谈判吗？”

男爵费了很大的劲才让自己镇定下来，他转向屏幕，决定以后再想惩罚拉班的事：“我的侄子就是个十足的傻瓜。他没有得到我的许可就登上了那艘飞船。”

“没毛病的解释。”

“我向你保证，他会因为他的鲁莽行为受到严厉的惩罚。当然，我们也会赔偿他给你们学校造成的任何损失。”男爵说着面露痛苦之色，为自己如此轻易地承认失败而懊恼不已。

“几棵苹果树而已。没有理由要什么赔偿……或者是向兰兹拉德报告——如果你们合作的话。”

“你让我合作？”他鼻翼翕动，气得踉踉跄跄地退了几步，几乎失去了平衡。是他有着对她们不利的证据，“你们打算提交的报告里是否包括了你的圣母是如何违反了大联合协定的内容，对我的身体使用生化武器这件事？”

“实际上，我们的报告会包含一些猜测，”哈里什卡面带微笑地回答道，“你可能还记得几年前发生的一件有趣的事情，两艘特莱拉飞船在一个公会运航机内被人神秘地攻击了。雷托·厄崔迪公爵被指控犯下了这桩暴行，但他否认了这些指控——这在当时看似乎很荒谬，因为附近没有其他飞船。至少看不到有。而我们已经证实，附近还停有一艘哈克南护航舰，正在前往沙达姆皇帝加冕典礼的途中。”

男爵强迫自己不动声色：“你没有证据。”

“我们现在有飞船了，男爵。”说着，无场船残骸闪烁的画面再次出现在屏幕上，“任何有点儿脑子的法官都会得出同样的结论。而特莱拉人和厄崔迪人会对这一新发现很感兴趣的。更不用说宇航公会了。”

彼得·德伏看了看男爵，又看了看屏幕，在他复杂的脑子里，思维之轮转动着，但他找不到合适的解决办法了。

“你这是在宣判你自己的死刑，女巫，”男爵低声威胁道，“我们有证据表明，贝尼·杰瑟里特释放出了一种有害的生物制剂。只要我说一句话，就能——”

“而我们也有这艘飞船的证据，是吧？”哈里什卡又说道，“你怎么看呢，男爵——这两个证据能互相抵消吗？还是说我们的证据更有趣一些？”

“给我治病的药，我就会考虑撤销指控。”

通信屏幕上，哈里什卡挖苦地看着他：“我亲爱的男爵，那是无药可医的。贝尼·杰瑟里特的手段都是永久性的，没法逆转。”她似乎嘲弄地表示着同情，“另一方面，如果你保守我们的秘密，我们也会保守你的秘密。在我们采取任何可能无法逆转的行动之前，你可以先把你那讨厌的侄子带回去。”

德·弗里斯知道男爵快要气炸了，于是抢先说道："此外，我们坚决要求归还失事飞船。"他们不能让姐妹会得到这种无场技术，尽管哈克南人自己也没搞明白其中的原理。

"不可能的。没有一个文明人会愿意看到这种攻击机被修理好。为了帝国的利益，我们必须采取措施阻止这种致命技术的发展。"

"我们还有很多艘这样的船！"男爵说道。

"她是个真言师，男爵阁下。"德·弗里斯低声说道。老贝尼·杰瑟里特果然开始轻蔑地盯着他们，而男爵则开始汗流浃背起来，琢磨着该如何更好地回应。

"你们将如何处理残骸？"男爵狠狠攥紧了拳头，指关节咔咔作响。

"为什么要处理呢……当然是要把它毁掉了。"

当拉班回来的时候，男爵给了他一顿鞭子，并把他锁在他的房间里，等到返回杰第主星再说。抛开他那愚蠢的冲动不谈，这个壮汉仍然是哈克南家族的指定继承人。

暂时是。

男爵在地板上踱来踱去的，不时敲打墙壁，想象自己能对他的侄子所施加的最严厉的惩罚，这会是对拉班这次拙劣的攻击所造成的难以置信的损失的适当惩罚。最后，他终于想好了，这才阴沉地笑了。

格洛苏·拉班一回家就会被送到遥远的兰基维尔星，他将和他那软弱的父亲阿布鲁尔德待在一起。

教导我们的孩子荣誉至上是厄崔迪之道，这样他们就可以为自己的后代树立同样的榜样了。

——雷托·厄崔迪公爵，在卡拉丹集会上的第一次演讲

十八个月转眼就过去了。

一轮满月将卡拉丹城堡笼罩在一片银色之中，塔楼的影子投射在悬崖边缘，俯瞰着波涛汹涌的大海。站在花园里那个谨慎选择出来的位置上，杜菲·哈瓦特看着雷托公爵和凯莉娅·维尔纽斯正沿着悬崖边缘漫步，这是一对不幸的恋人。

她已经当了雷托一年正式却没什么法律地位的侍妾了，有时，两人就像现在这样享受着宁静而浪漫的时刻。在这期间，兰兹拉德联合会的其他家族向他提出过无数的联姻请求，而雷托都不急于接受。

哈瓦特的持续监视也曾激怒了公爵，他要求一定程度的隐私。但是作为家族的安全指挥官，门泰特并不在意公爵的请求。雷托有一种令人不安的倾向，他总是喜欢把自己置于脆弱的位置，过于信任身边的人。哈瓦特宁愿因为自己太细心而招致公爵的不喜欢，也不愿让一个致命的错误躲过自己的眼睛。保卢斯公爵死于斗牛场就是因为哈瓦特没有仔细观察。他发誓自己再也不能犯同样的错误了。

当雷托和凯莉娅选择在这样一个寒冷的夜晚外出散步时，哈瓦特就开始担心那条小径太过狭窄，而离落水的岩石也有些太近了。雷托

拒绝安装护栏，他想要保留他父亲留下的那条路，因为老公爵也曾在海岬上散步，思考国家的问题。这是一种传统，而厄崔迪家族是勇敢的。

哈瓦特用红外眼镜扫视着面前的黑暗，除了他自己的士兵驻扎在小径和岩壁底部之外，在阴影中看不到任何动静。他用一个小小的黑光灯示意两名卫兵前往不同的位置。

他必须时刻保持警惕。

雷托握着凯莉娅的手，看着她娇嫩的容貌和在晚风中飘动着的深铜色头发。她的衣领在她细长的脖子上翻了起来。隆博的妹妹和帝国里的任何一位夫人一样美丽动人，就像一个皇后。但雷托却永远也不能娶她。他必须忠于传统，就像他的父亲和他的祖父那样。这是荣誉之路……以及政治上的权衡。

然而，如果维尔纽斯家族的命运能够逆转的话，那么即使是保卢斯·厄崔迪的鬼魂，也不能反对他们两人的结合了。几个月来，在雷托全心全意的支持下，隆博通过秘密渠道向克泰尔·皮尔鲁和伊克斯的自由战士输送了少量资金和其他资源，他还得到了一些信息，包括日程安排和监视图像。现在的他终于采取一些行动了，而隆博已经很久没有展现出如此的活力和生命力了。

雷托在通往海滩的小径上停了下来，微笑着，他知道哈瓦特就在附近，就像往常一样。他转向身边的女人，说道："凯莉娅，卡拉丹从小就是我的家，对我来说它总是美丽的。但我看得出来你在这儿有些不太开心。"一只夜鸥飞到空中，发出一声细细的尖叫，吓了他们一跳。

"这不是因为你，雷托。你已经为哥哥和我做了这么多了，"凯莉娅没有看他，"只是这地方……和我想象中的不一样。"

他很清楚她的梦想是什么，于是说道："我也希望能多带你去凯坦星，让你享受享受宫廷生活。我见识过你在那些庆典上是有多么的容光焕发。你是那样的光彩照人，所以带你回卡拉丹让我觉得很难过。这里的生活并不迷人，也不是你习惯的生活。”这句话是对所有他不能给予她的东西的道歉——奢侈、威望，以及再次属于一个大家族的合法性。他不知道她是否理解他话语中的责任感。

凯莉娅轻柔的声音听起来有些不确定，整个下午她都显得很紧张。她也在小路上停了下来：“雷托，伊克斯和它的全部魅力都消失了。我已经接受这个现实了。”说着他们转过身来，默默地凝视着漆黑的海洋，她这才继续说道：“隆博的那些反抗军永远也不可能推翻特莱拉，对吧？”

“我们对那里发生的事情知之甚少。报告都很零散。你觉得他不尝试会更好？”雷托那双烟灰色的眼睛盯着她，他试图去理解她的焦虑，“奇迹是可能发生的。”

她抓住了她等待已久的机会：“奇迹，是的。现在我就要告诉你一个奇迹了，我的公爵。”雷托不解地看着她，而凯莉娅的嘴唇弯了起来，露出一个复杂的微笑，“我怀上你的孩子了。”

他惊呆了，僵在了原地。在遥远的海面上，一群萌萌鱼教徒唱起了一首深沉的歌，与标记着危险暗礁的声音浮标遥相呼应着。然后，雷托慢慢地俯下身来，吻了吻凯莉娅，感受着她嘴唇上那熟悉的湿润。

“你高兴吗？”她的声音听起来很是脆弱，“我没有打算要怀孕的，它就这么发生了。”

他退后了一步，隔着一条胳膊的距离抱住凯莉娅，仔细看着她的脸，说道：“当然高兴了！”他轻轻抚摸着她的肚子，“我曾想象过自己能有个儿子。”

“也许现在可以考虑另外为我找一位侍女了吧？”凯莉娅焦急地问道，“我需要有人帮我为分娩做准备——更不用说孩子出生也得用人。”

他用强壮的双臂抱起了她："如果你想再要一位侍女，一点问题也没有啊。"杜菲·哈瓦特会像往常一样彻查加入厄崔迪家族的候选人的，"如果你愿意，我可以给你找十个！"

"谢谢你，雷托，"她踮起脚尖吻了他的脸颊，"但一个就足够了呢。"

灰尘和热气笼罩着一切，但哈克南男爵反倒希望这种干燥的气候能改善他的状况，于是他在厄拉科斯待了更多的时间。但结果他仍然一直感到很痛苦。

在他的迦太格办公室里，男爵审阅了香料收割报告，试图在收入方面编出一个新的方法来欺骗皇帝、宇联商会和宇航公会。由于他的肚子越来越大，桌子被定做了一个切口以放进他的肚子。他那柔软的手也摊在了磨砂桌面上。

一年半以前，贝尼·杰瑟里特姐妹会让他陷入了僵局，双方互相威胁和反威胁，双向勒索。最后拉班失去了他们的无场船。他和女巫们从那以后一直保持着一种安全但令人不安的距离。

伤口依然疼痛难忍，他一天比一天虚弱，一天比一天胖。

在失去被拉班杀死的李芝天才乔本恩协助的情况下，他的那帮科学家们一直试图建造另一艘无场飞船。而男爵一想到他侄子犯下的无数错误就气得满脸通红。

最初那艘无场船的建造计划和全息记录存在缺陷，至少男爵的科学家们是这样认为的。结果，他们的第一个新的原型机撞上了黑檀山的斜坡，机组人员全部遇难了。*真是活该。*

男爵忽然想知道这种突然死亡是不是件好事，总比这种折磨人的虚弱和衰败好得多。他把大量的宇宙索系统投入到了杰第主星上一座最先进的医学研究机构，李芝家族的苏克医生威灵顿·岳勉强给了一些兼职协助，毕竟这位岳医生只对他的半机械人研究更感兴趣，而不是想办法帮助这位活受罪的男爵。只是李芝总理到现在也还没给他寄来服务费用账单，男爵当然毫不在乎了。

尽管做了这些努力，却没有收到任何成效，持续的威胁似乎也无济于事了。对男爵来说，走路这个简单的动作曾经是那么轻松优雅，现在却成了他的首要难题。估计用不了多久，那根虫头手杖就不顶用了。

“我有个有趣的进展，男爵。”彼得·德伏溜进了布满灰尘的迦太格办公室。

男爵因为自己被打断而皱起了眉头。瘦削的门泰特穿了一件淡蓝色长袍，隐藏着他那带着纱芙汁的微笑：“雷托·厄崔迪公爵的妃子已经向皇室提出了要求，希望能要一个贴身侍女。我得着信儿就马上来告诉您了。然而，由于所涉及的紧迫性，我……擅自制订了一个已经开始实施了的计划。”

男爵扬起眉毛，问道：“哦？你觉得不需要我批准的这个有意思的计划是什么呢？”

“有个女保姆现在就住在苏沃克·海斯班的家里，他是埃尔鲁德皇帝的前宫廷内侍艾肯·海斯班的儿子。一直以来，她都很好地向我们提供了关于海斯班家族的情报。在我的鼓动下，这位名叫基娅拉·拉什－奥林的女人放出话来，她对厄崔迪家族提供的职位感兴趣，她将在卡拉丹接受面试。”

“打入厄崔迪家族内部？”胖子男爵问道。他看见门泰特那修长的脸上露出了狡黠的微笑，男爵本人也顿时感到开心起来，“这确实给我们提供了一些……有趣的机会。”

凯莉娅在卡拉市航天港的大厅里等待着，不停地在镶有贝壳和石灰化石的地板上踱着步。她的身后站着风度翩翩的斯旺恩·戈瓦尔队长，雷托派他来做她的贴身保镖。这名卫士的黑发和瘦削的面容总会让她想起雷托。

从凯坦星载着乘客而来的穿梭机还没有到，她就已经等在这里了。她见过基娅拉，那是在卡拉丹面试她的时候。这位新来的侍女有着无可挑剔的推荐信，她甚至为埃尔鲁德皇帝的宫廷内侍工作过，因此她能够给凯莉娅讲述凯坦星辉煌宫廷生活里的诸多轶事，一听到这个凯莉娅便立刻接受了她。

只是她不明白为什么一个如此聪明的老妇人会想要离开帝国的首都，到相对闭塞的卡拉丹来工作。“哦，那是因为我喜欢大海。我喜欢这种宁静，”基娅拉回答道，“可爱的孩子，等你长大了，你可能会有同样的感受呢。”

凯莉娅对此表示怀疑，但她几乎无法抑制因为找到这个女人而产生的兴奋之情。当杜菲·哈瓦特检查了基娅拉·拉什－奥林的过去，询问她之前几年的服侍生涯时，凯莉娅一直在焦急地等待着。而就连那个老男人也挑不出她背景的毛病来。

随着她怀孕的天数越来越多，凯莉娅数着日子，直到基娅拉开始履行她的职责。在她预定到达的那天，雷托正在卡拉丹城堡开庭，听取他的人民的抱怨和纠纷，但是凯莉娅很早就出发去临近的太空港了，那里停满了摩天机、扑翼机和其他各种飞机。

凯莉娅几乎带着无限的期待等着，她审视着太空港那巨大的建筑，看到了很多以前没有注意到的细节。最初的球形建筑加装了内部装饰、现代窗户和新的家具，但看起来仍是古色古香的，不像凯坦星的那些宏伟建筑。

这时，她听到了大气层传来了重击声，甚至脚下的地板都颤抖起来。一束蓝橙色的光穿透了云层，一艘子弹形状的穿梭机以超音速降落而来。这艘小飞船在高马力的浮空器作用下突然减速，然后在机场上缓缓停了下来。屏蔽场闪烁着，然后关闭了。

“准点到达。”在她身边的戈瓦尔队长说道。英俊的卫队长站得又直又高，像胶片书里的大英雄似的，“宇航公会以守时为荣。”

“对我来说还不够快呢。”凯莉娅急忙迎上前去迎接走下穿梭机的乘客。

基娅拉选择不把自己打扮成侍女的样子。身材丰满的她今天穿了一件舒适的泽特威尔旅行服，铁灰色的头发被编成优雅的漩涡形状，头上戴着一顶镶有珠宝的贝雷帽。她那粉红色的脸颊泛着红光。

“再次见到你真是太高兴了，亲爱的。”基娅拉轻声问候道，然后深深地吸了一口潮湿咸腻的空气。她后面悬浮着八个大衣箱，鼓鼓囊囊的。

她瞥了一眼凯莉娅那几乎不太圆的肚子，然后看着她绿色的眼睛，说道：“到目前为止，你的状况一切正常。亲爱的，你看起来气色不错。也许有点瘦，但我有补救办法。”

凯莉娅两眼放出光来。她终于有一个聪明的伙伴，一个帝国人士帮她处理那些麻烦的细节问题——家族事务和商业决策了，而这些麻烦都是她那位要求苛刻但深爱她的公爵带来的。

凯莉娅走在侍女身旁，问出了她心里那个最重要的问题：“皇宫里有什么最新的消息吗?”

“哦，亲爱的！我有太多事要告诉你了。”

一个人可以通过作恶而致富，这是真的，但真理和正义的力量在于其经久不衰……而一个人可以这样说道："这是来自吾父之传承。"

——第五王朝（古地球）历法，《普塔荷太普之智慧》

对拉班来说，这是他叔叔能想出来的最残酷的惩罚了。至少厄拉科斯气候温暖且天空晴朗，而杰第主星能提供文明社会的一切舒适。

但兰基维尔有的只是……痛苦。

在这里，时间过得无比缓慢，拉班现在很看重美琅脂在延缓衰老方面的作用。他必须活得比正常人的寿命更长，才能弥补所有这些被严重浪费了的时间……

他对深山中与世隔绝的修道院堡垒毫无兴趣。同样，他也拒绝前往那些散布在弯弯曲曲的峡湾上的村庄：那里只有浑身散发着鱼腥味的渔民、当地猎人和在陡峭的黑色山脉裂缝中找到了几块肥沃土地的菜农。

拉班的大部分时间都是在北部最大的岛屿上度过的，那里靠近冰川，远离着琼达斯毛皮鲸的活动区域。以任何标准来衡量，此地都算不上文明，但至少它有工厂、加工站和一个可以将大量鲸鱼皮毛送入轨道的太空港。在那里，他可以和那些清楚这些资源和原材料都是家族财产的明白人生活在一起。

他住在宇联商会的连队军营里，并以自己的名义征用了几个大房间。尽管他偶尔会和其他合同工一起赌博，但他大部分时间都在冥想和思考，思考着一旦回到杰第主星后该如何改变自己的生活。而在其他场合，拉班更喜欢挥舞他从一个哈克南家族雇员那里弄来的墨藤①鞭子，他会用这条扭曲的黑色鞭子抽向岩石、冰块，或者在金属防洪堤上晒太阳的慵懒的拉瑟尔鱼。但很快这项活动也变得无聊起来了。

在两年刑期的大部分时间里，他都远离着阿布鲁尔德和埃米·拉班－哈克南，希望他们永远不会知道他被流放到了这里。最后，当拉班无法再隐藏自己的存在时，他的父亲来到了宇联商会处理中心，名义上是去视察。

阿布鲁尔德在军营里见到了他的儿子，他悲哀的脸上带着一丝乐观，好像期待着会有某种热泪盈眶的重逢场面。他上前拥抱了自己唯一的儿子，但拉班却很快就挣脱了。

格洛苏·拉班肩膀宽阔，长着一张四方大脸，嘴唇厚实，有着一个寡妇尖，他更像他的母亲而不是他的父亲，他的父亲胳膊瘦削，手肘骨瘦如柴，指关节很大。阿布鲁尔德灰金色的头发看起来又老又脏，他的脸因为在户外待得太久而显得十分沧桑。

拉班把他的父亲支走的唯一办法，就是在几个小时的无聊唠叨之后，最终答应自己一定会去图拉峡湾和父母住在一起。一周后，他来到了主屋，马上就闻到了一股酸臭的空气，感觉那股黏糊糊的味道似乎都要渗入他的骨头里了。强忍着他们对自己的溺爱，拉班厌恶地数着日子，期待着那艘接自己回家的运航机。

在主屋里，他们一起吃了一顿精心制作的大餐，有熏鱼、水煮蛤蜊、海鲜饭、雪贻贝和扇贝、腌鱿鱼以及鱼子酱，另外还有在兰基维尔贫瘠的土地上艰难生存下来的那种苦味的黏稠蔬菜。那个卖鱼妇是

---

①墨藤是杰第主星上的一种爬藤植物，经常被用作鞭子抽打奴隶。被抽打者将会留下甜菜色的伤疤，疼痛感经年累月不会消失。

一个宽脸、红手和粗胳膊的女人，她做了一道菜又一道菜，然后骄傲地把每道菜都端给了拉班。她从小就认识他，一心想宠他，现在除了捏他的脸什么恶心事儿都干了。而拉班痛恨她这一点。

他似乎永远也无法摆脱嘴里的恶臭，或是手上、衣服上的味道了。只有从壁炉里冒出来那种刺鼻的木头烟味才让他那痛苦的鼻子舒服些。他的父亲觉得用真正的火来代替加热器或球形灯是很雅致的。

一天晚上，在无聊和沉思之中，拉班突然有了一个想法，这是他两年来第一次迸发出想象力的火花。琼达斯鲸很温顺，很容易被捕杀——所以拉班觉得他可以借此引发大小家族里那些有钱贵族的兴趣，让他们到兰基维尔来捕猎。他还记得在森林保护区内捕杀野孩子们时的快乐，还记得在厄拉科斯杀死一头大沙虫时的兴奋感。也许他可以开创一个新的捕鲸产业，作为一种运动去猎杀这种巨大的水生动物。它将为哈克南的国库增加利润，并把兰基维尔变成一个比现在这种原始地狱更美好的地方。

为此就连男爵也会感到高兴的。

在他准备回家前两天的晚上，他向父母提出了这个想法。他们像一个完美的家庭一样，坐在餐桌旁吃着一顿来自大海的盛宴。阿布鲁尔德和埃米不停地对视，发出心满意足的可悲叹息。他那黑眼睛的母亲很少说话，但她坚定地支持着丈夫。他们深情地搂抱在一起，手从肩膀一直摩挲到手肘。

“我打算带一些有权有势的猎人来兰基维尔，”拉班抿了一口淡而无味的村酒，“我们会去捕猎这些毛皮鲸——而你们当地的渔民可以做向导。兰兹拉德里有很多人都愿意为这种猎物出一大笔钱的。这对我们所有人都是好事。”

埃米眨了眨眼睛，然后看了看阿布鲁尔德，他的嘴因震惊而大张。她让他说出了他们两人的想法：“那是不可能的，孩子。”

看到一个如此软弱之人这样随便地叫他*孩子*，拉班多少有些退缩。阿布鲁尔德解释道："你所看到的只是北部的加工码头，这是鲸鱼皮毛生意的最后一步。但狩猎合适的鲸鱼是一项微妙的工作，需要细心和训练。我上过很多次船，相信我，这不是一件轻松的活儿！捕杀琼达斯鲸鱼从来就不是为了……什么运动。"

拉班撇着厚嘴唇反驳道："为什么不行呢？如果你是这里的行星统治者，你应该懂点儿经济学的啊。"

他的母亲摇了摇头道："你父亲比你更了解这个星球。我们就是不能允许这么做。"她似乎被一层无法穿透的自信的面纱包围着，仿佛没有什么能动摇她。

拉班在椅子里默默无言，与其说是愤怒，不如说是厌恶。这些人无权禁止他做任何事。他是弗拉基米尔·哈克南男爵的侄子，一个大家族的继承人。阿布鲁尔德已经证明了他无法承担这个责任。没人会听失败者的抱怨。

拉班推开桌子，大步走向他的侍从。在他身旁有一个鲍鱼壳做的碗，里面摆放着一簇簇从树皮上剥下来的地衣，这些蓝色的花束正散发着芳香。拉班一拳砸到了碗上，碎贝壳撒满了早已褪色的木地板。

琼达斯鲸鱼发出的刺耳歌声把拉班从不安的睡眠中唤醒了。在窗外的深水海峡里，鲸鱼发出的这些无调性的鸣叫震动着拉班的头骨。

前一天的晚上，他的父亲听着这些深海巨兽的叫声，满心渴望地笑了起来。他和儿子站在外面的那由于雾气不断缭绕而变得很光滑的原木阳台上。阿布鲁尔德指着那些游过的狭窄海湾的黑色影子说："那是交配的歌声，这些鲸鱼恋爱了。"

拉班恨不得马上就找个什么东西杀掉。

一想到刚才父亲对自己的拒绝，他就无法想象自己怎么会从这种人那儿继承遗产。他已经花了太长时间来忍受这个世界上的种种烦恼了，他容忍了父母对自己的那令人窒息的纠缠，他鄙视他们如何抛弃了自己本可以取得的辉煌成就，选择让自己在这里小富即安。

拉班的血液开始沸腾起来。

他知道外面鲸鱼的那些吵闹声是永远不能让他睡着了，他只得穿好衣服，慢吞吞地走到那间安静的大房间里。巨大的壁炉里那橙色的余烬照亮了整个房间，仿佛壁炉里散漫了熔岩一般。几个仆人应该起床了，一些清洁工在后面的房间里干活儿，而一个厨师则在厨房准备一天的饭菜。而阿布鲁尔德从未安排过卫兵。

相反，主屋的居民们却安详地发出阵阵鼾声。拉班痛恨这里的一切。

他捡起一件暖和的衣服，甚至还屈尊戴上了手套，然后蹑手蹑脚地走了出去。他步履沉重地走下崎岖的台阶，来到吃水线、码头和钓鱼棚。寒冷让空气中的雾气凝结成了霜。

在那些潮湿的、臭气熏天的棚子里，他找到了他想要找的东西：一把破旧的，有着锯齿尖的捕鱼用振动矛。这把长矛足以杀死一些毛皮鲸了。他本可以带些更重的武器，但那样就没有运动的乐趣了。

琼达斯鲸在平静的峡湾中漂流着，齐声吟唱，它们的歌声像对着悬崖打嗝一样发出共鸣。乌云遮住了星光，但有一道阴森的光照射下来，让拉班得以视物。

他从码头上解开了一艘中等大小的船——它足够小，让他可以自己来驾驭它，但船身很厚，质量也足够承受得住那些患了相思病的皮毛鲸的撞击。他松开电源，启动了嗡嗡作响的马达，慢慢地驶入了深水海峡。在那里，野兽们正在嬉戏玩耍，弄得浪花四溅，然后互相愚蠢地对唱着。它们光滑的形体在水中漂来漂去，浮在水面之上，振动的声膜发出了鸣叫。

他用自己戴着手套的手抓住控制装置，引导他的船进入更深的水域，接近了鲸群。它们游来游去着，没有被他的出现所打扰。有几条鲸鱼甚至还开玩笑地撞了撞他的小船。

他向黑暗的海水中望去，看到成年鲸鱼身上有着像豹子一样的斑纹——有些是斑驳的杂色，有些则是奶油的金色。许多小鲸鱼在它们身边游来游去。当这些巨兽来到峡湾产子时，它们都会带着孩子一起来吗？拉班哼了一声，然后举起了那把锯齿振动矛。

他停下了船，让它慢慢漂过去，就像琼达斯鲸鱼做的那些滑稽的动作似的，看上去人畜无害。巨鲸们忽然沉默了下来，显然是注意到了他的船，然后又开始咕咕鸣叫起来。*真是些愚蠢的动物！*

拉班投出了第一枪，堪称是快速有力的一击。而随着屠杀开始，鲸鱼的歌声就迅速改变了音调。

阿布鲁尔德和埃米穿着厚厚的长袍和拖鞋，跑向码头。困惑的仆人们打开了主屋的灯，灯光照亮了黑暗，吓走了阴影。

鲸鱼舒缓的歌声变成了动物刺耳的尖叫。埃米抓住丈夫的胳膊，帮他保持平衡，他跌跌撞撞地跑下楼梯，想看清外面的黑暗，但他们身后房子的灯光太亮了。他们只能辨认出影子，那是正在扑打的鲸鱼……和其他的什么东西。最后，他们启动了码头末端的发光灯塔，将照明灯光洒向整个峡湾。

埃米发出了一声沮丧的哀鸣，仿佛一口吞下了所有的悲伤。在他们身后，仆人们都咔嗒咔嗒地顺着陡峭的楼梯下来了，有人手里还举着棍棒或是粗制的武器，他们不清楚是否需要他们来保卫主屋。

一艘汽艇驶过水面，发动机嗡嗡地响，拖着沉重的猎物向码头驶来。埃米用胳膊肘推了他一把，阿布鲁尔德这才冒险走向甲板，看看是谁在掌舵。他不愿承认自己早已清楚的事实。

格洛苏·拉班的高亢声音传了过来：“把绳子扔给我，我得把船系上。”然后他便走到了光亮处。一片寒气中，拉班却浑身是汗，他甚至脱掉了夹克，裸露出的胳膊、胸膛和脸上都是血。

“我想我已经杀了八只鲸鱼了。这儿还绑着两条小毛皮鲸，但我需要人帮助才能找回其余的尸体。你是在码头给它们剥皮，还是要先送到某种设施里去?”

阿布鲁尔德只能呆呆地瞪着眼睛。绳子像被勒死的蛇一样从他的手中滑落下来。拉班从船边探出身子，一把接住绳子，自己把它缠在了一个船坞钩上。

“你……杀了它们?”阿布鲁尔德喃喃地问道，“你把它们都杀了?”

他一低头，一眼便看到了漂浮在水面上那两只琼达斯小鲸鱼的尸体，它们的皮毛仍纠缠在一起，沾满了从无数处刀伤中渗出来的鲜血。它们的毛皮都被撕破了，眼睛茫然地瞪着，就像水面上的漂浮着的木板一样毫无生气。

“我当然杀了它们，”拉班浓重的眉毛皱了起来，“当你打算去打猎时，为的就是杀了猎物啊。”他从摇摇晃晃的小船上走下来，站在码头上，似乎期待着有人上前祝贺他的成就。

一种对自己来说很不习惯的愤怒感和厌恶感在阿布鲁尔德心中燃烧起来，他攥紧了拳头，然后又松了开来。他一生都在压制这种感情，但自己也许确实有着传说中的哈克南脾气。

根据多年的经验，他清楚捕猎琼达斯鲸鱼必须在特定的时间和地点进行，否则鲸群就会避开某个地方。拉班从未费心学习过这些鲸鱼皮毛生意的基本知识，也从未练习过任何技术，他几乎不懂得该如何指挥一艘捕鲸船。

“你在它们交配的地方屠杀了它们，你这个*白痴*!”阿布鲁尔德大喊起来，拉班的脸上顿时浮现出了一种被侮辱了的震惊表情。他父亲从来没像这样吼过他。

“几代以来，它们都来到图拉峡湾养育后代，并在返回北极深海之前进行交配。但它们的记忆力很好，而且是世代记忆。一旦血液污染了水，只要这记忆还在，他们就会避开这个地方。”

阿布鲁尔德的脸因恐惧和沮丧而变得扭曲。他自己的儿子已经诅咒了这些繁殖地，他已经用鲜血染红了这个峡湾，因此从现在开始的几十年里都不会再有一条琼达斯鲸鱼会回来了。

拉班低头看了看漂浮在船边的战利品，然后又扫视了一下海湾的对岸，没有理会他父亲刚才说的话：“有人来帮我吗，还是我得自己去弄剩下的?”

阿布鲁尔德狠狠地扇了他一巴掌，然后惊恐地、难以置信地盯着他的手，惊讶于自己打了儿子。

拉班怒视着他。只要有人敢再挑衅他一下，他就会把站在这里的人全都给杀了。

他父亲用一种凄凉的声音继续说道：“鲸鱼不会回到这里下崽了。难道你还不明白吗？所有这些在峡湾的村庄，所有生活在这里的人，都依赖毛皮贸易。没有了鲸鱼，这些村庄就会死亡了。水线上下的所有建筑都将被废弃。这些村庄将在一夜之间变成鬼城。鲸鱼不会再回来了。”

拉班只是摇了摇头，不愿去理解这个形势的严重性。

“你为什么这么关心这些人呢?”他看着父母身后的仆人问道，这些出生在兰基维尔的男男女女，没有高贵的血统，没有前途：他们只是些渔民，只是些工人而已，“他们又没什么特别的。你统治他们。如果时局艰难，他们就得忍受。这就是生活的真相。”

埃米怒视着他，最终流露出了她内心那强烈的情感来：“你怎么敢这样说，格洛苏？有很多事情我们都很难原谅你——但今天实在说不过去了。”

可拉班一点也不觉羞耻：“你们两个人是瞎了还是傻了？你们难道不知道自己和我的身份吗？我们是哈克南家族!”他大声吼道，然后又压低了声音说道，“作为你的儿子，我感到羞耻。”

他二话没说，大踏步走过他们身边，走进了门房，洗了洗，收拾了几件东西便离开了。其实还有一天他才能得到男爵的许可离开这个星球，但他会在太空港度过这段时间。

他迫不及待地想回到那个对他的生活来说很有意义的地方去。

一个人如果在一个没有人烟的地方坚持追踪，那么他可能会永远干等下去，而不会获得任何成果。仅仅坚持寻找是不够的。

——来自游牧民族禅逊尼的智慧

四年以来，哥尼·哈莱克没有发现任何关于他妹妹下落的线索，但他从未放弃希望。

他的父母再也没提过贝丝的名字。在他们那安静的、毫无色彩的夜晚，他们只会继续研读《奥兰治天主圣经》，通过寻找能揭示他们生活命运的箴言来安慰自己……

哥尼则独自一人沉浸在悲痛之中。

在他挨打的那个晚上，在没有迪米特里村民帮助的情况下，他的父母费了好大劲才拖着伤痕累累的哥尼回到了预制房屋。他们几乎没有医疗用品，但艰苦的生活教会了他们急救的基本知识。他的母亲把他放在床上，尽她最大的努力照顾他，而他的父亲则站在窗帘旁，阴沉着脸等着哈克南人回来。

四年后的今天，那天晚上留下的伤疤让哥尼的外貌比以前更粗犷了，他红润的脸上总是带着一种不安的神情。当他走动时，他仍能感到骨头缝儿里传来的深深刺痛。他一有力气就从床上爬起来，继续工作，完成他的工作定额。村民们默默地接受了他的归来，甚至没有表现出在他的帮助下完成大家的定额变得多么的轻松。

哥尼·哈莱克知道自己不再是大家的一分子了。

晚上，他不再喜欢到酒馆里去了，所以他选择留在家里。经过几个月的艰苦努力，哥尼成功地将他的巴厘琴重新组装起来，足以弹奏音乐，尽管它的音域变得更加有限，音调仍然不准吧。克鲁比队长的话已经深深地印在他的脑子里了，但他仍是不停止地创作歌曲，不停地在他自己的房间里唱歌，这样别人就可以假装没听见了。然而，他的歌词中那辛辣的讽刺已经消失，现在的这些歌都是为纪念妹妹贝丝而唱的。

他的父母是那么的苍白和憔悴，他甚至想不起他们的模样了，尽管他们就坐在隔壁的房间里。然而即使过了这么多年，他仍然记得妹妹脸上的每一道皱纹，她的每一个优雅的动作，还有她那亚麻色的头发，她的表情，以及她那温柔的微笑。

他在外面种了更多的花，同时照料着妹妹的马蹄莲、百合花和雏菊。他想让这些植物活下去，这可以使贝丝的记忆清晰而明亮。他一边工作，一边哼着她最喜欢的歌——感觉她就在他身边。他甚至想象他们可能同时在想着对方。

如果她还活着的话……

一天深夜，哥尼听到窗外有动静，然后看到有一个影子在黑暗中爬行。他以为自己在做梦，后来听到一阵更响的沙沙声和一阵急促的吸气声。他迅速坐起来，听到有什么东西跑开了。

窗台上放着一朵鲜花，那是一朵刚剪下来的马蹄莲，像一个图腾，传达着一个明确的信息。因为它那奶油色的花瓣碗里夹着一张纸片。

哥尼抓住了那朵百合花，因为有人拿贝丝最喜欢的花奚落他而感到愤怒。但当他闻到那令人陶醉的花香时，他仔细地看了看纸条。这封信有半页纸长，用的是女性书写的匆忙的笔迹。他读得很快，只收集了信息的要点。

开始的几个字是："告诉妈妈和爸爸我还活着！"

哥尼抓着纸条，从敞开的窗户扑了出去，光着脚在泥泞的街道上飞奔起来。他四下寻找，直到他看到两座建筑物之间有一道人影。那个人影正急匆匆朝主路跑去，而这条路通向一个中转变电站，然后通向哈克城。

哥尼没有叫出声来，因为这只会让那个陌生人加快脚步。他摇摇晃晃地向前跑着，全然不顾伤口愈合后身上的阵阵疼痛。贝丝还活着！他的双脚在粗糙干燥的地面上摩擦着。

陌生人把整座村庄抛在身后，向边缘的田野而去，哥尼猜测他有一辆小型私家车停在麦田旁边。那人转过身来，发现有个模糊的人影向自己冲来，于是拔腿就跑。

但哥尼已经气喘吁吁地冲过来了："等等！我只想和你谈谈。"

那人没有停下脚步。在月光下，他看到了靴子和一身相对华丽的衣服……此人绝对不是农民。哥尼过着艰苦的生活，他的身体就像钟表的发条一样，他很快便拉近了距离。那个陌生人在不平坦的地面上绊了一跤，给了哥尼足够的时间弯下腰，像一只猛扑过来的恶狼似的扑向猎物。

那人摔倒在泥土里，但很快又爬了起来，踉踉跄跄地向田里跑去，可哥尼从后面一把抓住了他。他们两人翻到一个两米深的沟里，那里是村民种植那些发育不良的克劳尔块茎的地方。

哥尼抓住那件漂亮衬衫的前襟，把那人按在壕沟的泥墙旁边，让他半坐在地上。岩石、沙砾和灰尘在他们周围噼啪作响着。

"你是谁？你看见我妹妹了吗？她还好吗？"哥尼用计时器微弱的灯光照向那人的脸庞。那人面色惨白，正睁大了双眼四处张望。他长了一副滑头的样子。

那人吐出嘴里的泥土，挣扎起来。他的头发剪得很整齐，衣服比哥尼见过的所有衣服都要贵重得多。

“她到底在哪儿?”哥尼把脸贴得更近了，把纸条举了起来，好像那是指控他的证据似的，“这是从哪儿来的?她对你说了什么?你是怎么知道百合花的?”

那个男人吸了吸鼻子，然后抽出一条胳膊来揉了揉疼痛不已的脚踝，说道：“我……我是哈克南家族负责这个地区的人口调查员。我会从一个村庄旅行到另一个村庄，为的是统计为男爵服务的人数。”说着他使劲咽了口唾沫。

哥尼抓紧了他的衬衫。

“我能见到很多人。我——”他紧张地咳嗽起来，“我看见你妹妹了。她当时是在一个军事要塞附近的一间娱乐室里。她把这些年来积攒下来的钱都付给我了。”

哥尼做了一个大大的深呼吸，专注于他说出口的每一个字。

“我告诉她我要去迪米特里村做统计了，于是她把她所有的宇宙索都给了我，并写下了那张纸条。她告诉我该怎么做，我便照做了。”说完，他一把拍打开了哥尼的手，气愤地坐了起来，“你为什么要攻击我?我给你带来了你妹妹的消息。”

哥尼对他咆哮起来：“因为我想知道更多，我要怎么才能找到她?”

那人摇了摇头，说道：“她付钱只是为了让我把这张纸条偷偷带出去。我是冒着极大的生命危险做了这件事的——现在你会害我坐牢的。我不能再为你，也不能再为她做什么了。”

哥尼一把掐住那人的喉咙：“你错了，你可以的。告诉我是哪个娱乐室，哪个军事要塞。你是宁愿冒被哈克南人发现的风险……还是我现在就杀了你?”说着他使劲掐住了那人的喉咙，“告诉我!”

四年来，这是哥尼听到的关于妹妹的第一条消息，他不可能让这个机会溜走。贝丝还活着。他的心里不断咀嚼着这条信息。

人口普查员干呕道：“是驻扎在黑檀山和弗拉基米尔湖的要塞。

哈克南家族在那儿有奴隶坑和黑曜石矿。有士兵们驻扎在那里看着囚犯。娱乐室……”他使劲咽了口唾沫，不敢说出实情，“其实就是一家妓院，为所有士兵服务，你妹妹就在那儿工作。”

浑身颤抖不止的哥尼试图去思考，自己怎样才能穿过整片大陆呢。他对地理知识知之甚少，但他可以学习。他抬头凝视着从烟雾缭绕的云层中探出来的朦胧月色，已经开始酝酿一个解救贝丝的拙劣计划了。

哥尼点了点头，把手放回到身体两侧。人口普查员从沟里爬了出来，一瘸一拐地扭着脚踝跑过了田野，一路尘土飞扬的。他朝一个灌木掩蔽处跑去，他一定是在那里藏了一辆车。

麻木和疲惫一起袭来，哥尼一下子瘫倒在壕沟里。他深吸了一口气，尝到了决心的滋味。他并不在乎那个人早已逃远了。

他终于找到了他妹妹下落的线索。

高效的统治者惩罚反对者，奖励支持者。他必须天马行空地挥舞他的力量，隐藏实力。他要学会设置一个反向的节奏，让对手失去平衡。

——威斯海默·厄崔迪，《领导的要素》

在雷托当上父亲后，时间似乎比以前过得更快了。

眼前的小男孩穿着一身玩具盔甲，手里举着一个纸做的盾牌，摇摇摆摆地向前迈进，同时用带着羽毛的瓦拉长矛凶猛地攻击面前庞大的萨鲁撒公牛，然后又退后了几步。他就是维克多，厄崔迪公爵两岁的儿子，他的头上戴着一顶镶绿边的帽子，帽子上有一枚红色的厄崔迪徽章。

雷托笑着跪在地上，左右拉扯那个带长角的玩具公牛，这样一来这个仍然笨拙移动着的黑头发男孩就很难找准目标了。“维克多，照我说的去做，”他试图用一个非常严肃的表情来掩饰他的笑容，“当心你的瓦拉。”说着他举起双臂进行示范，“像这样握着，然后从侧面刺进这怪物的脑袋。”

男孩尽职地又试了一次，他勉强举起了这件按比例缩小的武器。瓦拉的钝头刺中了公牛脑袋，就在雷托白色粉笔标记的附近，然后弹了回来。

“这次好多了！”说着雷托把玩具公牛推到一边，把男孩抱在了怀里，然后把他高高举过头顶。结果雷托不小心碰到了维克多的腰，让他咯咯地笑了起来。

“又来?”凯莉娅不赞成地抱怨道，“雷托你在干什么呀?”她和侍女基娅拉就站在门口，“你就这么养孩子啊。你想让他像祖父那样死在斗牛场上吗?”

雷托面无表情地转向他的侍妾：“他祖父的死和斗牛没有关系，凯莉娅。那牛被叛贼下了药。”公爵没有对凯莉娅说出所有的秘密，比如雷托的亲生母亲海伦娜夫人就参与了这场阴谋，因此雷托把她流放到一个原始的隐居地，与孤绝姐妹会生活在了一起。

凯莉娅看着他，仍然没被他说服。而他只好试图让自己听起来更加通情达理一些：“我父亲认为这些野兽是高贵而伟大的。在斗牛场上打败一头这样的公牛需要高超的技巧和荣誉感。”

“不过……这适合我们的儿子吗?”凯莉娅瞥了基娅拉一眼，好似在向这个威严的女人寻求帮助，“他只有两岁呀。”

雷托把男孩的头发拨弄乱了：“学习战斗技巧越早越好呢——即使是杜菲也会同意的。我的父亲从不溺爱我，所以我也不会宠着维克多。”

“我说不过你，”凯莉娅无可奈何地叹了口气，但从她激动的眼神看，她心里肯定还是不服，“毕竟你是公爵。”

“亲爱的，该是维克多的辅导时间了。”基娅拉看了一眼她那个镶有珠宝的腕表，那是她从凯坦星带来的一件珍贵古董。

维克多带着失望的表情抬头望着父亲那高大的身影。“现在去吧，”雷托拍了拍他的背，“公爵要学很多东西，但并不是所有的都像这样有趣。”

小男孩固执地站了一会儿，然后迈着小短腿吃力地穿过房间。基娅拉带着祖母般的微笑抱起他来，把他带到城堡北翼的一间私人学习室。斯旺恩·戈瓦尔，维克多的专属卫兵则跟在侍女的身后。凯莉娅留在了游戏室，雷托把那只填充公牛玩具放在墙边，用毛巾擦了擦脖子，喝了一大杯凉水。

“为什么我哥哥总是先找你倾诉，然后才对我说呢?”雷托能看出来，凯莉娅的心里很不安，好像很不确定。“隆博真的打算和那个女人结婚?”

“你哥哥他不是认真的——我想他只是一时兴起吧。你知道隆博做事是多么的没长性。有一天也许他会认真吧。”

她抿了抿嘴唇，有些不赞同：“但她只是一个……贝尼·杰瑟里特啊，又没有高贵的血统。”

“就连我那个皇帝表兄都娶了一个贝尼·杰瑟里特，”雷托没有显露出内心的痛苦来，“而这是他的决定，凯莉娅。他们似乎确实很相爱呢。”在儿子出生后，他和凯莉娅就变得疏远了。也许，当基娅拉带着她那堆宏大的后宫轶事来到这里时，他们之间的疏远就已经开始了。

“爱？原来有了爱就能结婚了啊?”她的脸色阴沉了下来，“你的父亲，那位伟大的保卢斯·厄崔迪公爵对这种虚伪之词会说些什么呢?”

他努力保持镇定，走到游戏室门前关上了门，这样就没人会听到他们的谈话了。“你知道我为什么不能娶你为妻。”他仍能记得自己的父母在卧室套间那扇厚重大门后面激烈争吵的情景。他不希望这种事发生在他和凯莉娅身上。

她那美丽的面庞上露出了不满的神情，凯莉娅把头一甩，铜色的卷发在肩胛骨之间来回跳动着：“我们的儿子总有一天会成为厄崔迪公爵。我觉得他一出生你就应该改变主意的。”

“这都是些政治问题，凯莉娅，”雷托的脸瞬间通红，“我非常爱维克多。但我是一个大家族的公爵。我得优先考虑家族利益。”

在兰兹拉德联合会的会议上，其他家族把他们那些符合条件的女儿都带到了雷托面前，希望能吸引到他。虽然厄崔迪家族既不是最富有也不是最有权势的家族，但雷托仍很受欢迎和尊敬，尤其是看中他在没收审判中所表现出来的勇气。而雷托也一直为自己在卡拉丹取得的成就而感到骄傲……并希望凯莉娅能因此更加欣赏他。

“但维克多仍然是个私生子。”

“凯莉娅——”

“有时候我真恨你父亲，就是他向你脑袋里灌输的这些愚蠢的想法。既然我不能为你提供政治同盟，既然我没有嫁妆，没有地位，我就不能是妻子。可因为您是公爵，您就能随时命令我上床陪你睡觉。”

听到她如此表达自己的不满，雷托感到很是痛心，他可以想象基娅拉在她的房间里是如何对凯莉娅旁敲侧击的。不可能有别的解释了。雷托并不是特别喜欢这个外来的女人，但解雇这个侍女可能会毁掉他通往凯莉娅内心的最后几条路。这两个女人总是喜欢在一起，摆架子，卖弄地谈话，模仿帝国的风格。

他凝视那些布满条纹的窗户，想着几年前自己和凯莉娅曾是多么的幸福：“你不该这么说我，毕竟我的家族已经竭尽全力地接济你和你的兄弟了。”

“哦，那可真是太感谢您了啊。这没有损害您的光辉形象吧？帮助我们这些来自伊克斯的可怜难民，这样您那些心爱的人民会觉得您是一个多么仁慈的统治者啊。多么高贵的厄崔迪公爵大人。可我们这些接近你的人知道你只是一个凡人，而不是你试图让自己变成的那种传奇。你并不是你想象中的平民英雄。因为如果你是，你就会同意——”

“够了！如果隆博愿意，他完全有权娶特希雅为妻。如果他这么想的话。维尔纽斯家族已经毁了，他不会再有政治婚姻了。”

“除非他的反抗军收复伊克斯，”她反驳道，“雷托，告诉我真相吧——你是不是暗自希望他那些自由战士们最好不要成功，这样你就总会有借口不娶我为妻了?”

雷托非常震惊地回答:“当然不是啊!”而凯莉娅显然认为自己这一轮赢了,于是离开了房间。

身处孤独之中,他开始思考起她的变化来。在娶她为侍妾之前,他已经迷恋她很多年了。于是他把她拉到了自己身边,虽然没有达到她所希望的距离吧。一开始她是帮助和支持他的,但是她的野心变得太大了,她让他的生活变得无比复杂。最近,他经常看到她在镜子前不停地打扮,把自己打扮成女王的样子——但那是她永远不可能成为的角色。他无法改变她的身份。

但是他从儿子身上得到的快乐超过了所有的这些烦心事。他爱这个孩子的强烈程度连他自己也感到吃惊。他只希望维克多能得到世间最好的东西,希望他长大后成为一个优秀的、可敬的人,成为一个体面的人。虽然他不能正式地把这孩子命名为公爵继承人,但雷托打算把一切好东西都给他,所有的一切。而总有一天,维克多会明白他妈妈所不明白的事。

男孩坐在辅导机前,玩着形状识别和颜色识别游戏,凯莉娅和基娅拉在低声交谈着。维克多很快地按下了按钮,取得了他这个年龄所能获得的高分。

“夫人,我们必须想个办法绕过公爵。他是个固执的人,打算与一个有权势的家庭联姻。我听说埃卡兹大公在追求他,打算把他的一个女儿送过来。我怀疑雷托在莫里塔尼-埃卡兹冲突中那些所谓的外交努力只是个掩盖他真实意图的烟雾弹。”

凯莉娅思考着,眼睛眯成了一条缝:“雷托将于下周前往格鲁曼与莫里塔尼子爵会谈,但他们没有符合条件的女儿。”

“他是说他要到那儿去,亲爱的。但是太空是很大的地方,如果雷托绕道去了别的地方，你又怎么会知道呢？我在朝廷待了这么多年，对这些事太了解了。如果雷托真的有了一个正式的继承人，他会把你的维克多当作一个私生子藏起来……从而彻底毁了你的地位。”

凯莉娅低下了头：“我说了你让我说的一切，基娅拉，但我怀疑我是不是把他逼得太紧了……”现在，雷托不在眼前，她这才让自己的惶恐和担心表现出来，“我很沮丧。我似乎无能为力了。我们两人曾经很亲近，但现在一切都变得很糟。我曾希望生下他的儿子能让我们最终走到一起。”

基娅拉噘起皱巴巴的嘴唇：“啊，亲爱的，在古代，这样的孩子被称为‘纽带’，维系一个家庭的完整。”

凯莉娅摇了摇头，继续说道：“相反，维克多只是把问题暴露给大家了。有时候我觉得雷托恨我。”

“有些事情还是可以解决的，只要你相信我，我的夫人。”基娅拉伸出一只手放在年轻女子的肩膀上，安慰她道：“从和你的哥哥谈话开始吧。去问问隆博，看看他能做些什么。”她的声音甜美而通情达理，“别忘了公爵总是听他的。”

凯莉娅的眼前一亮：“这还真可能会管用。反正试试也无妨。”

她直奔隆博的城堡套间。隆博和特希雅正在厨房里来回忙活，他正在帮她做一份当地的蔬菜沙拉。隆博切着菜板上的紫菜，脸上带着令人恼火的、困惑的微笑，开始专心地听妹妹说话。

他似乎根本没有体会到他妹妹处境的严重性：“你没有权力抱怨任何事情，凯莉娅。雷托对我们非常好——呃，尤其是对你。”

她愤怒地哼了一声：“你怎么能这么说呢？既然我有了维克多，我就有更多的赌注了。”她左右为难起来，不知道自己是该暴跳如雷，还是陷入绝望。

特希雅眨了眨她那褐色的眼睛，说道："隆博，你俩最好是希望能推翻特莱拉人。一旦你们光复了维尔纽斯家族，你所有的这些问题就都无关紧要了。"

隆博俯下身去亲吻了一下他情妇的额头，附和道："没错，我的宝贝儿——你不觉得我正在努力吗？这么多年来，我们一直秘密地给克泰尔提供着资金，虽然我仍然不知道反抗军干得如何了。现在哈瓦特又派了一个间谍打入了伊克斯，但那人也消失了。不愧是我们家族设计的星球，伊克斯还真是易守难攻啊。"

但特希雅和凯莉娅的一致反应都让对方吃了一惊："那你得再加把劲儿啊。"

宇宙是按照经济学的基本原理运转的：每样东西都有它的代价。我们为创造未来付出代价，我们为过去的错误付出代价。我们为每一次改变付出代价……而如果我们拒绝改变，我们同样将付出高昂的代价。

——公会银行年报，哲学记录

夏胡鲁既受人尊敬，又令人敬畏，弗雷曼人都这么说。不过列特·凯恩斯甚至在他十六岁之前，就已经骑过这种虫子很多次了。

在他们第一次前往南极地区的旅途中，他和他的血亲沃里克召唤来了一条又一条沙虫，直到把它们骑得筋疲力尽为止。然后，他们会埋下一个沙槌，准备好钩子，然后再设法捉住下一条沙虫。所有的弗雷曼人都指望着他们。

现在，在灰蓝色的天空下，这两个年轻人在带有帽兜的长袍下穿着蒸馏服前进，忍受着炎炎烈日，不知何时才是个头。他们听着脚下的沙土发出了轰鸣之声，仿佛虫道在摩擦中熊熊燃烧起来了。

他们远离了六十度地图线那些有人居住的地区，穿过了大平原和开阔地带，横穿了无边的沙海，达到了赤道附近，然后继续向着潮湿的南极盖前进，那里有一个禁地。在那个禁地，作为帕多特·凯恩斯唤醒沙丘的伟大梦想的一部分，植被已经建立和培植起来了。

列特的目光扫过眼前这无边无际的沙海。冬天的狂风已经把大平原的表面吹得像桌面一样光滑了。这无疑便是那条永恒的地平线了。他审视着眼前严峻的地形、微妙的坡度和那些露出地面的岩石。在当年他那幼小的心灵还不能理解语言时，父亲就开始给他讲沙漠的故事了。行星学家称呼这里为一种超越了怜悯的景观，永不停歇……永不迟疑。

在他们旅程的第六天，黄昏来临之时，他们的沙虫坐骑表现出了激动和疲劳的迹象，让它想要重新潜回到磨蚀的沙层下面，即使它那敏感的分段引导环仍被钩子固定着。列特对沃里克指了指一处低矮的岩石和隐蔽的缝隙："我们可以在那儿过夜。"

沃里克用他的驱赶棒把虫子向前赶了赶，然后准备松开钩子从沙虫上下来。因为是列特召唤了这只特殊的巨兽，所以他开始指挥着大家离开这个粗糙、分段的大虫子。"第一个上来的，得最后一个下去。"列特解释道。

沃里克向沙虫尾部爬去，准备跳回沙地。他需要打开装有香料精华液的真空压缩包，以此来引导大家避开怪物的攻击范围。沃里克从虫尾巴上跳了下来，向一个沙丘顶部走去。他一动不动地站在那里，像沙子一样思考着，平静得有如沙漠本身。

列特在沙虫钻进地下的最后一刻跳开，艰难地穿过松软的粉尘般的沙地，就好像脚下是一片沼泽似的。他的父亲喜欢给他讲关于贝拉·特古斯和萨鲁撒·塞康达斯上那些潮湿沼泽的故事，但是他怀疑别的世界很难有厄拉科斯这种魅力和活力。

作为乌玛凯恩斯的儿子，列特拥有很多优势和机会。当他陶醉于这次重要的南极之旅时，他知道自己与生俱来的这种权利并不能增加他成功的机会。所有的弗雷曼年轻人都被赋予了这样的责任。

因为宇航公会要求定期的香料贿赂。

只有在获得了香料精华的巨额贿赂后，宇航公会的卫星才会对这里秘密的土地改造活动视而不见，无视弗雷曼人的行动。哈克南人不明白为什么获得天气预报和详细的地图分析会是如此的困难，但公会总是能找到借口……毕竟弗雷曼人从来没有拖欠过贿赂。

列特和沃里克在熔岩礁石的一个隐蔽角落里找到了安营扎寨的地方，列特拿出了他妈妈做的蜂蜜香料蛋糕。这两个年轻人舒舒服服地坐在了一起，讨论着他们拜访过的那些弗雷曼女子。

多年以来，这对血亲有过许多勇敢之举——当然也做了许多愚蠢的事。有些演变成了灾难，有些落了个艰难脱险，但列特和沃里克都活了下来。两人都收获了很多哈克南家族的战利品，但在这个过程中也都留下了不少伤疤。

到了深夜，他们开始笑谈起当初破坏哈克南扑翼机的事情来，还有他们是如何闯入一个富商的仓库并偷来了珍贵的美食的（尝了之后却很难吃），他们又是怎么追逐一个海市蜃楼，导致在开阔的平原寻找一个根本不存在的白色盐湖床，为的只是可以许一个愿。

最后，两个人终于心满意足地在双月的照耀下睡着了，准备在黎明前醒来。他们这次旅程还有好几天的时间呢。

穿过南虫线，土壤中的水分和巨大的岩石让沙虫变得无法移动了，列特·凯恩斯和沃瑞克只能选择步行前进。凭着他们本能的方向感，他们找到了一条穿过峡谷和寒冷平原的路。在有着高大砾岩岩壁的峡谷中，他们看到了古老的干涸河床。他们那敏感的弗雷曼鼻子察觉到了寒冷空气正在变得越来越潮湿。

这两个年轻人在十部落穴地住了一夜，那里的太阳镜融化了地下的永久冻土，给了精心照料着的植物足够多的流动水。他们在那里种植了果园和矮棕榈树。

沃里克站在那里，咧着嘴笑着。他从鼻孔上取下蒸馏服的塞子，吸了一口气。“列特，来闻闻这些植物吧！就连空气好像都活过来了。”他放低声音，严肃地看着他的朋友，“你的父亲真是个伟大的人。”

看果园的人脸上浮现出了一种惶惑而狂喜的表情，在看到他们的努力取得成果时他们一向会充满了宗教热情。对他们来说，乌玛凯恩斯的梦想不仅仅是一个抽象的概念，而且是一个真实的未来。

因此，此地的弗雷曼人相当尊敬行星学家的儿子。有些人走上前来，摸了他裹着蒸馏服的手臂，仿佛这能让他们更为接近先知本人。“沙漠将会为此感到欣喜，并像玫瑰一样绽放。”一位老人大声说道，他引用的是禅逊尼的关于流浪的智慧之言。

其他人则开始了吟唱仪式：“人世间有何物比种子更珍贵？”

“浇灌万物之水。”

“有何物比石头更珍贵？”

“它所覆盖的肥沃土壤。”

人们以同样的方式继续吟唱着，但是他们的这种崇拜让列特感到有些不舒服。他和沃里克决定，在与此处穴地的耐布喝完咖啡并在寒冷的夜晚睡个好觉，也就是满足了主人的所有招待请求之后，就尽可能快地离开这里。

十部落的人送给了他们迄今为止还不需要的温暖衣服。然后，列特和沃里克就带着他们宝贵的浓缩香料再次出发了。

两个年轻人终于抵达了水商隆多·图克提到过的那个要塞，但这座要塞看起来更像一个肮脏的工业仓库，而不是坐落在闪闪发光的雪白冰山上的宏伟宫殿。建筑是方形的，被许多管道和壕沟连接起来。咀嚼机已经把铁硬的土壤“嚼烂”了，以确保本就不多的霜冻能埋进在土里，地上都是些难看的土堆。

任何最原始的雪早已被埋在厚厚的灰尘和吹来的细石中，冻成了冰块。提取水分则是一项简单的操作——挖出大块的土，然后再将里面锁住的水分蒸出来。

列特掰下一块冰冻的土壤，舔了舔，品尝着这块混合了盐和碎石的冰块。他知道水就在里面，但对他来说，这里面的水就像在另一个遥远的星球上一样遥不可及。他们带着一箱箱的精炼香料颠簸着向大工厂走去。

建筑的材料用的是取冰过程中产生的岩屑制成的假混凝土块。堡垒般的墙壁上空空如也，没有任何装饰物，全都是窗户，并增加了镜子和能吸收低角度阳光的热量收集器。除霜烤箱喷出了棕色的废气，让空气中充满了灰尘和沙砾的碎屑。

隆多·图克在迦太格拥有一座豪华的宅邸，但据说这位水商很少住在那个豪宅里。毕竟图克要在南方开采水源，然后再将其销售到北方城市和那些有洗碗池和平底锅的村庄，从中获得可观的利润。

然而，南半球那恶劣的天气，尤其是难以预测的沙尘暴，会导致四分之一的船只失事，图克不得不持续不断地购买新机器，雇佣新的船员。幸运的是，一船南极的水给他带来的利润足以补偿以前的损失。很少有企业家愿意冒这样的风险，但图克与走私者、公会和弗雷曼人都有着隐秘的联系。事实上，大家都传言说，供水业务只是他的一个幌子，表面上是一个合法的生意，其实则掩盖了他真正赚钱的那份事业：也就是充当走私犯的中间人。

沃里克和列特肩并肩地从轰鸣的机器和忙碌的外来工人身边走过，向大门走去。在大多数情况下，图克雇的都是些佣兵，这些人从来没有机会能冒险去北方的干旱沙丘待一段时间。水商喜欢这样，因为这种人更能保守秘密。

虽然列特的个子比沃里克小，但他还是挺直了身子，走上前去带头。一个穿着工作服、戴着绝缘手套的男人从他们身边走了过去，向工地走去，同时斜眼看了看他俩。

列特拦住了他，说道：“我们是一个弗雷曼人代表团，来这里看望隆多·图克。我是列特·凯恩斯，帕多特·凯恩斯的儿子，这位是沃里克——”

工人粗鲁地在他身后打着手势：“他在里面的某个地方。你自己去找他吧。”说完，他就迈着大步走向一台咆哮着的机器，它正在啃噬着裹满泥土的冰岩。

在求助遭到拒绝后，列特看向他的朋友。沃里克咧嘴一笑，拍了拍他的后背，说道：“不管怎么说，我们没有时间办手续了。我们自己去找图克吧。”

他们大胆地走进这座巨大的建筑，试图让自己看起来像是在这里工作的人。尽管有加热球在墙壁和角落里嗡嗡作响，但还是寒气逼人。列特从其他工人那里问来了一些模糊的指示，然后从一个大厅走到另一个大厅，直到最后他们俩完全迷失在这个由仓库办公室、控制终端和储藏室组成的迷宫之中。

这时，一个肩宽身矮的人挥舞着双臂走了出来：“两个弗雷曼人在这里可是很显眼的啊，”他说道，“我是隆多·图克。跟我到我的私人房间去吧。”说着，这个矮胖的男人回头瞥了一眼，“还有带着你的东西。别把这玩意儿到处乱放。”

几年前，列特在厄拉奇恩芬伦宅邸的宴会上与此人见过一面。图克有着一双灰色的大眼睛，颧骨扁平且几乎没有下巴，这让他的脸成为了一个完美的正方形。他脑袋上那铁锈色的头发不剩几根了，但鬓角位置的毛发却像羽毛一样厚重。总的来说，他是一个相貌古怪、步态笨拙的人，与弗雷曼人身上常见的那种步伐飘逸正好相反。

图克在前面领路，列特和沃里克则急忙拖着身后的真空压缩箱子跟了上去。这里的一切东西都显得那么单调乏味，让列特感到很是失望。即使在那些最肮脏的穴地里，弗雷曼人也会铺上五颜六色的地毯和帷幔，或者用砂岩雕刻出装饰性的人像来。天花板上也都会蚀刻上几何图案，有时还镶嵌着马赛克。

图克领着他们来到了一堵宽墙的前面，这面墙和其他墙壁一样空空如也。他左右看了看，确定他的工作人员都已经离开了这个区域后，才把手掌放在一个读取器上。一把锁嗖的一声打开了，露出了里面一个温暖的房间来，屋子里的陈设可要比列特想象的豪华多了。

壁龛里摆放着装有昂贵的基拉纳白兰地和卡拉丹葡萄酒的水晶酒瓶。一盏镶有珠宝的枝形吊灯在深红色窗帘的映衬下闪耀着多面的光，柔和地播撒在墙壁上，这里舒服得像在母亲的子宫里一样。

“啊，原来这才是我们这位水商的藏宝地啊。”沃里克说道。

屋子里的椅子又高大又豪华。娱乐全息图堆在抛光石板桌子上。天花板上的斑点镜子反射闪闪发光的亮光，这光芒是由乳白色哈葛尔雪花石膏制成的科林斯柱发出来的，来源于内部的分子火焰。

“公会没给厄拉科斯带来过多少好东西。哈克南人也不会欣赏如此精美的物品，而且也很少有人能买得起它们，”图克耸了耸他宽阔的肩膀，说道，“更何况，没人愿意把这些玩意儿从地狱般的南半球运到我的工厂这儿来。”

他扬起羽毛似的眉毛：“但因为我和你们的人达成了协议”——他按下了一个控制按钮，封死了身后的门——“公会偶尔会派遣飞船进入极地轨道。而轻型飞船就能带着我要求的商品下到我这里来了。”说着他拍了拍沃里克带来那些沉重的箱子，“毕竟你们每月都得通过我向公会……提交香料。”

“我们称之为‘香料贿赂’。”列特更正道。

图克似乎并没有生气：“文字游戏而已，我的孩子。你们弗雷曼人从沙漠深处获得的这些纯净的香料精华可要比哈克南团队在北方找到的那些碎香料更有价值啊。公会把你们的这些香料留给他们自己用了，不过谁又能知道那些领航员会怎么用它们呢?”说完，他又耸了耸肩。

他用手指在石板桌上敲着拍子："我看到我们已经收到了你们本月提交的香料了。我已经命令我的军需官在你们离开之前为你们提供足够的补给。"

列特本就不奢望图克能有多幽默，所以他接受了他简洁直接、公事公办的态度。他再也不想在此地待下去了，尽管城里人或是某些村民可能会喜欢这里异国情调的装饰以及铺张浪费的家具。但列特对这些奢侈品从来不怎么感兴趣。

他和他的父亲一样，宁愿在沙漠里待上一整天，因为那里才是他的归宿。

如果他们再快一些的话，列特觉得他们应该能在日落前赶回十部落穴地。他渴望回到炎炎烈日之下，这样他就可以放松一下他那双麻木的手了。

但沃里克却总是觉得很冷。他伸开双臂站在那里，一双沙漠靴踩在地上。"你有过这种感觉吗，列特？"他搓了搓脸颊，问道，"我的肉皮儿变得很脆。"说着他深吸了一口气，又低头瞥了一眼他的靴子，"你可以感觉到水。它就在这里，但是……被困住了。"

他盯着眼前由布满灰尘的冰川形成的棕色山脉。沃里克本就是个冲动而好奇的人，所以他叫停了自己的朋友："我们已经完成了任务，列特，没必要急急忙忙赶回去。"

列特只得停了下来，问他："你有什么想法么？"

"我们就在这儿，就在传说中的冰山这里。我们已经看到了棕榈和你父亲开始种植的那些植物。我想好好探索一天，感受一下脚下这些坚硬的冰。爬上那些阶梯级冰川就相当于爬上了黄金之山啊。"

"你看不到原始冰层的。水汽都凝结在灰尘和污垢中了。"但当他看到自己朋友脸上那急切的表情时，列特只得收起了自己的不耐烦，“不过你说得对，沃里克。我们为什么要急急忙忙赶回去呢?”毕竟对于十六岁的孩子们来说，这场冒险远比对抗哈克南要塞更宏大、更安全，“我们这就去爬冰川吧。”

他们在南极那似乎永远暗淡无关的日光下徒步前行。冻土带有一种严峻的美，尤其是对一个习惯了沙漠的人来说。

当他们离开图克的工业挖掘点时，那里喷出的灰尘和碎片在地平线上形成了一片棕色的烟雾。列特和沃里克爬向更高处，凿开岩石，找到了一层冰。他们吮吸着冻土地上破碎的石屑，品尝到了苦碱性化学物质的味道，然后一口吐出了嘴里的泥沙。

沃里克跑在最前面，像是因为获得了自由而开心不已。作为弗雷曼人，他们一生都在接受训练，绝不会放松警惕——但哈克南猎手们是不会来南极的。在这里，他们可能是安全的。只是可能。

列特继续扫视着地面和那些隐约可见的延展性悬崖，这些悬崖就耸立在一大堆冰冻的褐色泥土之中。然后他又弯下腰去检查一个擦痕，似乎是一个小小的脚印。“沃里克，过来看看这个。”

他们仔细检查着这个在最温暖的季节时留在这片松软土地上的单个足迹。经过仔细检查，他们发现了有一些痕迹被什么人小心地故意抹掉了，只留下了这个微小的痕迹。

“有谁来过这里?”

沃里克看着列特，补充道：“还有就是为什么要躲起来？我们离图克的水厂很远了。”

列特嗅了嗅空气中的味道，又眯着眼睛看了看悬崖和岩层，透过低垂的冰川，他看到了冰霜发出的道道闪光：“也许他们是探险家，到极地来寻找更干净的冰层以便挖掘。”

“如果真是这样，那为什么要掩饰他们的行踪呢?”

列特望着小路指引着的方向，爬上了一个崎岖的悬崖，峭壁上沾满了冻结成各种形状的泥巴。为了更好地看清周围环境里的细节，他目不转睛地研究着每一道阴影，每一条裂缝："这儿有什么东西不对劲儿。"

他警觉了起来，示意沃里克安静下来。在没有感应到其他声音和动作后，两人才蹑手蹑脚地向前摸去。从孩提时代起，列特和沃里克就清楚如何无声无息地穿越沙漠。

列特仍然不知道究竟是什么东西让他感到不自在，但随着他们越来越近，这种不自在的感觉也愈加强烈了。尽管寒冷让他们脆弱的感官麻木了，但他们还是做到了小心翼翼。他们踏上了那条由霜冻的泥土组成的阶梯，然后看到了一条在弗雷曼人眼中很明显的小径。

有人从这里爬上了坡。

这两个年轻人靠在悬崖壁上，这样别人就看不到他们了，然后把自己看做此地的一部分进行着思考，动作也融入了自然环境之中。在爬到半山腰的时候，列特注意到悬崖壁上有那么一点轻微的变色，不大自然，或者说太不自然了。这个伪装做得其实算是不错了，但仍犯了几个笨拙的错误。

这无疑是一扇隐蔽的门，里面大到足以容纳下一艘宇宙飞船。难道这是隆多·图克的某个秘密仓库？又是宇航公会搞的鬼？又或是某个走私犯的藏身之处？

列特一动不动地站在那里。他还没来得及说话，小路的旁边又出现了几块"补丁"，岩石和冰块被人小心地伪装起来，他差点就没有注意到。忽然，四个长相粗野的人冲了出来，一个个肌肉发达，穿着用不同制服拼凑而成的简单衣服，手里都拿着武器。

"小伙子们，你们的行动真是很隐秘啊。"其中一个人开口道。这人身材高大，肌肉发达，眼睛明亮，光秃秃的脑袋闪闪发着光。他的黑胡子从上嘴唇一直延伸到了下巴："可你忘了，在这么冷的地方，我们能看到你们呼出的热气呢。你们没有想到这一点，对吧？"

两个头发花白的人举着武器，示意两个俘虏们前往山里的隧道。

沃里克把手放在腰间的晶牙匕上，看了看他的同伴。如果需要的话，他们愿意背靠背地一起就义。

但列特却摇了摇头。眼前的这些人穿的不是哈克南的制服。他们衣服上有些地方的徽章已经从臂章和垫肩上掉下来了。他们一定是走私者。

秃头男人瞥了一眼他的一个副官，说道：“很明显，我们得在伪装工作上做些改进。”

“我们成了你们的俘虏了?”列特问道，同时意味深长地看着那些枪。

“我想知道我们做错了什么，使得你们能如此轻松地找到了我们的藏身之处。”那个肌肉发达的秃头男人放下了武器，“我叫多米尼克·维尔纽斯——你们是我的客人了……暂时。”

生命本身不断增加的多样性和丰富性极大地增加了可供生命生存的生态位的数量。由此形成的系统是一个由制造者和使用者、猎手和猎物、合作者和竞争者组成的网络。

——帕多特·凯恩斯，《致沙达姆四世皇帝的报告书》

尽管他是个花言巧语、诡计多端且双手沾满了鲜血的男人，但哈什米尔·芬伦对她却总是那么好。玛格特夫人想念他了。在收到沙达姆发来的关于香料产量不足的愤怒信息之后，他和哈克南男爵一起深入沙漠，去检查香料收割站点。

她的丈夫冷酷地按照明确的既定目标行动，以皇帝的名义犯下了许多暴行，她怀疑他与埃尔鲁德九世的神秘死亡脱不了干系。但是，她从贝尼·杰瑟里特那里受到的教育告诉她要重视结果和后果。哈什米尔·芬伦知道如何得到自己想要的东西，玛格特因此崇拜他。

每次走进丈夫专为她修建的那间郁郁葱葱的温室，她都禁不住感慨万千。玛格特穿了一件舒适而耀眼的变幻装，每隔一个小时就会变换一次颜色，她把手掌按在潮湿密封大门的掌纹锁上，穿过镶嵌着画作的华丽拱门，走进了这间翠绿的温室，然后深深地吸了一口浓郁的空气。舒缓的音乐自动响起，芭蕾舞和钢琴曲顿时萦绕在她的耳畔。

墙壁上洒满了午后的黄色阳光，过滤玻璃将厄拉科斯的白色阳光转化成了凯坦的色彩。浓密的树叶在强制流动空气中飘摆起来，像欢呼的人群高举着的旗帜。在过去的四年里，这间温室里的植物长得比她想象中的还要茂盛。

在这个世界里，每一滴水珠都无比珍贵，乞丐们在街上乞求着哪怕一滴水，盛装的卖水者摇着铃铛，人们要想喝上他一口水就必须支付高昂的价格。在这个世界里，她的这间温室堪称是一种极为奢侈的浪费。但为其花费的每一滴水都值得。正像她丈夫常说的，皇家香料大臣负担得起。

玛格特想起了很久以前，那些古老的回忆展现给她的一位被原教旨家庭圈养起来的女人，她的名字叫法蒂玛，是家中唯一的女儿。她的丈夫很有钱，可以养活三个老婆，他把她们都关在自己的房子里，还分别给每个人建了一个属于她们自己的院子。自从结婚之后，法蒂玛就再也没有走出过家门，其他的两位妻子也没有。她的整个世界就是这个花木繁茂的庭院，还有一片开阔的天空。只有中央喷泉的潺潺流水在为她的弦乐器伴奏。还有就是那些不时下来享用花蜜的蝴蝶和蜂鸟……

如今，在无数代人之后，在这颗绕着太阳运行的、与地球的距离远超那位古代女人想象的行星上，玛格特·芬伦发现自己似乎就待在相同的院子里：被圈养着，被美丽且繁茂的植物环绕。

一个钟点工举着长长的软管向空气中喷洒着雾气，滋润着那些精心修剪过的树木、蕨类植物和花朵。凉凉的潮气让玛格特觉得皮肤冰凉，她连忙把这水雾吸进了肺里，这么多年过去了，这里还是这么奢侈！她抬起一片湿扇叶，将手指伸进了植物底部的土壤里，寻找着。这种植物来自于炎热的吉奈斯，它通常会携带的榨汁蚜虫突变体，还好土壤里没有找到它们的踪迹。

在她检查树根时，比安娜的声音在其他记忆中响起。比安娜是玛格特去世已久的姐姐，两个世纪前曾在圣母学校当过园艺师，正是她向玛格特传授了关于园艺科学的美妙知识。温室里播放着的音乐——

正是比安娜最喜欢的歌曲，一首来自游吟诗人的动人旋律——点燃了她内心。

即使没有比安娜的记忆帮助，玛格特也为自己对植物的了解而感到自豪。温室里摆放着来自帝国各地的植物标本，她认为这些标本就是她和自己不能生育的丈夫的孩子。她喜欢看着它们在这样一个充满敌意的世界里长大和成熟起来。

因为她的丈夫也善于在敌对的情况下生存。

她抚摸着一片长而光滑的叶子。我会保护你的。

玛格特忘却了时间，甚至连吃饭都忘了。如果必要的话，贝尼·杰瑟里特姐妹可以辟谷一个星期之久。她只想和她的植物，她的思想，还有逝去姐妹的其他记忆待在一起。

她心满意足地坐在温室中央一个带有凹槽的喷泉旁的长凳上。她把一盆盛开的慈爱玫瑰放在她身边的长凳上，然后闭上眼睛休息，冥想……

等她清醒时，炎炎烈日已经从地平线上消失了，岩石峭壁向西方投下了长长的影子。温室的室内灯也已经点亮了。她休息得很好，把慈爱玫瑰从已经快要盛不下的花盆里拔了出来。她哼着小曲儿，在一个新的花盆里把玫瑰重新种进去，心情完全平静了下来。

玛格特忽然转过身来，吃惊地发现距离自己仅有两米远的地方，站着一个沧桑的男人，深蓝色的眼睛盯着她。奇怪的是他身上有一种熟悉感。这个男人披着一件朱巴斗篷①，兜帽摘了下来。一个弗雷曼人！

这个男人是怎么进来的？温室有严格的安全措施和警报装置，更不用说掌纹锁了。而且她还有贝尼·杰瑟里特的加强感官，可还是没

①朱巴斗篷是厄拉科斯星球上的一种多用途斗篷星球（可以反射或吸收辐射热，改造成吊床或庇护所），通常穿在蒸馏服外。

有察觉到他。

砰的一声，玫瑰花盆从她的手里掉在了地上，她流畅地摆出了一个贝尼·杰瑟里特的战斗姿态，她放松了身体，保持平衡，训练有素的肌肉做好了随时踢向对手的准备，她这一脚甚至可以把对手开膛破肚。

“我们听说过你们这种古怪的作战方式，”那人一动不动地说道，“但你们也被教导过不要轻易使用它。”

玛格特缓缓地倒吸了一口冷气，他怎么可能知道这些呢？

“我们收到了你的信息。你想和弗雷曼人对话。”

终于她想起他是谁来了。在一次旅行中，她曾在一个叫做鲁提的偏远村庄里见过他。他自称为沙漠牧师，替人们祈祷。玛格特回想起当时这位牧师发现自己在看着他时，显得很是不安，然后当场停下了手里的活儿走开了……

她听到灌木丛中发出了沙沙的声音。一个干瘪的女人出现在眼前，她也是个弗雷曼人，而此人她就很熟悉了，是管家夏敦特·梅普斯，在烈日和沙漠的摧残之下，她已是满脑袋的花白头发。和那个男人一样，梅普斯也没有穿着平常的家装，而是披着一件沙漠旅行用的褐色斗篷。

梅普斯用沙哑的声音说道：“夫人，这里浪费太多的水源了。您这种炫耀方式不属于这个世界。这不是弗雷曼之道。”

“我又不是弗雷曼人。”玛格特尖锐地回答，她还不打算使用贝尼·杰瑟里特的麻痹之音。她可是拥有这些原始人无法想象的致命能力。“你们找我干什么？”

“你以前见过我。”那人说。

“你是个牧师。”

“我是一名侍从，萨亚迪娜的助手。”他一动不动地答道。

萨亚迪娜，玛格特琢磨着。她的脉搏一下子加快了。这个名号她

以前听过，类似贝尼·杰瑟里特圣母之类的称号，一般是由护使团指定的。

突然，一切都清楚了。只不过她是很久以前把她想要见面的要求传递给弗雷曼人的，本来她都不抱什么希望了："你们收到我的信息了，我的隐秘信息。"

牧师低下了头："你说你有关于李桑·阿尔-盖布的消息。"他提到这个名号时，声音带着深深的共鸣和敬意。

"我确实有。所以我必须得跟弗雷曼人的圣母谈谈。"玛格特平静地把掉在地上的植物捡了起来，其实是在拖延时间以便整理自己的思绪。她把花盆的碎片和泥土留在地板上，然后把慈爱玫瑰栽进了一个新的花盆里，希望它能活下来。

"另一个世界里的萨亚迪娜，你必须和我们一起走。"梅普斯说道。

玛格特掸了掸手上的灰尘。虽然脸上没流露出任何感情，但她的内心却因期待而怦怦直跳。也许，到了最后，她能获得一些惊人的信息，从而向哈里什卡大圣母汇报。也许她会搞清楚一个世纪前消失在厄拉科斯沙漠里的那群失踪的姐妹身上到底发生了什么。

于是她跟着这两个弗雷曼人走进了茫茫夜色之中。

光知道自己应该做什么是不够的。

——隆博·维尔纽斯王子

在柳条木制的小筏子下面，海浪吹奏起了缓慢的催眠曲，在人们混乱的思绪中营造出了一种虚假的平静感。

雷托公爵把手伸到船边，从一大片树叶中抓起了一个漂浮着的瓜。那些树叶正随着船身不断摆动着。然后他从金色的刀鞘里抽出了镶着宝石的刀，把这个帕拉丹瓜从它水下的根茎上割了下来："来，隆博，吃瓜吧。"

隆博惊讶地眨着眼睛，问道："咦，那不是皇帝的匕首吗？沙达姆在没收审判后送给你的那把？"

雷托耸耸肩："比起华丽，我更喜欢它的实际用途。我相信我那位表兄不会介意我拿它来切瓜的。"

隆博接过滴着水的帕拉丹瓜，在朦胧的阳光下翻来覆去地打量它那粗糙的瓜皮："凯莉娅会被吓坏的，你知道。她宁愿你把皇帝送的匕首和一面装饰盾牌一起挂在浮空装饰板上。"

"嗯，她又不常和我出来钓鱼。"

看到隆博没有动手去剥瓜皮，雷托又把它拿了回来，用沙达姆送的镶有宝石的匕首剥去它坚硬的外壳，然后敲开果皮："这瓜不怕见阳光，它是不会突然起火的。"雷托是故意这么说的，暗指那次采集珊瑚宝石时发生的火灾，他最喜欢的一条船被烧毁了，然后两个年轻人被困在了一个遥远的暗礁上。

“这一点也不好笑。”隆博说道，因为他是那场火灾的罪魁祸首。

雷托举起刀，看着刀刃上闪烁着的亮光：“你知道，当我去见莫利塔尼子爵时，我就把这匕首别在了正式制服外面。我想这引起了他的注意。”

“他是一个很难被触动的人，”隆博说，“皇帝最终收回了他的萨多卡军团，一切归于平静。但你觉得莫里塔尼和埃卡兹之间的矛盾现在结束了吗?”

“当然没有结束，我不认为就这么完事儿了。待在格鲁曼的那段时间里，我一直都神经发麻。我想子爵是在等待时机反戈一击。”

“而你自己也牵连其中。”隆博用自己的配刀切下一片瓜，咬了一口，然后脸上抽搐了一下，又把它吐了出来。“还是有点酸。”

雷托看着他的样子笑了起来，然后从小箱子里拿出来一条小毛巾。他擦了擦手和仪式匕首，走回船舱，避开明亮的阳光，启动了引擎：“至少我是为了调解，这工作还算不那么令人讨厌。我们最好现在就出发去三角洲，我答应中午前到驳船港的，参加本季度庞迪大米的第一批收获典礼。”

“啊，这就是当领袖的风险和职责，”隆博一边说，一边跟着他下到船舱里，“看看冷藏箱——我给你带了个惊喜。还记得你很喜欢的那种黑啤酒吗?”

“你说的不会是哈克南啤酒吧?”

“所以你得在外面喝，在这儿没人会看见我们喝这种啤酒。我是从走私犯那里弄来的。当然，没提你的名字。”

“伊克斯的隆博·维尔纽斯啊，我很吃惊你居然跟走私者和黑市贩子混在一起。”

“不然你觉得我是怎么把物资输送给伊克斯反抗军的？到目前为

止，我的工作效率还不是很高，但我确实联系到了一些非常有路子的人。”说着他打开了冷藏箱，翻找着那些没有标签的酒瓶子，“他们中的一些人已经被证明是，呃，相当足智多谋。”

公爵开着小船，沿着葱郁的海岸线逆流而上。杜菲·哈瓦特很可能会因为他开出这么远而不带护卫队而责备他，“那我想我可以喝一两瓶，只要哈克南人没有因此赚到我的钱就行。”

隆博从冷藏箱里取出两个容器，挤了挤容器顶部，香料吸管露了出来：“他们一分钱也赚不到呢。很明显，这些啤酒是在一次对啤酒厂的突袭中偷出来的。先是停电在酒厂引起了一阵骚动，然后不知怎么的，一对小杰第牛又在工厂里跑了出来。结果造成了大量的混乱和啤酒损失。真是一个悲剧性的浪费。有那么多打碎的瓶子，根本无法一一清点。”

雷托站在小船发动机控制装置前，闻了闻那瓶黑色的液体，止住了自己的口水：“我们怎么知道它没有被人下毒？我可没有带毒物探测器到我自己船上的习惯。”

“这一批已经装瓶的酒是给男爵准备的。只要看一眼他那肥胖的身体，你就能想象他每天要吃喝多少东西了。”

“好吧，如果连哈克南男爵都觉得这啤酒足够好的话——向他致敬。”说着，雷托抿了一口通过美琅脂过滤增强了风味的苦啤酒。

隆博滑到雷托身后的长凳上，看着公爵带着他们绕过一个岩石岬角，然后驶向一个宽阔的三角洲地带，那里聚集着满载庞迪大米的驳船。伊克斯的王子自己并没有喝啤酒。“这酒是对你的贿赂，”他承认道，“我需要你帮我个忙，要不干脆帮我两个忙怎么样？”

公爵咯咯地笑了起来：“一瓶啤酒换我帮你两个忙？”

“呃，冷藏箱里还有呢。听着，我只是想跟你坦白。雷托，我拿你当我最亲密的朋友。即使你说不，我也能理解。”

“如果我对两个忙都说不，你还会拿我当朋友吗？”雷托继续用吸管喝着啤酒。

隆博把酒瓶在两手之间倒来倒去的，说道：“我想为伊克斯做一些更有意义、更有帮助的事情。”

“你还需要钱吗？我还能帮上什么忙？”

“不是钱的事，呃，不完全是钱的事。自从克泰尔·皮尔鲁四年前与我取得联系以来，我一直在向他提供资金和鼓励。”隆博抬起头来，额头上布满了皱纹，“但我得到消息说，大部分自由战士已被消灭了，只留下了少数的幸存者。我想真实情况可能还要糟糕。我想我该停止这些小打小闹了。”隆博的目光变得冷酷起来，和雷托在暴乱期间最后一次看到多米尼克·维尔纽斯时他脸上的神情一样，“让我们给他们一些强大的火力吧，这样他们就能有所作为了。”

雷托又喝了一口啤酒：“我会尽一切努力帮助你重获你与生俱来的权利，这一点我一直都跟你说得很清楚。所以你到底想要什么？”

“我想送些炸药进去，就是你军械库里那些晶片炸药。它们又小又轻，所以很容易隐藏和运输。”

“要多少晶片炸药？”

隆博丝毫没有犹豫地答道：“一千”。

雷托吹了个口哨：“这数目可是会造成很大破坏的哦。”

“呃，这就是我的目的，雷托。”

雷托继续驾驶着小船，驶过了波涛汹涌的河流交汇处，驶向河口。他们已经可以看见前面停在码头上的领航船和五彩缤纷的轻帆船了。“那么你打算怎样把这么多的炸药送到伊克斯上去呢？你的走私犯朋友能顺利送到克泰尔方便取货的地方吗？”

“特莱拉人可是在十六年前占领的伊克斯。他们早就恢复日常的航运了，用的是他们自己的运输工具和宇航公会特别分配的飞船。他们不得不放松限制，因为他们在原材料和特殊物资方面仍然依赖于外部供应商。所有的船只都降落在沿着入口港峡谷的岩石架上。洞穴被掏空了，足够停下护航舰，而隧道则与地下城市相连。很久以前，一些护航舰舰长曾在我父亲手下服役，他们，呃，主动提出要帮忙。”

雷托想起了那个秃头、爱吵闹的伊克斯伯爵，他在埃卡兹起义中曾与保卢斯·厄崔迪并肩作战。基于他父亲那战争英雄的名号，隆博很可能拥有比他自己意识到的更多的秘密盟友。

“我们可以制作带有特殊标记的容器，然后把这个标记发给克泰尔。我觉得……我想我们可以通过所有的关卡。”他突然恼怒起来，用拳头猛砸向身旁的木凳，“地狱在下，雷托，我得做点什么！我已经将近半辈子都没能踏上自己的星球了！”

“这样就是你让我帮忙……”雷托停了一下，说道，“行吧——只要你能不暴露厄崔迪家族就行。”他叹了口气，“在我做出决定之前，让我帮的第二个忙是什么？”

现在，王子看起来真的紧张起来了：“我反复思考该如何问你这个问题，但我找不到合适的词。一切似乎，呃，总会显得我很虚伪，或者说试图操纵你……但我还是得对你说。”说着他深吸了一口气道，“是关于我妹妹的。”

雷托正要打开第二瓶啤酒，一听到这话突然停住了，脸色沉了下来：“有些事是我和她之间的私事，即使你是她哥哥也最好不要过问，隆博。”

王子向他露出了一个表示同情的微笑。自从他接受了一个贝尼·杰瑟里特做他的侍妾和挚友，他也变得聪明起来了：“你们俩偏离了轨道，这并不是谁的错。它只是就这么发生了。我知道你仍然很关心凯莉娅——不要试图否认这一点。而她也为了厄崔迪家族做了很多，比如处理账目和商业事务。我父亲总是说，她是我们家最有经商天赋的人。”

雷托悲伤地摇了摇头道：“她过去经常能给我提出很多好建议。但自从基娅拉来了以后，她的眼里就只剩下华丽的服饰了。而就算我给了她这些衣服，凯莉娅似乎也不满意。她……她已经不是我当初爱上的那个女人了。”

隆博喝着自己的啤酒，苦涩地咂着嘴唇道：“也许这是因为你不再给她机会，不再让她发挥自己的商业技能的缘故。让她负责你的一项产业吧——帕拉丹瓜，庞迪米，珊瑚宝石——然后你就等着产量增加吧。如果，呃，如果伊克斯没有陷落，她一定能有一番作为。”

雷托把酒瓶推到一边，问道：“是她唆使你对我这么说的吗？”

“雷托，我妹妹是个难得的女人。我是以你的朋友和她哥哥的身份对你说这番话的。”隆博用手捋了捋他那乱蓬蓬的金发，“给凯莉娅一个机会，让她不只是当个妾。”

眼睛盯着这位被放逐的王子，雷托冰冷僵硬得像一座雕像：“所以你想让我娶她？”隆博从来没有利用他们的友谊来强迫雷托做什么事，而雷托也从来没有想过自己会拒绝朋友的任何要求。但这个事……

隆博咬着下嘴唇，点了点头：“是，嗯，我想这就是我想让你帮的第二个忙。”

小船摇晃着，他们俩久久地沉默着。面前有一艘巨大的驳船笨重地穿过三角洲向码头驶去。

雷托的思绪翻腾起来，最终做出了一个艰难的决定。他深深地吸了一口气，张开鼻孔道：“我只能帮你一个忙——你自己选吧。”

隆博注意到雷托脸上那痛苦的表情，于是使劲咽了口唾沫。过了好一会儿，他才把目光移开。而最终当他挺起胸膛时，清楚雷托会对自己将要说的话感到不安。但他把一切都赌上了。

最后，这位被流放的伊克斯王子用颤抖的声音回答道：“那么我选择我的人民的未来。是你教会了我这件事的重要性。我需要那些炸药。我只希望克泰尔·皮尔鲁能好好利用它们。”

他身体前倾，喝了一大口走私的哈克南啤酒，然后伸手抓住雷托的前臂："如果说我从厄崔迪夫妇那里学到了什么，那就是把人民放在首位，个人愿望放在第二位。凯莉娅必须明白这一点。"

公爵驾着他们的小船绕过沙洲，进入河道，驶向在微风中飘动着绿丝带的土驳船。人们聚集在码头，一袋又一袋地往船里装着卡拉丹出口的主要谷物庞迪米。马车沿着河岸接踵而来，底盘很低的小船从被洪水淹没的田地里划了过来。有人向空中发射了自制烟花，多云的天空中随即发出一阵阵轰鸣声。

雷托把他们的船停靠在主码头，临近有一艘满载着庞迪米的驳船准备下水。一个巨大的、环绕着绿白相间的饰带的华丽讲台正在等着他。

雷托把刚才与隆博这场艰难的讨论抛在脑后，露出一副高贵的面孔，享受着节日的欢乐。这是他作为公爵的传统职责之一。

如果事实被表象所取代，那它就毫无意义了。不要低估印象对现实的影响。

——拉斐尔·科瑞诺皇太子，《权力基础知识》

哈克南男爵步履蹒跚地走到家族最高的塔楼阳台上，俯瞰哈克城的沼泽。支撑他身体的是那把沙虫头手杖——他很厌恶它。

然而，没有这把手杖，他便无法移动。

*该死的女巫，看看她们对我做了什么！*他一直在盘算着怎样才能报仇，但既然姐妹会和哈克南家族彼此都有对方勒索的证据，那么谁也不能公然对抗另一方了。

我必须找到一个更微妙的办法。

“彼得·德伏！”他向所有能听见他声音的人吼道，“把我的门泰特找来！”

德·弗里斯其实一直潜伏在他周围，在附近游荡，暗中监视和策划着。男爵只要喊一声，这个变态门泰特就能听见。要是大家都像他这么听男爵的话就好了——拉班、大圣母，甚至还有那个自鸣得意的苏克医生威灵顿·岳……

很快，那个残忍的门泰特踮着脚尖跑过来了，橡胶般的四肢不停舞动着。他的怀里抱着一个密封的、准时到达的包裹。男爵的工程师们承诺会有结果，他们每个人都知道，如果自己辜负了男爵的期望，他会活剥了他们。

“你的新浮空器到了，我的男爵，”德·弗里斯鞠了一躬，然后把容器递给他那位肥胖如山的主人，“如果你把它们系在腰间，它们会减轻你的体重，并给予您可能已经不大习惯了的行动自由。”

男爵伸出胖乎乎的手，撕开包裹：“是我曾经拥有过的行动自由。”这些浮空器的内部有一根链带，把带有独立浮空器的小型球体连接在一起，而每个浮空器都有自己的动力包。虽然他知道自己骗不了任何人，但至少这个浮空背带可以稍微隐藏一些他的弱点，让人们猜去吧……

“您可能需要一些练习才能使用它们——”

“这些浮空器会让我再次找回健康的感觉。”男爵咧嘴笑了，把浮空球拿到面前，然后把这条怪异的腰带系在他那肿大的腰上——他的肚子怎么能长得这么大呢？他一个接一个地把浮空球系牢。每系好一个，他就感到自己的脚、关节或是肩膀的重量减轻了。“啊哈！”

男爵向前迈了一大步，在房间里蹦蹦跳跳起来，就像一个探索低重力世界的探险家似的：“皮特，你看看我！哈哈！”他单脚着地，然后又跳了起来，几乎跳到天花板上。他大笑着跳动，然后像杂技演员一样用左脚旋转起来：“真是感觉好多了。”

变态门泰特在门边徘徊，脸上带着自满的微笑。

男爵又落了下来，挥舞着他的手杖，发出一种像击剑运动员一样的呼啸声：“正如我所希望的那样。”说着他用手杖在坚硬的桌子上重重地捶了一下。

“这些参数可能需要一些时间来适应，男爵阁下。不要不自量力。”门泰特提醒道，但他清楚男爵才不会听他的。

像一名粗糙的芭蕾舞演员那样迈着大步，哈克南男爵穿过房间，像父兄一样拍了拍弗里斯的脸，这令门泰特惊讶万分，然后向高处敞开的阳台走去。

当德·弗里斯注视着这个大个子愚蠢而过分自信的动作时，他想象着男爵马上会因为对自己跳跃的步伐判断错误，从而从要塞塔的边上飘向开阔的天空。*我也只能想象一下这个场景了。*

浮空器可能会在一定程度上阻碍他的下降，但它们只能减轻他的重量。男爵最终会以稍微减慢的速度掉在远处的人行道上——然后残骸会撒得满街都是。*真是一个意想不到的收获啊。*

由于德·弗里斯负责打理家族的各种资产，包括隐藏的香料储备，比如在兰基维尔上的那个仓库，所以男爵的死将让他有机会将它们的所有权转移给自己。而愚蠢的拉班根本不知道发生了什么。

或许这是朝着正确方向的一小步——

但这个大个子却被阳台的栏杆挡了下来，最终热情地停了下来。他凝视着烟雾缭绕的街道和蔓生的建筑。这座大都市看起来又黑又脏，工业建筑和行政大楼已经深深扎根于杰第主星了。在城市之外，还有更加肮脏的农业和矿业村庄，这些恶心的地方几乎不值得派兵驻守。在更深的城市底层，轮班工人来回穿梭着，就像在街道上爬行的虱子一般。

男爵举起他的手杖，宣布：“我再也不需要这玩意儿了。”说着他最后看了一眼手杖，他那肿胀的手指在它光滑的表面上摩挲着，然后一下子把手杖扔向了外面的空地上。

他倚在栏杆上，看着手杖往下掉，旋转着，越来越小，朝下面的街道掉落而去。他抱着一个幼稚的希望，希望它会砸到某个人的头上。

男爵借助着腰带上的浮空球，回到了主房间，失望的彼得·德伏正瞪着突然出现的阳台栏杆。这位门泰特知道，自己永远也不可能谋害男爵，因为他会被人抓住然后处死。而男爵总是可以从贝尼·特莱拉那里要来另一个门泰特，甚至可以从他尸体的细胞里培育出一个德·弗里斯的死灵来。他唯一的希望是能发生一场意外事故，或是贝尼·杰瑟里特给他染上的这种病恶化了。

“现在没有什么能阻止我了，皮特，”男爵高兴地说，“帝国最好给我小心点儿，弗拉基米尔·哈克南男爵要来了。”

“是的，正是如此。”门泰特说道。

如果你投降，你就已经输了。但如果你拒绝放弃，不管你遇到的困难有多么大，至少你已经在尝试成功了。

——保卢斯·厄崔迪公爵

如果想救妹妹，哥尼·哈莱克知道自己必须单独行动。

两个月以来他一直在谨慎地策划着，一想到贝丝现在每时每刻每夜都在受苦，哥尼都会心痛得想要马上行动。但是，如果他不考虑到所有的可能性，他的计划注定会以失败告终。他得到了杰第主星最原始的一份地图，并标出了他前往黑檀山的路线。这座山似乎非常遥远，比他一生中到过的所有地方都要远。

他很紧张，担心村民们会发觉他的行动，不过村民们仍旧只是垂头丧气地过着日子。就连他的父母也很少和他说话，根本没有注意到他的情绪，仿佛他们的儿子和女儿一起消失了。

最后，哥尼终于做好了充分的准备，一直等到天黑才开始行动。最后，他就这么……离开了。

他肩上扛着一袋克劳尔块茎和蔬菜，腰带上插着一把收割刀，穿过了一块块的田地。他避开了道路和巡逻队，白天睡觉，晚上在皎白的月光下行军。他觉得搜查人员不大可能会跟踪他。迪米特里的村民只会认为他这个捣蛋者多半是在半夜被哈克南拷问者抓走了。运气好的话，他们根本不敢上报他的失踪。

有那么几个晚上，哥尼设法溜上了无人驾驶的货运运输机，这些运输机向西飞行，穿越了这片土地，朝着哥尼确定的方向前进。它们那笨重的机身整夜不停地悬浮在空中，一直带着他飞了数百公里，让他得到了休息和思考的时间，直到他最终找到那个军事要塞为止。

在这段漫长的时间里，浮空发动机的轰鸣声不绝于耳，把产品或矿物拖到加工中心。他想念他的巴厘琴，但因为它太大了，执行营救任务时无法带着它，他只得被迫把它丢在了家里。当他有乐器在手，不管哈克南人从他家里抢走多少东西，他仍可以制作自己的音乐。他怀念那些日子。现在他只能独自哼着小曲了。

最后，他看到了隐隐约约的黑檀山，那是一座火山留下的荒凉的、焦黑的遗迹，它的悬崖以尖锐的角度崩裂开来。岩石本身是黑色的，好似覆盖了一层焦油似的。

这个军事要塞就像一幅拼图，里面的建筑物都是正方形的，都没有什么装饰。它看起来像一个昆虫窝，建在奴隶坑和黑曜石矿的上坡和逆风处。在被栅栏围起来的奴隶坑和军事禁区之间，有那么一个大杂院，里面有服务设施，旅馆……以及一个招待哈克南军队的小娱乐室。

到目前为止，哥尼还没有被人发现。哈克南的统治者们无法想象，一个饱受压迫的劳动者，几乎没有受过教育，也没有什么资源，竟敢独自在杰第主星地区发动突袭，带着个人目标来此暗中监视部队。

但他必须前往贝丝被关押的地方。哥尼先躲了起来，等待着，观察着要塞，想要制订一个计划。但他几乎没有想出什么别的办法。

不过，他并没有因此而停下脚步。

一个出身低贱、没有受过教育的人是不能指望冒充哈克南人的，因此哥尼不大可能混入这家妓院。相反，他选择来一次大胆的突袭。他抓起一根从垃圾堆里找到的金属管子，另一只手举着他的收割刀。为了速度他只能牺牲一些隐蔽效果了。

他冲进了娱乐室的侧门，跑向管理员，那是一个被捆在前台后面一把椅子上的残废老人。“贝丝在哪?”闯入者大喊起来，过了这么多天又听到自己的声音让他有些不大适应。他用刀尖抵住老人结实的下巴，又问道：“哈莱克，她在哪儿?”

哥尼把手里的刀晃了晃。不过假如哈克南的妓院从不在乎里面的女人叫什么该怎么办？老人颤抖着，从哥尼炽热的眼神和脸上的伤疤中看到了死亡的影子。“在二十一号房。”他声音嘶哑地答道。

哥尼把老管理员和捆住他的椅子一起拖进一个壁橱，把他锁在了里面。然后他跑回大厅。

几个粗鲁的顾客盯着他看，有些人还没穿戴好哈克南的制服。他听到了紧闭的门后传来的尖叫声和抽打声，但他没有时间去调查这些暴行了。他的注意力只集中在一件事上。*那就是二十一号房间，贝丝。*

他往前面看去，终于找到了那扇门。他这次大胆的突袭为他赢得了一点时间，但哈克南的士兵很快就会被叫来的。而他不知道把贝丝弄出来然后一起找地方躲起来会花多长时间。但只要他们在一起，他们就能穿过这片土地，消失在荒野中。虽然在这之后，他并不清楚下一步该去哪里。

他来不及想那么多了。他只知道他必须试一试。

用帝国加拉赫语写的二十一号就在这扇门的门楣上。他听到屋里传来了扭打声。哥尼用他那肌肉发达的肩膀撞向大门。门框裂开了，大门砰的一声被撞倒了。

“贝丝!”他大吼了一声，一手举着刀，一手举着金属管子，冲进了灯光昏暗的房间。

贝丝在床上发出一声低沉的叫声，他一眼便看到她正被一条细金属电缆捆绑着，胸部和下半身都被涂上了厚厚的油脂，就像上战场前涂的油彩一样。两名赤身裸体的哈克南士兵像受惊的蛇一样，从床上手忙脚乱地下来。手里都拿着奇形怪状的性玩具，其中一个还冒着火花，发出嗞嗞的声音。

哥尼不敢想象他们刚才在对他妹妹做什么，强迫自己不要去想贝丝每天要忍受的虐待。当他看到她的时候，他的吼声变成了喉咙里哽咽的哭喊——他明显受惊了。妹妹的耻辱，四年来发生在她身上的一出出悲剧，使他的营救计划注定会失败。

他只是迟疑了片刻，张大了嘴巴。贝丝的变化太大了，她的脸憔悴而苍老，身子瘦削而布满瘀青……和他认识的那个娇嫩十七岁女孩完全不一样了。就在哥尼一动不动地站在那里的几分之一秒里，他愤怒的势头停止了。

而哈克南的士兵们只一眨眼的工夫就从床上跳了起来，扑向他。

即使没有护手、靴子或防弹衣，这些人还是将他击倒在地。他们知道该打哪儿。其中一名男子用一个闪着火花的装置戳向了他的喉咙，他的整个左侧身子顿时麻木了。他控制不住地抽搐起来。

贝丝只能发出无声的喘息，她挣扎着要挣脱把她绑在床上的电线。奇怪的是，他注意到她的脖子上有道白线，是一道细长的伤疤。她已经没有咽喉了。

哥尼忽然眼前一黑，只剩一片血红。他听到沉重的脚步声和雷鸣般的喊叫声从大厅传来。是增援部队到了。可他就是站不起来。

他的心一沉，意识到自己最终还是失败了。而他们可能会杀了他还有贝丝。*要是我刚才没有犹豫就好了。*一瞬间的不坚定让他彻底失败了。

其中一个哈克南人低下了头，狠狠咬着嘴唇。他的左嘴角里还流着口水，一双蓝色的眼睛狠狠瞪着哥尼，换个场合的话，这人看起来还挺英俊的。士兵从哥尼那双无力的手中抢走了收割刀和金属管，把它们高高举了起来。这名士兵咧嘴一笑，把收割刀扔到一边，但还拿着金属管。

“小子，我们知道该把你送到哪儿去。”他说道。

他又听到贝丝发出了奇怪的呜咽声，但她就是说不出话来。

他举起金属管子朝哥尼的头上狠狠砸了下去。

梦和做梦的人一样简单或复杂。

——列特·凯恩斯，《跟随我父亲的脚步》

当两个弗雷曼小伙子在武装人员的带领下，深入冰川，进入了山坡上的一个大杂院的时候，列特·凯恩斯一言不发。他仔细研究着周围的细节，想要弄清楚这些逃亡者是谁。他们身上那紫铜相间的破旧制服似乎是仿照军队的式样设计的。

这些隧道已经被凿成了由永久冻结的泥土构成的墙壁，内衬着一种透明的聚合物。空气仍然很冷，列特可以看到自己呼出的寒气，这戏剧性地提醒着每次呼气时他的肺部含有多少水分。

“那么，你们是走私贩吗?”沃里克开口问道。起初，他的眼睛一直低垂着，对于自己如此轻易就被人抓住了感到很不好意思，但很快他的好奇心就压倒了羞愧感，开始四处张望起来。

多米尼克·维尔纽斯回头看了他们一眼，他们就跟在自己身后：“我们是走私犯……但还有别的身份，小伙子。我们的目标可不仅仅是欲望和金钱。”说这话时他似乎并不生气。小胡子下面露出洁白的牙齿，给了他们一个真诚的笑容。他的脸上带着一种开明的气质，秃头像磨光了的木头一样闪闪发光。他的眼睛里也闪烁着光芒，但是，本来善良的性格现在却显得无比空洞，仿佛这个人的很大一部分被谁偷走了，被一个远不如他的东西取代了似的。

“你给他们看的也太多了些吧，多姆?”一个长着麻脸的男人抱怨道，他的右眉毛上有一块蜡样的烧伤疤痕，“这里从来只有我们几个，而我们已经用鲜血证明了我们的忠诚——没有外人来过。对吧，阿苏尤?”

“这么说吧，我更信任弗雷曼人而不是那个图克，但我们还是和他做了生意，对吧?”另一个人说道，他是一个瘦削的老兵，长着一头浓密的灰白头发。在他那破旧的制服上，他煞费苦心地加上了几枚旧的军衔徽章和零碎勋章，“图克确实有水，但他有些太……油腔滑调了。”

秃头走私犯没有停顿地继续往这些人工设施的深处走去。“约丹，我没给他们看什么东西，是他们发现了我们。这说明我们一直都不怎么谨慎——你得庆幸发现我们的是弗雷曼人，而不是萨多卡军团。弗雷曼人和我们一样都不喜欢皇帝，是吧，孩子们?”

列特和沃里克面面相觑：“沙达姆皇帝在很远的地方，他对沙丘一无所知。”

“而他更不知道什么是荣誉。”多米尼克的脸上掠过一阵风暴，但他很快改变了话题，让自己平静了下来。“我听说帝国行星学家已经成了当地人了，也就是说他把自己变成一个弗雷曼人，而且打算重塑这颗星球。这是真的吗？沙达姆支持这个行动吗?”

“皇帝不知道任何生态改造计划。”列特隐瞒了他的真实身份，没有提到这位帝国行星学家其实就是他的父亲，然后给出了自己的秘密穴地名字，“我的名字是……维奇赫。”

“嗯，有个不切实际的远大梦想是件好事啊，”多米尼克显得很冷漠，“我们都爱做这种梦。”

列特不太清楚这个大个子想要表达什么意思，于是问道：“那你为什么躲在这里？你到底是谁呢?”

多米尼克看了看大家，答道：“我们在这儿已经十五年了，这只是我们的其中一个基地。我们在外太空还有一个更重要的基地，但我仍然对我们在厄拉科斯的第一个藏身洞情有独钟。”

沃里克点了点头道：“你们在这儿创造出了一个自己的穴地。”

多米尼克在一个通道门口前停了下来，从宽大的强化玻璃窗户往深处看去，可以看到高耸悬崖之间的峡谷。在峡谷最深处那平坦的沙砾地面上，大大小小型号不同的飞船整齐地停在那里。在其中一架轻型飞船周围，一群小小的人影正匆忙地往船上装着一箱箱的货物，似乎在准备起飞。

“我们可有比穴地更多的娱乐设施呀，小伙子们，还有着一个视野更好的眺望点，”他端详着那两个弗雷曼人，“但我们必须得好好保守秘密。伙计们，是什么东西提示了你们？你们为什么找来这里？你们是怎么看穿我们的伪装的？”

沃里克刚要开口回答，列特便打断了他：“告诉你这些答案可以，但我们能换来什么？”

“换你们的命，还不够吗？”阿苏尤粗声粗气地答道，灰白的头发竖起来了。

列特摇了摇头，坚定地说道：“即使我们指出了你们所有的错误，你们也有可能杀了我们。你们是些不法之徒，不是弗雷曼人——我凭什么相信你们的承诺？”

“不法之徒？”多米尼克苦笑了一声，“相信我，帝国法律造成的伤害比任何一个人的背叛都要大……也许皇帝本人的背叛除外。老埃尔鲁德和现在的沙达姆。”他那忧愁的眼睛始终露出一种遥远而茫然的目光。“该死的科瑞诺一家……”他向前走了一步，然后又停了一下，“你们这些小伙子不会想把我交给萨多卡军团吧？我敢肯定有我的人头值不少赏金。”

沃里克看了看他的朋友，两人脸上都带着困惑的表情：“我们甚至不知道你是谁，先生。”

一些走私者咯咯笑了起来，多米尼克也如释重负地舒了口气，然后流露出一丝失望。他挺起胸膛说道："我是镇压了埃卡兹起义的英雄，娶了皇帝的一个小妾。侵略者占领我的星球后，我被推翻了。"

政治和帝国的辽阔远远超出了列特在弗雷曼人这里学到的知识。有时，他渴望能到厄拉科斯以外的地方去旅行，尽管他怀疑自己是否会有这个机会。

秃头的男人抚摸着贴满了聚合物的墙壁，又说道："这些隧道总是让我想起伊克斯……"他的声音变得怅惘而空虚，逐渐消失了，"这就是为什么我选择了这个地方，这也是为什么我总会从我们的另一个基地回到这里来。"

多米尼克从遐想中走了出来，看到他的同伴们还留在自己身边，感到有些惊讶，"阿苏尤，约丹——把这几个小伙子带到我的私人办公室去。"他苦笑着回头看了看两个年轻人。"它是按照大王宫里的一个房间建造的，我已经尽可能凭记忆还原了。毕竟我们当时收拾行装逃跑时，没时间拿设计蓝图。"

秃头的男人大步走在前面，背诵着他的人生故事，就像历史电影里那些枯燥的文字一样，"我的妻子被萨多卡士兵谋杀了。我的儿子和女儿现在流亡在卡拉丹。当初，我对伊克斯进行过一次突袭，结果差点被杀了。我们失去了很多人，约丹拼尽全力才把我救了出来。从那以后，我就躲起来了，尽我所能去伤害那些卑鄙小人，从帕迪沙皇帝到那些背叛了我的兰兹拉德叛徒。"

他们途经了一个存放设备的机库，那里的设备都藏在了防水油布下面，他们又经过了工作台和机械仓库，那里的机器散落了一地，都处在拆卸或修理的不同阶段。"但我的行动其实也就是破坏了一些公物，比如科瑞诺纪念碑，损毁雕像，搞一些花里胡哨的闹剧什么的……只能给沙达姆添堵而已。当然，他更堵心的是他的新女儿约西法——这可是沙达姆的第四个女儿了，他没有儿子，没有继承人——他的烦心事可是不少呢。”

在他的身后，那个满脸麻脸的约丹咆哮起来：“给科瑞诺一家找麻烦已经成为了我们的生活方式。”

阿苏尤挠了挠他那头刚硬的头发，用刺耳的声音说道：“我们欠维尔纽斯伯爵很多条命了——所以我们不会让任何人伤害到他。我放弃了我的军衔，我的福利，我放弃的可是一个体面的皇家军衔啊，为的就是加入你们面前这个鱼龙混杂的小团体。我们可不会让弗雷曼小崽子把我们的秘密泄露出去的，明白吗?”

“你可以相信一个弗雷曼人给出的承诺。”沃里克气愤地说。

“当然我们还没给出承诺。”列特指出，他的眼睛眯成了一条缝，“暂时。”

他们来到了一个房间，房间里笨拙地摆放着精美的装饰品，就好像一个没有审美情调的人收集了他所有能记住的东西，而这些东西根本不配套似的。伪造的金币从箱子里溢了出来，整个房间看起来就像是个海盗的金库。纪念币就没怎么受到重视了——这种纪念币一面印着沙达姆的脸，另一面印着金狮宝座——在外人看来，这个秃头似乎根本不懂得如何处理偷来的钱。

多米尼克把一只长满老茧的手伸进一个碗里，里面装满了闪闪发亮的祖母绿珠子，每个珠子都有他的小指甲那么大，他介绍道：“这是来自哈蒙塞普的苔藓珍珠。珊多一直很喜欢这种颜色，她说这种颜色是一种完美的绿色。”与隆多·图克不同，这个秃头男人似乎并不为自己的服饰而陶醉，他只是从这些服饰带给他的回忆中汲取慰藉。

把约丹和阿苏尤送走后，多米尼克·维尔纽斯坐在一张紫色的软垫椅子上，指着一张矮桌子对面的坐垫，示意两人坐下。矮桌子的颜色从绯红完美过渡到了深红，光滑的原木表面像是泛起了涟漪一般。

“这是抛光红木。”多米尼克用指关节敲打着矮桌子，色彩纹理顿时扩散开来。这种树木在被砍倒多年后，借着温暖灯光的照射，树液仍可以保持流动性。他盯着墙壁和帷幔。几张人像草图挂在昂贵的画框里，就好像多米尼克是凭借过于清晰的记忆画出来的，但却缺乏艺术技巧。

“当年我带着人在埃卡兹红木森林战斗。我们在那里杀死了许多叛军，烧毁了他们在森林深处的基地。你们见过约丹和阿苏尤了——当时他们两人是我麾下的队长。约丹在埃卡兹失去了他的兄弟，就在森林里……”他颤抖着深吸了一口气，“那时候我是心甘情愿为皇帝流血牺牲的，我向埃尔鲁德九世宣誓效忠，希望得到回报。他给了我想要的一切，而我拿走的却惹恼了他。”

多米尼克把手伸进身旁一个上了釉的罐子里，那里面装满了金色的纪念币：“现在我拼尽全力地对抗皇帝。”

列特皱起了眉头，说道：“但是埃尔鲁德已经死了很多年了啊，我还是个婴儿的时候他就死了。现在坐在金狮宝座上的是沙达姆四世。”

沃里克坐在他的朋友旁边附和道：“我们很少听到有关帝国的消息，但这事就连我都知道。”

“唉，那是因为沙达姆和他父亲一样坏。”多米尼克手里玩着几枚假金币，叮当作响。他坐直了身子，仿佛突然意识到事情已经过去这么多年了，自己躲了这么久了。“好吧，听我说啊。我们当然对你们侵入这里感到愤慨和冒犯。你们两个小子……你几岁了，十六?”多米尼克脸上坚韧的皮肤皱了起来，他笑了，“你们发现了我们，这让我的人很尴尬。我非常希望你们能到外面给我们指点一下。你出个价，我就接受。”

当想到这个团队所拥有的资源和技能时，列特的脑子开始转个不停起来。财宝是不少，但像是绿珍珠这样的小玩意儿没什么用处。有些工具和设备倒可能有些用……

出于谨慎和考虑到拒绝可能会带来的后果，列特做了一件非常不合理的事，他同意了："我们同意了，多米尼克·维尔纽斯——但我宣布我们暂时不履行你欠我们的义务。在我希望从你那里得到回报时，我会来找你要的——沃里克也是。现在，我们将指导你的人如何让你们这个藏身之处彻底隐形吧。"说着列特笑了起来，"包括对弗雷曼人。"

走私者们把身上裹得严严的，跟在他们后面，两个年轻人一边指出那些覆盖得不完全的痕迹、冰川悬崖边褪色的墙壁和通往岩石斜坡那个太明显的小径，一边讲解。但即使这两个弗雷曼人指出了这些纰漏，一些走私者仍看不清他们早就应该看清的东西。尽管如此，约丹还是皱着眉头，答应根据他们的建议做出改变。

多米尼克·维尔纽斯站在那里，呼吸着寒冷的空气，惊讶地摇着头。"无论一个家有多少安全措施，总有办法能闯进来。"他皱着眉头，嘴唇往下撇着，"一代又一代的设计师试图把伊克斯建成一个完美的与世隔绝的世界。而且只有我们家族才通晓整个安全系统。但现在看来真是一种对人力和金钱的巨大浪费！我们那些地下城市曾被认为是坚不可摧的，可我们最终还是在安全方面变得松懈了。就像现在这伙人一样。"

他拍了拍约丹的背。那位老兵皱了皱眉，又回去工作了。

高大的秃头男人又叹了口气。"至少我的孩子们逃掉了。"他的脸皱成一团，显出厌恶的表情，"那些肮脏的特莱拉人和科瑞诺家族都该下地狱！"说着他往地上啐了一口唾沫，吓了列特一跳。在弗雷曼的习俗中，对人吐口水——代表着将自己体内的水分奉上——是一种只对少数尊贵人物表示的尊敬姿态。但多米尼克·维尔纽斯却用它来诅咒别人。

真是奇怪，列特心想。

秃头男人看着两个年轻的弗雷曼人，说道："我的主基地可能也有类似的缺陷。"他靠近了他们，"如果你们有谁愿意和我一起过去一趟的话，你们可以顺便看看我们的其他设施。我们定期会去萨鲁撒·塞康达斯。"

列特一下子来了精神："萨鲁撒？"他想起了自己的父亲在那里长大的故事。"我听说那可是一个迷人的世界呀。"

约丹一边干活，一边发出一声不大相信的笑声。他擦了擦他疤痕累累的眉毛上的汗，说道："它现在看起来可一点也不像帝国首都了。"阿苏尤也摇了摇头表示同意。

多米尼克耸了耸肩："我是一个变节家族的首领，我发誓要反抗这个帝国。萨鲁撒·塞康达斯似乎是个藏身的好地方。谁能想到我会躲在一个监狱星球上，藏在皇帝的眼皮底下呢？"

帕多特·凯恩斯曾说过一个无名贵族家族的叛乱造成了可怕的萨鲁撒灾难。当时他们也是宣布变节，然后在首都星球上释放了被禁止的原子武器。科瑞诺家族的一些成员幸存了下来，包括哈西克三世，他重建了王朝，然后在一个新的世界，也就是凯坦星重新建立了政府。

帕多特·凯恩斯对历史和政治的兴趣不如对自然秩序的兴趣大，他更关心一个世界是如何因为大屠杀而从天堂变成地狱的。这位行星学家声称，只要有足够的投资和足够的人力，塞康达斯可以恢复它以前的气候和辉煌。

"也许有一天，我希望能亲身前往这样一个……有趣的地方。"*一个对我父亲影响很大的世界。*

多米尼克大笑了一声，拍了拍列特的后背。这是一种友爱的姿态，尽管弗雷曼人除了匕首格斗外很少互相碰触别人的身体。"孩子，祈祷你永远别去那里吧，"这位走私犯头目呢喃道，"永远别去。"

水是生命的形象。我们来自水，适应了它包罗万象的存在……我们仍将继续适应。

——帝国行星学家帕多特·凯恩斯

“在外面的世界，我们弗雷曼人没有您那些舒适条件，芬伦夫人。”夏敦特·梅普斯迈着小碎步在前面走着，脚步是如此的精确和小心，甚至没有踢起月光照耀下的硬土地上的灰尘。与潮湿的温室相比，极度干燥的夜晚几乎没有保留下任何白天残留的热量。“你冷吗?”

她回头瞥了一眼玛格特，这个苗条的金发女人正骄傲地走在鲁提那位沙漠牧师的前面。梅普斯戴着她的朱巴帽兜，脸上挂着蒸馏服的过滤器，黑色的眼睛反射着第二轮月亮的光芒。

“我不冷。”玛格特简单地回答。她只穿了一件华丽的晚礼服，靠的是调整自己的新陈代谢来弥补热量的散失。

“还有你穿的那双薄底拖鞋，”牧师在她身后责备道，“很不适合沙漠旅行呀。”

“你们没给我换衣服的时间。”和所有的圣母一样，她的脚上也都是厚厚的老茧，因为她们每天都要进行格斗训练，“如果鞋子破了，我就光着脚走好了。”

两个弗雷曼人都因她沉着大胆的态度笑了起来。“她确实保持着良好的步伐，”梅普斯承认道，“不像其他那些水肥水肥的帝国人。”

“我可以走得更快，”玛格特提议，“如果你们愿意的话。”

她等于是提出了一个挑战，夏敦特·梅普斯开始以军队的节奏小跑起来，没有表现出任何呼吸困难的样子。而玛格特每一步都跟上了，几乎连汗都没出。一只夜鸟尖叫着飞过大家的头顶。

这条没有铺完的路从厄拉奇恩一直通向远处的鲁提村，而鲁提村就坐落在屏蔽场城墙①的山麓之下。梅普斯避开了城镇的灯光，转向一条通向岩石高地的昏暗小路。

西部岩墙出现在了他们面前，一块嶙峋的巨石标志着屏蔽场城墙的边界线。这一小群人开始爬山，他们先是爬上一块缓坡的岩石，然后又爬上一条陡峭狭窄的小路，而这条小径环绕着一片巨大的滑坡地带。

弗雷曼人在一片漆黑之中快速而坚定地前进。尽管玛格特受过平衡和耐力方面的训练，但她还是在这片陌生的土地上被绊倒了两次，最后必须让别人搀扶着才站稳。而这个小插曲似乎让她的导游很是高兴。

离开自己在厄拉奇恩那所舒适安全的宅邸有两个多小时了，玛格特已经开始动用她身体内的能量储备了，但她仍没有表现出虚弱的迹象。*我们那些失踪了的姐妹们当年走的也是这条路吗？*

梅普斯和牧师用一种奇怪的语言交谈起来，而其他记忆告诉玛格特这种语言叫做恰科博萨②，是弗雷曼人在几个世纪以前来到厄拉科斯后，一直使用的语言。玛格特听懂了夏敦特的一句话，于是玛格特

---

①屏蔽场城墙是位于厄拉科斯北部的一个多山、多岩石的地貌。它保护着一小块区域免受科里奥利风暴的影响。它非常高。

②恰科博萨语。人称“魅力之语”，源自古代的博塔尼人（博塔尼·吉布——吉布意为方言）。是各种古老方言的大杂烩，为了保密的需要做了改动。博塔尼人是第一次刺杀战争中受雇的刺客团体，这种语言主要是他们的狩猎语。

回答道："神的力量的确是伟大的。"

她的话让神父不安起来，但他那身材矮小的同伴却很有智慧地微笑道："萨亚迪娜会和她谈谈的。"

这条小径分了几条岔路，弗雷曼女人在最前面带路，时而上，时而下，时而侧身迂回曲折，然后再往上走。在寒冷的月光下玛格特发现很多地方他们刚才已经来过了，这才意识到他们正带着她来来回回地绕圈子，试图迷惑她。但玛格特却凭借她得天独厚的思维能力，准确无误地记住了回去的路。

她既不耐烦又很好奇，想要职责弗雷曼人为什么要带她绕这么没有必要又乏味的圈子，但她最终还是决定不暴露自己的能力。经过多年的等待，她终于被带进了弗雷曼人的秘密世界，那可是一个外人从来没有进入过的地方啊。哈里什卡大圣母会让她注意每一个细节的。也许玛格特最终会得到她渴望已久的情报。

众人来到了一个突出的岩架之上，梅普斯把胸部紧贴在悬崖上，沿着一条狭窄的小路向一个陡峭的下坡缓缓地走去，她的指尖紧紧地抓着岩壁。玛格特毫不犹豫地学着她的样子。厄拉奇恩的灯光就在远处闪烁，而鲁提村庄就蜷缩在他们遥远的下方。

在前方几米远的地方，梅普斯突然消失在岩壁中。玛格特发现了一个小洞口，勉强够一个人钻进去。在昏暗的光线中，她看到墙上有很多斧凿的痕迹，那是弗雷曼人拓宽洞穴时留下的。一股很久没洗澡的浓烈臭味扑鼻而来。前方，夏敦特在冲她招着手。

当牧师赶上来的时候，梅普斯已经打开了封条，把一扇伪装门向内打开。现在，封条和门的声音消失了，可以听到机器的嗡嗡声和许多窃窃私语声。调成暗黄色的球形灯随着气流飘动着。

梅普斯穿过一扇覆盖着布料的门，进入了一个房间，在那里，妇女们正在用机织机把长长的头发和沙漠棉织成布料。温暖的空气中弥漫着浓浓的人类麝香和美琅脂的香味。所有的眼睛都注视着这位尊贵的金发访客。

织布室和另一个房间相通，一个男人正在里面摆弄着一个金属锅，它悬在煮饭用的火上。火光映衬在夏敦特那张皱巴巴的脸上，深蓝色的眼睛里流露出一股野性。玛格特观察到了这一切，这些细节都会出现在她今后要提交的报告里。她从来没有想到，这里居然藏着这么多的弗雷曼人，这还只是他们的一个定居点。

最后，他们走进了一个更大的房间，地面上铺着泥土，长满了沙漠植物，中间有几条小路隔开。她认出了树形仙人掌、野生苜蓿、石炭酸灌木以及一些贫瘠的杂草。这是个植物试验场！

“在这儿等着，芬伦夫人。”梅普斯在神父的陪同下大步往前走去。玛格特弯下腰，独自打量着那棵仙人掌，看见了光滑的表皮、结实的果肉以及白色的新茎。她又听到从别的洞穴的某个地方，传来说话声和吟唱声。

身后传来了窸窣的声音，她抬起头，看到了一个穿着黑袍的老妇人。这个陌生的女人独自站在花园里的一条小径上，两臂交叉在胸前，干瘪而结实，像志贺藤①一样强壮。她戴着一条由闪闪发光的金属戒指组成的项链，乌黑的眼睛看上去就像是脸上挖出来的两个凹坑。

她的风度，她的外表，都让玛格特想起了一个贝尼·杰瑟里特，那就是在瓦拉赫九号星的已经活了接近两个世纪的哈里什卡大圣母，但面前这个女人看起来比她更苍老，她的身体里充满了香料，她的皮肤因为这里干燥的气候在多年前就老化了，就连声音也是干巴巴的：“我是萨亚迪娜拉玛洛。我们即将开始播种仪式。加入我们吧，如果你真的是你声称的那个人。”

---

①志贺藤是一种陆地藤蔓植物的金属突触。这种植物仅生长在萨鲁撒·塞康达斯和凯兴四丙。志贺藤以极强的抗拉强度而著称于世。

拉玛洛！我知道这个名字。玛格特走上前，准备引用机密的暗语来确认眼前这个女人是不是护使团的成员之一。整整一个世纪以前，一个叫做拉玛洛的女人在沙丘失踪了……而她正是一系列失踪圣母中的最后一位。

“时间不等人，孩子，”老人打断了她，“每个人都等着呢。有你加入我们，他们也和我一样好奇呢。”

玛格特跟着这位萨亚迪娜走进了一个巨大的洞穴，洞穴里面挤满了成千上万的人。她从来没有想过在如此巨大的岩石里能有这么大的空间——他们是怎么躲过不停巡逻的哈克南人的？这不仅仅是一个肮脏的定居点，而是一整座隐藏起来的城市啊。看来弗雷曼人有着很多的秘密和伟大的计划，甚至比哈什米尔·芬伦所怀疑的还要多。

难闻的气味像一堵墙一样砸向了她。一大群弗雷曼人身穿着满是灰尘的斗篷，挤在一起。另外的一些人仍然穿着蒸馏服，在潮湿的洞穴里，敞开着衣领。这群人旁边站着把她从厄拉奇恩带来的牧师。

我肯定在我们离开温室后，他们一点痕迹都没有留下。如果他们现在想杀了我的话，根本没人知道发生了什么事——就像那些失踪的姐妹一样。然后玛格特又笑了起来。不，如果我受到了伤害，哈什米尔会找到他们的。弗雷曼人可能觉得他们无懈可击，但即使是他们，也比不过她的伯爵，只要他愿意集中精力和智慧去追踪他们的话。

弗雷曼人也许会怀疑这一点，但玛格特却不怀疑。

当最后一批沙漠人从几个入口涌进洞穴时，拉玛洛紧紧地握住了玛格特的手。“跟我来。”苍老的萨亚迪娜带着她走上石阶，来到一个岩石平台，面对着全体人群。

山洞里静悄悄的，只有衣服的沙沙声，就像蝙蝠振动着翅膀。

玛格特忐忑不安地在老妇人旁边坐下。我觉得自己就像个祭品。她动用了呼吸训练才让自己平静下来。一双又一双顽固的弗雷曼眼睛在盯着她。

“夏胡鲁看顾着我们，”拉玛洛开口道，“有请水主人上前来。”

有四个人从人群中挤了过来。每两个人提着一个小皮袋。他们把晃动的皮袋放到了萨亚迪娜的脚边。

“有种子吗？”拉玛洛问道。

“有种子。”这四个人异口同声地宣布，然后转身离开了。

拉玛洛打开皮袋子，把几滴水倒在双手之上，说道：“水和它的种子是有福的。”她伸出双手，展示着这滴蓝色的液体，仿佛那是一颗液态的蓝宝石。

她的话和整个仪式都让玛格特吃了一惊，因为面前的一切就像是把姐妹会里提升姐妹为圣母的痛苦仪式重组了似的。只不过姐妹会用的是一些化学物质——都是些致命的毒药——可以给一名姐妹造成可怕痛苦和精神折磨。这个仪式是从护使团那里学来的吗？那些失踪了的贝尼·杰瑟里特姐妹们把这个秘密教给了弗雷曼人吗？如果是的话，那么沙漠人对于姐妹会的计划到底知道了多少？

拉玛洛解开皮袋卷曲的喷嘴，把它的一端指向玛格特。玛格特毫不迟疑地跪了下来，拿起管子，犹豫了一下。

“如果你真是一位圣母的话，”拉玛洛低声对她说道，“你可以喝下夏胡鲁的散发物而不会伤到你自己。”

“我是一位圣母，”玛格特说，“而且我以前就喝过这东西。”

洞穴里的弗雷曼人都保持着深沉而虔诚的沉默。

“孩子，你以前从没喝过这个。”老女人反驳道，“而夏胡鲁会审判你的。”

皮袋里散发出一股熟悉的香料味，但里面夹杂着一股苦味。这袋子辛辣的蓝色液体似乎饱含着死亡。虽然玛格特通过了提升圣母时的痛苦考验，但在那过程中，她也差点死掉。

但她可以再来一次。

在她旁边，萨亚迪娜打开了第二个袋子上的饮水管。她咬住管子喝了一口，眼睛翻了过去。

我不能恐惧，玛格特心想。因为恐惧扼杀心智……她在心里默默背诵了一整段《迎恐祷文》以消除恐惧，然后嘬了一口吸管，只吸了一滴。她感到有一丝微弱的湿气触到了她的舌尖。

但这湿气就像一把锤子一样，带来了一种令人震惊的恶心味道，直砸她的后脑勺。毒药！她的身体下意识退缩了，但她用意志强迫自己专注于体内的化学反应，在这里改变一个分子，在那里添加或减去一个自由基。这用上了她所有的技能。

玛格特松开了管子。她的意识飘浮，时间停止了它永恒的宇宙进程。她让她的身体，她训练有素的贝尼·杰瑟里特能力接管了一切，开始改变致命毒药的化学成分。玛格特明白她该做什么，把化学物质分解成有用的东西，制造出一种催化剂，可以转化皮袋里剩下的液体……

她嘴里的味道开始变甜了。

她一生中所做过的每一件事，都像一幅挂毯一样向她展示了出来。曾经的玛格特·拉希诺－齐娅姐妹，现在的玛格特·芬伦夫人，检查着自己的每一个细节、身体的每一个细胞、每一个神经纤维……以及她曾经有过的每一个想法。在她的内心深处，玛格特发现了一个她自己永远看不见的、可怕的黑暗之处，这个地方让她所有的同伴都为之着迷和恐惧。只有大家期盼已久的魁萨茨·哈德拉克能看到那里。也就是李桑·阿尔－盖布。

我会挺过去的，她这么告诉自己。

玛格特的脑袋里的声音回响着，好像有个锣在里面敲了一下。她看到萨亚迪娜·拉玛洛扭曲的形象在她的面前飘忽不定。这时，一位水主人走上前来，把管子的尖端塞进玛格特的嘴里，收集了一滴被她转化的液体，然后把它浸入皮袋里。在她身旁的那个老女人也松开了她手里的第二根管子，其他的水主人纷纷把转化的毒药从一个容器洒到另一个容器，就像点火的人把燃烧的火把扔到一块干草上一样。

人们蜂拥到皮袋前，每个人都领取了几滴催化药物，用这些湿润的液体摩擦着他们的嘴唇。拉玛洛告诉她，在玛格特无意识的那段时间里，“你帮助他们实现了梦想。”

奇怪。这与她以往的经历完全不同……但也没那么不同。

玛格特就像一个在自己的意识里跳舞的梦游者，逐渐感觉自己回到了洞穴里，药物引起的幻觉变成了一种闪烁的记忆。眼前的弗雷曼人继续用手指触摸悬挂着的水滴，然后放进嘴里，再移向一边，以便其他人也能分享。狂喜像黎明的曙光在洞穴里扩散开来。

“是的，我曾经也是一名圣母，”拉玛洛终于对她承认道，“那是许多年前了，我也确实认识你的大圣母。”

强效药物造成的反应仍然存在，玛格特僵硬的脸上甚至不能露出一个震惊的表情来，老女人点了点头，继续说道：“哈里什卡姐妹和我是同班同学……那是很久很久以前了。后来我加入了护使团，和其他九名尊敬的圣母一起被送到这里。很多人迷失在了沙漠里，加入了弗雷曼部落。有些人则死在了沙漠里。而我是最后一名护使团成员了。即使是一名受过良好训练的贝尼·杰瑟里特，在沙丘的生活也无比艰辛。就是美琅脂，我们也已经学会用新的方式来理解和欣赏它。”

玛格特凝视拉玛洛的眼睛，从那里看到了理解。

“你的消息里提到了李桑·阿尔－盖布，”拉玛洛说，声音颤抖起来，“他就要降临了，对吗？在经过了几千年的等待之后。”

身边弗雷曼人快要从狂喜变成狂乱了，玛格特压低了声音对她说道：“我们希望能在两代人之内。”

“这些人等了很长时间，”萨亚迪娜凝视房间里狂喜的人群，“孩子，贝尼·杰瑟里特的事情我都可以告诉你，但我有着双重忠诚。我现在也是一个弗雷曼人，发誓要维护沙漠部落的价值观。某些秘密是不能向外人透露的。而且总有一天我得选一个继承人——毫无疑问得是部落的一个女人。”

拉玛洛低下了头：“穴地的这种道[①]狂欢恰恰是贝尼·杰瑟里特和弗雷曼人的共同点。早在护使团到达这里之前，这些人就已经发现了如何用原始而简单的方法进行意识麻醉。”

在巨大洞穴的阴影之中，弗雷曼人渐渐分开，然后又聚在一起，在药物的作用下，有些人的内心变得平静而喜悦，而有些人则被药效驱使与异性疯狂地结合在一起。一幅凌乱的现实画卷笼罩着他们，把他们艰苦的生活变成了一幅梦幻的画面。

“几个世纪以来，像我这样的姐妹引导弗雷曼人遵循新的仪式，我们将古老的弗雷曼的方式改造成了我们的方式。”

“你在这儿已经取得了很大的成就，圣母。瓦拉赫九号星肯定很想知道的。”

弗雷曼人的狂欢还在继续，玛格特觉得自己仿佛飘在空中，麻木地与下面的一切隔绝开来。老妇人举起一只爪状的手祝福着她，打算把她放回到外面的世界去，“去向哈里什卡报告吧，”拉玛洛露出一丝微笑，“然后把这个礼物送给她。”说着她从袍子的口袋里掏出一个小册子。

玛格特打开小册子，读着扉页：《*友好沙漠手册*》。在这行字下面，有更小的几个字：“一个充满生机的地方。这里有生命的*阿亚特*和*布汉*[②]。相信它吧，它就永远不会把你烧死。”

“这里写的和《阿扎之书》一样，”玛格特惊呼道，因为她惊讶地发现这本小册子是被改编的弗雷曼版本。“我们的伟大秘密之书。”

“把我这个神圣的副本给哈里什卡。她会很高兴的。”

---

①“道”在弗雷曼语中指的是穴地社区成员的一体化，这种一体化由食用香料而得以加强，更因饮用“生命之水”而得到大幅提升。

②阿亚特意为“生命的迹象”，布汉意为“生命的证据”。

带着敬畏，鲁提村的牧师把玛格特送回了她在厄拉奇恩的宅邸。她是在天亮以前到家的，天空已经开始变成柔和的橙色了，她溜回床上。家里的人——除了夏敦特·梅普斯外——没人知道她出过门。她现在兴奋地躺在床上，好几个小时都没能睡着。

几天之后，玛格特觉得自己满脑子里都是疑问，她凭借着清晰的记忆地图，爬上了前往洞穴的那条小径。在明亮的阳光下，她穿过陡峭的小径，进入了西部岩墙，穿过狭窄的峡谷，来到了穴地的洞口。高温让她的脚步慢了下来。

她钻进凉爽的洞穴阴影里，发现门封已经被移开了。玛格特进入了洞穴，发现里面早已空空如也。没有机器，没有家具，没有人。没有证据。只有那股难闻的气味还在……

“这么说，你们还是不完全相信我，萨亚迪娜！”她大声喊道。

玛格特在弗雷曼人举行狂欢的那个山洞里待了很长一段时间。她跪在她当时饮用生命之水①的地方，感受着当时激荡的回声。而现在这些声音都消失了……

第二天，哈什米尔·芬伦伯爵和哈克南男爵视察沙漠回来了。吃饭时，他高兴地问他可爱的妻子在他不在时都做了些什么。

“哦，没什么，我的爱人。”她漫不经心地甩了甩她的蜜金色头发，然后轻吻了他的脸颊，那是温柔的一吻，“我只是照料我的花园而已。”

---

①生命之水是一种具有“启示”效果的有毒物质。是沙虫在被淹死时释放出的液体，经圣母在体内转换成为一种致幻剂，帮助穴地众人进入心灵合一的状态。是一种“扩展意识”的致幻剂。

我代表了神圣的人类。有一天你亦会如此。我为你祈祷。让未来保持不确定，因为那是接受我们欲望的画布。只有如此，人类才会面临永恒的空白。我们拥有的仅仅是当下这一刻，我们将自己奉献给我们分享和创造的神圣存在。

——贝尼·杰瑟里特祝祷语

“这就是我们验证你是否是人类的手段，姑娘。”

盖乌斯·海伦·莫希阿姆圣母坐在办公桌后面，看上去像个陌生人，脸色铁青，眼睛漆黑无情，“而这是一个生死攸关的考验。”

站在监考官面前的杰西卡立刻紧张起来。这个瘦瘦的姑娘长着一头古铜色的长发，脸庞就像一朵即将绽放的美丽鲜花。在她的身后，把大圣母的召唤令送过来的那名侍从关上了沉重的大门，然后咔哒一声锁上了。

她究竟想怎样测试我呢？

“好的，圣母？”杰西卡竭尽全力让自己的声音平静得就像一泓浅水那样。

最近晋升的莫希阿姆得到了一个额外的头衔——瓦拉赫九号星圣母学校的学监。莫希阿姆有了她自己的私人办公室，她的古董书现在被密封在了透明强化玻璃盒子里。在她宽大的桌子上还放着三个银色托盘，每个托盘里都有一个几何物体：一个绿色的金属立方体，一个鲜红色的金字塔和一个金色的球体。光束从这些几何体的表面射出，在它们之间跳跃着。有很长一段时间，杰西卡都不错神地盯着这催眠一般的舞蹈。

“你现在给我仔细听好了，姑娘，每一个字，每一个音节，每一个细微之处都得听清了。你能否活命就在于此。”

杰西卡垂下了眉毛。她的绿眼睛转向了老妇人那小鸟般的小眼睛。莫希阿姆好像也有些紧张和害怕，这是为什么呢？

“这些东西是什么？”杰西卡指着桌上那些不寻常的几何体问道。

“你很好奇，是吗？”

杰西卡点点头。

“你认为它们是什么，它们就是什么。”莫希阿姆的声音犹如旷野里的风一般干巴巴的。

这些几何体同步旋转着，每个物体的表面都出现了一个黑色的洞——这些黑洞的形状与物体本身一致。杰西卡盯着红色的金字塔那三角形的开口。

金字塔开始向她飘了过来。*这是真的，还是幻觉？*她吓了一跳，睁大了眼睛，呆呆立原地。

另外两个几何体紧随其后，最后三个都浮到了杰西卡的面前。明亮的光束在空中飞舞，彩色的光谱条纹发出了细微的流动声和噼啪声。

杰西卡的好奇心和恐惧感交织在一起。

莫希阿姆让她等了几秒钟，然后用钢铁般的声音问道：“你还记得第一课是什么吗？在你还是个小女孩的时候，你都学到了什么？”

“人类绝不能屈服于动物，这是很显然的。”杰西卡故意在自己的声音里透出一丝愤怒和不耐烦。只不过莫希阿姆肯定清楚她是故意的，“学监，您训练了我这么长时间，怎么能怀疑我不是人类呢？我什么时候给您留下了这种印象——”

“闭嘴。是人不代表就是人类。”她像猎食的猫一样优雅地绕过桌子，透过立方体和金字塔之间的闪光盯着杰西卡。

女孩紧张得喉咙里一阵发痒，但没咳嗽也没说话。学监能看出来，杰西卡十分清楚后面的考验会更加严峻。而且也确实没错。

“很久以前，在芭特勒圣战期间，大多数人只是有机的自动机器，只知道服从思维机器的指令。在被思维机器奴役之后，他们不敢质疑，不知反抗和思考。他们虽然还是人，但已经失去了人性的火花。尽管如此，他们中的一小部分人还是选择了对抗。他们进行了反击，拒绝放弃，最终取得了胜利。只有这一小部分人记得做人的滋味。我们永远不能忘记这个危急时刻所带来的教训。”

圣母把身子移向一侧，长袍沙沙作响着，突然，她伸出了胳膊，速度惊人，只有一团模糊的影子。杰西卡看到一根指尖针停在了她的脸颊上，就在她的右眼下方。

女孩没有退缩。莫希阿姆像干得像纸一样的嘴唇咧了开来：“你知道戈姆刺①吧，这种强力武器是用来刺杀动物的——杀那些行为出于本能而非自我意志的生物。这个尖儿上涂了一层氰化物。哪怕是轻微地刺你一下，你也会死。”

戈姆刺静止不动，好像被冻结在了空气中。莫希阿姆靠近她的耳朵说道：“在你面前的三个几何体之中，一个是痛苦，另一个是快乐，第三个是永恒。姐妹会以各种不同的方式和组合使用这些东西。在这个测试中，你要选择一个对你来说意义最深远的去体验，如果你有胆量的话。没有其他问题了。这就是整个测试。”

杰西卡没有转头，只是把目光移到了每一个几何体上。她运用贝尼·杰瑟里特的观察力——以及某种她自己都不清楚来源的力量——

---

①戈姆刺是一根蘸有高浓缩氰化物的毒针，贝尼·杰瑟里特学监用其作为代替死亡的测试，考验人类的意识。

感受着金字塔中的快乐、盒子中的痛苦以及球体中的永恒。她以前从未经历过这样的测试，也从未听说过这种测试，尽管她知道戈姆刺——一种远古时期发明的传说针具。

“这就是你的测试，”莫希阿姆圣母说道，“如果你失败了，我就用戈姆刺在你脸上划上一道子。”

杰西卡硬着头皮答道：“那我就活不成了。”

苍老的学监像秃鹰一样在女孩身边盘旋，杰西卡眼神中的每一次闪烁，身体的每一次抽搐都没能逃开她的眼睛。但莫希阿姆不能让杰西卡发觉自己也身处痛苦和恐惧之中，她必须进行这个测试。

你一定不能失败啊，我的女儿。

杰西卡从小就在盖乌斯·海伦·莫希阿姆门下接受训练，但她不清楚自己的血统，也不知道自己在姐妹会育种计划里有多么重要。她更不知道莫希阿姆就是她的母亲。

在莫希阿姆身旁，杰西卡已经集中注意力，脸色变得十分苍白。闪亮的汗水从她光滑的额头上淌了下来。莫希阿姆看了看几何体上的图案，发现女孩的头脑中还有几个层次需要进一步思考……

求你了，孩子，你必须活下来。我不能再重复一遍这个过程了。我太老了。

她和男爵所生的第一个女儿身体虚弱，有缺陷。在做了一个可怕的预言梦之后，莫希阿姆亲手杀死了那个婴儿。因为那个梦很可能变成未来，莫希阿姆十分确信。在那个梦中，她看到自己站在了姐妹会上千年育种计划的顶峰。但这个梦也惊人地预示了帝国将遭受巨大的痛苦和死亡，无数星球被毁灭，几乎是一场彻底的种族灭绝……只要育种计划出了差错，只要她生错了孩子，这一切都会成真。

莫希阿姆已经谋杀了她的一个女儿了，她当然也能牺牲杰西卡。

如果有必要的话。与其让另一场可怕的圣战发生，不如先杀了她。

那根有毒的银针在杰西卡奶油色的皮肤上徘徊。女孩微微颤抖了起来。

杰西卡竭尽全力地集中精神，眼睛紧紧盯着前方，但脑子里全是《迎恐祷文》：*我不能恐惧。因为恐惧扼杀心智。恐惧是带来彻底毁灭的小死神。*

她平静地吸了一口气，心想，*我该选哪一个呢？如果做了错误的决定，我会死的。*她意识到自己还得深入研究才行，她很快顿悟到了这三种几何物体是在人类旅程中的定位：生的痛苦，幸福生活带来的快乐以及死亡的永恒。莫希阿姆曾说过，她要选择最其中意义最为深刻的。但只能选一个吗？她为什么不从头开始呢？

最初的是疼痛。

“我看到你的选择了。”莫希阿姆说道，眼看着女子举起了右手。

杰西卡小心地将她的手伸进绿色的立方体里，穿过一侧的洞。她顿时感到自己的皮肤开始燃烧，一股灼热感，仿佛骨头缝里都充满了熔岩。她的指甲被烈焰一个一个剥落。她从未想象过世间还存在这样的痛苦。而烈焰的温度仍在不断升高。

我要直面我的恐惧。我要让任由恐惧掠过我身，穿过我心。

她尽了最大的努力，下定决心大不了彻底失去这只手，抑制住了自己的恐惧。如果这是必须要做的事，那么她就会做的。但随后，即使是在如此巨大的痛苦之中，她心中的逻辑仍然存在。她想起来，自己不记得在圣母学校大厅里看见过缺胳膊少腿的人。而如果所有的侍从姐妹都曾经面对过这个测试的话……

恐惧所到之处，必如风过无痕。

她大脑里一个遥远的分析神经这才意识到，自己也一直没有闻到皮肉烧焦的味道，也没有看到一缕灰色的烟雾，更没有听到她的手滋滋作响。

唯我留存。

为了控制自己的恐惧，杰西卡关闭了疼痛神经。从手腕到手肘，她现在只能感到一阵冰冷的麻木。她的手如果不存在了，那么痛苦也就不存在了。再深一些，再深一些。片刻之后，她将自己完全剥离了自己的肉体，失去了任何物理形态。

从绿盒子的洞里飘出来一层薄雾。闻着像是香。

“很好，很好。”莫希阿姆低声赞叹道。

薄雾——杰西卡意识的表现——飘进了另一个不同形状的洞里，那是红色金字塔的入口。现在一股快感传遍了她的全身，强烈地刺激着她，但又如此的震撼，令她几乎无法忍受。她从一个极端走到了另一个极端。她颤抖着，然后流动着，翻滚着，就像大海上的海啸。巨浪越涨越高，呈滔天之势……

但她意识的薄雾，在踩上一个巨大的浪头之后，突然一头栽下，翻滚……坠落而去……

影像消失了，杰西卡再次感觉到自己脚上穿着的那双薄布鞋，感觉到自己身上湿漉漉的，似乎汗流浃背，也感觉到了皮肤与衣服的摩擦，以及脚下那坚硬的地板。只是右手……她仍然感觉不到它，也看不见它，手腕上如果有残肢的话她也看不见，浑身上下似乎只有眼睛能动。

杰西卡向右看了一眼，看到那根有毒的针仍在她的脸颊上盘旋，她的眼睛里只有这根致命的戈姆刺以及那金色的永恒之球了。莫希阿姆坚定地举着那根刺，而杰西卡则把视线集中在那尖利的银色针尖上，那闪烁着光芒的针尖像一颗遥远的恒星那样静止着。只要被这根针扎一下，杰西卡的整个身心就会进入那个永恒的球体之中。而且没有回来的路。女孩现在既不感到痛苦也不感到快乐，只有一种麻木的寂静，她徘徊在做出决定的悬崖上。

她忽然意识到：我什么也不是。

“痛苦，快乐，永恒……这些都使我感兴趣，”杰西卡最后喃喃地说道，声音仿佛是从很远的地方传来的，“但缺了其中任何一个的另外两个又算什么呢？”

莫希阿姆清楚这个女孩已经度过了危机，通过考验了。一只动物是不可能理解这些无形的东西的。杰西卡垂下头来，身子微微发颤。那根有毒的针退了回去。

对杰西卡来说，这场磨难来得很突然。所有的痛苦、快乐和虚无都是想象出来的。所有这一切都是通过贝尼·杰瑟里特的精神控制完成的，这种姐妹会的巨大能力可以引导另一个人的思想和行动，从而完成一个测试。

她的手真的伸到绿色方块里了吗？她真的变成了一团雾吗？理智上，她并不这么认为。但当她弯曲她的手指时，它们真的是很僵硬和酸痛。

莫希阿姆的长袍发出一股发霉的汗味，她从颤抖中恢复了镇静。她给了杰西卡一个最简短的拥抱，举止又变得正式起来。

为了保卫帝国，我参加了很多大战，并以皇帝的名义杀了很多人。我参与了兰兹拉德的行动。我游览了卡拉丹大陆。我为了维持一个大家族干了所有的乏味工作。但我最好的时光还是和我儿子一起度过那段岁月。

——保卢斯·厄崔迪公爵

公爵的水翼艇离开了码头，驶进大海，雷托站在船头，转过身来凝视古老的卡拉丹城堡，厄崔迪家族就是在这里统治了二十六代。

他认不出高处窗户里的那些面孔，但他看到高高的阳台上有着一个小小的剪影。那是凯莉娅。尽管她反对他带着不到两岁半的小维克多出门旅行，但她确实默默地前来为他们送行。雷托感到心里一阵温暖。

“我能掌舵吗?”隆博圆圆的脸上挂着希望的微笑。他那难以驾驭的稻草色的头发在清新的海风中飘动，“我以前从来没有驾驶过这么大的水翼艇。”

“等我们到了海面上再说，”雷托看着被放逐的王子，调皮地笑了笑，“那可能还安全点儿。我记得当初某个人让我们撞到了暗礁上。”

隆博的脸唰地红了：“从那以后我学了很多呢。嗯，尤其是常识。”

“事实上你确实学了很多。特希雅对你有很好的影响。”在那名灰褐色头发的贝尼·杰瑟里特侍妾挽着隆博的胳膊，亲自送他前往码头的时候，她热情地吻别了他。

相比之下，凯莉娅则拒绝因为雷托而离开城堡。

在这艘V形水翼艇的尾部，小维克多正咯咯地笑着，双手在冰冷的水雾中划来划去的，而始终细心看护着他的卫队长斯旺恩·戈瓦尔则在一旁盯着他。戈瓦尔既能让这个小男孩开心，同时又能保持警惕地保护他。

在这次无忧无虑的航行中，有八个人陪伴着雷托和维克多。除了隆博尔和戈瓦尔外，他们还带来了杜菲·哈瓦特，两名卫兵，一名船长和两个渔民，吉安尼和多姆，他们是雷托在码头的朋友，是他小时候的玩伴。他们此行会去钓鱼，会去看海藻林和海藻岛。雷托还会向他的儿子展示卡拉丹的胜景。

而凯莉娅只想把她的儿子锁在城堡里，这样维克多除了普通感冒便不会遇到任何危险了。雷托默默地听她的抱怨，知道这次旅行其实并不是她反对的根源，只是一种表象而已。根子还是老问题……

也许基娅拉的那些枕边风终于让凯莉娅相信雷托应该为她无法忍受的现状负责了。“我不只是一个流亡者!”他们在一起的最后一个晚上，她大声喊道（就好像这话与钓鱼有关似的）。

雷托强忍住了冲动，这才没有开口提醒凯莉娅她的母亲已被谋杀，父亲仍然是一个逃犯，而她的人民仍在受着特莱拉的奴役——虽然她现在是一名公爵的女人，住在一座漂亮城堡里，有一个健康的儿子且拥有一个大家族所有的财富和衣服。“你不应该抱怨，凯莉娅。”他说，声音因为愤怒而十分低沉。

虽然雷托无法安抚她，但他确实希望自己的儿子能拥有一切美好的东西。

现在，在乌云密布的天空下，他们呼吸着新鲜的海洋空气，远离陆地航行者。这艘水翼艇划破水面，就像一把刀片划破了被冻成胶状的庞迪米饭。

杜菲·哈瓦特专心地站在甲板室里，审视着信号测距系统和天气模式，总是担心会有危险可能降临到他心爱的公爵身上。这位刺客大师保持着健硕的体形，皮肤如皮革，肌肉如钢索。他的头脑敏锐，能看穿敌人那迂回曲折的阴谋。他下棋总会看到三四步以后，这是雷托，甚至是有着精明商业头脑的凯莉娅都无法领悟到的诀窍。

下午早些时候，工人们撒网了。尽管吉安尼这辈子都是名渔夫，但他丝毫不掩饰自己其实更喜欢在晚餐时能吃上一大块美味的牛排，最好再配上一瓶上等的卡拉丹葡萄酒。但在船上，大家只能吃大海提供的食物。

当渔网里满是扑腾着、蠕动着的生物时，维克多跑过去查看这些有着五颜六色鳞片的美丽的鱼。戈瓦尔小心翼翼地站在孩子身旁，把他从那些带着毒刺的鱼旁边引开。

雷托选了四条肥嫩的鲳鱼，吉安尼和多姆把它们带到厨房里清洗。然后他跪在儿子身边，帮着这个好奇的男孩把剩下的还在挣扎着的鱼收起来，然后一起把它们放回大海，维克多拍着手，看着光滑的鱼身纵身跃入水中。

他们的航线把他们带到了一块被马尾藻连接在一起的漂浮小岛上，这是一片视线所及之处尽是绿棕色的沙漠。宽阔的河流从草丛中流过。苍蝇嗡嗡地飞来飞去，在闪闪发光的水中产卵。黑白相间的鸟儿在树叶间跳跃，吞食着温暖的水面上蠕动的小虾。空气中充满了腐烂植物的刺鼻气味。

大家把水翼艇停在海草中，高谈阔论之余开始唱起歌来。斯旺恩·戈瓦尔帮着维克多把钓线抛进水里，尽管鱼钩被海藻缠住了，但这个兴高采烈的男孩还是成功地钓到了几条银色的手指鱼。维克多拿着这些滑溜溜的小鱼跑进船舱给他的父亲看，而雷托也着实为他儿子高超的钓鱼技巧而拍手叫好。这一天确实让男孩很累了，于是在太阳落山后不久，他就爬到他的铺位上睡觉去了。

雷托和两个渔夫小赌了几把，虽然他是他们的公爵，但吉安尼和多姆并没有让着雷托。他们把他看做是自己的老友……而这也是雷托所希望的。后来，当他们开始讲述悲伤的故事或唱起那些悲情歌曲时，多愁善感的吉安尼总会为之落泪。

夜深了，雷托和隆博坐在甲板上，在黑暗中聊天。隆博最近收到了一条简短的密码信息，说克泰尔·皮尔鲁已经收到了炸药，但没有写他打算如何使用。王子很想看看反抗军能在伊克斯的洞穴里搞出多大动静来，尽管他不能亲临现场。他不知道自己的父亲在这种情况下会怎么做。

他们谈到雷托在莫里塔尼－埃卡兹僵局中持续做出的外交努力。进展很慢，也很困难。他们面临着政敌的抵制，而沙达姆皇帝本人还从中作梗，他似乎对厄崔迪家族的介入感到不满。沙达姆相信，通过在格鲁曼派驻萨多卡军团，他已经解决了这个问题。可实际上这只是延缓了双方的敌对行动。现在随着帝国军队的撤离，紧张局势再次升级了……

在很长一段时间的沉默中，雷托注视着戈瓦尔队长，这让他想起了自己的另一个朋友和战士："邓肯·艾达荷前往吉奈斯学习已经四年了。"

"他会成为一名伟大的剑术大师。"隆博凝视着海草沙漠的另一端说道，在那里裹着毛皮大衣的萌萌鱼组成了欢快的合唱团，在黑暗中互相挑战彼此的歌唱技巧。"经过这么多年的磨练，他对你的价值将会增加一千倍。你会看到的。"

"不过，我还是很怀念他在身边的日子。"

第二天早晨，雷托醒来时天空已经是灰蒙蒙的了。他深吸一口气，感到神清气爽，精力充沛。他发现维克多还在睡觉，紧握着的小手里攥着毯子的一角。躺在自己的铺位上的隆博打着呵欠伸了个懒腰，但没有表现出要跟着雷托到甲板上去的意思。即使是在伊克斯的岁月里，这位王子也从不早起。

水翼艇的船长已经把锚拉起来了。在哈瓦特的指引下——这个门泰特真的睡过觉吗？——他们沿着一条宽阔的海峡，穿过海草，又朝着开阔的海面驶去。雷托站在前甲板上，享受着一片寂静，周围只有水翼艇发动机的轰鸣声。就连跳跃不已的鸟儿们也一动不动了……

雷托注意到海面上的云朵有着一种奇怪的色彩，像是一团移动着的闪烁的光，与他以前见过的任何东西都不一样。船长坐在船中部的甲板室里，加大了发动机的马力，于是这只水翼艇开始向前飞奔，速度也越来越快。

雷托闻了闻，闻到了一种臭氧的金属气味，但多了股酸味。他眯起灰色的眼睛，准备叫船长来。密集的电子光芒迎风而动，朝着水面俯冲而下……好像活过来一样。

它正在接近我们。

他担心得有些发抖，后退到了甲板室里，问道："船长，你看见了吗？"

老人的目光始终没有离开方向盘，也没有离开向他们飞奔而来的那个异象："我已经看了十分钟了，大人——而在这十分钟里，它已经走了一半距离了。"

"我以前从没有见过这样的东西。"雷托站在船长身旁问道，"这到底是什么？"

"我怀疑啊……"船长流露出担心和恐惧的表情，他猛拉油门杆，引擎的咆哮声顿时变得更大了，“我想我们应该赶快跑。”说着他指了指右侧，向右转舵明显可以避开了那道逼近的光芒。

雷托给他的声音里加了几分公爵的威严，这让他在前一天里建立起来的亲民形象荡然无存：“船长，快给我解释一下。”

“这是一只电子章鱼[①]，大人。如果您非要问我的话。”

雷托笑了起来，然后逐渐止住了笑容：“电子章鱼？它难道不是一个神话吗？”他的父亲老公爵给他讲过这个故事。当时他和他的父亲坐在海边的篝火旁，闪烁的火光照亮了夜空。“孩子，你会对海里的东西感到惊讶的，”保卢斯指着黑暗的海水说道，“你妈妈不希望我告诉你这个，但我觉得你应该知道。”然后，他便会若有所思地吸上一口长长的烟斗，然后开始讲述他的故事……

现在，水翼艇船长摇了摇头：“大人，它们是很少见，但它们确实存在。”

如果这种元素生物真的存在，那么雷托很清楚它所带来毁灭和死亡：“那就快把船转向吧。给我用最快的速度远离这个生物。”

船长立即来了个右满舵，船体在平静的水中激起一道白色的尾迹，甲板也倾斜出一个很大的角度，使得船舱里的人纷纷从床铺上摔了下来。雷托紧紧抓住船舱的栏杆，指关节都发白了。

杜菲·哈瓦特和斯旺恩·戈瓦尔急匆匆跑进了甲板室，想知道到底发生了什么紧急情况。雷托指了指船尾，那几个人透过布满雾气的窗户向外看去。然后戈瓦尔便用从没在维克多面前展露过的五花八门的脏话咒骂起来。哈瓦特也眉头紧锁，用门泰特的思维分析着形势，从他的知识库中提取了他所需要的信息，最后下结论道：“公爵，我们有麻烦了。”

---

①电子章鱼是传说中的一种带有电荷的有触角怪物，生活在卡拉丹的海洋中。这种电子章鱼只有部分物理实体，为的是托住水面，大多数时候电子章鱼都没有细胞，只是一团电子能量。

一团闪动的光，也就是这种奇怪生物的狂暴形体，距离他们的船尾越来越近了，速度也越来越快，就连海水都快被它蒸发了。船长的额头上也冒了汗了："它发现我们了，大人。"他拼命地拉着发动机杆，几乎快拉断了，"就算是水翼艇也逃不掉的。我们最好是准备战斗。"

雷托马上拉响了警报。几秒钟后，其他卫兵都赶了过来，后面还跟着两个渔民。隆博抱着维克多也来了，而维克多明显被这场骚动吓住了，紧紧抱着叔叔不撒手。

哈瓦特眯着眼睛盯着船尾："我不知道如何战胜一个传说，"说着他看了一眼他的公爵，好像自己在什么地方失败了似的，"不过，我们还是得试一试。"

戈瓦尔敲了敲甲板室的舱壁："这船看来挡不住它吧？"而卫兵们似乎已准备好迎战被公爵当做敌人的任何东西了。

"电子章鱼是死于海上风暴的人的鬼魂。"渔夫多姆把头探到甲板室外面，犹豫地说道，而这时其他人早就到船尾甲板上去正面面对这个生物了。

他的哥哥吉安尼则摇了摇头反驳道："咱们的奶奶说过，它是一个受人歧视的女人，变成鬼回来复仇的。很久以前，一个女人在雷雨中对着离开她的男人大声骂街。然后就被闪电击中了，于是电子章鱼就诞生了。"

雷托盯着眼前的庞然大物看了半天，这让他的眼睛变得难受起来，电子章鱼更像是一种电子态的大乌贼，由垂直的电光和气体的卷须构成。闪电在它身上噼啪作响，雾、蒸汽和臭氧则像盾牌一样包裹着它。当它靠近水翼艇时，身子忽然膨胀起来，像一个巨大的间歇泉一样吸收着海水。

"我还听说它只有保持与海水的接触，才能维持住它的形体，或者说才能活着吧。"船长补充说。

“这些信息明显更有用些。”哈瓦特说。

“地狱在下！我们没办法把这该死的东西从水里捞出来啊，”隆博抱怨道，“要是有别的办法杀死它就好了。”

哈瓦特迅速发出命令，厄崔迪的两名卫兵立即端起了激光步枪，这些武器是在门泰特战士的强烈坚持下才带上船的。当时雷托始终不觉得在如此简单的一次捕鱼之旅中会需要如此强大的火力，而现在他很高兴自己同意了哈瓦特的要求。多姆和吉安尼瞥了一眼这些危险的能量武器，立即躲到甲板下面去了。

斯旺恩·戈瓦尔队长朝身后瞥了一眼，确定维克多和隆博安全待在一起，然后才举起了自己的武器。他是第一个向水翼艇船尾开火的人，手中的武器发射出了一道炽热的脉冲。这股能量击中了电子章鱼，然后消散了，没有造成任何伤害。杜菲·哈瓦特也紧跟着开了枪，然后是第二名厄崔迪家族卫兵。

“不管用!”门泰特在一片越来越大的电子噪音中大吼道，“公爵——请您待在船舱里别出来。”

即使在船舱里，雷托也能感觉到空气中的热量，似乎是一股融合了烧焦的盐和酥脆海藻的味道。一阵原始力量的电子旋风从电子章鱼流动着的身体中释放了出来，直逼水翼艇。一旦它击中了船体，整艘水翼艇便会被击得粉碎，而船上的人都会触电身亡。

“哪儿也不安全了，杜菲，”雷托大声喊道，“我不会让那玩意儿杀了我儿子的!”说着他看了一眼男孩，男孩正紧紧抓着隆博的脖子。

好像是为了炫耀它的力量，电子章鱼把自己一根噼里啪啦的卷须甩了过来，轻轻碰了一下船舷，好像牧师在赐福一般。水翼艇的金属饰条瞬间被炸飞，每个导电的东西上面都有炽热的火花飞舞。船的引擎噼啪作响了一通，然后便熄火了。

船长试图重启引擎，却只能听到一阵刺耳的金属声。

戈瓦尔加入到了身边大喊大叫的士兵之中，想要做点什么。当水翼艇停在海面上时，大家不断地用激光枪瞄准电子章鱼的心脏射击，但效果并不比扔出几把餐刀要好。不过雷托很快意识到他们瞄错目标了。现在船失去了动力，开始自己转了起来，船头转向了怪物。

雷托瞅准了机会，离开甲板室，跑向水翼艇的船头。哈瓦特大喊起来想要阻止他的公爵，但雷托举起一只手示意他没必要。有胆识一直是厄崔迪家族的传统。他现在不得不开始祈祷船长的那些说法不是完全荒谬的民间故事。

"雷托！别去！"隆博也喊了起来，把维克多紧紧地抱在胸前。小男孩尖叫着，扭动着身体，试图从叔叔的怀中挣脱出来，这样他就可以跑到父亲那儿去了。

雷托对着怪物大叫起来，并挥舞着双手，希望能分散怪物的注意力，充当诱饵："在这儿！来找我啊！"雷托清楚儿子和朋友就靠自己了。船长仍在试图发动引擎，但就是发动不起来。杜菲，戈瓦尔以及两个卫兵急忙跑到前甲板上与雷托会合。

公爵眼看着电子章鱼膨胀起来，像即将到来的海啸一样高耸在空中，不过现在这种生物只与海水保持着微弱的接触了，而据说是海水赋予了它真实的形体。一股挥之不去的静电让雷托的头发都竖了起来，仿佛有一百万只小虫子在他皮肤上爬行。

时机必须要精准才行。"杜菲，斯旺恩——用你们的激光枪瞄准它下面的水面，把海水汽化了。"雷托举起双臂，把自己完全暴露在了敌人面前。他没有武器，也没有任何武器可以威胁到这个怪物。

可怕的电子章鱼发出了更亮的光，一团原始的能量噼噼啪啪地高高浮在水面上。它没有脸，没有眼睛，没有尖牙——但它的整个身体都是由死亡组成的。

哈瓦特大吼起来，就在雷托脸朝下扑向船甲板的时候，两支激光枪同时把海水炸成了泡沫和蒸汽，在闪电带的底部爆裂开来，四周顿时充满了一片白雾。

雷托滚到一边，试图爬到一个舷侧的遮蔽处去。两名厄崔迪卫兵也跟着开火了，将这只闪烁的生物周围的海浪都蒸发了。

电子章鱼挣扎起来，似乎很惊讶，试图把自己拉回身下沸腾的海水中。它发出了一声可怕的叫声，再次像闪电一样袭击了船体。最后，当它与水面的连接被完全切断时，这只电子章鱼失去了所有的完整性。

在一场闪烁着火花的爆炸中，它消失了，回到了神话的国度。一阵冒着泡的水花洒在甲板上，令人皮肤刺痛，仿佛甲板上还残留着电子章鱼的一丝痕迹。发热的海水落在雷托身上，臭氧的恶臭让他呼吸困难。

大海又恢复了安宁，平静而无声……

在水翼艇平静地返回码头的过程中，雷托觉得自己筋疲力尽，但他很高兴自己解决了问题，拯救了他的人——尤其是救了他的儿子——期间还没有一个人伤亡。吉安尼和多姆已经在构思未来会在暴风雨之夜讲述的故事了。

在发动机的嗡嗡声中，维克多躺在父亲的腿上睡着了。雷托凝视着海水，抚摸着男孩的黑发，对着那张天真的脸微笑起来。从维克多的容貌上，他可以看到经由自己母亲传给雷托的帝国血统——狭窄的下巴，炯炯有神的浅灰色眼睛以及鹰钩鼻子。

当他不错神地研究着这个打瞌睡的男孩时，他怀疑自己是否爱维克多要胜过爱他的侍妾。有时，他怀疑自己是否还爱着凯莉娅——特别是在过去这艰难的一年里，因为他们在一起的日子已经……慢慢地，无情地变得越来越痛苦了。

他的父亲当年是否对他的妻子海伦娜也有过同样的感受呢？他被困在和这个女人的关系中了，而这个女人的期望与自己的完全不同？

他们的婚姻怎么会堕落到如此悲惨的地步？很少有人知道老公爵的死是海伦娜·厄崔迪夫人一手造成的，她当时安排了一头萨鲁撒的公牛杀死了老公爵。

雷托温柔地抚摩着儿子，不愿让他醒来，发誓再也不让维克多面临这样巨大的危险。他的心里充满了对这孩子的爱，仿佛都要溢出来似的。也许凯莉娅是对的。他不该带他们的孩子去钓鱼。

然后公爵眯起了眼睛，重新找回了领袖的强硬。雷托意识到自己思想上的懦弱，于是改变了主意。*我不能对他过分保护*，但溺爱这个孩子将是一个严重的错误。只有面对危险和挑战——就像保卢斯·厄崔迪曾让雷托做的那样——这个年轻人才能变得强壮和聪明，成为人民所需要的领袖。

他低下头，又对维克多笑了笑。雷托心想，毕竟，*这个男孩有一天可能会成为公爵的*。

他看到朦胧的灰色海岸线从晨雾中浮现了出来，然后是卡拉丹城堡和它的码头。回家的感觉真好。

身体和心灵总被当做两种现象，被放在不同的条件下受到观察，但本质上却是同一个终极实在。身体和精神是生命的两个方面。它们在一种特殊的同步性原理中运作，在这个原理中，事情是一起发生的，并且表现为合二为一……但仍可以被认为是相互独立的。

——《工作人员医疗手册》，吉奈斯学院

在一个清晨，天空下着雨，邓肯·艾达荷和他的同学们在另一个训练场等待着，这是分散的链式教学中的另一个孤岛。热带的云层倾泻下温暖的水滴来。这地方好像总是在下雨。

面前这位剑术大师胖乎乎的，浑身是汗，穿着一条宽松的卡其裤。他那巨大的脑袋上缠着一条红色的大手帕，红褐色的头发被雨水浸湿，竖了起来。他长着一双小三角眼，深棕色的瞳仁很难看清。他说话的声音又高又细，尖细的声音仿佛是从一个埋在他巨大双下巴里的音箱发出来。

不过，他一旦出手，剑术大师里维·迪纳里便会以迅猛龙般的优雅和速度完成致命一击。邓肯一点也不觉得这个人有什么意思，但也清楚自己不能低估他。那个胖乎乎的外表只是个精心培养出来的假象。“我在这里是一个传奇，”这位身材高大的大师说，“你们会知道的。”

这是邓肯在吉奈斯受训的第二个四年了，他被迫穿上了厚重的盔甲，而他身边的学员只剩下不到当年的一半了。已经有部分学生死在了无情的训练之中，还有更多的人自行退学了。“只有最优秀者才能成为剑术大师。”老师们曾经这样说过，似乎已经暗示了其中所有的艰辛。

邓肯在战斗以及在对战斗和战略至关重要的思考练习中击败了其他学生。在离开卡拉丹之前，他一直是厄崔迪家族最优秀的年轻战士之一——他一直不知道自己竟然还有那么多需要学习的东西。

“战士不是被溺爱塑造出来的，”很久以前的一个下午，剑术大师莫德·库尔嘟囔道，“而是在真实战斗场景中，通过将他们推向极限的极端挑战塑造出来的。”

一些学术派的剑术大师花了好几天时间为大家讲述军事战术、战争史，甚至哲学和政治。他们进行的是言辞之争而不是真刀真枪。其中还有些剑术大师是工程师和设备专家，他们训练邓肯如何组装和拆卸任何一种武器，如何用最微薄的物资制造出属于自己的杀人装置。他学习了盾牌的使用和维修，大型防御设施的设计，以及为大规模和小规模冲突制订作战计划。

现在，鼓点一般的雨滴有节奏地敲打在海滩、岩石和学生们身上，而里维·迪纳里似乎根本没有注意到：“在接下来的半年里，你们将学会武士守则及其完整的武士道哲学。如果你们坚持当一块浮在水面上的岩石，那我就会是奔流的水。我将消耗你们的抵抗，直到你们学会我所能教给你们的一切知识。”说着他移开了锐利的目光，像武器断断续续地开着火一样，开始对每个学生单独讲话。一滴雨水挂在他的鼻尖上，然后掉了下来，随即被另一滴雨水取代。

“你们必须知道什么是荣誉，否则你们就不值得我教。”

有着病态幽默感的贵族学员特林·克罗诺斯并没有被吓倒，他打断了这个胖男人的话：“荣誉不会为你赢得任何战斗，除非战斗双方都愿意遵守同样的条款。如果你用一些荒谬的框框来限制自己，师父，那么任何一个可以打破规则的对手都能打败你。”

听了这些话，邓肯·艾达荷觉得自己终于明白莫里塔尼子爵在与埃卡兹的冲突中为什么会采取那些鲁莽、挑衅的行动了。格鲁曼人才不会遵循什么规则。

迪纳里的脸涨得通红：“没有荣誉的胜利不是胜利。”

克罗诺斯摇摇头，甩掉脸上的雨水：“你去跟失败一方死去的士兵说这话去吧。”他旁边的朋友们则对他的回答低声赞叹起来。他们虽然浑身湿透，满身泥污，却还保持着他们那高傲的自负。

迪纳里的声音变得更刺耳了：“你会放弃你的人性吗？你打算变成一头野兽吗？”大块头教官走近克罗诺斯，克罗诺斯犹豫了一下，然后退到一个水坑里。“吉奈斯学院的战士在整个帝国都受到尊敬。我们培养出最优秀的战士和最伟大的战术家，甚至比皇帝的萨多卡军团还要优秀。然而，我们需要在轨道上部署一支军事舰队吗？我们需要常备军来击退入侵者吗？我们需要储备武器以便我们晚上能睡个安稳觉吗？不！因为我们遵守荣誉准则，整个帝国都尊重我们。”

克罗诺斯不是故意无视就是根本没有注意到剑术大师眼中的致命杀气：“那么你就有了一个盲点：你的过度自信。”

大家沉默了很长一段时间，只有淅淅沥沥的雨声打破沉默。迪纳里最后沉重地说道：“但我们有我们的荣誉。学会珍惜它吧。”

天上又下起了倾盆大雨，这几个月来几乎天天如此。里维·迪纳里在学员队伍中间来回穿梭着。尽管身材魁梧，但这位剑士在泥泞的地面上移动起来时却像是一阵风。“如果你渴望战斗，你就必须先摆脱焦虑。如果你对敌人很愤怒，那你必须先让自己摆脱愤怒。动物的战斗永远会像动物，而人类的战斗则要有技巧，”他那锐利的目光刺穿了邓肯，“保持头脑清醒。”

邓肯屏住了呼吸，停止了眨眼，把自己体内的每一个细胞，每一根神经也都停滞了。一股潮湿的微风轻抚着他的脸，但他听任它从自己身上吹过。持续不断的倾盆大雨浇透了他的衣服，他的皮肤，他的骨头——但他想象这雨水穿过了身体。

“一动不动地站着——眼睛不能眨一下，胸部不能起伏，肌肉不能抽动。*你是一块石头。把自己从意识世界中移走。*”

经过迪纳里几个月的严格指导，邓肯已经学会了如何减缓自己的新陈代谢，从而让自己达到一种死亡状态，这种状态被称为*假死*。剑术大师称其为一种净化过程，可以让自己的思想和身体为新的战斗训练做好准备。一旦成功进入*假死*，这种状态可以给他一种从未有过的平静感觉，能让他想起母亲的臂弯，想起她那甜蜜的低语。

在恍惚之间，邓肯集中了他的思想，他的想象，他的动力。他的眼前出现了刺眼的光芒，但他坚持不眨眼。

邓肯感到脖子上一阵刺痛，好像有人用针扎了他。“啊！你还是流血了，”迪纳里大声说道，好像他的职责就是消灭尽可能多的候选学员，“那么在真正的战斗中你也会流血的。你这不是最佳的*假死*状态，邓肯·艾达荷。”

他拼命想要进入一种冥想的状态，在这种状态下，头脑控制着一种叫做气的能量，保持在一种平静的状态，完全准备好了战斗。他要追求的是最高水平的专注，不能被不必要的混乱思想所污染。邓肯感到自己在往深处走了，而里维·迪纳里仍在不断地训斥自己。

“你带着保卢斯公爵之剑，这是帝国中最好的利刃之一，”他逼近了这位候选人，后者努力保持自己的注意力和平静，“但你必须赢得在战斗中使用它的权利。你已经掌握了战斗技能，但你还没有表现出对自己思想的掌控。过度理智会减缓和钝化反应，削弱战士的本能。精神和身体是一体的，你必须同时与这两者作斗争。”

这位肥胖的剑术大师在他身边缓慢地踱步。邓肯则一直凝视前方。

“我看到了每一个被你忽视了的缺陷。如果一名剑术大师失败了，失望的可不仅仅是他自己——他的同伴会受到伤害，他的家族会受到羞辱，而他自己则注定要背负耻辱。”

邓肯感到又一根针扎入他的脖子，然后听到了一声满意的嘟囔：“现在好多了。”然后迪纳里的声音渐渐消失了，他向前走去，开始检查起其他人来……

当无情的大雨倾泻在邓肯身上时，他仍保持着假死状态。在他周围，整个世界一片寂静，就像暴风雨前的宁静一般。时间对他来说也不存在了 。

“嘿呀……嗬！”

在迪纳里的召唤下，邓肯的意识漂浮起来，就像一条在湍急的河流里的小船，由胖乎乎的剑术大师拖着前行。他潜入水中，继续前进，穿过这意识组成的河水，向着远在他脑海之外的目的地前进。他曾多次处于这种精神状态……分娩是他进入冥想的第二步。他洗去了所有的旧，这样他就可以像一个孩子一样获得新生。环绕着他的水是新生的、干净和温暖的，就像是一个子宫。

邓肯在河水中加速起来，他灵魂所在的船向上倾斜。黑暗消失了，不久之后他便看见头顶上出现了一道亮光，越来越亮。这道闪光变成了水的光辉，他发现自己像一个微小的尘埃一般向上游动起来。

“嘿呀……嗬！”

迪纳里又大喝了一声，邓肯从意识之水中冒出头来，回到了热带大雨和潮湿的空气中。他大口喘着气，和其他学生一起咳嗽起来——结果发现自己身上竟然完全干燥了，衣服、皮肤和头发都是干的。他还没来得及表示惊讶，雨水又开始淋湿他的衣服了。

肥胖的剑术大师双手合十，凝视着灰色的天空，让雨点洒落在他的脸上，就像接受洗礼一样。然后他低下了头，注视着眼前的学生们，脸上流露出极大的喜悦神情。他的学生已经达到中部阶段了——这是他们开始一门复杂的新课程之前所必需的肉体重生的最后阶段。

“要征服一个战斗系统，你必须先让它征服你们。你们必须把自己完全交给它。”剑术大师迪纳里那松散潮湿的红色头巾系在脑后，垂到了脖子上，“你们的心灵必须像柔软的黏土，才能在上面留下印记。”

“我们一定谨记，师父。”全班同学齐声说道。

剑术大师又严肃地说道：“还有就是武士道。也就是荣誉究竟从何而来？远古时期的武士在他们的每座神道教寺庙里都挂上了镜子，并要求信徒们仔细凝视镜子，以便能看到自己的内心，即神的倒影。荣誉是在心中孕育和茁壮成长起来的。”

他意味深长地瞥了一眼特林·克罗诺斯和格鲁曼的其他学生，接着说道：“永远给我记住这一点：耻辱就像树干上的一道裂缝——它不会随着岁月而消失，只会扩大。”

他让全体学生重复了这句话三次，然后继续讲下去：“对武士来说，荣誉守则比任何财富都更有价值。一个武士嘴里说出的话——也就是他的武士尊严——从来不会被怀疑，而任何一名吉奈斯的剑术大师也是如此。”

迪纳里终于朝他们露出了笑容，也最终展示出了他的骄傲：“年轻的武士们，首先你们将徒手学习基本动作。当你们完善了这些招式后，再学习使用武器。”随后，他用那双飞镖一般锐利的黑眼睛盯着他们，学生们都感到心里一阵发毛。

“武器是手的延伸。”

一周之后，筋疲力尽的学生们在崎岖的北部海岸搭起了帐篷休息。雨水泼洒在帐篷上，信风也整夜地呼啸。艰苦的战斗早已让邓肯疲惫不堪，他安顿下来准备睡觉了。帐篷的零件一直叮当作响，那是绳套上的金属钉发出的声音，让他昏昏欲睡。有那么一阵，他觉得自己身上再也不可能完全干燥了。

一个低沉的声音忽然吓了他一跳："所有人紧急集合！"他听出这是迪纳里的声音，但大个子的语气里却透露出来一种新的、不祥的意思。又一次突击训练？

学生们纷纷从帐篷里爬了出来，冒着倾盆大雨站好，有人只穿着短裤，有人则什么都没穿。他们毫不犹豫地按照往常的队形排好队。现在的他们甚至已经感觉不到雨水了。球形灯在风中摆动，浮空器的末端晃动不止。

仍然穿着那条卡其裤的剑术大师迪纳里激动地踱步，像是一只夜行动物。他的脚步沉重而愤怒，似乎根本不在乎溅起泥水来。在他的身后，一架刚刚降落的扑翼机的引擎发出轰鸣之声，它的铰接翅膀在空中砰砰作响。

飞机顶上发出的一道红光映出了那位身材苗条的秃顶女人卡斯蒂·托帕尔的身影，邓肯刚到吉奈斯时见过这个女人。她身上是那件惯常的黑色武术宽松服，现在已经被雨水浇透了。她的手里拿着一块闪闪发亮的外交手牌，表情看起来严肃又不安，似乎已经无法控制住自己的厌恶或是愤怒了。

"四年前，一名格鲁曼大使谋杀了一名埃卡兹外交官，原因是他被指控破坏了埃卡兹的烟木森林。之后，格鲁曼部队发动了对埃卡兹的地毯式轰炸。这个令人发指的非法侵略行为很显然违反了大联合协定，于是皇帝在格鲁曼部署了一个萨多卡军团，防止暴力进一步升级。"说完，托帕尔停顿了一下，等着大家理解其中的含义。

"大联合协定是必须要遵守的！"迪纳里附和道，声音听起来很生气。

卡斯蒂·托帕尔走上前来，把手里的水晶文件像一根棍棒那样举了起来。雨水顺着她的头皮和鬓角淌了下来："在从格鲁曼撤走他的萨多卡军团之前，皇帝得到了双方的承诺，同意停止对彼此的所有侵略行动。"

邓肯看着周围的同学，想找到答案。但似乎没人知道这个女人想要说什么，也没人知道剑术大师为什么也跟着生气。

"可是现在，莫里塔尼家族再次发动攻击了，子爵背弃诺言了，"托帕尔说道，"格鲁曼——"

"他们食言了！"剑术大师迪纳里打断了她的话。

"格鲁曼特工绑架了阿曼德·埃卡兹大公爵的兄弟和长女，并公开处决了他们。"

聚集在一起的学生们顿时发出一片沮丧的嘟囔声。邓肯清楚，这回可不是给他们上的一堂政治课了。他对即将发生的事情感到一阵恐慌。

在邓肯右边，希·雷瑟不安地挪动着双脚。他穿着条短裤，没穿衬衫。而隔着两排的克罗诺斯似乎对自己家族所取得的成就感到得意洋洋。

"这个班里有七名成员来自格鲁曼，三名来自埃卡兹。虽然这两个家族现在是不共戴天的仇敌，但我们不允许家族事务影响学校的工作。这事关你们的信誉。"说着托帕尔把她的外交手牌揣回到了口袋里。

狂风拍打着迪纳里那条系在脑后的印花大手帕，但他却像一棵巨大的橡树一样笔直地站立着："虽然这场争斗吉奈斯没有参与，而我们也尽可能完全避免涉及帝国政治，但吉奈斯学院不能容忍这种耻辱行为。我都不屑唾弃你们的家族名字。现在所有的格鲁曼人，给我出列，到前面来！"

七名格鲁曼学员按照老师说的做了，其中两人（包括特林·克罗诺斯）赤身裸体，但也和同伴们一切立正站好，就好像他们穿戴整齐了似的。雷瑟显得惊慌和羞愧万分，而克罗诺斯则气愤地抬起下巴。

“你们得给我做出一个决定，”托帕尔指出，“你们的家族违反了帝国法律，蒙受了耻辱。而你们在吉奈斯待了这么多年，你们应该明白这场罪行的严重性。当然，从来没有人因为纯粹的政治原因而被赶出这所学校过。因此，你们要么在此时此地公开谴责莫里塔尼子爵的疯狂行为，要么立即被学院永久开除。”说着她用手指了指等在一旁的扑翼机。

特林·克罗诺斯皱着眉头问道：“那么，在你说了那么多关于荣誉的话之后，现在却要求我们放弃对家族和家庭的忠诚？这就是你的荣誉感?”说着，他怒视着剑术大师，“而我认为没有忠诚就没有荣誉。我永远效忠于格鲁曼和莫里塔尼家族。”

“对不公正事业的愚忠是对荣誉的歪曲。”

“不公正?”克罗诺斯站在那里，赤着身子，满脸通红，一脸怒气，“挑战子爵的决定不是我该做的，师父——也不是你该干的。”

雷瑟则直视前方，没有看他的同伴：“我选择做一名剑术大师，师父。我要留在这儿。”说着，红头发退回到邓肯所在的队伍里，而其他格鲁曼人则纷纷瞪着他，好像他是个叛徒似的。

在克罗诺斯的怂恿下，其余六人选择拒绝让步。这位莫里塔尼贵族咆哮起来：“你们侮辱了格鲁曼，后果自负。子爵永远不会忘记你们的所作所为。”他大喊大叫着，但剑术大师迪纳里和卡斯蒂·托帕尔似乎都不为所动。

这几个格鲁曼人趾高气扬地站在那里，但他们显然为此事十分不安。邓肯觉得自己有些同情他们，意识到他们也算是选择了某种荣誉——某种不同形式的荣誉——因为他们拒绝背弃他们的家族，不在乎自己会面临什么。如果邓肯自己被迫在吉奈斯学院和厄崔迪家族之间做出选择的话，他也会毫不犹豫地选择雷托公爵的……

格鲁曼学生们只有几分钟的时间穿衣收拾行李，随后便登上了扑翼机。机翼完全展开，然后开始以一种强有力的节奏扑打起来，飞船在雨中划过黑暗的水面，直到它的红色闪光灯像一颗垂死的恒星一样消失在了空中。

宇宙是一个难以接近、难以理解、完全荒谬的地方……这使得生活——尤其是理性的生活——与之完全不相干。宇宙间没有安全的地方，也没有基本法则。只有一些短暂的、伪装的关系，被限制在有限的维度内，注定要发生不可避免的变化。

——《彩虹桥高堡沉思录》，文本

拉班在图拉峡湾捕杀了毛皮鲸，这只是他给阿布鲁尔德·哈克南造成的一系列灾难中的开端。

在一个阳光明媚的日子里，经过了一个漫长而艰难的冬天，冰雪已经开始融化，可怕的雪崩掩埋了彩虹桥高堡，一座由隐居僧侣建造的最伟大寺院，同时也是拉班家族的祖宅。

雪崩就像一把白色的榔头砸了下来，摧毁了路径上的一切。它震塌了建筑物，数千名虔诚的信徒被埋在了下面。埃米的父亲奥尼尔·劳萨－拉班第一时间向阿布鲁尔德的宅邸发出了求救信号。

焦急万分的阿布鲁尔德和埃米亲自驾驶着一架扑翼机，后面跟着一架满载了当地志愿者的大型运输机。他一只手驾驶扑翼机，另一只手则紧紧抓住了她的手。阿布鲁尔德久久地凝望着妻子那张宽脸的轮廓和她长长的黑发。尽管她没有任何传统意义上的美丽，但每当他注视着她或和她在一起时从不会感到厌倦。

他们沿着崎岖的海岸线飞行，然后深入蜿蜒的山脉。许多与世隔绝的隐居地没有通向他们所栖身的峭壁的道路。所有的生活材料都是从山上采集来的，而所有的物资和人员都是通过扑翼机运来的。

在四代人以前，一个叫做拉班的小家族把整个星球的工业和财权拱手交给了哈克南家族，条件是允许他们和平地在此地生活。有一些宗教团体创建了修道院，并把他们的精力集中在经文和佛经上，试图理解神学中那些最细微的差别。而对于这些哈克南家族是一点也不在乎。

彩虹桥高堡是第一批像梦境中的香格里拉一样被建造在脊梁山脉上的城市之一。这座轮廓分明的石头建筑坐落在高高的悬崖上，直插入兰基维尔那常年不散的云层之上。从冥想阳台上看去，山峰漂浮在白色积云的海洋上，就像一座岛屿。塔顶和尖塔上覆盖着从远处矿山里精心提取出来的黄金，每一面墙壁的表面都蚀刻着古代传奇和道德隐喻的浮雕。

阿布鲁尔德和埃米曾多次造访彩虹桥高堡，前来探望她的父亲，也在需要放松的时候来此地休养。在满是灰尘的厄拉科斯生活了七年之后，他和妻子回到了兰基维尔，他们在彩虹桥高堡休养了一个月，才净化了心灵。

现在一场雪崩几乎摧毁了那座伟大的纪念碑。阿布鲁尔德不知道自己该如何面对它的废墟。

他们紧张地坐在一起，他驾驶着扑翼机飞得高高的，在逆风气流中保持着稳定。由于几乎没有路标，也没有道路，他依靠坐标为扑翼机导航。这艘船飞过了一个名为刀刃脊的山脉，进入了一个满是冰川的碗状盆地，然后向上攀升，爬上了一个崎岖的黑色斜坡，到达了原本应该是城市的地方。此时的阳光令人目眩。

埃米那紫褐色的眼睛望着前方，数着山峰，为自己定位，然后她指了指，而阿布鲁尔德的手仍然没有松开。阿布鲁尔德认出了几个闪闪发光的金色塔尖，还有那些支撑着宏伟建筑的乳白色巨石。整整三分之一的彩虹桥高堡被抹去了，仿佛一把巨大的雪扫帚抹平了一切，抹去了所有障碍物，无论是悬崖、建筑还是僧侣。

扑翼机降落在曾经是城镇广场的地方，现在被清理出来，成为救援队和打捞队的集结地。幸存下来的僧侣和游客们挤在雪地上：穿着长袍的人使用临时工具，甚至徒手去营救幸存者，但主要是为了寻找那些冰冻的尸体。

阿布鲁尔德从扑翼机里爬了出来，然后伸手搀扶他的妻子下来。他担心她的腿会和自己一样不住地颤抖。虽然阵阵寒风把冰晶像沙砾一样撒在他们的脸上，但泪水还是涌上了阿布鲁尔德苍白的双眼，而这不是风吹的缘故。

膀大腰圆的市长奥尼尔·劳萨－拉班见他们到了，连忙走上前来。他的下巴长满了胡须，双唇不住颤抖着，仍然说不出一个字。最后，他只得张开双臂抱住了女儿，给了埃米一个长时间的拥抱。阿布鲁尔德也拥抱了他的岳父。

彩虹桥高堡以其建筑而闻名，棱柱状的水晶窗户能将彩虹反射回山上。住在那里的人都是手工艺人，他们制作珍贵的物品，然后卖给那些富有的、有鉴别力的顾客。最著名的是那些不可替代的精美书法书籍以及巨大的《奥兰治天主圣经》彩绘手稿。只有兰兹拉德最富有的家族才能买得起由兰基维尔修士手写和装饰的《圣经》。

而令客户们特别感兴趣的商品则是歌唱水晶雕塑，这种谐波石英开采自石窟，被仔细调试到了合适的波长，当其中一块晶体发出共振时，振动会传递给下一块，然后再下一块，并且以一种谐波的方式传递，从而形成一种你在帝国的其他地方听不到的音乐。

“陆续会有救援队飞过来的，”阿布鲁尔德对奥尼尔·劳萨－拉班说，“他们会带来设备和应急物资。”

“我们看到的都是悲伤和惨剧，”埃米说道，“我知道让你现在考虑这个有些太早，但爸爸，假如我们换个办法——”

那个长着灰白胡须、肩膀宽阔的男人点了点头。“是啊，我的女儿。”然后直视着阿布鲁尔德的眼睛说道，“但我们要交给哈克南家族的税金下个月就到期了。我们本来卖出了足够多的水晶、挂毯和书法作品，我们还存了些宇宙索。可现在——”他指了指雪崩后的废墟，“现在都埋在那里的某个地方了，所以我们手头这点儿钱都得交出去……”

在拉班家族和哈克南家族最初的那份协议中，兰基维尔上所有的宗教城市都必须每年支付一定的税款。换来的是哈克南免除了其他义务，并且可以不受任何约束。阿布鲁尔德举起手来说道：“别担心这个了。”

尽管他的家族早就过惯了苦日子，但阿布鲁尔德一直尽他最大的努力生活得更好，以应有的尊重对待他人。但自从他儿子的捕鲸活动破坏了图拉峡湾的繁殖地后，他发现自己掉进了一个漆黑的深坑里。只有他与埃米分享的爱使他保持着力量和乐观。

“你需要多少时间都可以。现在最重要的是找到幸存者，帮助你们重建家园。”

奥尼尔·劳萨－拉班看起来伤心欲绝，甚至挤不出一滴泪来。他凝视着在山腰上干活的人们。太阳在他头顶上照耀着，天空湛蓝湛蓝。雪崩把他的世界涂上了一层纯白，掩盖了它所带来的深重苦难。

在杰第主星自己的私人房间里，哈克南男爵经常和他的侄子以及他的门泰特一起沉思，他对这个消息作出了恰当的反应，也就是愤慨。在一片混乱中，他坐在他的浮空装置里上下乱蹦起来，而其他人都坐在椅子上。一根主要是装饰用的崭新手杖靠在椅子边上，触手可及，他可以随时抓起手杖打人。这根棍子上刻着的是一个哈克南家族狮鹫兽的头，而不是他当初从阳台上扔下去那根手杖上的那个沙虫头。

房间的每个角落都笔直地立着装饰性的柱子，呈方形排列，形成一种杂乱的建筑风格。一个角落里还有一个干涸的喷泉。这里没有窗户——反正男爵很少会去看窗外的风景——他的光脚踩着光滑的瓷砖，感觉冰凉，依靠着浮空器，他的脚才能这样轻触地板。在房间的另一个角落里，一根杆子斜靠在墙上，上面挂着哈克南家族的旗帜，好像被什么人漫不经心地扔在那里，一直没有放回原位。

男爵怒视格洛苏·拉班骂道：“你爸爸又开始展示他那软弱的心肠和脆弱的头脑了。”

拉班吓了一跳，担心自己会被派回兰基维尔，去劝说阿布鲁尔德。他身上穿着一件栗色的无袖棉袄，露出了肌肉发达的手臂。他那头红发剪得很短，因为经常戴头盔的缘故额头上还翘着一绺头发。“我希望你别总是提醒我他是我父亲这个事儿。”他回应道，试图转移男爵的怒气。

“兰基维尔修道院的税收连续四代都没有中断过。这是我们和拉班家族当年签下的协议。他们总是按时交钱。他们知道协议条款里写的是什么。可现在，就因为下了那么点儿——”男爵哼了一声，“雪，他们就打算不交税了？阿布鲁尔德怎么就能大手一挥地随意免除臣民的纳税义务呢？他是那个行星的统治者啊，他是有责任的。”

“我们总是可以让别的城市多交点儿的。”彼得·德伏建议道。而当他想到某种其他的可能性时，不由得抽搐了一下。他从椅子上站了起来，穿过房间走向男爵，身上裹着一件宽松的长袍，像一个复仇的鬼魂那样优雅而安静地从地板上滑行而来。

“我不同意开这样的先例，”男爵说，“我更喜欢我们的财务状况一直都保持整洁——兰基维尔到目前为止一直都很干净。”说着他走到一张桌子旁，给自己倒了一小口基拉那白兰地。男爵抿了一口，希望这种烟熏味的液体能缓解自己关节的疼痛。自从安装了皮带装置后，男爵由于减少了活动，体重又增加了很多。他的身体就像一副重担，挂在他的骨头上。

男爵的皮肤散发出一股桉树和丁香的味道，这香味来自他每天沐浴时添加的精油。按摩师会把药膏厚厚地涂在他的皮肤上，但他那每况愈下的身体依然会感到痛苦万分。

“如果我们对一个城市展示出宽容，那大家就会人为地制造出灾难来，到时候逃税的借口可就多了去了。”他噘起宽大的嘴唇，蜘蛛般的黑眼睛向拉班瞥了一眼。

“我能理解你为什么不高兴，叔叔。我的父亲确实是个傻瓜。”

德·弗里斯举起一根瘦长的手指，说道：“请允许我说明一点，男爵阁下。兰基维尔因其鲸鱼皮毛贸易而获利颇丰。实际上我们所有的利润都来自这个行业。而那些修道院的一些小饰品和纪念品也都能卖出个好价钱，这都没错……但总的来说，这些收入其实是微不足道的。总的来说，我们会要求他们缴税，但实际上我们并不需要他们。”门泰特顿了顿。

“你的意思是？”

门泰特扬起了浓密的眉毛，答道：“我的意思是，男爵大人，在这种我们可以承受损失的情况下……我们可以表明一下我们的态度。”

拉班笑了起来，那是一种低沉的、跟他叔叔一样的笑声。他在兰基维尔的流亡至今仍令他感到痛心。

“是哈克南家族在控制着拉班在兰基维尔的封地，”男爵说道，“随着香料市场的波动，我们需要确保我们对每一个盈利企业的绝对控制。也许我们在监视我那同父异母的弟弟方面有些疏忽了。他可能觉得他可以随心所欲地宽大处理他的臣民，而我们会忽视他。他必须抛弃这种想法了。”

“那你打算怎么干，叔叔？”拉班向前探了探身子问道，他的厚眼皮眯缝起来。

“是你要打算干什么。我需要一个熟悉兰基维尔的人，一个理解权力需求的人。”

拉班满怀期待地咽了口唾沫，完全清楚接下来要发生什么了。

“你要回到那儿去，”男爵命令他道，“但这次不是耻辱的放逐，这次你是有任务要做。”

贝尼·杰瑟里特从不随意撒谎。因为真相会更好地服务我们。

——《贝尼·杰瑟里特法则》

这是一个阴沉沉的早晨，雷托公爵独自坐在卡拉丹城堡的庭院里，盯着一份没有动过的熏鱼鸡蛋早餐。他的右手放着一个装有金属浸渍纸文件的大木箱。凯莉娅似乎很少关心日常的商业事务，而他有那么多事情要做，却没有一点有趣的。

桌子对面放着杜菲·哈瓦特的剩饭，这位门泰特匆匆吃完早饭就离开去处理当天国事所需的安全细节了。雷托的思绪则一直徘徊在进入行星轨道的运航机和即将降落的穿梭机上。

*贝尼·杰瑟里特姐妹会对我能有什么要求？她们为什么派代表团来卡拉丹？*自从隆博把特希雅选作他的妃子后，他和姐妹会就没有过任何瓜葛了。而现在，她们的代表想和自己谈一件“极其重要的事”，却拒绝透露更多信息。

他觉得自己头昏脑胀的，头天晚上也没能睡好。莫里塔尼和埃卡兹之间的暴力冲突始终还萦绕在他心头。尽管他在兰兹拉德联合会上凭借坚定的外交努力获得了一些声望，但最近大公爵家人被绑架和处决的事件令他很是难受。雷托见过阿曼德·埃卡兹的女儿桑娅，觉得她很有魅力，甚至曾觉得她会是一个很好的结婚对象。但格鲁曼暴徒却杀害了桑娅和她的叔叔。

他清楚，如果没有进一步的流血冲突，这个问题是无法解决的。

雷托看到一只鲜艳的橙黄相间的蝴蝶在桌子中央的花瓶上方飞舞起来。有那么短暂的一段时间，这只漂亮的昆虫让他忘却了烦恼，但很快那些烦人的事情又回到了他的脑海里。

多年以前，在他的没收审判中，贝尼·杰瑟里特姐妹会曾向他提供过帮助，尽管他知道最好不要把希望放在这种不带条件的帮助上。当时杜菲·哈瓦特给了雷托一个他已经非常熟悉的警告：“贝尼·杰瑟里特的女巫们可不是给人跑腿的女孩。*她们*这么做是因为*她们*选择要这么做，因为这在某种程度上对*她们*有利。”

哈瓦特当然是对的。姐妹会善于获取信息、权力和地位：一名贝尼·杰瑟里特隐秘者嫁给了皇帝本人。而沙达姆四世一直在身边留着一名古老的真言师。另一名女巫也嫁给了沙达姆的香料大臣，哈什米尔·芬伦伯爵。

*为什么她们总是对我那么感兴趣呢？*他真想知道。

蝴蝶落在他手边的木箱上，炫耀着它那带着花纹的美丽翅膀。

即使拥有高级的门泰特能力，哈瓦特也无法提供关于贝尼·杰瑟里特姐妹会动机的有用推测。也许雷托应该问问特希雅——毕竟隆博的妃子通常会给出直截了当的回答。但尽管特希雅现在已是厄崔迪家族的一员了，可这名年轻女子仍然忠于姐妹会。而没有任何组织比贝尼·杰瑟里特更能保守秘密。

刹那间，蝴蝶在他眼前翩翩起舞。他伸出一只手，掌心朝上——令他吃惊的是，它竟落在了上面，轻轻地停了下来，他的手心几乎没有什么感觉。

“你有我想要的答案吗？这就是你想告诉我的吗？”这只蝴蝶完全信任他，相信雷托不会伤害它。善良的卡拉丹人民也给予了他这种神圣的信任。蝴蝶随后飞了起来，落在了地面上，在早餐桌落下的阴影里寻找着露水。

突然，一个仆人走进了院子："公爵大人，代表团来早了。她们已经到了太空港！"

雷托一下子站了起来，不小心把大木箱从桌上碰了下来。它滚到了冰凉的石头地板上。仆人赶紧上前想要把它捡起来，但雷托却发现蝴蝶已经被压碎了，气得把仆人推到了一边。是他自己的粗心害死了这个娇弱的生物。他现在感到很不安，在它旁边跪了有好几秒钟。

"您没事吧，大人？"仆人问道。

雷托站起身子，拨开那个大木箱，装出一副坚忍的表情："通知代表团，我将在我的私人书房与她们会面，而不是在太空港。"

当仆人匆匆离去后，雷托轻轻地把死蝴蝶举了起来，放在桌子上。虽然这只昆虫的身体已经被压碎了，但它那双精致的翅膀却完好无损。他想要把这个生物的尸体包裹在强化玻璃晶体里，这样他就能永远记住美好的事物是多么容易被人们一瞬间的疏忽破坏掉……

雷托穿上了黑色制服，披上了绿色的斗篷，戴好了公爵徽章，从他的伊拉迦木制成的办公桌后站了起来。五个身穿黑袍的姐妹这时走了进来，领头的那个女人面容严肃，头发灰白，双颊凹陷，但眼睛十分明亮。雷托对着她们鞠了一躬，看了看旁边的一个古铜色头发的年轻美女，然后又把视线转回了那位领头者。

"我是盖乌斯·海伦·莫希阿姆圣母，"女人的脸上没有流露出圣母敌意，但也没有露出微笑，"谢谢您允许我们与您交谈，雷托·厄崔迪公爵。"

"通常情况下，在这么短的时间内我是不会同意你们来访的。"他冷冷地点了点头，是哈瓦特建议要尽可能让这些女人摸不清套路的，"然而，由于姐妹会并不经常向我提出要求，所以我这次破例了。"当雷托开始介绍他的门泰特战士时，家仆关上了私人书房的门，

“圣母，现在请允许我介绍我的安全指挥官杜菲·哈瓦特。”

“啊，是那位著名的刺客大师。”她迎着他的目光说道。

“那只是个非正式的头衔。”哈瓦特保持着戒心，微微鞠了一躬。空气中弥漫着紧张的气氛，雷托不知道该如何打破这个局面。

但当女人们坐在厚实的软垫椅子上时，雷托发现自己被那个留着古铜色头发的年轻女孩迷住了，她仍然站着，大概十七岁，一张椭圆形的脸上有着一双聪慧的绿色眼睛，鼻梁微微翘起，嘴唇宽大，举止优雅。他以前见过她吗？他不确定。

当莫希阿姆看向那个站得笔直、僵硬的年轻姑娘时，她们交换了一下目光，似乎两人之间存在着某种紧张情绪。“这位是杰西卡，一个很有天赋的侍从姐妹，在很多方面都受过训练。我们想把她送给你的家族，并致以我们的敬意。”

“把她送给我们？”哈瓦特声音尖锐地质问道，“是作为仆人，还是作为密探？”

那姑娘目光锐利地看着他，但很快便掩饰住了她的愤怒。

“作为配偶，或只是一个提供建议的参谋都可以。这要由公爵本人来决定，”莫希阿姆平静地无视了门泰特的指责，“贝尼·杰瑟里特姐妹已经证明了她们作为顾问的价值，就连科瑞诺家族也要承认这一点。”她的注意力牢牢地落在雷托身上，但她很显然仍在盯着哈瓦特的每一个动作，“一名贝尼·杰瑟里特可以观察，并得出她自己的结论……但这并不能说明她是个间谍。许多贵族认为我们的女人是很好的伴侣，漂亮，精于——”

雷托打断了她：“我已经有了一个妾，而且还是我儿子的母亲。”说着他瞥了哈瓦特一眼，看到他正在分析新数据。

莫希阿姆对他会心一笑道：“像您这样的要人，可以有不止一个女人，厄崔迪公爵。而且您还没有选择妻子。”

“我不像皇帝，我不设后宫。”

其他几位姐妹们显得不耐烦起来，而圣母则长叹了一声道：“传统意义上的‘后宫’，厄崔迪公爵，指的是一个男人要负责的所有女人，包括他的姐妹、母亲、妻妾。这个词没有隐含的性暗示。”

“文字游戏而已。”雷托咆哮道。

“那您是想玩文字游戏，雷托公爵，还是想和我谈个条件？”圣母瞟了哈瓦特一眼，似乎在考虑在一位门泰特面前该说多少话。“我们注意到了一件有关厄崔迪家族的事。它涉及到了多年前对你实施的一个阴谋。”

哈瓦特几乎觉察不到地抽搐了一下，集中了注意力。雷托也身体前倾，问道：“什么阴谋，圣母？”

“在我们向你透露这一重要信息之前，我们必须先达成某种共识。”雷托对此话一点儿也不惊讶。“我们要求的回报多吗？”由于情况紧急，莫希阿姆认为可能会有必要对他使用言音①，但门泰特肯定会发觉到这一点。杰西卡则仍像个展览品似的站在一边：“任何其他贵族都会很高兴有这么个可爱的女孩作为他们的随从……以便应付任何情况。”

雷托的脑筋转动了起来。*很明显，她们想派人来卡拉丹。只是出于什么目的呢？只是为了对我施加影响？她们为什么要如此大费周章呢？如果她们这么需要一个间谍的话，那特希雅不是已经在这里了吗？厄崔迪家族确实受到尊敬且拥有一定的影响力，但我们在兰兹拉德中并不是特别强大。*

为什么她们要如此关注我？

还有，为什么如此坚持非得派这个姑娘来呢？

雷托绕到桌子前面，向杰西卡做了个手势：“过来。”年轻女子

①言音是贝尼·杰瑟里特的组合训练手法，可以通过语气语调给对手施加压力，达到完全控制对方的目的。

轻快地走过书房。她比公爵矮一个头，皮肤洁白且光彩照人，她长时间深深地注视雷托。

“我听说所有的贝尼·杰瑟里特都是女巫。”他一边说，一边用手指抚摸起她古铜色的柔顺头发来。

她迎着他的目光，柔声回答道：“但我们也有心和身体。”她的嘴唇温柔而肉欲十足，很是诱人。

“啊，可你的身心都被训练来做什么呢?”

她以平静的语气避开了他的问题：“训练忠诚，提供爱的抚慰……还有就是怀孕。”

雷托瞥了一眼杜菲·哈瓦特。这位沧桑的战士不再处于门泰特模式了，他朝着雷托点点头，表示他不反对这笔交易。其实，在早先他们的私下讨论中，两人就计划好要对贝尼·杰瑟里特代表团采取一种咄咄逼人的策略了，看看在压力下她们会如何回应，以保持双方的平衡，好让门泰特能够观察。而现在似乎就是采取这种策略的好机会。

“我不觉得贝尼·杰瑟里特会白送什么东西!”雷托突然怒气冲冲地厉声说道。

“但是，大人——”还没等杰西卡说完这句话，雷托就从腰间的刀鞘里抽出一把宝石柄的刀，用刀刃抵住她的喉咙，把她赶紧拉到自己身边，劫持作人质。

她的贝尼·杰瑟里特同伴却没动，只是平静而不安地盯着雷托，似乎认为其实只要杰西卡愿意的话，她随时可以反手杀死他。莫希阿姆那双小鸟一般的眼睛也盯着他。

杰西卡把头往后仰，露出了她柔软光滑的喉咙。这是被称作与狼共舞的策略，是她在圣母学校里学到的：完全服从地展露出你的喉咙来，侵略者就会后退。

雷托的刀尖轻轻刺入她的皮肤，但还不足以流血：“我不相信你们送的东西。”

杰西卡记得，就在她们抵达卡拉市太空港，走下穿梭机之前，莫希阿姆曾在她耳边低声下了命令。她这位严厉的导师是这样说的：“链条绝不能断开。你必须生下我们所需要的那个女孩来。”

没人告诉过杰西卡她在姐妹会的育种计划中处于什么位置，她也没有资格问这个问题。许多年轻的女孩被分配到不同的大家族里当小妾，她没理由相信自己和其他人有什么不同。她尊重自己的上级，并努力表现出这一点，但有时莫希阿姆的强硬方式让她感到很是恼火。就在来这里的路上她们之间还吵了一架，而且现在还没和好。

雷托在她耳边低声说道：“我现在就可以杀了你。”只不过，他这假装的愤怒瞒不过杰西卡和她的姐妹们。多年前，作为一次测试，她躲在瓦拉赫九号星阳台的阴影里，研究过这个黑头发的男人。

于是她把脖子紧贴在刀刃上：“你不是一个随便杀人的人，雷托·厄崔迪。”他把刀刃缩了回去，但手仍搂着她的腰。她又对他说道：“你不用怕我。”

“我们成交了吗，雷托公爵？”莫希阿姆开口问道，对他刚才的行为毫不在意，“我向您保证，我们的情报是很有……启发性的。”

雷托不喜欢被人逼得走投无路，但他还是从杰西卡身边走开了：“你说有针对我的阴谋？”

圣母皱起的嘴角浮现出一丝微笑：“首先您必须同意这个交易，也就是杰西卡留在这里，得到应有的尊重。”

雷托和他的门泰特战士交换了一下眼色。“她可以留在卡拉丹城堡里，”他最后答应道，“但我不打算把她带到我床上。”

莫希阿姆耸耸肩：“请便。杰西卡是一个有价值并且很有用的资源，但请不要浪费她的才华。”*男女之情必会自然萌发的。*

“圣母，您到底获悉了什么重要的情报？”哈瓦特问道。

莫希阿姆清了清喉咙，回答说道：“我要说的是几年前发生的一件事，当时您被诬告袭击了两艘特莱拉飞船。我们现在了解到的是，哈克南家族与此事有关。”

雷托和哈瓦特都僵住了。在等待进一步的数据时，门泰特的眉头紧锁，全神贯注。

“您有什么证据吗？”雷托问道。

“他们用一艘隐形战舰向特莱拉人的飞船开火，然后嫁祸给您，企图发动一场厄崔迪和特莱拉之间的战争。我们现在掌握了那艘隐形船的残骸。”

“一艘能隐形的飞船？我从来没听说过这种事。”

“您没听过不代表它不存在。我们有原型机，而且是唯一的原型机。幸运的是，哈克南人遇到了技术故障，导致了它……坠毁……在我们的学校附近。我们也已经确定，哈克南人无法再制造这样的飞船了。”

门泰特仔细打量着她，问道：“你们分析过这项技术吗？”

“我们发现了一些东西，但材质不明。不过这样一种可怕的武器肯定会对帝国造成巨大的破坏。”

雷托发出了一声狂笑，为自己终于找到了困扰了他十五年的问题的答案而感到高兴：“杜菲，我们得把这个情报上报给兰兹拉德联合会，一劳永逸地恢复我的名誉。圣母，现在请把您掌握的一切证据和文档都转交给我们——”

莫希阿姆却摇了摇头道：“这不是我们协议的一部分。那场暴风雨已经平息了，雷托公爵。您的没收审判已经结束，而且您也被宣告无罪。”

“但仍没有彻底地澄清。一些大家族依旧怀疑我参与了此事。而你可以提供确凿的证据证明我的清白。”

“雷托公爵，这对您来说真的很重要吗？”她扬起了眉毛说道，“也许您可以找到一个更有效的方式来利用这枚筹码。上报给兰兹拉德只能满足您的自尊心或是慰藉您的道德感，我们姐妹会不建议您这样做。”

面对莫希阿姆那锐利的目光，雷托觉得自己是如此无助和年轻：“你怎么能在向我提供了这样的情报后，又劝我不采取任何行动呢？而如果我手里没有证据，那么这个情报就毫无价值。”

莫希阿姆皱起了眉头，乌黑的眼睛闪闪发亮：“行了，雷托公爵。难道厄崔迪真的只对服饰和文件感兴趣吗？我以为您更看重真相本身。而我已经告诉你真相了。”

“你自己声称的而已。”哈瓦特冷冷地说道。

“英明的领袖都有耐心。”莫希阿姆边说边向她的同伴们示意，准备出发，“总有一天您会发现运用情报的最佳方式。但一定要用心去体会。雷托·厄崔迪公爵，只要您能搞清楚那天在运航机里到底发生了什么，您就拥有了巨大的优势。”

哈瓦特正要表示反对，但雷托却举起了手阻止了他。“她是对的，杜菲。这个答案确实对我很有价值。”说着他又看了看那个古铜色头发的女孩，“杰西卡可以留在这里。”

这个对肾上腺素上瘾的男人背叛了所有的人性。他亦背叛了自己。他逃避生活中所有切实可行的问题，承认是自己的暴力导致了失败。

——卡马尔·皮尔鲁，伊克斯流亡大使《关于不义政府倒台的论述》

这批偷运来的炸药被完好无损地送达了目的地，靠的是一路上对世界各地运输人员的贿赂，它们被藏在箱子里，运到了位于入口港峡谷峭壁洞口一个特殊的装载码头。

克泰尔驾驶着装载机，在箱子上找到了那些细微的标记，然后转移走了这些看上去很正常的集装箱，他这么做已经很多次了。然而，当他看到里面这些包装巧妙的晶片炸药时，他还是惊呆了。肯定有一千枚晶片！除了运输费用的说明外，没有任何信息、编码或其他什么东西，也没有来源信息，但克泰尔清楚发送者的身份。这批炸药可比隆博王子以前送来的多了不少。克泰尔感到了新的希望和沉重的责任。

只有少数谨慎的独立反抗军仍在地下活动，他们不愿与任何人来往。克泰尔自己也是这样。除了米拉尔·阿莱切姆，他一直在孤独地战斗，尽管隆博——以及特莱拉人——显然认为这里还存在着更大、更有规模的抵抗组织。

而这些炸药可以弥补这一点。

隆博·维尔纽斯王子年轻时是个矮胖的男孩，在克泰尔的印象里他是个好脾气的诙谐小子，他们当年花了很多时间去收集地质标本，而不是学习治国之道和伊克斯的工业流程。当年的他们似乎总是有很多时间。

但是当特莱拉人到来时，一切都改变了。一切。

即使在流放期间，隆博仍然拥有通行密码，并与运输当局保持着联系，毕竟原材料需要进入这个制造业城市。隆博就是通过这个渠道把重要的物资走私到地下的，现在又运来了这些能够爆炸的晶片。克泰尔发誓要认真做好每一件事。而现在，当务之急是在那些行动迟缓的伊克斯次人发现包裹里的真实货物之前，把这些炸药藏起来。

他穿着一件偷来的上级工人制服，把这批炸药和其他日常用品一道，通过浮空货车运进了钟乳石城。他没有着急回到他的藏身之处，而是始终保持着温和、被动的表情，不与旁人交谈，对特莱拉大师的谩骂或侮辱不作任何回应。

当他最终抵达了正确的楼层，穿过伪装的入口，进入装有传感器屏蔽场的房间后，克泰尔把那些黑色的粗糙晶片堆在了一旁，然后躺在他的小床上，大口喘着粗气。

这将会是他这么多年来搞的第一次大破坏。

他闭上眼睛。过了一会儿，他听到了一阵敲门声、脚步声和沙沙的声音。他没有动也没有看，因为那声音很熟悉，算是这该死的世界给他的唯一安慰。他闻到了她那淡淡的甜香。

这几个月来，他一直和米拉尔·阿莱切姆住在一起。他们在黑暗的隧道里做爱，然后紧紧抱在一起，安静而紧张地躲避着萨多卡巡逻队。在他作为伊克斯爱国者的这些年里，克泰尔一直克制着建立任何个人关系的冲动，拒绝与他人密切接触。毕竟这样做太危险了，也太让人分心了。但是米拉尔和自己有着同样的目标，同样的需要。并且她是如此的美丽……

这时，他听见她把什么东西轻轻放在了地板上，然后过来吻了吻他的脸颊，说道："我弄来了一些东西，一些高能电线，一个激光包，一个——"他听到她吸气的喘息声。

克泰尔微笑着，仍然闭着眼睛。这时她发现了那堆晶片炸药。

"我也弄来了一些东西。"他一下子坐了起来，解释了他是如何得到这堆炸药的，以及它们是如何工作的。每个小硬币大小的黑色晶片上布满了压缩爆炸珠子，其能量足以炸毁一座小建筑。如果放置得当，它们便可以造成大规模的巨大破坏。

她把手指伸向那堆晶片，然后犹豫了一下。她那双又大又黑的眼睛望着他，而他也和往常一样，心里全是她。米拉尔是他见过的最好的人。与他自己的冒险相比，她冒险的方式令人钦佩。她从没有引诱过他，根本没想这么做过。他们的关系才刚刚开始。他们是天生的一对。

他短暂地回想起了自己年轻时曾迷恋过维尔纽斯伯爵的女儿凯莉娅。现在看来那只是一场幻想，一场游戏，如果伊克斯没有陷落，也许这个梦会变成现实。然而，米拉尔才是活生生的现实。

"别担心，"他向她保证说，"它们需要引爆器才能引爆。"他指着一个红色小盒子说道，里面装满了针一样的计时装置。

她两手各拿起了一块晶片，像一个宝石匠拿着一颗新火石一样仔细检查着。克泰尔可以想象她脑海中闪现出来的那些可能性，比如城市里的压力点，那些能给入侵者带来最大痛苦和伤害的地方。

"我已经选好了几个目标。"他说，"我希望你能帮忙。"

她小心地把晶片炸药放回原处，然后和他一起倒在床上，拥抱在一起："你知道我会帮你的。"她呼出的气息温暖着他的耳朵。他们迫不及待地把衣服脱掉了。

在这个大计划的鼓舞下，克泰尔和她满怀激情地做爱，然后睡了比平时更长的时间。而在他休息好了之后，他和米拉尔反复核对了行动流程，以确保每一步都要安全、精准到位。他们在这个屏蔽场房间里安了几枚晶片炸药，然后带着剩下的炸药走到门口，看了一下扫描仪，以确定外面走廊里没人。

克泰尔和米拉尔带着一份伤感，无声地告别了这个他长期以来一直绝望藏身的密室。现在它还有最后一个用处，那就是狠狠地打击入侵者。

贝尼·特莱拉永远不会知道是什么打中了它们。

克泰尔将那个装有炸药的箱子放在了其他箱子的旁边，所有这些箱子都将被运进高度戒备的特莱拉研究馆，都是些实验材料。而现在其中一个箱子里装的却是晶片炸药，虽然这批晶片看起来和其他装在自动轨道系统上的晶片没什么两样吧。它们会被直接送到他们秘密巢穴的中心。

他并没有总去看那个炸药箱子，只是简单地把它与其他箱子堆在一起，然后偷偷设定了计时器，然后连忙去搬下一个箱子。其中一名工人绊了一下，克泰尔过去搬起了这名工人掉在地上的板条箱，把它抬到轨道车上，以避免延误。他已经做得足够自然了，但还是避免不了流露出紧张情绪。米拉尔·阿莱切姆正在另一栋楼下面的通道里。她会在这栋巨大的建筑物底部安放炸药，而特莱拉人的办公室就在她的头顶上。现在她应该已经撤离了。

随着一声嗡嗡的声音，运货车颤抖了起来，缓缓地向前移动，加速驶往实验室。克泰尔很想知道特莱拉人在研究馆里面到底在干什么，但米拉尔和他自己从来都没能弄清楚。但只要给他敌人造成损害，他也就满足了。

尽管特莱拉人进行过血腥的镇压，但十六年过去，他们也有些松懈了。现在看来那些安全措施显得很可笑……而克莱尔打算向敌人展示一下他们犯下的错误。这次打击必须足够严重，足以让其晕头转向，因为下一次尝试就不那么容易了。

克莱尔盯着火车车厢的后面，抑制住了自己期待的微笑。在他身后，工人们准备了一辆新的轨道车，里面装着更多的补给品。他抬头看了一眼洞窟的天花板，那些薄纱般的建筑在投射的天空中像倒立的岛屿一样突出着。

时间是至关重要的。四枚炸弹必须同时爆炸。

这不仅是物理上的胜利，也是心理层面的胜利。特莱拉入侵者一定会得出这样的结论：一个庞大而协调的抵抗运动应该为这些袭击负责，叛乱分子还是有着广泛的成员和组织计划的。

他们一定猜不到，我们其实只有两个人。

在取得这个惊人的成功之后，其他人可能也会开始自己的斗争。如果有足够多的人采取行动，那么大规模的反抗将成为一个自我实现的预言。

他深吸一口气后，转向其他等待运输的箱子。他不敢做出任何反常的举动来。因为在头顶上，监视机不停地盘旋着，灯光闪烁不止，传输摄像机记录着人们的每一个动作。

他没有看计时器，但是他知道时间快到了。

当第一次爆炸撼动了地下深处的洞穴时，那些呆头呆脑的工人们纷纷停下了手里的活儿，一脸困惑地对视。克泰尔知道废物处理坑的爆炸应该足以摧毁那些房间，破坏或干脆摧毁传送带。而这些碎石弄不好会封住深层岩浆井的顶部。

还没等大家注意到他脸上那洋洋得意的表情，头顶的钟乳石建筑就爆炸了。

是他那间位于行政层里的装有扫描信号屏蔽场的房间爆炸了，留在那里的一堆晶片炸药把整个特莱拉的官僚体系炸了个粉碎。大王宫的一个侧翼全部被毁了，长长的钢梁吊在那里，承重钢筋也断掉了。

岩石碎片像雨点一样倾泻到了洞穴中心，工人们惊慌失措地四散奔跑。明亮的光线和成片的灰尘在破裂的天花板上蔓延开来。

震耳欲聋的警报声开始在石墙上响起，和滚滚的雷声似的。除了多年前那场次人起义，他还没有听到过这样嘈杂的声音。一切都很完美。

克泰尔装出一副恐惧的神色，和其他伊克斯工人一起向后退去，躲在他们中间，以人群为掩护并消失在一片混乱之中。他闻到了周围建筑材料的灰尘味和恐惧的臭味。

他很快便听到远处米拉尔做活儿的那栋大楼也传来了爆炸声，清楚像米拉尔这么聪明的人，一定在引爆炸弹之前就逃走了。最后，正如他所希望的那样，装满炸药的轨道车开进了秘密研究馆的装货码头。最后一组晶片炸药随后喷出了条纹状的火焰和黑色的烟雾。爆炸音在厚重的墙壁后面响起来，就像一场太空大战。

火势开始蔓延开来。全副武装的萨多卡军团像热锅上的蚂蚁那样四处乱窜，试图找到这次协同攻击的源头。他们朝天花板胡乱开着枪，似乎只是为了表达他们的愤怒。警报声震得墙壁嘎嘎作响。通过扩音系统，特莱拉大师们用他们的语言尖叫着难以理解的命令，而工人们则都在拼命压抑着恐惧，喃喃自语。

但即使在如此混乱的气氛中，克泰尔也从一些伊克斯人的脸上看到一种奇怪的表情：那是一种满足，一种对有人能取得如此这般的胜利而感到惊奇的神情。虽然他们自己早就失去了斗志。

现在，或许他们可以重新找回抗争的意志吧。

终于，克泰尔长舒了一口气，他眨着眼睛，显露着震惊的神色，试图掩饰自己的微笑。他挺直了肩膀，但很快又放低了，因为他想重新摆出一副沮丧囚犯的样子。

但终于，侵略者受到了真正的打击。

不做判断就无法交换信息。

——贝尼·杰瑟里特格言

杰西卡站在自己私人公寓的阳台上，看到了她那位身材老土，长着一张苹果脸的侍女，她正在西侧警卫室附近的练习场上。她看着这个上气不接下气的女人正在和杜菲·哈瓦特喋喋不休着，说话时还做了太多的手势。两人都抬头看了一眼她的窗户。

那个门泰特觉得我是个傻子吗？

杰西卡住进卡拉丹已经一个月了，在此期间她提出的每一个要求都得到了冰冷但精确的满足，似乎她只是一个受人尊敬的客人而已。杜菲·哈瓦特亲自负责照料她，把她安置在了海伦娜·厄崔迪夫人以前住的房间里。在封闭了这么多年之后，这个房间最需要的是通风，但那些精美的家具、游泳池、日光室以及全套的衣橱对她来说都不重要。因为一名贝尼·杰瑟里特不需要什么舒适和奢侈。

那名门泰特还为杰西卡找了个喜欢多管闲事的侍女，她每天像蛾子一样在她周围飞来飞去的，不断找一些小事做，以便随时能接近杰西卡。显然她是哈瓦特安插的一个间谍。

所以就在这一天早上，杰西卡没有给她任何理由，就突然把她解雇了。现在，她坐下来等待后果。是那个刺客大师亲自过来游说呢，还是派个代表来？他能明白她想表达的意思吗？那就是*别小看我*，杜菲·哈瓦特。

从阳台上，她看见他停止了和那个被开除侍女的谈话，然后带着自信和力量大步离开西侧警卫室，朝城堡正厅走去。

这个门泰特还真是个怪人。还在圣母学校的时候，杰西卡就已经搞清了哈瓦特的背景，以及他是如何在门泰特培训中心度过前半生时光的，先是作为一名学生，后来成为一名哲学家和理论战术家，最后被雷托的父亲、新任公爵保卢斯·厄崔迪买了下来。

杰西卡运用她贝尼·杰瑟里特的观察力仔细观察着这个坚忍而自信的男人。哈瓦特不像其他门泰特学校的毕业生那样内向，那样避免与人接触。相反，这个致命的男人咄咄逼人，诡计多端，对厄崔迪家族有着狂热的忠诚。在某些方面，他致命的本性很像那个变态的特莱拉人彼得·德伏，但在道德层面他与那名哈克南的门泰特又是完全对立的。这一切都很奇怪……

同样，她也注意到这个刺客大师也用他的门泰特逻辑过滤器仔细地审视她，处理关于她的一些数据，得出一些毫无根据的结论。哈瓦特确实非常危险。

看来所有人都想搞清楚她为什么会在这里，为什么贝尼·杰瑟里特会选择派她来，以及她打算做什么。

杰西卡听到了一阵重重的敲门声，她自己去开门。*我倒要看看你会说些什么。别再跟我兜圈子了。*

哈瓦特的嘴唇已经被纱芙汁浸湿了，一双深陷在眼窝里的棕色眼睛流露出关切和激动之情："女士，对于我亲自为您挑选的仆人，您究竟有什么不满意的呢？"

杰西卡穿着一件淡紫色的塑缎单件外套，凸显着她那苗条的身体曲线。她的妆很淡，只在眼睛周围和嘴唇上涂了一点淡紫色，而她的表情则一点也不温柔："考虑到那些关于你的才干的传说，我还以为你会是个更精明的人呢，杜菲·哈瓦特。如果你打算暗中监视我，怎么也得找个更能干的人吧。”

这番大胆的言论让他吃了一惊，他以更加尊敬的眼神望着对面这个年轻的女人，解释道：“夫人，我是负责安全的，尤其是公爵的人身安全。我必须采取任何我认为需要采取的行动。”

杰西卡关上门，他们站在门廊里，离得很近，近到足以发动致命一击——对彼此都一样。“我问你门泰特，你对贝尼·杰瑟里特都知道些什么？”

他那坚忍的脸上露出一抹微笑：“我只知道那些姐妹会允许外人知道的事。”

她提高了嗓门厉声指责道：“当圣母带我到这儿来的时候，雷托也就变成了我要宣誓效忠的主人。你觉得我会对他构成威胁吗？姐妹会直接对一名兰兹拉德公爵动手吗？在帝国的历史上，你知道有这样的事曾经发生过吗？这无异于自取灭亡。”她哼了一声，“好好想想吧，门泰特！现在你的推测是什么？”

过了好一阵后，哈瓦特才承认道：“我不知道有过这样的事，女士。”

“可你却派那个笨丫头来监视我。你有什么好怕我的？你怀疑什么？”她克制住用言音的冲动，毕竟哈瓦特永远不会原谅这种行为。相反，她用了一个更为平静的威胁：“我警告你，不要试图对我撒谎。”*就这么办，最好让他觉得我是一名贝尼·杰瑟里特的真言师。*

“我为我的轻率举动道歉，夫人。也许我有点……有点过于热心地保护我的公爵了。”*面前这位是一个强大的年轻女人，*哈瓦特心想，*公爵对付她可不大容易了。*

“我钦佩你对他的忠诚。”杰西卡注意到他的眼神变得柔和了，但没有恐惧的迹象，只是多了一点尊敬，“我在这里只待了很短的一段时间，而你却为厄崔迪家族服务了三代人。你的腿上有个萨鲁撒公牛留下的疤痕，那是在老公爵早期的一次斗牛比赛时留下的，对吧？

适应新事物对你来说并不容易。”她朝他微微挪了一步，声音里流露出一丝遗憾来，“到目前为止，您的公爵还把我当作一位远方亲戚对待，但我希望他将来不会讨厌我。”

“他一点也不讨厌你，女士。但他已经选择了凯莉娅·维尔纽斯作为配偶，她可是公爵儿子的母亲。”

其实杰西卡没花太多时间就已经清楚他们的关系早已破裂了：“得了，门泰特，她并非过了明契的妾室，也不是他的妻子。不管怎样，他都没有给那个男孩任何与生俱来的权利。你觉得这说明了什么?”

哈瓦特僵硬地站着，好像受到了某种冒犯似的：“雷托的父亲教导他，要利用婚姻来获得政治上的利益。他在兰兹拉德有着大好的前途。他还没有找到最合适的婚配人选。尽管他已经在考虑了。”

“那就让他好好考虑吧。”杰西卡示意这次谈话结束了。等他转过身去，她又补充了一句，“从今以后，杜菲·哈瓦特，我更愿意自己选择侍女。”

“如你所愿。”

等到门泰特离开后，杰西卡评估了自己的处境，考虑起长远的计划，而不仅仅是姐妹会的使命。她的美貌可以通过那些精妙的诱惑技巧来增强。但是雷托是个骄傲的人，非常个人主义，所以很可能会猜到她的意图，并因自己被人操纵而生气。尽管如此，杰西卡还是有工作要做。

在某些转瞬即逝的瞬间，她注意到他看自己的眼神里好像充满了内疚——尤其在与凯莉娅争吵之后。然而，每当杰西卡试图利用这些瞬间时，他又很快变得冷漠起来，从中抽离了。

住在海伦娜以前的住所对她其实也没有什么帮助，雷托还是不愿意去那里。在保卢斯·厄崔迪公爵死后，雷托和母亲之间的敌意变得非常极端，最终海伦娜去了一个偏远的宗教静修处“休息和冥想”。

对杰西卡来说，很明显她是被放逐了，但杰西卡从厄崔迪家族的记录中找不到任何明确的理由。被安置在这个房间里其实成为了他们情感上的一种障碍。

雷托·厄崔迪潇洒英俊，杰西卡毫不犹豫地愿意和他在一起。事实上，她也希望能和他在一起。每当这种情感涌上心头，她就责备起自己来——这种感觉怎么总是出现，她不能让感情左右自己，爱情这个东西对贝尼·杰瑟里特来说毫无用处

我有工作要做，她这样提醒着自己。杰西卡会等待时机，等待合适的时机。

“无限”就像夜晚的照明灯一样吸引着我们，让我们对它在“有限”身上造成的伤害视而不见。

——《彩虹桥高堡沉思录》，文本

在雪崩灾难过去四个月后，阿布鲁尔德·哈克南和妻子前往这座正在恢复的山城，进行了一次广为人知的访问。彩虹桥高堡悲剧重创了兰基维尔，却使得民众空前团结。

他和埃米从来都保持着坚定的伙伴关系，这一次也展现了他们的力量。其实多年以来，阿布鲁尔德更愿意做一个幕后的统治者，甚至不想要他那本来就是应得的头衔——分区总督。他更希望兰基维尔的人民能够自治，能够诚心诚意地互相帮助。他把各地的村民、猎人和渔民视为一个大家庭，他们的利益本就是休戚相关的。

不过这一次，埃米用平静而自信的语气劝说了她的丈夫，让他以代理行星总督的身份进行公开的访问，从而引发人们对这个山区要塞的关注。而市长奥尼尔·劳萨－拉班一定会对此表示欢迎的。

阿布鲁尔德和埃米乘坐的是一架正规的运输机，仆人和侍从的飞机则在他们两侧护航，他们中的许多人从未离开过捕鲸村。这三架扑翼机缓慢地穿过冰川和白雪覆盖的山脉进入了内陆，驶向修道院所在的山崖。

当巍峨山顶上的积雪和冰晶开始闪耀着太阳光时，世界是那样的原始而宁静。作为一个乐观主义者，阿布鲁尔德希望这些冰川地区的居民能够憧憬一个更加美好的未来。他写了一篇演讲稿，传达了这个信息。虽然他没有什么向大众发表演讲的经验，但他还是期待这次演讲。他已经在埃米面前练习过两次了。

在彩虹桥高堡陡峭悬崖前面的高原上，总督的队伍降落了，阿布鲁尔德和他的随从走下了船。埃米陪伴在她丈夫身边，穿着一件厚重的蓝色披风，看上去很尊贵。他挽住她的胳膊。

施工队取得了惊人的进展。他们铲走了积雪，挖出了被埋在地下的建筑物。可惜大部分漂亮建筑都已被摧毁或损坏，剩下的残骸现在被脚手架网覆盖了起来。技艺精湛的石匠夜以继日地工作着，一砖一瓦地重建这个原本美轮美奂的清修之所。彩虹桥高堡肯定不会是原来的样子了……但也许会比以前更好，像一只凤凰，在冰天雪地里涅槃重生。

健壮的奥尼尔·劳萨－拉班出来迎接他们，他穿了一件鲸鱼毛皮制成的华丽长袍。灾难发生以后，埃米的父亲便剃掉了他那蓬松的灰白胡须，以便他每次照镜子时，都能回忆起这座山城失去了多少东西。这一次，他那宽阔的、方正的脸似乎露出了心满意足的神色，脸上重新燃起了他们上次见面时没有的火焰。

见到行星总督驾临了，工人们纷纷从脚手架上爬了下来，沿着拥挤的雪地小路进入大广场。在他们完工后，这些高耸的建筑就会像天上的神祇一样俯视着这座广场，而即使在现在没完工的情况下，这些高耸的石雕仍然令人印象深刻。

雪崩发生后，天气倒是一直很好，但再过一两个月，严冬就会让他们无法继续重建工作了，他们得在石头建筑里挤上半年才能等到春暖花开。彩虹桥高堡的重建在年内完成是不可能的。考虑到建筑工程的规模之大，它似乎永远不会完成。但人们仍会不断地努力，把他们心中的虔诚都刻在那些石头上，然后让它们直插入兰基维尔的天空。

看到人们已经聚集起来了，阿布鲁尔德举起手来准备发言，脑海中再次演练着。但很快，所有的词句都从他的脑海里消失了，取而代之的是一阵阵紧张。他身旁的埃米像个皇后一样，伸出手抚摸起他的手臂，默默支持他。然后，她低声说出了他的开场白，帮他回忆演讲稿。

“朋友们，”他尴尬地笑着，大声说道，“教义鼓励慈悲心、努力工作和帮助那些需要帮助的人。而现在看来，你们这些志愿者为了重建所做的工作，展现了什么叫做真诚合作——”

聚集在一起的人们忽然开始交头接耳起来，纷纷用手指着天空。阿布鲁尔德又犹豫了一下，转过头去看了看。就在这时，埃米大叫了起来。

一群黑色的飞船出现在蔚蓝的天空中，向山上俯冲而去，这些攻击机上涂有哈克南家族狮身羊首标志。阿布鲁尔德皱起了眉头，与其说是惊慌，不如说是困惑。他看了看他的妻子。“这是怎么回事，埃米？我没有叫人派飞船来啊。”而她的预感并不比他的好。

七架战斗机在低空呼啸而过，引擎造成的音爆在空中爆裂开来。阿布鲁尔德开始还只是担心这种雷鸣般的声音会引发一场新的雪崩——直到他看到战斗机上的炮眼打开了。人们一下子乱成一团，大喊大叫地四散奔逃。一些人已经聪明到开始寻找掩体了，而阿布鲁尔德仍旧无法理解他所看到的一切。

三架流线型的战斗机开始减速，在村民聚集的广场上空盘旋起来。激光枪伸了出来，锁定着目标。

阿布鲁尔德拼命挥着手，试图引起飞行员的注意：“你们在干什么？一定是弄错了。”

埃米一下子把他从讲台上推开，站在讲台上的他无疑十分危险：“他们没弄错。”

当攻击机在广场上着陆时，村民们争相寻找掩体。阿布鲁尔德觉得，如果人们跑得不够快，那些飞行员一定把飞机落在人们头上的。“待在这儿。”他对埃米说道，然后大步走向刚刚降落的三艘飞船，他想要一个解释。

剩下的四艘飞船仍在空中盘旋，然后忽然俯冲过来。随着一阵静电的嗡嗡声，炽热的激光束把石头建筑上的脚手架劈开了，就像渔夫取出鱼的内脏一般。

“给我住手!”阿布鲁尔德紧紧攥着拳头，向天空大喊着——但没有一个人能听到他的声音。这些是忠于他的家族的哈克南军队，但却在攻击他的人民，兰基维尔的公民。“住手!”他又重复了一遍，然后马上便被冲击波震得倒退了好几步。

埃米一把抓住他，把他拉到一边，这时一架攻击机俯冲下来，产生一阵猛烈的热风。

激光枪再次猛烈地开火了，而这次瞄准的是人群。仅仅一次爆炸就造成了数十人的死亡。

冰川崩裂开来，大块水晶般的蓝白色冰块从冰川主体处坠落下来，带着一股股的蒸汽。在激光束的烧灼下，刚建成一半的建筑物再次被炸了个粉碎。

这四艘攻击机大概已经发动三次攻击了，而其他几艘飞船已经稳定地降落在了地面上。船舱的门嘶嘶地打开了，身着深蓝色特种兵保暖制服的哈克南士兵冲了出来。

“我是阿布鲁尔德·哈克南，我命令你们住手!”但士兵们只是快速地瞥了他一眼，根本没有搭理他。

接着，格洛苏·拉班便从飞船里走了出来，腰带上别着武器，军事勋章盖满了他的肩膀和胸口，头上一顶闪光的黑色头盔让他看起来更像是古代竞技场里的一名角斗士。

奥尼尔·劳萨-拉班一眼认出了他的外孙，大步跑上前去，双手合十在胸前，不住恳求着，脸上充满了愤怒和恐惧：“请住手吧！格洛苏·拉班，你为什么要这样做?”

在广场的另一边，地面部队不断地在用激光枪朝四散奔逃的村民开火，众人已经无路可逃了。而不等老市长靠近坡道上的拉班，士兵们就一把揪住他，把他拖走了。

但他满面怒容地拼命向拉班走去，哈克南士兵则拼命地想要挡住他，他大喊起来：“让我过去。”

拉班用冰冷的目光瞪着他，厚厚的嘴唇在他那块状的下巴上抿成一条满意的曲线：“父亲，你的人民必须清楚世界上有比自然灾害更糟糕的事情，”说着他抬高了下巴，“如果他们想找借口逃税，他们就将面临一场非自然的灾难——那就是我。”

“叫他们住手!”阿布鲁尔德的声音大了许多，尽管他完全被无力感包围了，“我是这里的总督，他们都是我的人民。”

拉班厌恶地看着他说道：“他们得明白应该做什么不应该做什么。这不是一个复杂的问题，但显然你没有教会他们这一点。”

哈克南士兵将挣扎的奥尼尔·拉班拖向陡峭的悬崖边缘，埃米一下子明白了他们的意图，高声尖叫起来。阿布鲁尔德这才转过身来，看到他们已经把自己岳父带到陡峭的、结了冰的悬崖边，而悬崖下面深不见底。

“你不能这样做!”阿布鲁尔德惊恐地喊道，“他是这个村子的合法领袖。他是你自己的外公啊。”

拉班笑了起来，然后用没有情感的极低的声音说了几个字，丝毫不像是在下命令：“哦，等等。停下。”这声音是如此之低，那些士兵是不可能听到他的，而他们已经得到指示了。

哈克南士兵们抓着市长的双臂，把他像一袋松松垮垮的货物一样拖到了悬崖边。埃米的父亲大叫着，手脚乱踢。他抬头看向阿布鲁尔德，脸上充满了不可置信和极度恐惧。他们四目相对。

“哦，我的天呐，请停下来。”拉班又一次低声说道，同时抿嘴笑着。

然后士兵们就把老人推了下去，他顿时消失在了一片虚无之中。

“太晚了。”拉班耸耸肩说。

埃米跪倒在地，干呕起来。而阿布鲁尔德不知道是该上前安慰妻子，还是该冲过去打儿子，他仍然呆立在原地。

拉班拍了拍他那多肉的手，喊道：“够了！集合！”

停在地面上的战斗机发出了响亮的信号。军事素养极高的哈克南士兵们整齐有序地回到了飞船上。幸存者哀号着急忙跑到尸体旁，寻找着同伴、亲人和任何可能需要治疗的人来。

站在旗舰之上，拉班端详着他的父亲，说道：“只有我愿意替你干这脏活儿，你该感激我才对。你太惯着这些人了，他们都变懒了。”

四艘飞船又完成了一次攻击，另一座建筑被摧毁了，在一片碎石尘埃中倒塌了。然后飞船便飞走了，在空中重新列队。

“如果你再逼我的话，我下次出手会更狠的——当然，一切都会以你的名义来做。”拉班边说边转身大步走回他的指挥舰。

被吓呆了的阿布鲁尔德茫然不知所措，惊恐地盯着眼前的毁灭景象、大火和可怕的烧焦尸体。过了好半天他听到一声越来越高的尖叫，像一曲哀歌——然后才意识到这声音是从他自己的喉咙里发出来的。

埃米摇摇晃晃地走到悬崖边上，站在那里大声哭泣，凝视深不见底的峡谷，她的父亲就消失在了那里。

最后几艘哈克南飞船开启浮空器升上了天空，在这座山城前的空地上留下了一片焦土。阿布鲁尔德绝望地跪在地上，嗡嗡作响的脑袋里充满不可置信，以及格洛苏·拉班那得意洋洋的表情。

“我怎么会生下这么一个怪物呢？”他知道自己永远也找不到这个问题的答案了。

爱是任何一个人所渴望取得的最高成就。它是一种情感，包含了心灵、思想和灵魂的全部深度。

——来自游牧民族禅逊尼的智慧

列特·凯恩斯和沃里克在哈加盆地的破碎岩石附近一起度过了一个晚上。他们搜刮了另一个古老的植物实验站，以获取可用的设备，最终他们清理出来一些工具，并抄录下保存有几个世纪之久的沙漠数据。

在从南极地区回来后的这两年里，这些年轻人陪着帕多特·凯恩斯从一个穴地旅行到另一个穴地，检查新老植物的生长进度。这位行星学家在石膏盆地维护着一个秘密的温室洞穴，就像是一个监控着的伊甸园似的，专门用来展示沙丘行星最终会变成的样子。来自集水器和风箱的水灌溉着灌木和花朵。许多弗雷曼人已经收到了在石膏盆地示范项目中种植的样品。他们把这些甜甜的水果当作了圣餐，品尝味道时都会闭上眼睛，做深呼吸。

这些都是帕多特·凯恩斯曾经向他们承诺过的……现在他把这一切都献给了大家。令他感到自豪的是，自己的梦想正在成为现实。他也为自己的儿子感到骄傲。“总有一天你也会成为这里的皇家行星学家的，列特。”他这样说道，同时郑重地点着头。

尽管他满怀激情地谈论着如何唤醒沙漠，如何引进草类和多种生物以建立一个自我维持的生态系统，但凯恩斯无法以一种有序或结构化的方式给大家教授任何课程。沃里克虽然总是全神贯注地听他说的每一个字，但帕多特总是一开始谈一个话题，然后随心所欲地转移到了其他话题上。

“我们都是一幅宏伟织锦的一部分，我们每个人都必须专注于自己的路。”帕多特·凯恩斯说道，他对自己说出的这句格言式的话感到非常满意。

他常常会讲述他在萨鲁撒·塞康达斯那些日子里的趣闻轶事，讲述他是如何研究一片无人荒野的。这位行星学家在贝拉·特古斯花了好几年的时间，观察在昏暗阳光照射下那些酸性土壤里的植物是如何顽强地茁壮成长的。还有去哈蒙塞普、凯辛德尔塔三号星，加蒙特和波里特林①的旅行——还有凯坦星那座令人目眩的华丽皇宫，就是在那里，埃尔鲁德九世皇帝将他派到了厄拉科斯。

现在，当列特和沃里克从破碎岩石上走下来时，忽然刮起了一阵大风——这种风被称作海纳利或者是推人者。这种阵风刮在身上和刀割一般，列特连忙指着一块凸出岩石的背风处说：“我们在那儿搭个棚子吧。”

他把自己的黑发扎成一个齐肩的马尾，沃里克则收起了他的弗雷曼工具包②，步履沉重地向前走着。他们一起忙活起来，很快就搭起来一个防护性很强的伪装营地，两个人钻了进去，一直交谈到深夜。

两年以来，关于多米尼克·维尔纽斯的秘密走私基地的事，两个年轻人没有对任何人讲。因为他们已经向多米尼克许下了诺言，这件事是他们之间的小秘密……

他们都已年满十八岁了，预计很快就会结婚——但列特在年轻荷

①波里特林是亚琅五星系的第三行星，许多禅逊尼流浪者把它当成自己的故乡，尽管他们的预言和神话显示出他们有更为古老的历史渊源。

②弗雷曼工具包是弗雷曼人制造的沙漠求生装备。

尔蒙的作用下总是昏头昏脑的，无法作出选择。他发现自己越来越被法罗拉所吸引。法罗拉是红墙穴地耐布海纳尔的女儿，身材苗条，眼睛大，但脾气暴躁。法罗拉接受的是草药医生的知识培训，总有一天，她会成为一个受人尊敬的治疗师。

不幸的是，沃里克也对法罗拉情有独钟，而列特很清楚，他的血亲比笨拙的自己更有可能先鼓起勇气去追求那个耐布之女。

两个好朋友睡着了，伴随着沙子吹打在他们的帐篷上发出的沙沙声……

第二天黎明，他们爬出帐篷，掸掉了帐篷上的沙尘，列特凝视着辽阔的哈加盆地。沃里克也在强光下不住地眨眼："库尔瓦哈！[①]"

夜晚的暴风雨把这块宽阔的白色盐湖上的泥土吹得干干净净，那是古代干涸的大海留下的盐渍残留物。湖床被擦洗得干干净净，随着白天气温的升高，它似乎在闪闪发光。"这就叫一个石膏平原了，真是个罕见的景象，"列特说道，然后又低声补充说，"要是我父亲的话，可能直接跑过去做检查了。"

沃里克则用一种低沉而敬畏的声音说道："据说，看见碧岩，也就是这种白茫茫土地的人可以许下一个愿望，而这个愿望一定会实现。"他随后便沉默了下来，动了动嘴唇，祈祷着他内心深处最隐秘的愿望。

列特也不甘示弱，一口气说出了自己最为炽热的想法。他转向他的朋友，宣布道："我希望法罗拉能成为我的妻子！"

沃里克困惑地对他笑了笑道："真倒霉，我的血亲——我也是同样的愿望。"说完他又大笑了一声，拍了拍列特的肩膀，"看来并不是所有的愿望都能实现。"

---

①库尔瓦哈，意为"非常了不起"，是帝国境内常见的一种表示发自内心惊叹的感叹词。严格说来，其对应意思需取决于其表述环境。

黄昏时分，当帕多特·凯恩斯到达塞恩岩穴地时，两个年轻人与他会合了。穴地长老们举行了庄严的欢迎仪式，庆贺他们所取得的成就。凯恩斯则毫不客气地接受了他们的欢迎，其实这是因为他急于亲自检查这里的一切，所以没时间客套的缘故。

这位行星学家随即便动身去观察球形灯照射下的种植情况了，这些球形灯在岩石缝隙中模拟着自然太阳光。这里的沙地被施以化学物质和人类粪便肥料，从而形成了肥沃的土壤。塞恩岩的居民种下了牧豆树、鼠尾草、兔灌木，甚至还有一些手风琴状的仙人掌，周围还有低矮的草丛。一群群身穿长袍的女人从一株植物走到另一株植物，为它们浇水，就像在举行宗教仪式一样，也正是因为这种悉心的照料，植物才得以茁壮成长。

赛恩岩封闭峡谷的石墙每天早上都会回收一点水分，靠的是沿着峡谷顶部放置的露珠沉淀器，它们可以重新收集失去的水蒸气，并将其送回到植物那里。

晚上，凯恩斯来到了另一个种植地，他弯下腰研究叶子和茎。他已经忘了他的儿子和沃里克是来接他的这件事了。他的贴身护卫，欧姆恩和图洛克，笔直地站在他的身旁，只要他们的乌玛受到任何威胁，他们都愿意随时牺牲自己的生命保护他。列特注意到他父亲保持着高度专注，不禁想知道他是否意识到身边人对他的这种绝对忠诚。

在狭窄的峡谷入口处，只有几块大岩石是通向空旷沙漠的唯一屏障，弗雷曼的孩子们在那里拴上了明亮的球形灯，照亮了整片沙地。每个孩子都拿着一根从迦太格垃圾场里挖出来的弯曲金属棒。

列特和沃里克蹲在一块石头上看着孩子们，享受着夜色降临的这份静谧。沃里克提鼻子闻了闻，然后朝身后灌木丛和仙人掌上方的人造阳光看去："这些小小造物主[①]会被潮湿的环境吸引，就像铁屑被磁铁吸引那样。"

列特以前也见过这种小小的捕猎活动，他自己小时候也这么干过，但当他再次看到小家伙们四处捉着沙鳟时，还是很感兴趣："它们很容易抓的。"

一个年轻的女孩弯下腰，把一小滴唾液滴在手里金属棒的末端，然后当作钓竿伸到了沙地上。微型的球形灯在不平整的地面上投下深深的阴影。有什么东西开始在地下翻腾起来，扬起阵阵尘土。

沙鳟是一种没有形状的肉质生物，柔软而富有弹性。它们的身体在活着的时候是柔韧的，但死去后则坚硬如皮革。许多小小造物主被人发现散布在香料喷发现场，死在了爆炸之中。更多的小小造物主则会挖洞捕捉释放出来的水，然后把它们封起来以保护夏胡鲁。

其中一条沙鳟把自己的伪足伸到鱼竿闪闪发光的顶端前。当它触碰到女孩的唾液时，弗雷曼女孩立即转动了金属棒，就像是在抓一根流动着的太妃糖似的。她举起钓竿，把沙鳟从地上捞了出来，然后旋转着钓竿，让这个没有固定形状的小小造物主悬在半空中。其他的孩子咯咯地笑了起来。

第二个孩子也抓到了一条沙鳟，俩人急忙跑回岩石边，拿着战利品玩耍开来。他们戳了戳又拽了拽那柔软的虫肉，弄出几滴浆液来，这也是列特自己小时候很喜欢的一种特别游戏。

虽然列特很想再尝试一下这游戏，但他提醒自己，他现在已经是一个成年人了，一个正式的部落成员。他也是乌玛凯恩斯的儿子，要是让弗雷曼人看到他如此轻浮会皱眉头的。

沃里克坐在他身边的岩石上，思绪万千，他看着孩子们，想着自

①小小造物主是厄拉科斯沙虫的一种载体，以半植物半生物的形态生存在沙地深处。正是这些小小造物主的排泄物形成了香料菌丛。

己未来的家庭。他抬头望着紫色的天空。“据说暴风雨季节是做爱的好时段。”他皱着眉头，双手托着窄下巴，聚精会神地说道。他已经开始留起稀疏的胡子了。

列特笑了起来，他仍然把自己的脸刮得干干净净：“现在到了咱俩选择伴侣的时候了，沃里克。”他们两人都在一心想着法罗拉，那个耐布之女儿偷走了他们的心，然后还假装冷淡，享受着他们献上的殷勤。列特和沃里克只要有可能，都会从沙漠里给她找来特别的宝物。

“也许我们应该选择弗雷曼之道。”沃里克说着从腰带上抽出一对锃亮的骨片，有匕首那么长，“我们要不要扔读数棒，看看谁能追到法罗拉?”

列特有他自己的一对赌博用的读数棒，他和他的朋友在野营中度过了许多夜晚，互相挑战。读数棒通常是一根细长的雕刻物，两边蚀刻着随机数的刻度，高数和低数混合在一起。弗雷曼把这种骨质读数棒扔进沙子里，然后读出深度的数字，谁得分最高，谁就获胜。这不仅需要运气，也需要技巧。

“如果玩读数棒的话，我当然会打败你。”列特对沃里克说。

“我不这么想。”

只是无论如何，法罗拉都不会跟着扔骨头的结果走。列特靠在冰冷的石墙上，说道：“也许是时候举行阿哈尔仪式了，在这个仪式上，女人可以自己选择伴侣。”

“你觉得法罗拉会选我吗?”沃里克若有所思地问道。

“当然不觉得。”

“在大多数事情上，我都相信你的判断，我的朋友——但这件事不一样。”

“也许等我回来的时候，我会亲自问她的，”列特说，“她找不到比我更好的丈夫了。”

沃里克笑道："在大多数挑战中，你都是一个勇敢的人，列特·凯恩斯。但面对美丽的女人，你却是个可耻的懦夫。"

列特愤慨地深深地吸了一口气，说道："我为她写了一首情诗。我打算把它写在香料纸上，放在她的房间里。"

"哦？"沃里克取笑道，"你竟然敢在上面签上你的名字？你这首漂亮的诗写的都是什么？"

列特闭上眼睛背诵道：

许多夜晚我梦在开阔的水边，听风吹过；
许多夜晚我躺在蛇窝旁，梦见法罗拉风姿绰约；
我看着她把香料面包摆上了餐桌；
头发上的水环是那样的清澈。
她胸前琥珀色的芬芳撞击着我的心；
虽然她折磨着我，但我的真心重如千斤；
她就是法罗拉，我要和她相敬如宾。

一阵暴风吹过了我的心；
看那清澈的水啊，多么柔和而无比清新。

列特缓缓地睁开眼睛，仿佛从梦中醒来。

"我听过比这更好的诗，"沃里克说，"我写过比这个更好的。不过你还是很有希望的，弄不好你能找到一个接受你的女人。但肯定不是法罗拉。"

列特没有回应。两人静静地看着弗雷曼孩子们继续捕捉沙鳟。在峡谷深处，他知道自己的父亲正在喋喋不休地谈论如何加快植物的生长，如何添加补充性植被来提高周转率并保留土壤中的硝酸盐等等。他可能一辈子都没机会再玩一次捉沙鳟游戏了，列特心想。

他和沃里克凝视着黑夜，都在想别的事情。最后，在长时间的沉默之后，两人同时开口说话了，他们的话语相互影响着。然后两个人笑着达成了共识："是的，等咱们回到红墙穴地的时候都会开口问她的。"

他们把双手紧紧握在了一起，心怀希望……但私下里却都松了口气，因为他们已经做出了决定。

海纳尔的穴地里一片喧嚣，那是弗雷曼人在迎接帕多特・凯恩斯的归来。

年轻的法罗拉双手紧贴在自己纤细的腰上，看着面前的一行人走过潮湿密封的门道。她乌黑的长发像丝绸一样垂下来，用水环箍成了一圈，一直垂到肩膀上。她的脸很窄，看起来像个精灵。在她那引人注目的眉毛下，有着一双像午夜水潭般的大眼睛，晒黑的脸颊上也泛起了淡淡的红晕。

她先看到了列特，然后是沃里克。法罗拉的脸上带着严肃的表情，嘴唇微微翘起，说明她对刚才那两个年轻人的表白暗自高兴，而不是生气。

"我为什么非要在你们两人中选一个呢?"法罗拉久久地注视着两个追求者，让他们因期待的痛苦而局促不安，"你们俩为什么这么自信?"

"可是……"沃里克捶了捶胸口，"我袭击过许多哈克南的部队。我曾骑着一条沙虫到南极。我还——"

列特打断了他："沃里克说的这些我也都做到了——而我是乌玛凯恩斯的儿子，是他的继承人，也是未来的行星学者。也许有一天我会离开这里前往凯坦的皇宫。我是——"

法罗拉不耐烦地打断了他们："我还是耐布海纳尔的女儿呢。我有权选择任何一个男人。”

列特在喉咙深处呻吟了一声，肩膀垂了下来。沃里克看了看他的朋友，但还是挺直了身子，试图重新找回自己的虚张声势：“好吧，那么……你选呐！”

法罗拉捂嘴笑了起来，然后很快恢复了紧绷的表情：“你们都有令人钦佩的品质……至少有那么一部分吧。我想，如果我不尽快拿主意的话，你们迟早会为了向我炫耀而自杀的，就好像是我要求你们这么做似的。”说着她摇了摇头，长发和缠在一起的水环碰在一起，叮当作响。

她伸出一根手指放在嘴唇上，沉思着，眼睛里闪烁着快乐的神情，然后说道：“给我两天时间来决定。我必须考虑一下。”而当他们拒绝离开时，她的声音变得更严厉了，“别站在那儿跟我抛媚眼！你们一定有活儿要干。有一件事我要告诉你们：我决不会嫁给一个懒惰的男人。”

列特和沃里克顿时争先恐后地跑开了，都去找一些重要的事情做，差点互相绊倒在地。

在经过了漫长而痛苦的两天等待之后，列特在他的房间里发现了一张封着的便条。他撕开包装纸，心怦怦直跳，惴惴不安：如果法罗拉选中了自己，她不是应该亲自过来告诉他吗？不过当他的眼睛扫到她写的文字时，呼吸立即变得急促起来，喉咙一阵阵发冷。

“我在远处的鸟之洞穴里等着。谁先到我这里，我就把自己献给他。”

那张纸条上就写了这么多。列特盯着它看了一会儿，然后大步穿过穴地跑到了沃里克的住处。他拉开帘子，一眼便看到他的朋友正疯狂地打着背包和一个弗雷曼工具包。

“她提出了米娜挑战。”沃里克对着他喊道。

米娜是一个试炼，在这个考验中，弗雷曼小伙子们将要证明自己已经是个男子汉了。两人对视了一会儿，目光凝固在了一起。

然后，列特转身冲回自己的房间。他太清楚自己该做什么了。

这是一场比赛。

以反抗的名义沉醉于反抗是很有可能的。

——多米尼克·维尔纽斯，《埃卡兹回忆录》

即使是在哈克南奴隶坑里待了两年也没能击垮哥尼·哈莱克的精神。看守们一致认为他是个难对付的囚犯，而他则把这一点当成了某种荣誉勋章。

尽管经常挨揍总是让他浑身青紫，皮开肉绽——但哥尼总是能够痊愈。这让他对医务室的内部情况变得了如指掌，搞清楚了医生是如何以奇迹般的速度愈合伤口，好让奴隶们重新开始工作的。

他在妓院被捕后，就被直接扔进了黑曜石矿场和抛光修理站，在那里，他被迫干着比给克劳尔块茎挖壕沟更糟糕、更辛苦的工作。不过，哥尼并不怀念以前的轻松日子，因为他知道自己这辈子至少尝试过反击了。

至于他的身份，以及被抓到这里来的原因，哈克南人根本懒得问。他们只把他看作是一具能够劳作的行尸走肉。守卫们觉得他们已经驯服他了，而对他们来说没什么是比这更重要的……

最初，哥尼被安排到了黑檀山的悬崖上，在那里，他和其他工人一道使用声波爆破器和激光加热手工镐，干着削去蓝色黑曜矿石那厚重外壳的活儿。黑曜石是一种半透明的物质，似乎会吸收空气中的光线。哥尼和他的同伴们被铐在一起，如果他们挣扎的话，就会被志贺藤勒断四肢。

工人们在寒冷的黎明爬上那些狭窄的山路，然后在炎炎烈日下干活儿。每周至少都会发生一次事故，某些奴隶会被落下来的黑曜岩杀死或致残。但工头和守卫们似乎根本不在乎。他们的工作似乎只是定期在杰第主星周围进行新的扫荡，好抓来更多的奴隶。

在从这个悬崖边上的工作中幸存下来后，哥尼又被调到加工矿坑的一个分部，在那里负责乳化剂工作，也就是制作那些可供贩卖的小块黑曜石。他穿着一条粗大的皮裤，跳进散发着恶臭的胶状液体中，这种液体是一种碱液，带有一种温和的放射性成分，正是这种成分激活了黑曜岩，让其成品能够闪烁出午夜的蓝色光芒来。

而令他哭笑不得的是，他这才知道，这些稀有的“蓝黑曜石”只会卖给哈葛尔的宝石商人。而全宇宙的人都认为蓝黑曜石是来自哈葛尔那富含水晶的矿山，但它的来源一直是一个谨慎保密的秘密。谁也不知道原来是哈克南家族悄悄地制作并提供这些炙手可热的蓝黑曜石，然后再让哈葛尔宝石商人把他们的资源卖出一个高价。

哥尼浑身都是小伤口，由于没有任何保护措施，他的皮肤吸收了那些恶臭的烧灼药水。毫无疑问，这会在几年内杀死他，但本来他从奴隶坑里活下来的机会就是微乎其微的。在六年前贝丝被绑架后，他就从没有做过什么长期打算了。尽管如此，当他在药水中艰难地行走，搅动锋利的黑曜石块时，脸庞仍一直面向着天空和地平线，而不像其他奴隶，从来都只是低头盯着淤泥。

一天清晨，工头儿来到了讲台上，鼻孔里塞着气味过滤器。他穿着一件紧身的蓝色外衣，露出了他骨瘦如柴的胸膛和滚圆的大肚子。

“别在下面做白日梦了。你们都给我听好了。”他提高了嗓门，可哥尼却从他的话中听出了一些奇怪的东西，“一位尊贵的客人就要来视察我们的工作了。他就是格洛苏·拉班，男爵的指定继承人，将会亲自监督我们的工作，他显然会好好督促一下你们这些懒虫的。今天都给我加把劲儿，因为明天你们要接受检查，也就算是放假了吧。”

工头儿又皱着眉头说道：“把这当做是一种荣誉吧，我很惊讶拉班居然愿意忍受你们的臭味。”

哥尼眯起了眼睛。原来是那个无耻的恶棍拉班来了？他开始哼起一支歌来，这是他在哈克南抓到他之前，在迪米特里酒馆里唱过的一支尖锐的讽刺小调儿：

拉班，拉班，咆哮的野兽，

他脑子里散发着烂果子的腐臭。

还有他的肌肉，他的肌肉，

有脑子人见了都无法忍受。

没有男爵，他肯定会失去整个宇宙！

哥尼忍不住笑了出来，但还是把脸转过去以避开工头儿的目光。毕竟最好还是别让他发现有一个奴隶在暗自偷笑。

他迫不及待地想和这个笨拙的恶霸面对面了。

当拉班和他的护卫到达时，哥尼发现他们竟然带着这么多武器，不得不强忍住笑。他在害怕什么？一群因劳作而疲惫不堪、因被殴打多年而无比顺服的囚犯？

守卫们已经启动了位于奴隶们袖口处的开关，这样一来如小刀般锋利的志贺藤就可以随时勒进他们的手腕，再猛地一拉就可以一直割到骨头。如此戒备很明显是为了让囚犯们在拉班面前保持合作，甚至最好能展示出一些尊重来。

和哥尼绑在一起的是一个老人，他那消瘦的关节看起来像是一只昆虫，披头散发而且神经兮兮的。很明显这个老人不知道周围发生了什么，而哥尼十分同情这个家伙，不禁怀疑自己未来是否也会有这么一天……前提是他能活那么久。

拉班穿着一件黑色的皮革制服，里面有衬垫，以突出他那肌肉发达的体格和宽阔的肩膀。一只蓝色的哈克南族徽绣在他的左胸口位置上。他的黑色靴子被擦得锃亮，宽宽的腰带上点缀着装饰性的黄铜。拉班那张宽大的脸显得十分红润，看来经常晒太阳，头上戴着的是一顶黑色军用头盔，在朦胧的阳光下闪闪发光。他的臀部别着一支闪光的箭弹手枪，还有几包备用的针筒。

他腰上挂着一条可怕的墨藤鞭子，毫无疑问，拉班会寻找一切机会来使用它。墨藤虽然已经死去很久了，但藤茎里那暗红色的液体仍然像鲜活的血液一样流动着，这使得那些带着尖刺的枝条反射性地卷曲起来。它的汁液是一种有毒物质，可以当做染料使用——也可以给人造成巨大的痛苦。

拉班没有在奴隶面前做那些单调乏味的演讲。他来这里不是为了鼓舞士气的，仅仅是为了恐吓工头儿以提高生产力。他已经检查过奴隶坑的运作了，现在他只是在囚犯队伍中走来走去，没有给予任何鼓励。

工头儿跟在他的身后，叽叽喳喳地说着什么，他鼻子里塞着的气味过滤器让他的声音变细了：“我们已经尽了一切可能来提高效率，拉班大人。我们只给他们提供最低限度的营养，然后尽可能让他们在巅峰状态下正常工作。他们的衣服很便宜但很耐穿，可以穿很多年，而且我们可以在他们死后再利用。”

但拉班的那张铁石脸上显得一点也不高兴。

“我们还可以装几台机器，”工头儿又建议道，“干一些小活儿。这样就可以提高我们的产出——”

魁梧的拉班却忽然对他怒吼起来：“我们的目标不仅仅是提高产量。消灭这些人同样重要。”他就站在距离哥尼和那个战战兢兢、像蜘蛛一样的老头很近的地方，怒视着眼前这些可怜的囚犯。

说完他猛地抽出箭弹手枪，对准那老者就是一枪。老人几乎来不及举起手来，就被银针般的箭弹穿透了手腕，直刺入心脏，他没喊出一声就被打死了。

“这种体弱多病的人在浪费我们的资源。”拉班向前走了一步。

哥尼没有时间去思考或计划了，他要反击的话就是现在了。为了不让志贺藤勒进他的肉里，哥尼把死去老者那件耐穿的外衣缠在了自己的手腕上，然后大喊了一声站了起来，用尽全力猛地一拉。裹着破布的志贺藤在他那包着软垫的手腕上挖来挖去的，把死者那几乎断掉的手腕割开了。

然后，他把死去老者的一只手当作武器把手，大踏步冲向惊慌失措的拉班，试图用锋利的志贺藤勒住他的脖子。但没等志贺藤缠住拉班的脖子，这个壮汉就以惊人的速度躲开了。哥尼一下子失去了平衡，这次突袭最终只是成功地把拉班手中的箭弹手枪打掉在地。

工头儿吓得尖叫起来，向后退去。拉班发现手里没了手枪，于是立即抽出墨藤鞭，拼命抽向哥尼的脸，狠狠打在了他的脸颊和下巴上，其中一根带刺的鞭子差点击中他的眼睛。

哥尼从来没有想过这种鞭子打人会这么疼，他的神经末梢此时剧痛无比，墨汁就像强酸一样烧灼着他，脑袋痛得要爆炸了似的，疼痛直刺入他的头骨，他的精神。他一把扔掉了老人还在流着血的胳膊，任它通过志贺藤悬在自己的一只手腕上。

就在哥尼踉踉跄跄后退时，附近的卫兵冲了进来，他的狱友们吓得直往后退，让出一片广阔的区域。卫兵们围拢过来想直接杀死哥尼，但拉班却伸出一只大手阻止了他们。

哥尼疼得在地上扭来扭去，脸颊和脖子上被墨藤烧灼得痛入骨髓，而拉班那张怒气冲冲的脸庞随即出现在了视线中。虽然自己可能很快就会被杀掉——但至少这一刻，他把痛苦带给了，这个……哈克南人。

“这个人是谁？他为什么会在这儿，还有他为什么袭击我？”拉班怒视着工头儿问道，而后者清了清嗓子。

“我……我得查一下我们的记录，大人。”

“那就去查记录。给我找出他是从哪儿来的，”拉班忽然抿嘴笑了起来，“然后再看看他还有没有家人活着。”

哥尼忽然想起了他那首讽刺小调儿里平淡的歌词：拉班，拉班，咆哮的野兽……

但当他抬头看向男爵侄子那张又大又丑的脸时，他这才意识到，最终笑到最后的将会是格洛苏·拉班。

每个人除了留给后人的一段记忆外，还能留下什么？

——雷托·厄崔迪公爵

一天晚上，雷托公爵和他的侍妾吵了一个多小时，这让杜菲·哈瓦特很是烦恼。他当时站在公爵的厢房里，就站在雷托那扇关着门的卧室的楼下。当然如果他们两人中的任何一人下楼来，哈瓦特可以马上顺着包围着城堡的侧廊里溜下去。没有人比门泰特更了解城堡的走廊和秘密通道。

卧室里有什么东西被砸了。凯莉娅的声音也盖过了公爵那低沉却同样愤怒的声调。哈瓦特没能听清他们吵架的全部内容……他也不需要听清楚。作为安全指挥官，他只需要为公爵的个人安全负责。所以他并不想干涉，但在目前的环境下他最关心的还是雷托和他侍妾之间可能发生的暴力行为。

只听公爵恼怒地喊道："我不想把我的一生都用来和你争论那些无法改变的事情。"

"那你为什么不干脆处死维克多和我呢？因为这会是最好的解决办法。或者把我们送到一个能让你想不起我们的地方——就像你对你母亲做的那样。"

哈瓦特听不到雷托的回答，不过他可是很清楚年轻的公爵当年为什么要放逐海伦娜夫人。

“雷托，你不再是我爱的那个人了，”凯莉娅继续说道，“是因为杰西卡，对吗？那个女巫诱惑你了？”

“别胡扯了。她来卡拉丹这一年半的时间里，我从没跟她上过床——虽然我完全有权利这样做。”

接下来是长达几分钟的沉默。门泰特紧张地等待着。

凯莉娅终于讥讽地叹了口气道：“这还真是你的风格。把杰西卡留在这儿，为的是政治，拒绝娶我也是因为政治。拒绝公开介入隆博和伊克斯反抗军还是因为政治。我讨厌你的政治。你和帝国里其他贵族一样就是个阴谋家。”

“我不是个阴谋家。要谋害我的是我的敌人。”

“这还真是一个偏执狂才会说的话。现在我终于明白你为什么不娶我，不让维克多成为你合法继承人了。因为你觉得这是哈克南的阴谋。”

雷托那原本还算冷静的语气终于爆发成了一团怒火：“我从没有答应过要娶你，凯莉娅，但为了你，我也从没有娶过别的妾。”

“如果我永远不能成为你的妻子，那你这么做又有什么用呢？”凯莉娅哽咽着笑了出来，轻蔑地打断了他，“你的‘忠诚’是为了让你显得体面而上演的又一出戏——好宣扬你那公正的政治。”

雷托深深地吸了一口气，仿佛这句话是对他身体的一次物理打击。“也许你是对的。”他点了点头，声音变得冰冷，像是兰基维尔寒冬里的冰川，“我为什么要费心这么做呢？”说着砰的一声打开了卧室的门，哈瓦特迅速遁入了阴影之中。“我不是你的宠物，而且也不是傻瓜，凯莉娅——我是一名公爵。”

雷托迈着大步顺着走廊里向前走去，嘴里骂骂咧咧的。在半开着的卧室门后，凯莉娅抽泣起来。但很快她就会召唤基娅拉过来，而那个胖老太婆则会在漫漫长夜里安慰她。

哈瓦特躲在公爵视线之外，跟着雷托穿过一条又一条的走廊——

直到他没有敲门就大胆地走进了杰西卡的公寓。

得益于长年的贝尼·杰瑟里特训练，杰西卡一下子警觉起来，她立即点亮了一个蓝色的球形灯，阴影从她四周退去。

雷托公爵！

她现在就坐在那张很久以前属于海伦娜·厄崔迪的四柱床上，不打算遮盖住自己的身子。她的身上只穿着一件丝质光滑的低腰粉红色睡衣。空气中飘散着淡淡的薰衣草气味，这味道来自一个巧妙隐藏在天花板接缝处的信息素发射器。今天晚上，就像以前的每个晚上那样，她都仔细地做好了完全的准备……等着他来找她。

“大人？”当他走进亮光里时，她一眼便看到了他不安、愤怒的表情，“一切都好吗？”

雷托目光阴郁地扫视了一下四周，然后深深地吸了一口气，试图控制住自己的肾上腺素、不确定感和内心深处的斗争。他的额头早已是大汗淋漓，那件黑色的外套也歪斜地挂在身上，好像是被他匆匆地披在肩上似的。

“我有一千个理由不该来这里。”他说道。

杰西卡从床上滑了下来，把一件绿色的长袍披在肩上，说道：“那么，我必须接受这些理由，并对它们心存感激。您需要点什么吗？我能为您做些什么吗？”虽然她已经等了他好几个月，但她现在却并没有什么胜利感——只有看到他如此痛苦时感到的担心。

长着一张鹰脸的高个男人脱下了夹克，坐在床边：“现在的我不适合来见一位女士。”

她走近了他，按摩起他的肩膀来：“您是公爵，而这是您的城堡。您可以以任何喜欢的样子出现在任何地方。”杰西卡边说边抚摸他的黑发，用手指揉搓起他的鬓角来。

仿佛是在梦里一般，他闭上了双眼，然后又猛地睁开。于是她的手指滑落到他的脸颊上，接着又压在他的嘴唇上，不让他说话。她的一双绿眼睛是那样的灵动四溢：“大人，您现在的样子我完全可以接受。”

当她终于解开他衬衫上的扣环时，他叹了口气，任凭她把他推到了床边。他已经身心俱疲，被自己的内疚感撕裂了，只能脸朝下趴在华丽的帷幔上，这帷幔散发出一股玫瑰花瓣和芫荽的气味。最后，他似乎整个人都陷进了柔软的被单里，听任自己慢慢失去了意识。

她那双纤巧的手滑过他裸露的皮肤，手指抚摸着他背部紧绷的肌肉，仿佛这种动作以前已经做过一千次了。对杰西卡来说，这一刻似乎是命中注定的，雷托命中注定要来这里，和她在一起。

最后，他翻过身来面对她。当他们的目光相遇时，杰西卡又看到了他眼中的火光，只不过这次不再是愤怒了，而这火光并没有褪色。他把她抱在怀里，让自己的嘴唇紧紧地贴在她的嘴唇上，深情地吻了很久。

“我很高兴你能来我这儿，我的公爵。”她说，同时回忆着姐妹会教给她的所有勾引男人的方法，但她忽然意识到，自己是在真心地关心他，她此刻说的话发自肺腑。

“而我则不该让你等这么久，杰西卡。”他也说道。

凯莉娅放声痛哭时，更多的是对自己的失败感到愤怒，而不是对雷托从她指间溜走而感到悲哀。他太让她失望了——基娅拉一遍又一遍地提醒她自己的价值，她那与生俱来的高贵权利，她那应得的未来。凯莉娅感到十分绝望，因为这些希望现在永远消失了。

维尔纽斯家族并没有完全死亡，它的生存完全取决于她。她比她哥哥强大，而她哥哥支持下的反抗军只不过是个白日梦。在她的内心深处，她有着一种钢铁般的意志，那就是维尔纽斯家族只有通过她的努力才能生存下来，并最终通过她儿子维克多的血脉得以生存。

她决心为维克多赢得贵族地位。她所有的爱，所有的梦想，都建立在这个男孩的命运之上。

最后，在这个孤寂的深夜里，她断断续续地睡着了。

在接下来的几个星期，雷托公爵越来越频繁地去找杰西卡，并开始把她当作自己的情人。有时他只是一声不响地走进她的房间，然后狂野地和她做爱。最后，他还会抱着她聊上几个小时。

杰西卡已经运用贝尼·杰瑟里特的技巧对他进行了十六个月的研究，同时还学习有关卡拉丹的事务。她已经对雷托·厄崔迪每天要面对的种种困难了如指掌：如何管理整个星球，如何管理一个大家族的事务，如何处理国土事务，以及跟上帝国的政治外交阴谋的节奏。

所以杰西卡很清楚地自己应该说什么，也清楚如何向他慢慢渗透自己的建议，而不是强迫他……

渐渐地，他已经不再把她当做是一个情人了。

她尽量不把凯莉娅·维尔纽斯当作她的对手，但那个女人把面前这个高傲的贵族逼得太紧了，竟想试图让他屈从于她自己的意志，这无疑是个错误。雷托·厄崔迪公爵是一个不会被人强迫做任何事的男人。

有时，当他和杰西卡沿着悬崖边的小路散步时，雷托会谈到他对凯莉娅的冷漠。“大人，这是你的权力。”年轻女人的声音很柔和，就像卡拉丹海面上微熏的盛夏微风，“但她看起来很伤心的样子，我真希望能为她做点什么，我们俩也许会成为朋友。”

风吹着他的黑发，他一脸困惑地看着她：“那你可比她强多了，杰西卡。凯莉娅对你可只有怨恨。”

杰西卡已经见过了伊克斯女人的心痛，看到了她那试图隐藏的泪水，也看到了她向杰西卡投来的怨恨目光。“一个人的观点可能会被环境所扭曲。别忘了自从维尔纽斯家族垮台后，她就过着艰难的生活。”

“可我让她过得更好了。我拿自己的家族产业为她冒险，在他们家族宣布变节后保护了她和隆博的安全。我已经充分考虑过她了，可她还想要更多。”

“你曾经爱过她，”杰西卡说，“她也为你生了孩子。”

他热情地笑了起来：“维克多……啊，那个男孩让我和他母亲在一起的每一刻都变得值得了。”有好几分钟，他只是凝视着大海，一句话也没说，“你比你这个年龄段的女孩要聪明，杰西卡。也许我会再给凯莉娅一个机会。”

她不知道自己脑子里到底想什么了，开始后悔不该把他送回到凯莉娅身边。莫希阿姆一定会为此责备自己的。但她怎么能不鼓励他去爱他儿子的母亲，爱一个他曾深爱过的女人呢？尽管贝尼·杰瑟里特的训练要求严格控制自己的情绪，但杰西卡发现自己已经深深地爱上了雷托。而且也许有些太深了。

但她还有另一段感情，这段感情占据了她一生中更长的时间。凭借她那贝尼·杰瑟里特的生殖手段，她本可以在雷托和自己在一起的第一夜就操纵精子和卵子，从而怀上上级指示她要生下的女儿。但自己为什么没有按命令去做呢？自己为什么选择了拖延呢？

这个问题让杰西卡感到内心一片混乱，各种力量都在她心中争夺着控制权。显然，贝尼·杰瑟里特是一方，就像是个耳语，不断地提醒她要履行她的义务和誓言。但对面的一方是什么呢？肯定不是雷托。不，那是一种比宇宙中两个人之间的爱情更伟大更重要的东西。

但她不知道那是什么。

第二天，雷托去了凯莉娅位于塔楼的套间，她最近大部分时间都在那里度过，这无疑加大了他们之间的隔阂。雷托一进门，她就转向他，准备大发雷霆，但他却在她旁边的一张长椅上坐了下来。“我很抱歉，我们看待事情的方式是如此不同，凯莉娅，”说着他紧紧握住她的手，“我不能改变自己对婚姻的看法，但这并不意味着我不喜欢你。”

她挣脱开来，立刻起了疑心：“怎么了你？出什么事了？杰西卡把你从床上撵出来了？”

“不是。”雷托想把杰西卡对他说过的话转述给凯莉娅，但重新考虑后作罢了。如果她知道是杰西卡劝他来的，她是不会接受自己的，“凯莉娅，我打算送你一件礼物。”

她不由自主地高兴起来，因为雷托已经很久没有给她带贵重的小玩意儿了。“是什么？珠宝吗？”说着她伸手去摸他的衣袋，那是他为她藏戒指、胸针、手镯和项链的地方。以前他总会让她在自己的衣服里寻找这些小玩意，而这个游戏经常会变成做爱的前戏。

“这次的礼物不在这儿，”雷托带着苦乐参半的微笑说道，“你出自一个府邸要比我这个简朴的城堡漂亮得多的家族。你还记得伊克斯大王宫里靛青色墙壁的舞厅吗？”

凯莉娅困惑地看着他，答道：“记得呀，那是稀有的蓝黑曜石——我有些年没讲过这样的石头了。”她的声音变得伤感而疏远起来，“我记得当我还是个孩子的时候，总会穿着我的舞会礼服，盯着这些半透明的墙壁看个没完。那一层层的反射看起来像是幽灵一样。树枝形状的吊灯发出的光也像银河中的星星一样璀璨。”

“我决定给卡拉丹城堡舞厅也装上蓝黑曜石的墙面，”雷托宣布道，“在你的房间里也装上。大家都会清楚我这样做是为了你。”

凯莉娅不知道该说什么了。“你这么做是为了安慰你的良心吗？”她挑战雷托道，心想他也不敢反驳，“你觉得我那么容易哄吗？”

他慢慢地摇了摇头：“我已经超越了愤怒，凯莉娅，我对你只有爱。我已经在哈葛尔商人那里订完你的蓝黑曜石了，不过要几个月才能到。”

他走到门口，停下脚步。而她仍默不作声，直到最后才长长地吸了一口气，好像说话要费很大的劲似的。

“谢谢你。”他离开房间时，她说道。

一个男人可能会与最危险的敌人战斗，经历最漫长的旅程，熬过最严重的创伤，但在他所爱的女人手中仍会束手无策。

——来自游牧民族禅逊尼的智慧

列特·凯恩斯因为期待而紧张得喘不过气来，只能尽力强迫自己有条不紊地行动，别出什么差错。虽然他对争夺法罗拉很是兴奋，但如果他不能为米娜挑战做好准备，那么这挑战很可能会带给他死亡而不是一个妻子。

他的心现在怦怦直跳，列特穿上蒸馏服，把一切都整理好，确保每一滴水分都不会遗失，又检查了所有的连接和密封处。然后他卷起自己的包，装好额外的水和食物，并花了点儿时间清点弗雷曼工具包里的物品：蒸馏器、定位罗盘①、手册、海图、潜水器、通气管、小刀、双筒望远镜和修理包。最后，列特又装好了造物主钩子和沙槌，因为他需要召唤沙虫当坐骑，长途跋涉穿过大平原和哈班亚沙海以及哈班亚山脊。

对于那些没有固定穴地的人来说，鸟之洞穴是弗雷曼人流浪过程中一个孤立的停靠点。法罗拉一定在两天前就离开了，她凭自己就能

①定位罗盘可以通过当地的地磁异常判断方位。一般需配合地图册使用，并需要星球有一个不稳定的磁场，或者磁场受到严重的磁暴干扰。

召唤出沙虫来，而弗雷曼女人很少有人能做到这一点。她肯定提前知道洞穴是空的，所以才会选择在那里等列特或沃里克——不管谁先到吧。

列特的房间就在他父母房间的隔壁，他一直在不停忙碌。即使这么晚了，他的母亲也听到了他那些疯狂的动作，于是把帘子移开了，问道：“我儿啊，你为什么要预备远行呢?”

他看着母亲，答道：“妈妈，我要去为自己赢得一个妻子。”

弗丽思笑了起来，薄薄的嘴唇在那张晒黑的饱经风霜的脸上弯了起来：“所以法罗拉提出了挑战。”

“是的——所以我得赶快。”

弗丽思灵巧快速地检查了一下儿子蒸馏服上的扣带，然后在他后背上又系紧了一些。列特打开了印在香料纸上的地图，以便复习一下只有弗雷曼人才知道的地理情况。他研究了沙漠的地形，岩石的突起以及盐碱盆地。还有就是气象记录显示的可能发生沙暴的位置。

沃里克已经领先一步了，他清楚这一点，但他那位冲动的朋友不会采取那么多的预防措施。沃里克总是会迅速地接受挑战，然后十分相信自己的弗雷曼技巧。但是，很多意想不到的问题都需要时间和资源来解决，而列特相信磨刀不误砍柴工。

他的母亲在列特的脸颊上轻轻吻了一下：“记住，沙漠既不是你的朋友也不是你的敌人……只是简单的一个障碍。好好利用它。”

“我会的，妈妈。沃里克也知道这一点。”

帕多特·凯恩斯此时不见人影了……但其实，他很少会这样。列特甚至觉得自己很可能会在他父亲还没有意识到这场竞赛的重要性之前，就回到红墙穴地了。

当他从穴地的水封大门里出来，站在崎岖不平的山脊上时，他看到了冉冉升起的月亮照亮了沙滩。他甚至能听到远处传来的沙槌的砰砰声。

沃里克已经走到那儿了。

列特沿着陡峭的小路奔向开阔的盆地，但忽然又停了下来。沙虫拥有广阔而明确的领地，而且它们会奋力保卫这些领地。沃里克已经在这里召唤一头巨大的野兽了，这就意味着列特要花很长时间才能引诱第二条沙虫进入同一区域。

想明白这一点后，他反而向更高处爬去，跨过山脊线前往大山的另一边，那里有一个浅浅的盆地。列特希望他能在那里找到一位更好的造物主，最好比他朋友找到的那只还要好。

当列特从崎岖的斜坡上爬下来之后，他仔细观察了前面的地形情况，结果发现了一片又宽又长的沙丘，后面就是广阔的沙漠。他觉得这将会是一个召唤沙虫的好地方。于是他在斜坡上放了一个沙槌，而且没有打开延迟计时器。这样一来给他跑到沙丘背面松软沙地的时间就只有几分钟而已。并且在黑暗中，肉眼很难看到沙虫浮上来时的波纹。

沙槌“砰、砰、砰”地响了起来，列特从工具箱里取出工具，拿出可伸缩的鞭子和造物主钩子，然后把它们系在自己的后背上。以前，当他召唤沙虫时，身边总会有观测者和帮手，他们的作用是在遇到困难的时候帮助他。但这次的挑战列特·凯恩斯必须亲自完成所有的事情。他也确实是按照规定的仪式完成的每一步。现在他在靴子上系上防滑钉，解开绳索，俯下身子等着。

在山脊的另一侧，沃里克已经骑上沙虫，飞快地穿过大平原了。列特希望自己能把失去的时间补回来。毕竟要花两三天的时间才能到达鸟之洞穴……而在这段时间里可能会发生很多事情。

他把手指伸进沙子里，一动不动地坐着。这个夜晚没有风，除了沙槌发出的砰砰声没有别的声音。最后，他终于听到沙子移动时发出的嘶嘶声，那是沙丘深处的巨大怪兽被沙槌发出的稳定节拍吸引而发出的声音。虫子越来越近，距离列特只有一个沙丘远了。

"夏胡鲁这次给我派来了一个大造物主。"列特长叹了一声。

这只沙虫绕着沙槌转起圈来。它那巨大的、分节的背部高高隆起，上面布满了裂纹，宽阔的脊背像山峰一样高大。

列特被吓呆了，双手握着钩子爬过滑动的沙地。即使是戴着鼻塞，他也闻到了硫黄、燃烧的岩石以及沙虫身上渗出的强烈而辛辣的美琅脂气味。

在那野兽最终吞下沙槌的一刹那，他冲了过去。巨虫还没来得及重新潜入地下，列特就把一个钩子那闪闪发光的一端钩在了沙虫一节身体的边缘，然后使出全身的力气，把那部分拽了开来，露出了里面娇嫩得无法直接接触沙子的粉肉。然后他便不松手了。

为了避免刺痛自己身体两段之间的这个伤口，沙虫向上昂起头来带走了列特。于是列特伸出另一只手，啪的一声把第二个造物主钩子对准那个伤口扔了出去，这次钩得更深了。他又使劲拽了一把，以扩大伤口的面积。

虫子反射性地弓起身来，想要甩掉这些钩子。

通常情况下，弗雷曼帮手会帮着列特埋下更多的钩子，但这次列特是独自一人。他把脚上的防滑钉扎进夏胡鲁那坚硬的肉里，然后爬到了更高的地方，放上支撑器让伤口保持打开状态。沙虫现在已经完全从沙地里爬出来了，列特用他的驱赶棒敲了敲，让沙虫转过身来，朝着一片开阔的大平原径直而去。

列特抓住手里的绳子，将所有的钩子都安置好了，最后站在那里，眼睛盯着沙虫那弯曲的背部弧线端详起来。真是一头巨大的造物主啊！此时此刻整颗行星仿佛都被一种庄严的气氛笼罩起来，一种能够延伸到行星核心的古老气息。他以前从未见过这样的生物，看来自己能以极快的速度骑行很长时间了。

他或许还有机会超越沃里克……

随着两月升高，他的沙虫在流沙上奔跑着。列特已经研究好了路线，然后利用星星和星座跟随一种老鼠留下的痕迹，这种老鼠被称作穆阿迪布[1]，也就是“指路者”，因此他不会迷失方向。

在他穿过大平原时，他看到了另一头巨大的造物主留下的波纹轨迹——很可能就是沃里克骑着的那头沙虫，毕竟夏胡鲁自己很少在地表上行走，除非它们被激怒了。列特希望他的运气能好一些。

又往前骑行了几个小时，这种竞赛变得单调而又熟练了，他不禁感到一阵困倦。如果他把自己绑在沙虫上，他就可以打个瞌睡，只是他不敢而已。他必须保持清醒以引导这头巨兽。如果夏胡鲁偏离了正道，列特就会损失一些时间——而他再也承受不起了。

他骑着巨兽奔跑了一整夜，直到黎明的那抹柠檬色染红了靛蓝色的天空，洗去了星辰的痕迹。他时刻警惕着头顶上，提防着哈克南巡逻机，尽管他不觉得哈克南人会飞到六十度线以下这么远的地方。

他又骑行了一个上午，直到一天最热的时候到来了，胯下这头巨大的虫子开始颤抖起来，扭动着身子拼命挣扎。看来它累得快要撑不住了。列特也不敢再用力了。要是把沙虫累死了，那可真不是个好兆头啊。

于是他骑着这头长长的巨兽向一大片岩石滑行而去。他松开钩子和支撑器，沿着虫身全速向前奔跑，最后在这头笨重的沙虫潜回沙中之前几秒钟跳到了安全地带。然后列特向那片低矮的岩石冲去，周围都是单调的白色、褐色和黄色，而这片岩石是此地唯一的一片深色的地带，是把这个盆地和另一个大盆地分隔开来的一个屏障。

他蜷缩在一张热反射迷彩毛毯下面，从他的弗雷曼工具包中掏出一个计时器设定好，给了自己整整一个小时的睡眠时间。虽然他的本能和外部感官仍然保持着警觉，但他睡得很沉，很快便恢复了精力。

---

①穆阿迪布是一种适应了厄拉科斯环境的更格卢鼠。这种动物与厄拉科斯二号月亮的月盘图案很相似，所以它在弗雷曼人的地灵神话中占有一席之地，由于它能在残酷的沙漠中生存，弗雷曼人对这种动物赞赏有加。

当他醒来后，他翻过了这片岩石屏障，来到了广阔的哈班亚沙海。列特开始设置第二个沙槌了，召唤来了另一条沙虫——虽然这一条要小得多，但仍是一头可怕的生物，而且还可以让他在旅程中走得更远。接着他又骑行了一个下午。

快到黄昏的时候，列特敏锐的眼睛看到沙丘阴凉的一侧有一种淡淡的颜色，那是一种苍白的灰绿色，在那里的树丛用卷须缠起它们的根，以稳定流沙。是弗雷曼人在这里播的种，培植了它们。即使一千棵树木中只有一棵能发芽并成活足够长的时间以繁殖后代，对他父亲来说也算是成功。因为照这么下去，总有一天沙丘会再次变成绿油油的。

伴随着沙虫发出的那令人昏昏欲睡的啪嗒啪嗒声，他回想起了父亲的教诲："把沙子锚定，我们就等于解除了狂风的一个强大武器。在这个星球的某些气候带，风速不会超过每小时一百公里。我们称这些地区为'风险最低地区'。在顺风的一侧种植植物将会锚定住沙丘，创造出更大的屏障来，以增加这些风险最低地区的面积。这样一来，我们就等于朝着我们的目标又迈进了一小步。"

列特半睡半醒地摇了摇头。*即使是独自一人在这片广阔的荒原上，我也无法逃避这位伟人的声音……他的梦想，他的演讲。*

但是他还有几个小时的路要走。他还没有见到沃里克，他知道在这片荒原上有许多条路，所以他没有放慢速度。最后，他在远处的地平线上看到了一片摇摆不定的黑影：哈班亚山脊，鸟之洞穴就在那里。

沃里克把最后骑着的这条沙虫留在身后，手脚并用地在岩石上攀爬。这些岩石呈墨绿色和赭红色，这是被厄拉科斯的强烈风暴烘烤、风化过的结果。吹来的沙子冲刷着悬崖的表面，留下了坑坑洼洼的裂缝。从这里他看不到洞口——他也不可能看到，因为弗雷曼人不会冒险让外面的人看见自己的。

他这一路上很顺，召唤来的沙虫也都很好。他也从没停下来休息过，他一心想要先找到法罗拉，然后紧紧握住她的手……而且过程还得做得比他的朋友列特更出色。这对他们的孙辈来说将会是个好故事。弗雷曼的各个穴地里已经开始对这场巨虫竞赛品头论足了，尤其是法罗拉是如何为了自己的阿哈尔提出了这项不寻常的挑战。

沃里克双手交替地向上爬着，同时迅速寻找着下一个支点，最后他终于爬到了一块突出的岩石上。在伪装的洞穴入口附近，他发现了一个狭窄的、磨损的女人靴子印。这一定是法罗拉故意留下的。弗雷曼人不会大意到留下这样明显的痕迹。她是有意留下这痕迹的，这其实就是在宣布，说她就在里面等着。

沃里克犹豫了一下，深吸了一口气。这是一段很长的旅途，他希望列特能够平安无事。他的血亲兄弟现在可能已经很接近自己了，毕竟高大的岩石挡住了沃里克的视线，所以他看不到列特。他不想失去他的朋友，更不能是因为这个女人的缘故。他真心地希望没有这个挑战。

但他仍想获胜。

沃里克走进了鸟之洞穴，在洞口形成了一个清晰的剪影。在粗糙的岩洞里，阴影让他看不清东西。最后，他听到一个女人的声音，那轻柔的话语声从洞壁上滑过。

“也该是时候了，”法罗拉说道，“我一直在等你。”

她没有说沃里克的名字，一时间沃里克有些不知所措起来。这时，法罗拉走了过来，她长着一张精灵般的脸庞，双腿和双臂瘦长却肌肉发达。她的那双大眼睛似乎在盯着他，身上散发着香草的芳香和浓烈的体香，而不是美琅脂味道。“欢迎你，沃里克……我的丈夫。”说着她拉起他的手，领着他向洞穴深处走去。

沃里克紧张得说不出话来，他抬起头，摘下了鼻子上的蒸馏服鼻塞，而法罗拉则开始帮他脱掉靴子。“我在这里兑现汝的誓言，”他用弗雷曼婚礼上的仪式用语说道，“在这个无风之地，我将向你抛洒甜水。”

法罗拉接着说道：“只有生命本身才能战胜我们。”

沃里克靠近了她：“汝必将生活在天堂，我的爱人。”

她则对他回应：“仇敌必将坠入地狱。”

“我必将真心待你。”

“我期待。”

然后他们齐声说了起来：“我们一起走过这条路，爱已经为你们指明方向。”

在祝福和祈祷结束后，他们相视而笑起来。耐布海纳尔会在他们回到红墙穴地时再举行一个正式的仪式，但在神的眼中和他们自己的心里，沃里克和法罗拉已经成为夫妻了。他们久久地凝视着对方的眼睛，然后一步步退到洞中那寒冷的黑暗深处。

列特气喘吁吁地跑到了山洞，当他爬到洞口时，脚下鹅卵石被踢得乱飞——但当他听到洞里传出动静时，他停了下来。他希望那是法罗拉带来的一个同伴，也许是一个女仆，或是一个朋友……直到他认出第二个声音是个男人。

沃里克。

他亲耳听着他们完成了结婚祷词，清楚按照传统，他们已经算是完婚了，她现在成为了自己朋友的妻子。无论列特多么渴望得到法罗拉，无论在他看到神秘的白色碧岩时祈祷过一定要得到她，现在他还是失去了她。

他静静地转过身来，离开岩架，坐在遮挡阳光的岩石阴影里。沃里克是他的朋友，他私下优雅地接受了这次失败，但内心承受着他能想象到的最沉重的悲伤。而克服这一切需要时间和力量。

列特·凯恩斯坐了足足有一个小时，眼睛凝视着沙漠的另一边。然后，他没有进洞，而是爬回沙地，召唤了一条虫子带他回家。

政治领导人通常不会轻易接受想象力和创新的想法，直到这些东西被一双血淋淋的手递到他们的鼻子面前为止。

——拉斐尔·科瑞诺皇太子，《银河系的领导论》

运航机组装工厂就建在伊克斯那些深深的洞穴里，沿着钢梁悬浮着的球形灯投射出明亮的影子和灼热的反光。光束在燃烧焊料和熔凝合金产生的腐蚀性烟雾里闪烁不已。工头儿们大声喊着号子，沉重的结构钢板撞击在一起，岩壁上回荡着叮叮当当的响声。

饱受压迫的工人们都在想方设法地偷懒，这无疑耽误了不少工期，减少了特莱拉人的利润。甚至这艘几个月前就开始建造的旧型号运航机连主框架都没有造好。

经过一番乔装改扮后，克泰尔加入了这支施工队，负责焊接用来加固巨大货舱的大梁和支撑桁架。今天，他需要到露天洞穴里去，他也终于可以再次看到头顶上的人造天空了。

而在那里，他也可以看到自己这个绝望计划的最新进展……

在他和米拉尔两年前引发了一系列重大爆炸事件之后，特莱拉大师们镇压得更厉害了，但伊克斯人的日子却没有变得更难。相反，这两名抵抗战士树立了一种榜样，让他们的同胞学会了坚毅。足够多的"反抗军"，都在以坚强的决心单独行动或小团体行动，从而形成了一支强大的军队——这是一种任何镇压都无法阻止的战斗力量。

由于不了解伊克斯内部的情况，隆博王子继续向抵抗组织运送炸药和其他物资，但其中只有一小批送到了克泰尔和米拉尔手中。特莱拉大师们现在会打开并检查每一个集装箱。入境港峡谷的工作人员也换了，甚至飞行员也不是以前的人了。克泰尔所有的秘密线人现在都消失了，他再次被孤立了。

尽管如此，他和米拉尔还是很高兴看到这里的工作秩序已经被打破，内部货舱也被破坏了，而工作效率在本就已经很低的情况下也进一步地下降了。就在一周前，甚至还有一名与政治毫无关系、从未引起人们注意的男子，被人发现在一条人迹罕至的走廊上涂抹了一行花哨的文字："特莱拉猪蝓去死！"

现在克泰尔沿着横梁做了一个模特才会做的优雅动作，走到了一个浮空垫子上，然后拿上了一个声波焊机。他通过升降平台登上了崖顶的框架，俯瞰着面前长达数公里的岩洞。在他的脚下，监视机躲避着运航机的主体框架，紧盯着灯光下的工人。克泰尔的建设小队的其他的人继续着他们的工作，对将要发生什么毫不知情。一名身穿着工作服的焊工靠近了克泰尔，他回头瞥了一眼，发现来人是米拉尔，她把自己也伪装了起来。他们会一起见证这个时刻。

现在随时都可以。

人造天空那嵌入式的全息投影仪在不停闪烁着各种图案，特莱拉故乡的云朵点缀着向下突出的岛屿，而这些岛屿则在阳光下闪闪放着光。曾经，这些建筑物看起来就像是钟乳石一样。可现在，这些美轮美奂的建筑看上去就像伊克斯地壳岩石那古老的、被人强行剥落了的牙齿。

米拉尔站在一旁，克泰尔则蹲在钢梁上，听着建筑工地上发出的敲击声和微弱回响。他抬起头来，像一只古老的狼盯着月亮。等待着。

忽然，人造天空那虚幻的画面发生了变化，扭曲起来，颜色变换，仿佛是一团外星来的云图案因为一场虚假的风暴而聚集。全息投影仪闪烁起来，然后投射出一个完全不同的图像，那是一个来自遥远的卡拉丹的图像。一张人脸的特写像一个巨神的头颅一样，占领了天空。

经过了十八年的流放，隆博的相貌发生了巨大的变化。他看上去更成熟，更有王者风范，他的目光锐利，低沉的声音也充满了决心。

“我是隆博·维尔纽斯王子。”投影发出了巨大的轰鸣声，每个人都抬头凝视着，敬畏地目瞪口呆起来。隆博的嘴看上去大得就像公会的护航舰一样，而随着他嘴唇的一开一合，发出了仿佛是来自神祇的命令：“我是伊克斯的合法统治者，我必将亲自带领你们脱离这场苦难。”

所有的伊克斯人都发出了感叹和欢呼声。从高处往下看去，克泰尔和米拉尔发现萨多卡军团开始慌乱地四散奔走，而那个叫做加隆的指挥官则向他的手下大喊。而在高高的阳台上，特莱拉大师们终于出现了，不停地做着什么手势。随后卫兵便掉头冲向了行政大楼。

克泰尔和米拉尔很享受眼前的这一刻，彼此交换了一个灿烂的微笑。

“我们做到了。”她呢喃道，周围一片混乱，只有他能听到这句话。

毕竟，他们两个人花了好几个星期研究系统，才最终劫持了投影仪的控制权。没人想到会发生如此巧妙的破坏行动，也没有人对劫持人造天空做好防范准备。

在单独入境的那批货物中，隆博·维尔纽斯将这个录像信息偷偷地藏在了里面，希望有人能秘密地把这个信息传播给忠诚的伊克斯人。王子本来只是希望能在地下城市的常规通信系统中播放一段音频或是编码信息就可以了。

但这对富有进取心的游击战士夫妇选择去做一件更值得纪念的壮

举。必须得承认，这是米拉尔的主意，而克泰尔完善了其中的许多细节。

隆博的脸庞又宽又方，眼睛里闪烁着其他流亡领袖都会羡慕的激情。他的金色头发有着一种恰到好处的参差不齐，显得既高贵而又有些蓬乱。王子在厄崔迪家族的这些年里学到了很多治国之道。

“你们必须站出来，推翻这些肮脏的奴隶主。他们没有控制或操纵你们的日常生活的合法权力。而你们必须帮助我恢复伊克斯的荣耀。和我一起消除这个叫做贝尼·特莱拉的疾病。让我们团结起来，采取一切必要手段——”

隆博的声音突然中断了，开始变得时断时续，很明显是因为有人在主行政大楼里想要越权控制整个系统，但王子的声音再次嘶哑地喊了出来，显得更加坚决：“——必将回归。我只是在等待适当的时机。你们并不孤单。我的母亲被谋杀了。我的父亲也已经消失在了帝国之中。但我的妹妹和我还在，而我会看顾着伊克斯。我打算——”

隆博的画面扭曲并最终静止了。地下洞穴里笼罩着黑得超乎想象的夜色。看来特莱拉人宁可完全关闭整个天空，也不打算让隆博王子完成他的演讲。

但是克泰尔和米拉尔在漆黑中继续微笑着。隆博已经说得足够多了，他的听众们会自己想象出比这位被放逐的王子说出来的还要更加宏伟的战斗口号。

几秒钟后，白热的球形灯突然发出亮光，应急灯像强烈的太阳一样耀眼。警报也随之响起，但饱受压迫的伊克斯人已经开始窃窃私语了，他们都受到了鼓舞。现在，他们终于把那场爆炸归功于隆博王子了。他们最近目睹着持续不断的破坏活动，而这个远程的演讲是所有破坏活动中最为豪华的一场演出。这都是真的，他们心想。弄不好隆博王子现在正乔装打扮着走在他们中间呢！维尔纽斯家族会回来赶走那些邪恶的特莱拉人。隆博会把幸福和繁荣带回伊克斯。

就连下面的那些次人也开始欢呼起来。克泰尔感到了其中一丝苦涩的讽刺，他还记得就是这些没脑子的生化人赶走了维尔纽斯伯爵。是他们那愚蠢的不安全感和不明智的轻信让特莱拉人有机可乘，导致了那场政变。

不过，克泰尔现在不介意了。他接受任何愿意战斗的盟友。

萨多卡军团蜂拥而出，亮出了手中的武器，大喊着让每个人回到自己的住所。轰鸣的扩音器宣布立即进行镇压和全面戒严。配给将减半，工作班次将会增加。而这些特莱拉人在以前已经做过很多次了。

跟着米拉尔和其他的工人，克泰尔从运航机钢梁上爬了下来，安全到达洞穴地面。入侵者越是压迫，伊克斯人就越是愤怒，直到最后到达一个爆发点。

指挥官坎多·加隆，伊克斯帝国部队的首领，正在用一个扩音器高喊着战斗语言。萨多卡士兵开始向空中开枪，恐吓工人。克泰尔在施工队的工友之间闪转腾挪着，顺从地让自己被赶到了一个等候区。有些人会被随机地拘留和审问，但没人能证明他或是米拉尔参与其中。即使他们两人因此被处决，这场恢宏的演出也值得他们为此付出一切。

克泰尔和米拉尔在人群中相隔很远，他们服从着萨多卡卫兵愤怒的命令。但每当克泰尔听到工人们互相耳语，重复着隆博·维尔纽斯的豪言壮语时，他的喜悦和自信就达到了顶峰。

总有一天……就在不久的将来，伊克斯将会回到人民手中。

敌人会让你变得更强，而盟友则会削弱你。

——埃尔鲁德九世皇帝，临终的见解

在哥尼·哈莱克被墨藤鞭毒打了一顿后，他一直带着一种迟钝的内在恐惧工作了两个月，这比他在奴隶坑里所经历的那些还要糟糕。一道难看的伤疤沿着他的下颚延伸出来，鞭痕像火烧过的痕迹一样，而且还在隐隐作痛。虽然实际的伤口已经愈合，但墨藤那有毒的残留物仍然在神经末梢灼烧，就好像是一道间歇性的闪电埋在他的脸颊和下巴里。

但那只是疼痛而已，哥尼还可以忍受。身体上的伤害对他来说已经不算什么了，它们已经成为他生活的一部分。

真正让他害怕的，是在他袭击了格洛苏·拉班之后竟只是受到了如此轻微的惩罚。那个魁梧的哈克南人用鞭子抽打了他，狱警后来也打了他一顿，这也只是让他在医务室里待了三天而已……他可是曾经因为一些小事经历过更糟糕的事情啊。他们到底想怎么收拾我？

他想起了拉班那双紧盯着他的眼睛里故意流露出来的残忍："那就去查记录。给我找出他是从哪儿来的。然后再看看他还有没有家人活着。"哥尼担心的是会发生最坏的情况。

他和其他奴隶们一起毫无目标地四处游荡，怀着越来越强烈的期待和恐惧。他轮流在黑檀山的悬崖上和黑曜石加工桶里干活。货船则不时降落在军营和奴隶坑附近，拖走那些装满了亮晶晶的、无比锋利的火山玻璃的集装箱，再由哈葛尔家族负责卖出去。

一天，两个卫兵把他从加工桶里拖了出来。他浑身都淌着黑色的液体。哥尼半裸着身子，不时把油乎乎的液体溅在卫兵的制服上，跌跌撞撞地走到了广场，格洛苏·拉班就是在这里检查的囚犯，也是在这里哥尼袭击了他。

他一看便看见对面摆着一个低矮的台子，台子前面放着一把椅子。没有锁链，没有志贺藤……只是一把椅子。这情景顿时让他心惊胆战起来。他不知道等待他的将会是什么。

警卫把他推到椅子上，然后走开了。监狱里的医生就站在附近，一群哈克南士兵同时也进入了广场。其他奴隶则继续在坑里和加工桶里干活，所以哥尼清楚即将发生的事件是针对他个人的……一场单独为他安排的演出。

情况看起来更糟了。

哥尼越是显露出激动情绪，卫兵们就越是高兴地拒绝回应他。于是他沉默了下来，黏稠的加工液在他的皮肤上干了，形成了一层噼啪作响的薄膜。

那位熟悉的医生走上前来，手里拿着一个黄色的小瓶，瓶的一头插着一根细针。哥尼在医务室里见过这些装在透明盒子里的黄色小瓶，但他从来没有机会体验过。医生用尖头在犯人的脖子上拍了一下，好像拍死一只黄蜂似的。哥尼猛地抬起头来，喉咙紧绷，肌肉紧张。

温暖的麻木感像热油一样传遍全身。他的胳膊和腿变得沉重起来。他抽搐了几下，然后完全不能动了。他现在既不能转动脖子，也不能做鬼脸了，就连眼睛也不能眨了，甚至都不能转动眼珠。

医生挪了挪椅子，扭了扭哥尼的头，就像在摆弄个假人一样，迫使他盯着面前的台子。哥尼突然意识到那台子是什么了。

那是一个舞台。他肯定会被迫去看一些东西。

这时格洛苏·拉班从一个外屋出来，穿着他最好的制服，哥尼的工头儿也穿着一件黑色干净的制服。这个骨瘦如柴但大腹便便的男人为了这个场合特意没戴鼻孔过滤器。

拉班走到了哥尼面前，哥尼恨不得当场跳起来掐死对面这个人。但他动弹不得。这种麻痹药像钳子一样牢牢固定住了他，他只能用尽全力地把怒火从眼睛里喷出去。

“犯人，”拉班开口了，厚嘴唇上带着下流的微笑，“你就是迪米特里村的哥尼·哈莱克吧。在你袭击我之后，我们不辞辛劳地找到了你的家人。我们从克鲁比队长那里听说了你在酒馆里唱的那些讨厌的小曲儿。即使村子里很多年没人见过你，他们也从没想过要报告你的失踪。他们中的一些人，当然是在死于酷刑之前，说他们以为我们在晚上把你带走了。真是些傻瓜。”

现在的哥尼是真的有些恐慌了，脑子里一片空白。他想要知道自己关于那疲惫而无大志的父母怎么样了……但他更害怕拉班告诉他的答案。他几乎不能呼吸。胸部肌肉不住地痉挛，和瘫痪做着抗争。他的热血沸腾起来，越来越愤怒，直到险些窒息。而他的脑袋也因为缺氧而开始嗡嗡作响。

“然后，所有的拼图都凑齐了。我们了解到你的妹妹是如何被分配到妓院的……而你又是如何无法接受事物的正常秩序的。”拉班耸了耸他宽阔的肩膀，手指意味深长地游走在他的墨藤鞭子上，但没有把它抽出来，“所有人都知道自己在杰第主星上的位置，而你似乎总是摆不正自己的位置。所以我们决定好好提醒一下你。”

然后他戏剧性地重重叹了口气，似乎强调着他的失望：“不幸的是，就在我的士兵们邀请你的父母加入我们的时候，他们有点儿……过于热情了……所以恐怕你的父母没能活下来。然而……”

拉班举起一只手，卫兵们顿时快步向补给棚屋跑去。在哥尼的视野之外，他听到了一阵扭打声，然后是一个女人无言的哭声，但他无法回头去看。虽然他很清楚那是贝丝。

有那么一会儿，他的心激动得怦怦直跳起来，因为得知了她还活着。哥尼原本以为自己在妓院被捕后，哈克南人已经杀死她了。但直到现在他才明白，他们没杀她只是为了对她做更糟的事。

他们把挣扎不已的她拖上了平台。她的身上只有一件又松又破的衬衫。贝丝那亚麻色的头发现在又长又乱，眼睛也因恐惧而睁得大大的，当她看见哥哥时更是如此。而哥尼则又一次看到了她喉咙上的白色伤疤。他们偷走了贝丝的歌声……摧毁了她微笑的能力。

他们的眼神锁定在了一起。贝丝不能说话，瘫痪的哥尼也不能对她说话了，甚至不能躲开目光。

“你妹妹清楚她的身份，”拉班说道，“事实上，她把我们伺候得还不错。我查了一下记录，想得出一个确切的数字。最后发现这个小女孩已经为总共 4620 名士兵提供过快乐了。”拉班拍了拍贝丝的肩膀。她张口想咬他。拉班却把手指并拢起来，一把扯下了她的那件内衣。

卫兵们推着赤身裸体的贝丝上了平台——而哥尼则丝毫动弹不得。他想闭上眼睛，但瘫痪的肌肉却让他无法做到。尽管他明白贝丝在过去六年里被迫做的事情，但亲眼见她的裸体再次激怒和震惊了他。她的身上全是伤痕，皮肤上布满了黑色的斑点和细细的疤痕。

拉班开口道：“在我们的妓院里，没有多少女人能像她这么长寿。这是因为她有着强烈的求生意志，但她今天也算是活到头了。如果她能开口的话，她会告诉我们她是多么高兴能给哈克南家族做最后一件事——给你一个教训。”

哥尼用尽全力绷紧了他的肌肉，想要使他的身子动起来。他的心脏快要从胸腔里跳出来了，浑身发烫，但就是连一个手指都动不了。

工头儿先走了过来。他敞开自己的长袍，哥尼别无选择，只能眼睁睁地看着这个大腹便便的男人在台子上强暴了贝丝。接着又上来了五个卫兵，奉拉班的命令执行任务。而那个肩膀宽阔的畜生则在一旁静静地欣赏着哥尼的表情，就像他欣赏舞台上这出戏一样。哥尼心痛得有如烈火焚身，恨不得这个畜生赶快走开，然后自己最好能昏过去。但他没有这个选择。

最后一个是拉班本人，他是带着最大的愉悦做这件事。虽然这时贝丝已经被虐待得几乎失去了知觉，但他下手仍是非常的粗暴和残忍。等他完事了，拉班用手紧紧地掐住贝丝脖子上那道白色伤疤。她再次挣扎起来，但拉班扭着她的头，迫使她看向她的哥哥，而他的手则紧紧地掐住她的喉咙。最后，他再一次狠狠插入她身子里，力气之大让他胳膊上的肌肉都绷紧了。他掐住她脖子的手也更用力了，贝丝的眼睛大睁。

哥尼别无选择，只能眼睁睁地看着自己的妹妹死在面前……

拉班更加满意地站在那里，然后向后退了几步，重新穿上制服。他对面前的两个受害者微笑起来。“把她的尸体给我留在这儿，”他命令道，“她哥哥的瘫痪会持续多久？”

医生迅速走近了哥尼，似乎对刚才看到的暴行无动于衷：“那么小剂量的话，也就再持续一两个小时吧。再多用一点基拉会让他陷入冬眠状态，您肯定不想这样。”

拉班表示同意：“让我们把他留在这儿吧，就让他盯着她看一会儿吧，直到他能动为止。我要他好好认识一下自己的错误。”

拉班大笑着走了，卫兵们跟在他后面也撤离了。哥尼独自瘫坐在椅子上，身上连个镣铐都没有。他目不转睛地盯着躺在平台上一动不动的贝丝。一行血正从她嘴里淌了出来。

但现在，即使他们完全瘫痪了哥尼的身体，也无法阻止他流泪了。

生活的奥秘不是一个需要解决的问题，而是一种需要体验的现实。

——《彩虹桥高堡沉思录》，文本

在最近这一年半的时间里，阿布鲁尔德·哈克南变成了一个意志消沉的人。他因自己儿子的所作所为而感到恐惧和羞愧，郁郁寡欢。他接受了人们的责备和自己的内疚，但就是无法忍受兰基维尔善良人民的那些忧心忡忡的目光。

正如他所担心的那样，在拉班那场图拉峡湾琼达斯鲸大屠杀之后，捕鱼业完全不行了。渔民和猎鲸者纷纷离开，村庄也被遗弃。一切都还给了大自然，那些木头房子都空了，变成了海湾中的一座鬼城。

阿布鲁尔德解雇了他的仆人，他和埃米关闭了主屋，让它像墓碑一样纪念着他们那曾经田园般的生活方式。他们离开这座宏伟的老建筑，希望有一天能回来重拾那美好的时光。现在，他和妻子住在他们的小别墅里，那是一片完全孤立的土地，一直延伸到已被鲜血染红的峡湾。

埃米本来是个精力充沛，笑容可掬的女人，现在却显得苍老而疲惫，仿佛他们那堕落的儿子已经榨干了她这辈子所有精力似的。长久以来她一直心系这个世界，深深地扎根于此，就像河床上的一块巨石，但如今似乎她的地基已经被严重地侵蚀了。

格洛苏·拉班是一个四十一岁的成年人，已经足以为自己的恐怖行为负责了。然而，阿布鲁尔德和埃米却总觉得错的是他们自己，比如他们为什么没有从小给他灌输应有的荣誉感和对人民的爱……

拉班亲自领导了摧毁彩虹桥高堡的进攻。当守卫们把他自己的外公从悬崖上扔下去时，阿布鲁尔德眼睁睁地看着站在旁边的拉班。他还在图拉峡湾屠杀了鲸鱼，一手破坏了整个海岸的经济。从一位宇联商会的代表那里，他们又了解到拉班是如何以折磨和杀害无辜受害者为乐的。

这个人怎么会是我的后代呢？

他们在乡间别墅度过的这段孤独的岁月里，埃米和阿布鲁尔德试图再怀一个儿子。这是一个艰难的决定，但他和妻子最终意识到，格洛苏·拉班不再是他们的孩子了。他与他们的爱永远断绝了联系。埃米已经打定了主意，阿布鲁尔德则无法拒绝她。

虽然他们无法弥补拉班造成的伤害，但他们或许可以再生一个儿子，一个可以被正确抚养成人的儿子。虽然埃米很强壮健康，但她已经过了壮年，而哈克南向来子嗣不丰。

迪米特里·哈克南的第一任妻子维多利亚只给了他一个儿子，也就是弗拉基米尔。在一场痛苦的离婚大战之后，迪米特里又娶了年轻美丽的达芙妮为妻，但他们两个生下的第一个孩子马洛廷智力严重发育迟缓，这让他成了家族里一个可怕的耻辱，他在二十八岁时就去世了。达芙妮的二儿子阿布鲁尔德则是个聪明的男孩，成了达芙妮父亲的最爱。他们一起欢笑，一起读书，一起玩耍。迪米特里教过阿布鲁尔德治国之道，曾让他读过拉斐尔·科瑞诺太子的历史著作。

迪米特里很少和他的长子弗拉基米尔在一起，但是他那满腹怨恨的前妻维多利亚一直在教导他。所以尽管他们的父亲是同一个人，但弗拉基米尔和阿布鲁尔德的性格却截然不同。不幸的是，拉班更像男爵而不是自己的父母……

经过几个月的自我隔离后，阿布鲁尔德和埃米乘船沿着崎岖的海岸线来到了最近的村庄，打算在那里买些新鲜的鱼、蔬菜和乡间别墅的商店不提供的生活用品。他们穿着土布披肩和厚垫束腰外衣，没有佩戴任何仪式性的珠宝或精致的饰品。

在阿布鲁尔德和他的妻子第一次走进市场时，他希望他们能被当作普通村民对待，最好别被人认出来。但兰基维尔的人民对他们的领袖太过熟悉了。他们诚恳而又痛苦地欢迎他。

看到村民们理解地看着他，阿布鲁尔德这才意识到把自己孤立起来是个错误。当地人需要看到他，就像他需要看到他的人民一样。在彩虹桥高堡发生的事情是兰基维尔历史上最大的悲剧之一，但是阿布鲁尔德·哈克南并没有完全放弃希望。在这些人们的心中，一团明亮的火焰继续燃烧着。他们对他的欢迎很大程度上填补了阿布鲁尔德内心的空虚……

在接下来的几个月里，埃米与村里的妇女进行了交谈，他们现在都知道他们的总督想再要一个儿子，一个兰基维尔人，而不是……哈克南人。埃米拒绝放弃希望。

一场奇妙的际遇在他们购物的时候发生了，他们的购物篮里现在装满了新鲜的绿色蔬菜和用咸海带包裹着的熏鱼。当他们沿着摊位往前走，不时地与鱼贩子和贝壳雕刻者们聊天时，阿布鲁尔德注意到一个老妇人正站在市场的尽头。她的身上是一件僧侣的淡蓝色长袍。她脖子上的花边和铜铃上的金色刺绣表明，这个女人在她的宗教里处于一个比较高的等级，是为数不多的能达到如此高位的女性了。她像雕像一样僵硬地站在那里，身材并不比其他村民高多少……然而，不知为何，这个女人就像一块巨石那样显眼。

埃米那双乌黑的眼睛凝视着那个女人，呆住了，最终怀着一线希望走上前去，对她说道：“我们听说过你。”阿布鲁尔德看了看他的妻子，不明白她是什么意思。

老尼姑撩起她的帽兜，露出她那刚剃过的红润斑白的头皮，似乎不习惯这里寒冷的环境。而当她皱起眉头时，那张长脸上羊皮似的皮肤就像揉成一团的纸那样皱了起来。但她说话的声音却十分洪亮，振聋发聩："我知道你想要什么——我也知道神有时会赐福给他认为值得的人。"

老妇人靠得更近了，好像她要说的话是只有他们才能知道的秘密。她脖子上的铜铃开始轻轻响起来："你们心地纯洁，你们善良敦厚，你们的灵魂配得上这样的赏赐。虽然你们已经受了太多的苦了。"她的目光如鹰一般锐利起来，"但你们还是很想要个孩子。"

"我们想要。"阿布鲁尔德和埃米异口同声道，连他们自己也吓了一跳。他们不禁面面相觑，紧张地轻笑起来。埃米紧紧抓住她丈夫的手。

"是的，我能看得出你们的诚意。这是个重要的开始。"女人低声祝福了他们两个。然后，仿佛是神从天空向他们点了点头，浓稠的灰云忽然变淡了，一缕阳光笼罩在了村庄之上。市场上的其他人都用好奇而充满希望的表情盯着阿布鲁尔德和埃米。

尼姑把手伸进她的天蓝色长袍，取出了几包东西。她把它们举起来，指尖抓着它们的边缘。

"贝类的提取物，"她开口道，"珍珠母和钻石粉末种在一起，是只有在夏至的时候才在雪地上生长的干燥药草。这会非常有效的，按时服下它们吧。"说完她递给阿布鲁尔德三包，也给了埃米一包。"把它们泡在茶里，行房之前好好服用。只是你们要谨慎，不要浪费机会。多观察一下月亮，如果云层太厚，就再看看月相图。"

老尼姑仔细地解释了那些最为罕见的月相，也就是每个月的周期中最适合怀孕的时间。埃米点着头，手指捏着纸包，好像它们是无价之宝似的。

阿布鲁尔德却犯起了疑心。他听过这些偏方和近乎迷信的疗法，但一看到妻子脸上洋溢着的喜悦和希望之情，他就不敢说出自己的怀疑了。他暗自下了决心，就算只是为了让妻子开心，他也会按照这个奇怪的老妇人布置的去做。

这位干瘪的女人用安静却没有一丝尴尬的声音，详细地给他们传授知识，比如为了提高行房快感，以增大精子与卵子结合的可能性，他们必须进行的某些增强仪式。埃米和阿布鲁尔德听了之后，每个人都点头表示会按照她的指示去做。

在返回船上并离开市场之前，阿布鲁尔德想办法从一个小贩那里拿到了当前的月相图。

夜幕降临，在他们与世隔绝的乡间别墅里，他们用蜡烛点亮了房间，在壁炉里生起熊熊的炉火，让家里充满了温暖的橘色光。屋子外面，大风已经消失，只余一片深深的寂静，像是世界屏住了呼吸。峡湾的海面就像一面黑色的镜子，映照着天空的云彩。群山耸立在水面上，山峰隐遁在了阴沉沉的天空之中。

在远方那绕过海湾的弯道上，他们可以看见主屋的轮廓，它的窗户关闭着，门也是闩着的。那里的房间现在一定很冷，就像是结了霜似的，家具盖上了布，橱柜也都搬空了。被遗弃的村庄很宁静，仿佛在寂寞地回忆着所有的皮毛鲸消失之前的那些繁华岁月。

阿布鲁尔德和埃米躺在他们的新婚蜜月床上，这张床是用琥珀金制成的，上面雕刻着美丽的植物图案。他们把自己裹在豪华毛毯中，用多年来从未有过的激情和决心慢慢地做爱。老尼姑那种奇怪的茶仍在他们的喉咙里留下了不少苦味，让他们两个人身上都带上了一种异教的激情，他们觉得自己仿佛又都年轻了。

终于，他们心满意足地躺在彼此的怀里，阿布鲁尔德静静地听着夜幕降临。远处平静的浪花在陡峭的岩壁上发出轻轻的回响，他觉得自己仿佛听见孤独徘徊的琼达斯鲸在海湾入口发出的叫声。

阿布鲁尔德和埃米都认为这是一个好兆头。

盖乌斯·海伦·莫希阿姆圣母完成了她的使命，她脱下了她的长袍，把戴在脖子上的装饰小铃铛摘了下来，打包带走了。她的头皮发痒，但头发很快就会长回来。

她摘掉了伪装眼睛颜色的隐形眼镜，也涂掉了让她看起来更老的化妆品，然后在粗糙的脸上擦了不少乳液，这可以帮她从兰基维尔的寒风里恢复过来。

她在这里已经待了一个多月了，收集数据，研究阿布鲁尔德·哈克南夫妇。有一次，当他们两人如她所料地每周一次地常规拜访村庄时，她趁机溜到北方，闯入他们的乡间别墅，收集了头发、刮掉的皮肤、剪掉的指甲等等，这些东西能帮助她确定这两个人确切的生化特征，也为她提供了所需的一切信息。

贝尼·杰瑟里特姐妹会的专家分析了所有的可能性，并最终确定了提高阿布鲁尔德·哈克南再生下一个男孩的方法。魁萨茨·哈德拉克的育种计划需要这些基因，而格洛苏·拉班的种种行为证明他太不可控了——更不用说他年纪也太大了——不适合作为雷托·厄崔迪和杰西卡注定要生下的那个女孩的配偶。贝尼·杰瑟里特需要另一个男性哈克南后代。

然后她去了兰基维尔太空港，等待着下一架飞来的运航机。和当初那位卑鄙男爵的经历不同，这一次她没有强迫别人怀上他们不想要的孩子。阿布鲁尔德和他的妻子本来就渴望再生一个儿子，而莫希阿姆很乐意用贝尼·杰瑟里特姐妹会的专业知识给予他们一个机会。

而这个即将出生的孩子，也就是格洛苏·拉班的弟弟，会有无比重要的命运等着他。

我们所要做的就是解放想象力，并利用想象力来发挥身体的创造力。

——弗雷德里·吉奈斯，《剑术大师的哲学》

傍晚时分，这里是吉奈斯的另一个岛屿，有着绵延的绿色坡地以及黑色熔岩巨石围成的围栏，当然还有一些圈养的牛群。空地上点缀着一堆堆随风飘动的潘帕斯草，独木舟躺在平坦的海滩上。海面上只有片片白帆在环礁湖里若隐若现。

而这些渔船让邓肯·艾达荷深深地怀念起卡拉丹……他的家。

其余的学员花了一整天的时间来训练，练习平衡的艺术。学员们站在地上尖利的竹桩中，用短刀进行搏斗。他的两个同学不慎摔倒在木桩上，受了重伤。邓肯则划破了他的手，但他丝毫不去理会血淋淋的伤口。它们自己会愈合的。

“伤痛是最好的老师。”剑术大师毫不留情地说道。

现在，学员们终于可以休息了一会儿了，大家收发起邮件来。邓肯和他的战友们站在临时营房前的一个木制平台周围，等待着那位最早训练过他们的剑术大师哲武喊名字，然后分发给大家信息筒和零熵包裹。潮湿的空气让哲乌那头长长的黑发像垂下来的藤蔓一样挂在那张蜥蜴般的脸上。

两年前，特林·克罗诺斯和格鲁曼的其他学员都被吉奈斯学校开除了。而从学员们鲜有机会看到的新闻里看，沙达姆皇帝和兰兹拉德联合会从未就绑架和谋杀埃卡兹贵族家族成员的惩罚达成过一致。莫里塔尼子爵肆无忌惮地挥舞着他的军刀，与此同时，其他几家同盟家族则开始巧妙地把他描绘成争端中受害的一方。

越来越多的人在提起厄崔迪公爵的名字时都带上了钦佩之情。雷托最初只是试图充当这场冲突的调停人，但现在的他毫不动摇地支持埃卡兹大公，并在各大家族之间达成了协议，遏制了格鲁曼人的侵略。邓肯为他的公爵感到骄傲，他希望自己能更多地了解银河系外面的情况。他想回到卡拉丹，站在雷托公爵的身后辅佐他。

在吉奈斯的这段岁月里，邓肯和希·雷瑟的关系越来越密切，他是格鲁曼上唯一一个敢当众谴责他的星球是侵略者的人。莫里塔尼家族判决雷瑟是个叛徒，因此切断了与他的所有联系。而自从他的养父在子爵的宫廷里公开否认了他的身份后，雷瑟的学费现在是由帝国奋勉基金支付的。

现在，邓肯就站在这个红头发的身边等着叫名字，但他很清楚希·雷瑟不会收到来自外世界的消息了，现在不会，以后也不会了。“你可能会不适应的，希。难道你就没有一个会写信给你的女朋友什么的吗?”

“在吉奈斯待了六年之后？更不可能了。”

在那些忠诚于莫里塔尼家族的学生们被驱逐后，邓肯和雷瑟花了更多的空闲时间在一起，玩金字塔国际象棋和反向扑克，要么就是一起去徒步旅行，或在狂野的海浪中游泳。邓肯甚至写信给雷托公爵，暗示这位年轻的格鲁曼受训者很适合前往厄崔迪家族。

雷瑟和邓肯一样，在十岁之前就成了孤儿。后来他被阿斯腾·雷瑟，也就是亨德罗·莫里塔尼子爵的主要顾问之一收养了。雷瑟和他的养父关系一直不怎么好，尤其是在他叛逆的青少年时期。后来，按照家族传统，红头发被送到吉奈斯。阿斯滕·雷瑟坚信，这个著名的学校会挫一挫他这个棱角分明养子的锐气。不过希·雷瑟却很高兴，并真的从这儿学到了很多东西。

听到有人叫他的名字，邓肯连忙迈步上前，接过来一个沉重的包裹。“你妈妈送的美琅脂蛋糕?”哲武取笑道。

要放在以前，邓肯定会勃然大怒，甚至会因为那个男人取笑他而出手，像撅芹菜根儿一样，一根一根地扯掉他的脏辫。但现在，邓肯只是回了几句话：“我妈在杰第主星上被格洛苏·拉班杀了。"

哲武突然显得有些尴尬。雷瑟则把手放在邓肯的肩膀上，把他拉了回来。“你家送来的东西?”他戳了戳包裹，问道，“还有人关心你，你很幸运。”

邓肯看了他一眼道：“在哈克南人对我做了那些事之后，我就把卡拉丹当成我的家了。”他一直记得在那里的最后一个早晨，吃早饭时，雷托公爵送给他那把神奇的宝剑时对他说过的一句话：“永远不要丢掉同情心。”

邓肯冲动地打开包裹，同时留意到了包裹上的红鹰徽章，他对雷瑟说道：“这里的东西你随便拿。至少可以拿一些吃的——只是全息照片或信息得归我。”

雷瑟微笑着把包裹拿了过来，而哲武则继续分发着信息筒，雷瑟和邓肯开玩笑道：“也许我会分你一点儿，也许不会。”

“不要逼我和你决斗，因为你会输的。”

红头发笑着喃喃道：“那是当然，当然啊。”

两个年轻人先坐在临时营房的楼梯上，望着环礁湖上的渔船。雷瑟以邓肯无法想象的热情撕开了包裹，然后从几个密封的容器中取出一个，透过强化玻璃盯着里面橙色的切片，问道：“这是什么?”

“帕拉丹瓜!”邓肯连忙伸手去抓那个盒子，但雷瑟在他够不到的地方啪的一把抢了过去，然后满面狐疑地仔细查看着。“你没听说过帕拉丹瓜吗？这可是帝国最甜的水果了。也是我最喜欢吃的。如果我知道他们会给我送——”雷瑟这才把盒子递还给邓肯，邓肯一下子打开了盒子，“我可是有一年都没见着这瓜了。他们有一些作物歉收问题，是浮游生物大量繁殖导致的短缺。”

说着他把一片瓜肉递给雷瑟，雷瑟咬了一小口，强迫自己咽下去，抱怨道：“我觉得有些太甜了。”

邓肯贪婪地吃了一块，接着又吃了两块，然后才盖好了盒子。为了让雷瑟高兴起来，他又找到了一些用庞迪米和糖蜜做成的美味卡拉蛋糕，用香料纸包裹着。

最后，他从包裹底部取下了三条字条，都是手写在羊皮纸上的，上面有着厄崔迪家族的封条。其中有来自隆博王子的问候，鼓励他永远心怀希望——还有一封来自杜菲·哈瓦特的信，里面写的他是有多么期待邓肯能在卡拉丹城堡帮他分担一些工作之类的话……最后则是雷托本人给他的信，里面承诺如果红头发能圆满完成训练，他会考虑让他担任厄崔迪家族卫兵。

当他的朋友让他亲自读公爵写的纸条时，雷瑟眼里满含着热泪。他连忙移开目光，不想让邓肯看见。

邓肯把手搭在同伴的肩膀上说道：“不管莫里塔尼家族对你怎么样，你总会找到一个安身之所的。现在我们有两位剑术大师了，谁还敢挑战厄崔迪家族?”

那天晚上，邓肯忽然非常想家，甚至无法眠，于是他拿着老公爵的宝剑，在营房外的星光下练习起来，与想象中的对手决斗。他已经有很长一段时间没有看到卡拉丹那波澜壮阔的蓝色大海了……但他仍然记得他所选择的这个家，以及他有多么亏欠厄崔迪家族。

大自然孕育出了这种奇妙的、难以捉摸的香料。人们禁不住会想，只有在神祇的干预下才能产生如此的物质，它一方面能延长人类的生命，另一方面则能打开了通向时间和创造之奇迹的心灵大门。

——希达尔·芬·阿吉迪卡，《关于美琅脂本质的实验室笔记》

在位于地下的萨图赫太空港里，研究主任希达尔·芬·阿吉迪卡目睹着芬伦的穿梭机从峡谷壁上发射升空，峡谷壁是这颗星球地壳上的一个大裂谷。从上面看，这道裂缝只是一个风景优美的峡谷，并且还提供了一条通往地下世界的安全通道。现在芬伦的飞船成了寒冷天空上的一个小点。

终于解脱了！他总是希望这个爱管闲事的帝国观察员能死于一起宇宙飞船爆炸事故，但不幸的是，他又一次安全到达了轨道。

阿吉迪卡转身回到了隧道，乘坐电梯进入地下深处。今天的他已经呼吸了足够多的新鲜空气，也见过了足够多的开阔天空。

香料大臣的这次突击视察花了足足两天时间……在这位研究大师看来，这纯属浪费时间。他急于回到自己长期进行中的人造香料实验当中去，该实验已接近最后阶段。有这么个人紧紧盯着我，我怎么能有所成就呢？

更糟糕的是，一名贝尼·特莱拉的代表被安排在一周后到达此地——这么看来，阿吉迪卡的同胞其实并不怎么信任他。他们会写一些关于他的报告，然后带回给那些身居神圣家园里的大师们，在中央凯尔委员会——也就是特莱拉最高神圣议会里讨论。更多的检查。更多的干扰。

但我几乎达成了我的目标……

在他这位研究大师的精确指导下，他的实验室助手们已经为新型的培育罐——也就是特莱拉人种植人造香料的神圣生化容器——准备好了一个重要的改进。有了这个改进，他就可以进入下一个阶段：实际测试，然后是奥马尔计划就可以投产了。

在这个全封闭的研究馆里，希达尔·芬·阿吉迪卡和他的团队其实取得了很大的成功，而他基本没把实情透露给那个黄鼠狼芬伦甚至自己的同胞。再过一年，最多两年，他觉得自己就能解开这个难以捉摸的谜团了。然后他会启动他已经酝酿已久的计划，那就是窃取奥马尔计划的成果并为己所用。

而到那时，即使是秘密驻扎在这里的萨多卡军团也无法阻止他。在他们察觉到任何不对劲之前，阿吉迪卡早就带着他的成果溜走并摧毁实验室了。人造香料也就彻底属于他自己了。

当然，还有一些其他事情可能干扰阿吉迪卡这个大计划——现在还不清楚是什么。比如在萨图赫的那些间谍活动，萨多卡和阿吉迪卡自己的安全部队已经找到并处决了大家族里的十几个人。但有传言说这里有一个贝尼·杰瑟里特女巫在暗中活动。他希望那些女巫能离自己远点。

在乘坐轨道车返回他那高度戒备的研究设施的路上，这位研究大师把一块红色的锭剂塞进了嘴里。这是一种可以帮助他克服地下生活恐惧症的药物，虽然尝起来就像从脏兮兮的水槽里捞出来的烂肉吧。他想知道为什么药剂师不能配制出味道更好的药物。这肯定是添加剂的问题啊。

他的面前便是由十五座白色建筑组成的研究馆了，由立交桥、传送带和轨道系统连接起来，周围布满了强大的防御装置和加固的单向窗户。萨多卡军团则保护整个建筑群。

阿吉迪卡把特莱拉基因科学应用到了那些在维尔纽斯家族被赶走后留下来的先进制造设备上。战争的胜利者征用了本地储备的原材料，并通过中间人从其他星球获得了额外的资源。为了活命，很多伊克斯工厂的经理和科学家在这个过程中被迫提供了帮助。

轨道车平稳地停在了研究馆的墙边。在通过了一系列繁琐的安全检查后，阿吉迪卡走上了一个干净的白色平台，乘坐电梯到达研究馆里最大的防扫描区域，在那里，新的“志愿者”将被扔进改良的培育罐里。每个伊克斯的幸存者都想知道这个秘密设施里面到底发生了什么，但是没人知道。只有不断增加的怀疑和恐惧。

在研究馆里，阿吉迪卡坐拥全帝国最先进的制造设备，包括用于运输样品的复杂的材料处理系统。奥马尔项目的实验性质要求广泛的化学物质和标本以及对大量有毒废物的处理，所有这些他都能以无与伦比的效率完成。而在特莱拉自己的星球上，他从来没见过如此先进的装置。

阿吉迪卡穿过一道门，进入了一个巨大的房间，那里的工人正在完成地板上的连接工作，为即将运来的崭新的、仍有生命的培育罐做着准备。

我的实验必须继续下去。等我知晓了这个通天秘密，我就能控制香料，消灭所有依赖于它的恶魔。

自由是一个难以捉摸的概念。有些人即使有能力做他们想做的事，去他们想去的地方，也仍然是在自我囚禁。而另一些人的内心却是自由的，就算身体上束缚着镣铐。

——来自游牧民族禅逊尼的智慧

哥尼·哈莱克故意破坏了黑曜石加工桶中的搅拌设备，导致容器破裂。抛光液洒在本就已经很脏的地面上。他向后退了一步，准备接受那肯定会到来的惩罚。

但其实这是他冷酷绝望的逃跑计划中的第一步。

果不出他所料，卫兵们举着棒子和拳套冲了上来。在贝丝被谋杀之后的这两个月里，哈克南人觉得他们已经熄灭了这个金发男人所拥有的全部斗志。只是哥尼还不确定，他们为什么不干脆杀了自己。不是因为他们钦佩他的精神，也不是因为他的强大。相反，他们很可能从反复不断折磨他这件事里得到了虐待狂般的快乐。

现在他身上的伤势已经严重到需要治疗了。而他希望卫兵们能比平时更狠地揍他，最好弄断自己几根肋骨。这样一来，医护人员就会在医务室里治疗他，并在他痊愈后也没空搭理他。而到那时，便是哥尼采取行动的时候。

当卫兵们开始动手时，他选择了反击，手脚并用地乱抓乱踢起来。其他囚犯一般都会乖乖地投降——但如果哥尼没有反抗，他们可能会起疑心。所以他进行了激烈的反抗，当然，卫兵们赢了。他们对他拳打脚踢，将他的脑袋砸向地面。

疼痛和黑暗包裹着他，让他险些呕吐出来，但早已充满了肾上腺素的卫兵们却不打算收手的样子。他觉得自己的骨头裂了，然后开始咳血。

当哥尼即将失去知觉的时候，他开始担心自己做得有些过了，这次他们可能真的会杀了他……

几天以来，奴隶矿坑里的工人们一直在把蓝色黑曜石装船。被栅栏隔开的货物运输机正在降落平台等待着，它的外壳板因多次往返轨道而留下了不少离子伤痕。有卫兵在看管着这批货物，但不是很上心。因为没人愿意到遥远的奴隶坑中心去，他们觉得不管放什么财宝放在那儿，哪怕最贪婪的小偷也不会被诱惑。

这个大订单是由雷托·厄崔迪公爵通过哈葛尔商人委托完成的。就连哥尼也知道，厄崔迪家族一直是哈克南家族的宿敌。拉班和男爵知道他们要把这么昂贵的货物卖给他们最大的对手，都不禁沾沾自喜起来。

但哥尼只关心货物什么时候离开……因为他打算跟着它逃离奴隶坑。

当他终于从痛苦的昏迷中苏醒过来时，他发现自己果然躺在医务室的病床上。床单上还留有上一个病人的血迹。医生们不愿意多花钱维持奴隶们生命，因为这根本不划算。如果受伤的囚犯能在最短的时间内痊愈，那么他们就会被送回工作岗位。而如果他们死了……那么哈克南巡逻队自会抓来替代者。

当他完全恢复知觉后，哥尼一动不动地躺着，小心翼翼地不发出呻吟，也不引起别人的注意。在旁边的一张床上，另一个男人痛苦地扭动着。哥尼偷眼看去，发现那个人被包扎好的右臂残肢仍在淌着血。他想知道医生们这次为什么会这么烦恼。以前那个大腹便便的工头一看到有人残废了，便会直接杀了他。

那人再次大叫起来，也许是由于剧痛，也许是由于意识到了自己的命运。两名医护人员直接将他按倒在地，给他注射了一种嘶嘶作响的药剂——肯定不是什么镇静剂。过了一会儿，他咕哝了几声便沉默了下来。又过了半个小时，来了个身穿制服的人把尸体拖走了，嘴里还哼唱着有节奏的进行曲，好像这事情对他来说已经再平常不过。

一个医生走到哥尼身边，开始做检查，在他身上戳来戳去。他发出适当的呻吟声和微弱的呜咽声作为回应，但仍假装昏迷，没有动弹。医生哼了一声，拖着脚步走开了。毕竟这么多年来，医疗人员已经不知道处理过多少次哥尼·哈莱克的伤势了。

夜晚，当奴隶牢房里的灯光逐一熄灭后，医务室也陷入了一种低沉的昏迷状态。医生们纷纷开始给自己注射化学毒品，比如塞缪塔①或是药房里的其他上瘾药物。他们对仍处于昏迷状态的病人做了最后一次敷衍了事的检查。哥尼又呻吟了几声，假装被困在无休止的噩梦中。一位医生拿着针头在他身边晃了一会儿，针管里装的可能是止痛药，但更可能是镇静剂，然后摇了摇头走开了。也许他是想让哥尼在夜里醒来时浑身是汗……

等医疗人员一离开，哥尼就睁开了眼睛，摸了摸身上的绷带，评估了一下自己的伤势。他现在只穿着一件破旧的米色医院工作服，上面全是补丁和磨损——跟他的身体一样。

他身上有许多瘀伤和只是简单缝合了的伤口。他的头还是很痛：估计头骨破裂了，或者至少是严重的脑震荡。但即使在他反击的时

①塞缪塔是焚烧伊拉迦木后（经结晶萃取）得到的一种迷幻药。服药者会丧失时间感，变得无法自控，并会在塞缪塔音乐的诱发下做出无规律的身体摆动。

候，哥尼也小心地保护着他的四肢。还能动就行。

他把自己光着的双脚从床边甩到了医务室冰冷、粗糙的地板上，心里一阵阵的恶心，但很快就过去了。当他深呼吸时，肋骨痛得像是扎满了燃烧着的碎玻璃。但他还能忍受。

哥尼在房间里蹒跚了几步。技术人员留下了几盏光芒微弱的球形灯以备紧急情况。周围的病人都在打呼噜或是在呜咽，没人注意到他。他脸上的墨藤鞭痕又开始跳动了，预示着下一轮剧痛，但哥尼不理会它。*现在不是时候。*

站在密封的药柜前，他看到一个架子上装着*基拉*的针尖安瓿，这是拉班在贝丝被奸杀期间用来让他瘫痪无助地坐在那里所用的药物。哥尼摇了摇柜子的门，又拧了一下插销，试图把对柜子的损坏降到最低，这样医生就不会很快发现丢东西了。

由于不知道合适剂量是多少，他只好随便抓了一把黄色的安瓿。每个容器看上去都像是一只由光滑聚合物制成的黄蜂。他转过身，停了下来。如果有人发现了损坏的柜子和失踪的药剂，他们就可能猜出他的真实目的——所以哥尼同样也抓了一把其他的药物，比如止痛药和迷幻剂等等，然后把它们扔进医疗焚化炉，只留下了一些止痛药，以防自己需要它们。哈克南人会认为有人偷了各种各样的药品，而不仅仅是*基拉*。

他四下寻找衣服，最后找到了一件血迹斑斑的手术服，觉得怎么也比身上的破褂子强。由于尚未痊愈的身子又开始痛了起来，他连忙穿上衣服，想找一些固体食物来充饥，但最后只找到了一些能量胶囊。他吞下了那些椭圆形的药片，不知道这些能量能维持多长时间。他蹲下身子，用短棍撬开了医务室的门，溜进了黑暗之中，仿佛一道阴影中的阴影。

哥尼绕过了栅栏，栅栏上布满了电力网，不时发出噼啪声。其实这些东西更多的是为了恐吓奴隶们而不是为了真正的安全。因为这些障碍很容易突破。明亮的球形灯在坑坑洼洼的降落平台上投下一块块刺眼的光斑，但这些球形灯的频率和位置都很糟糕，所以还是留下了一片片的黑暗地带。

哥尼就在这些黑暗的地带里游走着，逐渐靠近了那个没有人看守的集装箱，里面装满了黑曜石。他使劲拉拽箱子的金属门，发出了嘎吱嘎吱的声音。他犹豫了一下，但任何拖延都只会引起更多的注意，所以他从门缝里挤了进去，然后尽可能安静地把箱门关上。

他顺着一个粗糙的金属斜坡滑了下去，偷来的衣服也都撕破了，最后终于落在了一堆经过化学处理的蓝色黑曜石上。他身旁尽是些粗糙的玻璃，但哥尼已经不在乎自己身上再多一些割伤和划痕了。毕竟他经历了那么多，他只是小心翼翼地不让伤口割得太深。

他向集装箱更深处滑去。身边每一块黑曜石都有他的拳头那么大，甚至更大，但都参差不齐，大小不一，其中许多都只是又厚又光滑的黑曜石板而已。这个集装箱还没有装满，所以明天早晨工作人员肯定会装满它，然后再送上运输机派送出去。哥尼必须得把自己藏起来以免被人看见。

当他把这些火山玻璃铲到自己头顶时，它重重地压了下来，压得他几乎不能呼吸了。皮肤上割伤的地方也开始灼痛起来，但他仍慢慢地持续往深处挖着，最后挖到了集装箱的一个角落里，这时，他的身体两侧至少都被坚固的金属包围了起来。他试着找一些东西把周围支撑起来，以免上面沉重的石头塌下来。万一工人把黑曜石倾倒在他身上，这些额外的重量可就要命了，但他无论如何都要活下去……而即使他没能幸存下来，他也愿意接受这样的命运。毕竟死在逃离哈克南家族的路上总比被他们踩在脚下要强。

他设法想要搬开头上那块巨大的扁平黑曜石，但忽然疼得停了下来。他几乎什么也看不见了，甚至连火山玻璃发出的微弱蓝光也看不见了。呼吸变得已经几乎不可能。他轻轻挪动了一下胳膊，取出了黄色的基拉安瓶，然后重重地深吸了一口气。

一剂瘫痪药并不会让他完全陷入昏迷，但三剂就可能会要了他的命。他用一只手拿着瓶子，然后同时把两支安瓿瓶扎入了大腿，剩余的则被他放在了身边，以备旅途所用。

麻痹感迅速蔓延开来，就像洪水一样冲击着他的肌肉组织。这种药物会使他进入类似冬眠的昏迷状态，减少他的呼吸和身体机能直到死亡的边缘。也许，如果他幸运的话，这应该能让他活着离开……

虽然雷托·厄崔迪公爵并不知道他的运输船里多了一个偷渡者，但哥尼·哈莱克却把他能逃离杰第主星归功于那位卡拉丹的统治者，也就是哈克南家族的宿敌。

而如果他能撑到位于哈葛尔的外星配送中心的话，哥尼希望自己能在蓝色黑曜石被重新切割、抛光和运输的时候逃走。他会想办法前往外太空。在杰第主星熬了这么多年后，他不觉得帝国中还能有比这里更糟糕的地方。

哥尼的脑海中浮现出他目前还没能结识的恩人——厄崔迪公爵来，他觉得自己的脸上仿佛都挣扎着露出了一丝微笑，随后便陷入了冬眠之中。

天堂一定充满了流水之声。

——弗雷曼人如是说

在列特·凯恩斯和沃里克偶然发现南极走私者基地三年后，他们又回到了那里。既然他已经完全失去了赢得心爱女人的希望，他的人生中也就没什么可失去的了。最后，列特打算向多米尼克·维尔纽斯索要他答应过的报酬，也就是让这位走私者首领带他离开沙丘，带他前往另一个世界，远离这里。

甚至在沃里克带着他美丽的新婚妻子从鸟之洞穴回来之前，列特就已经迫不及待地想要尽他最大的努力来祝贺这对夫妇了。当穴地山脊上的观测者发出信号，说有一只载着两个人的沙虫即将到来时，列特便马上退到自己的房间里进行冥想和祈祷。他爱他的血亲兄弟，也爱法罗拉，他不会对他们怀有任何怨恨或恶意。弗雷曼人有句谚语："凡有隐藏的邪念，必须立即清除才能避免其生根发芽。"

在红墙穴地那潮湿封闭的入口处，他拥抱了沃里克，丝毫不在意他身上的灰尘和他在沙虫背上待了太长时间而导致的浓烈香料和汗水味。他注意到他的朋友身上闪烁着甜蜜的幸福光芒。

至于法罗拉，她看上去很是满足。她很客气地向列特打招呼，这份端庄很适合一个新婚的女人。列特对他们笑了笑，随后他苦乐参半的问候便淹没在潮水般的祝贺声中，其中包括法罗拉的父亲，也就是穴地耐布海纳尔那刺耳的声音。

列特·凯恩斯很少利用他父亲的名声为自己做什么，但为了婚礼庆典，他还是想法从石膏盆地的温室洞穴里弄来了一篮子新鲜水果：橙子、枣子、无花果等等，还有一串来自贝拉·特古斯的酸莓。他把这份大礼放在了沃里克和法罗拉将要共处的空房间里，等到他们晚上入洞房后就会发现它了。

经过了这一切，列特·凯恩斯变得更加坚强了。

但是，在接下来的几个月里，他发现自己不可能再装作一切照旧的样子。他最好的朋友现在有了自己的事情。毕竟他现在有了一个妻子，不久，在夏胡鲁的恩宠下，他还会有一个家庭。沃里克不能花那么多时间在突袭哈克南人身上了。

就算事情过去一年，列特的心痛也不会减轻。他仍渴望法罗拉，胜过任何其他女人，他觉得自己这辈子可能都不会结婚了，因为他已经失去了她。如果他继续留在红墙穴地，那么这种悲伤就可能会演变成一种痛苦——他不想对他的朋友产生嫉妒之情。

弗丽思理解她的儿子：“列特，我知道你需要离开这个地方一段时间。”

年轻人点了点头，他想去南极，来一次长途跋涉：“如果我能把注意力转移到……其他工作上应该挺好。”于是他打算由自己把下一批香料贿赂送到隆多·图克那里，而这本是一段很少有人愿意去的艰难旅程。

“据说回声不是只有耳朵能够听到，”弗丽思对他说道，“记忆的回声是要用心去聆听的。”说着母亲微笑着把一只瘦削的手搭在他的肩上，“去你该去的地方吧。我会把一切原委都告诉你父亲的。”

列特向穴地、沃里克和法罗拉告了别。而有一些弗雷曼人察觉到了他的忧愁和不安。“乌玛凯恩斯的儿子想要去朝觐，”他们这样说道，这是因为他们把列特的旅程当作是神圣的朝圣了。也许这是一种对愿景的追求，或是一种对内心平静和目标的追求。没有了法罗拉，他需要找到另一个让自己痴迷的东西。

他一生都活在帕多特·凯恩斯的阴影之下。这位行星学家曾训练列特做他的接班人，但这个年轻人从未仔细审视过自己的内心，也不确定这是否是他想要走的道路。

年轻的弗雷曼男人常常选择他们父辈的职业，但这并不是金科玉律。重新唤醒沙丘的梦想是一个强有力的梦想，它激发了——也需要——强烈的热情。即使没有自己十九岁的儿子，乌玛凯恩斯也有他忠诚的副官斯第尔格、图洛克和欧姆恩作为团队的次级领导人。无论列特做出什么决定，这个梦想也都不会因此而破灭。

也许有一天他会去指挥他们的……但前提是他能全身心地投入到这个梦想中去。*我要离开这里，然后试着去理解我父亲心中燃烧的壮志到底是什么。*

他决定去找多米尼克·维尔纽斯。

弗雷曼人向来有能力在崎岖不平、毫无痕迹的土地上重寻足迹，列特·凯恩斯现在正凝视着南极的荒野。他已经把他那批香料交给公会代理人暗中装运去了。但列特却没有回到他的穴地，也没有像人们猜想的那样去朝圣，而是深入到了极地地区，寻找走私者。

他现在凭借昏暗的阳光，试图找出那些高耸的冰川之墙上不平整之处，也就是隐藏的洞穴。然后他很高兴地看到了走私者已经按照他和沃里克的建议对伪装进行了各种改进。在结了冰的岩石背后，他会发现一个很深的裂隙，而在裂谷的底部就停着多米尼克的走私船。

他大步走向悬崖下面。他的双手有些麻木了，脸颊也冻得一阵阵发紧。他并不知道如何进入基地，想要找到一条下去的通道，同时也希望走私者们能看到他并带他进去——但就是没人出来。

列特花了一个小时的时间试图让自己被人发现，他甚至大喊大叫并挥舞双臂，直到最后他身边的岩石裂开了一个小口子，几个瞪着眼睛的人走了出来，手里端着激光枪。

年轻的列特·凯恩斯冷静地仰起下巴。“我看你们还是和以前一样机警呢，”他讽刺道，“看来你们比预料中的更需要我的帮助。”说着他皱起眉头，指着一个缺了一条眉毛的麻脸男人和另一个头发灰白的老兵说道：“约丹，阿苏尤——你们不记得我了吗？我长大了，也更高了，留了一点胡子，但和以前没有什么不同呀。”

“所有的弗雷曼人看起来都一样。”满脸麻子的约丹咆哮道。

“那所有走私者的视力都不怎么好。我是来见多米尼克·维尔纽斯的。”现在，他们要么因为列特知晓了秘密而杀了他，要么带他进去。列特最终得以进入了隧道，走私者们则在他身后封闭了入口。

当他们经过悬崖内部要塞的观测墙时，他往下看了看那道把降落平台隐藏起来的裂口。一群群的人像岩石蚂蚁一样正匆忙地把补给品装载到船上。

“你们正在为远航做准备。”列特说。

两位老兵都狠狠地瞪了他一眼。而其中那个叫阿苏尤的，他灰白的头发都气得快要立起来了，他使劲挺起胸膛，展示他戴在连体衣上的几枚新拼凑起来的勋章和军衔徽章……但除了他自己似乎没人对这些感兴趣。约丹的脸上仍是那副刻薄和敏感的神情，好像他这一辈子已经失去了很多东西，而且很快就要失去剩下的了。

他们乘坐电动升降机下到了裂谷底部，然后走到了被砾石充填起来的一个盆地上。列特一眼便认出了高大的多米尼克·维尔纽斯，他刚剃过的头皮在微弱的极光下闪闪发光。这位走私犯头领看到了来人身上的蒸馏服，立刻便认出了他。他挥了挥手，大步走了过去。

“那么，小伙子，你又迷路了吗？你是不是觉得找我们更难了，我们这回把自己藏得更好了吧？”

“要让你的人注意到我是很难，”列特说道，“你的哨兵一定是睡着了。”

多米尼克笑了起来：“我的哨兵正忙着给船装货呢。我们急着赶一架运航机，已经预订好泊位并付费了。那么我能为你做些什么？我们现在确实有点赶时间。”

列特深吸了一口气，说道：“你答应过要帮我个忙。我是来请你兑现承诺的。”

多米尼克虽然吃了一惊，但还是双眼放光地回答道：“好啊。大多数人情债不出三年都能还掉。”

“我有很多技能，我可以成为你团队中有价值的一员，”列特说道，“带我一起走吧。”

多米尼克看起来很吃惊，然后他咧嘴一笑，重重地拍了下列特的肩膀，力道大得足以把一头牛打倒在地：“登上我的旗舰吧，咱们好好聊聊。”说着他指了指一艘伤痕累累的护航舰。

多米尼克在他的私人船舱里堆满了地毯和其他物品，让这里看起来更像是个家了。这位变节的伯爵示意列特坐到一把背椅上。织物靠垫已经磨损和变色了，似乎已经被用了几十年，但列特却并不介意。多米尼克则坐到了写字台的另一侧，那里有一幅漂亮女人的全息影像在不停闪烁着。

“说说你的理由吧，小伙子。”

“你说过你可以靠一个弗雷曼人的力量来加强你在萨鲁撒·塞康达斯基地的安全。”

多米尼克那光滑的前额皱了起来：“弗雷曼人当然会是受欢迎的生力军。”说着他转向那个美丽女人的全息影像，无论他走到哪里，她都在闪闪发光，仿佛是在对着他微笑，“你觉得呢，珊多，我的宝贝？我们可以让这孩子和我们一起去旅行吗？”

多米尼克盯着全息影像，好像在等待她的回答。列特忽然觉得自己的后背一阵阵发凉。然后伊克斯的伯爵微笑着转过身来，对他说道："我们当然会带你走。我和你做了个交易，而你的要求非常合理……尽管有人可能会质疑你是否头脑健全。"说着多米尼克擦去了太阳穴上的一滴汗水，"任何想要去皇帝的监狱星球的人，显然都需要在他的生活中增加一点快乐。"

列特抿紧了嘴，但没有透露更多的细节："我有我的理由。"而多米尼克也没有再追问什么。

多年以前，他的父亲被他在萨鲁撒·塞康达斯星上看到的东西深深地影响了，也就是大灭绝发生几个世纪后仍然残留的那些伤疤。为了理解自己的动机，为了给自己的人生寻找一条道路，列特也需要去那里。如果他能在布满了崎岖岩石和未愈合伤口的萨鲁撒待上一段时间，也许他就能理解是什么激发了他父亲这一生对生态学的兴趣了。

大块头的走私者头子轻快地握了握列特的手："很好，就这样吧。对了你叫什么名字来着?"

"对外人来说，我的名字是'维奇赫'。"

"好吧，维奇赫，如果你想成为我们团队的一员，你就得做好你那份工作。"说着，多米尼克领着他走出了船长室，来到了舷梯，然后走了出去。

在他们周围，走私者们一个个汗流浃背地干着活，嘴里嘟嘟囔囔的，上气不接下气。"天没亮之前，我们就出发去萨鲁撒·塞康达斯。"

看清自己的内心，你就能看清整个宇宙。

——禅逊尼格言

厄拉科斯。老人星系中的第三颗行星。一个全宇宙最迷人的地方。

公会的领航员德默尔望向自己房间的强化玻璃窗户外面，这窗户看上去只是巨大运航机里的一个小点。而在这艘运航机之下，在狂风席卷的棕色面纱后的便是厄拉科斯，美琅脂的唯一来源地，也正是美琅脂，才能让他看清宇宙间那错综复杂的路径。

香料真是带给了我无尽的快乐啊。

一架小型穿梭机燃烧着穿过了南极上空的大气层，到达了停在行星轨道上的巨大飞船。当穿梭机停靠时，德默尔透过监控摄像头发现有一群乘客下了穿梭机，前往了运航机的社交区域。

尽管还有许多宇航公会的工作人员在这艘飞船上担任领航员，但德默尔觉得自己必须要时刻监控所有的事情。这是他的飞船，他的家，他的工作场所，所以是他的责任。

身处这个密闭的私人房间里，他几乎听不到那熟悉的橙色美琅脂气体的嘶嘶声。因为他的身体已经严重变形，所以德默尔永远不可能行走在这个沙漠星球上了，事实上，他永远不能离开他的安全舱室。但只要他一靠近厄拉科斯，他总能以一种回归原始的方式平静下来。

他试图用他的高阶大脑为这种感觉找到一个数学类比，但总是得不到明确的结论。

在进入公会服役之前，德默尔·皮尔鲁应该在他还是人类的时候多见识一些事情。但现在说这个已经太迟了。在他通过入学考试之后，公会很快就把他带走了。没有时间和家人好好道别，也没有时间完成他作为人类未竟的事务。

人类。

这个词的定义范围到底有多广？贝尼·杰瑟里特姐妹会花了几代人的时间来探讨这个问题，包括探查所有的细微差别、智力和情感的范围，研究范围甚至包括了人类的各种伟大成就和悲惨失败。自从加入公会以来，德默尔的身体形态有了显著的改变……但这又有什么关系呢？他和其他的领航员是否超越了人类的范畴，进化成了完全不同的东西？

*我还是人类。我不再是人类了。*他的内心深处一直在纠结。

通过监视眼，德默尔审视着新来的乘客——一群身穿着黑色衣服的粗壮男子——走进了旅客休息室。他们的身后都带有浮空旅行袋。其中一名男子面色红润，蓄着浓密的小胡子，头皮剃得干干净净，看上去很是眼熟……

我还记得一些事情。

他是多米尼克·维尔纽斯。这些年来他都到哪里去了？

领航员用他那V字形状的小嘴对着闪闪发光的球形通信器发出了一道指令。屏幕上显示出了这批乘客的姓名，但没有一个名字是他所熟悉的。尽管行会对乘客的身份绝对保密，但看起来流亡在外的维尔纽斯伯爵还是用了化名。

而他和他的同伴们正在前往萨鲁撒·塞康达斯的路上。

领航舱室里的蜂鸣器响了起来。这意味着所有的穿梭机都已固定在了泊位上。公会的船员封上了入口舱门，并启动了霍尔茨曼引擎，有一整队的专家在为运航机飞离极地轨道做准备。而这一切德默尔却几乎没有注意到。

相反，他回忆起了自己在伊克斯那些宁静的日子，想起了自己与父母和孪生兄弟在维尔纽斯伯爵的大王宫里度过的田园时光。

都是些无用的记忆碎片。

作为一名领航员，他进行的是高阶计算，并陶醉于维度数学。他有能力把满载乘客和货物的运航机带到很远的地方去……

然而，他突然发现自己现在竟然被困住了，心烦意乱，无法行动。他那复杂的大脑失去了对宝贵的方程式中的专注力。为什么他脑海中那失去的自我会有残余，而且坚持要认出那个人来呢？一个答案最终浮出了水面，就像一个生物从黑暗的海洋深处冒出头来似的：多米尼克·维尔纽斯代表着德默尔·皮尔鲁过去的一个重要部分。他的人类过往……

我想要进入折叠空间。

但结果恰恰相反，伊克斯的往昔景象开始他的脑海里翻腾起来：他和兄弟克泰尔在维尔纽斯宫廷里的那些辉煌场面。漂亮的女孩穿着昂贵的衣服对他们微笑，就连伯爵可爱的小女儿也不例外。*凯莉娅。*他的大脑大到足以包容整个宇宙，是一个储存他的过去和将来的巨大仓库。

看来我还没有完成进化。

伊克斯姑娘们的脸庞发生了变化，变成了他在交叉点领航学校教官们的怒容。学校那些封闭的房间现在环绕在他的周围，他们的小黑眼睛也都在嘲笑他的失败。

我必须进入折叠空间！

对德默尔来说，这堪称是对他心灵、身体和多重维度感应力的终极感官体验。他已经献身于公会了，就像古代的神父和修女献身于他们的上帝一样，必须要禁欲才行。

最后，他迫使自己离开了自己人类残存记忆的困地，把思维扩展到了恒星系统，然后延伸到了更远的地方。当德默尔引导着运航机穿过折叠空间时，银河系再次成了他的女人……他们结合了。

不断的战争会产生独有的社会环境，这些社会环境在各个时代都是相似的。其中一种是保持永久性的警戒状态来防御攻击。另一个则是独裁统治。

——卡马尔·皮尔鲁，伊克斯流亡大使《关于不义政府倒台的论述》

对于克泰尔来说，他和米拉尔·阿莱切姆在一起的快乐时光总是十分短暂。在隆博全息投影事件后，为了安全起见，他们暂时分开了，在不同的避难所躲了起来。他们希望这样能最大限度地增加两人中一人的幸存概率，好完成他们重要的工作。根据事先安排好的，他们会定期在她工作地的自助餐厅鬼鬼祟祟地见面，说些含糊不清的话。

然而，有一次，当他在约定的时间到达时，一个目光呆滞的、他不认识的女人站在食物分发线原本是米拉尔的位置上。他拿着他那盘切好的蔬菜，在他们通常共享的桌子旁坐下。

克泰尔紧紧盯着分发线，但米拉尔的身影却一直没有出现。他瞪大了眼睛默默地吃饭、担心。最后，他把空盘子拿去清洗的时候，他忍不住开口问一个食品工人："三天前在这里的那个女人去哪了？"

"走了。"他粗鲁地答道。而那个长着一张方形大脸的老女人则皱起了眉头，问道："这有你什么事？"

“是没我什么事。”说着他鞠了一躬，向后退了一步。一名特莱拉卫兵向这边看了看，似乎注意到了他们的讨论。他那老鼠般的眼睛眯缝了起来，克泰尔小心翼翼地向后退着，提防着这名卫兵，以免引起别人对他的进一步注意。

看来米拉尔身上发生了一些事情，他不敢往下想了。他也不能再问人了。

当卫兵走过去和那个老服务员说话时，克泰尔加快了脚步，遁入嘈杂的人群之中，然后躲到一个侧井并顺势下到一个次人隧道里，迅速消失了。他能感到厄运在不断迫近。

事情出了严重的差错。他们已经抓住了米拉尔，现在克泰尔又变成一个人了——没有抵抗组织，没有人掩护，也不再有人帮他搞这场私人叛乱。而如果再没有了外部资源，他还能有什么机会？难道到这些年来他一直在骗自己吗？

他以前一直是一个人，隐藏着自己的感情，但现在的他，心里充满了对她的渴望。有时，他恨不得自己从没有和米拉尔扯上关系，因为现在他没办法不担心她了。但在最安静的时刻，当他独自躺在床上时，他仍感激能拥有这份爱。

从此他再也没见过活着的她。

就像愤怒的黄蜂保护自己的蜂房一样，特莱拉人发起了一场残酷的镇压，比他们之前实施的任何镇压都要严厉得多。他们仅凭怀疑就处决了数千名工人，只是为了加强他们的恐怖统治。看来这些入侵者并不关心他们会不会一不小心就杀死了所有伊克斯人。特莱拉人完全可以灭绝伊克斯人，然后再引入他们自己的人：死灵，变脸者，或是他们选择的人。

不久，伊克斯的反抗精神再次被粉碎了。克泰尔已经有六个月没搞袭击了。有一次堪称是千钧一发，他只拿着一把手持针枪就突袭了他们，然后勉强从萨多卡军团布置的陷阱中逃脱。克泰尔总是担心特莱拉会追踪到他的指纹或基因模式，因此一直生活在被逮捕的恐惧中。

一切都更糟糕了。

在他公开播放了隆博王子的影像信息之后，伊克斯被更严格地封锁了，几乎断绝了与外界的联系。特莱拉不再放行任何的观察员，甚至连信息都不能进入。所有独立的船长和运输工人都被拒之门外。他没有办法把哪怕是最简短的一条信息发送给流亡在卡拉丹的隆博王子。伊克斯变成了一个只为宇联商会客户提供技术的暗箱。在特莱拉人的低效管理下，很多产品的质量也都大不如前，很多订单因此被取消，这对销售收入产生了不利的影响。这一点对克泰尔来说还算是个小小的安慰。

他再次被孤立了，无法找到盟友，无法偷取他需要的装备。他的新避难所里只剩下几个零件了，也就够他最后一次或两次使用他的罗格收发机。他打算用好这一两次机会，向他那已经超凡脱俗的领航员兄弟发出绝望的请求，请求他的帮助。

除此之外，克泰尔发誓一定要搞清楚真相。米拉尔·阿莱切姆曾经唯一能带给他一丝友谊或情感温暖的人，可现在她已经从他的生活中消失了。他开始担心在她遇到了最坏的情况……

他必须传递他的信息，必须找到一个倾听者。尽管隆博满腔热情，但他还不够。也许是德默尔，凭借他的领航员技能，也许他可以找到失踪已久的伊克斯伯爵，多米尼克·维尔纽斯……

克泰尔的脏衣服散发出汗水和油脂的味道。他的身体已经太长时间没有休息了，也没有吃什么像样的食物。饥肠辘辘的他蜷缩在一个装甲储藏箱的后面，里面装着被客户拒收的伊克斯计时器，这些计时器可以自动匹配帝国版图内的任何行星，自行编程校准。现在这些仪器已经丢在这里尘封多年了。特莱拉人觉得它们都是些无聊的科技玩具，毫无用处。

克泰尔借着一个破旧掌上电脑的微弱灯光，重新组装了罗格收发机的存储部件。他感到血液里泛起一股恐惧，不是担心自己会被监视机逮住，而是担心罗格收发机无法正常工作。他已经一年没有尝试使用这个通信设备了，这是他最后一套硅酸盐晶体棒。

他擦去蓬松的头发上的一滴汗水，把晶体棒插了进去。这个老旧的发射器已经修理过很多次了。每次使用时，克泰尔都把发射器里那临时组装的系统——以及他自己的大脑——用到了极限。

年轻的时候，他和双胞胎兄弟有着完美的关系，一种亲兄弟才有的感情羁绊，这让他们能够说完对方没说完的话，隔着房间就知道对方在想什么。有时候，他对重获这种羁绊的渴望强烈得几乎无法忍受。

但自从德默尔成为一名领航员，兄弟俩就越来越疏远了。克泰尔尽了最大的努力来维护他们之间脆弱的兄弟关系，而罗格收发机让两人找到了共同点。但这么多年来，罗格收发机早已不堪重负，最终这台机器即将完全崩溃……就像克泰尔自己。

他插进最后一根晶体棒，坚定地紧咬着嘴唇，然后启动了电源。他希望集装箱的装甲板可以阻挡信号泄露，毕竟对于这种信号，特莱拉的扫描仪是可以检测到的。两年前，他引爆了晶片炸药，失去了他的扫描屏蔽室。结果就是从此，他的风险与日俱增。

加隆指挥官和他的萨多卡士兵正在搜捕他，还有其他和他一样敢于反抗的人，而他们的距离越来越近了。

克泰尔将感受器贴在他的头骨上，涂抹上了凝胶，以改善接触面。在他的脑海深处，开始试图唤起与德默尔的联系，寻找着曾经无比一致的思维模式。尽管他们还是双胞胎兄弟，但很显然德默尔已经发生了巨大的变化……两兄弟现在几乎已经代表不同的物种了。

他感到自己的意识轻微地颤动起来，然后被对方震惊但缓慢地接受了。

“德默尔，你得听我说。你一定要听我说的话。”

他在脑海里浮现出了兄弟的脸，黑头发，大眼睛，翘鼻子，脸上带着愉快的微笑。和克泰尔当年在大王宫里看着他时一样，那时候的他们经常参加各种社交活动，还都与凯莉娅·维尔纽斯调过情。

但在一段熟悉的回忆之后，克泰尔忽然被眼前的景象吓了一跳，因为他的眼前出现了一个奇怪而扭曲的肉体，好像是他兄弟，但却形状可怖，他的头盖骨变大了，四肢却退化了，永远悬浮在了一桶美琅脂气体之中。

克泰尔把图像放大，聚焦在他双胞胎兄弟的脸上，暂且不管这个怪物是否真的是德默尔吧。

“德默尔，这可能是我们最后一次通话了。”克泰尔其实是想向德默尔打听任何伊克斯外面的消息。比如他们的父亲皮尔鲁大使在凯坦流亡的情况如何？克泰尔曾推测，如果大使还活着，他肯定仍在努力争取支持，但这么多年过去了，这肯定会变成一个失败且可悲的事业。

没时间闲聊了。他需要把伊克斯人绝望的现状告诉德默尔。现状所有其他的通信手段都被切断了——只有德默尔，联系上了他就等于联系上了宇航公会，就有了另一个出口，一条能够横穿整个宇宙的通道。

人们一定得知道我们的处境是多么的绝望。

克泰尔连珠炮似的讲了起来，描述着特莱拉人的所作所为，列举着萨多卡军团和特莱拉狂徒对伊克斯人的恐怖行径。

“你必须得帮我，德默尔。得找人在帝国里协助我们的事业。”隆博·维尔纽斯是清楚伊克斯情况的，因此王子在厄崔迪家族的秘密支持下尽着自己最大的努力，但还远远不够。“你必须得找到多米尼克·维尔纽斯——他可能是我们唯一的机会。如果你还记得我，如果你还记得你作为人类时的家人和朋友……还记得你的同胞……那就请帮助我们吧。你是我们仅存的唯一希望了。”

在克泰尔面前，罗格收发机忽然冒出一阵烟，弄得他只得半睁着眼，但思维却仍远离着身体，穿过折叠空间直奔他的兄弟。硅酸盐晶体棒开始颤动并裂了开来。“拜托，德默尔！”

几秒钟后，晶体棒果然碎了。收发机的裂缝里顿时迸发出火花来，克泰尔一把撕开了贴在太阳穴上的接头。

他把一只拳头塞进嘴里，抑制住自己想要痛苦尖叫的冲动，眼睛里全是泪水，充满压力的大脑也快要爆裂开来。他摸了一下自己的鼻子，又摸了一下耳朵，发现鲜血从鼻窦的破裂处淌了出来。他抽泣起来，狠狠地咬着指关节，但这份痛苦过了很久才平息下来。

最后，在熬过了几个小时的剧痛后，克泰尔这才扭头去看收发机里已经烧焦了的晶体棒。然后他擦去了脸上的血，坐了起来，剧烈的心跳渐渐平缓下来，他发现自己竟然在微笑——尽管身体已经受伤了，而且罗格收发机也损坏了。

这是因为克泰尔确信他已经挺过来了。而伊克斯的未来则取决于德默尔能利用这些信息做些什么。

在一个世界的下面——也就是在它的岩石、泥土和沉积层中——你会发现这个星球的记忆，也就是对它过往存在的完全模拟，它的全部生态记忆。

——帕多特·凯恩斯，《厄拉科斯初级读本》

全副武装的帝国监狱飞船以紧凑的队形从运航机里降落了下来，就像飞在半空中的送葬队伍一样，飞向这个溃烂的星球。

即使是从太空里看过去，萨鲁撒·塞康达斯也已经完全腐烂了，星球表面像是长了一层黑色的痂，飘浮着一层像撕裂的裹尸布那样的薄云。根据官方发布的消息，被送往萨鲁撒的新犯人在第一年的死亡率高达百分之六十。

在一飞船的新犯人和补给被运送到守卫森严的卸货点后，宇航公会的船员们将舱门打开了足够长时间，以便一艘破旧的护航舰和两艘没有标记的轻型飞船偷着溜出去。这是多米尼克·维尔纽斯和他的手下，他们在没有留下任何记录的情况下，借助卫星监视网络中的一个盲区，飞向了地面。

列特·凯恩斯就坐在护航舰的乘客座位上，手指按在观景玻璃那冰冷的表面上。他的眼睛瞪得大大的，就像一个弗雷曼孩子第一次骑上沙虫时那样。*这就是萨鲁撒·塞康达斯！*

这里的天空呈现一种病态的橙色，正午的阳光被淡色的云遮挡住了。球状闪电划过天空，仿佛看不见的泰坦巨人正在玩电子九柱戏。

多米尼克的护航舰避开了帝国的探测信标，低空掠过褶皱开裂的荒原，朝着陆点驶去。他们穿过了一大片玻璃化的岩石，这些岩石像湖泊一样闪闪发光，但实际上却是花岗玻璃。即使经过了这么多世纪，也只有稀疏的几根棕色的草从被炸烂的大地里挣扎而出，就像被活埋的人伸出的枯手一样。

列特的心剧烈地跳动着，他开始明白自己的父亲是如何被这个被遗弃地方那未愈合的创伤深深打动了的。他喉咙里发出一声低沉的咕哝声。多米尼克表情疑问地看了看他，于是列特对他解释道："在古代，禅逊尼——也就是弗雷曼人——九代人都在这里当奴隶。"他凝视着面前一片狼藉的景色，又平静地补充道，"有人说，你还能看到他们染红了这片土地的鲜血，还能听到他们那随风飘荡的哭声。"

多米尼克垂下了宽阔的肩膀，说道："维奇赫，萨鲁撒确实已经承受了太多的痛苦和不幸了。"

这时，他们的飞船靠近了一个大城市的郊区，而现在这里看起来就像一道废墟组成的伤疤。建筑物的残骸和焦黑的大理石石柱散落一地，是昔日统治辉煌仅存的遗迹了。在粗糙的山丘上，一堵新墙曲折地绕着部分完好无损的建筑，这是大屠杀后大部分被遗弃城市的写照。

"那堵墙本来是用于围住囚犯的，"多米尼克说道，"但它倒塌、囚犯逃跑后，地方官员和管理人员就重新把围墙封了起来，自己住到了里面，这样的话他们觉得有安全感。"他咳嗽着笑了几声，"然后逃跑的犯人们开始觉得这至少是个有吃有穿的地方，于是决定打回去。"

他摇了摇头道："现在，只有最坚强的人才能在此地谋生。其他人就这么死了。科瑞诺斯家族引进了一批危险的野兽——拉扎虎、萨鲁撒公牛等等——来控制这些幸存者。送到这里的犯人只是——被放弃了。没人幻想能活着离开。”

列特开始以一个行星学家的眼光研究着这片土地，试图回忆起父亲教给他的一切。即使在这个荒凉的地方，他也能闻到空气中的酸酸的湿气：“不过这里似乎有不少潜力，也有足够的水分。可以发展出地表植被、农作物和牲畜来。有人能改造这个地方。”

“该死的科瑞诺家族不会允许你改造这里的，”多米尼克沉下脸，“他们喜欢现在这样子，把任何胆敢反抗帝国的人放逐到这里是合适的惩罚。一旦囚犯来到这里，一场残酷的游戏就开始了。而皇帝喜欢看谁的命硬，谁能活得最长。在他的宫殿里，皇室成员会在有名的囚犯身上下注，赌谁能活下来，谁不能。”

“我父亲没有告诉我这些，”列特承认道，“他年轻的时候在这里待过好多年。”

多米尼克苦笑了一下，但他的眼睛依然阴沉而不安：“孩子，不管你父亲是谁，他不可能什么都知道。”疲惫不堪的被放逐者指引着护航舰穿过了城市郊区的废墟，来到一个破败的机库，那里的屋顶烂得好像一张由锈迹斑斑的大梁组成的蛛网了。“作为伊克斯伯爵，我更喜欢待在地下。不用担心这里的极光风暴。”

“我父亲跟我讲过极光风暴。”

护航舰降落到了一片漆黑的机库中，并继续向下，深入洞穴般的机库内部。“这里曾经是帝国的仓库，经过加固后可以长期停放飞船。”多米尼克打开了飞船上的航行灯，黄色的光束射向空中。一团尘埃云看起来就像一片灰色的暴雨。

两架型号完全不一样的轻型飞船掠过护航舰，俯冲下来，首先降落了。其他的走私者从里面钻了出来，开始卸下货物、工具和补给。而轻型飞船的飞行员则急匆匆跑到了护航舰的舷梯旁，等候多米尼克。

当列特跟着这位秃顶的头领下船时，鼻子不禁抽了抽，不穿蒸馏服、没戴鼻塞的他总觉得好像赤身裸体似的。空气中弥漫着一股干裂和烧焦的味道，还带有一丝溶剂和臭氧的味道。列特怀念起天然岩石的粗糙温暖来，就像舒适的穴地里那样，而他周围的墙壁上有着太多的人造金属板或灰泥了，房间就藏在这些墙壁背后。

在一个环绕着陆区的斜坡上，走过来一个肌肉发达的男人。他以一种流畅而野性的优雅从楼梯跳到了地面，尽管他身体看上去很粗壮笨拙。他方方正正的脸上有着一道吓人的红色墨藤伤疤，稀疏的金发则以奇怪的角度盖在他的左眼上方。他看起来就像一个先被摧毁，然后又随意重新组装的人。

“哥尼·哈莱克!”多米尼克的声音在机库里回响着，“来见见我们跟着弗雷曼人出生长大的新同志吧。”

这个叫哥尼·哈莱克的人咧嘴大笑起来，然后以惊人的速度冲了过来。他伸出一只宽大的手掌，试图抓住列特的手。然后引用了列特记得是《奥兰治天主圣经》中的一句话：“向所有你想成为朋友的人致意，用你的心灵和双手去欢迎他们。”

列特则用古老的恰科博萨语回应了他，这是弗雷曼人的传统之道。

“哥尼是从杰第主星来找我们的，”多米尼克解释道，“他是借着一艘为我的老朋友雷托·厄崔迪公爵准备的飞船偷渡来的，然后在哈葛尔换了船，一路穿过商业中心和太空港，最终找到了同志们。”

哥尼尴尬地耸了耸肩。他因为艰苦的剑术训练而汗流浃背，衣服也乱作一团：“天哪，我住的地方是越来越深了，而且越来越悲惨了，我在这儿待了半年，终于找到了这些暴徒……在最底层。”

列特怀疑地眯起眼睛，没有理睬他这个善意的玩笑：“你是从杰第主星来的？哈克南人的地方？”说着他把手伸向腰带，他的那把晶牙匕手就在那里，“我已经杀了一百个哈克南畜生了。”

哥尼看到了他的举动，但他却盯着这个长着胡子的年轻弗雷曼人，一字一句地说道："那你和我会成为很好的朋友。"

当天晚些时候，列特和走私者们一起坐在地下基地的酒吧里，人们大声地讨论着，周围都是粗鄙的大笑、粗声粗气的显摆、自吹自擂和赤裸裸的谎言。

他们打开一瓶昂贵的稀有年份酒，互相敬着这种琥珀色的烈性酒。"这可是帝国白兰地，小伙子，"哥尼说着把杯子递给列特，列特却喝不下去这种烈酒，"这是沙达姆的私人藏品，价值十倍于同等重量的美琅脂呢。"疤脸人阴险地对他眨了眨眼睛，"我们在基拉那地方扫了一批货，拿走了皇帝的私人藏品，把瓶子里的酒换成了几瓶发臭的醋。我想我们很快就会听到这件丑闻的。"

这时多米尼克·维尔纽斯走进了大厅，所有的走私者都向他打着招呼。他换上了一件栗色丝质无袖紧身上衣，衬里是黑鲸毛皮。好几个他挚爱妻子的全息影像像幽灵一样飘浮在他身边，这样一来无论他转到哪里，他都能看到她。

大本营里温暖舒适，但列特希望能多花些时间到外面去，像他父亲那样探索萨鲁撒。不过，列特承诺先用他的弗雷曼技能研究如何更好隐藏基地，让它更好地隐蔽起来，不被监视者们发现——尽管他同意多米尼克的观点，即很少有人会把力气浪费在这么个地方。

没有人愿意来萨鲁撒·塞康达斯。

在这个藏身之所那面巨大的墙上，多米尼克保存着一张有几百年历史的地图，描绘了这个世界作为星际帝国宏伟首都的辉煌岁月。道路是用金线标注的，宫殿和城市则是珠宝，还有虎口蛋白石做的冰帽以及伊拉迦蓝木代表的海洋。

多米尼克声称（这是他自己的想象，而没有任何书面证据）这幅地图属于拉斐尔·科瑞诺皇太子，那位几千年前的一位传奇政治家和哲学家。令多米尼克一直感到欣慰的是，拉斐尔——对他来说，这个“科瑞诺家族中唯一的好人”——没能活着看到他心爱的首都发生了惨剧。所有那些童话般的壮丽，所有的梦想、愿景和善行，都被核子火焰抹去了。

哥尼·哈莱克弹拨着他的新巴厘琴，唱着忧伤的歌。歌词触动了列特的心弦，让他难以忘怀，不禁想起了过去的人和地方。

啊，为了那久远的往昔，
再一次把甘甜的花蜜送到我的唇边。
品尝和感受美好的回忆……
那充满喜悦的微笑和亲吻，
天真和希望。

但我所看到的只有面纱和泪水，
黑暗和深深的痛苦，辛劳和绝望。
我的朋友，明智地看向另一边吧，
进入光明，而不是黑暗。

每个人都以自己的方式理解这首歌，列特注意到多米尼克正盯着珊多的全息影像，眼角噙着泪水。弗雷曼人极少这样赤裸地表达自己的感情，列特不禁退缩了一下。

多米尼克又看了看在墙上那张布满宝石的地图，说道：“在帝国的官方记录里提到了那么一个变节家族，当然他们的名字现在已经被人们遗忘了，正是他们使用了被禁止的核子武器摧毁了这里的一个大陆。”

列特吓得颤抖起来：“他们在想什么呢？一个变节家族为什么会做出这么可怕的事呢？”

“他们只是做了他们必须要做的事，维奇赫，”约丹厉声说道，同时揉了揉眉毛上的伤疤，“我们不可能理解他们为绝望而付出的代价。”

多米尼克在椅子里陷得更深了：“一些科瑞诺人——这帮该死的家伙，还有他们该死的后代——活了下来。当时幸存下来的皇帝，也就是哈西克三世，迁都到了凯坦星……延续了帝国的统治。延续了科瑞诺家族。讽刺的是，他们把地狱般的萨鲁撒·塞康达斯改造成了他们的私人监狱。那个变节家族中的每一个成员都被抓来，送到这里酷刑处死。”

头发刚硬的老兵阿苏尤严肃地点了点头道：“据说他们的鬼魂直到现在还游荡在这里，是吗?”

列特忽然惊讶地意识到，本人就流亡在外的维尔纽斯伯爵在那个绝望的、早已被人们遗忘的变节家族中看到了自己的影子。虽然多米尼克看起来性情温和，但列特很清楚这个人所承受的痛苦：他的妻子被谋杀，臣民生活在贝尼·特莱拉的压迫之下，而他的儿女则被迫流亡到了卡拉丹。

“这些很久以前的变节者……”多米尼克眼睛里闪烁起奇怪的光芒，“他们不像我下手那么彻底。”

公爵必须始终保持对家族的控制力，因为如果他连最亲近的人都无法驾驭，那么就无法统治一颗星球。

——保卢斯·厄崔迪公爵

午饭后不久，雷托坐在游戏室的地毯上，把四岁半的儿子放在膝盖上颠着玩耍。虽然维克多已经过了玩这种小孩子游戏的年纪了，但他仍无比高兴地尖叫着。透过强化玻璃窗，公爵可以看到卡拉丹那蓝色的天空正在地平线上亲吻着大海，白云在上面飘过。

在他身后，凯莉娅站在门口看着他们："他不小了，雷托。别把他当孩子看了。"

"维克多似乎不同意呢。"说着，他把黑发男孩颠得更高了，引来了孩子更大的笑声。

最近这六个月来，雷托和凯莉娅的关系有所改善，这多亏他为她装的那面昂贵得令人难以置信的蓝色黑曜石墙所赐。现在，餐厅和凯莉娅位于私人塔楼的房间都重现着富丽堂皇的大王宫。可是在最近几周，凯莉娅的情绪又变坏了，因为她开始恼怒雷托总是和杰西卡待在一起（无疑是在基娅拉的怂恿下）这件事。

现在雷托不想听她的抱怨了，所以他抱着孩子飞快地跑开了。与凯莉娅形成鲜明对比的是，杰西卡对他从没有提过任何要求。她的善良和偶尔提出的建议总是激励着他，使他能够心怀同情和公正地履行他作为公爵的职责。

为了凯莉娅，也为了维克多，雷托不会破坏她在卡拉丹人心中的声誉。人们爱他们的公爵，而雷托也愿意让大家对城堡里保持一种童话般的幸福幻想——就像保卢斯和海伦娜那场虚假的婚姻一样。老公爵管这个叫作“卧室政治”，是帝国大部分政治人物都会埋下的祸根。

“哦，雷托，我怎么总是浪费时间和你说话呢？”凯莉娅仍然站在游戏室门口，“就像是在对牛弹琴！”

雷托放下了蹦蹦跳跳着的维克多，看着她，灰色的眼睛里透出一股凶光，但仍小心地保持着中立语气：“我不知道原来你有那么多时间可以浪费。”

凯莉娅低声咒骂着，转身大步顺着走廊离开了。而雷托则假装没有注意到她已经走了。

凯莉娅忽然发现她那金发的哥哥正在前面，肩上还扛着一个巴厘琴，于是急忙追了上去。但一看见她，隆博却只是摇了摇头。他举起宽宽的手来，似乎知道她肯定会是一通抱怨。

“又怎么了，凯莉娅？”他用一只手拨弄着琴弦。杜菲·哈瓦特最近一直在教他如何演奏这个九弦乐器，“你找到什么新的事情用来生气了吗？还是说依旧是老话题？”

他的语气让她吃了一惊：“这就是你问候妹妹的方式吗？你躲着我好几天了。”她翠绿色的眼睛瞪着他。

“因为你只会抱怨。什么雷托不娶你啊……他对维克多又太粗鲁了啊……他和杰西卡在一起的时间太多了啊……他应该多带你去凯坦啊……他没有正确使用餐巾啊。我已经厌倦在你们俩之间做调停人了。”说着他摇了摇头，“最重要的是，我对特希雅很满意，而这似乎也惹你很不高兴。所以不要总是怪别人了，凯莉娅——你的幸福要靠自己。”

“我失去了太多，我幸福不了了。”她抬起下巴说道。

隆博看起来真的很生气了：“你就是太以自我为中心，你不知道我失去的和你一样多吗？我只是不会每天都提醒自己，然后让自己被吞噬掉。”

“但我们没必要失去这么多啊。你还可以为家族做更多的事。”原来她是对他的无能而感到羞愧，“我很高兴我们的父母没有看到眼前这一切。哥哥，作为王子，你的借口太可怜了。”

“你这话听起来确实有点像特希雅，不过她说话没你那么刺耳。”

这时杰西卡出现在了走廊里，打算走向游戏室，凯莉娅看到了她，然后沉默着对雷托的另一个女人怒目而视，但杰西卡却只是亲切地对她笑了笑。

在进入游戏室加入雷托和维克多之后，她关上了身后的门。

凯莉娅回过头看着隆博，厉声说道：“我的儿子维克多才是厄崔迪家族的未来和希望，可你就是无法理解这个简单的事实。”

伊克斯王子只是摇了摇头，心里非常难过。

“我尝试着想让她高兴点儿，但似乎没用。”杰西卡在游戏室里说道，“她几乎不和我交流，而她看我的样子——”

“行了，”雷托不安地叹了口气，“我知道凯莉娅对我的家族造成了伤害，但我就是不忍心把她送走。”他坐在地板上，而他的儿子在一旁玩着玩具车和扑翼机模型，“要不是维克多的话——”

“那个基娅拉总跟她嘀嘀咕咕的。而结果显而易见，凯莉娅被她变成了一个火药桶，随时可能爆炸。”

雷托公爵拿起一个扑翼机模型，抬起头来无助地看着杰西卡。“现在变成你在自怨自艾了，杰西卡。我对你感到失望。”他的脸紧紧地绷着，“统治这个家族的不是某个妃嫔。”

雷托清楚杰西卡经过了多年贝尼·杰瑟里特训练，不会轻易动容，所以当他看到她脸上的血色都消失时很是惊讶。“大人，我……我不是那个意思。我很抱歉。”说着她鞠了一躬，退了出去，离开了房间。

雷托茫然地看着手里的玩具，然后又看了看维克多。他觉得自己完全迷失了。

过了一会儿，杰西卡发现凯莉娅躲在城堡的门厅里，像个影子一样，在跟斯旺恩·戈瓦尔窃窃私语着，也就是那个经常监视维克多的侍卫。戈瓦尔对公爵的忠诚和奉献一直是显而易见的，而杰西卡也清楚他是有多么喜爱自己年轻的监视对象。

受到公爵夫人这么多的关注，戈瓦尔有些不安起来，而似乎是个意外，凯莉娅不经意用乳房蹭着他的手臂，但他推开了她。

杰西卡在贝尼·杰瑟里特圣母学校里受过这种训练，也清楚人性的错综复杂，因此她对凯莉娅花了这么长时间才决定对雷托进行这种小小的报复感到很奇怪。

两天后的夜里，凯莉娅悄悄地溜进了戈瓦尔的卧室，就连哈瓦特也没有注意到。

我们靠自己的信仰创造自己的未来，控制着我们的行动。一个足够强大的信仰体系，一个足够强大的信念，可以让任何事情发生。我们就是这样创造我们认可的现实，我们的神祇的。

——拉玛洛圣母，弗雷曼的萨亚迪娜

新吉奈斯岛上的剑术大师练武大堂富丽堂皇，就算放在任何一个兰兹拉德家族的王宫里，甚至是放在凯坦皇宫里都不会显得寒酸。

邓肯·艾达荷踏上了油亮的硬木地面，地面由浅色和深色条纹的木板装饰而成，而且手工打磨过。他惊奇地环顾四周。从地板到天花板挂着十几面斜镜，里面十几个映照出来的人影正盯着他，这些镜子都镶嵌在精致的金色镜框中。他只有在七年前，在卡拉丹城堡的大厅里接受杜菲·哈瓦特训练时，见过如此奢华的装修。

这个壮观的训练场地三面环绕着不断被风吹拂的柏树，另一面则是布满岩石的海滩。这座浮华的建筑与学生们居住的原始营房形成了鲜明对比，令人吃惊。这个练习场的管理者是剑术大师惠特莫尔·布鲁德，他是个秃顶男人，前额上还有一块紫色的胎记。

虽然本人是一个熟练的决斗者，但这位浮夸的布鲁德总觉得自己是一个贵族，理应过上奢华的生活，即使自己身处这座遥远的岛上。幸运的是，他拥有花不完的家族财富，布鲁德用自己的钱让这个练剑的地方成为了整个群岛中最“文明”的地方。

这位剑术大师是珀斯·布鲁德的直系后裔，也就是那位曾在芭特勒圣战中英勇作战的英雄。珀斯·布鲁德在战争中的英勇行为曾为他带去声望，却也让他付出了生命的代价，在他牺牲之前，他还把在战争中失去双亲的孩子们送到了中立行星上，并为此花费了巨额财产。因此在吉奈斯，惠特莫尔·布鲁德从未忘记过自己的血统——也时刻提醒着别人不要忘记。

邓肯和其他人一起站在充满了回声的大厅里——身边一股柠檬和棕榈油的气味，枝形吊灯和镜子反射着光芒——这些奢华的东西对他来说很是陌生。墙壁上也都是面色阴沉、性情暴躁的贵族画像，一座适合放在皇家狩猎小屋里的巨大壁炉一直伸到了天花板。这里还有个满当当的军械库，里面放着一排排的刀剑和比武用具。所有这些看起来就好像这里驻扎着一支军队，但除了身边的学员、助理教员和惠特莫尔·布鲁德本人之外，邓肯没发现有其他人。

学员们全都惊得目瞪口呆，这时剑术大师布鲁德才大摇大摆地走到了他们面前。他穿了一条宽松的淡紫色裤子，膝盖处扎着绑腿，脚上穿着灰色的长筒袜和黑色的短靴。他的腰带很宽，上面一个巴掌大小的方形扣，衬衫是系得很紧的高领，胳膊上则是长长的气球袖，袖口收紧，还有花边装饰。

“我是来教你们击剑的，先生们①，”他开口道，“这里禁止使用个人屏蔽场、双刃刀②和能量包这些粗俗的东西。不行，绝对不允许!”说完他抽出了一把长刀，上面有着铃铛形的护手和三角形的横截面。他在空中嗖嗖地挥舞了几下长刀，又说道：“击剑是一项运动——不，是一种钝刃剑术的艺术。它是一种精神反应的舞蹈，也是身体的舞蹈。”

---

①此处原文为法语 Messieurs。

②双刃刀是一种两面开刃的短刀（或长匕首），刀刃微弯，长约20厘米。

他将这把柔韧的重剑插入腰上的剑鞘，然后命令所有学生换上华丽的击剑服装：古老的火枪手服装，装饰着纽扣、蕾丝袖口以及笨重的波浪花边——“这是为了更好地展示击剑的美。”布鲁德解释道。

到目前为止，邓肯已经学会了永远不要犹豫，时刻听从指示。他立即穿上了带有骑士马刺的及膝小牛皮靴子，还有那件带花边领口和宽大白色袖子的蓝色天鹅绒短上衣，最后又戴上一顶俏皮的宽边毡帽，帽带里别着一根粉红色的孔雀杂毛。

在房间另一头的希·雷瑟和他对看了一眼，苦笑了起来。这种服装似乎更适合参加假面舞会，而不是战场。

“先生们，在我这儿你们将学会如何巧妙而优雅地战斗。”惠特莫尔·布鲁德大摇大摆地走来走去，对学员们身上的华丽服饰感到非常满意，“你们将学会在一场精彩的决斗中去感受艺术。你们将把每一个动作都看作一种艺术形式。”这位浮夸但身强力壮的剑术大师抓了抓被自己弄皱的衬衫，“你们的训练只剩下最后一年了，你们究竟有没有潜力超越动物式的战斗和粗鲁的斗殴？不要把自己降低到野蛮人的档次。”

清晨的阳光穿过一扇又高又窄的窗户，照在邓肯那些白色的钮扣上。他觉得自己看上去肯定傻乎乎的，于是偷着对着墙上的镜子看了看，然后连忙回到了队伍里。

当剩下的学生开始在硬木地板上列队练习时，剑术大师布鲁德不断地发出叹息，带着不满审视着他们的制服。他一边上前抚平制服皱纹，一边斥责几个年轻人的袖口扣错了，并以令人惊讶的严肃态度批评了他们的衣着。

“地球火枪手的剑术是你们将要学习的第十五项战斗技能。但只学会了动作并不意味着掌握了其风格。今天你们得互相决斗，都得给我表现出击剑所要求的优雅和骑士精神来。你们得用开刃的武器，也不能戴防护面具。”

说着，他指了指墙上每排镜子间挂着剑的架子，学生们走上前拿起了武器。所有人手中的剑刃都是一样的，九十厘米长，灵活而锋利。学生们纷纷摆弄起手里的剑来，只有邓肯希望自己能用老公爵的那把剑，但老公爵这把装备精良的武器是为另一种战斗场合而造的，不是用来击剑的。

布鲁德抽了抽鼻子，然后在空中挥舞起他薄薄的重剑来，试图吸引学员们的注意力。“你们必须用尽全力地去战斗——但我坚持不要伤到你们的对手，刺出一点儿血来都不行，顶多有个擦伤——不，最好连擦伤都没有！而且千万不要划破对手的衣服。你们要学会完美的攻击和完美的防御。刺杀，格挡，然后还击。要用你们最强的控制力。你们每个人都要对自己的同伴负责。”说着他用冰冷的目光扫过学员们，额头上的胎记似乎都变黑了，“任何不符合我要求的人，任何造成或允许自己受伤的人，将被取消下一轮比赛的资格。”

邓肯平静地深吸了几口气，集中精神准备迎接挑战。

“这才是对你们技艺的考验，先生们。”布鲁德接着说道，穿着黑靴子的脚在光亮的地板上踱来踱去，“这是一种微妙的战斗舞蹈。目标是在不伤到对手的情况下得分。”

一尘不染的剑术大师捡起他的羽毛帽，使劲戴到了头上，然后指了指镶嵌在漂亮拼花地板上的长方形战斗区域，说道：“准备战斗吧。”

邓肯很快就击败了三个相对容易的对手，但是他的第四个对手，来自阿尔－达纳布的伊斯·奥普鲁——一名很有格调的剑士，就比较棘手了。即便如此，由于这个黑皮肤的奥普鲁在防守方面的技术不如他的进攻，所以最终邓肯还是比他多了一分。

在附近的战斗区里，一名学生膝盖受伤了，还流了血。助理训练员马上冲了上来，把他抬上担架。而他的对手，一个留着齐肩长发的泰拉齐学员，正盯着他滴着血的刀锋，皱起了眉头，似乎在等待着惩罚。惠特莫尔·布鲁德一把抢过泰拉齐学员的剑，然后狠狠抽打他的后背，就像那剑是条金属鞭子似的："你们两个都侮辱了训练——他让自己受了伤，而你完全不知道什么叫自制。"没有任何抗议，泰拉齐学员跌跌撞撞地走到了失败者的板凳上。

这时，有两个穿制服的仆人——邓肯第一次见到他们——冲了进来，开始清理血迹，擦亮木地板，为下一场比赛做准备。战斗仍在继续。

最后，邓肯·艾达荷、雷瑟以及另外两名大汗淋漓的决赛选手站到了练习大厅的中央，气喘吁吁地等待最后的决斗。沮丧和不安让他们厌恶起身上华丽的服装来，但到目前为止，没有一个决赛选手被刮伤，厚重的布料也没有一点破损。

"艾达荷和雷瑟到这儿！艾丁和阿尔卡巴，去那儿！"布鲁德指着地上的战斗长方形标记命令道。

学生们顺从地各就各位。雷瑟盯着邓肯，把他看做了敌人而不是朋友。邓肯则蹲了下来，弯曲膝盖并平衡着他的脚掌。他身体前倾，手臂微曲，向雷瑟平举起重剑，然后后退了一步，简短地敬了个礼。红头发格鲁曼人也自信地向他回了礼。他们势均力敌，曾穿着全副武装的防护装备，用其他武器进行过多次搏斗了。雷瑟在身高和覆盖面上有很大的优势，而邓肯则用速度弥补了这一点。但现在，他们必须遵守布鲁德的击剑规则，不得划伤对手或受到伤害，甚至不能损坏这些昂贵而过时的服装。

邓肯跳了几下保持放松，什么也没说。因为手中灵活的剑自会替他说话。毡帽和孔雀羽毛下汗湿的黑发弄得他痒痒的，他抬起头来，紧盯着对面满脸雀斑的对手。

“预备[①]。”布鲁德说道。他随即举起了剑，蓝色的眼睛闪烁着光芒。

一听到开始决斗的信号，雷瑟就向前冲了过去。邓肯闪避了一下，挥出一剑格挡了对手，发出敲钟般的声音，然后向右移动了半步，做出了一次精准的还击，但也巧妙地被高个格鲁曼人格挡开来。两把长剑噼啪作响，钢铁交错，两人都在互相摸索着对手的套路。

两个人很快便汗流浃背、气喘吁吁，同时在硬地板上清晰的黑色边界来回游走。到目前为止，雷瑟还是像往常一样，没有什么出乎意料的动作。邓肯希望他可以利用这一点来击败自己的对手。

红头发似乎察觉到了朋友的想法，开始以勇士般的狂怒进行战斗，既在邓肯身上得那么一两分，又得保持小心，不去伤害他的对手，这全赖邓肯做了完美的防守。

邓肯从没在他朋友身上见过这样的活力，他努力地躲避着他一连串的猛烈攻击。然后邓肯后退了几步，等待着这一波攻势平息下来。汗水大滴大滴地顺着他的面颊流下。

然而，雷瑟却继续以疯狂的步伐前进，好像吞了兴奋剂似的。他们的长剑叮当作响。邓肯全神贯注着，丝毫没注意另一场比赛的进展，但他还是听到了一声叫喊和最后一声刀刃交错的铿锵声，这表示另外两位选手已经结束战斗了。

剑术大师布鲁德更加严格地审查着邓肯的比赛。

红头发在邓肯的衣服上得了一分，几秒钟后又在他的额头上得了一分。雷瑟在不断得分，却没留下一丝划痕，完美地遵守了规则。现在雷瑟已经得了四分了，再得五分他就会赢得这场比赛。*如果这是一场生死战，我现在早死了。*

布鲁德注视着他们的每一个动作，就像一只吃腐肉的鸟在等待一

---

①此处原文为法语 En garde。

顿大餐。

在雷瑟的猛攻下，邓肯的肌肉反应似乎变慢了，这无疑阻碍了他的发挥，让他无法展现正常的技术。他看了看手中的重剑，拼命想挖掘出自身的力量来，他回忆着自己在吉奈斯身上所学到的一切。我为厄崔迪家族而战。我能赢。

雷斯泽娴熟地拿着重剑在他周围跳舞，这让他看起来傻乎乎的。邓肯的呼吸减慢了，心率也减慢了。最大限度地运用我的气，他在心里默念，想象着能量在身体中沿着精确的路径流动起来。我是为成为一名合格的剑术大师以保卫我的公爵而战，而不是为了取悦这些教官而做出漂亮的表演。

当邓肯跳着闪避时，雷瑟停止了得分。他体内的气开始上升，积聚着压力，等待合适的时机释放。邓肯集中精力，瞄准着……

现在轮到邓肯进攻了。他把自己学会的多种战斗技能混合一体，迷惑着对面身形瘦长的红头发。他旋转身体，不时踢出一脚，有时又用另一只手作武器攻击。两人都摇摇晃晃地出了战斗区域，随即又折回。邓肯再次攻击。这次他一拳打到了雷瑟的太阳穴，打掉了他的羽毛帽子，随后又是一脚踢在他的肚子上——这一切都没有让对方出血。

雷瑟惊呆了，扑通一声倒在地板上。邓肯踢开对手的剑，跳到他身上，用自己的剑尖抵住格鲁曼人的喉咙。胜利！

“天啊！你在干什么?”剑术大师布鲁德一把推开了雷瑟身上的邓肯，“你这个笨蛋!”他抓起那把柔韧的剑，用剑刃狠狠扇了邓肯的脸两巴掌，“傻瓜，这不是街头斗殴。我们今天比的是剑术。你是动物吗?”

邓肯揉了揉他被击中的脸。在激烈的战斗中，他只会为了生存而战，不会在乎教官所说的那些无聊限制。

布鲁德又扇了邓肯几巴掌，这一次下手更狠了，好像眼前这个学员侮辱了他。而在他身后的雷瑟则一直说道："没事，我没受伤。他打败了我，我没能保护自己。"这一切都让邓肯觉得很丢脸，他后退了几步。

布鲁德的怒气却没有平息："艾达荷，你可能觉得自己是班上最好的学生，但在我眼里你就是个失败者。"

邓肯觉得自己像个被拿着皮带的大人逼到角落的小孩子。他想反击，想起身反抗对面这个长相可笑的人，却不敢吱声。

他不禁回忆起脾气暴躁的特林·克罗诺斯，当初对那位胖胖的剑术大师里维·迪纳里他也想干同样的事。*如果你用一些荒谬的框框来限制自己，那么任何一个可以打破规则的对手都能打败你。*他来此受训的主要目的是保护他的公爵不受任何可能的威胁所伤害，而不是穿着戏服玩击剑游戏。

"想想你为什么会失败，"惠特莫尔·布鲁德咆哮道，"然后解释给我听。"

你去跟失败一方死去的士兵说这话去吧。

邓肯好好琢磨了一下。他不想重蹈那个被宠坏了的克罗诺斯的覆辙，尽管他的话让此刻的邓肯觉得更有道理。在不同场合，规则是可以有不同解释的。在某些情况下，没有绝对的善或恶，只是一些观点。但无论如何，他清楚他的导师想听什么。

"我是一个失败者，因为我的思维是不完美的。"

他的回答似乎令那个肌肉发达的男子很吃惊，但一个带着困惑的微笑逐渐浮现在布鲁德的脸上。"你说得很对，艾达荷，"他说道，"现在去加入其他的失败者吧。"

提问：时间？

回答：一块灿烂的多面宝石。

提问：时间？

回答：一块黑色石头，反射着不可见光。

——弗雷曼人的智慧，来自《谜语游戏》

隆博·维尔纽斯用皮带把他的巴厘琴吊在肩上，沿着弯弯曲曲的陡峭小径往下走，来到了黑色悬崖的底部。卡拉丹城堡就高高耸立在这些岩石之上，径直伸向翻腾的积云和天蓝色的天空。午后吹起了一阵强烈的微风，轻抚着他的脸。

在他身后有一座高耸的塔楼，他的妹妹就住在里面，花了太多时间沉思。当他停下脚步回头看时，正好看到凯莉娅站在阳台上。他很勉强装作高兴的样子向她挥了挥手，但她没有回应。几个月来，他们几乎没说过一句话。这次他摇了摇头，决定不让她已成习惯的拒绝困扰自己。他妹妹的期望确实有些不大现实。

这是一个温暖的春日，灰色的海鸥在白浪上乘风飞翔。隆博像一个村子里来的穷渔夫一样，穿着短袖蓝白条纹的衬衫和钓鱼用的工装裤，金色的头发上戴着一顶蓝色的帽子。特希雅有时会陪他来这里沿着海岸散步，有时则让他自己一个人思考。

带着凯莉娅导致的阴郁心情，伊克斯王子顺着悬在悬崖上的木楼梯下来。他小心翼翼地走在崎岖不平、长满青苔的小路上。即使天气好，这条路也很危险：一失足就可能跌到下面的岩石上。坚硬的绿色灌木从陡峭的岩石表面的缝隙里钻出来，还有一些橙色和黄色的多肉植物。雷托公爵，像他的父亲多米尼克一样，喜欢把一切留给大自然，尽量少做人工维护。“一位领袖的生活不应该太过舒适。”厄崔迪家的人总是这样说。

隆博尔没有把自己的愁绪传染给特希雅，而是决定自己一个人待在小船上，独自漂流，弹奏巴厘琴，以此来缓解他的不安情绪。他对自己的音乐能力没什么信心，所以宁愿远离城堡独自练习，如此一来，那些挑剔的耳朵就不会听到了。

他穿过一条黑色的木板斜坡来到主码头，然后顺着一段陡峭的木楼梯下到一个手指形的码头，那里有一艘白色的摩托艇正等在海浪中，轻轻摇曳着。船头的上方是一个紫铜相间的伊克斯徽章，上面标记的船名是他失踪父亲的名字：*多米尼克*。

每当隆博看到这个名字时，他都会幻想自己的父亲还活着，就躲在帝国的某个地方。但维尔纽斯家族的伯爵已经消失了——随着时间的流逝，找到他的所有希望都已不在。多米尼克从来没有传来任何消息，也没有和他联系过。*他一定是死了*。

隆博解下巴厘琴，把乐器放在码头上。船尾的一个楔子少了一颗螺钉，所以他爬上船，打开驾驶舱的工具箱，找了个螺钉和一个棘轮拧了上去。

他喜欢这样保养自己的船，有时他会在船上干上好几个小时，打磨、上油、喷漆、更换五金件、安装新的电子设备和捕鱼配件等等。这完全不同于他在伊克斯时的那种骄奢淫逸的生活。现在，每当他来到码头，干这种最朴实的活儿时，隆博总希望自己能借此成为他父亲那样的领袖。

虽然这种可能性几乎为零吧。

尽管隆博一直在努力资助神秘的伊克斯反抗军，但他已经一年多没有他们的消息了，而他通过向运输工人行贿，送过去的一些武器和炸药也没有顺利送达。现在看来，即使是手段最高明的走私者也无法将这些武器渗透进那座巨大的地下城市了。

没有人知道那里发生了什么。他与自由战士的主要联系——克泰尔·皮尔鲁失踪了。就像多米尼克一样，克泰尔很可能也已经死了，而英勇的反抗斗争也会随之结束。隆博既不了解，也没有办法攻破特莱拉严密的安全防线。

听到码头上传来的脚步声，隆博惊讶地发现是他的妹妹来了。凯莉娅穿了一身华丽的金银礼服，红宝石扣子系在她深铜色的头发上。他注意到她的两条小腿都红了，而且还有瘀青，裙子的下摆也脏了。

“我在路上绊倒了。”她承认道。她一定是急于追上他才会摔倒的。

“你是因为不常到码头来，”他勉强笑了笑，“你想和我一起坐船出海吗?”

凯莉娅摇了摇头，卷发在脸颊上弹来弹去：“我是来道歉的，隆博。对不起，我对你那么凶，还躲着你，几乎不和你说话。”

“还总瞪我。”他补充道。

她那翡翠色的眼睛闪过一道光，但她很快镇定了下来，再次软了下来：“是吧。”

“接受道歉。”他边说边拧紧了夹板，然后爬回多米尼克号的驾驶舱里，把工具收了起来。

他上船后，她还留在码头上。“隆博。”凯莉娅用一种非常熟悉的哀伤语调开口了。这意味着她有所求，尽管她脸上一片无辜，“你和特希雅太亲密了——我真希望我能和雷托有同样的关系。”

“关系是需要维持的，”他说道，“是的，就像这艘船一样。只要花些时间并付出真心，你们肯定能修复你们之间的关系。”

她的嘴扭曲起来，挤出一个厌恶的表情：“可是你就没什么办法对付雷托了吗？我们不能永远这样下去。”

“对付他？听起来好像你打算干掉他。”

他妹妹没有正面回答这个问题：“维克多应该是他的合法继承人，而不是一个没有名字、头衔和财产的私生子。你一定可以对雷托说些不一样的话，你得再加把劲儿。”

“地狱在下，凯莉娅！我试过五十次不同的方法了，结果都是拒绝我。这已经造成我们之间的隔阂了。就因为你，我可能失去了我最好的朋友。”

阳光照在她的皮肤上，像远处的一道火光：“我们说的可是维尔纽斯——我们祖先创造的伟大家族的未来啊，那些友谊又有什么关系呢？想想什么才是重要的事情吧，隆博。”

他的表情变成了石头。“你把这些变成一个难题了，而它本来不应该成为一个难题的。你是在孤军奋战，凯莉娅。如果你不能接受这些条件，那你当初为什么还要同意做雷托的侍妾呢？你们俩在一开始看起来挺开心的啊。你为什么不向他道歉？为什么不接受现实呢？你为什么不加把劲儿呢？”隆博摇摇头，盯着右手上的火宝石戒指，“我不会质疑雷托的决定。我可能不同意他的理由，但我表示理解。他是厄崔迪公爵，我们应该尊重他，按照他的意愿去做。”

凯莉娅一直控制着自己的表情，但最终轻蔑地讥笑道：“你就不是个王子。基娅拉说你根本不是个男人。”她抬起一只脚，狠狠地跺在那把巴厘琴上，但却在盛怒之下失去了平衡，脚只是扫了一下琴。那把乐器从码头滑落下去，掉进了水里，漂浮在船后。

当凯莉娅转身离开的时候，隆博破口大骂着从码头的边缘探出身子，取回了巴厘琴。他一边用毛巾擦干乐器，一边看着她半跑半走地沿着陡峭的小路向城堡走去。她踉跄了一下，然后又站稳脚跟，继续往前走，试图保持住自己的尊严。

难怪雷托更喜欢那个冷静聪明的杰西卡。凯莉娅，曾经是那么的温柔善良，现在怎么变得如此冷酷和残忍了。他不再认识自己的妹妹了。他叹了口气。*我爱她，但我不再喜欢她了。*

如果想要挑战社会稳定所依赖的普遍共识，需要一种孤注一掷的、甘于寂寞的勇气。

——拉斐尔·科瑞诺皇太子，《在传统面前捍卫变革》

凯坦星的首都科林斯，高耸入云的政府塔楼环绕在阿布鲁尔德·哈克南周围，就像吸毒引发的幻觉一般。即使在他最疯狂的梦境中，他也从来不敢想象会有这么多高耸的大厦、镶嵌着宝石的柱子和光亮的宝石墙板。

他从小是在父亲迪米特里的监护下长大的，杰第主星的城市总是拥挤不堪，到处都是功能性建筑，为了工业而建的脏乱定居点，从不会考虑美观。但这里的情况就大不一样了。五彩缤纷的风筝被拴在了高楼上，在湛蓝的天空中随着微风飘动。五光十色的飘带划过天空，把彩虹洒在下面的石板地上。凯坦星显然更关心外表而不是本质。

不到一个小时，这里晴朗的天空就开始变得眼花缭乱，让阿布鲁尔德一阵头晕目眩，后脑勺都疼了起来。他渴望看到兰基维尔阴沉沉的天空，再次感受那刺骨的潮湿微风，还有埃米温暖的拥抱。

但是阿布鲁尔德来这儿是有一项重要的任务要完成的，那是参加兰兹拉德联合会的日常会议。这似乎只是一种形式，但为了他的家庭和他尚在襁褓中的儿子，他下定了决心，这必将永远改变他的生活。阿布鲁尔德盼望着这样的日子赶快到来。

他沿着长廊大步向前走，大小家族的旗帜都在微风中精确地飘扬着。那些雄伟的建筑似乎比环绕着兰基维尔峡湾的悬崖还要雄伟有力。

他特意穿上了他那件最华丽的鲸皮斗篷，上面装饰着珍贵的珠宝和手工制作的贝雕护身符。阿布鲁尔德是作为哈克南家族的法定代表来科林斯的，前来收回自己拉班－兰基维尔分区总督头衔的。这一直是他的权利，而他从来没有在意过。

由于他没有带任何护卫，身边也没有跟着一群阿谀奉承的扈从，这里的书记官和工作人员都无视了他。他们望着窗外，有的坐在阳台上，或者拿着用利读联水晶纸誊写的重要文件忙来忙去。对他们来说，阿布鲁尔德就是个隐形人。

在兰基维尔太空港为他送行时，埃米曾指导过他，两个人排练了半天。根据兰兹拉德联合会的规定，阿布鲁尔德有权要求举行听证会并归档。虽然别的贵族会认为他提出的这个要求无足轻重……甚至微不足道。但这对阿布鲁尔德来说太重要了，他也把这件事拖得太久了。

在埃米怀孕的那几个月里，他们又高兴了起来，重新开放了主屋，并试图恢复生活中的生机和色彩。阿布鲁尔德对工业进行了补贴，甚至重新在海域里播撒了鱼苗，希望渔民们能坚持到琼达斯鲸鱼返回。

五个月前，埃米平静地生下了一个健康的男婴。他们给他取名为费伊德－劳萨，以此纪念他的外祖父，也就是被害的彩虹桥高堡市长奥尼尔·劳萨－拉班。当阿布鲁尔德把婴儿抱在怀里时，他看到了一双敏捷、聪明的眼睛和其中蕴含的永不满足的好奇心，同时这孩子还有着精致的容貌和有力的声音。在他心里，这才是他唯一的儿子。

在这之后，阿布鲁尔德夫妇一起开始寻找那个让埃米怀孕的老尼姑。他们想对她表达感激之情，并希望她能保佑这个婴儿健康，但他们就是找不到那位穿着天蓝色长袍、绣着金色刺绣的苍老女人。

现在，在凯坦星上，阿布鲁尔德要做一些对他刚出生的儿子有利的事情，而且要比一个普通尼姑的祝福所能做到的还要多。如果一切顺利，小费伊德-劳萨将会有一个完全不同的未来，不会被哈克南家族漫长历史中的罪行所玷污。他会成长为一个好人。

阿布鲁尔德挺直了腰杆，走进了兰兹拉德演讲大厅，穿过了一个斑驳的珊瑚牌楼，这个牌楼高高耸立在他的头顶上，就像一座横跨山沟的大桥。一到首都，他就找了一位御用书记官，把自己的名字列入了日程。然而，因为阿布鲁尔德拒绝贿赂这名官员，所以排班书记就是不为他安排档期，直到三天之后的一个长会议结束。

而阿布鲁尔德就那么等着。他个人很鄙视腐败，宁愿自己干等着，也不愿屈从于沙达姆四世的官僚。而且其实他也不喜欢这种长途旅行，宁愿待在家里处理事情，或者和埃米以及家政人员一起玩棋盘游戏，但贵族身份迫使他做了许多令他后悔的事情。

也许今天他会让一切变得更好起来。

在演讲大厅里，大小家族代表、宇联商会董事和其他没有贵族头衔的重要官员正在举行会议。毕竟帝国的齿轮每天都要持续转动。

阿布鲁尔德希望他的出现不会引起什么注意。他没有事先通知他的同父异母的弟弟，也知道如果他知道了，男爵一定会不高兴的，但他仍骄傲而自信地走进了大厅——比他一生中任何时候都紧张。而弗拉基米尔只能接受这一点。

男爵还有其他的问题和义务。这些年来，他的健康状况每况愈下，体重也增加了很多，现在他走路都得靠浮空器。尽管状况如此糟糕，这位男爵是如何坚持下去的，阿布鲁尔德并不知道，他对自己这个同父异母兄弟的动机知之甚少。

阿布鲁尔德悄悄地在旁听席里找了个座位，把会议日程调了出来，发现会议已经比原定时间晚了一个小时——他认为这在意料之中。于是他就直挺挺地坐在石板凳上等待着，听着无聊的商业会议，听着对那些他假装不关心甚至不理解的法律进行微调。

尽管阳光透过彩色玻璃窗照射进来，冰冷的石头下面也安装着加热器，这个巨大的大厅还是给人一种冷冰冰的感觉。他现在只想回家。当他们终于叫到他的名字时，阿布鲁尔德才回过神来，大步走向演讲台。他的膝盖在发抖，但他尽量不表现出来。

坐在高高的长椅上的议会成员都穿着正式的灰色长袍。阿布鲁尔德回头看了一眼，发现本该坐着正式哈克南代表的那部分座位是空着的。没有人费心去参加这个小小的日常会议，就连杰第主星长驻凯坦的卡洛·怀尔斯大使也没有来。而且谁也没有想过要去通知怀尔斯，虽然今天的会议涉及到了哈克南家族。

完美。

他不记得自己上次对这么多人讲话是什么时候的事了，他不禁有些颤抖——他想起了仍在重建彩虹桥高堡的人民，想起了在这之前降临到他们头上的恐怖。现在，阿布鲁尔德深吸了一口气，准备对会议主席发表演说。主席是个又瘦又高的人，梳着一根长长的辫子，耷拉着眼皮。而他记不起来这位主席是哪个家族的了。

然而，还没等阿布鲁尔德开口说话，侍卫长就嗡嗡地念出了他的名字和头衔。阿布鲁尔德还真不知道自己的名字后面竟有这么多头衔，毕竟他在族谱里一直是一个相对不重要的人。但不得不承认这听起来确实令人印象深刻。

然而，昏昏欲睡的会议成员中没人表现出丝毫的兴趣。他们只是在互相传递着文件。

“阁下，”他开始了，“大人们，我来是要提出一个正式的请求。我已经提交了适当的文件，要求收回我作为拉班-兰基维尔区总督的头衔。我已经在这个职位上有效地工作了多年，但我从来没有……提交适当的文件。”

当他激动地高声陈述他的理由时，会议主席举起一只手打断了他："你已经履行了听证会所要求的正式程序，必要的通知已经发出去了。"他在面前的文件中翻来翻去的，"看来皇帝也接到了通知。"

"是的。"阿布鲁尔德说道，而他发给自己那个同父异母兄弟——哈克南男爵的通知则被他刻意选用了一条缓慢、迂回的运航机路线——这是一个必要的花招。

主席举起一张羊皮纸："根据这里面提到的，哈克南男爵把你从厄拉科斯的位置上撤下来了。"

"他没给我提出反对的机会，大人。而我那个同父异母的兄弟今天并没有对我的请愿提出异议。"这倒不是谎话，虽然这全是因为通知信还在途中。

"我知道了，阿布鲁尔德·哈克南，"主席说着低下了头，"而在我看来，皇帝也不反对。"

看着主席研究那些文件，尤其是那些法律文本，阿布鲁尔德的心跳加速了。*我是不是忘记什么了？*

最后，主席抬起头来宣布："一切都合规程序。批准。"

"我……我还有第二个请求。"阿布鲁尔德喊道，因为事情进展得这么快，这么顺利，他竟有些不安起来，"我希望正式放弃我的哈克南姓氏。"

这句话在与会者中引起了一阵窃笑。

他回想起和埃米一起排练过很多次的演讲，想象着她就在自己身边。"我不能宽恕我家人的行为，"他开口道，但没有指名道姓，"现在我有了一个新儿子，费伊德-劳萨，我希望他在成长过程中没有污点，没有哈克南家族的污点。"

会议主席向前探了探身子，好像这是他今天第一次看见阿布鲁尔德似的："你真的清楚你在做什么吗，先生？"

"哦，绝对清楚。"他回答道，同时对自己声音中蕴含的力量感到惊讶，也对自己说的话感到非常自豪，“我是在杰第主星上长大的。我的父亲是迪米特里·哈克南，我是他第二个儿子。我同父异母的兄弟，弗拉基米尔·哈克南男爵现在拥有所有的哈克南资产，可以为所欲为。而我只要求兰基维尔，那个我称之为家的地方。”

他的声音变柔和了，好像觉得一段饱含同情心的演讲可以打动面前这些无聊的人：“我不想参与银河系的政治或是统治某个世界。我在厄拉科斯管了几年事儿，发现我不喜欢那里。财富、权力和名声对我毫无用处。这些东西谁想要就留给谁吧。”他的声音哽咽起来，“我不想我的双手沾满鲜血，我那新出生的儿子也不想。”

穿着灰色的长袍的主席庄严地站了起来，问道：“您将永远断绝与哈克南家族的一切联系，放弃与之有关的权利和特权吗?”

阿布鲁尔德使劲地点了点头，毫不理睬房间里的窃窃私语：“完全断绝，再无瓜葛。”在接下来的几天里，这些人会有很多议程要进行，但这对他来说无关紧要。那时他已经在回家见埃米和孩子的路上了。他什么也不想要，只想要一种正常、平静的生活和属于他个人的幸福。兰兹拉德联合会里没有他也能继续下去。“从今以后，我要用我妻子尊贵的姓氏拉班。”

会议主席敲了敲他的小槌，大厅里回荡起了最后的回声：“那么我宣布，你的请求被批准了。通知将立即发送至杰第主星和皇帝御前。”

就在阿布鲁尔德被自己的好运惊呆的时候，侍卫长召来了下一个代表，而他自己被带着离开了。阿布鲁尔德迅速地离开了大楼，把演说大厅抛在了身后。大楼外面，阳光再次洒在他的脸上，他听到了喷泉的水声和悦耳的钟声。他的脚步轻快了起来，傻乎乎地咧嘴笑着。

其他人可能会为了自己刚刚做出的重大决定而微微发抖，但阿布鲁尔德·拉班却毫不畏惧。他得到了所有自己想要的东西，埃米会非常高兴的。

他赶忙收拾好几样随身物品，直奔太空港，急于回到安静的、与世隔绝的兰基维尔，在那里他即将开始更好的新生活。

没有自然法则这样的东西。有的只是一系列人与自然的斗争经验。而这些是人类活动的规律。它随着人类活动的变化而变化。

——帕多特·凯恩斯，《厄拉科斯讲座》

即使在萨鲁撒·塞康达斯待了六个月，列特·凯恩斯仍然对这里的荒野、那些令人不安的景观、古老的废墟以及深深的生态创伤感到惊叹不已。正如他父亲所说的，这很……令人着迷。

与此同时，在他的地下藏身处，多米尼克·维尔纽斯研究了记录，仔细检查了宇联商会的失窃报告。他和哥尼·哈莱克还过了一遍宇航公会的清单，好确定如何破坏商业交易，给皇帝造成最大的伤害。他那些线人，那些能给他提供一些伊克斯局势情报的间谍现在都失踪了。他以前偶尔也能从他的老家得到一些消息，但最后连这个情报来源也枯竭了。

多米尼克红肿的眼睛和满是皱纹的脸庞表明他最近确实睡得很少。

对列特来说，他最终见识到了更高等级的权谋，以前的他只见过沙漠里各个部落争夺香料沙控制权而已。现在的他则看到了大小家族、航运巨头和权贵家族之间的政治斗争。帝国确实比他想象的要大得多。

他也开始意识到父亲在沙丘所取得的成就的重要性，对帕多特·

凯恩斯的尊敬也与日俱增。

有时列特也会伤感地想，怎样才能让萨鲁撒·塞康达斯重获昔日作为帝国中心的荣耀。这里还有那么多需要他理解的东西，还有那么多等待解答的问题。

如果能运来一些不错的气象设施，再加上一些愿意重新种植草原和森林的吃苦耐劳的殖民者，萨鲁撒·塞康达斯可能会复苏，重新活过来。但是科瑞诺家族拒绝投资这样的企业，不在乎他们能从中得到什么回报。事实上，他们似乎在尽力让萨鲁撒保持着几个世纪以来的老样子。

他们为什么要这么做呢?

作为初来乍到者，列特的大部分时间都背着生存设备，漫步在残破的大地上，避开那些早就被摧毁了的城市废墟，在这些废墟里，囚犯们被关在古老的帝国政府建筑里：高大的博物馆，宽阔的会议厅，天花板坍塌了的大会堂。几个世纪以来，萨鲁撒一直被科瑞诺家族当做监狱星球，没有人试图重建这里。墙壁不是歪着就是塌了，屋顶也全都是巨大的洞。

列特来到这里后的头几个星期一直致力于研究走私者的地下基地。他教会了那些身经百战的老兵如何抹去他们留下的痕迹，如何改造坍塌的机库，让它看起来就像是里面只有几个粗俗的难民，从而不会引起任何人的关注。当走私者基地最终真正安全起来，多米尼克才感到满意，于是年轻的弗雷曼人就像他父亲那样独自出去探险了……

为了不在鹅卵石或碎土留下他走过的痕迹，他非常小心地前行，爬上一个山脊向下观察一个盆地。通过双筒望远镜，他看到刺眼的阳光下有一群士兵在移动，他们都穿着斑驳的棕褐色制服，也就是皇帝的萨多卡军团使用的沙漠迷彩。又是一场奢侈的战争游戏。

一周前，他看到萨多卡军团在一个单独的废墟中挖出了一个囚犯巢穴。列特那时就在附近徒步旅行，正好看到全副武装的帝国士兵在用火焰喷射器和一些原始武器全力攻击囚犯。这场一边倒的战斗持续了有好几个小时，最后这些训练有素的萨多卡士兵甚至和那些逃出来的囚犯进行了肉搏战。

皇帝的军队屠杀了许多囚犯，但犯人中有些也打得很漂亮，甚至砍倒了几个萨多卡士兵，抢走了他们的武器，硬是把这场战斗延长了一些。最后囚犯中剩下了几十名最优秀的战士，被困在了一个地方等死，萨多卡士兵安置了一颗眩晕炸弹，然后撤退到了障碍后面，紧接着便是一阵强烈的脉冲光，加上霍尔茨曼力场的强大动能，把剩余的囚犯击昏了……萨多卡军团这才得以接近他们。

列特很想知道为什么帝国士兵一开始就不用眩晕炸弹。后来他才明白，萨多卡军团这是在筛选囚犯，挑选其中最强的候选人……

现在，几天过去了，那些幸存下来的犯人穿着破烂的、不合身的衣服或是剩下的囚服，站在烧焦的盆地上。在他们周围，萨多卡士兵排成了严密的队形，像一张人网。武器和重型装备被部署在周边的战略位置，用金属钉和铁链拴住。

这些人似乎都在训练，囚犯和萨多卡士兵都一样。

当他蹲在山脊上时，列特觉得没穿蒸馏服让自己很脆弱。嘴里干巴巴的，这使他想起了沙漠，想起了他的家，而这时他的脖子上却没有接水的管子让他能吸一口水了……

当天早些时候，他们又从沙丘走私来了一批美琅脂，卖给了像多米尼克一样痛恨科瑞诺家族的逃犯们。在公共休息室里，哥尼·哈莱克举起一杯加了香料的咖啡，向他的领袖致敬。他拿起巴厘琴，弹了一个升 f 弦，又加上了一个小和弦，然后用他粗犷粗暴的嗓音（虽然不优美，但至少很激昂）唱了起来——

哦，香料一杯

带领我

展翅高飞，

穿越星海。

美琅脂，他们叫它——

美琅脂！美琅脂！

人们都欢呼起来，萨鲁撒基地的厨师博克·卡松又给他倒了一杯新鲜的香料咖啡。斜着个肩膀的西恩·特拉夫，这位前伊克斯工程师，也过来拍着哥尼的后背，还有那位嘴里总是叼着雪茄，曾经是名商人的潘·巴洛，大笑起来。

这首歌让列特想要再次行走在香料沙地之上，闻着胯下所骑沙虫身上飘来的刺鼻肉桂气味。当他们从萨鲁撒回来后，沃里克也许会来护送他回红墙穴地。他希望如此，因为他已经很久没有见到他的朋友和血亲了。

沃里克和法罗拉结婚快一年半了。也许现在的她已经怀了他的孩子。如果是自己赢得了她，那么列特的生活将会完全不同。

而现在，他却躲在另一颗行星上某个高高的山脊的岩石上，监视着帝国军队的神秘动向。列特调整了双目望远镜的高清晰度镜头，以获得最好的视角。当萨多卡军团钻过贫瘠的盆地时，他观察着他们移动的速度和精度。

不过，列特仍然认为，一支拼命的、装备精良的弗雷曼部队就能够击败他们……

最后，幸存的囚犯们被带到了萨多卡新营房前的训练场上，一大片合金帐篷像掩体一样支在开阔平坦的地面上，金属的侧面反射着朦胧的阳光。士兵们似乎在考验囚犯，要他们跟上演习的进度。一名男子踉跄了几步，一名萨多卡士兵马上用激光枪对他射出了一道紫色的气流，当场杀死了他，其他人再也没有停下来过。

列特·凯恩斯把目光从军事演习转向了焦躁不安的天空，天空上出现了一种他学过的不祥景象。天空看上去非常浑浊，好像消化不良似的，呈深橘色翻滚着，边缘还有绿色的条纹。一团团球状闪电在天空中闪烁着。静电云像巨大的雪花引导着狂风吹向盆地。

从哥尼·哈莱克和其他走私者讲过的故事里，列特知道了暴露在极光风暴中会有多么危险。但他心底，从父亲那儿继承的好奇心让他敬畏地看着电流和放射性干扰距自己越来越近。伴随着这场风暴的是有着奇异色彩的卷须、离子化的空气和被称为锤风的锥形龙卷风。

他对自己如此暴露在外感到有些不安，看到了身后的地表裂缝。任何一个机智的弗雷曼人都能在岩石洞穴为自己找一个好的避难所，躲开恶劣的天气，但下面的部队却没有防护措施。难道他们胆子大到觉得他们能在这种原始的自然力量面前生存下来吗？

发觉到云层和电离层逐渐逼近，那些衣衫褴褛的俘虏开始脱离队伍，而穿制服的士兵则继续坚守阵地。指挥官咆哮着下达了命令，显然是要他们回到自己的位置上。几秒钟后，一阵狂风呼啸而过，几乎把那个面容狰狞的军官从摇摇欲坠的浮空平台上掀了下来。高个子队长大声叫着，让所有人都退回到金属掩体里去。

萨多卡士兵步调一致，训练有素。一些囚犯试图也和士兵一样按阵型移动，而还有一些人则四散奔逃，钻进了加固的避难所里。

极光风暴在最后一个帐篷封闭好后不久就袭来了。它就像是一个有生命的怪物，掠过盆地，带着五彩的闪电。锤风拳头般地敲打着地面，并砸中了其中一个帐篷，压平了这个金属避难所，把里面的人都砸成了肉泥。

噼啪直响的沸腾般的空气向山脊直吹而来。虽然这不是列特的星球，但他从小就很清楚这种风暴必然存在的潜在致命性。他从有利于观察的暴露位置往下移动，沿着岩石滑下去，直到自己从两块大石块之间钻了过去，最终钻进了岩石的裂缝里。不一会儿，他就听到了仿佛恶魔的嚎叫声，空气爆裂开来，球状闪电的喷射声和锤风的砰砰声不绝于耳。

列特仰望着岩石之间的狭长天空，万花筒般的色彩闪烁着耀眼的光芒，烙印在列特的视网膜上。他往后缩了缩，但认为自己已经是足够安全了。

他均匀地喘着气，凝视着那狂暴的极光风暴，耐心地等待风暴过去。这么看来萨鲁撒和沙丘还是有许多相似之处的，两个世界都很严酷，都有着无情的土地和无情的天空。在沙丘，凶猛的风暴还可能重塑地貌，将人埋入地下或是把血肉从骨头上剥落下来。

但不像这个地方，沙丘那些可怕的狂风对他来说是有意义的，因为它们是与神秘而宏伟的沙丘联系在一起的。

列特现在想离开萨鲁撒·塞康达斯了，和多米尼克·维尔纽斯一起回到自己的家乡。他需要再次生活在沙漠里——他属于那里。

时机一到，多米尼克·维尔纽斯就带着部分走私船员回到了他的护航舰，还有两架轻型飞船。多米尼克驾驶着他自己的旗舰，引导着飞船进入运航机里的指定泊位。

变节的伯爵来到了属于他的贵宾室里，放松、沉思起来。虽然他多年来一直在暗处活动，就像一只不断骚扰沙达姆四世的牛虻，但他从来没有给过沙达姆四世一个明确而果断的打击。没错，他是偷了一批皇帝的纪念币，还让那个滑稽可笑的气球飘浮在了金字塔体育场上空。没错，他是在花岗岩峡谷的墙壁上写下了一条几百米高的讽刺标语：“沙达姆，你的皇冠还能舒服地戴在你的尖脑袋上吗?”，而且还破坏了几十座雕像和纪念碑。

但他的目的是什么呢？伊克斯仍然没有光复，他甚至都没有关于伊克斯局势的新消息。

在多米尼克自我流放的早期，他召集起了一支军队，这些人已经在过去的战役中证明过他们的忠诚。带着多年前一起击败埃卡兹叛军的回忆，他率领着这支装备精良、训练有素的小部队，突袭了特莱拉人新建的要塞。

多米尼克本来希望能借助手中的武器和出其不意的优势，破门而入，推翻侵略者。在峡谷港口，他和他的手下从飞船里冲出来，用激光枪不断地射击。但他们竟然遇到了来自皇帝自己的萨多卡军团，以及他们那令人吃惊的防御阵线。该死的科瑞诺人！为什么他们的军队还在这里？

几年前，他们出其不意的介入就让多米尼克吃了大亏，这些精锐的帝国士兵消灭了他整整三分之一的部队。他自己的后背被激光枪打爆的碎片击中，原地等死，最后是约丹把他拖到一艘飞船上，拼尽全力才得以撤退。

在位于厄拉科斯南极的那个秘密据点，多米尼克的手下悉心照料了他，他这才恢复了健康。幸亏他提前采取了预防措施，隐瞒了自己和这支攻击部队的身份——就算他们进攻失败了，敌人也没办法对他们的家属，以及自己在卡拉丹的子女进行报复——特莱拉人永远搞不明白是谁在攻击他们。

由于这次大溃败，多米尼克向他的手下发誓，他再也不会试图通过军事手段夺回他世袭拥有的星球了，因为这么做只能以失败告终。

但反抗仍要继续，多米尼克决定用其他方式解决问题。

然而，他的那些破坏行为基本上起不到什么作用，只不过是科瑞诺家族资产负债表上的一个小数点，或者顶多损害了一些帝国的面子。沙达姆四世甚至不知道幕后主使是这位被放逐了的维尔纽斯伯爵。

虽然他持续不断地斗争着，但多米尼克觉得自己比死了还要难受——他变成了一个*无关紧要*的人。他躺在护航舰的船舱里，评估着自己取得的所有成果……以及他失去的一切。他的面前有一幅珊多的立体全息肖像，就站在他对面的基座上，他可以一直看着她，想象她还在那里，还和他在一起。

他们的女儿凯莉娅现在一定出落成一个很有魅力的女人。他想知道她是否成婚，也许嫁给了雷托·厄崔迪公爵府里的某个人……当然不可能是公爵本人。厄崔迪家族对婚姻政治性的重视是众所周知的，一个变节家族的公主是给不起政治嫁妆的。同样地，尽管隆博已经足够大了，可以继任为维尔纽斯伯爵，但那个头衔却已经毫无价值了。

伴随着巨大的悲伤，多米尼克垂下了肩膀，他凝视着基座上珊多的全息肖像。在他悲伤的时候，她总会对他说话。

“多米尼克……多米尼克·维尔纽斯。我知道你的身份。”

他吃了一惊，一下子坐了起来，心想自己是不是最终还是疯了。珊多的嘴机械地动着。她的脸也转向了，但她的表情却没有改变。她的目光没有集中在他身上。但嘴里却继续说着话。

“我通过这个全息图像和你交流。我必须告诉你一个来自伊克斯的消息。”

多米尼克颤抖着走近那幅全息图：“珊多是你吗?”

“不，我是你所在的这架运航机的领航员。我选择通过这个全息图像和你沟通，因为用其他方式交流对我来说很困难。”

多米尼克勉强相信了他的话，暂时压下了迷信带来的恐惧。但一看到的珊多肖像动了起来，看到她的脸又活了过来，他心中就充满了好久不曾拥有过的勇气：“好吧，不管你是谁。你找我做什么?”

“我的兄弟克泰尔·皮尔鲁从伊克斯发来这些情报。他恳请我把这些消息告诉你。我做不了什么，只能帮他把话带到。”

珊多的嘴唇动得更快了，这一次发出了不同的声音，接着，她的全息肖像就把克泰尔发过来的那条绝望的信息说了出来。愈发恐惧的多米尼克就这么听着，终于了解到了特莱拉侵略者对他所钟爱的世界和人民造成了怎样的破坏。

他胸中翻滚起滔天的怒火。他在特莱拉第一次入侵时就向帝国请求了援助，当时那个可恶的老皇帝埃尔鲁德九世却一再拖延，最终导致了维尔纽斯家族的失败。多米尼克对自己的失败感到万分痛苦，只希望在自己找到杀死他的方法之前，那个老头不要死。

但直到现在，多米尼克才终于意识到帝国的阴谋比自己想象的要更广泛，更阴险。从本质上说，特莱拉对伊克斯的侵略从来就是帝国策划的一场阴谋，而二十年过去了，萨多卡军团仍在执行这个任务。埃尔鲁德从一开始就策划了这场侵略，而他的儿子沙达姆则通过压迫维尔纽斯家族剩余的臣民，使这场冲突得以延续。

不一会儿，珊多背后那个人的声音又变了，又变回了领航员那更沉闷、更不连贯的语调：“根据我的航程，我可以顺便把你送到萨图赫，也就是那个从前叫做伊克斯的星球。”

“送我去，”多米尼克说道，心中充满了仇恨，“我要亲眼见证你说的这些恐怖景象，然后我——”他把手放在胸前，仿佛在向珊多发誓——“我，多米尼克·维尔纽斯伯爵，将为我的人民所遭受的苦难复仇。”

当运航机进入轨道后，多米尼克去见阿苏尤，约丹以及其他的人。“你们回厄拉科斯去吧。回到我们的基地继续我们的事业。我要一艘轻型飞船就够了。”他凝视着基座，好像他的妻子就在那里，“我有我自己的事。”

两位老将表达了他们的惊讶和困惑，但多米尼克用拳头猛击着桌子吼道：“不用再说了。我已经决定了。”他怒视着他的手下，而他们则惊讶于多米尼克的性格忽然出现如此大的转变。

“你要到哪儿去？”列特问他，“你到底打算干什么？”

“我要去伊克斯。”

一个人掌控权力一定要轻。用力过大就会被权力所控制，从而成为权力的牺牲品。

——贝尼·杰瑟里特格言

男爵对他同父异母兄弟的消息一点也不感到高兴。

在哈克城的太空港，人们正在往他的私人护航舰上装着他前往厄拉科斯所需要的设施、物资和随行人员。为了保证香料生意顺利进行，他不得不在那个沙漠地狱里待上几个月，瞪大了眼睛提防走私者和那些容易失控的该死的弗雷曼人。但是，在几年前阿布鲁尔德造成了损失之后，男爵再次成功把这个帝国中最重要的经济星球变成了一个巨大的赚钱机器。家族的利润在稳步增长。

现在，就在一切情况似乎都在好转的时候，阿布鲁尔德竟然出了这种事！尽管他本人愚蠢至极，但总是有一种令人难以置信的本领，那就是每次都能准确地做出错误的选择。

彼得·德伏察觉到上司的不悦，扭扭捏捏地靠了过来，想要帮忙——或是表现出正在帮忙的样子。但他知道不能靠得太近。多年来，他就是通过躲避男爵的怒火而幸存下来，比他主人以前拥有过的任何一位门泰特服役都长。在弗拉基米尔·哈克南更年轻、更清瘦的时候，他本人就能像眼镜蛇一样击碎别人的喉咙，停止对方的呼吸。但现在的他已经变成那么肥头大耳了，德·弗里斯可以很容易地从他身边滑开。

男爵坐在城堡石墙包围着的会计室里，憋着一肚子火。他的椭圆形黑色强化玻璃桌子看起来很是光滑，甚至能在上面滑冰。一个巨大的厄拉科斯地球仪矗立在角落里，这是任何贵族家庭都梦寐以求的艺术品。但他并没有在兰兹拉德的聚会或贵族社交活动中炫耀过它，而是把它放在自己的私人房间里，独自品味这个世界。

“皮特，我该怎么办？”他指了指一堆由保税快递员送来的邮件圆筒，问道，“宇联商会要求我做出解释，他们用非常直白的措辞警告我，尽管‘统治者发生了变化’，但他们仍期盼着兰基维尔的鲸鱼皮毛能继续出口。”他哼了一声，“好像我会减少产出量似的！他们还提醒我，厄拉科斯的香料生产并不是哈克南家族唯一控制的重要商品。他们威胁说，如果我不能履行自己的职责，他们将撤销我在宇联商会的董事职位。”

男爵手腕一抖，把一个镀铜的信息圆筒扔向了墙壁。它哐啷哐啷地响着，在石头墙壁上留下了一道白色的划痕。

他拿起了第二个圆筒：“沙达姆皇帝想知道，为什么我同父异母的兄弟要放弃哈克南姓氏，自己去担任分区总督。”

他再一次把圆筒掷向墙壁，砸到了第一道白色划痕旁，这次的撞击声更响了。他捡起了第三个：“格鲁曼的莫里塔尼家族给他提供了秘密的军事支持，以防我采取直接行动。”第三个圆筒再次击中了墙壁，“李芝家族，穆泰利家族——都很好奇，也都在背后笑话我！”

他继续扔着信息圆筒，直到他的桌面空了为止。其中一根金属管滚向皮特，他把它捡了起来：“您没有打开这个，大人。”

“好吧，替我打开吧。里面的东西都一样。”

“愿意效劳。”门泰特用他那长长的指甲划开胶囊上的封条，把盖子拧了下来。他拿出一张木马纸，粗看了一下，舌头一下子吐了出来：“啊，这条消息来自我们在卡拉丹的特工。”

男爵顿时来了精神："我希望是好消息吧？"

德·弗里斯微笑着翻译上面的密码："基娅拉为自己在此之前未能传达消息而道歉，但她与侍妾凯莉娅·维尔纽斯的关系有所进展，成功使她反对公爵。"

"嗯，这倒是件大事，"男爵揉了揉他那肥胖的下巴，"不过我更愿意听到雷托被暗杀的消息。那可就真是好消息了！"

"基娅拉喜欢用自己的方式，按照自己的节奏做事。"等到那封木马信上面的字逐渐消失了，德·弗里斯这才把它揉成一团，把它和圆筒扔到了一边，"我们不确定她能走多远，我的主人，以她对贵族事务……能确定的……标准看。间谍活动是一回事，谋杀就完全是另一回事了，不过她是唯一能通过杜菲·哈瓦特安保的人。"

"好吧，好吧。他们俩以前就谈过这件事，"男爵从座位上站了起来，"至少我们在公爵的眼睛里撒了点沙子。"

"也许我们应该对阿布鲁尔德撒更多的沙子？"

在腰间的浮空带的帮助下，这个胖男人错误地判断了自己软弱的上肢力量，人差点儿飞起来。德·弗里斯明智地保持沉默，他吸收这些数据，等他的主人有要求时，他就可以进行正确的门泰特分析。

"也许吧，"男爵的脸涨得通红，"你知道的，阿布鲁尔德的哥哥马洛廷是个白痴。我的意思是。他是一个流着口水、大脑受损的白痴，连自己穿衣都不会，但他的母亲总是对他傻笑，似乎他值得浪费那么多资源来维持生命。"他那张有着肥大下巴的脸上布满了压抑已久的愤怒。

"现在看来，阿布鲁尔德也有同样的脑损伤，只不过是以一种更微妙的方式。"他的手掌重重地落在油亮的黑色强化玻璃表面，留下的手印会被家具里的自洁系统逐渐分解。

"我甚至都不知道那个贱货埃米怀孕了。现在他又有了一个儿子，一个可爱的小宝宝——而阿布鲁尔德自己剥夺了这个孩子与生俱来的权利，”男爵摇了摇头，“你要知道，那个男孩可能会成为一名领袖，另一个哈克南家族的继承人……而他愚蠢的父亲却把这些权利全都夺走了。”

由于主人越来越沮丧，德·弗里斯格外小心地坐在椭圆形桌子的另一边，离他越远越好：“我的主人，据我所知，阿布鲁尔德遵循了严格的法律条文。根据兰兹拉德的规定，他可以请求并接受我们中很少有人会考虑的退位。我们也许认为这是不明智的，但阿布鲁尔德作为哈克南家族的一部分是有权利要求这——”

“而我是整个哈克南家族！”男爵大吼起来，“他没有任何权利，除非我这么说。”他绕着桌子走过来。门泰特呆呆地站在那里，害怕那个胖子会对他下手。相反，他却朝密室的大门飘去：“我们去见拉班。”

他们穿过四方形要塞空荡荡的大厅，走到了一架外部装甲升降机上，升降机带着他们从要塞的尖顶下降到了一个封闭的竞技场。格洛苏·拉班和家族卫兵正在为晚上的角斗士格斗做准备，这是男爵每次去厄拉科斯长途旅行前必然要做的事。

在竞技场里，安静的奴隶们正在清理一层层的座位，擦拭和清扫垃圾。男爵的大比武总是能吸引大量的观众，他也喜欢用这样的大场面来给其他大家族的客人留下深刻印象。角斗士坑那一层的重型钢制大门仍然紧闭，关着角斗用的野兽。多毛、赤膊的工人们用水冲洗被杀死的动物或奴隶的空围栏，然后在里面喷上气味抑制剂。

拉班满头大汗地站在人群中，看上去并没有做什么工作。他穿着一件饰钉皮革的无袖紧身上衣，双手放在腰间，噘着厚嘴唇，怒视这一切。其他的工人用耙子划拉着竞技场的地板，筛出骨头碎片和碎刀片。

卫队长克鲁比则指挥着他的士兵们。他负责布置每个武装人员的站位，为即将到来的庆祝活动提供适当的、令人印象深刻的军事压迫感。

男爵挎着他的背带，沿着瀑布般的台阶滑翔而下，穿过一扇有尖刺的铁门，出现在脏兮兮的竞技场里。他的脚几乎没有碰到地面，这让他走起路来像跳芭蕾舞一样优雅。彼得·德伏也跟在后面跳着同样的舞步。

克鲁比走上前来敬礼。“我的男爵，”他说，“一切都准备好了。今晚我们将有一场壮观的演出。”

“像往常一样。”德·弗里斯附和道，他咧开满是纱芙汁的嘴微微一笑。

“我们有多少只野兽？”男爵问。

“两只拉扎虎，大人，一只德卡熊，还有一头萨鲁撒牛。”

男爵的黑眼睛闪闪发光，打量着竞技场，点了点头：“今天晚上我很累。战斗时间不要太长。立刻释放所有的野兽和五个精选的奴隶。我们要大干一场。”

克鲁比轻快地行了个礼：“遵命，大人。”

男爵转向他的门泰特：“今晚必将鲜血飞扬，皮特。也许这会让我分心，省得我对阿布鲁尔德下手。”

“您想要的就只是分心吗，我的男爵？”门泰特问道，“或者干脆……彻底满意？您为什么不向阿布鲁尔德复仇呢？”

男爵犹豫了片刻，然后说：“复仇确实很好，皮特。拉班！”

他的侄子转过身来，看见男爵和他的随从站在那里。拉班迈着粗壮的腿，穿过竞技场走向这两个人。

“皮特跟你说了你那傻瓜父亲干了什么事吗？”

拉班的表情扭曲了起来：“说了，叔叔。有时候我真搞不懂这样一个笨蛋是怎么活下来的。”

“我们确实不了解阿布鲁尔德，”德·弗里斯说道，“但治国之道的一条重要法则是，要彻底打败敌人，就必须先要了解他，了解他的弱点。知道打他哪儿最疼。”

“阿布鲁尔德的整个大脑就是他的弱点，”男爵咕哝道，他的声音低沉了下来，“也许只是他那颗受伤的心。”

拉班咯咯地笑了起来，声音不免有些太大了。

门泰特举起一根长长的手指，说道：“说到这个。他尚在襁褓中的儿子费伊德－劳萨·拉班现在是他最大的弱点。阿布鲁尔德采取了不同寻常的举措，用他自己的话说，是为了‘让孩子以合适的方式长大’。显然，这对他意义重大。”

男爵望着他那宽肩膀的侄子：“我们可不希望拉班的小弟弟变成第二个阿布鲁尔德，对吧？”

一想到这个可能性，拉班不禁怒目而视。

德·弗里斯继续说着，他的声音像沾了油的冰一样滑腻：“那么，在这种情况下，我们对阿布鲁尔德能做的最可怕的事情是什么呢？什么事会给他带来最大的痛苦和绝望？”

男爵的脸上掠过一丝冷笑：“真是绝妙的问题，皮特。为此你能多活一天。或是两天吧——我可真是很慷慨。”

拉班仍然面无表情，因为他还是没听明白。最后，他傻笑着问道：“我们该怎么办啊，叔叔？”

男爵用恶心的无辜声音答道：“啊，我们当然得想尽一切办法把你的小弟弟‘好好地’养大啊。这是很显然的，毕竟你的父亲一直在做错误决定，出于良心，我们不能让阿布鲁尔德·拉班带坏了这个孩子。”他看了看门泰特，“所以，我们必须自己养大他。”

“我马上准备文件，男爵阁下。”德·弗里斯微笑着说道。

男爵大喊着叫克鲁比过来，然后转向他的侄子：“拉班，把你需要的人都带上。不用再遮遮掩掩的了。阿布鲁尔德一定得清楚他给自己招来了什么灾祸。”

还没有人能确定人类力量的界限在哪儿……人类光凭本能就可以做到什么，而凭借理性的决心又可以完成什么。

——门泰特对人类能力的客观分析

在多米尼克·维尔纽斯的引导下，轻型飞船滑落到云层遮蔽的伊克斯探测网格之下。他在自己陷落家园的原始地表上低飞着，眼前便是群山和瀑布，以及那一片片长在花岗岩斜坡上的深色松林。

作为前伊克斯领主，多米尼克知道上千种进入伊克斯地下的方法。他希望至少有一种方法还奏效。

他强忍着恐惧的泪水，朝目的地飞去。在帝国版图内，伊克斯以其工业、科技以及通过宇联商会经销商出口的神奇产品而闻名于世。很久以前，维尔纽斯家族选择了不去破坏地表，将那些难看的生产设备深埋在地下，这极大地提高了安全性，很好保护了伊克斯宝贵的技术机密。

多米尼克还记得他自己设计和建立的防御系统，以及几代人之前建立的防御系统。来自诸如李芝这样竞争对手的技术间谍一直是让伊克斯人保持警惕的威胁。但显然，特莱拉侵略者现在已经建造了他们自己的安全措施，但他们防不住多米尼克所有的诡计。他把这些诡计藏得太好了。

一个有组织的突击队可能注定要失败，但维尔纽斯伯爵对仍能回到自己的世界很有自信。他必须亲眼见证这一切。

虽然通往地下王国的每个隐蔽通道都是整体安全的薄弱环节，但多米尼克明白紧急出口以及只有他和家人知道的秘密路线的必要性。在韦尔尼——他深爱的首都——的地底深处，有无数的密室、隐蔽隧道和逃生舱口。多米尼克的孩子们，以及年轻的雷托·厄崔迪，在那场血腥的入侵中就曾使用过这些避难所。而多米尼克正是从这些隐藏已久的后门溜了进来。

他把轻型飞船飞到了一片隐蔽性很差的通风井上面，蒸汽像间歇泉一样从通风井里喷发出来。在其他平坦的平原上，大型竖井和货运平台都处于开启状态，运输往来的物资，其中大部分都是出口。在这个森林覆盖的峡谷深处，有守卫森严的岩架和凹地，偶尔可以看到飞船降落。多米尼克一边巡航一边审视地形，直到他发现了一些细微的痕迹，比如倒下的树木，崎岖的岩壁上的污迹等等。

第一个找到的伪装入口被特莱拉人封了起来，隧道里现在塞满了数米厚的固体黏土。第二扇门上明显安装了诡雷，但多米尼克在输入密码之前就发现了炸药。他没有试图解除炸药，而是直接飞走了。

多米尼克对于自己会在这座曾经无比美丽的城市下面发现什么有些担心。除了伊克斯爱国者克泰尔·皮尔鲁发来的可怕消息外，他自己贿赂的调查人员也发来过很多伊克斯局势的传言。尽管如此，他也必须亲眼见证特莱拉人和该死的科瑞诺人对他珍爱的星球做了什么。

然后他们都会付出代价。

多米尼克把轻型飞船停在了一个被黑冷杉森林包围着的小凹地里。希望自己能留在监视范围外吧，他心想着，走出了飞船，静静站在那儿，嗅着冷冽的空气，闻着铜松针的辛辣气味，感受着奔流河水散发出的湿气。而在他身下的石窟里，也就是一公里深的岩石下面，空气温暖而厚重，散发着化学品的气味，充满了拥挤的人群。他几乎能听到和感觉到那些熟悉的声音，比如轻微的轰鸣声以及脚下隐约的震动声。

多米尼克找到了隐藏在灌木丛里的逃生井舱门，并在仔细检查了上面是否有陷阱或是爆炸物之后才去碰控制装置。如果是特莱拉人发现了这个逃生井，那么它肯定是彻底地暴露了。但他没有发现任何迹象。然后他开始等待，希望系统还能正常工作。

凛冽的寒风吹得多米尼克浑身鸡皮疙瘩，一个自动引导的电梯升了起来，这个电梯可以带他深入洞穴，进入一个秘密的私人储藏室，这个储藏室位于曾经的大王宫后面。这是他年轻时为了应对“突发事件”而建的几个秘密房间之一。这还是在埃卡兹叛乱之前，在他结婚之前……早在特莱拉接管之前。所以它目前仍是安全的。

多米尼克闭上眼睛，呢喃着珊多的名字。密室式的电梯以惊人的速度下降，现在他希望克泰尔的破坏行动没有损坏这些隐藏的系统。他深吸了几口气，回忆一幕幕浮现在眼前。他渴望回到这座神奇的地下城市——但又害怕等在那里的残酷现实。

等到电梯停下，多米尼克从里面走了出来，手里端着一把激光枪。他的肩枪套里还藏着一把箭弹手枪。黑暗的储藏室充斥着灰尘味以及霉菌味。毕竟很久没有人来过这里了。

他小心翼翼地来回踱步，走到他存放中层工人穿的两件普通工作服的暗柜前。他穿上工作服，把激光枪塞进特制的皮套里，然后又把皮套藏在了衣服下面。

多米尼克乔装打扮完毕，心怀希望，清楚自己再也回不到这个储藏室了，然后蹑手蹑脚地穿过昏暗的走廊，找到了一个被广场墙围起来的观景台。于是在二十年后，他再一次看到了这座经过改造的地下城市。

看着眼前的景象，他无法置信地眨着眼睛。宏伟的大王宫被洗劫一空，所有闪闪发光的大理石都被拿走了，整个侧翼毁在了一次爆炸中。这幢巨大的建筑现在看起来就像是一个仓库，只剩下一些当年的影子，又像是一个丑陋的官僚办公室大杂院。透过窗户的强化玻璃，他甚至能看见一群恶心的特莱拉人正在像蟑螂一样忙活着。

他向投影仪投射出来的天空看去，发现到处都是闪烁着灯光的长方形装置，它们在随机的路径上不断巡航，监视着所有的一切。这就是监视机。一种由伊克斯人设计的、原本是用于战场的军事装备。但现在特莱拉用这种技术监视他的人民，用恐惧让他们退缩。

多米尼克心里一阵恶心，他又动身前往洞穴高处的其他观景台，混入人群里。他凝视着身边人们那阴郁的眼睛和憔悴的面孔，试图提醒自己，这些人是他的子民，而不是自己噩梦中的形象。他想和他们谈谈，向他们保证自己会有所行动，而且会尽快。但他不能透露自己的身份。自从他和他的家人宣布变节之后，他并不十分了解这里究竟发生了什么事。

这些忠诚的伊克斯人当年把希望全寄托在他们的合法统治者多米尼克·维尔纽斯伯爵身上了，但他辜负了他们。他逃走了，留下他们独自面对可怕的命运。一种令他无法忍受的负罪感压垮了他，他浑身战栗。

多米尼克冷静地观察着，他凝视这座洞穴城市，寻找最好的观察点，标记了守卫森严的工业设施。一些工厂被关闭和遗弃了，另一些则被轰鸣的安全屏蔽场包围了起来。在洞穴的底层，次人和伊克斯居民都成了受压迫的奴隶，混在一起劳作。

大王宫的阳台上灯火通明。扩音器轰隆隆地响，口号震天，巨大的回音像震波一样在洞穴里上下波动。

“萨图赫的人民们，”一个口音很重的声音用加拉赫语喊道，“我们又在你们中间抓住了一些寄生虫。我们行必要之举，我们必须把阴谋者和叛徒彻底铲除。我们，贝尼·特莱拉已经慷慨地满足了你们的需求，并将我们神圣的使命的一部分赐予给你们。因此，我们要惩罚那些干扰了你们、让你们偏离了我们神圣使命的人。你们必须理解并接受你们在宇宙中的新身份。”

多米尼克看到，在洞穴底层有一队士兵开始向工人们围拢过去。士兵们都穿着独特的灰黑色军服，携带致命的帝国武器。这么看来，沙达姆甚至不再试图回避他参与此事了。多米尼克顿时怒火中烧。

在大王宫的阳台上，两个惊恐的囚犯被穿着长袍的特莱拉狱卒推着向前走，萨多卡士兵就守在他们两侧。大喇叭又发出了低沉的声音：“这两个人是在破坏重要工业时被捕的。在审讯中，他们指认了其他的同谋。”接着是一阵不祥的沉默，“本周内你们会看到更多的处决。”

人群中只有几个孤单的声音敢于发声抗议。在上面，萨多卡卫兵将正在被殴打的囚犯推到了阳台的边缘。“胆敢反抗我们的人就去死吧！”卫兵——帝国卫兵——将他们一把从阳台上推了下来，下面的人群散开了。受害者发出可怕的惨叫掉了下来，砰的一声砸到地面上。

多米尼克愤怒难掩。他曾多次站在那个阳台上发表演说。他当年就站在那里给人民做政府报告，赞扬大家的辛勤工作，承诺对劳动者给予更大的奖励。大王宫的阳台本应是一个向人民展现领袖仁慈的地方，而不是一个行刑平台。

大王宫下面忽然响起了激光枪的嗡嗡声。萨多卡士兵开始镇压了，试图在愤怒不安的民众中强制维护秩序。

最后，扩音器里那个声音说出了惩罚措施：“在接下来的三个星期里，每个人的口粮配给将减少百分之二十。生产率保持不变，否则将实施进一步的惩罚。如果有志愿者主动找出更多的叛徒，我们将会给予他丰厚的奖励。”

自鸣得意的特莱拉大师们挥了挥长袍，跟着萨多卡卫兵转身走回了被亵渎的大王宫里。

暴怒的多米尼克想要冲进人群，向萨多卡士兵和特莱拉人开火。

但他现在只是一个躲在黑暗里的间谍，没有足够的火力来完成一次哪怕是象征性的攻击，他也不敢因为这种徒劳的冲动而暴露自己的身份。

他恨得咬牙切齿，连下巴都开始隐隐作痛。他用手抓着栏杆，想起很久以前，自己曾和当时是新娘的珊多夫人站在这个观景台上。当时他们手牵着手，凝视着巨大的岩洞里韦尔尼那些仙境般的建筑。珊多的眼睛闪着亮光，穿着从凯坦皇宫里带来的华丽长裙。

只不过皇帝从来没有忘记珊多的离开对他所造成的侮辱。为了等待一个复仇的机会，埃尔鲁德隐忍了很多年，而伊克斯的全体人民为此付出了代价……

多米尼克心痛难忍。曾经的他拥有一切：财富、权力、繁荣的世界、完美的妻子、美满的家庭。如今，这座洞穴般的城市已满目疮痍，昔日的辉煌早已荡然无存。

“哦，看看他们都干了些什么，珊多，”他阴郁地呢喃着，仿佛他和珊多一样成了一个鬼魂，“看看他们都干了些什么啊。”

他壮着胆子在韦尔尼待了尽可能长的时间，让复仇的齿轮在脑子里不停转动。当他准备离开的时候，多米尼克·维尔纽斯已经完全清楚该如何反击了。

而历史永远不会忘记他的复仇壮举。

是的，权力和欺骗是治国之道的工具。但请记住，权力会欺骗那些行使权力的人——让他们相信权力可以克服自己无知的缺陷。

——弗兰伯特·穆泰利伯爵，在兰兹拉德演讲大厅的早期演讲

阿布鲁尔德再一次享受到了兰基维尔的宁静夜晚。对于自己和一个强大的家族断绝了关系这件事他并不后悔。反而很满足。

在图拉峡湾，熊熊燃烧的炉火温暖着刚被修复和重新装饰好的主屋。他和埃米懒洋洋地躺在大厨房旁边的公共区域里，和仆人们一起吃了一顿丰盛的海鲜饭，庆祝大家再次团聚，所有人都吃得饱饱的。大部分原来的工作人员都已经找到并带回主屋了。现在的阿布鲁尔德对未来充满了期待。

就在那天早晨，人们看见两条琼达斯鲸鱼在峡湾口的海水里试探着冒头。渔民报告说，最近的渔获量是一年多来最好的。平时阴沉的天气突然变冷，悬崖也被撒上了一层干净的雪。即使在多云的夜空下，洁白的积雪也给阴影增添了一层珍珠般的色彩。

小宝贝费伊德-劳萨坐在手织地毯上，守在他旁边的是埃米。小男孩脾气很好，经常咯咯地笑，脸上还会露出各种各样的可爱表情。现在他紧紧抓住母亲的一根手指，被她扶了起来，开始迈出第一步，他的身子摇摇晃晃的，试探着平衡。这个聪明的孩子已经学会少量的词汇了，并且也经常使用这些词汇。

阿布鲁尔德兴致上来了，想要拿出几件旧乐器，吹奏一些民间音乐助助兴，但还没等他起身，就听到外面传来一阵刺耳的噪音，似乎是引擎的嗡嗡声。“船？”随着仆人们逐渐安静下来，他确定自己听到的是水面船只引擎的声音。

鱼妇，也就是他们的厨师，把一个大盆端到了公共区域附近的客厅里，然后掏出一把小刀撬开贝壳，把里面的肉剥出来，准备煮一锅汤。这时她听到了外面的喧闹声，于是用毛巾擦了擦手，从窗口向身后望去，说道：“有灯光。是沿着峡湾而来的船只。要是我说的话，这些船开得太快了。外面黑漆漆的——他们可能会撞上什么东西。”

“把房子的灯光调亮，”阿布鲁尔德命令道，“我们得去欢迎这些来访者。”围绕着木头房子有一个灯火通明的花环，开始向码头散发出温暖的光芒。

三艘海轮呼啸着沿着岩石组成的海岸线，笔直地向主屋驶来。埃米抱着费伊德，平静的宽脸上泛起了不安的涟漪，她望着丈夫，想求一些安心。阿布鲁尔德对她做了一个温柔的手势，试图安抚她，尽管他自己的心里也一阵阵发凉。

他打开主屋的巨大木门，而这时，装甲船紧挨着停靠在了码头上。身着制服的哈克南士兵们走下了船，沉重的脚步声像是在开炮。当士兵们沿着陡峭的楼梯一步步走近时，阿布鲁尔德后退了一步，把武器挂在了肩上，但随时准备着开火。

阿布鲁尔德感觉到他的平静生活即将结束了。

格洛苏·拉班大踏步走到了码头上，他迈着轻快的步伐，跟在武装先头部队的后面。

“埃米，是……是他。”阿布鲁尔德不想说出儿子的名字。格洛苏·拉班和他年轻的弟弟相差足有四十多岁，而现在父母把所有的希望都寄托在这个婴儿身上了。而这个婴儿现在是无比的脆弱——阿布鲁尔德的宅邸没有丝毫防御能力。

由于一时冲动，阿布鲁尔德做出了一个愚蠢的反应，他关上了那扇沉重的门，并上了闩，而这只会激怒冲过来的那些士兵们。所以他们直接开火了，炸毁了有百年历史的街垒。阿布鲁尔德急忙往回跑去保护妻子和孩子。陈年的木头冒着浓烟被炸碎了，发出了像刽子手用斧头砍头的可怕声音。

“您就是这样欢迎我的吗，父亲？”拉班发生大笑着穿过滚滚浓烟，把木头碎屑踩在脚下。

仆人们惊慌失措地四散奔逃。鱼妇躲在煮着肉汤的大锅后面，可怜巴巴地举着她的小贝壳刀，似乎把它当做了一件武器。两个男仆则拿着长矛和鱼刀从后面的房间里出来，但阿布鲁尔德举起双手让他们冷静下来。如果他不能稳定住局面，那么哈克南士兵就会像在彩虹桥高堡那样把这些人全杀了。

“孩子，你这等行径还想让我欢迎你吗？”阿布鲁尔德指了指残破的大门，“半夜里带着全副武装的士兵和军用船闯进来？”

“我叔叔一直在教我怎样出场才最有气势。”

身穿蓝色军服的哈克南士兵们笔管条直地站着，手里端着明晃晃的武器。阿布鲁尔德茫然失措。他看了看他的妻子，但她却只是坐在熊熊燃烧的炉火旁，紧紧地抱着孩子。从她惊恐的眼神中，阿布鲁尔德知道她打算把孩子藏在屋子里的某个地方。

“那是我刚出生的弟弟费伊德－劳萨吗？这名字听起来还真小气呢，”拉班耸了耸肩说道，“但如果他是我的亲兄弟……我想我只能接受他了。”

埃米把孩子抱得更紧了，她把笔直的头发甩到肩后，尽管年事已高，她仍是一头黑发。她严厉地盯着拉班的眼睛，眼中喷射出怒火，但这怒火很快被她对儿子的爱一点点撕裂了，她离不开这孩子。“我们真心希望你们两个人有血缘关系。你不是在这间房子里学会残忍的，格洛苏。不是从我，也不是从你的父亲那里学会的。我们一直爱着你，即使你给我们带来了那么多的痛苦。”她出人意料地站了起来，向他迈了一步，而拉班却因慌乱而满脸通红，无意中后退了一步，“你是怎么变成现在这样的呢？”

他怒视她。

埃米的声音很低，好像她是在问自己，而不是问拉班：“我们对你很失望。我们到底哪里做错了？我不明白。”

她那宽阔、朴素的脸庞因为爱和怜悯而变得柔和起来，但当拉班为了掩饰自己的不安而发出残酷的笑声时，她再次冷酷起来。“哦？那我也对你们俩很失望。你们是我的父母，可你们甚至没邀请我参加我弟弟的命名仪式。”说着，拉班走上前去，“让我抱抱这孩子。”

埃米向后退去，想要保护她的儿子。拉班装出一副悲伤的表情，迈着大步向前靠过去。哈克南士兵则端起武器跟着推进。

“离你妈妈远点儿！”阿布鲁尔德喊道，想要冲过去，却被一个士兵伸出胳膊拦住了。

拉班转向他：“我不能坐视不管，任凭我自己的弟弟被你这样一个令人尴尬的懦夫所腐化，爸爸。你同父异母的兄弟，也就是我们大家族的首领，弗拉基米尔·哈克南男爵，已经提交了文件并且得到了兰兹拉德的完全批准，他将在杰第主星上自己的家里把费伊德－劳萨抚养成人。”说着，一名守卫掏出了一卷华丽的、盖着印章的萨尔提羊皮纸，扔在了阿布鲁尔德脚下。阿布鲁尔德能做的只是死盯着它。“男爵大人已经正式地、合法地收养了这个男孩，这孩子现在是他的养子了。”

看到自己亲生父母脸上惊恐的表情，拉班不禁笑了起来：“男爵当年收养了我，所以我现在是他的指定继承人，一位准男爵。而且我也和男爵一样，是个纯粹而正派的哈克南人。”说着他张开自己粗壮的双臂。旁边的士兵们一直平稳地端着枪，但埃米却又后退了好几步，“看，你们没什么好担心的。”

拉班转过头来，冲着离他最近的两名士兵点了点头，两名士兵立即端起枪来，向站在不远处、手里还拿着那把小刀的鱼妇开了火。当年拉班曾在主屋短暂地停留过一段期间，而那时这个嗓音沙哑的女人为他做过很多好吃的。可现在她还没来得及发出尖叫，激光脉冲就把她打倒在地。鱼妇手里的小刀扔出老远，身子向前一头栽进了大盆里。盆里的蛤蜊全都打翻了，腥气的水洒满了木地板。

“母亲，你到底需要我再杀多少人?”他用几乎悲哀的语气问道，用短粗的手指比画着，“你知道我不在乎多杀几个人的。现在把我弟弟交出来吧。”

埃米把目光从拉班身上转移到了那些面露惊恐的家仆身上，又移到孩子身上，最后看向了阿布鲁尔德，而阿布鲁尔德完全不敢正视她的目光。他所能做的，只是从喉咙里发出一声更像哽咽的叫喊。

尽管她没有表示任何投降的意思，拉班还是粗暴地把婴儿从她麻木的手臂中抢了过来，而她没有反抗——因为她害怕屋子里的其他人都会惨遭屠杀，就像哈克南军队屠杀彩虹桥高堡那些无辜的工人那样。

看到自己的孩子就要被带走了，埃米几乎崩溃，她轻轻吸了口气，就好像一直给予她力量的锚被切断了一样。而孩子一看到比他大得多的哥哥的那张宽阔而僵硬的脸，立马哭了起来。

“你不能这样做!”阿布鲁尔德喊着，但就是没法从武装卫兵面前挤过去，“我是这里的分区总督。我要上报给兰兹拉德。”

“你没有任何法律上的权力。我们也不想要你那个毫无意义的分区总督头衔，但当你放弃你的哈克南姓氏时，你就没资格再要求什么了，这孩子真不错，很干净。”拉班边说边伸着胳膊抱着不断挣扎的婴儿，好像不清楚该拿这个孩子怎么办似的。那些羊皮纸法律文件仍散落在地板上，没人想要捡起来，“你实际上什么也不是了，老爸。完全没人在乎了。”

他抱着婴儿，朝还在冒烟的大门走去。阿布鲁尔德和埃米彻底心碎了，大声尖叫起来，但士兵们却转过身来，用手中的武器对准了他们。

“哦，别再杀任何人了，”拉班对他们下令道，“我更喜欢在离开时听到满屋子的哭泣声。”

士兵们列队走下台阶回到码头，在那里他们登上了装甲船。阿布鲁尔德紧紧地抱着埃米，不住颤抖着，他们只能互相支撑，彼此就像两棵倒在一起的大树。两人的脸上全是泪痕，眼睛睁得大大的，呆滞无神。屋里的仆人们也都在痛苦地哀号。

拉班的军用船驶入了图拉峡湾的黑色海水之中。阿布鲁尔德大口喘着气，似乎无法呼吸。埃米在他怀里颤抖着，他试图安慰她，但自己也被彻底的无助感和崩溃裹住了。埃米死死盯着自己长满老茧的空手，仿佛她的孩子还在那里。

而在远处，尽管阿布鲁尔德知道这只是他自己的想象，但他觉得似乎能听到孩子的哭声，就在离船发出的一片轰鸣声中。

不要和你不想同生共死的人在一起。

——弗雷曼人如是说

当列特·凯恩斯从萨鲁撒·塞康达斯返回到位于沙丘南极的走私者基地时，他发现他的朋友沃里克正在那里等着他。

“看看你!”高个子弗雷曼人大笑着喊起来。沃里克掀开他的兜帽跑了过去，把隐藏峡谷里的砾石踩得嘎吱直响。他拥抱着列特，狠狠地捶打他的后背。“你现在怎么那么水肥……和干净呢，”他轻蔑地闻了闻列特，“我看不出你身上有蒸馏服的痕迹。你把整个沙漠都洗干净吗?”

“沙漠在我的血液里，永远洗不掉，”列特紧紧地抱住他的朋友，“而你……你长大了。”

“这得益于幸福的婚姻生活，我的朋友。法罗拉和我现在有了一个儿子，出于对你的尊重，我们给他取名为列特－芝，”说着他一拳打在手掌上，“我每天都不断和哈克南人作战，而你却被这些外来人弄得娇惯和软弱了。”

他们有了一个儿子。列特为自己感到一阵悲伤，但这一切都早已过去了，取而代之的是对朋友幸福生活的由衷喜悦和对这个荣誉的感激之情。

走私者没有时间说话或是开玩笑，他们在忙着把货物卸下来。而且他们看上去都很不安，闷闷不乐，这是因为多米尼克·维尔纽斯没有陪他们回到厄拉科斯。约丹和阿苏尤大声下着命令，让他们把从萨鲁撒·塞康达斯带来的材料装好。哥尼·哈莱克留在了萨鲁撒，监督着那里的走私活动。

沃里克已经在南极基地待了五天了，他和走私者吃一样的东西，然后教导他们如何在沙丘的沙漠中生存。“反正我觉得他们是永远学不会的，列特，”他哼了一声，低声说道，“不管他们在这里住多久，他们仍是外来人。”

当他们迈着大步走回主隧道时，沃里克把他的情报告诉了大家。一连两次，他都带着香料贿赂去找隆多·图克，想搞清楚他的朋友什么时候回来。而答案是很长时间以后。“是什么让你非要去塞康达斯这样的地方呢？”

“这是我不得不走的一段人生旅程，”列特回答，“我父亲是在那儿长大，也经常谈起那里。但我现在回来了，而且打算留下来。沙丘是我的家。萨鲁撒只是……只是一种有趣的消遣。”

沃里克停下来，挠了挠他的长发，这些头发被蒸馏服的兜帽裹了好几个小时，已经缠成一团一团的了。毫无疑问，法罗拉为他保留了水戒指，这是一个妻子应该做的。列特很想知道那个小精灵似的年轻女人现在是什么样子。“那么，列特，你还会回到红墙穴地——你的家吗？法罗拉和我都很想你。当初你觉得有必要和我们分开，这让我们很伤心。”

列特使劲咽了一口唾沫，承认道：“我那时太傻了。我需要独处的时间来考虑我的未来。现在很多事情都变了，我学到了很多。”他勉强笑了笑。“我想我现在更理解我的父亲了。”

沃里克睁大蓝里透蓝的眼睛：“谁会质疑乌玛凯恩斯呀？我们只要执行他的命令就行了。”

“是的，但他是我的父亲，我想要了解他。”

他们站在结了冰的岩壁高处，凝视着布满灰尘的冰帽，上面有着层层的阶地①。沃里克噘起嘴唇，不作声，却露出了愉快的表情：“如果你还记得怎么穿蒸馏服的话。”

列特哼了一声，走向他的储物柜，那里存放着他的沙漠装备。“你也许先到了鸟之洞穴，”他斜着眼睛看了一眼他的高个子朋友，“但召唤来大沙虫的人是我。”

他们向其他走私者告了别。虽然约丹和阿苏尤这两位刚强的老人已经和列特做了将近一年的伙伴，但他并不觉得和他们有多亲近。他们是军人，忠于他们的指挥官，习惯了严格的训练。他们总是没完没了地谈论过去的日子和发生在遥远世界的战争，谈论为了帝国的荣耀而与维尔纽斯伯爵并肩冲锋的光荣岁月。但是他们的激情已经变质了，现在的他们只是尽其所能去惹恼沙达姆而已……

列特和沃里克都很讨厌水商工业区里的那些污垢和沙砾，所以决定绕一段路，长途跋涉穿过南极荒原。沃里克回头看了看处在一片寒冷中的，丝毫没有痕迹的峡谷。“我觉得你还是教了他们一些东西的，甚至比我们第一次教给他们的还要多。他们的据点终于不像以前那么明显了。”

“你这么觉得？”列特高兴地说，“有一个弗雷曼人当老师，就算是他们也可以学会这些显而易见的东西。”

最后，他们到达了沙漠的边界，安置好了沙槌，召唤出一条沙虫。很快，两人就从正北进入了荒野平原，这里的沙尘、风暴和反复无常的天气模式一直阻碍着哈克南人的巡逻。

他们骑着沙虫一路碾过沙漠，终于接近了赤道地区，沃里克滔滔不绝地说着话。他似乎比以往任何时候都更快乐，脑子里也全都是故

---

①阶地，指由于地壳上升，河流下切形成的阶梯状地貌。河流下切，原先宽广的谷底突出在新河床上，形成的阶梯状地形。

事和奇闻异事。

只是一听他的朋友提起法罗拉和他们的儿子，列特仍然觉得心里隐隐钝痛，听着他们的生活，听着他们的塔巴穴地之旅，听着他们是怎么在厄拉奇恩游玩了一天，听着有一天他们忽然想去石膏盆地的示范温室看看……

他发现自己一直在做白日梦。假如当初他能召来一只更大的沙虫，或者驱赶虫子时更卖些力气，或者自己少休息一会儿，也许他就会先到达。很久以前，两个年轻人在碧岩，也就是那个纯白色的湖床边许下了同样的愿望——娶同一个女孩为妻——但只有沃里克的愿望实现了。

弗雷曼人会说，这是夏胡鲁的意志，列特不得不接受它。

晚上，他们扎好了营地，然后一起坐在沙丘顶上，把读数棒扔进沙子里。之后，又一起看着星星无声地在夜空中闪烁，享受这种寂静。今晚的沙漠对他很温柔，列特·凯恩斯几个月来都没有睡得那么安稳了……

他们走得又急又猛。两天后，列特发现渴望再次见到红墙穴地的念头变得更加强烈：他想要尽快见到自己的母亲弗丽思，想要告诉父亲他在萨鲁撒·塞康达斯上的一切所见所闻。

但那天下午，列特凝视着沙海对面地平线上一个棕黄色的污点，然后摘下蒸馏服的鼻塞，深吸一口气，结果闻到了一股臭氧的味道，他的皮肤也因空气中的静电而感到一阵刺痛。

沃里克也皱起了眉头。“会是一场大风暴，列特，而且越来越近了，”他无奈地耸了耸肩，“当然也许只是一阵海纳利风。我们应该勇敢面对它。”

列特却把自己的想法藏在了心里，不打算说出不愉快的猜疑。大声说出不详的推测不是什么吉利的事。

但那个污点距离他们越来越近，天空中的声音也越来越响，列特发现空中出现了巨大的、颜色不祥的棕色云朵，他只好说出了现在已经显而易见的结论：“不，我的朋友，这是一场科里奥利风暴。”然后板着脸闭上了嘴，回忆起多年前和父亲在气象舱里的经历，以及最近在萨鲁撒·塞康达斯遇到的极光风暴。但现在的情况要糟糕得多。

沃里克看了看他，抓住沙虫背上的一个突起呢喃道：“胡拉斯卡利·瓦喇。旷野中的恶魔之风。”

列特研究着迎面而来的云朵。云层最高处现在是一片黑暗，那是因为微小的灰尘颗粒被风吹到了很高的地方，而在离地面较近的地方，风会卷起较重的颗粒，冲刷沙地。胡拉斯卡利·瓦喇，他在心里说道，这是弗雷曼人形容所有科里奥利风暴中威力最大的一种的说法。意为吃肉的风。

他们身下的沙虫也开始变得焦躁不安，不愿继续前进。当致命的风暴接近时，不管用多少吊具和挂钩来固定它们的身体，沙虫都会想办法潜回到安全的地下。

列特扫视着随风飘动着的沙丘，它们正在像无边无际的海洋一样向四面八方扩散。面前是一片完全开放的平坦沙漠。“没有高山，就没有庇护所。”

沃里克沉默着，继续在延绵不绝的沙海中寻找着最轻微的不规则地形。“有了！”他踩着虫子的背站了起来，伸出手指比画着，“一个小沙丘。是我们唯一的机会了。”

列特眯起了双眼。狂风已经把恼人的沙尘吹到他的脸上了。他只能看见远处有一小块褐黑色的斑点，一块从沙海中探出头来的圆球状石头。“看起来不太像啊。”

“别无选择了，我的朋友。”沃里克边说边驱赶沙虫，他们得在科里奥利风暴来袭之前赶过去。

一阵飞速而来的沙砾打在了他们的脸上，吹进了眼睛。两人连忙把蒸馏服的塞子紧紧地塞进鼻孔，紧闭上嘴巴，然后把兜帽向前拉去遮住脸庞，但列特仍然觉得这些沙粒好像已经渗透进了他的皮肤毛孔中。

沙哑的风声在他耳边低语，声音越来越大，像一条巨龙在他耳边喘息。不断增加的静电场也让他感到恶心，头痛欲裂，他如果能把自己的脚牢牢地踩在沙地上，头痛才会减轻。但这是不可能的。

当他们靠近那一小块岩石时，列特的心沉了下去。因为他现在终于看清了，它不是什么岩石，只不过是被狂风冲刷出来的一小块坚硬的熔岩。还没有一个蒸馏帐篷①大，边缘粗糙，布满裂缝。当然也就不足以能同时庇护他们两人。

“沃里克，这行不通。我们必须另想办法。”

但他的同伴却转头对他说道：“我们别无他法。”

沙虫竖起身子，拼命挣扎，抗拒往沃里克驱赶它的方向走。当他们最终接近了这个不怎么样的避难所时，风暴在他们头上升了起来，就像一道巨大的褐色的墙挂在天空中。沃里克松开了钩子：“现在，列特！我们必须相信我们的脚力和技能……还有夏胡鲁。”

他松开了绳子，扯掉了钩子，纵身跳下沙虫。沙虫马上开始潜入地下，拼命地向下挖去。列特也跟着从沙虫粗糙的脊背上下来了，跳到了松软的沙地上。

科里奥利风暴带着一种干燥、嗖嗖的轰鸣声冲了过来，掠过地面，像一头愤怒的巨兽一样嚎叫着。列特再也无法区分沙漠和天空了。

他们顶着风爬上岩石。发现脚下只有一条裂缝深得可以让一个人蜷缩在里面，拉下斗篷遮住身子的话，应该能避开这场可怕的沙暴了。

---

①蒸馏帐篷是一种小型的全封闭式帐篷，由三层微循环材料制成，可以从使用者的呼吸中回收水分以供饮用。

沃里克看着裂缝，又看了看迎面而来的风暴，抬起头来说道："你快躲进去吧，我的朋友。这地方归你了。"

列特立即拒绝："不可能。你是我的血亲。而且你现在有了妻子和孩子。他们还等着你回去呢。"

沃里克盯着他，眼神冰冷而疏离："而你是乌玛凯恩斯的儿子。你的生命比我的更有价值。趁这风暴还没把我们都杀死，赶紧躲进去吧。"

"我不会让你为我牺牲的。"

"我也不会给你选择的机会。"沃里克转身就要跳下岩石，但列特一把抓住他的胳膊把他拽了回来。

"不行！你忘了在这种情况下弗雷曼人该如何选择了吗？我们得以能为部落保存水源的最佳方式为准绳！我说你的生命更有价值，是因为你有家庭。你说我更有价值只是因为我的父亲。而我们现在没时间讨论这个问题了。"

"那么神必须做出他的选择。"沃里克说。

"好吧，"列特说着从背包里掏出一根读数棒，"不管结果是什么，你都必须听它的。"沃里克皱起了眉头，而列特则使劲咽了口唾沫，又补充道："我也一样。"

两个人拿着读数棒，面对着松软的沙丘，背对着风暴，开始找角度，这样就不会受到狂风的干扰了。野兽般的风暴越来越近了，吼声也越来越大，整个世界似乎变成了一个永远黑暗的、翻滚着的宇宙。沃里克先投了出去，棒子的一端扎进了柔软的沙地。七。

当列特扔出自己的骨棒时，他清楚如果自己赢了，他的朋友就会死在这里。而如果他输了，自己就会死在这里。但他想不出别的办法了。

沃里克迈着大步跑了过去，跪在骨棒落地的地方。列特也急忙跑过去查看。他的朋友是不会作弊的，这是弗雷曼人永远不会做的事。

但他就是不相信沃里克那被沙尘刺痛的流泪的眼睛。列特的读数棒歪在地上，露出了九的标记。

“你赢了，”沃里克对他说道，“现在你必须躲进去，我的朋友。我们没有时间拖延，也没有时间争论了。”

列特眼里噙满泪水，他颤抖着，膝盖一阵发软，似乎快要绝望地倒下。“这不可能。我拒绝接受这个结果。”

“你别无选择，”沃瑞克把他推向岩石，“这就是大自然的变幻莫测。你的父亲谈论它的次数已经够多了。大自然自有它的危害性，而你和我……我们今天只是不走运。”

“我不能这么做。”列特一边哽咽，一边拼命在地上挖，想要把那条裂缝再挖宽一些，但沃里克使劲推了他一把，把他推倒在地。

“快去啊！别让我白死！”

列特颤抖着，恍惚地向岩石上的裂缝走去：“你跟我一起躲进来。我们可以一起躲进来的。我们能挤挤的。”

“没有足够空间的。你自己看。”

风暴的咆哮越来越大。尘土和沙粒像子弹一样砸向他们。尽管两人相距只有几步远，但两人只有大喊才能听到对方：“法罗拉需要你照顾，”沃里克喊道。“如果你再耽误时间，最后和我一起死在这里，那谁来照看她呢？还有我儿子？”

列特知道自己词穷了，也别无选择，他最后拥抱了朋友。然后沃里克一把将他推进了裂缝里。列特扭动着身子，拼命挣扎，试图往深处挤，希望能挤出足够的空间让沃里克至少能有一部分身子躲进来。“拿着我的斗篷！把自己盖好。多少能加强一些防护。”

“攥紧了，列特。即使是你想活下来也不那么容易。”沃里克低头看着列特，身上的披风和蒸馏服被愤怒的狂风撕扯着，“你可以这样想——我就要成为夏胡鲁的祭品了。我的牺牲也许会为你带来一些福气的。”

列特发现自己被身体两侧岩石压得动弹不得。他能闻到沙尘暴带来的大气电流，看到这些电流在迎面而来的沙尘墙上噼啪作响。这是这个沙丘世界能对他们所能施加的最大暴力，比萨鲁撒·塞康达斯或宇宙中的任何地方都残酷得多。

列特伸出手来，沃里克一句话也没说就抓住了它。列特已经能感觉到皮肤上粗糙的摩擦力了。狂风像一排细小的牙齿一样撕咬着他。他想把沃里克拉得更近些，至少让他在裂缝里躲一下，但他的朋友拒绝了。沃里克已经下定了决心，他知道自己没机会了。

狂风更加猛烈地嘶吼着，仿佛一头有着尖利爪子的巨兽，吹得列特睁不开眼，他只好试图往坚硬的岩石里钻得更深一些。

一阵飓风席卷而来，沃里克被风撕扯着，松开了手。列特试图跳起来抓住他，把他拉回来，但岩石把他挤住了，狂风也把他吹了回去。除了震撼的科里奥利力，他什么也感受不到了。尘埃蒙蔽了他的双眼。

在狂风中，他甚至都没能听见沃里克的尖叫。

在经历了几个小时地狱般的煎熬后，列特挣扎着爬了出来。他的身上全是粉状的灰尘，眼睛红红的，几乎什么也看不见，衣服也被岩石和飓风扯碎了。他觉得自己的额头像着了火一样。

列特胃里一阵翻滚，他绝望地抽泣着。在他周围，飓风过后焕然一新的沙漠显得是那么清澈而质朴。列特用他的泰玛格沙漠靴胡乱踢着，想踢飞心中所有的愤怒和悲伤。然后他转过身。

不可思议的一幕出现了，他看到远处有一个黑色的人影，就像一道沙丘上的高大剪影，一件破烂的披风在人影周围飘动着，身上的蒸馏服也被撕裂了。

列特呆住了，怀疑自己出现了幻觉，那是海市蜃楼吗？还是他朋友的鬼魂回来找他了？不，这是一个真人，一个被他抛弃了的人。

沃里克。

列特哽咽着，呼号着，踉踉跄跄地跑过粉状的沙地，身后留下一行深深的脚印。他边哭边笑，简直不敢相信自己的眼睛："沃里克!"

那个弗雷曼人却一动不动地站着。他没有转身迎接自己的朋友，只是别过脸去，面朝北方，望着家的方向。

列特不清楚沃里克是如何活下来的。科里奥利风暴会摧毁它所遇到的任何东西——但不知怎么，这个人仍然还站立着。列特又大叫了一声，跌跌撞撞地爬到沙丘顶上。他恢复了平衡，冲到自己朋友的身边，一把抓住他的胳膊："沃里克！你还活着!"

沃里克慢慢地转过身来，看向了他。

狂风和沙暴几乎刮掉了他半个身子。沃里克的脸上伤痕累累，两颊破裂，露出了里面长长的牙齿。他的眼皮也被剥去了，阳光下只留下一个圆形的一动不动的眼珠。

沃里克的手背只剩下了骨头，喉咙里的肌肉像滑车和绳索一样上下移动着，他扭动着下巴，发出了一种怪异的、含糊不清的声音。

"我活下来了，我见证了一切。但这不如让我直接死去。"

一个人若能知道自己有原罪，就能幸存下去。如果一个人不能接受自己有原罪，那么他将承受无法承受的后果。

——《彩虹桥高堡沉思录》，文本

在自己年幼的儿子被绑架后的几个月里，阿布鲁尔德·哈克南快把自己逼疯了。他变得一蹶不振，再一次切断了自己与世界的联系。所有的仆人都被他解雇了。然后他和妻子把他们最重要的东西都装进了一架扑翼机里。

最后，他们把主屋烧成了灰烬，把它承载的所有记忆都化为了灰烬和烟雾。墙壁、屋顶和支撑梁火光冲天。房屋框架像一堆火葬木柴一样嚎叫着，噼啪作响，直冲兰基维尔的黑暗天空。几十年来，这座巨大的木制建筑一直是阿布鲁尔德和埃米的家，是一个充满了快乐和温暖回忆的地方。但是他们没有回头看一眼就走开了。

他和埃米飞越了群山，最终降落在一座寂静的山间城市，一个名叫维利塔斯，意为“真理”的地方。这里更像是宗教社区的一座堡垒，建在一块遮天蔽日的巨大花岗岩之下，而这块巨岩是从高山中延伸出来的。几个世纪以来，修道士们把洞穴挖得很深，最终挖出了一个充满了隧道和私人房间的洞穴网，虔诚的信徒们可以在里面安静地思考。

而阿布鲁尔德·哈克南确实有很多东西需要思考，修道士们毫不犹豫地就接纳了他。

虽然他们不是虔诚的宗教信徒，甚至也不遵循教规，但阿布鲁尔德和埃米花了很多时间在一起静默修行。在经历了所有这些痛苦和悲伤之后，他们互相安慰，试图弄明白为什么这个世界要这样对待他们。但他们谁也没能找到答案。

阿布鲁尔德相信他有一颗善良的心，他本质上是个好人。他试图把每件事都做好。然而不知怎么的，他发现自己总会陷入了恶魔的深渊。

一天，他坐在他那四面都是石墙的房间里，身边点着烛台，烛光暗淡，摇曳不定，屋里弥漫着一股芳香的烟雾。隐藏在岩石壁龛中的辅助加热器一直开着，屋里很暖和。他只穿了一件宽松朴素的衣服，身子蜷缩成一团，不是在祈祷，而是在沉思。

埃米跪在他身边，双手抚在他束腰外衣的袖子上。她最近一直在写诗，写那种经文里的结构化诗句，但遣词造句总是太过尖锐，充满了痛苦，阿布鲁尔德每次读都会泪流满面。于是她把羊皮纸和书法笔放在了一边，最终也没有写完。

现在，两人都盯着眼前烛光摇曳的蜡烛。在维利塔斯的某个地方，僧侣们似乎正在唱圣歌，他们的歌声穿过岩石传了过来。软绵绵的低沉歌声令人昏昏欲睡。

阿布鲁尔德想起了自己的父亲，他长得很像他的父亲，都有着长长的头发、肌肉发达的脖子和瘦削的身体。迪米特里·哈克南男爵也总是喜欢穿宽松的衣服，觉得这样可以让自己显得比实际上更加气派。他是一个强硬的人，愿意做出困难的决定，只要能增加他的家庭财富就行。他几乎每天都在想办法为哈克南家族赚钱，然后提高家族在兰兹拉德里的地位。就是他接受了厄拉科斯星球总督的封号，从而最终提高了哈克南在贵族家族中的地位。

在科林战役之后的几千年里，哈克南家族的残暴行为让整个家族臭名昭著——但迪米特里却没有他的大多数前任那么暴虐。这要归功于他的第二任妻子达芙妮，她一直在感化他。在迪米特里的晚年，他好像变了一个人似的，每天都兴高采烈地笑着，以表达他对新婚妻子的爱，并和他最小的儿子共度了一段美好的时光。他甚至对严重发育迟缓的马洛廷也体贴有加，要是放在以前，哈克南家族甚至可能会以仁慈的名义处死这个婴儿。

不幸的是，迪米特里越温情，他的大儿子弗拉基米尔就越残酷，好像是对他父亲的报复。而弗拉基米尔的母亲维多利亚一直在向儿子灌输权力欲。

我们是如此的不同。

现在，阿布鲁尔德在石屋中专心地冥想着，专注于蜡烛火焰那微妙的、不断变化着的颜色，他并不后悔自己没有跟随他同父异母兄弟的脚步。他既无心，也无意去做那些男爵喜欢干的事。

阿布鲁尔德一边听着远处僧侣的歌声，一边思考着自己的家谱。他一直不明白父亲为什么给他取名叫*阿布鲁尔德*，这个名字在芭特勒圣战之后就被钉上了耻辱柱。因为原来的阿布鲁尔德·哈克南在科林战役后就因怯战而被放逐，永远抬不起头来。

那是人类彻底打败思维机器的一役。在赫雷斯吉尔这座充满传奇色彩的桥上，那位同名的阿布鲁尔德在人类最后的阵地上做的事情，最终引来了所有人对他的谴责。而他所做的事也让哈克南家族和厄崔迪家族间出现了第一道裂痕，最终演变成了持续千年的血海深仇。但其中的细节到现在也搞不清楚，证据也不存在了。

我父亲到底知道些什么？在科林战役中，那个阿布鲁尔德到底做了什么？他在桥上做了什么决定？

也许迪米特里不觉得他做了一件可耻的事。也许获胜的厄崔迪人只是改写了历史，杜撰出了一个流传多个世纪的故事，以抹黑哈克南家族的名声。自从大骚乱[1]以来，人们口中的神话就像覆盖在历史上的藤壶，模糊了真相本身。

阿布鲁尔德咳嗽了一声，深吸了一口气，轻嗅着小小房间里弥漫着的熏香味道。

埃米察觉到了丈夫的不安，于是抚摸他的后颈。她对他苦笑了一下。“我们需要一些时间，”她说，“但我觉得在这个神圣的地方，我们多少会找到一些内心的平静。”

阿布鲁尔德点点头，用力咽下了心中苦涩。

他紧握着埃米的手，把她的手放到自己的唇边，亲吻她饱经风霜的皮肤。“他们能拿走我的财富和权力，能夺走我的两个儿子，但亲爱的……我还有你。你比帝国里所有的珍宝都更宝贵。”他闭上了淡蓝色的眼睛，“我只是希望我们能做些什么来弥补兰基维尔，弥补所有那些因为我而遭受这么多痛苦的人民。”

极度痛苦的阿布鲁尔德使劲咬着嘴唇，眼睛里闪烁着点点泪光，但却无法遮挡住眼前浮现出的景象：在码头的尽头，满身鲸鱼血的格洛苏·拉班站在聚光灯下对他眨着眼睛……拉班的军队在彩虹桥高堡肆虐……奥尼尔·劳萨－拉班被士兵们扔下悬崖之前，脸上露出的诧异表情……还有那个可怜的鱼妇——阿布鲁尔德，仿佛现在还能闻到她皮肉烧焦的味道，听到鱼盆打翻的声音，看到洒满硬木地板的水。还有婴儿的哭声……

生活曾经是那么美好和平静，但他为何感觉早已沧海桑田了呢？他已经有多少年没有和渔民一起进行一次友好的捕鲸了，他还依稀记得当年他们一起捕获了一条白化病鲸鱼……

然后他就忽然想起了那座人造冰山，以及隐藏在北极的大量非法香料储备。这些哈克南家族的宝藏比人们能想象到的任何财富都要值

---

①大骚乱指的是芭特勒圣战。

钱。那些东西被人放在了阿布鲁尔德眼皮底下，而这无疑就是他同父异母的兄弟干的。

现在，他的思绪又回到了这间石墙环绕的房间里，阿布鲁尔德迅速起身，微笑起来，他简直不能抑制他发自内心的那种纯粹的喜悦。他笑着看向妻子，而她则完全无法理解他为何如此兴奋。

“我知道我们该怎么办了，埃米!”他拍着手说道，为即将发生的事激动不已。他终于找到方法来补偿那些辛勤工作的人民了，毕竟是他的家人给他们造成了极大的伤害。

阿布鲁尔德找来了一群僧侣、鲸鱼皮毛渔民和自己以前的家仆，登上了一艘没有提交行程计划、也没有发送定位信号的载货冰船，开始进行一次冒险。他们在结冰的水面上游弋，听着巨型冰川互相撞击，发出炮弹一般的声音。

空气中微小的冰晶形成了雾气，穿过夜空，飘过水面，分散了船只探照灯发出的灯光，船只继续前进，寻找人造冰山附近的锚地。他们使用了测深仪和扫描仪在水中搜索，绘制出冰川的轮廓图。毕竟他们清楚自己要找的是什么，所以找到这些假冰川便不是件难事了。

在太阳升起前的几个小时里，大家终于找到了那座看起来非常像是冰山的聚合物雕塑。对眼前的景象感到惊奇不已的工人、捕鲸者和僧侣们像真正的非法侵入者一样蹑手蹑脚地走进了延伸到水下的走廊。里面存放着的便是珍贵的香料美琅脂，而且多年未动，都是从厄拉科斯偷偷地搬来藏在这里的。从皇帝手心里偷来的宝藏。

在自己长期统治的早期，皇帝埃尔鲁德九世就制定了严厉的限制措施来对付这种非法储存香料的行为。如果这些储藏被皇帝发现了，男爵必将受到惩罚，要么被课以巨额罚款，弄不好还会失去他在宇联商会的位置，或者干脆被没收厄拉科斯的准封地。

在最绝望的时刻，阿布鲁尔德曾考虑过去勒索他那同父异母的兄弟，以上报这个非法香料储备点为威胁，要求归还他的儿子。不再是哈克南家族一员的阿布鲁尔德已经没有什么可失去的了。但他清楚从长远来看这么做是行不通的。不，现在他们做的事才是唯一能了结这事的好办法，才能从噩梦中挽救一些美好的东西。

借助浮空托盘和消防线路，蹑手蹑脚的船员们花了好几个小时的时间往他们的货船装美琅脂，一直到连上层甲板都堆满了为止。尽管蒙上了耻辱，但阿布鲁尔德仍保留了他分区总督的头衔。他打算给以前认识的老朋友们发一些试探性的信件。最终他会找到走私者和商人帮他处理这些库存。当然这需要花上几个月的时间，但阿布鲁尔德打算把这些美琅脂都换成宇宙索，然后按照自己认为合适的方式进行分配。造福他的人民。

他和埃米曾考虑过为兰基维尔建立一个军事防御系统，但最终放弃了这个想法。他们意识到，即使有了这笔资金，他们也不可能造出有能力对抗哈克南家族联合力量的东西来。不，他们现在有一个更好的主意。

当前几天他和埃米坐在温暖而又封闭的修道院里时，他们制订了一个周密的计划。分配如此巨大的财富将是一项艰巨的任务，但阿布鲁尔德有他信任的助手，他知道他会成功的。

卖香料所得的资金将通过城市和村庄，分发到数百个山区要塞和渔村。人们会用这些钱重建寺庙。他们也会用这笔钱升级旧的鲸鱼皮毛加工设备，拓宽街道和码头。而每个当地的渔民都会得到一艘新船。

这笔钱将被分成数千份分发出去，而且将完全无法收回。这批香料储备将切实提高这个星球上的穷人——他的人民——的生活水平，让他们得到在长期的困苦中想都不敢想的优越生活。

即使当男爵发现了自己同父异母的兄弟所干的好事，他也永远无法收回这笔不义之财了。因为那就像试图用一根小吸管吸回整个大海的水……

当破冰船返回到遍布着岩石的峡湾村庄时，阿布鲁尔德站在船头，对着寒冷的雾气微笑起来，因期待而不住颤抖。他知道这一晚的努力能给他带来多大的好处。

多年来第一次，阿布鲁尔德·哈克南对自己感到深深的自豪。

有能力去学习是一种天赋；

学习能力是一种技能；

而学习的意愿是一种选择。

——吉奈斯的雷贝克

今天，剑术大师学员们的生死将要取决于他们所学的知识。

传奇人物莫德·库尔站在各种各样的武器面前，低声与初级训练大师哲武交谈着。由于那天早上下了一阵小雨，试炼场地变得潮湿而光滑。而天空上的云朵还没有完全消散。

很快我就会成为一名合格的剑术大师了，无论是在身体上还是在精神上，邓肯在心中默念道。

那些过关的——或者说幸存下来的学员？——仍将在这个学期里面临一系列密集的口头考试，内容涉及他们所学习的战斗学科的历史和哲学。然后，胜利者会回到行政主岛，瞻仰乔-诺莱的神圣遗骸，然后就可以回家。

以一名剑术大师的身份。

“一只胳膊要像老虎，另一只胳膊要像一条龙。”莫德·库尔大喊着。自从邓肯上次在那个贫瘠的火山岛上见到他以来，他银白色的头发又长了整整十厘米。“伟大的武士会找到克服任何障碍的方法。只有真正伟大的武士才能在死亡走廊中幸存下来。”

最初的一百五十名学员，现在只剩下五十一人了——而每一次失败都给邓肯上了一课。现在，他和希·雷瑟，这两位最优秀的学员肩并肩站在了一起，他们多年来一直如此。

“死亡走廊?”雷瑟左耳的上半部分在一次持刀作战演习中被砍掉了，但他觉得这道伤疤让自己看起来像个身经百战的老兵，所以这个红头发男人决定不做任何整容手术来修复它。

“这也太夸张了吧。”邓肯说。

“你真觉得夸张?”

邓肯平静地深吸了一口气，注视着手里老公爵的宝剑。剑柄上的嵌绳图案在阳光下闪闪放光。*真是骄傲的宝刀*。他发誓自己的表现一定要配得上这把剑，而且很荣幸能自己拥有了这把剑。

“八年了，现在放弃已经来不及了。”他这么说道。

整个场地都被屏蔽场护栏围了起来，把集合在一起的学员们隔绝在外。他们的目标是在这场障碍赛中生存下来并到达终点，他们将必须面对刺客机器人、索利多①幻象、诡雷等等障碍。这将是他们最后一次实战测试。

“都过来，自己选武器吧。”哲武喊道。

邓肯把两把短匕首和老公爵的宝剑一起别在腰带上。他又举起一根沉重的钉头锤看了看，最后放了回去，换成了一根很长的矛。

哲武甩了甩他的深色脏辫，走上前来。他的声音虽然很生硬，却透出了一丝怜悯：“你们中的一些人可能觉得这个最后的考验很残酷，比任何真正的战斗都要危险。但战士必须在炽热的熔炉中接受真刀真枪的磨练才行。”

等待着比赛开始，邓肯想起了格洛苏·拉班，他用极其残忍的手

---

①索利多是一种特殊三维投影仪投出的三维影像，该投影仪使用的志贺藤胶卷可以记录影像的三百六十度信息。伊克斯的三维投影仪公认是最佳的。

段在杰第主星上玩着真人狩猎游戏。只有像哈克南人这种真正的怪物，才会设计出比哲武见识过的还要残忍百倍的暴行。他深吸了一口气，试图阻止这种略带自我挫败的恐惧感，转为想象自己最终会在这场试炼中幸存下来。

“当吉纳斯把一个剑术大师送到一个贵族家庭时，”老莫德·库尔继续说道，“那个家族的生命、安全和财产都将依赖于他。既然你们打算承担这个重任，那么任何试炼对你们来说都不是难题。你们中的一些人今天会死在这里。别不相信这一点。但我们只负责锻造帝国中最好的战士。谁也不能回头了。”

大门打开。侍从们挨个大声念着名单上的名字，有几个学员走了进去，消失在前面的实心路障后。雷瑟是最早被点名的人之一。

“祝你好运。”雷瑟说道。他对着邓肯行了个半握手帝国礼，然后就被叫了进去。他头也不回地径直走进了那道不祥的大门。

八年的严格训练在这一刻达到了顶峰。

邓肯排在其他强壮的学生后面等待着，有些人已经因紧张而汗流浃背，有些人则虚张声势地大吵大闹。越来越多的学员已经通过了大门，他觉得一阵恶心。

“邓肯·艾达荷！”一个侍从终于喊出了他的名字。邓肯往门内看去，正好看到前一个学生在闪避自四面八方的攻击。那个年轻人转动身体，踉踉跄跄地闪转腾挪，然后消失在一片障碍物和嘈杂声中。

“快点，快点。这又不难，”身材魁梧的侍从咆哮起来，“我们今天已经出了几个幸存者了。”

邓肯默默祈祷了一句，然后朝着未知的前途跑去。大门在他身后猛然关闭，发出不祥的巨响声。

他专注于自己正在做的事，让思维进入一种快速反应的神游状态，这时许多模糊的声音忽然出现在他的脑海里：那是保卢斯·厄崔迪的声音在对他说话，告诉他只要下定决心，就能完成任何壮举；那是雷托公爵在劝告他要永远要站在道德的制高点，永远不要失去同情心；那是杜菲·哈瓦特在告诉他要紧盯身体周围一个完整的半球周长内的所有点。

走廊两边隐约出现了两个战斗机器人，它们的眼睛在闪闪发光，紧盯着他的一举一动。邓肯冲过去，又忽然停下，做了个假动作，最后俯身滚了过去。

紧盯所有点。邓肯将长矛向后一挥，随后便听到了击中金属的声音，他的长矛正好挡开了战斗机器人的武器——一把投掷长矛。*完美的周长*。他小心翼翼地踮起脚掌向前跳跃，保持着平衡，随时准备向任何方向飞奔。

剑术学校各位导师们也开始浮现在他的脑海中了：有头发蓬乱的莫德·库尔，有长着一张蜥蜴脸的哲武，有肥头大耳的迪纳里，有自负的惠特莫尔·布鲁德，甚至还有严厉的监狱岛看守杰莫·里德。

他的太极师父是一位年轻迷人的女子，她的身体柔韧得好像里面全是肌腱。她用柔中带刚的声音告诉他：“预见无法预见的。”这句话很简单，但却饱含智慧。

这些战斗机器的各种反应动作是由眼睛传感器触发的，可以跟踪对手快速或谨慎的动作。但是，按照芭特勒的戒律，战斗机器人不可能像邓肯那样思考。邓肯用长矛的金属尖扎进了其中一个机器人，然后转身对另一个机器人做了同样的动作。最后他以体操般的华丽动作转身闪开，戳向他的刺刀擦身而过。

他蹑手蹑脚地继续前行，光着脚仔细探查着木板路，寻找压力垫。地板上全是鲜血。在比武场地的另一边，他看到了一具血肉模糊的尸体，他没时间去辨认那是谁了。

邓肯继续闯关，他先是把匕首当飞刀扔了出去，打碎了战斗机器人的玻璃眼睛，让它们致盲。然后再用力将它们一一踢倒。这些机器人中其实有四个只是全息投影，他通过观察光线和反射的细微差别发现了它们，这是杜菲·哈瓦特教过他的一个技巧。

其中一个岛上的导师只是一个有着娃娃脸和杀手本能的小男孩……但他却是一位忍者武士，专门传授暗杀和破坏的隐秘手段，以及在最轻微的阴影中潜行和在绝对寂静中攻击的最高等级技能。这位忍者曾对他说过：“有时候，通过看不见的触摸，可以做出最引人注目的壮举。”

邓肯结合八年训练所学，寻找着不同学科之间，也就是技巧上的相似之处——和不同之处。有些技巧显然对他当时所面临的情况很有用，他的大脑迅速将它们分类，为每个挑战选择合适的应对方法。

当他战胜了最后一个致命机器人时，他的心脏紧张得都快要从胸腔里跳出来了。邓肯顺着赛道下了山坡，来到了崎岖不平的海岸边，整个比武赛道仍然被屏蔽场护栏围着。发着红光的浮空器引导他穿过了一个由间歇泉和火山温泉组成的、不断泛出泡沫的蓝白色水潭，但碧蓝的大海一直在用波浪拍打着碗状岩石的边缘，让水潭的温度不至于滚烫。

邓肯跳进水潭里，慢慢向水下的熔岩通道游去，那里的矿泉正汩汩地冒着气泡。不多时他从热水中浮了出现，出现在了另一个冒着热气的温泉里，大口呼吸空气。

邓肯像野兽一样战斗着——直到他意识到他的目标只是活着穿过这条死亡走廊，而不是消灭所有的对手。于是他挡住敌人的踢腿，击退了机器人，然后摆脱掉敌人，沿着小路冲向丛林高地和下一个场地……

在一个很深的峡谷上悬着一座狭窄的绳索桥，这对学员的平衡感是一个极大的挑战，但邓肯很清楚这次比武越往后会越难。在绳索桥的正中央一群全息投影野兽出现了，准备好攻击他。邓肯挥舞着长矛刺向它们，然后又用已经僵硬的双手打出了一套组合拳。

邓肯没有丝毫退缩。一个学院最大的敌人是他自己的思想。他喘息着，集中注意力。真正的挑战在于控制自己的恐惧感。我永远不能忘记，它们并不是真实存在的野兽，不管它们的打击感觉多么以假乱真。

他必须运用自己所学到的每一项技能，整合各种不同的技术，然后生存下来，就像一场真正的战斗一样。吉奈斯学校传授的只是技巧，但现实中没有两种战斗情况是完全相同的。一个战士最强大的武器是精神和身体的敏捷性，加上适应性。

他全神贯注地寻找能直接穿过峡谷的方法，一步一步地稳扎稳打。最终他用手中的长矛击退了虚幻的对手，到达了绳索桥的另一端。这时邓肯才发现自己早已汗流浃背，筋疲力尽，随时都可能从桥上摔下去。

但他继续前进。直到最后。

穿过一个很短的、四周全都是岩石的峡谷——这是一个伏击的绝佳地点——他继续沿着一条铺着木板的小路向前狂奔，不时用光脚有节奏地跺着木板。他很快就看到了陷坑和活板门。随后便是一声枪响，他立即卧倒，做了个翻滚然后又跳了起来。之间一支长矛径直朝他飞来，但邓肯用他的长矛作为杠杆，跳过了障碍，在空中旋转的身体都变得模糊了。

在他落地之后，一道微光掠过他的脸。他马上以闪电般的速度把长矛挡在眼前，树林里顿时传来了两次突然而尖锐的撞击声。一对微型飞翔机器人被他的长矛弹飞，嵌在了木板里，它们看上去就像是两个自带动力的箭头。

他发现木板地上洒满了更多的鲜血，地上还有一具被砍翻的尸体。虽然他不应该在这时去缅怀倒下的战友，但他还是为失去一个熬过了那么多艰苦训练的优秀学生而感到遗憾……他几乎就要成功了，却倒在了最后一个挑战里。就差那么一点。

偶尔，他会隔着噼啪作响的屏蔽场护栏外瞥见吉奈斯学员的观察者，他们好像一直跟在自己的后面，陪同着的还有其他剑术大师，其中许多人的面孔他都很熟悉。邓肯不敢去想他的同学们现在怎么样了。他也不清楚希·雷瑟是否还活着。

到目前为止，他只用过那几把匕首和那支长矛，并没有拿出老公爵的长剑，那把宝剑还别在他的腰间。这让他感到很踏实，就好像保卢斯·厄崔迪的英灵在一直陪伴着他，低声给着他建议似的。

“任何像你这样有种的年轻人都应该成为我家族的一员！”老公爵有一次这样对他说道。

他身后的路已经被倒地的机器人堵死了，两边也都被护栏挡住了，邓肯面临着最后的障碍——一个巨大的坩埚，里面烧着油，挡在了道路中间，两边就是屏蔽场护栏。这就是死亡走廊的尽头了。

邓肯被辛辣的烟雾呛得一个劲咳嗽，他连忙用袖子遮住了嘴和鼻子，但眼前却什么都看不清。他拼命眨着眼睛，透过不断涌出的眼泪，打量着被埋在地下的大坩埚，它看上去像一个恶鬼的大嘴。一圈狭窄的轮辋环绕着大坩埚，被溅出的油弄得十分滑腻，空气中充满了有毒气体。

这是最后的障碍。邓肯无论如何都得闯过去。

在他身后，地面上忽然竖立起一扇高大的金属门，把他的退路封死了。而大门上布满了志贺藤，根本无法攀登。

反正我也没打算回去。

“孩子，千万不要与你的直觉争辩。”保卢斯·厄崔迪曾这样告诫过他。当年就是基于自己的直觉，老公爵才把他这个年轻的难民带到了自己家里，尽管他知道邓肯来自哈克南家族。

邓肯在想自己能否跳过坩埚，但透过闪烁的火焰和缭绕的烟雾，他看不见坩埚的另一面。如果坩埚不是圆形，而是扭曲的，为的就是欺骗学员，那该怎么办？局中局。

又或者说这个大锅只是一个全息投影？但他确实感受到了热浪，

也因烟雾而咳嗽。于是他把长矛掷了出去，结果长矛打在金属板上发出叮当一声响。

忽然他听到身后传来了沉重的齿轮声和金属板的隆隆声，他连忙转过身来，看到那扇巨大的金属门正向他滑来。如果他再不采取行动，这道金属隔墙就会把他推进坩埚里。

他不由分说地拔出老公爵的宝剑，在空中挥了一挥。这武器似乎毫无用处。*快想！*

预见无法预见的。

他看向右边闪烁着屏蔽场微光的护栏。想起自己在卡拉丹和杜菲·哈瓦特一起进行的屏蔽场格斗训练。*较慢的剑刃能穿透屏蔽场，但必须以适当的速度出手，既不能太快也不能太慢。*

他把公爵的宝剑举在空中试着挥了几下。他能穿透这些闪烁的护栏，然后跳过去吗？如果缓慢的剑刃能穿透屏蔽场，这说明屏蔽场的能量是可以移动，改变，转移的。那他就可以用锋利的剑尖扭曲力场，刺穿一个口子。但就算屏蔽场被剑刺穿了，这种破坏状态能持续多久呢？在屏蔽场再次合拢之前，自己能及时顺着这个临时的洞口钻过去吗？

在他身后，那扇布满志贺藤的大门慢慢靠近了，不断把他推向燃烧着的坩埚。但他不会任凭自己被推进去的。

邓肯决定把自己的想法付诸实践。毕竟他的选择有限。他走到闪光的屏蔽场护栏前停了下来，他闻到了臭氧的气味，感觉到一股能量在他皮肤上跳动，发出轻微的噼啪声。他试着回忆他母亲在拉班杀死她之前念给他听的一段祷文。但他却只能回忆起一些毫不连贯的片段。

邓肯紧握着老公爵的重剑靠近了护栏，像刺入一堵水墙那样把剑刺了进去，然后把剑尖往上一挑，感受着屏蔽场激起的涟漪。这不禁让他想起了给鱼开膛破肚时的场景。

接着，他顺着剑尖向前冲去，穿过力场，在一阵晕眩中落在坚硬的黑色熔岩地面上。他打了个滚，站了起来，手里还握着宝剑，如果有人向他提出挑战，他也做好了决斗的准备。一切都发生在电光火石之间，他现在已经逃出了大坩埚和移动的大门组成的陷阱，彻底安全了。

“太好了！我们又多了一个幸存者。”暂时放下自己监狱岛职责的一头卷发的杰莫·里德冲了上来，像熊一样拥抱起邓肯。

剑术大师莫德·库尔和哲武紧随其后，脸上都带着罕见的喜悦表情。邓肯从没见过他们俩这么高兴。

“这是唯一的出路吗？”邓肯问道，一边看着剑术大师莫德·库尔，一边努力喘着粗气。

那个老人发出震耳欲聋的笑声：“你找到二十二条出路中的一条，艾达荷。”

另一个声音加入了进来：“你还想回去找找其他的路吗？”说话的是希·雷瑟，正咧着嘴对他笑。邓肯把老公爵的剑插进了剑鞘，上去狠狠拍了拍朋友的后背。

如何定义魁萨茨·哈德拉克？他无处不在，是唯一能够真正成为最伟大人类的男人，他能将阴阳两性之力融合在一起。

——贝尼·杰瑟里特《阿扎之书》

在皇宫下，四周纵横交错的水道和与其相连的中央泳池里，两名身穿黑色封闭衣的女子正在游泳。其中年轻的在后面缓慢地划着水，以便在年长的那个摇摇晃晃的时候好随时协助她。她们身上的封闭衣一样温暖，在适度覆盖了胸部、腹部和大腿的同时提供了灵活性。

尽管一些贝尼·杰瑟里特女巫经常会穿一些普通人的衣服，甚至在像皇家舞会和庆典这样的特殊场合也会穿上精致的礼服，但她们长久以来被教导每天都得把自己身体遮盖起来。这种习俗可以助长贝尼·杰瑟里特的神秘感。

“我觉得……身子……动不了了。”洛比亚气喘吁吁地说道。阿妮鲁尔正带她下到七个中央水池中最大的那个池子去，这个池子就像一个散发浴盐和药草香味的蒸汽绿洲。不是很久的以前，真言师洛比亚的敏捷性还能轻而易举地胜过阿妮鲁尔，但是现在，她已经超过一百七十岁了，健康状况可谓每况愈下。温暖的水滴从拱形的石头天花板上滴落下来，好像下着一场热带雨。

“您做得已经很好了，圣母。”阿妮鲁尔拉着老妇人的手臂，扶她上了一段石阶。

“永远不要对一个真言师撒谎。”洛比亚笑着说。她的黄眼珠仍闪烁着光芒，但嘴里却大口喘着粗气，“尤其还是皇帝陛下的真言师。”

“那皇帝的妻子理应得到一些宽大处理吧？”

老太太咯咯笑了起来。

阿妮鲁尔帮她坐到了一把花朵形状的椅子上，递给她一条毛绒毛巾。洛比亚躺了下来，把毛巾盖好，按下一个按钮启动了椅子上的皮肤按摩装置。当静电场开始冲击她的肌肉和神经末梢时，她这才叹了口气。

“接替我的人已经选好了，”洛比亚在椅子的嗡嗡声中昏昏欲睡地说道，“我也知道候选人都是谁了。能回到圣母学校是件好事，尽管我曾一度怀疑自己再也见不到它了。凯坦星的气候确实完美，但我仍怀念着瓦拉赫九号星的寒冷和潮湿。很奇怪吧，你说呢？”

阿妮鲁尔坐在椅子的边缘位置上，凝视着真言师苍老的脸庞，聆听着自己内心深处其他记忆传来的低语。作为秘密的魁萨茨之母，阿妮鲁尔一直和脑海中那清晰而严厉的其他记忆共存着。贝尼·杰瑟里特漫长历史道路上的所有姐妹都在和她说话，告诉着她就连最资深的姐妹也不知道的事。洛比亚虽然年事已高，但对历史的了解其实不如阿妮鲁尔。

*我的智慧远超我的年龄。*这不是一种傲慢，而是她所承受的沉重历史所带来的一种感觉。

“圣母，没有您在身边，皇帝该怎么办呢？他一直都是依靠您来判断谁在说谎，谁在说实话。从任何历史的角度来看，您都不是一个普通的真言师。”

不过她身旁的洛比亚在经过一轮又一轮的按摩后，已经沉沉睡去了。

阿妮鲁尔这才放松了下来，不由得思考起姐妹会内部的各种机密以及信息等级的严格划分来。此刻在她旁边打着瞌睡的真言师是帝国中最有权势的女性之一，但就连洛比亚也不知道阿妮鲁尔真正的责任是什么——事实上，她自己对魁萨茨·哈德拉克计划也知之甚少。

在地下游泳池的另一边，阿妮鲁尔发现她的丈夫沙达姆从蒸汽房出来了，身上湿淋淋的，也裹着一条绒毛巾。在蒸汽房的大门关闭之前，她一眼瞥见了他的同伴，两个赤裸的后宫侍妾。在她看来，这些女人长得都差不多，尽管她拥有贝尼·杰瑟里特的辨识力。

沙达姆对阿妮鲁尔没有太多欲望了，尽管她完全知道该用什么技巧取悦皇帝。在大圣母的命令下，她最近给他生了第四个女儿约西法。但他对每个女儿都变得更加愤怒，现在的他眼中只有那些侍妾，不再搭理她。意识到沙达姆曾长期生活在埃尔鲁德的阴影之下，阿妮鲁尔觉得自己的丈夫和这么多的妃子上床会不会是因为他想和他父亲的鬼魂竞争。他在记数吗？

当皇帝精神焕发地从蒸汽房走向一个冰冷的水池时，他把后背给了自己的妻子，然后一猛子扎进水里，溅起点点水花。随后他浮出水面，高效地顺着水道向前游去。他喜欢在宫殿周围游泳，一天至少要游十次。

她希望沙达姆能像重视自己的娱乐活动一样重视帝国事务。偶尔，阿妮鲁尔会用很巧妙的方法偷偷测试他，结果发现他对周围家族联盟和阴谋活动的了解比她自己还要少。他在情报方面有着严重的缺漏。但沙达姆一直在提升自己在萨多卡军团里的军阶，他总觉得自己的军衔还不够高，虽然对到底要升到多高没有什么计划吧。他喜欢把自己打扮成一名士兵，甚至总是穿着军装——但他没有那种天分，没有那种军事眼光，也没有将那些被他当做玩具的士兵们有效地部署在宇宙各地的才能。

阿妮鲁尔忽然听到了一声尖利的叫声，发现泳池上方的石梁上出现了一道小小的黑色影子。她看到了一双拍动着的翅膀，原来是一只密波[1]蝙蝠带着瓦拉赫九号星的信息来了，蝙蝠很快便冲着她俯冲而来。这只小动物是被人带到凯坦并被释放出来的，然后在这里找到了阿妮鲁尔。苍老的洛比亚仍旧一动不动的，阿妮鲁尔知道沙达姆至少要半个小时后才会回来。她现在是独自一人。

魁萨茨圣母调整了自己的声带，配合蝙蝠的叫声。它俯冲下来，落在她潮湿冲上的手掌上。她盯着蝙蝠全是尖牙的丑陋嘴部，还有它像黑色小珍珠一样的眼睛。阿妮鲁尔集中注意力，嘴里发出吱吱声，而蝙蝠则以一种断断续续的跳跃音作为回应，这是加在这只啮齿动物神经系统中编码的密集信号。

聆听着蝙蝠传来的信息，阿妮鲁尔放松了下来，毕竟就连真言师洛比亚都不知道密码。蝙蝠发出的高频音在别人听起来只是一连串的咔嚓声和爆裂声，而她则可以对这些声音进行翻译和分类。

这是一份来自哈里什卡大圣母的报告，更新了历经九十代人精心策划的育种计划的最新进展。杰西卡是盖乌斯·海伦·莫希阿姆圣母和弗拉基米尔·哈克南男爵的秘密女儿，但她未能完成她的神圣使命——生下一个女儿。她是故意拒绝，有意拖延吗？莫希阿姆曾说过，这个年轻女孩精力充沛、忠诚，但偶尔也会有些固执。

阿妮鲁尔原本希望杰西卡能很快怀上一个女儿——这个倒数第二代的女孩将会是最终武器的母亲。然而过了这么久，并且杰西卡已经和雷托·厄崔迪公爵发生了关系，但她却仍然没有怀孕。她是故意的吗？这位漂亮的年轻女子被证明拥有很强的生育能力，而且她是一个善于引诱男人的女人，更何况雷托·厄崔迪公爵已经生了一个儿子。

她怎么花了这么长的时间？

这不是好消息。如果期待已久的哈克南与厄崔迪的女儿不能很快

---

①密波是一种装置，用在翼手目或鸟类神经系统上加载短暂的神经印记。当携带者啼叫时，这种印记可以通过另一台密波装置解读出来。

出生，大圣母就会把杰西卡召回瓦拉赫九号星并找出原因。

阿妮鲁尔考虑过放飞蝙蝠，但最后还是决定不冒险。她攥紧手，猛地折断了这只动物脆弱的脖子，然后把这具带翅膀的尸体扔到了水池后面的一个回收器里。

然后阿妮鲁尔留下洛比亚在她的按摩椅上继续睡觉，自己匆匆回到楼上，进入了宫殿。

你在我的肉体上刻下伤痕，并用盐书写它！

——弗雷曼挽歌

尽管列特·凯恩斯除了弗雷曼工具包里的一个简单的急救包之外没有其他药物，但沃里克还是活了下来。

列特心里充满了悲伤和内疚，几乎睁不开眼，他把自己濒死的兄弟绑在沙虫的背上。在返回穴地的漫长旅途中，列特把自己的水给他喝，还尽最大努力修复了沃里克破损的蒸馏服。

在红墙穴地，哀号和哭泣声不绝于耳。法罗拉在治疗草药方面很有技巧，而她也从未离开过丈夫半步。沃里克昏迷不醒地躺在那里，仅剩一线生机，她不合眼地照顾着他。

尽管沃里克的脸上缠满了绷带，但他的皮肤永远无法再生了。列特曾听说，贝尼·特莱拉的基因巫师可以创造出新的眼睛、新的四肢和新的肉体，但弗雷曼人永远不会接受这样的魔法，即使这样做可以拯救自己人。在沃里克房间门口挂的帘子上，穴地的长老们和惊恐的孩子们画上了守护符，好像这样做可以驱逐某种恶魔似的。

海纳尔，那个独眼的天真老头，也来看望自己毁容的女婿了。法罗拉跪在丈夫的床旁，看上去非常伤心，她那精灵般小小的脸总是说笑就笑，就算是呛人也总能把人逗开心，可现在也布满了阴云。而她那双热情似火、对万物都充满好奇的眼睛现在睁得大大的，眼神中全是无助。虽然沃里克还没有死，但她却戴上了一条黄色的产子头巾①，这种颜色象征着哀悼。

既骄傲又悲伤的耐布召集了一个穴地长老会议，列特·凯恩斯在会议上把事情的经过讲述给了面前这些表情严峻的人，并宣读了沃里克的遗嘱，以便全体弗雷曼人都能够理解和尊重沃里克所做出的巨大牺牲。这个年轻人本应被视为英雄。应该有诗歌和赞歌来称颂他才对。但沃里克却犯了一个严重的错误。

他没有死在他应该死的时候。

海纳尔和长老会一脸阴沉地为弗雷曼葬礼做着准备。他们说，这只是时间问题。这个残缺不全的人是不可能活下来的。

但不管怎样，他还是活下了。

沃里克身上的伤口都涂好了药膏，不再流血。法罗拉则负责喂他食物，经常让列特在一旁看着，好像觉得他能带来祝福似的。但即使是乌玛凯恩斯的儿子也无法实现他朋友需要的奇迹。沃里克的儿子列特-芝由于太小而搞不清状况，所以暂时交给了他的祖父母照料。

尽管沃里克看上去像一具腐烂了一半的尸体，但他身上没有散发出感染的气味，也没有伤口化脓的迹象，更没有坏疽。他以一种非常奇怪的方式在自我愈合，现在只剩下几片暴露在外的骨头没好了。虽然眼睛一直处于失明状态，但他那没有眼睑的眼睛却永远也闭不上。

法罗拉正在守夜，在她身旁的列特开始低声讲述起萨鲁撒·塞康达斯的故事来，回忆着他们两人曾多次突袭哈克南部队，他们又是怎样拿自己当诱饵，最终干掉了在比拉尔营地水井里下毒的敌方侦察兵。

沃里克仍然一动不动地躺在那里，一天又一天，一小时又一

①已婚或已有伴侣的弗雷曼妇女若产下一子，就会在蒸馏服兜帽下的前额部分戴上这个绑带式的头巾，以示身份。

小时。

法罗拉低下头，勉强从喉咙里挤出几个字来：“我们做了什么得罪夏胡鲁？为什么要这样惩罚我们？”

列特试图为她寻找答案，但说不出一个字。一片死寂中，地板上的沃里克动了动。法罗拉喘了口大气，向后退了半步。然后她丈夫便径直坐了起来。他那没有眼睑的眼睛闪烁着光芒，仿佛凝视着远处的墙壁。

然后他移动着把两颚连在一起的肌肉，开口说话了。他的牙齿和褶皱的舌头抖动着，发出刺耳的声音。

“我看见了一个征兆。现在我明白该怎么做了。”

几天来，沃里克步履蹒跚，缓慢但坚定地穿过了穴地的通道。他被沙子弄瞎了眼睛，只能靠触摸找路，用内心的神秘眼睛看东西。他躲在阴影里，活像一具行尸走肉。他说话的声音低沉沙哑，但说出的话却带着一种令人信服的锋芒。

人们想躲开他，但却被他的吟诵吸引：“当我被风暴吞没，当我即将死亡的那一刻，飞沙走石在向我低语。夏胡鲁亲自告诉了我，为什么我必须要忍受这种苦难。”

仍然戴着黄色头巾的法罗拉试图把丈夫拉回他们的住处。

尽管弗雷曼人都在避免跟他直接说话，但他们还是被吸引住了。总有人会看到神圣的异象，沃里克为什么不能？他经历了一场风暴的洗礼。他经历了其他人都没有经历过的事情，这难道是一个巧合吗？或者说这恰恰证明了夏胡鲁对他有自己的计划，他就是宇宙挂毯上的那根重要的丝线？如果说有人能被神祇火热的手指触摸过的话，那么就应该是沃里克这个样子的。

沃里克凝视前方，不由自主地走进了海纳尔和长老们所在的房间。弗雷曼人见他来了都沉默了，不知如何开口。沃里克就站在房间门口。

“你们必须淹死一个造物主，”他说道，“把萨亚迪娜叫来，让她来见证生命之水的仪式。我必须转化它……以便我能继续我的工作。”说完他便迈着蹒跚的步子转过身去，把被吓得魂飞魄散的海纳尔和他的长老们抛在了身后。

从没有人喝了生命之水后能活下来。它是一种供圣母们使用的物质，是一种神奇而有毒的混合物，对任何没有准备好的人都是致命的。

沃里克迈着坚定的步伐走进了一个普通房间，在那里面，弗雷曼青少年们正用脚踩着装在桶里的生香料，未婚妇女则负责将美琅脂蒸馏成凝乳状用于塑料和燃料的生产。一台贴墙放着的电动织布机发出了轰鸣声和有节奏的拍击声，令人昏昏欲睡。其他弗雷曼人则一丝不苟地修理着蒸馏服，仔细检查着上面那些复杂的机械装置。

太阳能炉灶上煮着健康食品——土豆泥粥，这些东西是穴地成员中午要吃的简单食物，大型宴会只有在日落之后才会举行，在那时黄昏已经冷却了沙漠。这时，一位带着鼻音的老人唱起了一曲悲伤的哀歌，讲述了禅逊尼人在最终到达这个沙漠星球之前所经历的几个世纪漫无目的的旅程。列特·凯恩斯正无精打采地坐在斯第尔格的两名游击队员旁边，喝着香料咖啡。

当沃里克进来并开口说话时，一切动静都停了。“我看见了绿色的沙丘，一个天堂。就连乌玛凯恩斯也没有亲眼见过夏胡鲁向我所展示的壮丽景观。”他的声音冷得像洞窟里的风，“我还听到了来自天外世界的声音。我看见了李桑·阿尔－盖布——我们一直在等待的救世主——才能看到的景象。我已经看到了那条路，就像传说所允诺的那样，就像萨亚迪娜所允诺的那样。”

屋子里的弗雷曼人开始交头接耳，似乎都觉得沃里克有些厚颜无耻。他们都听过，也都很清楚这个预言。几个世纪以来，圣母们把这个预言从一个部落传到另一个部落，一代又一代传下去。而弗雷曼人等待的时间也太长了些，所以有些人开始对此表示怀疑，但大部分人仍十分坚信它——同时也带着一分畏惧。

“我必须喝下生命之水。我看见那条路了。”

列特领着他的朋友离开了公共房间，回到他自己的屋子，法罗拉正坐在那儿和父亲聊天。当丈夫进来时，她抬头看着他，脸上带着一股听天由命的沮丧感，流了几个星期眼泪的眼睛也早已发红了。在她脚下的地毯上，小儿子哭了起来。

看到沃里克和列特在一起，老耐布再次把头转向女儿。“这是必须的，法罗拉，”海纳尔说道，“长老们已经决定了。这是一个巨大的牺牲，但如果……如果他就是救世主，如果他真的是李桑·阿尔-盖布，我们就必须按照他说的去做。我们要给他生命之水。”

列特和法罗拉都试图说服沃里克放弃他的痴心妄想，但这个伤痕累累的男人却始终坚持他的信念。沃里克瞪大了那双已经没有了眼睑的眼睛，但却不敢正视他们的目光：“这是我的马沙德[1]和米娜。是对我精神和信仰的考验。”

“你怎么知道你听到的不是风中传来的某种奇怪的声音？”列特坚持道，“沃里克，你怎么知道你没有被误导？”

“因为我就是知道。”他的脸上洋溢着幸福，充满坚定的信念，这让大家别无选择，也只能相信他了。

苍老的圣母拉玛洛特意从遥远的穴地赶来主持这个仪式，她开始做准备了。弗雷曼人捉来了一条只有十米长的小沙虫，并把它溺死在

---

①马沙德是弗雷曼语，指的是一种精神方面的试炼。

暗渠的水里。当这条沙虫最终淹死并排出它有毒的胆汁时，弗雷曼人将这些毒液收集到一个喷壶里，准备在仪式上用。

在一片混乱中，行星学家凯恩斯从他的种植园里回来了，但是他太专注于他自己的大业，一时没能理解这个事件的意义，只是知道它很重要。他尴尬地向儿子道歉，并对发生在沃里克身上的惨剧表示了遗憾……但列特能看出来，他的脑子里还在计算和评估着行星的尺度。他的造地计划一刻也不能停歇，即使沃里克有可能成为预言已久的救世主，并将弗雷曼人团结成一股战斗力量。

红墙穴地的弗雷曼人聚集在他们的大会议室里。在高处，在海纳尔向部落讲话的平台上，沃里克出现在众人面前。陪着这个已经毁容的男人走出来的，是穴地的耐布和强大的萨亚迪娜，而她已经为下面这些人服务好几代了。老拉玛洛现在看起来刚毅而坚韧，就像沙漠里的蜥蜴在面对猎鹰时那样，寸土不让。

萨亚迪娜把水主人唤了上来，吟诵着仪式经文，下面的弗雷曼人也跟着她念诵着，但表情看上去都比平时更加紧张。有些人已经真的相信沃里克就是他所宣称的救世主了，而其他人只能抱着一丝希望。

房间里众人窃窃私语。在正常情况下，参加道狂欢是一件令人高兴的事，只在重大时刻才会举行这样庆祝性质的仪式，比如战胜哈克南人、发现巨大的香料矿藏或在自然灾害中幸存下来等等。

然而，这一次，弗雷曼知道他们的赌注是什么。

他们看着头顶上沃里克那张残缺不全的脸，他的表情冷漠而坚定。人们怀着希望和恐惧看着他，想知道这个人是否真的会改变他们的人生……或者像过去几代人一样只是一个泡影。

在人群之中，列特就站在法罗拉和她的孩子身旁，从最前排看着这一切。法罗拉紧绷着眉头，紧闭双眼，充满了恐惧和期待。列特能感觉到她身上散发出的恐惧，他想去安慰她。她是在害怕毒液会毒死她的丈夫吗？又或是在害怕他活了下来然后继续他痛苦的人生？

萨亚迪娜拉玛洛结束了她的祝福，把喷壶递给了沃里克："现在让夏胡鲁来判断你的愿景是否是真实的吧——如果你真是我们苦寻已久的李桑·阿尔-盖布的话。"

"我看见了李桑·阿尔-盖布，"沃里克说道，然后压低声音，用只有老妇人能听见的声音接着说道，"我没说我就是他。"

沃里克手上裸露的骨头和肌腱动了动，他一把抓住了喷壶柔韧的喷嘴，并把它伸向自己的嘴唇。拉玛洛用手挤了挤喷壶的两边，将毒液送进了沃里克嘴里。

他痉挛地咽了下去，然后又咽了一口。

弗雷曼人沉默了下来，他们都想知道结果是什么。列特觉得人们的心跳声都变得一致了。他感受到了周遭每一声耳语，感觉到了血液在自己血管里怦怦跳动。他等待着，看着。

"鹰和老鼠是一样的。"沃里克开口道，双眼仿佛在凝视着未来。

不一会儿，生命之水开始发挥作用了。

沃里克之前遭受的所有痛苦，包括他在风暴中以及之后所承受的所有可怕的痛苦，现在看来都只是这个可怕死亡过程的前奏。毒液最终遍布了他体内所有的细胞，让它们燃烧起来。

弗雷曼人终于开始觉得这个毁容男人看到的幻象欺骗了他。沃里克号叫着，手刨脚蹬着："他们不知道自己创造了什么。生在水里，死在沙里！"

萨亚迪娜拉玛洛后退了一步，就像猛禽发现了猎物那样兴奋了起来。*这话又是什么意思？*

"他们认为自己能控制他……但他们被误导了。"

她字斟行酌，试图用那早已被人遗忘的古老的护使团预言来解释这些话。"他说他能看到别人看不到的东西。他已经找到了出路。"

“李桑·阿尔–盖布！他将成为我们梦想的一切。”沃里克呕吐得很厉害，肋骨像燃烧的火柴那样噼啪作响。鲜血从他的嘴角里流了出来，“但和我们的预期却完全不同。”

萨亚迪娜举起了她的爪子一样的手，宣布道：“他确实见到了李桑·阿尔–盖布。他就要来了，他将成为我们所梦想的一切。”

沃里克尖叫起来，直到他再也说不出话。他抽搐着，踢打着，翻滚着，直到他再也无法控制自己的肌肉，直到他的大脑被彻底侵蚀。比拉尔难民营的村民喝的还只是被严重稀释了的生命水，就已经死得很痛苦了。对现在的沃里克来说，即使是和村民一样的死法也算是一种怜悯。

“鹰和老鼠是一样的！”

弗雷曼人无法帮助他，只能惊愕地看着眼前这一切。沃里克死亡之后的抽搐持续了有好几个小时……而拉玛洛则花了更长的时间来分析沃里克所看到的令人不安的幻象。

石头很重，沙子很沉，但愚妄人的愤怒，比这两样更沉重。

——雷托·厄崔迪公爵

面沉如水而又有些惴惴不安的多米尼克·维尔纽斯回到位于厄拉科斯的极地基地时，他的手下冲上来迎接他。但是，大家从他的表情能看出来，他们的领袖没带回什么好消息。

在多米尼克那颗光秃秃的脑袋和宽宽的额头下面，一双布满了阴云的眼睛深陷在眼窝里。他那曾经晒成古铜色的皮肤也过早地衰老了，仿佛他身上所有的光彩都被抹去，只剩下钢铁般的意志。他的最后一线希望已然破灭，现在他的眼中只剩下复仇的火焰在燃烧。

穿着一件厚重合成毛皮外套的阿苏尤站在平台上，他的脸上满是关切。他挠了挠他那蓬乱的头发，问道："怎么样，多姆？到底发生了什么，嗯？"

多米尼克·维尔纽斯目光呆滞地死死盯着峡谷高耸的石壁，这些石壁在他周围像城堡一样屹立着："我看到了任何一个伊克斯人都不应看到的景象。我心爱的世界和我的妻子一样，已经死了。"

他恍恍惚惚地从飞船上走出来，走进了他的士兵在冰冻石壁上凿出来的狭窄通道。更多的走私者上来欢迎他，向他打听消息……但他一言不发地向前走去。疑惑不解的人们开始交头接耳起来。

多米尼克漫无目的地从一条路走到另一条路。他的指尖滑过被聚合物密封起来的石壁，脑海中浮现出来的却是伊克斯的洞穴。多米尼克停了下来，深吸了一口气，半闭着眼睛。通过纯粹的意志力，他试图在脑海中重现维尔纽斯家族的荣耀、瑰丽的地下城市韦尔尼、大王宫，还有那些水晶造的钟乳石倒立建筑。

尽管经历了几个世纪与李芝家族的激烈竞争，但伊克斯人一直是无可争议的技术和创新大师。可就在这短短几年的时间里，特莱拉摧毁了这些成就，关闭了伊克斯的边境，甚至驱逐了公会银行，导致金融家们只能通过的特莱拉选定的外世界总部进行交易……

在他本人的鼎盛时期，在埃卡兹叛乱期间，多米尼克·维尔纽斯为他的皇帝付出了一切。他为保卫科瑞诺家族的荣誉而战，流汗流血。那是很久以前的事了，好像发生在另一段人生中……

当时，那些埃卡兹分裂分子就像是一群误入歧途的空想家，一群暴力而天真的游击队员，他们必须被镇压，必须被打垮，以免给银河帝国中的其他不安分的世界树立一个坏榜样。

多米尼克在这场斗争中失去了许多好朋友。他埋葬了战友。他也曾目睹追随自己的士兵们在自己面前痛苦地死去。他至今还记得自己和约丹的兄弟——一个浑身是胆且思维敏捷的人——肩并肩穿过一片烧焦森林的场景。他们大声呐喊着，武器对准前方，一起向叛军的老巢开火。然后约丹的兄弟便倒在了地上。起初，多米尼克以为自己是被一根发黑的树根绊倒了，但是当他弯腰把好兄弟拉起来时，却发现他原本是头颅的部分只剩下冒着烟的脖子了，是一枚光子炮弹把他炸死了……

多米尼克赢得了那天的战斗，但自己近三分之一的士兵都牺牲了。他的部队成功消灭了埃卡兹叛军，他本人也因此受到了赞颂。但那些阵亡了的士兵却只得到了在远离他们家园的星球上的一座座孤坟。

科瑞诺家族不值得人们为他们做出如此大的牺牲。

由于他在此次战役中的丰功伟绩，维尔纽斯家族在宇联商会的董事席位增加了。在胜利庆典上，年轻的埃卡兹大公再次坐到了他的桃花心木王座上，也再次成为了凯坦星的尊贵客人。不离埃尔鲁德左右的多米尼克在满是水晶、贵重金属和抛光木材的大厅里漫步着。他坐在似乎绵延数公里的宴席上，而皇宫外的人群在欢呼他的名字。当时的他骄傲地站在金狮宝座下，接受了皇帝授予他的英勇勋章和给他副官的其他勋章。

多米尼克在这场战役中脱颖而出，成为了一位著名的英雄，也赢得了部下的无尽忠诚——多年以来，即使在这个肮脏的地方，他们也从未改变这一点。不，科瑞诺家族配不上这些。

*多米尼克，你在想什么呢？*一个声音似乎在他的脑海里低语着，是一个柔和的银铃般的声音，熟悉得有些奇怪……然而，也是几乎快要被他遗忘的声音。

是珊多。但这是不可能的。*多米尼克，你在想什么呢？*

“我在伊克斯的所见所闻里赶走了我最后一丝恐惧。”他大声喊道，但声音很安静，似乎没人能听到他说的话……没别的人，只有他虚无缥缈的女人，“我打算做一件事，我的爱人——一件我二十年前就该做的事。”

在多米尼克待在南极基地的几个月里，他没看他的计时器一眼，丝毫不打算留意时间是过去了一小时还是一星期。其实在他刚从伊克斯回来的时候，就已经在脑子里绘制出了计划蓝图了。现在他穿了一件工人的衣服，独自离开了基地，要求会见水商隆多·图克。

每个月，走私者都会为图克的睁一眼闭一眼支付不菲的报酬，而这位工业大亨则会与公会取得秘密联系，帮助走私者把货物运送到其他世界。多米尼克从未对赚钱感兴趣，他只是喜欢从帝国财政部偷宇宙索，从而达到降低科瑞诺家族信誉的目的，所以他从未后悔过对隆多行贿。他只是花必要的钱去做必要的事。

没有一个水处理厂的外来者认出他来，虽然在多米尼克迈着大步走进厂区坚持要见水商时，有些人向他投去了不赞成的目光。

图克认出了他，而且丝毫没有掩饰他的震惊："你好久没在这儿露面了。"

"我需要你的帮助，"多米尼克说道，"我想购买更多的服务。"

隆多·图克笑了，一双大眼睛也亮了起来。他搔了搔脑袋左侧的一簇浓密的头发。"我对顾客从来是来者不拒，"说着他指了指走廊，"这边请。"

当他们转过一个弯时，多米尼克看见一个男人向他走来。他穿着一件厚重的白色皮大衣，敞着怀，随身挎着一个档案包，一边走一边翻看，一路低着头。

"林加·比尤特，"图克说道，语气带着些困惑， "小心他撞到你。"

尽管多米尼克试图避开那个人，但对面的男人却没有注意到他，还是撞了多米尼克一下。比尤特手里的文件掉了一地，他马上弯下腰去捡。多米尼克发现此人圆圆的脸上透出一股冷漠，他的皮肤晒得黝黑，下巴和肚子看起来都很软——他肯定不是个军人。

在这个全神贯注的男人离开后，图克介绍道："比尤特负责处理我所有的财务和运输事宜。真不知道没有他我该怎么办。"

他们终于进入了图克上了锁的私人办公室，而多米尼克几乎没有注意到那些珍宝、墙上的挂件和艺术品。

"我需要一艘运输船。无标记，重型货运型号的。我需要在不提及我名字的情况下把它弄进运航机。"

图克双臂交叉在胸前，不停眨着眼。他的脖子开始轻微地抽搐，这使得他的脑袋也跟着左右晃动起来。"这么说，你搞到了一大批香料，嗯？具体有多少？”这个身材矮胖的男人向前倾了倾身子，“我可以帮你卖掉它们。我有路子——”

多米尼克打断了他，“不是香料。而且这对你没有任何好处。这是我的……私人事务。”

图克失望地向后靠了靠，肩膀耷拉了下来：“好吧。如果你能出一个——我们都认可的价格——我就能找来一艘大型货运船。我们会提供你所需要的一切。我去联系公会，安排飞船登上下一班运航机。目的地是哪里？”

多米尼克的目光游离起来。“当然是凯坦……科瑞诺家族的小窝。”说完他眨了眨眼睛，僵硬地坐直了身子，“不过，这不关你的事，图克。”

“确实，”水商表示了认同，“不关我的事。”但随后不安的表情掠过他的脸庞，他一边整理着文件，一边处理起办公室里那些无用的事务来，分散着客户的注意力。“一周后再来找我吧，多米尼克，我会给你所有想要的设备。我们现在定个价好吗？”

多米尼克转过身去，根本没有看他一眼。“只要价格公平，直接告诉我就行。”然后他走到门口，似乎急着赶回到他的基地。

多米尼克把他的手下全部召集到了基地里最大的房间，他用一种阴沉、冷酷的声音讲述了他在伊克斯上目睹的惨状。“很久以前，当我把你们带到这里的时候，你们其实就抛弃了自己的家人和生活，而那时你们都同意和我站在一起。现在，让我们联合起来对付科瑞诺家族吧。”

“反正我从没后悔过，多姆。”阿苏尤打断了他。

多米尼克没有答谢，只是继续用他振聋发聩的声音对众人演讲。“我们本应变成狼，结果却成了蚊子。”说着，他把一双大手按在桌子上，缓慢地深吸了一口气，“这种情况即将改变。”

没做出过多的解释，这位变节的伯爵离开了房间。他知道自己该去哪里，自己该做什么。这些人可以追随他，也可以自由离开。这是他们自己的选择，毕竟这是他个人的战斗，不是别人的。他跟科瑞诺家族之间要算的账已经不是钱的问题了。

他深入冰冷的堡垒，穿过一道道昏暗的走廊，脚下的地板满是沙砾和灰尘。很少人下到这么深的地方，他自己已经有好多年没有踏进装甲仓库了。

*别这样做，多米尼克。*那声低语又在他耳边响起了。他觉得背后一阵发凉。这声音听起来真的很像珊多，是他的良心在试图让他重新考虑。*不要这样做。*

但是，这件事早已没了其他选择。在芭特勒圣战之后，科瑞诺家族统治了帝国数千年，在辉煌的历史长河上留下了一道深深的伤痕。皇帝家族德不配位。在旧帝国的分水岭，另一个变节的家族——不管他们的名字是什么，不管他们的动机是什么——没能完成颠覆皇权的任务。尽管萨鲁撒·塞康达斯被摧毁了，但这些变节者做得还不够。

多米尼克下手会更狠。

在地下最深处，储藏室的密封门前，他输入了正确的密码，然后用手掌拍了拍扫描仪的板。从没有其他人进入过这个仓库。

当大门打开时，他看到了自己的禁制武器收藏品，这是维尔纽斯家族最后的武器，保存了大约几千年。都是大联合协定绝对禁止使用的武器，但多米尼克已经不在乎了。他没有什么可失去的。

完全没有了。

在伊克斯落入特莱拉之手后，多米尼克和他的手下从伊克斯星系的一颗卫星上取回了这些秘密武器并带到了这里。现在，他满意地看着面前的一切。被密封在闪亮金属容器里的是核弹头、行星杀手、燃石炸弹，以及可以点燃整个星球大气层并将凯坦烧成一颗微小而寿命短暂的恒星的装置。

再有就是时机。首先，多米尼克会去卡拉丹看望他的孩子们，这是最后一次了，他将会和他们道别。在此之前，他不想冒险引起人们对他们的注意或事成之后找他们麻烦……毕竟隆博和凯莉娅已经获得了赦免权。

但他只打算出手一次，而且要非常谨慎。经过这么多年的折磨，复仇是必须的。他会使出最后一击并最终成为胜利者。科瑞诺家族所有堕落的血脉都将被灭绝。

但他潜意识里珊多的声音充满了悲伤和遗憾。尽管他们两人经历了这么多，她还是不赞成他这么做。*你一直是个固执的人，多米尼克·维尔纽斯。*

创新和胆识造就英雄。盲目地遵守过时的规则只会产生政客。

——亨德罗·莫里塔尼子爵

死亡走廊试炼后的那天晚上，剑术大师们聚集在一起，与最初一百五十名学员中的幸存下来的四十三人一起坐在一个大餐厅帐篷里。这些学生现在都被当作同事看待了，他们终于获得了战士们的尊敬和友谊。

但代价却是如此之大……

高酒杯中盛满了浓郁的冰香料啤酒。瓷盘里都是些来自其他星球的开胃小菜。自豪的老教官们在他们手把手教了八年的学员中走来走去，祝贺他们。艾达荷觉得学员们今晚的狂欢带有一种歇斯底里的感觉。一些年轻人只是惊恐地坐在那里，动也不动，而另一些人则大吃大喝起来。

再过不到一个星期，他们就会在主岛的行政大楼集合，在那里他们还要面对最后一轮口试，这是对他们从剑术大师那里学到的知识的一个正式考试。但在经历了残忍的死亡走廊障碍赛之后，口头回答几个问题似乎有些虎头蛇尾。

在从压抑的紧张感中解脱出来后，邓肯和雷瑟喝多了。他们经过了多年的严格训练，已经学会如何尽可能少地消耗食物，并且也已经对酒精失去了耐性。所以这种香料啤酒让他们一下子上了头。

当他回想起八年来那些苦痛和挣扎，以及那些倒下的同学时，邓肯发现自己变得愈发伤感起来。他们的生命就这么白白浪费了……

雷瑟庆祝着自己的成功，身子摇摇晃晃地，仿佛浑身都洋溢着喜悦。这是因为他清楚他的养父一直在盼着他失败。在与格鲁曼的同学们决裂并拒绝放弃训练后，这位红头发小子赢得了与身体对抗一样重要的心理战。

黄色的月亮们划过天空，后面是一串闪闪发亮的星星，晚会就此结束了。伤痕累累且醉醺醺的学生们一个挨一个地离开了帐篷，狂欢停止了，接下来是可以预见的宿醉。帐篷里只剩下一地的碎盘子。

希·雷瑟和邓肯赤着脚走进了夜色之中。他们离开了那栋大房子，向着建在这片白茫茫的广阔海滩上的寄宿小屋走去，他们在粗糙的地面上留下了参差不齐的脚印。

邓肯像对自家兄弟那样拍了拍他朋友的肩膀，同时也是为了帮助他保持脚下的平衡。他无法理解身材庞大的剑术大师里维·迪纳里是如何做到步履优雅的。

“那么，在这一切结束后，你愿意和我一起去见雷托公爵吗？”邓肯字斟句酌地问他，“记住，如果莫里塔尼不需要你，厄崔迪家族会很高兴能拥有两位剑术大师的。”

“在特林·克罗诺斯和其他人离开学校后，莫里塔尼家族就不再需要我了。”雷瑟说道。但邓肯没能发现他朋友的眼角闪着泪光。

“人就是这样，”邓肯说道，“他们本可以在今晚和我们一起庆祝的，但他们做出了自己的选择。”两个人边说边下了斜坡，向海滩走去。寄宿小屋似乎很远，看上去很模糊。

“但我还是得回去，去面对我的家人，向他们展示我所取得的成就。”

“据我对莫利塔尼子爵的了解，这听起来很危险。甚至算是一种自杀行为。”

“没办法，我还是得回去。”在阴影中的雷瑟转过身来，面对邓肯，他忧郁的情绪渐渐消失了，“在这之后，我再去见厄崔迪公爵。”

他和邓肯拼命往前看着，在一片漆黑中调整着他们的视觉：“那些小屋到底在哪儿呢?”忽然他们听到前面有人冲他们过来了，还传来了武器的叮当声。邓肯琢磨了一会儿，警觉起来，但还是太慢了，他没能来得及做出反应。

“啊，是雷瑟和艾达荷。”一道耀眼的强光刺痛了他的眼睛，仿佛是眼睛里扎进了发光的冰锥，他连忙举起手来挡住强光。“抓住他们!”

不知所措的邓肯和雷瑟转身想要反击，却一下子撞到了对方。他们眼前出现了一群无法辨认身份的黑衣战士，个个手持武器、棍棒和钉锤，一拥而上。邓肯没带着武器，他只能利用吉奈斯学员教给他的徒手技能保护自己。起初，他怀疑这是不是一个额外的测试，这是剑术大师们在哄他们的学生们参加庆祝会之后给他们的最后一个惊喜。

然后他就看到了一把利刃，随后便感觉到自己的肩膀被划了一个长长的浅口子——他不能再退缩了。雷瑟也大喊起来，不是因为痛苦而是因为愤怒。邓肯舞动四肢，挥拳猛击。他听到某人的胳膊发出了啪的一声，同时感觉自己好像踢碎了某人的喉咙。

但敌人们开始狂暴地用棍棒猛击起邓肯的头和肩膀来，其中一名攻击者用一根老式的狼牙棒打中了他的后脑。一旁的雷瑟几乎也同时哼了一声，摔倒在松软的海滩上，四个人扑上来压在了他身上。

邓肯今晚确实喝了个酩酊大醉，所以他的行动迟缓得不像个战士，他试图摆脱攻击前去帮助他的同伴，但他们用棒子打中了他的太阳穴，邓肯的眼前顿时一片漆黑……

邓肯终于醒了过来，嘴里全是酸涩的呕吐物，他一抬头，一眼便看见不远处漆黑的海岸线上停靠着一艘水上飞船。在更远的海面上，虽然没有亮着航行灯，但邓肯仍看到有一艘更大的船似乎在波浪中颠簸。袭击他们的人毫不客气地把他扔到了水上飞船上。倒在他身边的希·雷瑟正在挣扎。

“别想挣脱志贺藤做的绳子，除非你们不想要胳膊了。”一个低沉的声音在他耳边怒吼道。他感到绳子开始勒进他的皮肤。

邓肯狠狠咬着牙，想要把堵在嘴里的东西咬碎。在海滩上，他发现有一摊一摊的鲜血，还有不少破碎的武器被扔在了潮水里。那些攻击者把十一个裹得严严实实的人——显然他们已经死了——抬上了狭窄的水上飞船。这么看来，他和雷瑟不算丢人，没有辱没剑术大师的名号。而且，弄不好他们也不是唯一的俘虏。

那些看不清相貌的凶手推推搡搡着，把邓肯带到了拥挤不堪、臭气熏天的下层甲板，然后把他推倒在地板上，邓肯一下撞到了地板上其他被绑着的囚犯，他发现他们都是他班上的一些同学。在黑暗中，邓肯看到了他们眼中的恐惧和愤怒，其中许多人被打得遍体鳞伤，很多严重的伤口只用破布绷带草草包扎起来了。

随着一声微弱的呻吟，雷瑟在他身边醒了过来。从他朋友闪烁的眼神中，邓肯知道红头发也已经评估好了眼前形势。抱着相同的想法，他们背靠背地一起滚到了水上飞船的底部，麻木的手指小心翼翼地摸索着对方的手，想要给对方松绑。这时一个黑影似的人骂了一声，一脚把他们踢开了。

水上飞船的前端，凶手们低声交谈着，他们的口音很重。是格鲁曼口音。雷瑟继续挣扎着，结果其中一个人又踢了他一脚。飞船的发动机这时忽然启动了，发出低沉的呜呜声，小船开始向前航行，驶进了惊涛骇浪之中。

在更远的海面上，那艘不祥的黑船正在等着他们。

悲伤是多么容易变成愤怒，而复仇又是多么容易惹来争议。

——帕迪沙皇帝哈西克三世，萨鲁撒·塞康达斯悼词

在厄拉奇恩一个圆顶房间里，哈什米尔·芬伦正在试图解开一个思维魔方：一个由几何形体、杆、锥和球体组成的全息图像，它们能完美地结合在一起并保持着平衡……但只有当所有的电位都是等间距的时候。

在他年轻的时候，他在凯坦的皇宫里玩过类似的游戏。通常都是芬伦赢。在那些年里，他还学到了很多关于政治和权力冲突的知识——事实上，比沙达姆本人学到的还要多。而太子也十分清楚这一点。

“哈什米尔，你离开宫廷对我来说更有价值。”沙达姆在打发他走时这样说过，“我要你在厄拉科斯监视那些不可靠的哈克南人，确保我的香料收入不受影响——至少在该死的特莱拉人完成他们的奥马尔研究之前。”

浓厚的黄色阳光穿过屋顶的窗户照了进来，但保护着房间的屏蔽场可以偏转这些阳光，降低它所带来的热量，同时还能保护大厦免受暴民的袭击。毕竟芬伦无法忍受厄拉科斯的高温。

十八年来，芬伦在厄拉奇恩稳固了他的权力基础。在驻扎厄拉科斯期间，他享受着从这个大垃圾桶里压榨出来的一切舒适和快乐。他

对自己现在的地位感到心满意足。

他把一根闪闪发光的魔方棒放在一个四面体上，就在要松手的最后一刻又调整一下了它的位置，使之更加精确。

警卫部队的头儿叫威洛布鲁克，嘴巴长得松松垮垮的，他偏偏选择在这个关键时刻迈着大步走了进来。他清了清嗓子，打断了芬伦的专注："伯爵阁下，水商隆多·图克请求觐见。"

在魔方的碎片还没散落在桌子上时，伯爵就厌恶地关掉了面前闪烁着的全息图："他想要干什么，嗯-嗯-嗯？"

"他称之为'私人事务'。不过他也强调，这事儿很重要。"

芬伦用长长的手指敲着刚才摆放思维魔方的桌面。水商从来没有要求过私人觐见。*图克为什么现在要来见我？他一定想要什么。*

或者他知道些什么。

通常，这位长相古怪的商人会参加各种宴会和社交活动。他知道厄拉科斯真正的权力中枢所在，所以他为芬伦提供了大量的水，比提供给迦太格的哈克南领主们还多。

"啊啊，他确实激起了我的好奇心。叫他进来吧，然后十五分钟内不要打扰我们，"伯爵噘起嘴唇说道，"嗯-嗯-嗯，然后，我再决定要不要让你把他赶走。"

不多时，那个驼背的图克就摇摇晃晃地走进了圆顶房间，并且一边走一边摆动双臂。他用一只手抹了抹自己的锈灰色头发，用汗水把它抚平，然后鞠了一个躬。这个人爬了那么长的一段楼梯，结果弄了个满脸通红。芬伦不由得笑了起来，是威洛布鲁克决定让他自己爬上来，而不是坐私人电梯直达这里，芬伦对这个选择很是赞同。

芬伦仍坐在桌子旁，也没有示意客人坐下。水商穿了一件正式的银袍子，站得笔直，脖子上还戴了一条花哨的项链，这条白金项链上面坑坑洼洼的，毫无疑问是图克在艺术领域上的一次失败的尝试。

"你有东西要给我吗？"芬伦张大了鼻孔，问道，"还是你想从我这里得到些什么，嗯-嗯-啊？”

“我可以告诉您一个名字，芬伦伯爵，”图克不假思索地答道，“至于我希望得到什么回报——”他耸了耸宽厚的肩膀说，“我希望您视具体情况给我报酬。”

“要是我真的感兴趣就没问题。那个名字是什么？还有这个名字对我有什么意义？”

图克向前倾着身子，活脱像一棵即将倒下的大树：“这个名字您肯定有很多年都没听过了。我觉得您一定会很感兴趣的。反正我知道皇帝一定会的。”

芬伦等待着谜底的揭晓，但好像越来越没耐心了。而最后，图克终于开口了：“这个人一直躲在厄拉科斯上，保持低调，虽然他一直在想方设法破坏这里的运作，虽然他最初只是和埃尔鲁德九世闹翻了，但他现在却想要向整个帝国家族复仇。”

“哦，每个人都和埃尔鲁德吵过架，”芬伦说道，“他是个讨厌的老秃鹫。你说的这个人是谁？”

“多米尼克·维尔纽斯。”图克答道。

芬伦一下坐直了身子，明亮的大眼睛睁得更大了：“伊克斯伯爵？我以为他早死了。”

“你们的赏金猎人和萨多卡军团都没能抓住他。其实他一直藏在厄拉科斯，和一些走私犯躲在一起。我偶尔和他们做点生意。”

芬伦吸了吸鼻子，问道：“可你并没有立即上报给我？你知道这事多久了？”

“我的芬伦大人啊，”图克用听起来尽可能合理的声音说道，“埃尔鲁德已经在针对这个叛变家族的仇杀文件上签了字，而他也已经逝世很多年了。据我所知，多米尼克似乎没有造成任何伤害。他已经失去了一切……而我也还要其他问题需要关注。”商人深吸了一口气，接着说道，“然而，现在情况发生了一些变化。我觉得我有责任告诉您，因为我知道皇帝最听您的话。”

“到底是什么发生变化呢，嗯-嗯-嗯？”芬伦脑子里的齿轮开始转动起来。维尔纽斯家族早就灭亡了。珊多夫人被萨多卡猎手杀死了。被流放到卡拉丹的那两个孩子公认没有任何威胁。

但充满了愤怒和仇恨的多米尼克·维尔纽斯确实可能会造成伤害，尤其他就躲在珍贵的香料产地。芬伦不得不考虑这个问题的严重性。

“维尔纽斯伯爵要我替他找一艘重型运输飞船。他似乎……很不正常，可能正在策划某种形式的恐怖袭击。在我看来，很有可能是想要暗杀皇帝。所以我一听就清楚必须来告诉您了。”

芬伦挑了挑眉毛，皱起了额头：“因为你觉得我会给你比多米尼克的贿赂还要多的犒赏？”

图克摊开双手，不以为然地微笑着，但并没有否认。芬伦却很尊重他这一点。因为至少每个人的动机都很清楚。

芬伦用手指抚摸着薄薄的嘴唇，仍在沉思：“很好，图克。告诉我这个叛徒伯爵的藏身之处吧。而且细节务必要明确。另外在你离开之前，去我的国库。列出你想要的一切酬劳，你所能想到的每一个愿望或是奖励——然后我来选择给你什么。你的情报值多少钱，我就给你多少。”

图克没再说什么，只是鞠了一躬说：“谢谢您，芬伦伯爵。我很乐意为您效劳。”

在提供了自己掌握的南极走私者基地相关细节后，图克向门口退去，这次会面正好用时十五分钟，威洛布鲁克也正好推门进来。

“威洛布鲁克，带我的朋友到我们的藏宝室去。他知道该怎么做，嗯-嗯-嗯？至于今天下午剩下的时间，请让我自己待一会儿。我有很多事情要考虑。”

两个人离开后，房门关上了，芬伦踱着步，哼着小曲，时而微笑，时而皱眉。最后，他又打开了思维魔方。毕竟这玩意儿能让他放松下来，他也就能集中注意力了。

芬伦一向喜欢策划阴谋中的阴谋，很擅长螳螂捕蝉黄雀在后这种事。而多米尼克·维尔纽斯确实是一个足智多谋的对手。他已经和帝国周旋了好几年，芬伦认为能亲眼见证这位变节伯爵自取灭亡是一件很开心的事。

芬伦伯爵会打起百倍的精神，织好蜘蛛网，但他会让维尔纽斯先走下一步棋。在这个叛徒把他的计划准备好之后，芬伦才会出手。

他很乐意给那个不法贵族足够长的绳子来吊死他自己……

天堂在我的右边，地狱在我的左边，而死亡天使则在我身后。

——弗雷曼谜语

水商信守了诺言，为多米尼克·维尔纽斯弄来了一艘无标记的运输机。由那个心不在焉的林加·比尤特驾驶，从迦太格直达了南极的采冰工地。然后这位比尤特露出一个局促的微笑，交出了这艘船的控制卡。多米尼克在他的副官约丹的陪同下，驾驶着这艘破旧的飞船飞回了峡谷的秘密机场。这位前伊克斯伯爵在途中的大部分时间都保持着沉默。

但这艘重型运输机太过老旧，它在飞过较低的大气层时发出了一种奇怪的咯吱声。约丹骂了一句街，狠狠拍打着控制面板：“该死的破玩意儿。多姆，这东西可能连一年都撑不了。这就是个垃圾。”

多米尼克远远地看了他一眼，说道：“这就不错了，约丹。”多年以前，当约丹的脸被反弹的火焰烧伤时，多米尼克就在他身边。而在对伊克斯的那次失败的突袭中，也正是这位老兵救了多米尼克的命，把他从萨多卡军团的密集火力网里拉了出来。约丹对他的忠诚永远不会减弱，但现在到了多米尼克给予他自由的时候，到了他重新找回自己人生的时候了。

约丹不禁怒火中烧，脸涨得通红，那些灼伤的疤痕看起来苍白得像蜡一样：“你知道图克为了这个破烂儿找咱们要了多少钱吗？如果我们在埃卡兹的时候用的是这样的装备，叛军光用石头就能砸死我们了。”

多年来，他们并肩作战对抗着帝国，但现在，多米尼克不得不独自完成剩下的事情。他对自己的决定感到一种奇怪的满足，因此声音一直都很平静：“那是因为隆多·图克知道我们不会再像以前那样贿赂他了。所以他想一次性尽可能多地赚点儿钱。”

“可他是在骗你啊，多姆!”

“听我说。”他把身子向身边的约丹靠了靠。重型运输机开始震动起来，准备着陆了，“钱不钱的，都不重要了。钱对我来说只要够……让我去做我必须做的事就行了。”

当飞机最终停在峡谷底部时，约丹那张伤痕累累的脸上满是汗水。他跺着脚急匆匆地走下了着陆坡道。多米尼克可以看出他脸上流露出的不确定和无助。他知道约丹的怒火不仅是在针对水商的行为，也是在对多米尼克·维尔纽斯的计划表达着愤怒……

多米尼克渴望解放伊克斯和他的人民，做一些积极的事情来弥补特莱拉入侵者和他们的萨多卡盟友造成的损失。但他做不到这一点。最起码现在不行。

他现在能做的事，只有毁灭。

前伊克斯大使卡马尔·皮尔鲁曾多次向兰兹拉德提出请求，但这个人现在也变成众人眼中一个无聊的笑柄。即使是隆博所做的努力——很可能是在厄崔迪家族的秘密支持下——现在看来也毫无成效。这个问题必须从根本上解决。

前伊克斯伯爵多米尼克·维尔纽斯准备传达给帝国一个永生难忘的信息。

在下定了决心之后，多米尼克带领着手下深入堡垒，打开了仓库的大门。一看到里面的原子弹，走私者们都僵住了，其实他们一直害怕会有这一天。他们在这位变节伯爵的手下服役了很长时间，所以不需要多说什么。这些人站在冰冷的走廊里，身子倚在聚合物墙壁上。

“我会先去卡拉丹，然后自己去凯坦星，”多米尼克宣布道，“我给我的孩子们写了一封信，我渴望再见到他们。已经过去太久了，我必须先做完这件事。”说着，他挨个看着每个走私者：“你们可以自由地做你们想做的事。我建议你们把库存的东西分分，然后离开这个基地。还是回到你们家人身边去吧。把名字换了，抹去所有过往不干净的记录。如果我成功了，我们这支队伍自然也就没有存在的理由了。”

“然后整个兰兹拉德都会出来追捕我们！”约丹咆哮道。

阿苏尤则试图从军事的角度，以一个军官和他的指挥官讲道理的方式说服伯爵——但他仍听不进去。维尔纽斯伯爵已经没什么可失去的了，而且有太多复仇的理由。也许只有等他干掉了科瑞诺家族的最后一个人，他自己的灵魂和珊多的灵魂才能彻底安息。

“把这些武器都装上货船，”他命令道，“我会亲自驾驶它。两天内会有一班运航机过来。”说完，他凝视着大家，表情平淡，毫无感情。

有不少人满面愁容，眼里都噙满了泪水。但他们也十分清楚，最好不要去和这个在无数次战争中指挥过他们的人争论，不要和这个曾经管理过伊克斯所有工业设施的人争论。

没人再互相开玩笑甚至说话了，大家操作着浮空起重机，把原子弹从仓库里拖了出来，一次一颗。人们的动作都很迟缓，似乎不希望早点完工。

多米尼克不吃不喝，整天监督这项工作。金属外壳的核弹头被放在浮空起重机上，然后被牵引着穿过隧道到达了峡谷机场。

他幻想自己再次见到隆博的场景，再次和他探讨领袖的领导能力，他还想再听听凯莉娅的少女心事。能再见到他们俩真是太好了。他试着想象他的孩子们现在是什么样子，他们长成什么样了，他们有多高了。他们拥有自己的家庭了吗，自己有孙子孙女了吗？还有就是自从伊克斯陷落后，自己真的有二十多年没有见到这对儿女了吗？

这么做当然会有一些风险，但多米尼克必须去冒这个险。孩子们也一定会希望再见到他。他会采取能采取的所有安全措施。他知道一旦见面，自己会很情绪化，但他向自己保证一定要坚强。如果隆博发现了他的意图——他应不应该告诉他的儿子？——不过这样一来，这位王子肯定会想以伊克斯人的名义加入战斗。而凯莉娅会有什么反应呢？她会不会劝她哥哥不要去？很有可能。

多米尼克最后决定不把计划透露给他的孩子们，因为这样做只会带来麻烦。最好这次去见自己的儿女时什么也不要说。

不过还有一个孩子，也是多米尼克希望能找到的。在多米尼克深爱的珊多嫁过来之前，他和珊多曾有过一个私生子。这个孩子是在珊多还是埃尔鲁德·科瑞诺的侍妾时秘密生下的，但在孩子出生后不久就被人带走了。以她当时的身份，珊多没能保住她的儿子，尽管她一直要求了解情况，但她始终不知道这孩子身上发生了什么事。他只是凭空消失了。

由于对多米尼克的准备工作实在看不下去，阿苏尤和约丹干起了分发国库储备和物资的工作。老阿苏尤一把摘下他的勋章和军衔标志，扔在地上，以此表达自己的不满。现在每个人都必须立刻离开基地，潜逃到帝国的各个角落。

约丹嘴里嘟嘟囔囔地把他们弄来的那些香料清点了一遍，然后和另外两个人一起，带领一支探险队回到了水商的工业设施。他们打算卖掉这些剩余的香料，换成流通货币。他们将用这些钱为自己购买通行证、新身份和住房。

在离开基地前的最后几个小时里，多米尼克在他的房间里整理自己的东西，他舍弃了一些现在看来毫无意义的珍宝，只带走了一些他想要带在身边的东西。对他来说，珊多的全息影像和孩子们的纪念品比任何财富都要珍贵。他会把这些还给隆博和凯莉娅，这样他们将来就有东西能纪念自己的父母了。

多米尼克深吸了一口气，想要最后一次感受这个家里的寒气，他注意到了一些自从这个堡垒建成以来自己从未发现到的细节。他研究着墙上的裂缝、地板和天花板上不平整的凸起……但这只让他感到内心的失败和空虚。而他清楚只有一种方法才能填补这些空虚——那就是用鲜血。他要让科瑞诺家族付出代价。

这样，他的孩子和伊克斯的人民才会为他感到骄傲。

除了三个浮空核弹弹头和一对燃石炸弹之外，所有的东西都被搬上了重型运输机，多米尼克走到极地那微弱的阳光下，一线阳光穿过了深深的峡谷照在他身上。他已经计划好了进攻帝都的每一个步骤。这将是一次完美的突然袭击——沙达姆甚至不会有时间弯腰躲到金狮宝座下面。多米尼克也不会发表浮夸的演说，不会为自己的胜利而陶醉。不会有人知道他来了。直到那最后一刻。

埃尔鲁德九世已经死了，新的帕迪沙皇帝只有一个贝尼·杰瑟里特妻子和四个年幼的女儿。消灭科瑞诺家族的血统并不难。多米尼克·维尔纽斯会牺牲自己的生命来摧毁这个自科林战役以来统治了数千年的皇室家族——他称之为换命。

他深深地吸了一口气，然后转过头来，望着陡峭的峡谷石壁，看到约丹驾着穿梭机从图克的水厂回来了。他不知道自己像雕像一样站在这儿有多长时间了，他的手下就在他周围四下走动，清点原子弹储备。

一声大喊把他拽回了现实。只见约丹满脸通红，大步向他冲来，皮大衣的兜帽向后甩去："我们被出卖了，多姆！我去找那个水商——但他的工厂已经被遗弃了。所有的工人都不见了。工厂关闭了。他们好像匆匆收拾好东西就离开了。"

阿苏尤气喘吁吁地补充道："那是因为他们不想待在这儿，先生，因为有些事情就要发生了。"他整个人的举止动作现在都变了个样：即使他扔掉了自己的勋章，阿苏尤现在看起来仍像个军官，而且准备着面对一场血腥的战斗。

一些走私者愤怒地叫喊起来。多米尼克的表情也变得冷酷无情。这是他早该预料到的。即使在多年的合作和互惠互利之后，隆多·图克仍然是个不值得信任的人。

"带上所有能带走的东西。到阿桑特、迦太格或厄拉奇恩去，但今天日落之前就得离开。把你们的身份换掉。"多米尼克指了指那个破旧的重型运输机，"等最后一枚弹头装好，我就起飞。我还是得继续执行我的任务。我的孩子们还在等着我。"

不到一个小时后，就在撤离基地的最后阶段，敌人袭来了——一整支编队的萨多卡武装扑翼机，掠过低空。他们投下了震击弹，震碎了冰冻的石壁。随后，炙热的激光束击碎了悬崖，把巨石炸成了一片蒸汽和尘土，融化的冰块碎裂开来，从悬崖上滚落到弹坑里。

萨多卡扑翼机倾斜着翅膀，像掠食动物那样直扑过来，投下了更多的炸弹，直接摧毁了停在瓦砾上的四艘运输飞船。

阿苏尤咬了咬牙，冲向一架离得最近的己方的扑翼机，跳了进去。他启动了引擎，似乎打定主意要再获一枚英勇勋章似的。他一边准备升空，一边启动了扑翼机的炮塔。阿苏尤还抓了个空子，在通信器里诅咒了几句图克和萨多卡人。然而，在还没等他来得及开炮，两艘帝国飞船就把他的扑翼机炸上了天，变成了一团火焰和浓密的烟雾。

运兵船降落在平地上，端着枪配着刀的武装战士疯了一般地涌了而出。

萨多卡部队精准地锁定了多米尼克那艘装满了武器的重型运输机，他们瞄准了它的发动机，将其轰成了渣。那些原子弹——萨多卡部队怀疑就在这艘飞船上——不再是个威胁了。被放逐的伯爵清楚自己永远无法离开这里，无法到达凯坦星了。看到帝国军队蜂拥而至，多米尼克知道他和他的战友们再也逃不掉了。

约丹像一个部队指挥官那样再次咆哮起来，他带领士兵进行最后的冲锋。大家跟着他不顾一切地冲了上去，用和对方相比十分低级的武器向迎面而来的萨多卡士兵射击着。皇帝的战士们则用刀或干脆徒手杀死对面冲过来的每一个走私者。对他们来说，这场所谓的战斗和演习差不多，他们纯粹是为了享受而战。

约丹带着为数不多的幸存者退回了地道，他们筑起路障，准备防守。忽然半空闪过一个可怕的闪光，这个场景让多米尼克感到似曾相识，他不禁回想起了埃卡兹叛乱，然后他就看到萨多卡士兵用激光枪一下子打爆了约丹的头，他就像他的兄弟那样倒下了……

多米尼克只有一次机会。这不是他所想要的胜利，而隆博和凯莉娅也永远不会知道到底发生了什么……但怎么也比完全失败要强，所以他冒出了一个绝望的想法。毕竟他和他的人无论如何都会死在这里。

为了守住自己的荣誉，他想要和他的士兵们站在一起，和他们每一个人肩并肩战斗到死——虽然这注定是徒劳无功的荣誉。他们都清楚最终的结局是什么，他自己也清楚。这些萨多卡军团是皇帝派来的——他们在多米尼克·维尔纽斯看来就是自己仇敌的象征物，他得给他们一个致命一击。为了伊克斯，为了他的孩子们，更为了他自己。

当敌人的集火开始把峡谷石壁彻底打得粉碎时，多米尼克躲进了基地最深处。他的一些手下跟在身后，相信他会带着他们进入仓库。多米尼克却一言不发，神情严峻，没给出任何承诺。

萨多卡士兵冲进了基地，排着攻击队形穿过通道，砍倒他们看到的任何人。他们不需要俘虏。

多米尼克退回到最深处的通道，朝仓库走去，而这是一条死胡同。他身后那些惊恐万分的人现在终于明白了他的意图。

“我们会尽可能拖住他们的，多姆。”一个好兄弟这么对他说，然后他和另一个人在走廊两侧埋伏起来，端起了手中简陋的武器，“我们会给你足够的时间。”

多米尼克停下了脚步，看了看他们说道：“谢谢了。我不会让你们失望的。”

“你从来没有让我们失望过，长官。在我们加入你的时候，我们都知道其中的风险。”

他终于赶到了装甲仓库敞开的大门，身后忽然传来一声巨响。石壁倒塌了，穿透了聚合物防护网，把他和手下的人封在了里面。当然他也没打算离开。

几分钟后，萨多卡士兵就会挖出一条路来。他们已经嗅到了多米尼克·维尔纽斯的鲜血，不把他抓到手是不会罢休的。

他苦笑了一下。沙达姆的手下要大吃一惊了。

虽然多米尼克看到前方倒塌的路障已经开始燃烧了，但他还是锁上了仓库大门，把自己锁在了里面。厚实的墙壁掩盖了外面的声音。

在厚重的仓库大门的保护下，多米尼克转身看向他剩下的几件原子武器。他找到了一颗燃石炸弹，这种炸弹虽然体积不大，但其威力可以被校准来摧毁整个星球，或者只是在某个特定区域造成巨大的破坏。

萨多卡士兵开始敲打背后那扇厚重的大门了，他把燃石炸弹从箱子里拿出来，研究着控制装置。他从没想过自己需要亲自操作这些武器。它们本来都是末日装置，本该永不被使用——只是为了对侵略者进行威慑。根据大联合协定的规定，任何使用原子武器的行为都将招致兰兹拉德联合军事力量的围剿，而这个胆大妄为的家族也必将被摧毁。

走廊里的兄弟们应该都牺牲了。多米尼克再也没有什么可失去的了。

他降低了燃石炸弹的燃料消耗，并将激活机制设置为只汽化基地附近的区域。毕竟他没必要杀死厄拉科斯上所有人，他们都是无辜的。

这种残忍的事只有科瑞诺家族才会做。

他觉得自己像一个古代船长，准备随自己的船一起沉没。多米尼克心中只留下了一个遗憾：他还没有机会跟隆博和凯莉娅告别，告诉他们自己有多爱他们。没有他，他们的人生也得继续下去。

透过模糊的泪光，他觉得自己又看到了珊多那闪烁的影像，那是她的鬼魂……或者只是他一厢情愿的幻象。珊多的嘴动了动，他不知道她是在责怪他的鲁莽，还是在欢迎他终于又能和她在一起了。

萨多卡士兵凿穿了冰冷的石壁，绕过了那扇厚重的大门。当他们踌躇满志、得意洋洋地进入地下仓库时，多米尼克并没有向他们开枪。他只是低头看着燃石炸弹上所剩不多的时间。

萨多卡士兵也看到了。

然后一切都化作了白色的热浪。

如果真神希望你灭亡，他会引导你的脚步走向死亡之地。

——沙里亚特的隐语

克泰尔·皮尔鲁在伊克斯当游击战士已经二十年了，在他进行过的所有秘密行动中，他从不敢假扮成特莱拉人头目。直到现在。

但他现在绝望又孤独，想不出别的办法。米拉尔·阿莱切姆已经消失。其他的叛军也死了，他也失去了与外部支持者、走私者和愿意接受贿赂的交通官员的所有联系。年轻的伊克斯女人们仍一个接一个地失踪，而特莱拉的暴行则完全没有得到应有的惩罚。

他恨他们所有人。

克泰尔经过了深思熟虑，最终还是潜入了办公大楼，埋伏在一道空无一人的走廊里，杀死了他能见到的、个子最高的特莱拉长袍子大师。他不想通过谋杀来达到他的目的，但他不后悔。有些事是必须做的。

与特莱拉人手上的鲜血相比，他的良心可要干净得多。

他偷走了这个死侏儒的衣服和身份证，准备揭开贝尼·特莱拉研究馆里的秘密。为什么伊克斯如此重要，甚至让皇帝派他的萨多卡军团来支持这些入侵者？所有被掳的女人都被带到哪里去了？这绝不是简单的政治斗争，绝不是沙达姆的父亲对维尔纽斯伯爵的私人报复。

答案必然就在那个安防等级很高的实验室里。

米拉尔一直怀疑这是一个非法的生物工程实验室，而帝国一直在秘密支持它的运作——他们甚至可能违反了芭特勒圣战的严格规定。不然科瑞诺家族为什么会冒这么大的风险，而且又坚持了这么久呢？在伊克斯整体利润下降的情况下，他们为何还在这里大举投资？

他决心要找到答案，于是穿上了死掉的特莱拉大师的长袍，铺平了上面的褶皱，系紧了栗色的腰带，以掩盖鲜血干涸后留下的黑色污迹。然后他处理掉尸体，把它扔进重新开放的、被屏蔽场保护起来的矿井里，这个矿井直达行星熔化的核心。而垃圾就应该被扔进这里。

在一个秘密储藏室里，他找了些化学药品涂在脸上和手上，把自己本就很苍白的皮肤上仅存的颜色也盖住了，然后又在自己的脸上涂了些起皱的药物，从而让自己变成了一个皮肤灰白、干瘪的特莱拉大师。他穿着薄底拖鞋，以降低自己的身高，而且还得稍微弓着点背。他的个子本就不高，而且特莱拉人也不是善于观察的种族，这都有利于他的潜入行动。需要克泰尔保持高度警惕的，反而是萨多卡士兵。

他检查了这个大师的记录，记住了他的密码，重载了他储存多年的命令。现在，他手中的身份证和信号干扰器应该足以让他通过任何审查。甚至是在研究馆里。

他装出一副傲慢的样子，开始他的变装舞会，从他藏身的房间走到宽阔的岩洞里。他迈着大步走到人群前面，登上了一艘运输圆舱。他把卡塞进扫描仪，在被严密封锁起来的研究馆的符号上按了一下。

圆形的舱门关闭了，运输圆舱脱离了交通系统，攀升到布满了监视机的半空。没有一颗监视眼往他这边看。运输圆舱也确认了他前往实验室的权限。任何警报都没出现。根本就没人注意到他。

在他的身下，工人们劳作着，大量的萨多卡士兵在一旁监工。而这些士兵更懒得抬头往上看，没人在乎封闭的岩洞中飞过的这艘运输船。

一关接一关，克泰尔顺利通过了安全大门和警戒区域，最终进入了蜂巢般的工业区。这里的窗户都是密封的，走廊里透出橘红色的光。闷热的空气温暖而潮湿，带着腐肉和令人恶心的人类排泄物的腐臭。

他把身子缩成一团，缓步向前走，想要掩饰自己其实已经迷路了，也不知道目的地在哪儿的真相。克泰尔不知道自己想要的答案藏在哪间屋子里，但他不敢犹豫，也不敢露出困惑的样子。他不想让任何人注意到他。

穿着长袍的特莱拉人穿梭于各个房间，全神贯注地工作着。他们都把帽兜拉到耳朵和头上，所以克泰尔也很高兴能学着他们的样子戴上帽兜，毕竟可以增加伪装。他又掏出一捆用他无法破译的奇怪密码写的利读联晶纸报告，假装在研读它们。

他在走廊里四处转悠，一听到有人靠近就改变路线。几个侏儒从他身边走过，用他们自己独有的特莱拉语言激烈地交谈着，还不时用他们细长的手指做着手势。他们都没有注意克泰尔。

他终于找到了生物实验室，这是一间放满研究装置、镀铬桌子以及外科手术扫描仪的房间——他从敞开的门廊里全都看到了，而门廊似乎受到了某种特殊扫描装置的保护，而他有些不想穿过这些装置。但是，除了此地，似乎没别的地方能给他想要的答案了。他紧张地喘着粗气，满头大汗，沿着主走廊向研究馆的中心走去。

最后，克泰尔找到了一个更高的楼层，一个窗户大开的观察走廊，里面空无一人。空气中弥漫着化学药品和消毒剂的气味，这里现在是一个经过清洗的无菌环境。

还有一股虽然很淡却也明显的肉桂味。

他透过宽大的窗户，凝视着生物实验室那巨大的中央区域，这个区域大得足以停下一艘宇宙飞船，到处都是收纳桌和棺材大小的容器……另外还有一排又一排的“标本”。然后，他便惊恐地看到了那些插着管子的大量尸体。全都是女人的尸体。

即使早就清楚特莱拉人有多么卑鄙，他也不敢想象如此可怕的景象。眼前的惨状像是一记重拳狠狠打在他的胸口，他还未来得及流出来的眼泪仿佛变成了灼热的酸液。他的嘴张开又闭上，怎么也说不出话来。他只想吐。

他看着身下这个巨大的实验室，特莱拉暴徒究竟对伊克斯女人都做了些什么已经完全清楚了。而其中的一个女人，他差点没能认出来，竟然是米拉尔·阿莱切姆！

他带着极度的厌恶，踉跄着走开了。他不得不逃离这一切。他刚刚看到的一切足以压垮他的意志。这不可能，不可能，不可能！他的胸口发紧，脑袋疼得似乎要裂开了——又不敢表现出任何的软弱来。

出乎他意料的事情发生了，一名卫兵和两名特莱拉研究员转过了走廊，径直朝他走来。其中一名研究员用一种他完全不懂的喉音语言对他说了些什么。克泰尔没有做出任何回应，摇摇晃晃地跑开了。

卫兵顿时警觉起来，在他身后大叫。克泰尔跌跌撞撞地顺着一条走廊跑了下去。紧接着他就又听到了一声大喊，强烈的求生欲取代了震惊和不安。最后，在跑出很远一段路后，他从生物实验室里逃了出来。现在，除了亲眼目睹了一切的克泰尔，没人知道这里面发生了什么。

事实比他所能想象到的还要糟糕得多。

困惑而绝望的克泰尔回到了研究馆的下层，把自己的注意力集中在了外部安全网络上。在他身后，大批卫兵们涌进了他刚刚逃离的走廊，但特莱拉人暂时还没有发出全面警报。也许他们不想打乱日常的研究工作……又或者，他们只是不愿相信一个愚蠢的伊克斯人奴隶居然有能力躲过他们最为严密的安全检测。

三年前被他用晶片炸药弹摧毁的研究馆侧翼已经完全重建起来了，但自动导向的供应轨道已经被移到了另一个入口。他决定从那里逃离，毕竟那里的安检级别不高。

他召来了一艘运输圆舱，爬了进去，用偷来的身份证通过了验证，然后粗暴地赶走了一名试图盘问他的卫兵，最后飞向了最近的工地，在那里他可以脱下伪装，混入工人当中。

不多时，他便听到身后响起了刺耳的警报声，但此时他已经逃离了研究馆，躲开了特莱拉秘密警察。现在只有他一个人清楚入侵者到底在干什么，以及为什么来伊克斯了。

然而，这个情报并没有让他感到一丝的安慰。现在的他心中只有绝望，是从他开始反抗以来从未有过的绝望。

背信弃义和玩弄手段在任何时候都能击败顽固的规则。我们为什么要害怕抓住我们看到的机会？

——亨德罗·莫里塔尼子爵，对兰兹拉德法院传票的回应

在这艘没有标记的飞船那起伏的甲板上，一个大眼睛巨人正俯视着他的俘虏们。“看看这些准剑术大师！”他笑得前仰后合，每个人好像都能闻到他那难闻的口气，“一群就知道守规矩的弱者和懦夫。这儿只是一小队没怎么训练过的士兵，手里拿着几根击晕棒，你们都对付不了？”

邓肯站在甲板上，旁边是希·雷瑟和其他四名吉奈斯学员，他们身上都被割伤和擦伤了，更不用说宿醉后的头痛欲裂。原本捆着他们的志贺藤已经被解开了，换成了一小队全副武装的、身穿黄色莫里塔尼制服的士兵看守着他们，手里端着各种各样的武器。头顶上，灰色的苍穹提前整整一个小时就陷入了黑暗。

这艘黑船的甲板又宽又亮，有点像武道场的地板，但由于下了一阵毛毛雨，以及掠过栏杆的浪花而变得十分光滑。学员们努力保持着平衡，就好像这只是另一种修行，而俘获他们的格鲁曼人则用手紧紧抓住了固定绳和支撑索，有些人看起来还有点晕船。然而，邓肯已经在卡拉丹岛上生活了十几年，在船上反而非常舒服。由于行驶在波涛汹涌的海面上，所以大部分设备都被绑上了，周围也没有看到能拿来

当武器的东西。

这艘不祥的船驶出群岛的水道。邓肯搞不明白为什么这些格鲁曼人敢做出这样的事。但很显然莫里塔尼家族曾经就无视过血海深仇战①的规则，对埃卡兹发起了不可原谅的恐怖袭击。随后吉奈斯学院便开除了那些不光彩的格鲁曼学生，看来这无疑激起了他们的愤怒。作为唯一一个留下来的格鲁曼人，希·雷瑟肯定会面临比在场的其他学员更残忍的对待。看着红头发那瘀青红肿的脸，邓肯十分清楚这一点，而雷瑟自然也明白。

站在他们面前的那个膀大腰圆的壮汉，从颧骨到下巴长满了黑胡子，乌黑的头发垂在宽阔的肩膀上。耳朵上挂着泪珠般的火宝石。他的胡子里缠绕着一些像小树枝一样的亮绿色小棍儿，前端被点燃了，一股肮脏的灰色烟雾喷了出来，弥漫在他的脸上。他的腰带里还别着两把锃亮的毛拉手枪。他告诉大家他的名字叫格里厄。

“你们那些所谓上等的训练有什么用呢？你们喝醉了，你们自满了，然后你们就不再是超人了。我很高兴我的儿子早早离开了那里，没有浪费更多的人生。”

这时，另一个穿着黄色莫里塔尼制服的瘦长结实的年轻人从主舱里走出来。邓肯心往下一沉，原来是特林·克罗诺斯，他走到那个黑胡子男人的旁边坐了下来，说道：“我们回来是为了帮你庆祝完成了训练，并向你们表明，不是每个人都需要八年时间才能熟练地战斗。”

格里厄的胡子继续冒着烟：“那么，让我们看看你们能打得多好吧。我的手下也需要一点练习。”

身着莫拉塔尼制服的男男女女们开始以动物般的优雅行动起来了。他们拿出了剑、刀、矛、弩，甚至是手枪。一些人穿着武术道

---

①血海深仇战。在大联合协定规定的严格限制条件范围内，展开的家族间的世仇战。在一开始，相关限制规定是为了保护无辜的局外人。

服，另一些人则是更奇特的火枪手或是自以为威风十足的海盗装束，仿佛是在嘲笑吉奈斯岛屿。作为另一个不好笑的玩笑，他们把两把钝木剑扔给了俘虏们。雷瑟抓住了其中一把剑，而克拉恩，一个来自秋夕星[1]、很有音乐天赋的学生抓住了另一把。但想要用这样的玩具刀剑去对付毛拉手枪、箭弹枪和弓箭是很可笑的

大胡子格里厄给出了一个信号，特林·克罗诺斯最先走到了伤痕累累的吉奈斯学员面前，目光轻蔑地扫视着众人。他在雷瑟面前停了一下，然后是邓肯，最后转向下一个学生，伊斯·奥普鲁，一个黑皮肤的阿尔－达纳布人，最后开口道："他先来。我得热热身。"

格里厄哼了一声表示赞同。克罗诺斯一下子把奥普鲁推到了甲板中央。

其他的战士则紧张地站在一旁等待。

"给我拿把剑来。"克罗诺斯喊道，但一直没回头。他的眼睛一直死死盯着奥普鲁的眼睛。邓肯发现奥普鲁已经下意识地半蹲下来，做了一个完美的战斗姿势，准备随时应战。而格鲁曼人则显然觉得自己拥有所有优势。

特林·克罗诺斯刚一接过长剑，便开始试图激怒面前这名黑皮肤的俘虏来，在他面前挥舞着长剑，熟练地在他头顶上比画，奥普鲁的头发都被他割掉了。"现在你打算怎么办，小剑客？我手里有武器，而你没有。"

奥普鲁丝毫没有退缩："我自己就是一件武器。"

当克罗诺斯准备进一步嘲弄他时，奥普鲁突然钻到剑刃之下，用他的手掌砍向对手的手腕。正在放声大笑的克罗诺斯大叫了一声，扔掉了他的武器。没等长剑落地，奥普鲁就马上以流畅的动作接住了

①秋夕星是白羊八星系的第四行星。被人称为"音乐之星"，盛产高质量的乐器。

它，然后一个翻滚，跳了起来。

“太棒了。”格里厄称赞道，而克罗诺斯则号啕大哭起来，玩命搓着他的手腕。“儿子，你还有很多要学的，”格里厄说着推开了这个年轻人，“退后，这样你就不会再受伤了。”

奥普鲁攥紧了敌人掉落的长剑，双膝微曲，准备战斗。邓肯紧张起来，在他身边的雷瑟也等着看这场比武的结果。其他俘虏围拢了过来，仿佛在准备攻击。

奥普鲁在甲板的中央周旋，刀锋在微微摆动，随时准备出手。他踮起脚尖，目不转睛地盯着面前的黑胡子巨人。

“看这姿势多优美?”格里厄往前迈了几步，想要看得更清楚些。他胡子上的余烬还散发着阵阵辛辣的烟雾，缭绕在他脸上，“看看他这个完美的姿势，就像教科书上写的那样。我看你们被开除了的人应该留在学校里，那样的话你们的姿势看起来也会很不错的。”

特林·克罗诺斯伸出没有受伤的那只手，从他父亲的腰带上拔出一把毛拉手枪。“姿势难道比结果更重要?”他挥舞着手枪说道，“我更喜欢胜利。”说完他直接对奥普鲁开了一枪。

刹那间俘虏们全都惊呆了，他们终于知道自己即将面临着被处决的命运。在伊斯·奥普鲁的尸体还没有完全倒在潮湿甲板上之前，剑术大师学员们毫不犹豫地发动了猛烈的全面进攻。在两个还洋洋得意的格鲁曼人意识到俘虏们出手之前就被拧断了脖子。

雷瑟向右侧滚去，一颗子弹猛地打在了身后的甲板上，弹到了波涛汹涌的海浪中。当莫里塔尼士兵终于掏出他们所有武器时，邓肯向相反的方向扑了过去。

格鲁曼暴徒们在高大的格里厄带领下包围了剩下的俘虏。一些人从学员的包围圈里挣脱了出来，向中间的学员发起攻击，但却遭到了迎头痛击，最后在一片旋转的飞腿中撤退了。

大个子格里厄吹起了口哨：“这才叫有范儿呢。”

克拉恩，那名来自秋夕星的学生，忽然发出一声令人毛骨悚然的号叫，一个箭步冲上前去，奔至离他最近的两个弓手面前。他举起木刀架住两把十字弓，反手就是一刀，正中其中一个敌人的双目，那个弓手本已经开始后退了，但还不够快。最后这个失明的格鲁曼人尖叫着摔在甲板上。在克拉恩的身后，另一名学生——来自巴鲁特的希迪·阿兰——一直紧跟着他，他用前面的秋夕星人作为盾牌，重复着他们一年前的演习。只不过这一次克拉恩知道自己在劫难逃了。

两个拿着十字弓的敌人开始胡乱射击起来。七支弩箭射穿了克拉恩的肩膀、胸部、腹部和脖子。但他向前的冲力仍然带着他往前走了一段，当他最终倒下时，希迪·阿兰从他倒下的同伴身上跳了过去，重重地扑倒了最近的一位弓手。他以迅雷不及掩耳之势从敌人手里抢过了十字弓。十字弓上还剩下一支弩箭，他敏捷地转过身来，把它射向了第二名弓手的喉咙。

他扔掉了没有了弩箭的十字弓，试图在第二个垂死的弓手倒在甲板之前抢过他手里的武器——但满脸怒火的大胡子格里厄掏出了他的第二把毛拉手枪，一枪打穿了这位巴鲁特学员的额头。

一时间枪声大作，格里厄以雪崩般的声音咆哮道：“别打自己人，你们这些白痴！”但他的警告来得太迟了：一个格鲁曼人倒在了地上，他的胸膛被击穿了。

没等希迪·阿兰的尸体倒下，邓肯就顺着光滑的甲板上冲了过来，一个箭步跳到秋夕星学员那布满弩箭的身体前面，从尸体的胸腔里拔出一支又一支的弩箭，然后向最近的莫里塔尼人扎去。敌人挥舞着长剑冲了过来，但邓肯瞬间就击破了他的防御，他猛地跳起来，用手中血淋淋的弩箭刺穿了敌人的下巴和软腭。邓肯能感到敌人的身子在拼命蠕动，他一把抓住敌人抽搐不已的身子挡在身前，用他做盾牌，挡住了迎面而来的三枪。

希·雷瑟仍然只拿着那把钝木剑，嘴里发出吓人的尖叫声，然后拼命挥舞木剑。木剑猛地击中了离他最近的格鲁曼人的脑袋，雷瑟用力之猛让他甚至听到了头骨破裂的声音，而木剑也碎了，成了一根又长又尖的木条。当那个格鲁曼人倒下时，雷瑟转身将木剑的碎片插入了另一名敌人的眼睛，木条直穿薄薄的骨头扎入了他的大脑。

剩下的学生——纽施国王的侄子沃德·赛迪尔——凌空踢出一脚，把敌人手中还在冒烟的毛拉手枪踢到了半空。由于他的对手一直没有停止射击，所以一时间子弹乱飞。接着沃德·赛迪尔又是一脚，狠狠踢在了这个格鲁曼人的下巴上，他的脖子应声而断。最后，赛迪尔接住了掉下来的毛拉手枪，把枪口对准了其他的格鲁曼人——但随着咔嚓一声，手枪竟然卡壳了。几秒钟后，赛迪尔浑身都插满了箭弹。

“这下你明白了吧，”格里厄·克罗诺斯喊道，“拿枪的永远比拿剑的厉害！”

这一切都发生在电光火石的三十秒里，最后邓肯和雷瑟发现只剩下他们两人还肩并肩地站在甲板上。同学们都死了。

莫里塔尼凶手们挥舞着武器，逼近了这两位幸存者。这些人好像有些犹豫，不敢上前，他们看向他们的首领，想知道下面该怎么办。

“雷瑟，你游泳游得怎么样？”邓肯低声问道，同时回头看着汹涌澎湃的黑色海水。

“也就是淹不死的水平吧。”红头发答道。他发现面前的士兵们纷纷拔出了箭弹手枪，琢磨着要不要抓一个敌人然后把他拖到船边。不过这是不大可能的。

在一个较为安全的距离之外，格鲁曼人瞄准了两个人。邓肯突然一挥手臂，把雷瑟推到了栏杆上，然后冲了过去。就在枪声响起的时，他们两人从船上跳进了翻腾的大海，这个地点距离任何肉眼可见的陆地都很远。一时间箭弹和毛拉子弹从船舷上喷洒下来，打得浪花四溅。银色的弩箭像黄蜂一样发出嘶嘶声，射入大海，但两个年轻人已经一个猛子深深扎进了水里，不见踪迹。

士兵们冲到船的另一侧，凝视着汹涌的大海。但他们什么也没发现。水下的暗流一定很汹涌。

“让他们跑了。”克罗诺斯皱着眉头，抚摩着手腕喃喃地说道。

“是啊，”大胡子格里厄附和道，“而且我们必须把其他人的尸体扔到有人能找到的地方去。”

所有的科技都是可疑的，必须被认为具有潜在的危险。

——芭特勒圣战组织，《给我们子孙的手册》

当这个可怕的消息传到位于萨鲁撒·塞康达斯的走私犯基地时，哥尼·哈莱克已经在这个破败的监狱城外待了一整天了。他坐在一堵古城墙的残垣断壁上，一边弹奏着他的巴厘琴，一边写一首关于这个荒凉星球的民谣。他周围的砖块早已被古老的原子热波熔化成了玻璃。

他凝视对面的一座高楼，想象着可能很久以前矗立在这里的那些奢华的帝国建筑。他那粗哑而有力的声音伴随着巴厘琴的琴声飘过了灌木丛和干燥的土地。他停顿了一下，转了个小调，以表现他此时此刻的心情。然后又试了一次。

病恹恹的云彩和灰蒙蒙的天空让他找到了感觉。其实正是这鬼天气给了他创作忧郁音乐的灵感，当然，那些留在地下堡垒里的人很讨厌这里变幻莫测的暴风雨。

这鬼地方总比杰第主星的奴隶坑要好。

一架灰色的扑翼机从南面飞了过来，那是一艘没有标记的走私者飞船，在天空中缓慢扇动着翅膀。哥尼用眼角的余光看到它落在了古遗址那边的一片盐田上。

他把注意力重新集中在了歌谣所要表达的意象上，比如宫廷的盛典和仪式，从遥远的星球远道而来的异国人，以及他们华丽的服饰和端庄的仪态。如此美好的东西早就化为乌有了。他摸了摸下巴上的墨藤伤疤，再次把思想集中在这些景象上。希望这些过往美好时代的回声能为萨鲁撒那永恒的凄凉增添一分光彩。

忽然他听到远处传来了一声叫喊，抬头看见一个人正奔上斜坡，朝他跑来。那是营地的厨师博克·卡松，他挥舞着手臂大喊大叫着。他的围裙上全是油腻的污渍："哥尼！多米尼克死了！"

他怔住了，挂在肩头的巴厘琴摔落在了地上。哥尼摇摇晃晃地站了起来，听着卡松转述的、由扑翼机带来的噩耗——多米尼克·维尔纽斯和所有的同志都在厄拉科斯的原子爆炸中丧生了，显然他们受到了萨多卡军团的攻击。

哥尼简直不敢相信自己的耳朵："萨多卡军团……使用原子武器?"

一旦这个消息传回凯坦星，帝国的信使就会根据沙达姆的指示篡改真相并把消息传播开。皇帝一定会杜撰这段历史的，他会把多米尼克描绘成一个十恶不赦、逍遥法外几十年的罪犯。

厨子摇了摇头，眼睛红红的，张大的嘴巴耷拉着："我猜是多姆自己引爆的原子武器。他曾计划用这些家族储备对凯坦进行自杀式袭击。"

"这太疯狂了。"

"他是太过绝望了。"

"可是用原子武器——去对付皇帝的萨多卡军团，"哥尼摇了摇头，但他很清楚自己必须马上做出反应，"我有一种感觉，这一切还没有结束，卡松。我们得撤离这个营地，要快。我们必须分散开。现在敌人要冲我们来了。"

领袖的死讯让大家备受打击。正如这个受伤的世界永远无法恢复往日的辉煌一样，这个走私团伙也同样无法恢复往日的荣耀了。失去了多米尼克，这些人无法继续。变节的伯爵一直是他们前进的动力。

夜幕降临后，大家围坐在一张战略桌旁，研究下一步该如何行动。有几个人建议哥尼·哈莱克当他们的新领袖，因为多米尼克、约丹和阿苏尤都已经不在了。

“这里已经不安全了，”卡松说道，“我们不知道帝国对我们的情况掌握了多少。如果他们把我们的人抓去审问了呢？”

“我们必须建一个新的基地来继续我们的工作。”另一个人说。

“什么工作？”一个年纪最大的老兵问道，“是因为多姆的号召，我们才团结在一起。我们是为了他才在一起战斗的。现在他已经不在了。”

当走私者们仍喋喋不休地争论时，哥尼的思绪却已经转到了他们过世领袖的孩子们身上，他们一直被厄崔迪家族收留着。当他最终露出微笑时，那道墨绿色的伤疤因残留着的疼痛而皱了起来。他把这件事抛在了脑后，想起了一件挺讽刺的事：他自己也是被厄崔迪公爵在不知不觉中从哈克南奴隶坑中给救出来的，当时公爵恰好订购了一船蓝黑曜石……

于是他打定了主意：“我不会加入你们任何一个人，不会加入任何什么新基地。不，我要去卡拉丹。我打算为雷托·厄崔迪公爵效力。而那里正是隆博和凯莉娅·维尔纽斯所在的地方。”

“你疯了，哈莱克，”斜肩膀的西恩·特拉夫嘴里叼着一块树脂木片说道，“是多姆坚持要我们离他的孩子们远点，不要把危险带给他们。”

“危险已经随着他的过世而消失了，”哥尼眯起蓝色的眼睛反驳道，“这家人宣布变节已经二十年了。当然也得看皇帝的动作有多快，也许我能在那两个孩子听到被歪曲了的事实之前赶过去。多米尼克的孩子们需要知道他们的父亲到底做了什么，而那些官方信使嘴里只有谎言。”

“可他们不是孩子了，”博克·卡松指出，“隆博现在都三十多岁了。”

“是啊，”潘·巴洛深深地吸了一口雪茄，然后吐出一股黑烟，“我还依稀记得他们和小狗一样大的时候，这俩小鬼天天在大王宫里跑来跑去的。”

哥尼站了起来，把他的巴厘琴重新挂回肩上。“我要到卡拉丹去把一切都说清楚，”他向大家点点头道，“毫无疑问，你们中的一些人想要继续做走私生意。那就带着我的祝福把剩下的装备拿走吧。我……反正不想再当走私犯了。”

当他到达卡拉市太空港时，哥尼·哈莱克身上就只带着一个包，里面有几件换洗的衣服，一包宇宙索硬币——这是他应得的那份走私分红——还有他那把心爱的巴厘琴。当然，他还带来了多米尼克·维尔纽斯的消息和纪念品——他希望这些足以让他进入公爵城堡。

在穿越折叠空间的旅程中，他喝多了，并在运航机的赌场里赌了几把，那些威库服务员对他很是宽容。他认识了一个来自波里特林①的迷人女人，她认为哥尼的歌声和幽默足以弥补他那伤痕累累的脸。在运航机进入了卡拉丹上空的轨道之前，他们一直待在一起。最后，他和她吻别，然后走向了穿梭机。

来到凉爽潮湿的卡拉丹没多久，他就花光了带来的钱，为的是让自己显得体面一些。没有家乡和家庭，他觉得自己完全没必要存钱。“钱是用来花的。”他总是这样说。当然这个观念对他的父母来说简

①波里特林是亚琅五星系的第三行星，许多禅逊尼流浪者把它当成自己的故乡，尽管他们的预言和神话显示出他们有更为古老的历史渊源。

直是天方夜谭。

在通过了一系列的安全检查之后，哥尼终于站在城堡的接待大厅里，看着一个健壮的男人和一个有着深铜色头发的年轻漂亮的女人向他走来。他甚至从他们的脸上看出了多米尼克的基因：“你们就是隆博和凯莉娅·维尔纽斯吧？”

“正是。”那个有着一头蓬乱的金发和一张宽大脸庞的男人说道。

“卫兵说你认识我们的父亲？”凯莉娅反问道，“这些年他都到哪里去了？他为什么不给我们捎个信呢？”

哥尼紧紧抓住他的巴厘琴，仿佛它能带给他力量，然后答道：“他在萨多卡军团对厄拉科斯的一次袭击中被杀了。多米尼克在那儿有一个走私基地，在萨鲁撒·塞康达斯也有一个。”他声音有些颤抖起来，不小心拨动了一根琴弦，然后又紧张地拨动了另一根。

隆博一下子瘫倒在椅子上，差点儿弄翻了椅子，好在他马上保持住了平衡。他呆呆地凝视前方，眨了眨眼睛，伸出手摸索着，他是在找着凯莉娅的手。她一把抓住了他。

哥尼难过地继续说道：“我一直为你们的父亲工作，而且……现在我也没地方可去了。我想我应该来找你们，告诉你们他在过去的二十年里都在哪里，都做了些什么——还有他为什么不得不远离你们。他只想保护你们。”

眼泪从维尔纽斯孩子们的脸上流了下来。多年前，他们的母亲被萨多卡军团杀害了，今天这个噩耗还是那个再熟悉不过的模式。隆博张开嘴想说些什么，但什么也说不出来，最后又闭上了嘴。

“我会用我的刀法对付厄崔迪的敌人，”哥尼说，“你们有个强大的敌人，可我不会让你们受到伤害。因为这正是多米尼克的愿望。”

“请说得更具体一些。”这时，另一个男人从哥尼右边的侧门出现了，他又高又瘦，有着一头深色的头发，眼睛是灰色的。他穿着一件领口有红鹰徽章的黑色军服，“我们想听完整的经过，不管它有多痛苦。”

“哥尼·哈莱克，这位就是雷托·厄崔迪公爵，”隆博擦去眼里的泪水，呆滞地介绍道，“他也认识我父亲。”

这位伤痕累累、脸色阴郁的来访者犹豫地和雷托握了握手。“我很抱歉带来这么可怕的消息，”哥尼喃喃道，他凝视着隆博和凯莉娅，“最近，多米尼克收到了一些令人不安的消息，他决定潜回伊克斯。结果他在那里所目睹的景象……把他吓坏了，他回来的时候就已经一蹶不振了。”

“确实有很多办法能潜回伊克斯，”隆博承认，“有一些只有维尔纽斯家族的人才知道的紧急通道，我自己也还记得。”说完他又转向哥尼，“但他到底想做什么呢？”

“据我所知，他是打算用维尔纽斯家族储存的原子武器来攻击凯坦。但皇帝的萨多卡军团提前知道了他的计划，他们先出手攻击了我们的基地。多米尼克引爆了一颗燃石炸弹，和他们同归于尽了。”

“原来我们的父亲一直没有死。”隆博说道，然后看了看雷托。同时他把目光投向了城堡的拱形入口和长长的大厅，似乎是在找特希雅，“他还活着，但从来没有告诉过我们。我真希望能和他并肩作战，哪怕就一次。我应该和他站在一起。”

“隆博王子——如果我可以这样称呼您的话，”哥尼说，“所有曾经和他站在一起的人现在都死了。”

把哥尼·哈莱克带到此地来的同一架运输机上，还有阿曼德·埃卡兹大公派来的一位正式的外交信使。这名女子留着一头栗色的短发，穿着一件受人尊敬的古老制服，上面有着穗带和几十个口袋。

她很快便找到了雷托，公爵此时正站在宴会厅里，和一些家族工作人员聊天。这些工作人员正努力把昂贵的蓝黑曜石墙壁擦得光彩照人。多亏了哥尼·哈莱克，雷托现在才知道蓝色黑曜石原来不是来自哈葛尔，而是来自哈克南奴隶坑。尽管如此，哥尼还是请求公爵不要把墙拆了。

雷托转身向信使打了招呼，但她的动作却十分轻松而务实，她只是出示了身份证明，递交了一个密封的信息圆筒，然后等待公爵给她指纹收据。她基本没怎么说话。

出于对更多的坏消息的担心——不过信使什么时候带来的不是坏消息？——杜菲·哈瓦特和隆博都从对面的门廊走到了雷托面前。雷托举着这个未打开的圆筒一抬头，正好迎上了他们怀疑的目光。

雷托公爵从餐桌下面拽出一把沉重的椅子，脚在石头地板上蹭来蹭去的。工人们则继续打磨黑曜石墙。雷托叹了口气，瘫倒在座位上，打开了圆筒。他灰色的眼睛扫视着上面的文字，而门泰特和王子则静静地在一旁等待着。

看完信息之后，雷托抬头看了看墙上挂着的老公爵的画像，对面则是在托罗斯广场杀死老公爵的那头萨鲁撒公牛的标本。“嗯，这确实需要我好好考虑一下。”他没有作进一步的解释，似乎更希望已故的保卢斯能给他一些忠告。

隆博坐立不安起来：“到底是什么事啊，雷托?”他的眼眶仍然红红的。

公爵把圆筒放在了桌子上，然后还没等它滚落下来就又抓住了它。“埃卡兹家族已经正式向厄崔迪家族求婚了。是阿曼德大公的二女儿伊莱萨。”他伸出戴着公爵印玺戒指的手指敲着圆筒说道，这位大公的大女儿正是被莫里塔尼家族的人杀死的，“他还准备了一份财产清单和一份嫁妆。”

“但就是没有二女儿的照片。”隆博说。

“我已经见过她了。伊莱萨足够漂亮。”雷托的口气显得有些心烦意乱，仿佛这些事情不会影响他的决定似的。

两名正在擦衣服的仆人听到这个消息大吃一惊，随即又转回头去，继续干活。

哈瓦特眉头紧锁着，说道："毫无疑问，大公对重新爆发的敌对行动感到担忧。与厄崔迪家族的结盟会让埃卡兹不那么容易受到莫里塔尼家族的侵略。子爵在派军队入侵时也会三思而行。"

隆博摇了摇头道："呃，我告诉过你的，皇帝的那些小把戏永远也解决不了这两个家族之间的纷争。"

雷托凝视着远方，思绪万千："这里没人不同意你，隆博。可现在我认为格鲁曼人的矛头对准的其实是吉奈斯。据我所知，学院在兰兹拉德公开激怒了莫里塔尼子爵，称他是懦夫和疯狗。"

哈瓦特严肃地说："公爵，难道我们不应该离这件事远点儿吗？他们之间的争斗已经持续多年了，谁知道他们下一步会做什么？"

"可我们陷得太深了，杜菲，不仅是因为我们和埃卡兹的友谊，现在还加上一个吉奈斯。我不可能再保持中立了。在知晓了格鲁曼人的暴行后，我在兰兹拉德一个呼吁谴责的投票里投了赞成票。"然后他又略带私心地微笑起来，"而且，那个时候我心里想的是邓肯。"

"那我们就必须仔细研究一下这个求婚了。"门泰特说。

"我妹妹不会喜欢这个消息的。"隆博喃喃地说。

雷托叹了口气："这么多年来，凯莉娅一直不喜欢我做的任何事。可我是公爵。我得考虑怎样做才是对家族最好的选择。"

当晚，雷托邀请哥尼·哈莱克与他们共进晚餐。

在下午的几个小时里，这个骄傲的走私者挑战了好几个最好的厄崔迪家族战士——而且打败了他们中的大多数人。

现在，在安静的晚餐时间里，哥尼又证明了他同样也是一个讲故事的大师，他把多米尼克·维尔纽斯的事迹一个接一个地讲给了餐桌上热切的听众。在宴会厅长长的桌子上，他正好坐在那个萨鲁撒牛头和老公爵那幅斗牛士画像之间。

这个伤痕累累的走私者用忧郁的声音，表达他对哈克南家族的极度憎恨。他甚至还提起了运送蓝黑曜石的事，恰好其中一些黑曜石正巧被用来装饰这个宴会厅，而正是这一批黑曜石才让他得以从奴隶坑中逃脱。

后来，在另一场剑术表演中，哥尼用老公爵的一把剑对付一个假想的对手。他没有什么精妙的剑技，但精力充沛，准度惊人。

雷托点了点头，瞥了一眼杜菲·哈瓦特，后者也翘起嘴唇表示赞许。“哥尼·哈莱克，”雷托宣布道，“如果你愿意留下做厄崔迪家族的卫兵，我将不胜荣幸。”

哈瓦特则说道：“当然得等背景调查结束之后。”

“我们的武器大师邓肯·艾达荷，正在吉奈斯学院就读，不过我们预计他很快就会回来了。你可以辅佐他。”

“他在受训剑术大师？那我可不想给他添麻烦。”哥尼咧嘴笑道，下巴上的墨藤伤疤皱了起来。他向雷托伸出自己粗壮的手，“为了纪念多米尼克，我愿意留在这里，为维尔纽斯家族的孩子们效力。”

隆博和雷托分别握着他的手，一起欢迎着哥尼·哈莱克加入厄崔迪家族。

当权者不可避免地试图利用任何新获取的知识来满足自己的欲望。但是知识满足不了任何欲望——无论是过去的还是将来的。

——迪米特里·哈克南，给儿子们上的一课

弗拉基米尔·哈克南男爵一生都在寻求新的体验。他是个十足的享乐主义者——珍馐美味，奇异毒品，反常的性行为——他总在尝试以前从未做过的事。

但在哈克南城堡里养大一个婴儿……这该如何是好呢？

兰兹拉德联合会里的大部分家族都很喜欢生养孩子。一代人之前，伊尔班·李芝伯爵娶了一个皇族的公主，并生下了十一个孩子。十一个！男爵曾听过一些平淡无味的歌曲和感人的故事，让他误认为孩子的笑容能使人变得很开心。他不太明白养孩子是怎么回事，但出于家族责任，也为了哈克南家族未来的生意，他发誓要尽自己最大的努力。他要为小费伊德-劳萨做好榜样。

这个刚满一岁的小男孩对自己的走路技巧似乎有些太过自信，他一直在房间里磕磕绊绊地走路，想要在完全学会保持平衡之前就开始跑步，甚至撞到了什么东西后也要坚持跑下去。有着一双明亮大眼睛的费伊德似乎拥有无法满足的好奇心，他闯入了每一个储藏区，撬开了每一个橱柜。他还会捡起任何能动的物体，通常会把它放进嘴里。而且这个婴儿很容易受惊，一直不停地在哭。

有时候，男爵对他厉声呵斥，试图得到某种回应而不是一些荒谬的咕噜声。但这一点用也没有。

一天，吃完早饭后，他带着孩子到哈克南堡一座塔楼高高的阳台上。小费伊德抬头望向拥挤的工业城市，透过烟雾看着清晨红彤彤的太阳。在哈克城的边界之外，矿业和农业村庄负责生产原材料，从而维持杰第主星的运作。但民众仍然不怎么守规矩，男爵不得不实行严格的控制，树立榜样，提供必要的惩罚，让他们坚守自己的工作岗位。

男爵有些走神了，他的注意力离开了孩子。就在这时，费伊德以惊人的速度，踮着脚尖跌跌撞撞地跑到阳台边缘，靠在了栏杆之间。男爵顿时又气又惊，结结巴巴地说不出话来，也跟着踉踉跄跄跑上前去。他身上绑着的浮空带让他既轻巧又笨拙，就在费伊德把身子探出去之前，他一把抓住了这孩子。

他把那个蹒跚学步的孩子抱在和自己视线齐平的地方，恶狠狠地对他咆哮起来："你怎么能做这样的傻事呢，你个傻孩子？你不知道后果吗？如果你从这儿摔下去了，你的下场就是街上的一块污点！"

然后精心培养的哈克南血脉就断了……

费伊德－劳萨睁大眼睛看着他，然后粗声粗气地叫了一声。

男爵把那男孩拽了回来。为了安全起见，他从自己的腰带上取下一个浮空球，把它系在了孩子背上。虽然这会让他走起路来变得困难，再次感觉到了退化的肌肉和压在胳膊和腿上的重力，但至少费伊德在他的掌控之中了。结果这孩子在半米高的空中上下跳动起来，似乎觉得很有趣。

"跟我来，费伊德，"男爵说，"我带你去看动物。你会喜欢它们的。"

他的叔叔气喘吁吁地迈着沉重的步伐，穿过走廊，走下楼梯，最后来到了角斗场。孩子则一边飘浮一边咯咯地笑。男爵每隔几分钟就碰一下他的肩膀，让他继续往前走。费伊德胖乎乎的小胳膊和小腿在半空中挥舞着，好像在空中游泳。

在角斗场周围的笼子里，哈克南男爵拖着孩子穿过低矮的隧道。隧道那倾斜的天花板是用枝条和泥浆制成的，这是一种原始的土木结构，给人一种动物巢穴的感觉。封闭的隧道里充满了一种浓郁潮湿的荒野气味。栅栏后的房间里堆满了腐烂的干草和粪便，这些干草和粪便是那些经过训练的动物用来对抗男爵选定的猎物的。被折磨的动物发出的吼声在墙壁间回荡。它们的爪子在石头地板上挠来挠去。而不少愤怒的野兽则直接撞向了栅栏。

男爵笑了。这些捕食者变得紧张不安是件好事。

那些野兽看着很有趣：它们用牙齿、角和爪子就可以把一个活人撕成血肉横飞的碎片。然而，最有趣的战斗其实发生在人类对手之间，职业士兵与被承诺给予自由的绝望奴隶之间，只不过从没有奴隶得到过自由吧。任何一个能够打败训练有素的哈克南杀手的奴隶都值得保留下来继续战斗。

当他继续穿过昏暗的隧道时，男爵低头看了看小费伊德那张令人着迷的脸。从这个孩子身上，他看到了前途无量的未来，他是哈克南家族的另一个继承人，有可能比他那笨哥哥拉班做得更好。拉班虽然强壮且邪恶，但没有男爵喜欢的狡猾头脑。

不过，他那魁梧的侄子多少算是个有用的人。事实上，拉班做过的许多残忍的事，就连男爵都觉得厌恶。有太多的时候，他的表现就像……满脑子都是肌肉。

男爵和孩子在一个笼子前面停了下来，笼子里有一只拉扎虎在来回走动着，瞳孔像猫那样缩小成了一条窄缝，三角形的鼻子因为闻到了嫩肉和温血的味道而张开了。几个世纪以来，这些饥饿的野兽一直是角斗士的最爱。这种老虎全身肌肉发达，每一根纤维都充满了杀戮的能量。饲养员给它的食物刚好够维持它的峰值体力……这样它才能一直做好撕裂血肉的准备。

突然，这头野兽撞向了笼子的栅栏，黑色的嘴唇咧了开来，露出了长长的獠牙。这只饱受虐待的老虎一次又一次地扑向围栏，最后伸出了它那刀尖般锋利的爪子。

男爵吓了一跳，往后退去，一把拽住了费伊德。孩子后背上的浮空球使得他上下飘动着向后飞去，最后直接撞到了墙上，这下子可要比咆哮的捕食者更要命了。费伊德瞬时号哭起来，小脸都哭得发紫了。

男爵一把抓住孩子的肩膀。“好了，好了，”他用一种粗暴而又抚慰人的语气说道，“现在保持安静。没事了啊。”但费伊德继续尖叫着，最终激怒了他的叔叔：“给我安静，我说了没什么好哭的！”

可这孩子不这么想，他继续大声哭闹。

老虎也跟着咆哮起来，再次扑向栅栏，用爪子向空中猛挠。

“闭嘴，我命令你！”男爵不知道该怎么办了。他从来没有学过如何处理孩童的哭闹，“嘿，给我闭嘴！”结果费伊德哭得更大声了。

奇怪的是，他忽然想到了自己和贝尼·杰瑟里特女巫莫希阿姆所生的两个女儿。七年前的今天，在他与瓦拉赫九号星的女巫发生了灾难性的冲突后，他曾要求把他的孩子们送回来，但现在的他意识到，当时让圣母们去抚养这些孩子长大是一个多么正确的决定……真是些不成熟的东西。

“皮特！”他声嘶力竭地喊道，然后大步走向墙上的一个嵌板。他用肿胀的拳头捶打着它，“彼得·德伏！我的门泰特呢？”

他大声喊着，直到门泰特用细细的鼻音通过扬声器回应了他：“我这就来，男爵阁下。”

费伊德继续大哭着。而当男爵再次抓住他的时候，他发现这个孩子已经尿满了整张尿布，“皮特！”

没过多久，门泰特就顺着隧道过来了。他一定就躲在附近，像往常一样尾随着男爵："怎么了，我的男爵？"

那孩子仍在大哭大闹，男爵一把把费伊德塞进了德·弗里斯的怀里："你给我照顾他。让他别哭了。"

门泰特完全没料到这一手，他对着小哈克南人眨了眨那双狼眼："可是我的男爵，我——"

"照我说的做！你是我的门泰特。你应该知道我要你知道的一切。"男爵紧咬牙关，德·弗里斯的窘态让他差点笑出声来，但他忍住了。

门泰特伸着胳膊，把散发着臭味的费伊德－劳萨平举了起来，他手里这个蠕动的孩子仿佛是他一个奇怪的标本。这个瘦子脸上的窘迫表情让男爵刚刚经历的所有痛苦都变得值得了。

"别让我失望，皮特。"男爵迈着大步走开了，他的步态因为失去了一个浮空球而显得有些迟缓。

在他身后的动物通道里，彼得·德伏抱着那个号叫的婴儿，一时间不知该往哪边走了。

傲慢的人只会筑起高墙，试图隐藏他们的疑虑和恐惧。

——贝尼·杰瑟里特格言

凯莉娅在卡拉丹城堡的私人房间里，在雷托看不到的地方哀悼她父亲的过世。她站在一扇狭窄的塔楼窗户前，手指放在冰冷的石头窗台上，凝视着外面翻腾着的灰色大海。

多米尼克·维尔纽斯对她来说是个谜，他本是一个勇敢而聪明的领导人，却潜逃了二十年。他是在躲反抗军吗？他是任凭妻子被刺客杀害吗？他是放弃了自己孩子们与生俱来的权利吗？还是说这么多年来他一直在暗中努力，试图让维尔纽斯家族恢复权力，最后功败垂成？而现在他就这么死了。她的父亲，一个曾经充满活力、无比强壮的男人，就这么死了。真是难以置信啊。凯莉娅的心越来越凉了，她清楚自己再也回不到伊克斯了，再也拿不回理应属于她的东西了。

而在此期间，雷托竟然还考虑和埃卡兹家族的一个女儿结婚，她是那位被格鲁曼人绑架和谋杀的女儿的妹妹。雷托不会回答凯莉娅就此向他提出的任何问题。前一天晚上，他用傲慢的口气告诉她，这是“家族大事”，不用和一个小妾商量。

可我做了他六年多的侍妾。我是他儿子的母亲——我才是唯一配做他妻子的人。

她的心变成了一个空洞，一个正在吞噬一切的黑洞，只给她留下绝望和破碎的梦想。这个噩梦永远不会结束了吗？在埃卡兹的大女儿被谋杀后，凯莉娅曾一度觉得雷托最终会向她求婚。但他仍然把婚姻看作是政治手段，目的只是为了加强家族的政治、军事和经济实力。

在她身下，黑色的悬崖被海浪掀起的雾气打湿了。海鸟在空中翱翔，捕食着昆虫，又俯冲进浪花追逐起鱼儿来。绿色的海藻黏附在岩石上，岸边那些破碎的礁石使海水翻腾起来，海面就像是一个沸腾着的大锅。

我这辈子应该是被诅咒了，凯莉娅心说道，*我生命中的一切都被偷走了*。

基娅拉没有敲门就走进了她的私人房间，还没等她转过身来，凯莉娅就听到了华丽托盘上杯子和容器发出的叮当声，闻到了基娅拉为她亲手煮的香料咖啡的味道。这名老侍女走起路来仍然不乏速度和敏捷，这使她看上去没有实际年龄那么苍老。基娅拉稳稳地放下盘子，试图平息那叮当声，然后拿起饰有凹槽纹的咖啡壶，往两个杯子里各倒了一杯浓浓的棕色咖啡。然后她给自己那杯加了糖，给凯莉娅的加了奶油。

伊克斯公主的心情仍很糟糕，她接过基娅拉递过来的杯子，轻轻地呷了一口，尽量不表现出太过享受的样子。基娅拉自己也喝了一大口，然后坐在一张椅子上，仿佛她的地位和公爵的第一个侍妾不相上下。

凯莉娅一下子涨红了脸："你有些太过放肆了，基娅拉。"

老侍女隔着咖啡杯看向对面年轻的公主，她本应是任何豪门家族的首选结婚对象的："凯莉娅夫人，你是想要个伙伴还是一个机械仆人？我一直是你的朋友和知己。也许你还在怀念伊克斯的那种自动机器人？"

"不要擅自揣测我的想法，"凯莉娅用一种凄凉的声音说道，"我正在为一位伟人哀悼，他死于帝国的背叛。"

基娅拉的眼睛一下子亮了起来："没错，而你的母亲也是被他们害死的。现在你不能指望你哥哥了，他只会动嘴——他永远不会帮你拿回你与生俱来的权利的。而你，凯莉娅，"——老侍女伸出一根关节肿大的手指指着她说——"你是维尔纽斯家的后代，是这个大家族的心脏和灵魂。"

"你以为我不知道吗?"凯莉娅再次转身向城堡窗外望去。她无法面对这个老女人，或者说无法面对任何人或任何事，甚至连她自己的恐惧也无法面对。

*如果雷托娶了大公的女儿……*她生气地摇了摇头。这比那个贱人杰西卡还要糟糕。

卡拉丹的大海一直延伸到了天边，天空笼罩着乌云，预示着阴郁的冬天就要来了。她觉得自己在雷托心中的地位越来越危险了。当她还是个小女孩的时候，雷托将她庇护在自己的羽翼之下，在她的世界被摧毁后，是他保护了她……但那些日子一去不复返了。不知为何，他们之间的感情，甚至是爱情，都已经枯萎死亡了。

"你自然会担心公爵会接受求婚并与伊莱萨·埃卡兹结婚，"基娅拉试图用一种温柔的声音安慰她，但说出的话却像一把极富同情心的锋芒利刃。她知道怎样戳中凯莉娅心中最疼的地方。

雷托虽然被杰西卡迷住了，但仍然会来到凯莉娅的床前，只是次数不多，仿佛和她上床只是出于一种义务。她选择了顺从，仿佛和他上床也是她自己的一种责任。毕竟无论他的感情发生了怎样的变化，他的良心决不允许他把凯莉娅完全抛弃。相反，雷托选择了一种更微妙的惩罚，那就是让凯莉娅留在他身边，却不给她那应得的荣耀。

啊，她多么希望能去凯坦星啊！凯莉娅渴望穿上精致的礼服，佩戴华贵而精致的珠宝，然后带上几十个女仆——而不是这个一直用甜言蜜语掩饰尖刻言辞的老女人。她瞥了基娅拉一眼，注意力忽然被老妇人模糊的五官所吸引了，她精心打理的头发让她的外表显得更为高贵了。

而那面闪闪发光的蓝黑曜石墙——这可是雷托花了大价钱从哈葛尔宝石商人那里买来的——它确实很好地装点了卡拉丹城堡。雷托称之为她的“冥想之墙”，因为通过这面墙，凯莉娅可以看到周围世界的影子，思考它们的含义。蓝黑曜石是如此罕见，连兰兹拉德很少有家族能买得起哪怕一件小小的装饰品——可雷托却为她买了整面闪亮亮的墙，还有宴会厅的那些石雕。

但凯莉娅却并不满意。基娅拉告诉她雷托只是想收买她，让她接受自己的地位，让她不再抱怨。

现在，哥尼·哈莱克却告诉大家，这种稀有物质实际上是来自杰第主星。啊，真是够讽刺的！她知道这个消息一定会刺痛雷托那颗对自己不忠的心。

基娅拉看着凯莉娅的表情，知道自己一直强调的东西已经在她内心深处生根发芽了……她看到了自己需要的楔子：“夫人，在雷托娶埃卡兹大公的女儿之前，你先考虑一下自己的血脉问题吧。”她站在蓝色的黑曜石墙旁，影子扭曲着，仿佛被困在了火山玻璃那模糊的光芒中。

“忘掉你的父亲和哥哥——甚至忘掉你自己吧。你和雷托·厄崔迪公爵有个儿子。你哥哥和特希雅都没能生个孩子出来——所以维克多变成了维尔纽斯家族真正的继承人……也可能是厄崔迪家族的真正继承人。如果公爵在娶妻生子之前发生了什么意外，那么维克多就会成为厄崔迪家族本身了。而这孩子只有六岁，您将会垂帘听政很多年的，夫人。这行得通。”

“你是什么意思，什么叫雷托‘发生了什么意外’？”她的心一下子绷紧了。而她其实很清楚老女人的意思。

基娅拉缓缓地喝完了咖啡，没有经过凯莉娅的允许就给自己倒了第二杯：“保卢斯公爵是在一次斗牛事故中丧生的。你当时也在场，没错吧?”

凯莉娅回忆起老公爵在托罗斯广场与一头萨鲁撒公牛搏斗时的可怕画面。正是这一悲剧事件让雷托提前几年就登上了公爵宝座。那时的她还是个十几岁的少女。

基娅拉是在暗示那个事故其实不是个意外吗?凯莉娅听过一些传言,但大多很快就平息了——她一直觉得这些言论不过是有人在嫉妒雷托。老女人回避了凯莉娅的问题:“我知道,这个想法不能当真,亲爱的。我提出来只是为了讨论。”

凯莉娅却无法将这种阴险的想法从她的头脑中清除了。她想不出还有什么别的办法可以让自己血统的孩子来领导一个兰兹拉德大家族。不这么做,维尔纽斯家族就真的灭亡了。她紧紧地闭上了眼睛。

“如果雷托最终同意娶伊莱萨·埃卡兹,那么你将一无所有。”基娅拉端起盘子,佯装要离开。她已经播下了种子,完成了自己的工作,“你的公爵已经把他的大部分时间都花在那个贝尼·杰瑟里特婊子身上。很明显,现在的你对他毫无意义。我怀疑他是否还记得他在激情之余对你做出的任何承诺。”

凯莉娅惊讶地看着老侍女,基娅拉是怎么知道雷托和她那些卧房秘密的?但一想到厄崔迪公爵爱抚着那个有着光滑鹅蛋脸、古铜色头发和大嘴巴的年轻杰西卡,她就把怒火从无礼的基娅拉身上转移到了雷托本人。

“你必须问你自己一个很难回答的问题,夫人。你内心深处真正想要忠于谁?是雷托公爵还是你的家族?既然他不打算给你一个名号了,那你就永远是一个维尔纽斯人。”

老太太端走了盘子,留下凯莉娅和她自己那杯温热的咖啡。基娅拉不辞而别,也没有问她的夫人是否还需要什么。

凯莉娅仍然呆呆地站在她的房间里,看着那些时刻提醒自己这辈子究竟失去了多少的小饰品:她失去了高贵的家族,失去了华丽的大王宫，失去了她进入皇宫的机会。她的心一阵阵剧痛，一眼看见了自己为慈祥的父亲画的一幅素描，这让她回忆起了多米尼克的笑声，那个高大的秃头男人曾怎样手把手教给她处理商业事务。接着，怀着同样的失落感，她想起了儿子维克多，想起了他永远也得不到的一切。

对凯莉娅来说，最困难的部分是真正下定那个可怕的决心。而一旦决定了，在她看来，剩下的都只是些……细节了。

个体才是关键，是所有生物进程的最终有效单位。

——帕多特·凯恩斯

多年以来，列特·凯恩斯一直全心全意地爱慕着美丽的黑发姑娘法罗拉。可到了最终真要娶她的时候，他只感到无尽的空虚和一种责任感。确切地说，他在沃里克去世之后等了整整三个月，尽管他和法罗拉都知道他们两人最终一定会结婚的。

因为列特已经对他的朋友发了死誓。

根据弗雷曼习俗，男人只要是用匕首或是赤手空拳打败了谁，就可以夺走他的妻子和孩子。然而，法罗拉不是一个甘尼玛[1]，她不是一个战利品。列特和耐布海纳尔谈过，表达了他对法罗拉的爱意，他说自己想要照顾她，同时引用了他对沃里克的庄严承诺，也就是列特承诺把沃里克的妻子当作世界上最珍贵的女人来疼爱……并像对待亲生儿子那样，承担起对沃里克之子的责任。

老海纳尔的一只独眼盯着他。耐布清楚那一天究竟发生了什么事，知道沃里克在科里奥利风暴中做出的牺牲。在红墙穴地的长老们看来，沃里克已经死在沙漠中了。他自称从神那里得到的异象显然是

①甘尼玛指的是在战斗或决斗中获得的战利品。一般指战斗获得的纪念品，留在身边以作纪念。

假的，因为他在测试中失败了。于是海纳尔这才同意列特·凯恩斯迎娶自己的女儿为妻。

列特坐在自己房间里那堆染色香料织锦的后面，思考着他即将举行的这场婚礼。弗雷曼人的习俗不允许他在正式仪式前两天内见到法罗拉。男人和妻子都必须经历一个叫做门迪的净化仪式。这段时间是用来美化环境，写下奉献的宣言、承诺和情诗，然后彼此分享的。

可是现在，他沉湎在一种羞辱感里，他越来越把这场悲剧归咎于自己。这是因为他看到白色*碧岩*时许下的愿望太过强烈了吗？当时他和沃里克都祈祷自己能娶这个年轻的女人为妻。在鸟之洞穴，列特曾试图优雅地接受自己的失败，压抑内心深处那自私的声音，那声音永远不会让他忘记自己是多么地想要她。

是我的内心愿望导致了这场悲剧的发生吗？

现在法罗拉终于要成为他的妻子了。可这是一段诞生于悲伤的婚姻啊。

“啊，原谅我，沃里克，我的朋友。”他仍一言不发坐在那里，等待着时间的慢慢流逝，直到大婚时刻的来临，开始穴地仪式。他对此并不期待，在这种情况下他没办法期待。

随着沉重的衣服布料的沙沙声，大门打开了，列特的母亲走了进来。弗丽思对列特笑了笑，表示同情和理解。她拿着一个带塞子的长颈瓶，上面绣着华丽的花纹，外面裹着树皮，然后用香料树脂密封着，以保持防水。她捧着长颈瓶，仿佛它是一件珍贵的宝贝，一件价值不可估量的礼物。“我给你带来了一样东西，宝贝儿，为你婚礼准备的。”

列特暂时把混乱的思绪抛在脑后，说道：“我以前从来没见过这个瓶子。”

“据说，当一个女人感觉到自己刚生下的孩子远非凡人时，也就是说她预见到这孩子身上将会有伟大的事情发生时，她就会让助产士提取并保留孩子出生时的羊水。然后这位母亲会在儿子结婚那天把它送给他。”说着，她把长颈瓶递了过去，“好好保管吧，列特。自从我们共享一个身体以来，这是你我本质的最后一次结合。从今往后你就要和另一个女人结合了。你们的两颗心会在一起，并产生超凡的力量。”

列特激动得颤抖起来，他接过了瓶子。

“这是我能给你的最好的礼物，”弗丽思接着说道，“为了这最重要……但也很艰难的一天。”

列特抬头望着母亲，凝视着她乌黑的眼睛。但她在儿子的脸上觉察到的感情足以使她吓一跳。“不，妈妈——你给了我生命，这才是最好的礼物。”

当这对新人站在全体穴地成员面前时，列特的母亲和其他年轻女人们一道，等在了指定的位置上，而年长的人则上前为年轻人发言。沃里克的儿子列特－芝就静静地站在母亲身边。

帕多特·凯恩斯也难得从他的星球环境改造工作中抽出一天来，笑得前仰后合。看到儿子完婚让他感到无比的自豪，也让他很吃惊。

凯恩斯想起了自己在沙丘上的婚礼，那是在一个夜晚。而那是很久以前的事了，那时他刚到厄拉科斯不久，婚礼上的大部分时间里他都在走神。那些未订婚的弗雷曼姑娘们像苦行僧一样在沙滩上唱着歌跳着舞。而萨亚迪娜则宣读着仪式献词。

结果他和弗丽思的婚姻被证明是成功的。他养育了一个好儿子，将来有一天可以接替他的工作。这让凯恩斯又对列特报以微笑。他忽然又想起来，列特这个名字来自于那名刺客——海纳尔和长老们派来暗杀他的那位乌列特。

但那个刺客看到了这位行星学家的远见卓识，然后便用自己的晶牙匕抹了脖子。弗雷曼人能把任何事都看作是一种预兆，于是从那以后，帕多特·凯恩斯就得到了成千上万个弗雷曼人的支持，所有人都随时听候他的差遣。沙丘的重塑——种植植物和开垦沙漠——才得以以惊人的速度推进。

现在这对新人站在了众人面前，而列特正无比深情地凝视着他的新娘，帕多特忽然感到一阵不安，因为他儿子的目光是如此的坚定，看来这个年轻人已经重新打开了自己受伤的心。他一直都是在以一种不同的方式爱着他的儿子，把他当作自己的延伸。帕多特·凯恩斯其实是想让列特继承自己行星学家的头衔。

但不像他的父亲，列特似乎太容易受到感情的影响。帕多特也很爱他的妻子，毕竟她很好地扮演了一个弗雷曼伴侣的传统角色，但他的工作比他的婚姻更为重要。他整个人已经完全被梦想和理想所捕获了：他一定要把这个星球恢复成一个繁茂的伊甸园。而他从来没有被某个人俘获过。

穴地的耐布海纳尔亲自主持了仪式，因为老萨亚迪娜无法穿过沙漠赶过来。当凯恩斯听着这对年轻夫妇互诉誓言时，他感觉这场婚礼似乎笼罩着一层奇怪的阴影……他非常担心自己儿子的心态。

列特："像对你的眼那样呵护我，我亦会呵护汝之心。"

法罗拉回答："像对你的脚那样呵护我，我亦会呵护汝之手。"

"在沉睡时呵护我，我亦会在醒来后呵护汝。"

她完成了最后的祷词："像满足自己的愿望那样满足我，我也必将满足汝之愿望。"

海纳尔用自己两只强壮有力的手握住了新郎和新娘的手掌，把他们紧紧地合在一起，然后高高举了起来好让整个穴地都能看见："你们现在在水中结合了。"

人群中传来一阵低沉的欢呼声，随后声音越来越大，最后演变成了一波发自内心的、愉快的、赞同的声浪。列特和法罗拉看起来都松了一口气……

仪式过后，帕多特来到了过道里，单独来看望他的儿子。他尴尬地搂住了列特的肩膀，看上去像在拥抱他一样。“我真为你感到高兴，我的儿子，”他犹豫了半天想找个合适的字眼，“你一定很高兴吧。你早就想要那个姑娘了，是吧？”

他咧开嘴笑了起来，但列特的眼睛里却闪着愤怒的光芒，好像老凯恩斯的话很是不公：“父亲啊，你为什么要这样折磨我呢？你折磨我折磨得还不够吗？”

帕多特困惑地向后退了几步，松开了搂住儿子肩膀的手：“你这话是什么意思？我是在祝贺你完婚啊。她不就是那个你一直想在一起的女人吗？我是说——”

“我怎么能高兴！死亡的阴影笼罩着我们，我怎么能高兴呢？也许几年后我能从这阴影里走出来，但现在的我太痛苦了。”

“我的儿子，你是怎么了啊？”

帕多特的表情其实说明了一切。“你什么也不知道，是不是，爸爸？伟大的乌玛凯恩斯，”列特苦笑着说，“你有你那些植物、那些沙丘就行了，对了，还有那些破气象站和气候地图。除此之外你什么也看不见，我真有些可怜你。”

当这位行星学家试图把一些愤怒的词语像拼图一样拼成连贯的一句话时，他的脑子变得晕头转向起来。“沃里克……你的朋友，”然后他停了下来，“他是死于意外，死于风暴不是吗？”

“爸爸，你错过太多事情了。”列特低下了头，“我为你的沙丘改造梦想感到骄傲。但你把整个世界看成了一个实验，一个样本，一个你可以在里面玩理论，收集数据的地方。但你看不出来，这不是实验吗？这些人不是测试对象——而是活生生的人。他们是弗雷曼人。是他们收留了你，给了你生命，给了你儿子。我自己也是个弗雷曼人。”

“呵，我也是啊。”帕多特的语气里充满了愤怒。

但列特却用低沉而沙哑的声音接着说道：“可你只是在利用他们!”

帕多特吓了一跳，没有回答。

列特提高了自己的音调和音量。他清楚弗雷曼人会听到一些他们的争吵，而他们的先知和其继承人之间的摩擦一定会让他们感到不安。“你一辈子都在和我沟通，爸爸。但每当我回忆起我们的谈话时，我只记得你在背诵植物站的报告和探讨改造植物的新进展。你说过我妈妈的事吗？你有没有以父亲的身份而不是一个……同事的身份和我聊天吗?”

列特捶着自己的胸膛：“对你的梦想我确实感同身受。我确实看到了你在沙漠那些隐秘角落里种下的奇迹。我确实了解到了蕴藏在沙丘底下的无穷潜力。但即使你完成了所有你梦想中的事……你会亲身感受到它们吗？试着让你的大计划更人性化一些吧，想想谁会从你的努力中获益。试着去看看孩子们的脸庞。或是找一个老妇人，然后看着她的眼睛。活出自己来吧，爸爸!”

无助的帕多特瘫倒在一张靠着弧形岩壁的长凳上。“我……我的本意是好的。”他开口道，哽咽了起来。他看着儿子，眼里充满了羞愧和困惑的泪水，“你果真是我最合格的继承人。有时我还想知道你是否搞懂了行星学……但现在我知道我错了。你懂的比我要多。”

列特坐在了他父亲旁边的长凳上。行星学家迟疑地伸出手来，放在儿子的肩上，比上次要更加意味深长。接着，列特也伸出手来，摸了摸父亲的手，惊讶地看着泪流满面的父亲。

“你是我真正的继承者，你就是下一任帝国行星学家。”帕多特接着说道，“你不但明白我的梦想——而且和你在一起，这梦想会变得更加伟大，因为你拥有爱心和远见。”

好的领导能力在很大程度上是无形的。当一切顺利时，没有人会注意到公爵的工作。这就是为什么他必须给人们一些值得喝彩的东西，一些值得谈论的东西，一些值得记住的东西。

——保卢斯·厄崔迪公爵

卡拉丹城堡恢宏的宴会厅里正举行着一场冗长的家庭晚宴，在这里，凯莉娅看到了她的机会。一头黑发的雷托看上去很开心，他坐在主座的公爵椅上。家仆们端来了一盆盆的麻辣炖鱼，这种鱼是下层渔民和村民们很喜欢吃的。

雷托津津有味地吃着这道民间菜。仿佛这道菜让他回想起了自己在码头上那自由自在的童年，当时他经常跳上渔船，逃避家族领导力课程。而凯莉娅担心的，正是老保卢斯公爵让他唯一的继承人花了太多的时间在平民和他们的那些琐事上，而没有足够的时间来学习政治的精妙之处。在凯莉娅看来，雷托公爵从来就不知道如何管理自己的家族，如何对付宇航公会、宇联商会、皇帝和兰兹拉德等不同势力。

维克多坐在父亲旁边的一张厚实的软垫椅子上，椅子已经被垫子垫高，这样他就能够得着餐桌了。同样是一头黑发的小男孩一边啜着汤，一边模仿着父亲的样子，而雷托则尽力在发出的声音上胜过这个六岁的孩子。凯莉娅出身高贵，所以当她看到儿子在试图模仿父亲粗鄙的一面时，感到特别不快。总有一天，这个男孩会成为真正的厄崔迪家族继承人，凯莉娅也会成为摄政王，她会好好训练他的，让他知道什么叫做与生俱来的权利。维克多一定要继承到厄崔迪家族和维尔纽斯家族最好的一面。

餐桌上的其他人都用手撕着大块的面包吃，大口喝着苦味的卡拉丹啤酒，尽管凯莉娅知道酒窖里有很多更好喝的酒。笑声和随意的谈话声渐渐模糊起来，她不打算参与其中，而只是自己吃着食物。几个座位之外，哥尼·哈莱克带来了他的新巴厘琴，准备在吃甜点时弹奏。因为这个人曾与凯莉娅和她的兄弟都不很熟悉的父亲很亲近，所以她还是很高兴见到他的……尽管哥尼对她并不算太友好。

隆博坐在她的对面，似乎很满意特希雅的陪伴，并且尽可能和雷托吞下同样多的炖鱼。杜菲·哈瓦特坐在自己的椅子上，全神贯注地端详桌子周围的人，忘记了吃饭。门泰特的视线从一张脸移到另一张脸，凯莉娅试图避免和他进行眼神接触。

杰西卡就坐在桌子的中间，似乎是为了表明她和自己在公爵家里的地位是平等的。这个女人的脸皮可真厚！凯莉娅真想一把掐死她。这个迷人的贝尼·杰瑟里特女人姿态优雅地吃着东西，同时对自己坐的位置也非常自信，丝毫没有忸怩之态。她发现杰西卡停了下来，似乎在仔细研究雷托的脸，仿佛她能像读志贺藤卷轴上的字一样轻松地读出雷托表情上的每一个细微差别。

为什么雷托会选择今晚把大家都叫到一起吃饭，凯莉娅想不出什么特别的理由，今天也不是什么周年纪念日或什么值得庆祝的假日。她怀疑公爵脑子里又蹦出了什么荒唐而又不可取的计划，一个无论是她或是任何人劝阻他、他都要坚持完成的计划。

球形灯在桌子上方盘旋着，就像一件装饰品，照亮了食物上方的毒物探测器。考虑到兰兹拉德内部错综复杂的政治关系，这种装置十分必要。

雷托吃完了一大碗炖鱼，用一块绣花亚麻布餐巾擦了擦嘴。他向后靠在了那把手工雕刻的公爵椅上，心满意足地叹了口气。维克多坐在自己座位上的高靠垫上，也做了同样的动作。但他只吃完了小碗里的三分之一炖肉。哥尼·哈莱克已经决定了晚饭后为大家演奏哪首歌，所以眼睛紧紧盯着靠在墙上的九弦巴厘琴。

凯莉娅注视着雷托的灰色眼睛，他的目光从宴会厅的一端移到另一端，从保卢斯·厄崔迪的画像移到高悬的牛角上，牛角上仍沾着血。她不知道公爵在想什么，但当她望向桌子对面时，那个女巫杰西卡的绿眼睛和她的目光相遇了，就好像只有她才清楚雷托要做什么似的。凯莉娅转过头去，皱起了眉头。

当雷托站起身来时，凯莉娅深深地叹了口气。他又要开始一场冗长的公爵演讲了，然后用生活中的美好来激励人们。但假如生活真的这么美好，为什么她的父母都被谋害了呢？为什么她和她的兄弟，一个大家族的继承人，仍然流亡在外，而不是享受本应属于他们的一切呢？

两个仆人急忙上前想要端走汤盘和吃剩的面包，但雷托挥手让他们走开，这样他就可以不受干扰地讲话了。“下周是我父亲在斗牛中丧生的二十周年纪念日，”说着他抬头看向父亲那幅斗牛士画像，“因此，我一直想着那些保卢斯公爵为他的臣民们表演的盛大娱乐节目。他们正是因为这一点才爱戴我父亲的，我想现在是由我来重现这一壮观场面的时候了，就像人们对卡拉丹公爵的期望那样。”

哈瓦特立刻提高了警惕，问道：“公爵，您有什么打算？”

“不会是斗牛这么危险的事了，杜菲，”雷托朝维克多咧嘴一笑，然后又朝隆博咧嘴一笑，“我想做的，是一些人们会谈论很长一段时间的事情。我很快就要去凯坦星出席兰兹拉德议会了，为莫里塔尼-埃卡兹冲突中做新的外交努力，尤其是在这个我们可能会和埃卡兹形成更强大联盟的时候。”

他停顿了一会儿，有些尴尬地继续说道：“作为盛大的告别仪式，我将乘坐我们最大的天空帆船，举行一个穿越低地的盛大游行。我的人民可以看到家族旗帜和彩色飞艇——然后就能亲自为他们的公爵献上祝福了。我们要飞越捕鱼船队，然后再穿过内陆的庞迪稻田。”

维克多高兴得拍起手来，哥尼也点头表示赞同：“嘿！这肯定会是一个壮观的大场面。”

隆博则把两肘支在桌子上，双手托着他那方下巴说道：“唔，雷托，邓肯不是马上就要从吉奈斯回来了吗？他回来的时候你不在场吗？或者我们能不能把他的回归纪念日和这个庆祝活动结合起来？”

雷托思索着，摇了摇头道：“我有一段时间没听到他的任何消息了。我们不能等他太长时间。”

哥尼用手捶了一下桌子：“天啊！如果他熬过了八年的艰苦训练，然后以一名吉奈斯剑术大师的身份回到这里，他理应得到这个礼遇，不是吗？”

雷托笑了起来：“事实上，哥尼！等我回来后有的是时间欢迎他。有了你、杜菲和邓肯佩着剑站在我身边，敌人休想挠出我一道口子。”

“大人，敌人还有别的攻击方式。”杰西卡低声警告道。

凯莉娅僵住了，但雷托却没有注意到。相反，他看着女巫说：“我很清楚这一点。”

凯莉娅的思维开始转动起来。吃完饭后，她起身告辞了，直接去找基娅拉，告诉她雷托打算做什么。

那天晚上，雷托睡在了卡拉市太空港机库里的一张帆布床上，而他的家庭工作人员则在为这次盛会做着准备，发布通告、收集物资等等。几天后，加装了增强帆的天空帆船将开始它盛大而多彩的游行。

凯莉娅独自待在自己的房间里，她召见了斯旺恩·戈瓦尔，像以前经常做的那样引诱了他。然后她以一种狂野的激情和警卫队长缠绵，让他既惊讶又疲惫。他的相貌跟雷托很神似，但他却是另一个人。之后，当他在凯莉娅身旁睡着时，她从他那扔在地板上的粗皮带上的一个隐蔽口袋中偷出了一把小小的密码钥匙。由于戈瓦尔很少使用这把钥匙，所以要过很长一段时间后，他才会发现钥匙丢了。

第二天早上，她把这把小钥匙塞到了基娅拉粗糙的手心里，然后掐了老妇人的手指一下："有了它你就能进入厄崔迪家族的军械库了。小心点儿。"

基娅拉那乌鸦般的眼睛亮了起来，她迅速把小钥匙塞进了她那层层叠叠的衣服里："我会处理好剩下的事，夫人。"

战争，在任何时代都是最重要的生态灾难，却只不过是人类事务最高状态的一个反映，那就是所谓的“人类”在寻找自己的存在感。

——帕多特·凯恩斯，《对萨鲁撒·塞康达斯灾难的反思》

在吉奈斯行政主岛上，五名在世的剑术大师将在口试阶段对他们剩下的学生进行评测，对他们在历史、哲学、军事战术、俳句、音乐等方面的知识进行整体评估——所有这些都将按照学校严格的要求和传统进行。

但现在却成了一个阴郁、悲惨的场面。

整个学校群岛仍然处于一片震惊之中，大家都在为六名被谋杀的学生感到愤怒和悲伤。格鲁曼人将四具尸体扔在了附近的大海中，以炫耀他们的野蛮行径，这些尸体被冲上了岸。另外两人——邓肯·艾达荷和希·雷瑟——仍下落不明，很可能沉入了大海。

在中央塔楼的顶层，剑术大师们围坐在半圆形桌子旁，他们把自己的礼仪用剑摆在面前的桌子上，剑尖向外，看上去就像发散的阳光一样。每个站在桌子前面的学生在回答那些难题时都会看到这些锋芒毕露的剑尖。

他们都顺利通过了。现在，卡斯蒂·托帕尔和学校管理层将会为毕业的学生安排归程，让他们回到各自的家族，在那里去实践他们所学到的知识。有些人现在已经动身前往附近的太空港了。

而剑术大师们则要处理这件棘手的事。

胖胖的迪纳里坐在中间，拔出保卢斯·厄崔迪公爵的宝剑和一把在艾达荷和雷瑟的物品中发现的、镶有宝石的莫里塔尼家传匕首。在他身旁，莫德·库尔耷拉着白发斑驳的脑袋说道："我们有很多送回过世学生纪念品的经验，但从来没有今天这种情况。"

那位强壮的杰莫·里德大师，虽然多年看守监狱岛的生涯让他变得十分冷酷，但现在也忍不住哭泣起来。他摇了摇头道："如果吉奈斯学院的学生死了，那也应该是死在艰苦的训练中，而不是被人谋杀。"

吉奈斯学院已经提出了正式的抗议，从不同的文化角度对格鲁曼进行了辱骂和谴责，但这些对亨德罗·莫里塔尼子爵来说毫无意义。他从未因为对自己对埃卡兹的野蛮袭击而作出令人满意的补偿。兰兹拉德联合会和皇帝现在正在举行听证会，讨论如何采取应对措施才最好，许多大家族的领导人都前往了凯坦星出席议会。但即使子爵做出了这样的"疯狗"行径，人家觉得最后的惩罚无非是谴责、罚款和"打手板"。

格鲁曼人觉得他们总能逃脱任何惩罚。

"我觉得……"哲武那凌乱的脏辫也耷拉下来了，"从来没人敢对剑术大师做出这种事。"

浮华的惠特莫尔·布鲁德坐直了身子，拨弄着衬衫上的褶边和手腕的华丽袖口："我建议我们以被谋杀学生的名字重新命名我们的六个岛屿。历史会记住这桩卑鄙的罪行，我们必须让这六个人拥有应得的光荣。"

"光荣？"迪纳里用他那肥胖的手掌拍了拍桌面，剑刃发出了叮当的响声，"在这种情况下你怎么能用这个词呢？昨天晚上，我在乔－诺莱的墓地旁待了三个小时，不停地祈祷，想知道他在这种情况下会怎么做。”

“那他回答你了吗?”哲武皱着眉头站了起来，走到窗前，看着远处的太空港和泡沫汹涌的礁石，“在他活着的时候，诺莱也从没指导过任何人。他是在海啸中被淹死的，他的弟子们只是试图要效仿他。如果诺莱都从没帮助过他最亲密的追随者，他当然也不会帮助我们。”

布鲁德抽了抽鼻子，看上去似乎被激怒了：“那个伟人是用以身作则的手段来传授知识的。对于那些有能力学习的人来说，这是一种非常有效的方法。”

迪纳里也附和道：“他就像古代的武士一样，他是个有尊严的人。而在数万年之后，是我们变得越来越不文明了。我们已经忘记什么叫荣誉。”

莫德·库尔皱着眉头沉思着，然后看了肥胖的剑术大师，说道：“忘了历史的人是你，迪纳里。武士可能有荣誉，但一旦那些英国人拿着枪抵达日本后，武士就消失了……仅仅用了一代人的时间。”

杰莫·里德抬起头来，他那消瘦的脸庞被一顶雪白的帽子压得更加憔悴不堪了：“求求你们了，我们不能自己先斗起来啊，这样格鲁曼人更有优势了。”

哲武哼了一声：“他们本来就——”

门口传来的骚动打断了他的话。他连忙从窗口转过身来，其他四位剑术大师也都震惊地站了起来。

衣不蔽体的邓肯·艾达荷和希·雷瑟不顾走廊里三名穿制服的职员的阻挠，撞开职员大踏步走进了房间，两个年轻人浑身是伤，一瘸一拐，眼里却充满了怒火。

“我们是不是又迟到了?”雷瑟强颜欢笑地问道。

杰莫·里德绕着桌子跑上前去，拥抱了邓肯，然后是雷瑟：“我的孩子们，你们还活着!”

就连哲武那张蜥蜴般的脸上也露出了宽慰而又惊讶的微笑。“一名剑术大师没有必要说出那些显而易见的事实。”他说道，但杰莫·里德毫无在乎。

邓肯的目光落在半圆形桌子上那把老公爵的宝剑上。他向前迈了一步，低头看着鲜血从自己左小腿的伤口中渗出来，浸透了那条不合身的裤子。“过去几天里，雷瑟和我实际上并没有在学习……我们是在付诸实践。”

雷瑟有些摇晃，好像站不稳，但邓肯一直支撑着他。他们大口大口地喝着莫德·库尔给他们的水，然后解释他们如何跳进了波涛汹涌的大海里，然后开始游泳，互相帮助，最终逃离了那只黑色的大船。他们把自己的能力发挥到了极限，充分运用在八年的剑术大师严格训练中所学到的每一点知识，他们在海上漂浮了好几个小时。最后，大海的潮流把他们送到了众多岛屿中的一个——幸运的是，那是一个有人的岛屿。在那里，他们得到了最低限度的急救和一身干衣服，他们很快就离开了。

尽管遇到了这场磨难，但一贯幽默感十足的雷瑟仍设法抬起了下巴，问道：“所以我们正式请求推迟我们的期末考试，大师们——”

“推迟?”杰莫·里德回应道，眼眶里又充满了泪水，“我建议直接豁免。我们对这两个人还有什么不满意的?”

惠特莫尔·布鲁德却愤怒地扯着他的蕾丝袖口：“必须遵守规定。”

老莫德·库尔怀疑地看着他，问道：“格鲁曼人不正是向我们展示了盲目遵循规则是有多么愚蠢吗?”其他四位大师则转向里维·迪纳里征求他的意见。

最后，那名身材魁梧的剑术大师挺直了他巨大的身体，盯着这两名浑身湿透了的学生。他指了指老公爵的剑和仪式用的莫里塔尼匕首。“艾达荷，雷瑟，现在去拔出武器吧。”

随着钢铁的碰撞声，两名剑术大师各自拿起了他们摆在桌子上的宝刃。邓肯的心怦怦直跳，他从桌子上拿起老公爵的剑，雷瑟则举起了匕首。五位剑术大师，包括在场的两位学生，围成了一圈，各自把武器抽了出来，剑尖朝向中心，一把叠一把。

“把你们的剑尖放在其他人的武器上面。”莫德·库尔指示道。

“你们现在是剑术大师了。”迪纳里用一种奇怪的细小声音宣布道。巨人收起他的剑，从他红褐色头发上取下了红色的头巾，绑在了邓肯的头上。杰莫·里德则取出另一块大手帕，缠在了雷瑟的红头发上。

八年过去了，突如其来的胜利和解脱让邓肯几乎崩溃，但凭借强大的意志力，他站稳了脚跟，笔直地站立着。他和雷瑟紧握着彼此的手，庆祝起来，尽管这庆祝笼罩着阴云吧。邓肯现在迫不及待地想要回到卡拉丹。

我没有辜负你的期望，雷托公爵。

忽然，一种撕裂空气的声音在众人头顶划过，这是大气层飞船不断下降时才会发出的音爆声。围绕着中央岛屿的礁石上突然响起了警报声。而距离大家更近的地方，也就是主行政大楼开始响起了爆炸声。

资深剑术大师们立即冲到阳台，在那里可以俯瞰整个建筑群。穿过静止的水道，大家看到附近的两个岛屿已经被烟雾笼罩起来了。

“武装飞船!”杰莫·里德喊道。邓肯也几乎同时看到了从火柱中猛扑出来的黑色攻击飞船，它们在陡峭的山坡上扔下了一连串炸弹。

哲乌咆哮起来，使劲甩着他的黑发：“是谁胆敢攻击我们?”

对邓肯来说，答案似乎是显而易见的：“看来莫里塔尼家族还不打算对我们收手。”

迪纳里说道：“这不符合所有的战争规则啊。他们没有宣布血海深仇战，没有遵循正确的形式。”

“在莫里塔尼子爵对我们，对埃卡兹做了那么多之后，他会还在乎那些规则吗？”雷瑟厌恶地说，“您还是不了解他的思维方式。”

更多的炸弹爆炸了。

“我们的防空炮火呢？”惠特莫尔·布鲁德听起来与其说是愤怒，不如说是心烦，“还有我们的扑翼机呢？”

“以前从来没有人攻击过吉奈斯学院，”杰莫·里德说，“我们在政治上是中立的。我们的学校为所有家族服务。”

邓肯直到现在才看出这些大师是如何被他们的自我、规则、形式和结构所蒙蔽的。他们太狂妄自大了！他们从未考虑过自己的弱点——尽管他们一直在指出学员们的弱点。

迪纳里骂出了一连串的污言秽语，然后把望远镜放在了满是皱褶的脸上。他弹了弹镜头，无视迎面而来的装甲飞船直接对着行政主岛那崎岖不平的海岸线，说道：“海滩上现在全是敌人的突击队员，他们降落在太空港的对面了。都配备了肩扛大炮，正在逼近。”

“他们一定是坐着潜水艇来的，”哲武说，“这不是一次即兴的袭击，他们已经计划了很长时间了。”

“他们一直在等一个借口。”里德补充道，眉头紧锁，晒黑的脸也皱了起来。攻击飞船距离大家越来越近了，这些打开了屏蔽场护盾的薄薄的黑色圆盘在空中闪烁着光芒。

邓肯发现，这些剑术大师们在面对这种意想不到的突发状况时竟如此无助，几乎可以说是些可悲的。他们的各种演习现在看来与现实相去甚远。他满心痛苦地抓起了老公爵的剑。

“那些船是无人驾驶的，专门负责投掷炸弹和燃烧弹。”邓肯冷静地指出，随后炸弹便像雨点一样从轰鸣的圆盘上落了下来。沿岸的建筑物都起火了。

这些心高气傲的剑术大师大叫着从阳台上跑了回来，雷瑟和邓肯也跟在他们后面。“我们需要回到自己的位置上去，尽可能地指导大家防守！”迪纳里用越来越尖厉的声音下着命令。

“其余的新学员都在太空港，”雷瑟指出，“他们随时能找到装备进行反击。”

众人脚下都不怎么稳了，但都在努力恢复平衡，特别是在那些更加慌张的行政人员面前，杰莫·里德，莫德·库尔和哲武一起冲进了主走廊，而里维·迪纳里则向众人展示了如此胖大的身躯也可以跑得飞快，他扶着楼梯的扶手跳了下去。惠特莫尔·布鲁德快步跟在他身后。

邓肯和雷瑟快速交换了一下眼色，跟在了两个跳下了楼梯的剑术大师后面。附近的一次爆炸撼动了整座行政大楼，两个年轻人一下子摔倒了。尽管如此，他们还是爬起来继续向前跑。在大楼外面，敌人的全面攻击仍在继续。

新任的剑术大师们冲进了一楼的中央大厅，加入了迪纳里和布鲁德。通过强化玻璃窗，邓肯可以看到外面燃烧的建筑物。“我们必须前往指挥中心，”他对老大师们说道，“我们需要装备。太空港里有攻击扑翼机吗？”

雷瑟的手里仍然举着那把莫里塔尼仪式匕首：“不过如果他们敢派人找上门来，我就在这里干掉他们。”

布鲁德看起来情绪很激动，因为他那件彩色斗篷掉在楼梯上了。“看问题要着眼于全局。他们的目标是什么？他们当然是奔着圣库来的！”沮丧的布鲁德边说边朝大厅中最显眼的一个台子上点了点头，那上面放着一个华丽的黑色棺材。“那可是乔－诺莱的遗体，是吉奈斯学院最神圣的东西。对我们来说，还有比摧毁它更大的侮辱吗？”他涨红了脸，转向他那身材魁梧的同伴，“这就像用枪打中了我们的心脏一样。”

邓肯和雷瑟困惑地对视了一眼。他们过去也无比痴迷于这位传奇战士的故事——但面对血腥的袭击、爆炸的炸弹、尖叫着在街道上四处奔逃寻找避难所的平民们，他们两人都不怎么关心这具古老的遗体。

迪纳里立即像一艘全速前进的战舰那样冲了上去。“去圣库!”他大声喊道，布鲁德和其他人也跟在他身后。

这座著名的墓穴被明亮的强化玻璃和一个闪闪发光的霍尔茨曼屏蔽场所包围。两名剑术大师撕掉了自己所有傲慢的伪装，一个箭步冲上台阶，把手掌按在了安全面板上。屏蔽场褪了色，强化玻璃外罩也解除了。

“过来帮着把石棺抬走，”布鲁德对邓肯和雷塞喊道，“我们必须保护好它。它是吉奈斯学院的灵魂。”

邓肯不停地四下张望，警惕着莫里塔尼士兵，他紧握着老公爵的剑：“实在不行的话，把尸体带走就行了，但我们得快。”

紧跟着他的雷瑟也说道：“那我们就得离开这里，去找几艘船，这样我们才能战斗。”邓肯希望吉奈斯岛上的其他防线已经组织起来展开反击了。

两名强壮的资深剑术大师抬着华丽的棺材，把它抬到了外面一个并不确定是否安全的地带，邓肯和雷瑟在前面为他们扫清道路。在外面，黑色的圆盘仍在进行地毯式轰炸。

一架带有学校标志的扑翼机落在了行政主楼前的广场上，它收起翅膀，引擎保持着轰鸣。六名剑术大师从飞船上跳下来，他们穿着单人护具，戴着红色大手帕，肩上都挎着激光步枪。

“我们把诺莱的圣体带出来了，”布鲁德骄傲地冲着那架扑翼机大喊道，“快过来帮忙。”

一群身着黄色莫里塔尼制服的士兵突然冲进来广场。邓肯马上喊了起来，剑术大师们立即对敌人发射了激光枪。格鲁曼士兵们也用自己的武器回击，结果两名剑术大师被击中了，其中就包括杰莫·里德。然后，一枚空气炸弹爆炸了，老莫德·库尔倒在了地上，手臂和躯干都被飞溅的石头碎片炸伤。邓肯扶着这位一头乱发的导师站了起来，躲进了扑翼机。

然而，就在他带着库尔往扑翼机方向跑去的时候，一名猛扑过来的敌人撞到了邓肯的大腿。年轻的剑术大师摔倒在飞机跑道上，他打了个滚又跳了起来。但还没等他拔出剑来，一个身着黄色道服的格鲁曼女战士就冲上前来，用手上的爪刀狠狠砍向邓肯。在如此近的距离下，他的宝剑毫无用处，他只得一把抓住了攻击者的长发，用力向后一甩，然后就听到了她脖子被折断的声音。刺客倒在地上，瘫软地抽搐着。

更多的格鲁曼人冲着扑翼机方向来了。雷瑟大喊道："快走啊！带着该死的棺材快走啊！"然后马上转过身去，继续和邓肯并肩作战。

一个大胡子士兵手擎一根闪闪发光的电矛向邓肯猛刺了过去，但邓肯迅速躲开了这一击，并转向一边。长达八年的训练在他体内觉醒，他的战斗思维开始加速。他想起了在那艘黑船上被屠杀的学生，愤怒的情绪像红色的波浪一样向他袭来。闪烁着的炸弹、火焰和被杀害的无辜学员的画面交织在他眼前。

但他想起了迪纳里对他的告诫：愤怒会带来失误。刹那间，他做出了一种冷酷的、几乎是本能的反应。邓肯·艾达荷凭借着意志力，用钢铁般的指尖捅向了对方的胸腔，直接穿透了他的身体，刺穿了他的心脏。

这时，迎面走来了一个戒心十足的年轻人，他身材瘦高但肌肉发达，右手的手腕好像是受伤了，被他用填充石膏封住。特林·克罗诺斯。这个性格乖戾的年轻贵族用他没受伤的那只手握着一把锋利的武士刀。"我以为你们两个早就喂了鱼了，就像其他四个人那样。"他抬头看了看空中的轰炸机，一声爆炸声响后，一座低矮的建筑物倒下了。

“冲着我来，克罗诺斯，”雷瑟说道，然后抽出他莫里塔尼仪式匕首，“或者说，没有你父亲和十几个全副武装的士兵在场，你就没胆子过来了？”

克罗诺斯端详着手里的武士刀，想了想，然后把它扔到了一边。“对付一个叛徒不值得用这么好的武器。如果它被你的血玷污了的话，我只能把它扔掉了。”说着他拔出一把决斗匕首，“小刀更容易替换。”

雷瑟涨红了脸，邓肯向后退了几步，等着两人决斗。“如果他们能展示出任何我能相信的东西，”雷瑟说道，“我绝不会离开莫里塔尼家族。”

“那就相信我这把冰冷的匕首吧，”克罗诺斯残忍地冷笑着，“当它挖出你心脏的时候，你肯定会觉得非常真实。”

两个人开始小心翼翼地绕着圈子，脚下踩着碎石，目不转睛地看着对方。雷瑟举起匕首，摆出坚定的防御姿态，克罗诺斯则开始又刺又砍，咄咄逼人，但却没有攻破对手的防御。

雷瑟发起反攻了，他先是向后退，然后突然踢出一脚，这一脚本应该直接把克罗诺斯踢倒在地的，但格鲁曼斗士却像蛇一样向后弯下了腰，躲开了红头发的这一脚。雷瑟转了一圈身子，恢复了平衡，又迅速挥出一刀。

两名战士周围的区域目前是安全的。但在附近的跑道上，格鲁曼士兵们仍在肆虐，高大的窗户里不时传出射击声。而在扑翼机上，剑术大师们正拼命保护他们珍贵的文物，他们既要试图把石棺抬上飞机，同时还得击退攻击者。

克罗诺斯做了个假动作，用他的决斗匕首刺向雷瑟的眼睛，然后忽然转向他的喉咙。雷瑟向一侧闪身，正好躲到了攻击范围之外，但他的脚却落在了一块松动的岩石上。这一下他扭伤了脚踝，雷瑟摔倒在地。

克罗诺斯立即像头狮子一样向他扑来，匕首狠狠砍了下来，但雷瑟用自己的匕首往上一挥，叮的一声格挡开了克罗诺斯的匕首。然后他猛地向上一刺，将匕首刺入对手的二头肌，这一刀直接从克罗诺斯的肘部划到前臂，顿时鲜血迸流。

克罗诺斯像个孩子那样大叫了一声，踉踉跄跄地退了回去，看着猩红的鲜血喷洒到他那只没有受伤的手腕上：“你个叛徒杂种!”

雷瑟跳了起来，再次集中精神准备战斗：“我是孤儿，不是杂种。”他咧开嘴唇，露出一个无力的微笑。

克罗诺斯的手臂上现在全是血，拿着匕首的那只手很虚弱，他明白自己已经输掉这场战斗了。他的脸色一沉，忽然把手里决斗匕首倒了过来，把刀柄按进了他绑住手腕的厚石膏上。石膏忽然裂开了一条缝，一把箭弹手枪弹到了他的手中。克罗诺斯大笑着，端起枪来，对准雷瑟的胸口，枪已经上了膛，一大簇银色的箭弹蓄势待发：“你满脑子还是那些荒唐的规矩，是吧?”

“我可没有。”邓肯·艾达荷的声音忽然在他背后响起，同时老公爵的宝剑猛刺了出来。剑尖径直扎入了克罗诺斯的肩胛骨，从他的胸腔里透了出来，这一剑直接刺穿了他的心脏。克罗诺斯大口咳着血，浑身颤抖，惊讶地看着自己胸腔里刺出来的剑尖。

克罗诺斯倒地而亡，尸身从血淋淋的剑刃上滑了下来。邓肯盯着死尸和手中的宝剑，说道：“不守规矩的不是只有格鲁曼人。”

雷瑟一看到克罗诺斯手腕上的石膏里藏着手枪，脸色瞬间吓得惨白，他知道自己的死亡是不可避免的了：“邓肯……你在背后捅了他一刀。”

“我是在救我朋友的命，”邓肯答道，“如果再来一次，我还会做出同样的选择。”

迪纳里和布鲁德终于把那具神圣的遗体固定在了扑翼机上。吉奈斯的卫兵以致命的精准射击着，空中全是激光弧线。两个年轻人现在已经筋疲力尽了，但剑术大师们还是把他们拉上了扑翼机。

伴随着引擎的巨大推力，武装扑翼机腾空而起。机翼完全伸展开来，把里面的剑术大师们和乔－诺莱的圣体从主建筑中送了出去。当邓肯蜷缩在金属甲板上时，里维·迪纳里靠了过来，用一只粗壮的胳膊搂住他的肩膀："很遗憾你们这些孩子必须很早就得证明自己。"

"这次袭击到底是怎么回事？就因为自尊心受了伤害？"邓肯问道，气得想破口大骂，"真是一个发动战争的愚蠢理由。"

"发动战争从没有什么好的理由。"莫德·库尔垂着头说。

惠特莫尔·布鲁德则敲了敲透明的强化玻璃窗："看看窗外吧。"

一群吉奈斯武装扑翼机正在向敌机发射激光并扫射地面上的部队。库尔说："驾驶它们的正是我们的新剑术大师——你们在宇航中心的同学们。"

在一次正中目标的攻击后，一个无人驾驶的圆盘爆炸并垂直坠落下来。剑术大师们在狭窄的扑翼机舱里纷纷举起了拳头。

飞盘变成了一团火球，撞向地面，另一艘则坠入了海洋。更多的激光光束命中了目标。邓肯的扑翼机也冲向了一小队试图返回海面的格鲁曼突击队，对他们进行了轰炸，大量的尸体散落在地。飞行员转了一圈后又试了一次。

"格鲁曼人希望轻而易举就能拿下我们。"惠特莫尔·布鲁德说。

哲武则咆哮着回应道："可惜我们不答应，所以他们都下地狱了。"

邓肯看着面前混乱的场面，尽量不把这种暴虐和血腥与他在吉奈斯学校八年来所学的技巧相提并论。

小心你播下的种子和收获的庄稼。不可因自己所受的刑罚而诅咒神明。

——《奥兰治天主圣经》

凯莉娅成功说服雷托不要让他的儿子参加公爵游行，其言辞之妥当，举止之得体，就算是海伦娜夫人都会为之骄傲。“我不想让维克多面临任何危险。对一个六岁的小男孩来说，那艘天空帆船可不是个安全的地方。”

杜菲·哈瓦特出乎意料地和她站在了一边，他对凯莉娅的担忧表示赞同，直到雷托最终做出了让步。而这正如她所希望的那样……

公爵投降之后，凯莉娅又把隆博剔了出来：“你是维克多的叔叔。为什么你们两人不再来一次……海上钓鱼活动呢？你们可以乘一架翼艇沿着海岸线走——只要你们带上足够多的卫兵。而我相信戈瓦尔队长会很高兴加入你们的。”

隆博眼前一亮，说道：“也许我们还会再去挖一些珊瑚宝石。”

“只要带着我儿子就没门儿。”凯莉娅严厉地说。

“呃，好吧。我就带他到帕拉丹瓜海上农场去看看得了，也许再到一些小海湾去钓钓鱼什么的。”

斯旺恩·戈瓦尔和隆博在码头边上集合后，开始往装备精良的小摩托艇多米尼克号上装东西。他们会离开几天时间，所以得带铺盖和食物。而在城堡后面，卡拉市郊区的太空港，公爵的人正在努力组装巨大的天空帆船。因为雷托急着动身，所以专心致志地做着最后的准备工作。

当装船工作持续进行时，维克多开始变得烦躁不安，他似乎很快失去了热情。一开始，隆博觉得可能是因为这孩子想起了上次与电子章鱼的遭遇战，但他发现维克多一直在不断地抬头望向天空，望着他父亲即将举行游行活动的那片高地。绿色和黑色的反光横幅在空中飘荡着。

“我宁愿和爸爸待在一起，”维克多说道，“钓鱼很好玩，但坐天空帆船更好玩。”

隆博倚在船边，说道：“这我同意，维克多。我也希望我们能有办法加入他。”

雷托公爵打算在五名忠诚的士兵保护下，亲自驾驶天空帆船。由于这种比空气还轻的飞行器所承载的重量是有限的，因此多带几个纯粹看风景的乘客很不明智。

斯旺恩·戈瓦尔把一箱食品扔在舰桥外面，然后擦了擦额头上的汗，对着男孩笑了笑。隆博知道，戈瓦尔队长对这个孩子比对任何法律或任何其他主人都更加忠诚。他那张英俊的脸上流露出的全是对雷托儿子的宠爱。

“嗯，队长，让我问问你的意见吧，”隆博看了看维克多，然后又看了看护卫队长，“你的职责是保护这个孩子的安全，而你从来没有推卸过责任，也从来没有一天不专心致志。”

戈瓦尔被他说得尴尬起来，满脸通红。

隆博却继续说道：“现在我妹妹担心，如果维克多跟雷托一起登上那艘天空帆船，他就会有危险，对此你怎么看？”

戈瓦尔笑了笑，做了一个轻蔑的手势：“当然不会有什么危险，我的王子大人。如果有任何风险的话，杜菲·哈瓦特首先就绝不会让我们的公爵起飞，而我也不会。哈瓦特命令我在天空帆船出发前检查它的安全，同时他和他的人也仔细检查过飞行路线了，看是否有敌人埋伏。我向你保证，这趟行程是绝对安全的。我敢拿我的生命打赌。”

“和我想的一样，”隆博搓着手掌，咧嘴笑了，“那么，有没有什么特别的原因让凯莉娅坚持让我们俩去钓鱼而不是和雷托一起去呢？”

戈瓦尔噘起嘴唇，思考着这个问题。他不肯直视隆博的目光：“凯莉娅夫人有时……有时过分地关心那个男孩了。我觉得在没有任何威胁的情况下，她自己也会想象出一个威胁来。”

小维克多看了看这个人，又看了看那个人，不明白大人们在讨论什么。

“我有话就直说了，队长。我想象不出你为什么一直没有升官！”隆博压低声音，像耳语一样说道，“呃，我们为什么不让维克多偷着和他爸爸一起参加活动呢？他不应该错过这次壮观的游行的。他毕竟是公爵的儿子。他需要参加这些重要的活动。”

“我同意……但还有体重的问题。天空帆船的载重量有限。”

“好吧，如果真的没什么危险，那我们为什么不少带两名卫兵，给我亲爱的侄子腾地方呢？”——隆博拍了拍维克多的肩膀——“我也登船。这样还剩下三个卫兵，如果真的发生了什么事，我也可以尽我的一份力量来保护雷托。”

戈瓦尔虽然有些不安，但他找不出任何理由反驳隆博的建议，尤其是当他看到维克多露出的笑容之后。这个男孩让他一点办法也没有。“哈瓦特指挥官不喜欢计划有任何变动，凯莉娅也不会喜欢的。”

“是的，但负责飞艇本身安全的人是你，对吗？”隆博对他的担忧不以为然。“此外，如果维克多不经历一些风雨，他就不可能成长为一个优秀的领袖。他需要走出去，从生活中学习——不管我姐姐怎么说吧。”

戈瓦尔在早已变得十分高兴的男孩面前弯下腰，把他当作一个小男子汉看待，问道：“维克多，你跟我说实话。你想去钓鱼，还是——”

“我想坐天空帆船。我想和爸爸在一起，我想见见世面。”他的眼神里充满了决心。

戈瓦尔站了起来。他紧紧地盯着维克多的眼睛，决定要尽自己所能让维克多开心。“那么这就是我想要听的答案了。就这么决定。”他回头看了看停泊着天空帆船的太空港，“我这就去安排。”

凯莉娅害怕自己的行为举止会露馅，所以假装生病，把自己关在卡拉丹城堡的一座高塔里。她已经跟早已全神贯注在游行典礼上的雷托正式告别，然后在他还没来得及看她的眼睛之前就匆匆离开了。反正他也不怎么在意她。

欢呼的人群簇拥着公爵，他正准备飞向卡拉丹的蓝色天空。天空帆船隆起的一侧被涂上了鲜红的厄崔迪雄鹰标志，在它旁边的是一些相同外形设计的小型飞艇，所有的飞艇都被装饰得五彩缤纷。天空帆船展开了船帆，捕捉起风来，它就像一只巨大的蜜蜂那样弓起背来。旗帜开始在微风中飘扬。

天空帆船里的大部分空间都是空的，是一个由浮力气体组成的封闭空间，只能在帆船腹部的小乘客舱里装一些给养。船帆就像蝴蝶的翅膀一样在船体两侧扇动。杜菲·哈瓦特亲自检查了行进路线，他把这条路线走了好几遍，沿途安排了卫兵和侦查员以确保没有刺客隐藏。

凯莉娅咬着嘴唇，从面向内陆的高大窗户里往外看。她一眼便看到了色彩斑斓的飞船。虽然她只能隐约听到为雷托送行的喇叭声，但她能看到雷托正站在台子上冲着人群挥手，然后登上了天空帆船。

她的心揪成了一团。

她有点后悔没让人给她拿一副望远镜来……这可能会引起别人的怀疑。这个担心真有些愚蠢，家仆们肯定只会简单地认为，她是想看着她“心爱的”雷托举行的这场具有历史意义的游行活动。卡拉丹人对他们关系中的阴暗面一无所知，他们只会天真地想象着他们之间的浪漫故事……

凯莉娅心里一阵剧痛，但也认为这不可避免的，工作人员现在已经解开了绳索。天空帆船借助浮空器的升了起来，优雅地飘浮在半空中。这种行动迟缓的飞船有可以在紧急情况下使用的推进系统，但雷托更喜欢让这艘巨大的帆船尽可能地跟着风走。较小的帆船紧随其后也升空了。

凯莉娅·维尔纽斯虽然是独自一人，但她仍努力控制自己的表情，抹除内心的所有情感，不愿意回忆自己和这位高贵的男人一起度过的美好时光。她已经等得够久了，她心里明白，她想要的结果他永远也不可能给她了。

隆博在伊克斯资助了几个反抗军，但最终一事无成。就连他们的父亲也失败了，虽然这么多年来他一直在地下与科瑞诺家族进行着斗争。现在多米尼克也死了，而隆博满足于做雷托的影子伙伴，被他那个平凡的贝尼·杰瑟里特女人迷住，失去了最后一点野心。

但凯莉娅无法接受这些。

她紧紧抓住石头窗台，看着辉煌的飞艇队伍飞越卡拉市，驶向低地。平民们一定都会站在没膝深的沼泽地里，抬头目送他们的公爵的。凯莉娅的嘴唇抿成了一条坚定的直线。这些种大米的农民就等着瞧好戏吧……

基娅拉是在游行开始后才把细节告诉凯莉娅的。这个基娅拉曾经是一位军火专家的情妇，所以她亲自设置了一个陷阱，用的正是从厄崔迪军械库偷出来的炸药。不可能有生还机会的，也不可能有获救的希望。

凯莉娅突然感到一阵无助的恐惧，她闭上了眼睛。齿轮已经开始转动了，现在的她无论如何也阻止不了这场灾难。没什么的。她这样对自己说，很快自己的儿子就将成为新的公爵，而她将替儿子摄政。啊，维克多，我这一切都是为了你。

一阵脚步声传来，凯莉娅惊讶地看到杰西卡出现在了她的房门口，看来她已经从游行现场回来了。凯莉娅面无表情地盯着她的对手。为什么她没有陪雷托一起上去呢？这样就能解决更多的问题了。

“你要干什么？”凯莉娅问道。

杰西卡看上去纤瘦而柔弱——但凯莉娅十分清楚，任何一个受过贝尼·杰瑟里特训练的女人都不可能柔弱。对面这个女巫有的是办法在一瞬间就杀死凯莉娅。她向自己保证过，一旦领导这个家族的重担落在自己肩上，她马上就会赶走这个狐媚的女人。

我将替我的儿子摄政。

“公爵已经出发，现在就剩下咱们俩了，我们谈谈吧，”杰西卡注视着凯莉娅，等着她的反应，“你躲着我的时间也够长了吧。”

凯莉娅觉得全身的每一根神经，自己的每一次抽搐和每一个小动作都被这个女巫看透了。据说，这些贝尼·杰瑟里特会读心术，尽管她们一直都在否认这一点。凯莉娅不禁打了个寒战，这时杰西卡又往房间里走了一步。

“我到这儿来是因为我想要点儿隐私，”凯莉娅说道，“我的公爵已经出发了，我现在只想一个人待会儿。”

杰西卡眉头微皱。她那双绿眼睛死死地盯着凯莉娅，好像已经发现了什么不对劲的地方。凯莉娅连忙转过身去，她现在觉得自己仿佛一丝不挂。这个年轻的女人怎么好像一眼就能看穿我呢？

“我想如果我们之间能更加坦诚一点就好了，”杰西卡继续说道，“雷托可能很快就会娶妻。而且既不是和你，也不是和我。”

但是凯莉娅一点也听不进去。她是在和我讲和吗？想让我允许她爱雷托？一想到这，她脸上闪过一丝微笑。

凯莉娅还没来得及回答她，便又听到了一阵脚步声，而且是靴子的声音。随后斯旺恩·戈瓦尔便冲进了房间。他显得心神不定，身上的制服也凌乱不堪。看到杰西卡在房间里，他停下了脚步，好像怎么也没想到杰西卡会和凯莉娅在一起。

“嗯，队长，有什么事吗？”凯莉娅不耐烦地问道。

他话到了嘴边却又咽了回去，下意识地摸了摸他那厚厚的腰带，然后又蹭了一下制服口袋，那个他通常放军械库密码钥匙的地方：“我……好像把什么东西弄丢了了。”

“戈瓦尔队长，你怎么没和我的儿子在一起？”凯莉娅向他宣泄怒火，希望能借此分散一下杰西卡的注意力，“你和隆博王子几小时前就应该出发去钓鱼了。”

英俊的卫队长不敢正视她的眼睛，而杰西卡则盯着他们俩，记录下他们的一举一动。凯莉娅的心又揪成了一团。她起了疑心吗？如果真是如此，她会怎么做呢？

“我……好像丢了一件重要的东西，夫人，”他结结巴巴地说，看上去很尴尬，“我一直没能找到它，现在我越来越担心了。我打算到一切可能的地方找找看。”

凯莉娅走了过去，脸涨得通红，再次问道：“你没有回答我的问题，队长。你们三个应该去钓鱼的。你是不是推迟了我儿子的旅行，好让他看着他父亲离开？”她用手摸了摸自己抿成一条缝的嘴唇，“对吧，我就知道维克多一定很喜欢看飞艇。但现在把他带走吧。我可不想让他错过和他叔叔的这场钓鱼旅行。他可是很开心的。”

“夫人，您的哥哥要求稍微改变一下计划。”戈瓦尔承认道。面对杰西卡，他既感到很不自在，又为自己的错误被发现而感到懊恼，“我们会安排下星期再去钓鱼，但维克多非常想陪雷托公爵。毕竟这种游行是非常罕见的。所以我不忍心拒绝他。”

凯莉娅头晕目眩起来，顿时被他的话惊呆了：“你这是什么意思？维克多现在在哪儿？隆博在哪？”

“怎么，他们在天空帆船上呢，夫人。我去通知杜菲·哈瓦特——”

凯莉娅大踏步冲到窗口，但那艘巨大的帆船和它的僚机已经飞得远远的，消失在人们的视野里了。她用拳头拼命击打窗户，发出了绝望的哀号。

每个人都在畅想着未来，但不是所有人都能亲眼看到它。

——提奥·霍尔茨曼，《时空猜想》

天空帆船上的雷托坐在指挥席上，无比放松。飞船高高地攀升到了城市上空，下面就是农业区。一切是如此的平和、温柔和安静。他虽然在掌舵，但更多的是听任风的摆布。四周一片绝对的寂静和完美的景色，雷托飞在队伍的最前头，巡游在郁郁葱葱的大地上空。他俯视那些宽阔的河流、茂密的森林和闪闪发光的沼泽。

维克多也睁大了眼睛盯着窗外，指着外面的世界，问了上千个问题。隆博一一作答，但当他问到一个地貌或是村庄的名字时，就超出了他的知识范围，而雷托就会替他回答。

“我很高兴你能在这儿，维克多。”雷托温柔地揉了揉男孩的头发。

船上现在共有三名卫兵，一名在主舱，另外的两人守在前后出口。他们都穿着黑色制服，佩戴着厄崔迪家族仪仗队的红鹰肩章。因为隆博是代替了他们的一名成员参加的这次旅行，所以他穿着同样的制服，就连维克多也在他仿造的黑色夹克上佩戴了同样的肩章，因为天空帆船的重量限制，所以他也替换下了一名卫兵。只是这孩子的肩章有些太大了，但他坚持要戴。

隆博开始唱起民歌来，这是一首他从当地人那里学来的小调儿。

这几个月来，他一直都在和哥尼·哈莱克一起弹着巴厘琴唱民谣。而此时此刻，隆博只想用他那粗哑的嗓音来唱歌，不想要任何伴奏。

听到熟悉的歌声，一名卫兵也情不自禁地加入了进来。这名男子在加入厄崔迪卫队之前是在庞迪的一个水稻农场长大的，他仍然记得父母教他的这些家乡小调儿。维克多也试着跟着唱，他唱得断断续续的，毕竟他无法记住所有的歌词。

虽然体积很大，但这艘风帆驱动的飞船操控性很强，是一艘适合休闲航行的飞船。雷托决定今后要经常这么乘着天空帆船飞一圈。也许他会带上杰西卡……甚至是凯莉娅。

*是啊，带上凯莉娅吧。*维克多应该看到他的父母经常在一起，不管他们在政治和家族问题上有什么分歧。雷托对她仍是有感情的，尽管她对他已经很冷漠了。一想起自己父母的下场，他就不想给维克多留下同样的遗产了。

起初这只是一个误会，当凯莉娅开始对他们的婚姻关系提出不合理的要求时，他的固执加剧了这一点——但他意识到他至少应该让她做自己的侍妾，并给了他们儿子一个厄崔迪的名字。雷托还没有决定接受埃卡兹大公的女儿伊莱萨的正式求婚，但总有一天他会在兰兹拉德里中找到一个政治上可以接受的人。

不过，他确实太爱维克多了，所以从不否认他是厄崔迪家族的长子。如果他指定这个孩子为他的正式继承人，也许凯莉娅冰冷的心会重新变得温暖起来。

最后，维克多厌倦了歌声和天空帆船那缓慢的速度，他抬起头来，看着窗外迎风飘摆着的船帆。雷托想让他也过一把船长的瘾，所以把舵交给了维克多。当他看到帆船的船首在回应他的操控时，男孩变得非常兴奋。

隆博笑着说道：“孩子，总有一天你会成为一名伟大的飞行员——但不要让你父亲教你。飞行技术方面我比他懂得多。”

维克多看看他的叔叔，又看看他的父亲，雷托看到这孩子竟会如此严肃地对待这句话，不禁笑了起来："维克多，还是让你叔叔告诉你，他当初是怎么把我们的小筏子点着，然后又把它撞到礁石上的。"

"是你叫我把它撞到礁石上的。"隆博反驳道。

"我饿了。"维克多忽然说道，对此雷托一点也感到不奇怪。这男孩胃口一直都很好，每天都在长高。

"去舰桥后面的储物柜找找吧，"隆博说，"那里有零食。"维克多急于去探个究竟，一溜烟地跑到了甲板后面。

天空帆船此时正好飞到了庞迪稻田上空，潮湿的绿色田野被一条缓慢流经的运河分开。驳船在他们身下驶过，船上装满了一袋袋这种当地的谷物。天空晴朗，微风徐徐。雷托想象不出比这更适合飞行的日子了。

维克多站到一个突出的架子上，伸手去够最上面的柜子，然后开始翻找。他仔细辨认着标签上的图案，维克多认识的加拉赫文字不全，只学了一些字母，但多少能看懂一些东西了。结果他找到了一些腌肉和乌鲁斯，那本是当晚的特别甜点的浆果糕点。他狼吞虎咽地吃了一包乌鲁斯，暂时填饱了肚子，但他仍继续到处乱翻。

孩子的好奇心让维克多跑到了船舱底部，墙上挂着一堆储物袋，旁边便是金属舱体的主体部分。维克多认出了储物袋上的红色标志，知道这些是急救用品、医疗设备和药品。他以前见过这种东西，当初家族医生给伤员包扎伤口时，他就对这些感到很敬畏。

他打开了急救箱，取出一些医疗用品，仔细检查着这些包好的纱布和药片。忽然，后墙上一个松动的盖板发出了有趣的嘎吱声，所以维克多也把它拿了出来，结果在里面发现了另一个更深的隔间。这个隔间就在紧急物资后面的一堵防护墙里，维克多在里面发现了一些东西，是一些闪烁着的灯，还有发光的引爆器，阻抗导线，连接着一簇簇红色的储能容器，所有这些都用电线连在了一起。

他被这些小红点儿迷住了，盯着它看了很长时间后才喊道："隆博叔叔！来看看我找到了什么！"

隆博宽容地微笑着，大踏步走过甲板，准备尽他最大的努力解释那孩子提出的问题。

"看那儿，在医生包包后面，"维克多用一个小指头指了指，"看呐，它又亮又漂亮。"

隆博站在男孩身后，弯下腰往里面看去。维克多一时间感到很自豪，因为这些东西是他找到的，他又往里面指了指说："看，所有的小灯都在闪。我拿给你，这样你看得更清楚。"

男孩一把抓住了那个装置，隆博突然猛地倒抽一口凉气："别动，维克多！这是一个——"

雷托公爵的儿子拉动了阻抗导线，启动了引爆器。

炸弹爆炸了。

真相最是无情。

——《奥兰治天主圣经》

火焰从天空帆船的尾部爆裂开来，冲击波像一颗流星一样砸向雷托。

一团烧焦的、稀烂的肉砸在他身旁的前景墙上，然后掉落在地。对于一个孩子来说这团肉太大了，而对于一个成年人——一个完整的成年人——来说又太小了。它在墙上留下了一抹焦黑的体液。

灼烧的热浪在他周围呼啸而过，在空气中噼啪作响。飞船的整个尾部都燃烧起来了，橙色的火焰吞没了一切。

在恐惧和混乱中，雷托徒劳地大声叫喊着，拼命地控制着船舵，破损的天空帆船猛地翘起了船首，近乎直立起来。但雷托一直在用眼角的余光，情不自禁地看着身边那团烂肉。

他还在扭动。他是谁？他不想知道。

他的眼前出现了一连串可怕的景象，一个接着一个，持续时间极短。他的身后也传来了一声怪异的尖叫，而这叫声也越来越小，他看到一个男人从船舱底部的裂口中被热浪吸了出来。这个人的整个身子都在燃烧。他要么是隆博，要么是三个卫兵中的一个。

而维克多当时就在爆炸的中心……

他一去不复返了。

受损的飞船开始直线坠落下去，随着可燃气体在飞船体内消耗殆尽，飞船失去了浮力。风帆撕破了，黄白色的火焰越烧越旺。驾驶舱里充满了烟雾。

雷托觉得自己浑身滚烫，他知道自己那身漂亮的黑色制服很快就会烧干净。在他身旁，那不明身份的尸体残骸还在发出痛苦的呻吟声……这具残骸四肢的数量似乎都是错的，脸上也仅剩下了一片血淋淋的扭曲的、无法辨认的模糊血肉。

天空帆船正在坠毁。

在下面，庞迪稻田顺着蜿蜒的河流伸展开来，点缀着宝石般晶莹的池塘和宁静的村庄。人们聚集在一起，挥舞着三角旗欢送他。但现在，人们看到头顶上那颗火球就像一把神之锤那样砸了下来，众人争先恐后地寻找着遮蔽物以躲开坠落的飞船。那些较小的护航舰就跟在燃烧着的天空帆船后面，疾驰着，但它们只能眼睁睁地看着。

雷托拼命把自己从近乎昏厥的麻痹感中挣脱出来——隆博！维克多！——这时，他一眼看到帆船正在朝着一个村庄坠落而去。它一定会掉在聚集的人群中的。

他马上像一头野兽一样，拼命地与船舵角力以改变下降角度，但火焰吞噬了液压系统，吞噬了浮力外壳。大多数村民像受惊的羊群一样四散奔逃，而剩下的人则无助地盯着天空，他们知道自己不可能及时离开了。

雷托心里清楚维克多肯定已经被炸死了，他很想让自己也一起消失在这团明亮的火焰之中。他现在完全可以闭上眼睛，向后靠去，让重力和火焰把自己碾碎并烧成灰烬。放弃是一件多么简单的事啊……

但当他看到下面那些无辜的人——其中很多都是像维克多那么大的孩子——雷托把自己绝望的情绪生生给压了回去，他把身体前倾，与船舵继续搏斗起来。必须要想办法改变坠落路线，避开那个村庄。

“不，不，不……”他喉咙深处发出呻吟。

雷托忘却了自己肉体上的疼痛，但那像刀子一样穿心的悲伤却怎么也无法摆脱。他不忍去考虑他在今天所失去的一切，他也不能浪费每一毫秒的反应和技巧。他现在是在为了那些相信他、依赖他的人民而战。

最后，其中一根舵转了一下，天空帆船的船头略微向上翘了一度。雷托撕开他下方的紧急控制面板，发现自己的手早已红肿。周围的火越烧越旺了。但他还把手伸进去，用尽全力拉着弯曲的红色杠杆，希望逃生缆绳和控制装置还能正常工作。

随着天空帆船尾部火势的扩大，金属钳啪的一声打开了，这时本已被烧得差不多的风帆弹了出去并在风中散开。大部分风帆都已被烧焦了，剩下的也都在燃烧了，天空帆船现在变成了断线的风筝。

驾驶舱也烧没了，飞船的剩余部分——因为突然甩掉了舱体的重量——现在就像一颗彗星那样在天空中燃烧。相应地，自成一体的舱体则以更陡的角度坠落。舱体迅速展开了自带的滑翔翼翅膀，得以在坠落过程中紧急刹车。但问题是受损的浮空装置现在难以发挥作用。

雷托用力推了一下控制杆。他每吸一口气，炙热的空气似乎都在灼烧他的肺。他的眼前出现了一片枝繁叶茂的参天大树，正是这片树林将稻米田分隔开来。高大的树木直插云霄，枝干就像是有着锋利指甲的僵硬手指，仿佛森林在向他伸出爪子。雷托发出了一声无言的号叫……

即使是死在了斗牛场上的老公爵，也不会比雷托生命的最后时刻更加荣耀了……

在坠毁前的最后一刻，雷托给早已损坏了的浮空装置和发动机里尽可能地增加了一点升力和动力。他现在飞快地掠过人挤人的村庄，一路烧焦了身下摇摇欲坠的屋顶，然后撞向了远处的沼泽地。

舱体撞到了坚硬的地面上，就像一枚古老的炮弹。泥土、水和破碎的树木蹦到了空中。身后留下了一片残垣断壁。

猛烈的撞击把雷托从座位上甩到前舱壁上，然后摔到地板上。褐色的污水从舱体的裂缝里倾泻而出，最后伴随着一声尖利的嘎吱声，天空帆船的残骸才彻底停下来。

雷托陷入了一片死寂的黑暗之中……

生活中最伟大、最重要的问题通常是无法解决的。它们只会不断膨胀。

——杰西卡，私人日记

伴随着一场热带小雨，幸存的资深剑术大师们，走过曾经是吉奈斯学院历史悠久的中心广场人行道。

已经经过了一场战争考验的艾达荷走在他们中间，他把早已被撕破了的束腰外衣扔掉了。在他旁边的希·雷瑟则还穿着他那件衬衫，尽管它也早已被鲜血浸透了——而这些鲜血大部分都不是他自己的。他们两人现在都是真正的剑术大师了，但他们却怎么也高兴不起来。

邓肯现在只想回家，回到卡拉丹去。

格鲁曼人的突袭已经过去一天多了，消防队员和救援人员仍在废墟里工作，他们让嗅觉灵敏的狗和训练有素的雪貂去寻找幸存者。但找到的很少。

中央广场上那座曾经美丽的喷泉已被炸弹摧毁了。到处都是冒着烟的残垣断壁。空气中弥漫着死亡和火焰的气味，就连海风也无法驱散它们。

莫里塔尼家族的士兵看来只打算进行一次破坏性的、打了就跑的突袭，他们不打算——也没有兴趣——进行一场持久战。当吉奈斯战士们端起武器组织好防御后不久，格鲁曼人就把他们倒下的士兵抛在身后离开了。他们放弃了那些受损的飞船，冲回了等着他们的护航舰。毫无疑问，莫里塔尼子爵早已做好了为他的滔天罪行进行公开辩护的准备——私下里也一定会庆祝偷袭成功，不管他的士兵为此付出了多少鲜血作为代价。

“我们学习和教授战斗的技巧，但吉奈斯学院不是一个军事化星球。”惠特莫尔·布鲁德说道。他那身漂亮的衣服现在全完了，上面全是煤灰，脏兮兮的，“我们一直在努力保持政治上的独立性。”

“我们只是假设我们很中立，结果被暗算了，”哲武指出，而这一次他把他那没完没了的讽刺矛头对准自己，“要是有新学员如此这般的盲目自大，我们一定会杀了他的。现在我们真是深感内疚啊。”

邓肯看了看面前这些曾经一身骄傲的人，他们现在看起来又是多么挫败啊。

“吉奈斯不应该成为攻击目标的。”迪纳里边说边弯腰捡起一条被炸弯了的金属片，它看上去应该是一座金属雕塑的一部分，“我们一直认为……”

“那是你们认为。”邓肯打断了他，而剑术大师们一个字也没反驳。

邓肯和他的红发朋友把特林·克罗诺斯的尸体扔进了主训练中心附近的大海里——而这里正是四名被害学员被格鲁曼人抛尸的地方。就应该这么做，这是一个具有象征性的回应，但邓肯和雷瑟并没有从中得到任何满足。

现在，集合在一起的战士们在检查遭到破坏的行政大楼时都沮丧地摇着头。邓肯发誓永远不会忘记剑术大师们的傲慢，以及这傲慢所导致的巨大的麻烦。就连古人也懂得狂妄自大的危险，懂得一切力量在没落前的骄傲自大，人类在这几千年里难道什么也没学会吗？

像他的战友们一样，邓肯现在也穿了一件卡其制服并且系上了红色的大手帕。众人的左臂上都绑着黑色的带子，以纪念在对抗莫里塔尼家族袭击中牺牲的一百多名剑术大师。

“我们曾依靠帝国的法律来保护我们。”受伤的莫德·库尔用微弱的声音说道。现在的他似乎与当初那个教大家史诗戏剧、背诵传奇故事并时不时把学生感动哭了的人大不相同。他的两只胳膊上都缠着绑带，“但格鲁曼人不在乎帝国法律。他们藐视了我们最神圣的传统，藐视了帝国的根基。”

“不是每个人都遵守规则，”邓肯说道，他无法抑制自己的痛苦，“克罗诺斯亲口说过这样的话。但我们就是当作没听见。”里维·迪纳里的脸一下子涨红了。

“莫里塔尼家族不会受到什么惩罚，”哲武愤愤地说，紧锁着眉头，“他们只会被罚一些款，顶多是被禁运——所以他们还会继续嘲笑我们。”

“现在还有谁会尊重吉奈斯呢?”布鲁德呢喃着，“我们让学院蒙羞了。这肯定会对我们的声誉造成巨大的损害。”

莫德·库尔抬头望着雾蒙蒙的天空，他那长长的白发像一块裹尸布一样垂了下来：“我们必须改造这所学院。就像乔－诺莱的追随者在他们的大师淹死后所做的那样。”

邓肯看着这位白发苍苍的老剑术大师，想起了他在自己的村庄被摧毁后度过的动荡不安的一生，库尔曾游荡在哈葛尔的荒野里，然后毅然决然地返回村庄，加入并最终消灭了那伙杀害了他邻居和家人的强盗。如果有人能做到如此戏剧性的重生，那么只有库尔了。

“我们再也不会让自己陷入如此无助的境地了，”迪纳里承诺道，他的声音里现在饱含激情，“我们的总理已经承诺在这里部署两支全副武装的战斗部队，我们也准备了一支小型巡逻艇分队在这片海域里巡逻。而我们是剑术高手，武艺高超——但敌人打了我们个措手不及。我们真该感到羞愧。”说完，他优雅地踢飞了一片扭曲的金属碎片，“如果人们都没有荣誉感了。那这个帝国最后会变成什么样子？”

邓肯陷入了思绪之中，他绕着人行道上的血迹走了一圈，那血迹在温暖的雨水中闪闪发光。雷瑟弯下腰，好像要从地上的水坑里找到一些信息，好搞清里面的尸体是敌人的，还是战友的，或者说只是个无辜的旁观者。

“还有很多问题需要找到答案，”布鲁德忽然开口，声音里满是怀疑，“我们必须深入挖掘，弄清楚到底发生了什么。”说着他挺起了胸膛：“而且我们一定会找到。我首先是名军人，然后才是一名教员。”

他的同伴们嘟囔着表示赞同。

邓肯忽然看到一堆瓦砾中有什么东西在闪闪放着光，于是便踩着瓦砾把它捡了起来。那是一只银手镯，他在袖子上把它擦了擦。手镯上刻着一连串密密麻麻的图案……小宝剑，公会运航机，扑翼机什么的。然后邓肯回到大师们身边，把它递给了迪纳里。

“但愿它不是属于一个孩子的。”这名身材高大的男人呢喃道。

但邓肯已经见过四个从废墟中拖出来的孩子的尸体，他们都是学校员工的子女。最终的死亡人数肯定将达到数千人。这一切都因为吉奈斯驱逐了格鲁曼学生这一行为吗？可那是对莫里塔尼家族残酷地袭击了无辜埃卡兹平民的合理回应啊……这场袭击又是因为一名大使在厄拉科斯的宴会上被暗杀引起的……而所以这些都是因为一些可疑的农作物破坏活动吗？

但是，留下或离开学院的选择是格鲁曼学生们自己做出的。眼前这一切简直是毫无意义。特林·克罗诺斯本人也为此牺牲了生命，还有太多的人跟他在一起陪葬了。这些悲剧什么时候才能结束？

雷瑟仍然打算回到格鲁曼，尽管这样做对他来说近乎于自杀。在那里他将会面对自己内心的恶魔，但邓肯希望他能幸存下来，并最终前往雷托公爵麾下效力。毕竟，雷瑟现在也是剑术大师了。

一些剑术大师甚至觉得自己应该前往埃卡兹去当雇佣兵。可更多的大师则坚持他们首先要重新找回荣誉。吉奈斯需要熟练的战士来重建被摧毁的学院。这所著名的学院可能需要数年时间才能恢复元气。

但是，尽管邓肯对这里发生的事情感到深深的失落和愤怒，他仍没忘记自己首先效忠的是雷托·厄崔迪公爵。八年以来，邓肯都把自己置于烈火中接受锻造，就像一把钢铁铸成的宝剑一样。而他这把剑永远是为了保护厄崔迪家族的。

他要回到卡拉丹去。

为什么要在没有意义的地方寻找意义呢？你会选择走一条你不知道通向何方的路吗？

——门泰特学校的质询

噩梦很糟糕，但醒着更糟糕。

当雷托在医务室里恢复知觉时，值班护士直截了当地告诉他，说他能活下来真是非常幸运。但雷托一点也没觉得这里有什么幸运可言。戴着一副厚重眼镜的男护士看到他阴郁的脸庞，说道："有个好消息，隆博王子幸存下来了。"

雷托激动地深吸了一口气。他的肺顿时疼得好像里面全是磨碎的玻璃。他随即在唾液中尝到血的味道，但还是挣扎着问道："维克多呢？"

护士摇了摇头。"我很遗憾。"他沉默了一会儿，接着说道："您需要多休息。我不想用爆炸案的细节打扰您。以后还有足够的时间。杜菲·哈瓦特本人正在进行调查。"说完，他把手伸进了工作服的口袋："您得服一粒安眠药。"

雷托拼命地摇着头，伸出手挡在脸上："我要自己睡。"*维克多死了！*

这名护士虽然不太满意，但还是听从了伯爵的意见，叮嘱他不要下床。一个声控的呼叫装置就盘旋在床头。有什么需求雷托可以对着它说话。

维克多已经死了。我的儿子！雷托其实早就清楚这一点……但现在的他必须直面这可怕的现实。而且是被一枚炸弹炸死的。谁会做这种事？

尽管有医嘱，但固执的公爵还是目送夜班护士走进另外一个房间去看一个病人。那是隆博吗？从他的床上，雷托只能看到一扇开着的门的门框。

雷托不顾自己浑身的疼痛，从医务室的床上坐了起来。然后从散发着汗臭和清洁剂气味的床单上爬起来，像一个受损的伊克斯机器人那样移动着，轻轻把双腿放到床下。他的光脚现在碰到了地板。

隆博在哪？别的一切都可以等。但他想马上见到他的朋友。有人杀了我的儿子！雷托心头燃烧着一团怒火，脑袋也是一阵剧痛。

他眨眼聚焦起来，然后将注意力集中在他面前的一个小目标上，他向前走了一小步，然后是第二步……他的肋骨缠着绷带，肺部也灼伤了。脸上涂的药膏让他觉得自己的脸现在僵硬得像一块石头。他没有照镜子，没有去看自己的脸到底伤得如何。他不担心伤疤，一点也不在乎。什么也医治不了他灵魂深处那无法弥补的伤疤。维克多已经死了。那是我的儿子，我的儿子啊！

令人难以置信的是，隆博幸存了下来，但他在哪里？

天空帆船上的炸弹……

雷托又往前走了一步，就这么一步一步地远离了床边的诊疗仪。窗外正刮着一场冷风，雨点像弹丸一样泼洒在他身后密封的窗户上。医务室的灯光在黑暗的夜里看上去更显昏暗。他摇摇晃晃地走出了房间。

他步履蹒跚地走到了走廊对面的房门口，抓住门框保持平衡，然后眨了眨眼睛，跌跌撞撞地朝里面更明亮的灯光走去，那里的灯光更白也更冷。大房间被一幅在阴影中微微晃动的黑色帘子隔了开来。空气中弥漫着化学药品和冷空气净化系统发出的刺鼻气味。

雷托搞不清状况，他忘记考虑爆炸可能带来后果和以前的种种暗示了。他只知道，就像他心中千百遍告诉自己的，维克多已经不在了。他死于火焰或者是爆炸。这又是哈克南针对厄崔迪的一个阴谋吗？还是特莱拉对隆博本人的报复？又或是有人想除掉雷托的继承人？

止痛药物的影响着公爵，极度的悲伤让他心神恍惚，这种时候来探究这些问题实在太困难了。他几乎无法保持自己的镇定状态。绝望像一张湿透了的厚毯子，把他闷在里面，透不过气来。尽管他已经下了决心，但雷托还是很想干脆堕入一个什么都不用想的井里就算了。

我必须见到隆博。

他拉开帘子，走了进去。在昏暗的灯光下，一个棺材状的生命维持舱上面插着各种管子。雷托集中精力，步履艰难地走了几步。他骂了几句，因为疼痛让他的行动变得迟缓。一个由机械操作的风箱将氧气泵入了密封的生命维持舱。而隆博就躺在里面。

“雷托公爵！”

他吓了一跳，这才注意到站在救生舱旁的女人，她身上裹着一件贝尼·杰瑟里特长袍，把她像影子一样裹在里面。是特希雅，她的脸上一片冰冷，昔日那犀利的幽默感和恬静的可爱气质已经消失，仿佛失去了生气。

雷托不清楚隆博的侍妾究竟在这里守了多久。杰西卡告诉过他，贝尼·杰瑟里特有一些特殊的技巧，可以让她的姐妹们连续好几天保持清醒。雷托这才发现，他甚至不知道自己被人从驾驶舱的残骸中拖出来到现在到底过去多久了。从特希雅那憔悴的脸色看来，她在灾难发生后肯定没有休息过片刻。

“我……我是来看隆博的。”他说。

特希雅向后退了半步，指了指那个生命维持舱。她没有过来搀扶雷托，雷托是靠自己的力量走过去的。最后，他重重地趴在了那冰凉、光亮的金属舱上。

雷托喘着粗气，低着头，闭着眼睛，直到眩晕感渐渐平息，疼痛消退……直到他最终鼓起勇气正视他的朋友。

他瞪大了眼睛。惊恐地往后退去。

隆博·维尔纽斯只剩下一个破碎的脑袋、大部分脊柱和部分胸腔了。其余的——四肢、皮肤和一些器官——都被炸碎了，或是被火焰烧成了焦炭。幸运的是，他仍然昏迷。面前的隆博就是他在天空帆船号甲板上看到的那一大块烂肉。

雷托试着从《奥兰治天主圣经》里找出一些合适的祷词。他的母亲一定知道此时应该说些什么——尽管她一向讨厌维尔纽斯家的孩子。海伦娜夫人要是在场一定会声称这是上帝的正义惩罚，因为雷托竟敢收留一个亵渎神灵的家族的难民。

是生命维持系统和能量包在维持着隆博的生命，把他痛苦的灵魂困在这具仍然紧紧维持他存在的残破躯壳里。

“为什么？”雷托自言自语道，“为什么会这样？到底是谁这样对他？对维克多？对我？”

他抬起头来，凝视着特希雅那张铁石般的脸庞。她一定是用尽了贝尼·杰瑟里特技巧来抑制内心的痛苦。

尽管她是被派来给隆博做妾的，但隆博是真心爱她。两人也让他们的结合尽可能地向好处发展——不像雷托和凯莉娅的关系，也不像他的父母，因为他们的婚姻从来没有产生过真正的感情。

“杜菲·哈瓦特和哥尼·哈莱克已经在坠机现场好几天了，”特希雅说，“他们正在调查残骸，以确定肇事者的身份。您知道是因为一颗炸弹吗？”

雷托点了点头：“杜菲会找到答案的。他总是会。”他强迫自己说出这些话，逼着自己去问那个他最害怕问的问题。“那维克多的尸体——”

特希雅把目光转向别处：“您儿子的尸体被……发现了。卫队长斯旺恩·戈瓦尔尽可能多地把尸身保存下来了……虽然我不知道这有什么用。戈瓦尔……很爱那个男孩。”

“我知道。”雷托说。

他低头盯着生命维持舱里那个奇形怪状的粉红色肉团，怎么也认不出那是他的朋友。这个维持舱非常像一个棺材，以至于雷托几乎可以想象出把它的电线拔掉，封上盖子然后再埋起来的样子。也许对隆博来说是最好的选择吧。

“我们能为他做些什么——还是说这只是白费力气？”

他可以看到特希雅脸上的肌肉开始抽搐起来，那双深褐色的眼睛也变得更加强硬了，仿佛里面有一团冰冷的火焰。她的声音低得像喘不过气来的耳语：“我永远不会放弃希望。”

“我的公爵大人啊！”一眼看到公爵的夜班护士用惊恐且责备的口气喊道，“您还不能起床啊，大人。您必须先恢复体力。受了这么重的伤，我不能允许您——”

雷托举起一只手，说道：“我朋友现在就躺在这个生命舱里，所以别跟我说什么重伤。”

护士那瘦削的脸一下子涨红了，他像一只鸟那样晃了晃细长脖子上的大脑袋，然后点了点头。但他还是把自己精心保养的手放在雷托的袖子上说道：“拜托了，我的大人。我不是来这里比较谁伤得重的。我的目的是让厄崔迪公爵尽快康复。这也是您的责任啊。”

特希雅摸了摸生命维持舱，也看向雷托：“是啊，雷托。您仍然有责任在身。隆博也绝不会允许您为了他舍弃一切的。”

雷托只好让人领着他出了房间，夜班护士小心翼翼地搀着他回了床。在理智上他清楚自己必须先恢复体力，哪怕只是为了让他能够搞清楚这场灾难的始末缘由。

我的儿子，我的儿子！这件事到底是谁干的？

凯莉娅把自己锁在了房间里，哭了好几个小时。她拒绝和任何人说话，也没有出来见公爵、她的哥哥或其他任何人。但事实上，她无法面对自己，无法面对如此巨大的罪过，这般无法弥补的耻辱。

杜菲·哈瓦特和他无情的调查一定会揭露她的罪行，这只是时间问题。当然到目前为止，还没有人对她表示过任何怀疑……但很快，流言就会在卡拉丹城堡冰冷的石头大厅里扩散开来。人们一定会奇怪她为什么要避开雷托公爵。

因此，在了解了医疗日程——并找了个雷托最不可能在她眼中察觉出罪行的时间段之后——凯莉娅打开了她房间的门，恍恍惚惚地走向医务室。此时正是黄昏，通过石框窗户可以看到外面的天光，把天空中的云层镀上了一层铜色，就像她的头发一样。但她已经无法在这落日中看出什么美感来了，只有城堡里的阴影伴随着她。

正忙作一团的护理人员和医生，纷纷给她让路，都从房间里退了出去，好让她和公爵单独待在一起。他们脸上展现出的同情更让她心碎。

“他出现并发症了，凯莉娅夫人，”医生介绍着情况，“我们不得不给他服下更多的药物来缓解疼痛，现在他可能困得说不出话来了。”

凯莉娅勉强装出一副傲慢的样子。但她也是硬着头皮撑着，她红肿的眼睛也快哭干了：“不管怎样，我还是要见他。只要我能站得住，我就要站在雷托·厄崔迪的身旁，我相信他知道我在陪着他。”

医生礼貌地在屋外找了些别的事做。

凯莉娅的脚步十分沉重，她一步一步犹豫着向床边靠近。房间里充满了伤痛、药物和绝望的气味。她低头看着雷托那张瘀青灼伤的脸，试图回忆起自己对他的愤怒。她又想起基娅拉对她说过的那些可怕的话，想起雷托·厄崔迪曾无数次地背叛了她的希望，摧毁了她的梦想。

不过，她还清楚地记得他们第一次真正亲热的情景，那实际上是公爵与戈瓦尔还有卫兵们喝了太多卡拉丹啤酒后的一场意外。雷托大笑着把啤酒洒在了他自己身上，然后缓步走到大厅里。在那里，他遇到了无法入睡的凯莉娅，她一直在城堡里徘徊。当时凯莉娅发现他喝醉了，于是温和地责备了他，并把他送回了公爵的私人房间。

她本来只是打算把他扶上床然后就离开的。没有别的什么，尽管她已经在脑海中幻想过很多次了。她确实被雷托所吸引，这是显而易见的，而且已经很长时间了……

所以在他们经历了这么多之后，现在她的怎么可能让自己恨他呢？

此刻，她盯着一动不动躺在那里的雷托，回忆起他是多么喜欢和儿子一起玩。她不愿回忆起他有多爱那个男孩，因为她不愿相信。

*维克多！*她紧紧地闭上双眼，双手紧紧地贴在脸上。泪水从她的手指缝间淌了出来。

雷托似乎醒了过来，虽然仍处于半醒半醒之间吧，他迷迷糊糊地盯着她。雷托看了很长时间，最后终于认出了她。他的脸上没有了面具，没有领袖的冷静，只剩下了赤裸裸的感情。“凯莉娅吗？”他声音低沉地问道。

她不敢回答，只是咬着上嘴唇。她还能说什么呢？他太了解她了。*他会看出来的！*

“凯莉娅……”他的声音充满了极度的痛苦，“啊，凯莉娅，他们杀了维克多！有人杀了我们漂亮的儿子。哦，凯莉娅……谁会做这种事呢？这是为了什么呢？”

他努力睁开灰色的眼睛，与体内的药品作着斗争。凯莉娅把拳头塞进嘴里，咬着指关节，直到血流出来。

她再也无法面对他，只能转身离开了房间。

怒火中烧的戈瓦尔大踏步走上了长长的台阶，径直走向那座孤零零的塔楼。两名厄崔迪卫兵正站在凯莉娅私人房间的入口处。

“给我闪开。”戈瓦尔命令道。

但是卫兵却表示了拒绝。“凯莉娅女士已经给我们下了命令。”左边一位佩戴着莱文布雷彻[①]军衔的军官说道，但他的目光游离，似乎不敢与他的指挥官对视，“她很悲伤，希望能自己待一会儿。她没有吃东西，也没有接待客人。她——”

“你服从谁的命令，莱文布雷彻？是一个侍妾，还是公爵军队的统帅？”

“当然是您，长官，”右边的士兵看了看他的同伴答道，“但您让我们很为难。”

“你们都给我解散！”戈瓦尔咆哮起来，“都给我走开，有什么事我个人来负责。”然后，他用更低沉的声音，似乎自言自语地说道：“是啊，我确实得负责。”

他推开门，大步走了进去，然后砰的一声关上了门。

屋子里的凯莉娅穿着一件惨白的旧睡衣。她的铜色头发凌乱地垂下来，眼睛又红又肿。她没坐在椅子上，而是跪在了石头地板上，毫不在意从开着的窗户吹进来的湿冷的风。在幽暗的房间里，壁炉是灰色的，一切都很黯淡。

她的脸颊上满是红色的抓痕，就好像她一直打算把自己的眼睛给挖出来，但到了最后一刻失去了勇气似的。她抬头看了看戈瓦尔，眼神中充满了可悲的希望，似乎觉得终于有人可以对她表示同情了。

---

①莱文布雷彻是一个混合了荷兰语和德语的单词，意为“生命破坏者”，在沙丘世界中是一个军衔，霸撒的副官。

凯莉娅从地板上站了起来，看上去跟她自己的鬼魂差不多。“我儿子死了，我的哥哥现在血肉模糊，都快认不出来了。”她的脸看起来也像个骷髅，“斯旺恩，我儿子死了。”说着她向他走了一步，伸出双手，好像希望能得到一些安慰。她咧开那很有表现力的嘴唇，装出哀求的微笑，但他却只是站在那里。

“我军械库的钥匙被偷了，”他说，“就在雷托宣布他计划举行一场游行后不久，有人从我制服腰带上偷走的。”

她在距离情人不到一米远的地方停下了脚步：“你怎么能认为这种事是——”

“杜菲·哈瓦特一定会搞清楚真相的！”戈瓦尔怒吼道，“我知道是谁拿了钥匙，也知道那意味着什么。你的行为出卖了你，凯莉娅。”他颤抖着说，几乎想赤手空拳把她的心掏出来，“那是你自己的儿子啊！你怎么能下得了手？”

“维克多死了，”她哭着说，“我怎么会对我自己的儿子下手呢？”

“那你就是想谋害公爵，对吧？当你得知隆博和维克多也上了那艘天空帆船的时候，你恐慌了。现在家族里的大多数人都开始怀疑你了。”

戈瓦尔的目光如炬，肌肉紧绷着，但他仍像雕像那样一动不动：“你也让我失职了。保护那艘天空帆船的安全是我的职责，但我过了很久才意识到丢失钥匙的重要性。我一直在说服自己，我只是把它放错了地方，拒绝考虑其他可能性……现在想想我应该上报的。”

他垂下了头，眼睛盯着地板，继续呢喃着：“我早就该向我的公爵坦白我们之间的事情，而现在，你让我们两人的双手都沾满了鲜血。”他厌恶地看着凯莉娅，鼻子一抽一抽的，他的眼前忽然一片眩晕，似乎整个房间都围着他旋转。“我背叛过我的公爵很多次了，但这次最糟糕。我本可以避免维克多的死，只要我……啊，那个可怜又可爱的孩子啊。”

凯莉娅忽然伸出自己那只干枯的手，一把抓住了戈瓦尔腰间的匕首柄。她把匕首从鞘中抽了出来，直直地举了起来，目光呆滞地说道：“斯旺恩，如果你因为内疚而太过痛苦的话，那就像一个真正的战士，像一个忠诚的军人那样，用这把匕首自裁吧。现在就把它插进你的心脏吧，这样你就再也感觉不到痛苦了。”

他呆呆地望着那把递过来的匕首，但拒绝接过它。相反，经过一段漫长而紧张的等待后，他转过身去……好像是在表示对凯莉娅的鄙视，等着她把匕首刺进他的后背。“荣誉需要公正，夫人。真正的正义——不是简单地找个出路。我要带着我所犯下的罪孽去面对我的公爵。”说完他朝门口大步走去，然后回头看了看她，“你还是担心一下你自己的罪过吧。”

戈瓦尔离开时，她的手里还握着那把匕首。他关上门后，又听到屋里传来了凯莉娅的哭声，她在恳求他回来。但护卫队长对她的哭喊充耳不闻，毅然决然地从高塔上走了下来。

当凯莉娅召见她的侍女时，基娅拉连忙跑了过来，她确实很害怕，但却一点也不敢耽搁。狂风呼啸着从敞开的塔楼窗户灌了进来，伴随着海浪拍打下方岩石的声音。凯莉娅正凝视着远方，微风拍打着她那身苍白的衣服，看上去就像一件裹在她身上的丧服。

“您……夫人，您要召见我？”老妇人在门口徘徊，双肩下垂，露出一副温顺服从的样子。她希望自己能给凯莉娅端上一盘香料咖啡或她最喜欢的蜜饯，以显出自己的诚意，好熄灭这个心烦意乱的女人内心狂暴的火焰。

“我们来说说你那个愚蠢的计划好吗，基娅拉？”凯莉娅的声音既空洞又可怕。她转过身来，脸上带着死亡的表情。

侍女的本能告诉她得提前逃离这个城堡，消失在卡拉市，找个交通工具赶快回到杰第主星。她可以去求哈克南男爵，说她给厄崔迪公爵带来了多大的痛苦，尽管只能算部分成功了吧。

但凯莉娅把她死死攥在了手心，就像一条会迷惑猎物的毒蛇。

“我……真的非常抱歉，夫人，”基娅拉深鞠了一躬，卑躬屈膝起来，“我为那些牺牲了的无辜者而哀悼。我们谁也没想到维克多和隆博会加入队伍。他们不应该——”

“住口！我不要你的借口。我知道到底发生了什么，我知道哪里出错了。”

基娅拉的嘴就好像安了闸门，一下子把后面的话都吞了回去。她感到一种更深层次的紧张，感觉到在这个房间里的两个人此时此刻是多么的孤独。要是卫兵们像她命令的那样守在自己的岗位上就好了，要是基娅拉在来这里之前能武装自己就好了。

很多事情都没有预料到。

“回想这些年来，基娅拉，我还记得你说过的很多话，那些阴险的建议。而这些话真正的含义我已经看清楚了，全都是对你不利的证据。”

“什么……您这是什么意思，我的夫人？长久以来我都是为您效劳——”

凯莉娅打断了她：“你是被派到这里来挑拨离间的，是不是？从我们相识的那天起，你就一直想让我和雷托反目。你在为谁工作？哈克南人吗？李芝家族吗？还是特莱拉人？”她那张毫无表情的脸上只剩下了凹陷的眼窝和伤痕累累的脸颊，“但不管你的主子是谁，结果都一样。雷托幸存下来了……可我儿子死了。”

她向老妇人走了一步，基娅拉拿出了她最饱含同情心的声音，当做一面盾牌：“您是因为太过悲伤了，所以才会想些可怕的事情，说些可怕的话，我亲爱的。这一切都只是一个可怕的错误。”

凯莉娅走了过来：“准备感恩吧，基娅拉。毕竟这么多年来我一直把你当作朋友。毕竟维克多的死是快速的、毫无痛苦的且毫无准备的。为此，我也给你一个痛苦的死法。”

她猛地掏出斯旺恩·戈瓦尔那把决斗匕首。基娅拉赶忙向后躲去，抬起手来挡在面前，大喊道：“不要啊，我的夫人！”

但是凯莉娅没有丝毫的犹豫。她猛冲过去，刀尖深深地刺进了基娅拉的胸膛。然后她退了一步，又重复了一遍，确定她已经刺穿了这个奸细的心脏。然后，她把匕首当啷一声扔在地板上，基娅拉像一堆破布那样倒在地上血流如注。

鲜血溅到了华丽得令人有些毛骨悚然的蓝黑曜石墙上，凯莉娅直起身子，看着自己模糊的倒影。她盯着看了很长时间，她不喜欢自己所看到的。

凯莉娅步履沉重地走到敞开的窗户前。刺骨的寒风让她的皮肤都麻木了，但她觉得自己全身都湿漉漉的，就像浸透了鲜血。她扶着窗台，凝视乌云密布的天空，向远处的地平线望去，卡拉丹的海面上现在很平静。在她身下，激起泡沫的浪花在悬崖底部咆哮着。

在她的记忆里，伊克斯地壳内那座了不起的钟乳石城总是熠熠发光的。而她也已经很久没有在大王宫的大厅里跳舞，顺便炫耀她最好的丝绸礼服了。她和她的哥哥以及皮尔鲁那对孪生兄弟站在一起，眺望着组装新型运航机的巨大洞穴。

像在祈祷那样，凯莉娅·维尔纽斯又让自己回想起了所有她读过看过的关于凯坦皇宫的景象，壮观的宫殿，阶梯状的花园，以及磬鸣的风筝。她曾多么渴望能生活在那个与自己地位相配的地方啊——她可是兰兹拉德里一个大家族的公主。但最终凯莉娅浪费了这一生，从未达到她想要的高度，见证她想要的奇迹。

最后，她的体内只剩下了一些黑暗的记忆，所以她爬上了窗台，展开翅膀飞向了天空……

人类绝不能屈服于动物。

——贝尼·杰瑟里特教义

尽管阿布鲁尔德在形式上保留了兰基维尔分区总督的头衔，至少是在名义上吧，但实际控制着这个星球和其经济的却是格洛苏·拉班。让父亲保留他的头衔让拉班觉得很有趣，因为这并不会威胁他这个真正掌权的人。

毕竟那个躲在悬崖边修道院里的老傻瓜能有什么作为呢?

拉班鄙视这个天空沉闷、寒冷气温的星球，更别提那些带着臭鱼味道的原始人了。他讨厌这里，但因为他在瓦拉赫九号星没有完成使命，所以男爵强迫他在这里待了几年。但他讨厌这个地方最主要的原因，是他的父亲非常喜欢这个地方。

拉班最终决定去检查一下他们几十年前藏在兰基维尔的那些香料。他喜欢定期检查仓库以确定它们是否安全。所有的储存记录现在都被抹去了，所有的证人也都消失了。已经没有证据能表明，男爵在厄拉科斯的早期任期内曾在兰基维尔藏匿了这么多的美琅脂。

这对拉班来说是一次远航，他离开轨道，降落在北部大陆上。他在那里的工业港口城市和鲸鱼毛皮加工厂待过两年。现在，他只带着十名士兵，从渔场征用了一艘船进入了北部海域。他的扫描仪和技术人员都知道到哪里去寻找那个人造冰山。拉班让他们干好他们的活，而他缩在自己狭小的船舱里，喝了太多的基拉那白兰地。当目标出现后，他自然就会回到甲板上的，但除非迫不得已，否则现在他对空气中咸咸的雾气或是冻僵自己的手指并不感兴趣。

人造冰山一眼看上去很是逼真，就像其他漂浮在北极的冰山一样。小船抛锚后，拉班仗着高大的身材挤到了前面，然后登上了这个以聚合物为原材料的冰山，打开了隐藏的舱门，进入了中空的蓝色隧道。

他发现巨大的仓库里竟然空空如也。

拉班发出的狂怒吼声在冰冷的隧道中回响着："这是谁干的?"

后来，小船一路咆哮着向南方驶去，把那座假冰山抛在了身后。拉班站在船头，怒火冲天，也不在乎潮湿和寒冷了。小船冲进了遍布岩石的峡湾，然后哈克南士兵一窝蜂地闯进了一个可怜的当地小渔村。这些定居点现在看起来比拉班记忆中的似乎要好得多：房屋是崭新的，设备锃亮，设施齐全。渔船、渔具以及仓库都很现代化，而且保养得很好，一看就是来自外部世界的进口货。

士兵们毫不犹豫地抓走了村民，轮番地拷问起来，直到同样的答案一再出现为止。甚至在拉班从那些血淋淋的嘴唇和破碎的牙齿中听到这个名字之前，就已经开始怀疑了。

阿布鲁尔德。

他似乎早就知道了。

维利塔斯是一座建在悬崖之上的城市，此时正值寒冬。僧侣们使用来自深山的泉水加强了寺院的结构，同时也可以增加美感。

阿布鲁尔德那颗伤痕累累的心总算恢复得差不多了。他穿着一件暖和的长袍，戴着厚厚的手套，手拿一根软管龙头，把闪闪发光的水汽喷到了洞口的边缘。

他呼出的哈气就像是一团冰雾，他的脸颊也被冻得快要裂开了。但他仍在微笑着喷水，在已经冻成了棱柱状的冰上又盖了一层。冰块做成的街垒就这样慢慢地垒起来了，像一道帘子似的遮住了他们悬在半空的岩洞。这道半透明的乳白色屏障就像一个圆顶，在阳光下反射着光芒，同时挡住了彻骨的寒风。洞窟外和峭壁上的报时钟和风向标都在叮叮当当地响着，仿佛是一曲动人的音乐。

阿布鲁尔德切断了水源，把水龙头拉了回去，僧侣们马上拿着一堆彩色碎玻璃跑了过去，他们把这些彩色碎玻璃放在了冰冷的水中，立即呈现出万花筒般的绚丽色彩。然后他们后退了一步，阿布鲁尔德再次往上面喷了一些水，就喷在这些彩色的玻璃碎片上。当这些水逐渐结冰之后，这座悬崖下的城市便又多了一道绚烂的彩虹。

在这道冰障又扩大了半米后，维利塔斯修道院的院长敲响了锣声，叫停了大家手头的工作。阿布鲁尔德关上了水龙头，坐了下来，他虽然累得够呛，但很是为自己的成就而感到自豪。

他脱下厚厚的手套，啪啪地拍着棉袄上的冰屑。他又解开了身上厚重的长袍，散走身上的热气，然后便走进一个有强化玻璃窗户的移动餐厅。

几名僧侣送来了食物，埃米也端着一大碗热汤走到了他的面前。阿布鲁尔德拍了拍他旁边的长椅，示意他的妻子坐下来和丈夫一起吃午饭。这汤做得真不错。

突然，透过餐厅的围墙，他看到那道冰幕被激光枪射出的火焰击了个粉碎。碎冰块嘎吱嘎吱地落到了岩洞地板上，然后顺着悬崖掉了下去。在又一轮武器射击后，一架哈克南攻击飞船出现在了悬架前，它盘旋着，武器仍在冒烟，原来刚才它是在清除空间以便能飞到岩架下。

僧侣们大叫着四散奔逃。一个人碰掉了一根水管，淡水喷涌而出，洒在冰冷的石头地面上。

一种似曾相识的可怕感觉让阿布鲁尔德感到一阵恶心。他和埃米来到维利塔斯，就是想悄悄地过上平静的生活。他们不愿与外界接触，尤其是与哈克南家族的人。尤其是他们的大儿子。

攻击飞船擦着岩石的底部向前滑行，然后着陆了。舱门嘶嘶地打开，格洛苏·拉班是第一个从里面出来的人，簇拥着他的士兵个个全副武装——尽管在维利塔斯，没有任何一名僧侣会诉诸暴力，他们甚至不懂什么叫自我保护。拉班的手里攥着他那根墨藤鞭子。

“我父亲在哪儿?”他一边问，一边领着他的手下朝餐厅走去。他的声音听起来像两块巨石碰撞在了一起。这些闯入者一把扯开了那扇薄薄的玻璃门，冷风一下子吹了进来。

阿布鲁尔德站了起来，埃米想要拦着他，却不小心把那碗热汤打翻了。盛汤的碗掉在光滑的地板上摔得粉碎。溢出的肉汤散发出的热气飘散到了寒冷的空气中。

“我在这里，儿子，”阿布鲁尔德说道，挺直了腰板，“你没有必要破坏这里的东西。”他的嘴唇因为恐惧而有些发干，喉咙也阵阵发紧。僧侣们纷纷向后退去，而他很高兴这些人没有试图站出来，因为他那恶魔般的儿子——格洛苏·拉班——对于向无辜者开火从来都不会犹豫。

那个身材魁梧的男人转过身来，好像他的腰上安了个滚珠轴承似的，两道浓眉也皱了起来，变得好像一个遮光罩，遮住了他的脸。他紧握着拳头，大步冲了过来。“香料储备——你都对它们做了什么?我拷问了那个渔村的人，”他的眼中一片亢奋，“每个人都招出了你的名字。然后我们又拷问了一些人，只是为了确认一下。”

阿布鲁尔德向前走了几步，把埃米和其他僧侣挡在身后。他灰金色的头发垂在耳朵上，上面满是汗水：“我用那些储备帮助兰基维尔的人民了。毕竟你伤害了他们，这是你欠他们的。”其实他早就打算为今天这个场面做一些准备，建立一个有效的被动防御机制，抵挡哈克南人的怒火。他原本希望拉班在僧侣们做好准备之前不会注意到香料丢了，毕竟他还没来得及做好准备。

埃米匆匆走了过来，脸涨得通红，她把乌黑的直发向后一甩："住手！离你父亲远点。"

拉班甚至没有转过头来，也没有把视线从阿布鲁尔德的眼睛上移开。相反，他挥起一只肌肉发达的手臂，猛地击中了母亲的脸。埃米踉踉跄跄地后退了几步，捂着鼻子，鲜血从手指间流淌到了脸颊上。

"你竟敢打你妈妈！"

"我爱打谁就打谁。你似乎不清楚这里谁说了算。你也不清楚你是个多么可悲的弱者。"

"你怎么会变成这样一种人呢？我真为你感到耻辱。"阿布鲁尔德厌恶地朝地上啐了一口。

拉班根本不为所动："你到底对我们的香料储备做了什么？你把它们弄到哪儿去了？"

阿布鲁尔德的眼中喷射着怒火："终于有一次，哈克南家族的脏钱做了一些好事，你永远也找不回那些香料了。"

拉班像条毒蛇一样，一把抓住了阿布鲁尔德的长手指，把它拽了过来。"我不会和你浪费时间的。"他说道，声音低沉而充满威胁，然后便狠狠扭了一下，折断了阿布鲁尔德的食指，就像折断一根干燥的木柴一样。接着又折断了他的拇指。

阿布鲁尔德痛得晕头转向。埃米摇摇晃晃地站起来，大声尖叫着。血继续顺着她的嘴和下巴流下来。

"你把香料弄哪儿去了？"拉班迅速而有效地折断了他父亲另一只手上的两根手指。

阿布鲁尔德看着他的儿子，目光坚定，然后强忍住手上的剧痛，说道："我通过几十个中间人把所有的钱都分发了出去。我们把钱都花在兰基维尔上了。我们造了新建筑，买了新设备，从外部世界的商人那里购买了食品和医疗用品。还把我们的一些人送到了其他更好的星球。”

拉班怀疑地问道：“这么说你把所有的钱都花光了?”他的疑心也很正常，毕竟他们藏在这里的香料多得足够资助几场大规模战争了。

阿布鲁尔德放声大笑起来，声音听上去都有点歇斯底里了：“这里花一千个宇宙索，那里再花一千个，就这么没了。”

拉班这才变得像一只泄了气的皮球——因为他清楚，他的父亲肯定是这么干了。如果是这样，那么哈克南家族的那些香料储备就真的没有了。而且拉班再也找不回它们了。哦，他可能会时不时地从村民那里挤出一些钱来偿还，但永远也无法收回他们失去的全部香料。

狂怒的火焰在拉班大脑中的每一条血管里燃烧起来。“我要为此而杀了你。”他的声音无比的冷酷。

阿布鲁尔德凝视着他的儿子——那是一张完全陌生、充满仇恨的脸。尽管拉班做了那么多坏事，那么堕落和邪恶，但在阿布鲁尔德心中，仍然记得他还只是个顽皮男孩时的样子，仍然记得他还是个婴儿时，埃米抱着他时的样子。

“你不会这么做的，”阿布鲁尔德的声音比他想象中的更有力，“不管你有多邪恶，也不管男爵教了你多少扭曲的东西，你都不会做出这样令人发指的行为。因为我是你的亲生父亲。你是人——不是野兽。”

这让拉班最后一次疯狂地失控了。他伸出双手死死扼住父亲的喉咙。埃米尖叫着扑向他们精神错乱的儿子，但在拉班面前她力气小得就像一片被风吹落的树叶。拉班用他那双粗壮的手使劲地掐了又掐。

阿布鲁尔德的眼睛瞪得大大的，他伸出断了的手指还击。

拉班的厚嘴唇上翘，露出了微笑。他狠命地掐住阿布鲁尔德的喉咙，然后扭断了他的脖子。拉班厌恶地皱着眉头，松开手，让父亲的尸体一下子倒在了岩石地板上，僧侣们和他的母亲都惊得屏住了呼吸，然后大声尖叫起来。

“从现在起，你们可以管我叫野兽了。”拉班对自己选的这个新名号很是满意，然后大手一挥，带着手下大摇大摆回到飞船上。

避免死亡和"活着"不一样。

——贝尼·杰瑟里特如是说

即使是卡拉丹城堡里最沉闷的房间，也比医务室好得多。雷托已经搬进了装饰华丽的保卢斯套房。尽管这里曾有一些不好的回忆，但改变地点是为了帮助他恢复元气。

但雷托觉得每天似乎都是一样的灰暗、无尽和无望。

"已经收到成千上万条信息了，我的公爵。"尽管杰西卡一直因为雷托而心痛不已，但她仍故作欢颜地说道。她在自己的声音中加入了一些操纵的技巧。她边说边指着旁边桌子上的卡片、信件和信息矩阵。一束束芬芳的鲜花也装点着房间，对抗着药品的难闻气味。还有些孩子为他们的公爵画的画。"你的人民在和你一起悲伤。"

雷托没有做出任何回应。他只是死死盯着前方，灰色的眼睛里毫无光泽。他的前额现在贴着一块白色的新皮，这是他第二次用这块新皮来修复疤痕了。他的一只肩膀和双腿上也被装上了快速接合器，一只胳膊上悬着静脉注射管。杰西卡的话他似乎一句也没有听进去。

在医院里，被烧得血肉模糊的隆博仍然待在生命维持舱里。王子还活着，尽管他还不如直接死去。以这种生存方式比死亡更可怕

至少维克多安息了。凯莉娅也是。他现在对她只有怜悯，对她的堕落感到厌恶。

雷托把头稍稍转向杰西卡的方向。他的脸上流露出极度的悲伤："医护人员按照我的命令做了吗？你确认了吗？"在雷托的严格命令下，他儿子的尸体被放置在停尸房的浮空冷冻箱中。这是他每天都要问一遍的问题：他好像总忘了答案。

"是的，公爵——已经办妥了。"杰西卡拿起人们寄来的一个写着祝福语的包裹，试图让他从常人无法忍受的痛苦中解脱出来，"这个包裹是一位东部大陆的寡妇寄来的，她在上面写道，她的丈夫是您麾下的一名公务员。仔细看看全息照片的话——能看到她手里拿着一块你送给她的牌匾，以纪念她的丈夫这一生为厄崔迪家族所作过的贡献。现在她年幼的儿子们都渴望着为你工作呢。"杰西卡抚摸他的肩膀，然后摸了摸感应器，关掉了全息照片，"所有的人都希望你能尽快康复。"

在外面，在通往卡拉丹城堡的陡峭小路上，人民都聚集在那里，在整个走道上放满了蜡烛和鲜花。他的窗下也堆着小山一般的花海，海风吹来了醉人的芳香。人们在他能听到的地方唱歌，有些人还弹起了竖琴和巴厘琴。

杰西卡希望雷托能出去面对这些善良的人民。她想要他坐在院子里那把高高的公爵椅上，聆听人们的愿望、抱怨以及赞颂。她还想要他按照老公爵教他的那样，穿上公爵制服，因为这会让他看起来比任何人都要高大。雷托现在需要分散自己足够多的注意力，这样才能让生活继续下去，也许这么一天天下去，他那颗破碎的心终会痊愈。毕竟这事关他的领导力。

毕竟他的人民需要他。

此时窗外传来一声尖啸，杰西卡抬头看去，原来是一只巨大的海鹰，正在扑打着微红的翅膀，一根绳索在它的爪子上晃来晃去。原来窗户下面站着一个十几岁的男孩，他的手里握着那根绳索，满怀希望地看着城堡的小窗户。杰西卡以前看见过雷托和这个年轻人谈话，他是公爵结交的一个村民。现在那只海鹰又掠过雷托的房间，不时朝里面窥视，好像它是楼下所有关心公爵的人的眼睛。

公爵再次陷入了深深的抑郁之中，杰西卡深情地凝视着他。*我不能保护你不受这个世界的伤害，雷托。*她总是惊叹于他那坚强的性格，但现在她却担心起他脆弱的精神了。雷托·厄崔迪公爵虽然仍保持着固执和冷静，却失去了活下去的意愿。这个她曾无比崇拜的男人的心实际上已经死了，尽管他的身体正在痊愈。

她不忍心就这么放弃他，任凭让他死去——这不仅是因为她从贝尼·杰瑟里特那里得到了必须怀上他女儿的命令，更是因为她渴望看到雷托重新变得完整和快乐。她默默地发誓要为他做一切力所能及的事。她低声用贝尼·杰瑟里特的方式祈祷着："伟大的母亲，请守护那些有价值的人。"

在后来的日子里，她经常坐在雷托身边和他谈天。他却只是沉默着，迟缓地做出一些回应，渐渐地，他的情绪开始好转了。公爵那张细长而英俊的脸上又恢复了血色。他回应杰西卡的声音也越来越大，话也变多了。

不过，他的心依旧是死的。他得知了凯莉娅的背叛，得知了她的侍女最终被杀，以及那个他曾经爱过的女人从高高的塔楼上跳楼自尽。但他对凯莉娅没有愤怒，没有任何报复的想法……只有一种厌恶的悲伤。生命和激情的火花从他的眼睛里消失了。

但是杰西卡不会放弃，她也不会让他放弃。

她在他窗外的阳台上放了一个喂鸟器，雷托以前经常在阳台上观察鹪鹩、岩雀和鸣鸟。他甚至给一些反复到这里来的鸟儿起了名字，对于一个没有受过良好训练的人来说，公爵区分相似生物的能力给她留下了深刻的印象。

不到一个月后的一日清晨，雷托忽然对杰西卡说：“我想见维克多。”他的声音听起来怪怪的，低沉但充满感情。“我想我现在可以面对了。请带我去见他吧。”

杰西卡看着他的眼睛，从他那灰蒙蒙的眼睛里，她看出了他的决心。

杰西卡摸了摸他的胳膊，说道：“他……他的样子可要比隆博糟多了。你没必要去看的，雷托。”

“我要去，杰西卡……是的，我要去。”

在地下室里，男孩那破碎不堪的尸体被保存在了低温冷冻箱里，看上去非常安详。也许是因为和隆博不同，维克多现在再也感觉不到任何痛苦了。

雷托打开了大门，在冰冷的寒气中摸索着，浑身颤抖不已。他把自己的右手放在男孩被裹起来的身子上。他对自己已经逝去的儿子说了很多话，但没人能听见，因为他说不出一个字来，他的嘴唇几乎没动。

杰西卡明白雷托为何如此悲伤。因为他和维克多再也不能在一起了。他永远没有机会成为值得那个男孩敬仰的父亲了。

她将手放在雷托的肩膀上，想要安慰他。她的心跳越来越快，她努力让自己冷静下来，使用了贝尼·杰瑟里特的一些技巧。然而，她没有成功，在她心灵深处，在她心灵的最深处，她听到一些低语，感到了一阵骚动。那是什么？这不可能是其他记忆的回声，因为她现在还不是一位圣母。但她能感觉到古代的姐妹们正在为某个严重的问题而烦恼，这已经超出了正常的界限。*我身上到底发生了什么？*

“现在我都明白了，”雷托忽然开口道，整个人似乎都进入了一种恍惚状态，“毫无疑问，厄崔迪家族被诅咒了……从阿伽门农时代开始就被诅咒了。”

当她把不愿离开的雷托从停尸间拖出来时，杰西卡知道自己必须要安抚住他，告诉他这话不对。她想提醒这位公爵，他的家族以前曾取得了多么大的成就，而他本人在整个帝国中是多么受人尊敬。

但这话杰西卡就是说不出口。她认识隆博、维克多和凯莉娅。她也觉得雷托的断言似乎无可辩驳。

我们永远是人，永远要肩负作为人的全部责任。

——雷托·厄崔迪公爵

狂风骤雨吹打在雷托房间的窗户上，使得他一时思绪万千。倾盆大雨泼洒在了城堡的石墙上，狂风也呼啸着穿过密封性不怎么好的窗框。这场暴风雨简直是在呼应他的心情。

雷托独自坐在套间里的一张高大的椅子上，浑身发抖，整个世界似乎要把他压垮了。他闭上眼睛，想象着维克多的脸，男孩那乌黑的头发和眉毛，永不满足的好奇心，灵动而快乐的笑声……他死时穿着的儿童尺寸的公爵夹克和那个超大的肩章。

雷托的眼睛已经适应了黑暗，他凝视着房间里的阴影。为什么我没能救下我的儿子？

他低下头，开始大声和幽灵交谈起来："如果现在有人能让我再为维克多做哪怕一丁点事，我愿意把厄崔迪家族所有的财产都给他。"他的悲伤几乎就要压倒他了。

这时忽然传来了一阵砰砰的敲门声，声音非常大也非常沉重，他知道这一定是杜菲·哈瓦特。雷托慢慢地起身，身上既疼又没有什么力气。他的眼睛现在也是红肿刺痛，在其他任何时候，他都可以有足够的涵养起身去迎接他的刺客大师……但现在不行了，尤其是在这个深夜。

哈瓦特打开了门。“公爵，”他边说边穿过房间，递过来一个银色的信息筒，“这是一份刚刚送到太空港的文件。”

“更多的哀悼信？我以为我们已经收到了兰兹拉德里所有家族的来信了，”雷托的视线无法集中，“我敢说这不是什么好消息吧？”

“不是，公爵，”哈瓦特那张坚忍的脸现在面沉似水，“这是贝尼·特莱拉寄来的信。”说完他把圆筒放在了雷托颤抖的手心里。

雷托皱着眉头打开了封条，盯着眼前这条简短的信息看了起来，信息堪称简单得令人厌恶，但包含的承诺却令人畏惧。雷托听说过这种可能性，听说过特莱拉人这种肮脏的技术，任何有道德感的人都会感到厌恶的。不过要是真的就太好了。一直以来他就没有考虑过特莱拉人——但现在，这些可恶的侏儒们直接提出了他们的提议。

哈瓦特在一旁等待着，准备为他的公爵效劳，但几乎无法掩饰他的恐惧。

“杜菲……他们提出要为维克多培育一个死灵，通过他的细胞让他起死回生，这样……这样他就能复活了。”

现在就连这位门泰特也无法掩饰他的惊讶之情了：“我的主人啊！您不能这么——”

“特莱拉人可以做到的，杜菲。我可以让我的儿子回来的。”

“可代价是什么呢？他们有说出价格吗？他们在这方面的名声可不好啊，大人，您好好想想吧。就是这些邪恶的人摧毁了伊克斯。就是他们在没收审判期间威胁要杀死你。他们可是毫不掩饰对厄崔迪家族的仇恨啊。”

雷托盯着消息圆筒，说道：“那是因为他们觉得是我在运航机内向他们的飞船开的火。现在，多亏了贝尼·杰瑟里特，我们知道了真正的行凶者是谁。我们可以告诉特莱拉人，告诉他们哈克南家族和他们隐形攻击船的事——”

门泰特整个人都僵住了：“大人，可贝尼·杰瑟里特拒绝给我们证据啊。没有证据，特莱拉人是不会相信你的。”

雷托的声音听起来又小又绝望：“但维克多没有别的机会了。只要涉及我儿子，我愿意和任何人打交道，付出任何代价。”他太渴望能再次听到那孩子的声音、看到他的笑容和触摸他的那双小手了。

“我必须提醒您，虽然一个死灵在各方面都是和本体一模一样的复制品，但这个新生的孩子不会有维克多的记忆，也不会有他的性格。”

“即便如此，不是也比只剩下回忆和一具尸体更好吗？这一次，我要让他成为我合法的继承人。”

一想到这，他就感到无比的悲哀。一个维克多的死灵会正常成长吗？或者他会因为自己是个死灵而自暴自弃吗？如果贝尼·特莱拉——能如此熟练地创造出变态门泰特来——那他们会不会对男孩的基因做什么手脚呢？然后通过这个公爵最爱的人来攻击他。

但雷托现在甘愿冒着被诅咒的危险做任何事……只要是为了维克多。面对这个决定，他感到既无助又别无选择。

哈瓦特的声音因为紧张而沙哑起来：“我的主人，作为您的门泰特——也作为您的朋友——我希望您不要采取这种轻率的举动。这明显是一个陷阱。你知道的，特莱拉人是打算用他们那张邪恶的网把你给缠住。”

雷托强忍着身体上的疼痛，起身向这位老刺客大师走了过去。哈瓦特发现公爵那红肿的眼睛里露出了疯狂的怒火，便往后退了几步。公爵似乎容不下任何的反对意见了。

“杜菲，我只能把这个任务交给你，”他深吸了一口气，绝望像火焰一样在他的血液里燃烧着，“去和特莱拉人接触。告诉他们我希望……”他几乎说不出话来。“……我希望知道他们的条件是什么。”他脸上浮现出的那丝淡淡的微笑让哈瓦特不禁打了个寒战，“想想看吧，杜菲。我又要见到我的儿子了！”

老战士把一只粗壮有力的手放在雷托的肩上，说道：“您先休息吧，公爵，想一想这个提议到底意味着什么。我们不能把希望寄托在贝尼·特莱拉这样的人身上啊。想象一下成本吧。他们会要求什么作为回报呢？我反对这样做。这事断然不可为啊。”

雷托却依然不为所动，他突然大喊起来：“我才是厄崔迪公爵。我自己决定什么可为。”

支离破碎的生活给他带来了无穷的痛苦，他的思维终于变得混乱，无法正常思考了。他的眼窝深陷，声嘶力竭地喊道：“我们现在说的是我的儿子——我那个死去的儿子！——我命令你照我说的去做。给我去向特莱拉提出请求。”

邓肯·艾达荷的回归应该是一个值得庆祝的日子，但是天空帆船的悲剧给整个卡拉丹蒙上了一层悲伤的阴影。

在卡拉市太空港，一个全新的邓肯下了飞船，深深地吸了一口咸咸的空气。他目光如炬，热切地四下张望着。前面站着一队仪仗队，站在最前面的是杜菲·哈瓦特，他穿着一件布满了勋章的黑色制服，一套考究的外交场合才会穿的制服。场面真大啊！穿红色制服的工作人员走到了斜坡前的大门口，开始引导乘客出来。

哈瓦特站在坡道边上，几乎认不出面前的邓肯了。邓肯那一头黑色的卷发现在变得又粗又密，原本光滑的皮肤也变得红润而黝黑。这个年轻人的肌肉可是比以前要发达多了，他的动作优雅，谨慎中透露着自信。他骄傲地穿着吉奈斯卡其裤，戴着红色大手帕，老公爵的那把宝剑就挂在他的腰间，虽然有些磨损了，但磨得更加锋利了。

“杜菲·哈瓦特，你一点都没变啊，你这个老家伙！”邓肯急忙上前握住了门泰特战士的手。

“你可是变了很多啊，年轻的艾达荷。或者我该叫你艾达荷剑术大师？我还记得当年那个自己只身来找保卢斯公爵的街头小子。我觉得你好像比我高一点。”

“也更聪明一些，我觉得。”

门泰特对着邓肯鞠了一躬道：“恐怕这里发生的事情迫使我们推迟了为你举行的欢迎仪式。让我的人陪你回城堡吧。现在的雷托看到你一定会很高兴的。维特中士，请你护送邓肯去见公爵好吗？”

哈瓦特从剑术大师身边走了过去，登上斜坡，走向穿梭机，准备前往轨道上的运航机。看着年轻人那困惑的表情，哈瓦特意识到邓肯对这场悲剧至今仍是一无所知。他也从来没有见过雷托的儿子，他只是通过书信才知道维克多的。

然后，门泰特用最凄凉的语气对邓肯说道：“维特中士会向你解释一切的。”

那个留着栗色山羊胡、身强力壮的中士点了点头：“而这恐怕是我讲过的最悲伤的故事了。”哈瓦特没有作进一步的解释，就带着公爵送给特莱拉大师的文件登上了穿梭机。

门泰特让自己的舌头沿着口腔内侧滑动起来，最后找到了一个小小的被植入口腔的注射器。现在他每吃一口食物，这个装置就会释放出一种微量但强大的抗菌剂、抗毒素和抗生素喷雾。他这可是奉命与特莱拉人面对面地交锋啊，即使是他这种精通暗杀术的人也无法想象那些可憎的人会使用什么样的病菌和毒药来对付他。

尽管有着公爵的严格指示，但哈瓦特仍决心不让他们拥有这种形势。他强烈反对雷托这个不顾一切的、不明智的决定，但他肯定会尽最大努力为自己的公爵效力。

在卡拉丹城堡地牢的监禁力场后面，戈瓦尔凝视着黑暗，回想着过往的时光，回想着别的地方。他只穿了一件薄薄的囚服，在潮湿的空气中瑟瑟发抖着。

他是怎么走到今天这个境地的呢？他一直在努力提升自己，他也曾向公爵宣誓效忠，他也非常爱维克多……

他坐在自己的小床上，手里握着注射器，拇指在冰凉的手柄表面摩擦着。那个带着伤疤的走私犯哥尼·哈莱克偷偷把它给了他，给这个背负了奇耻大辱的卫队长提供了一条解脱的捷径。戈瓦尔随时都可以往他的血管里注射毒药。前提是他有足够的勇气……或是懦弱就好了。

在他的脑海里，过往的岁月仿佛被激光束割去一样消失了。戈瓦尔记得自己是在卡拉湾的贫民区中长大的，他靠在渔船上当船员为母亲和两个妹妹赚钱，他甚至连自己的父亲都不认识。在他十三岁时，戈瓦尔在卡拉丹城堡里找到了一份厨师助理的工作，专门负责打扫炉子和储藏室、拖地板以及擦洗炉膛壁上面的油脂。厨师对他很严厉，但心地善良，一直在帮助这个年轻人。

在老公爵去世后不久，戈瓦尔年满十六岁时，他开始在卫队中接受训练，并逐级晋升，最终成为了雷托公爵最信任的人之一。他和雷托年龄相差其实也不到几个月……他们走的是不同的路，却都爱上了同一个女人：凯莉娅·维尔纽斯。

而凯莉娅在她跳楼自杀前就已经把他们俩都毁了。

在杜菲·哈瓦特对他进行的深入审问中，戈瓦尔没有给自己任何借口。他招认了一切，甚至说了很多其他的罪行，只为加重自己的罪责。他内疚地捶打自己的胸口，希望这能帮他熬过这无比痛苦的时刻……或最终杀了自己。毕竟正是由于他的愚蠢，凯莉娅才偷到了他的军械库钥匙，最终让基娅拉弄来了炸药。但他从来没有密谋杀害公爵，因为他爱公爵，直到现在仍然爱他。

也就是这时，哥尼·哈莱克给他送来了毒药，并且冰冷地对他说道：“这是唯一的路，荣誉之路。”说完他就把注射器丢在了戈瓦尔的牢房里，转身离开了。

戈瓦尔用手指抚摸着致命的针管。他随时可以用它刺破手指，结束他已经毁掉了的生命。他深吸了一口气，闭上了眼睛。泪水顺着他的脸颊流下来，他尝到了泪水的咸味。

“斯旺恩，等一下。”天花板上的荧光条忽然变得明亮起来。他连忙睁开眼睛，又看到了尖利的针头。他的手止不住地颤抖。于是他慢慢地，把头转向那个声音的方向。

监禁力场渐渐消失了，雷托·厄崔迪公爵走上前来，哈莱克紧跟在他的身后，神情不安。戈瓦尔僵住了，他把注射器举在胸前。他的公爵——至今还缠着绷带，伤势严重，几乎没有恢复——这个景象几乎当场杀了他。戈瓦尔无助地坐在那里，准备接受雷托给他的任何惩罚。

可公爵做了一件他能想到的最可怕的事。他把注射器拿走了。

“斯旺恩·戈瓦尔，你真是这个世界上最可怜的人，”雷托低声说道，仿佛自己的灵魂也被吞没了，“你爱我的儿子，发誓要保护他，可是你却害死了维克多。你爱凯莉娅，正如你声称爱我一样，却最终把我和我的侍妾都出卖了。现在凯莉娅死了，你再也不能指望重获我的信任了。”

“我也不配获得你的信任了。”戈瓦尔看向雷托那灰色的眼睛，感受到了其中那仿佛来自地狱深处的巨大痛苦。

“哥尼想处死你——但我不会允许的。”雷托继续说道，每句话都像是对戈瓦尔的一记重拳，“斯旺恩·戈瓦尔，我判你活下去……承受你所做的一切。”

戈瓦尔愣住了，好长一段时间说不出话来。然后便泪如泉涌：“不要啊，我的公爵。求您了，不要啊。”

哥尼·哈莱克凶狠地瞪着戈瓦尔，雷托继续说道：“斯旺恩，我不相信你会再次背叛厄崔迪家族的——但你在卡拉丹城堡的生活结束了。我要把你放逐。你什么也不能带走，只有你的罪孽。”

哈莱克再也控制不住自己了：“不过，大人！您不能让这个叛徒活着，他犯了这么重的罪！这就是正义吗?”

雷托冷冷地瞪了他一眼：“哥尼，这正是最纯粹的正义……总有一天我的子民会认识到，没有比这更合适的惩罚了。”

完全被击垮了的戈瓦尔倒在了冰冷的墙上。他深深地吸了一口气，声音低沉地呢喃道：“大人，总有一天他们会称呼您为‘公正的雷托’的。”

没有一个人能够知道另一个人心中的一切秘密。在我们的灵魂深处，我们都是变脸者。

——《特莱拉人秘密手册》

在名为塔利姆的太阳的照耀下，贝尼·特莱拉把他们的世界封闭了起来，只有那些他们允许的外来者代表才能降落在特定的隔离区域，这些区域已经被他们用某种圣物清理干净了。而在杜菲·哈瓦特离开后，特莱拉人也会给他接触过的每一个地方消毒。

班达隆是一座距离太空港五十公里的大城市，建在一片没有公路和铁路的平原上。穿梭机开始从红色的天空中降落下来了，哈瓦特死死盯着身下这座巨大的城市，猜测班达隆至少有数百万人口。但是作为一名门泰特，一个外来者，永远不可能去到那里的。他被安排到太空港一个特批的建筑里去处理他的事务。然后就得立即返回卡拉丹。

除了哈瓦特，穿梭机上还有十多名乘客，其中一半是特莱拉人，而其他的似乎都是些商人，他们是来购买生化制品的，比如新的眼睛、健康的器官、变态门泰特等等，甚至是哈瓦特奉命购买的死灵。

当他刚刚走到月台上时，一个灰色皮肤的男人急匆匆地拦住了他："杜菲·哈瓦特，厄崔迪家族的门泰特吗?"这个侏儒微笑着，露出一排尖利的牙齿，"我叫威克。请这边走。"

这个威克没有和哈瓦特握手，也没等对方回答，就直接领着哈瓦特走下了一条螺旋通道，进入了地下水道，在那里他们登上了一艘自动驾驶的小船。他们站在甲板上，抓着扶手，看着小船在泥泞的水面上飞驰，在身后留下了一条相当明显的尾迹。

等到他登岸之后，哈瓦特猫着腰，跟着这位向导进入了太空港周边建筑某个破旧的大厅里。三个特莱拉人正站在那里交谈，其他的人在大厅里来回走动。他在任何地方都没有看到女人。

一台自动运输机——很可能是伊克斯的技术？——叮当作响地滑过磨损严重的地板，在威克面前停了下来。这名特莱拉男子从上面的托盘里取出一个金属圆筒，递给了门泰特："这是您的房间钥匙。你不能离开旅馆。"哈瓦特注意到圆筒上有着一些他不认识的象形文字，还有一个加拉赫数字。

"一个小时后，大师会到这里来见你。"威克指了指远处的一个通道，通道尽头可以看到一排桌子，"如果你没有来参加会议，我们将派猎手去找你。"

哈瓦特僵硬而笔直地站在那里，自豪地亮出他的厄崔迪徽章："我会准时出席的。"

他的房间里只有一张凹陷的破床，上面铺着脏兮兮的床单，窗台上还有虫屎。杜菲用一个手持设备扫描了整个房间，但是没有发现窃听器——当然这可能仅仅意味着窃听器太过微小以至于他的扫描器无法探测到，或者技术太过先进。

他提前十分钟就抵达了会议地点，发现这里原来是个餐厅，而且比他的那个房间还要脏：布满污渍的桌布，脏兮兮的餐具，油腻的玻璃杯。四周的人都在用他听不懂的语言交谈着。就好像这里的每一个细节都被设计成让游客感到他们不受欢迎，希望他们尽快离开似的。

而哈瓦特本就打算尽快离开。

威克从一个柜台后面走了出来，然后领着他走到一扇宽大的强化玻璃窗前，那里有一张小桌子。另一个身材矮小的特莱拉人已经坐在那里了，正在用勺子把某种浓稠的汤舀进嘴里。他的身上穿着一件红色夹克，下面是黑色裤子和凉鞋，他抬起头来，连下巴上粘着的食物都懒得擦。

“扎夫大师，”威克介绍道，然后指着小桌子对面的一把椅子，“这位是杜菲·哈瓦特，厄崔迪家族的代表。前来回复我们的建议。”

哈瓦特抬起手来，拂去椅子上的面包屑，然后坐在这张桌子旁，这桌子对于他这种身材的人来说确实太小了。但他压住了自己，没有做什么表示。

扎夫这时开口道：“你是来自外星的特殊客人，所以我们给你准备了美味的浓汤。”

一个沉默的奴隶端着盖碗走了过来，用勺子把汤舀进碗里。另一名奴隶则把里面血淋淋的肉片盛到两个人面前的盘子里。哈瓦特都不愿费心去看看这到底是些什么肉。

小心谨慎的哈瓦特一直在环顾四周，没有发现毒物探测器的踪迹。但他也用不着那些：“考虑到公爵托我带来的信息，我其实并不特别饿。”

扎夫大师用他那双有力的小手，撕下了一块生肉来塞进嘴里。他吃饭的声音非常粗鲁，就像在故意冒犯哈瓦特似的。

扎夫用袖子擦了擦嘴巴，然后用他那双闪闪发光的黑眼睛狠狠瞪着对面高大的门泰特。“在这种谈判中，一起吃饭是传统。”说着他把自己的盘子和汤碗与哈瓦特的交换了过来，然后继续吃起来。“吃，快吃吧！”

出于礼貌，哈瓦特只得用刀切下一小块肉，轻轻放进了嘴里，每咬一口肉，他都感觉到嘴里植入的喷雾注射器在发挥作用。他吃力地咽了口唾沫。

“换盘子也是我们的一个古老传统，”扎夫继续介绍道，“这是我们检查饭里是否有毒的方法。在这种情况下你——作为客人——应该主动要吃，而不是我来劝你。”

“我会记住这一点的，”哈瓦特回应道，然后继续他的使命，“最近，我们收到了来自特莱拉的一份提议，希望能为我们公爵的儿子培育一具死灵，众所周知他不久前死于一场可怕的事故。”说着，哈瓦特从上衣口袋里掏出一份折叠好的文件，递给桌子对面的人，文件马上就沾上了油脂和血迹：“厄崔迪公爵要我问一下您有什么条件。”

扎夫接过文件，只看了一半就把它放在一边，然后继续吃肉。这顿饭他仿佛吃了一年似的，最后往肚子灌了一杯子不知是什么的混浊液体，把这些肉送了下去。他一把抓起厄崔迪家族的文件，站了起来：“既然你们感兴趣，我们就会商量出一个我们认为可以接受的价格。现在回你的房间待着去吧，杜菲·哈瓦特，等我们的答复。”

他倾身向前，哈瓦特发现他的眼中隐藏着一团针对厄崔迪家族的怒火：“我们的服务可不便宜。”

作为人类，我们倾向于对我们的宇宙提出很多无意义的要求和无意义的问题。然后我们便会在与所提问题几乎或完全没有关系的参考框架内发展出一门专业的知识来。

——禅逊尼观点

这是一个难得轻松的下午，威灵顿·岳医生在他那所华丽庄园的天井里晒太阳，脑子里却一直在想各种神经模式和电路图。头顶上，被改造成了实验室的人造卫星克罗娜正在低空轨道上滑行，她就像一颗明亮的天空宝石，每天两次划过天空。

八年过去了，岳几乎忘记了他给弗拉基米尔·哈克南男爵看病的那段不愉快的经历。在这八年里，这位苏克医生已经取得了许多成就，他自己的研究远比男爵的疾病要有意思得多。

岳从男爵那里赚来了大笔的钱，他把这些资金都投资在了他位于李芝新庄园周围的实验设施上了，并在半机械人的开发方面取得了巨大进展。一旦他解决了生物神经/电子受体的问题，更大的进展就会很快接二连三地出现了。这是一种全新的技术，全新的科技，以及——李芝人会很高兴看到的——全新的商业机会。

艾因·卡利玛尔总理已经开始从半机械人产业里中赚取可观的利润了，他一直在悄悄地贩卖岳医生发明的仿生四肢、手、脚、耳朵，甚至是光学传感器眼睛。而这正是不断衰落的李芝经济所需要的一剂猛药。

心存感激的总理在美丽的曼哈半岛给这位医生建了一幢富丽堂皇的别墅，附带了一片广阔的土地，还送了他一大批仆人。岳的妻子瓦娜很喜欢这座别墅，尤其是别墅里的图书馆和冥想池，而医生自己则把大部分时间都花在了研究设施里。

抿了一口甜美的花茶后，这位留着胡子的医生发现一架白金相间的扑翼机降落在了水边宽阔的草坪上。一个穿着整洁白色西装的男人走下扑翼机，顺着平缓的斜坡向他走来，尽管此人年事已高，但步伐仍然很稳健。阳光照在他金色的翻领上，闪闪放光。

岳从他的躺椅上站起来，鞠了一躬道："卡利玛尔总理，很荣幸见到您。有什么吩咐吗？"岳的岁数也不小了，身材瘦削而结实，乌黑的长发被一枚银戒指扎成了马尾。

卡利玛尔在附近一张位于荫凉处的桌子旁坐了下来。他一边听着灌木丛里扬声器里录下的鸟鸣，一边挥手让端着一盘饮料过来的仆人走开："岳医生，我想请你考虑一下厄崔迪家族的事，还有受伤严重的隆博·维尔纽斯。"

岳摸了摸他的长胡子，回应道："这确实是一个不幸的案例。用我妻子的话说是个悲剧。隆博王子的侍妾和我的瓦娜一样，是个贝尼·杰瑟里特，她发来的信息听起来很让人绝望。"

"是啊，所以也许你能帮助他，"卡利玛尔眼镜后的那双眼睛亮了起来，"而我也肯定你的服务能卖个好价钱。"

岳很不喜欢总理向他提的这个要求，他在这座别墅里已经感到很疲惫了，只是一想起自己还有很多工作要做，还有很多科目要研究，才硬撑了下来。他现在可不想把这些研究设备搬到位于海上的卡拉丹去。当然，对于李芝这个商业味道太浓的星球，他也开始感到厌倦了，除了完善他多年前开始的工作之外，这里几乎不会再有什么挑战。

他考虑了一下隆博的具体伤势。“我从未在真人上做过如此彻底的替换手术。”说着他把一根细细的手指放在他发青的嘴唇上，摸了起来，“这将会是一项艰巨的任务，需要花费大量的时间。我甚至可能会一直留在卡拉丹的。”

“是的，但厄崔迪公爵会支付一切费用，”在那副薄薄的眼镜后面，卡利玛尔的眼睛继续放光， “而我们不可能错过这样的商业机会。”

卡拉丹城堡的大厅似乎有些太大了，同样很大的还有那张古老的公爵宝座，保卢斯·厄崔迪多年来就是坐在这张椅子上服务他的臣民的。雷托似乎无法填满他周围的广阔空间，也无法填满他心中的空洞。但他还是大胆地走出了自己的房间。至少，这是一种进步。

“邓肯·艾达荷让我注意到一件非常令人不安的事情，特希雅，”雷托盯着站在他面前的苗条女人说道，她灰褐色的头发短得好像个男孩子，“你安排了一位医生来卡拉丹吗？一位半机械人专家？”

特希雅穿着一件天鹅绒袍子，她挪了挪脚步，点了点头。她没有躲避雷托的视线，那双褐色的眼睛直视着他，反而表现出了其中蕴含的一种钢铁般的力量，不容置疑。

“是你告诉过我的，如果可能的话，一定要想办法帮助他。我这就是在帮他。这是隆博唯一的机会了，”她的脸涨红了，“还是说你要剥夺这个机会？”

站在一旁的是身穿红黑相间厄崔迪军服的新任剑术大师邓肯·艾达荷，他皱起眉头说道：“你是替公爵做主了吗？你不和他本人商量就答应对方的条件了？别忘了你只是一名侍妾——”

“我的公爵允许我采取任何必要的步骤，”特希雅转向雷托，“你是宁可我们就这样放弃隆博了？还是打算让特莱拉人在他身上种一个胳膊出来？那样的话我的王子宁可选择死，如果这是唯一选择的话。而岳医生全新的半机械人技术为我们提供了另一个机会。”

邓肯仍然紧皱着眉头，但雷托却发现自己开始点头了。只是一想到他朋友的身体会被人造部件替换掉多少，他就不寒而栗：“这位苏克医生预计什么时候到?”

“在一个月内。隆博的生命可以维持这么久的，还有，岳医生也需要时间来制造部件，以弥补隆博的……缺失。”

雷托深吸了一口气。正如他父亲多次教导他的那样，一个领导者必须始终保持掌控力——或至少要给别人留下这个印象。特希雅是以他的名义办的这件事，她的这个行为确实过火，邓肯·艾达荷的不悦是有道理的。但在雷托是否愿意把自己的每一分钱都用来帮助隆博这一点上，他从来没有过疑问。

特希雅挺直了腰杆，她眼中流露出来的爱很真诚。但邓肯仍然很谨慎：“但请您别忘了，这其中有一定的政治复杂性，大人。维尔纽斯和李芝人多少代以来一直是竞争对手。这里面可能有什么阴谋。”

“我的母亲就是个李芝人，”雷托指出，“那么从我母亲那边算，我其实也可以说是出自李芝家族。伊尔班伯爵只是李芝家族里一个徒有虚名的人物，是不敢攻击我的家族的。”

邓肯自言自语道：“可这种半机械人是一种复合生命体，有着人机交互界面。”

特希雅仍旧坚持己见：“只要这些部件里没有一个是用来模拟人脑的，我们就没什么好害怕的。”

“总有一些需要担心的事。”邓肯说，他又想起了莫里塔尼家族对吉奈斯的突袭和屠杀。他的声音粗哑而严厉，就像那位还没有结束与特莱拉人谈判的杜菲·哈瓦特，“那些芭特勒圣战的狂热分子检验证据时可没那么理性。”

雷托的身体还没有完全康复。所以他疲惫地叹了口气，还没等年轻人再争辩，就举起一只手让他安静下来："够了，邓肯，特希雅。我们当然会付钱的。只要有机会拯救隆博，我们就一定要抓住。"

在一个阴冷的下午，雷托坐在书房里，试图集中精力处理卡拉丹的琐事。多年来，即使他们的关系一直在逐渐恶化，但凯莉娅所做的工作还是比雷托所意识到的多很多。他叹了口气，又把数字过了一遍。

杜菲·哈瓦特大步走了进来，他刚从太空港回来。这位门泰特看上去心事重重，他把一个密封的信息圆筒重重地放在桌上，然后退了一步，似乎想表示出自己的厌恶："这是特莱拉人给您，大人。这就是他们的条件。"

雷托公爵拿起圆筒，若有所思地看着哈瓦特，似乎想在他脸上找一些线索，一些反应。他突然焦虑起来，一把掀开盖子，一张棕褐色的纸掉了出来，就像人皮一样柔软。他很快地浏览了一下上面的文字，然后顿时脉搏加快了。

"致厄崔迪：在你们无端攻击我们的运输船，并狡猾地逃脱了正义的审判之后，我们贝尼·特莱拉一直在等待今天这样的机会。"

雷托的手心冒了汗，又湿又黏，他继续往下读。雷托知道哈瓦特不同意自己向特莱拉人提供关于哈克南那艘隐形攻击舰的情报。如果有太多的人知晓了这种危险技术，它就有可能会落入恶人之手。就目前而言，由于贝尼·杰瑟里特并没有什么军事野心，所以那艘隐性飞船的残骸还足够安全。

但有一件事是肯定的：如果不拿出证据，特莱拉永远不会相信他的。

"我们可以把你的儿子还给你，但你必须付出代价。不是用宇宙索、香料或是其他什么贵重物品。相反，我们要求你把隆博·维尔纽斯王子交给我们——他是维尔纽斯家族的最后一个人，也是唯一能威胁我们的萨图赫主权的人。”

“怎么会……”雷托低声呢喃道。哈瓦特盯着他，像一尊面目狰狞的雕像。

他继续读了下去：“我们将保证隆博不会受到身体伤害，但你必须做出选择。只有这样，你的儿子才能回来。”

雷托读完信件之后，哈瓦特勃然大怒起来：“我们早就应该预料到，我早该料到的。”

雷托在他面前摊开那张纸，低声说道：“让我考虑考虑吧，杜菲。”

“考虑考虑？”哈瓦特惊讶地看着雷托，“公爵，你不是在开玩笑吧——”但门泰特发现雷托开始对他怒目而视起来，便不再作声了。他轻轻鞠了一躬，离开了书房。

雷托盯着眼前这些可怕的字眼，直到双眼灼痛起来。多少代以来，厄崔迪家族都秉承着荣誉、正义和正直。他有义务和责任帮助这位被放逐的王子。

但为了维克多……*维克多*。

隆博这样活着难道不是在受罪吗？用机械去代替人体是件好事吗？当雷托开始往这个方向想的时候，他能感到自己的灵魂正在变成一片黑暗的死寂。历史会因为他把隆博出卖给了他的死敌而严厉地审判他吗？他会被人们称为背叛的雷托，而不是公正的雷托吗？这是一个无法解决的难题。

作为一名领袖的强烈孤独感笼罩着他。

在他的灵魂深处，在只有他才能找到绝对真理的地方，雷托·厄崔迪公爵动摇了。

我最亲密的朋友和我的儿子，哪个更重要？

自我只是在一片黑暗的海洋里游泳的一小部分意识。我们在自己看来就是个谜。

——《门泰特手册》

在她自己的房间里，在那张宽大的床上，杰西卡躺在雷托公爵身旁，试图安慰他。他胸部和腿部上的一些伤疤需要植入额外的新皮肤才能完全修复。雷托大部分身体已经痊愈，但心中的伤痕却愈加撕裂开来，他不得不做出一个可怕的决定。

他的朋友还是他的儿子？

杰西卡心里十分清楚，今后每次看到维克多的死灵都只会加重雷托的痛苦，但她一直没有对他说这句话。她在寻找合适的方式，合适的时机。

“邓肯在生我的气，”雷托说着把她往后推了推，好凝视她清澈的绿眼睛，“杜菲也是，可能还有哥尼。每个人都在质疑我的决定。”

“大人，他们是您的顾问，”她说道，措辞小心翼翼，“他们必须提出自己的看法。”

“在这件事上，我不得不禁止他们发表意见。这是我必须独自做出的决定，但杰西卡——我该怎么办呢？”公爵的脸色因愤怒而阴沉了下来，双眼也模糊了，“我没有其他选择的，只有特莱拉人可以帮我。我……我非常想念我的儿子。”雷托看着杰西卡的眼睛，仿佛是在乞求她的理解和支持："我该怎么选——我怎么能拒绝？特莱拉人会把维克多带回来的。"

"但却是以隆博的代价……也许还有你的灵魂。"杰西卡说道，"为了一个虚幻的希望而牺牲你的朋友——我担心这会让你就此堕落。请不要这样做，雷托。"

"隆博本来就应该死在事故中的。"

"也许。但那是神的旨意，不是你的。他仍然活着。不管怎样，他仍然有活下去的意愿。"

雷托摇了摇头："隆博的身体永远没办法恢复了。永远。"

"岳医生的半机械制品会给他一个机会。"

他怒视着她，突然警惕起来："如果这种机械性增强不起作用怎么办？如果隆博不想要它们呢？也许他死了会更好。"

"如果你把他交给特莱拉人，他们绝不会简单地杀死他的，"她顿了顿，语气温和地说道："也许你应该再去看看他。低头看看你的朋友，听听你的心声。看看特希雅，再看看她的眼睛。然后和杜菲和邓肯谈谈。"

"我不需要向他们或任何人做出解释。我才是雷托·厄崔迪公爵！"

"是的，你是公爵。但你也是个人。"杰西卡努力控制着自己的情绪。她抚摸着他的黑发，"雷托，我知道你这么做是出于爱，但有时候爱会把一个人引向错误的方向。爱会让我们对真理视而不见。你现在就走错了路，公爵，你心里清楚。"

虽然他转身离开了她，但她却并没有心软："你永远不能爱死者胜过爱生者。"

一如既往地关心公爵的杜菲·哈瓦特陪同公爵去了医务室，那里有隆博的生命维持舱，上面插满了静脉导管、导尿管和扫描仪。房间里充满了机器的嗡嗡声，一股刺鼻的化学药品气味扑面而来。

哈瓦特压低了声音说：“公爵，这么做只会毁了你。接受特莱拉的提议将是一种背叛，是一种不光彩的行为。”

雷托把双臂交叉在胸前：“杜菲·哈瓦特，你已经服务厄崔迪家族三代了，你竟敢质疑我的荣誉？”

门泰特却寸步不让：“医护人员正试图建立一种与隆博进行大脑交流的方法。不久之后他就能说话了，让他亲自告诉你——”

“这是我的决定，杜菲，”雷托的眼眸似乎比平日里更黑了，像一团阴云，“而你要按我说的去做，还是说我得去找一个更听话的人来？”

“遵命，公爵大人，”哈瓦特鞠了一躬，“不过，宁可让隆博现在就死掉，也不要让他落入特莱拉人的手中。”

根据事先安排好的，岳的半机械人团队很快就要到达了，他们会一个部位一个部位地用半机械重建隆博的身体，建立人——机接口。通过把工程学和医学技术结合起来，这位医生可以把机械变成人体组织，或是把人体组织变成机械。新的和旧的，硬的和软的都可以结合在一起，失去的人体部位也就能恢复了。也就是说，如果雷托允许的话，岳医生和他的团队将有机会扮演神的角色。

扮演神的角色。

贝尼·特莱拉也是如此行事。利用不一样的技术，他们也能找回失去的、死去的东西。他们只需要几个细胞，精心保存然后……

雷托深吸了一口气，走到生命维持舱前，低头看向那团裹着绷带的可怖形体，那是他的老朋友那具烧焦的残骸。他伸手放在弯曲的玻璃上，玻璃里就是几乎无法辨认的隆博。手指触到玻璃光滑表面的雷托，忽然被一种奇怪的恐惧笼罩了起来，他颤抖着，眼泪顺着脸颊流了下来。

变成一个半机械人。隆博会因此恨雷托，还是会感谢他？但那样的话至少他还活着。在某种意义上说。

隆博的身体严重扭曲，血肉模糊，看上去不再像是个人类了。固定他的装置都是根据大块的肉和骨头形状定制的，原始的人体组织从导管和床单边缘处露了出来。一边的脸和大脑已经被压碎，只剩下一只布满血丝的眼睛……空洞无物。眉毛能看出是金色的，而这变成了唯一能证明他确实是维尔纽斯王子的证据。

永远不能爱死者胜过爱生者。

雷托把手放在强化玻璃上，看着隆博的断指，金属和血肉熔化在了他那枚火宝石戒指曾经所在的地方。

“我不会让你失望的，老朋友，”雷托低声承诺道，“你可以指望我做出正确的决定。”

在厄崔迪的卫兵营房里，他们两个人一起坐到了一张粗糙的木桌旁，互相敬着庞迪米酒。虽然一开始只是陌生人，但哥尼·哈莱克和邓肯·艾达荷已经像一辈子的朋友那样交谈了。他们有许多共同之处，尤其是对哈克南家族都有着强烈的仇恨……以及对雷托公爵那无限的爱戴。

“我非常担心他。这个死灵的事……”邓肯摇了摇头道，“我不相信死灵。”

“我也不相信，孩子。”

“那怪物只会让雷托想起他所经历过的悲惨时光，而它却没有以前的记忆。”

哥尼端着杯子，若有所思地喝了一大口酒，然后从桌旁举起他的巴厘琴开始弹奏起来。“而且别忘了代价——隆博被迫牺牲！但雷托不听我的。”

“雷托变得不是我以前认识的那个人了。”

哥尼停止了弹奏，喃喃道：“谁都会变的……尤其是在经历了那么多痛苦的事情之后。”

在两名秘密携带武器的保镖陪同下，特莱拉的扎夫大师抵达了卡拉丹。他傲慢而自信地大步走进了卡拉丹城堡大厅，走到了杜菲·哈瓦特面前，抬头望着这位比他高得多的巨人。

“我是来取那孩子的尸体的，然后我们就可以把他放进我们的培育罐里了。”扎夫眯起眼睛，似乎确信雷托一定会答应他们的要求。“我也已经安排好了，随时可以把隆博·维尔纽斯的生命维持舱运回到特莱拉。”

哈瓦特看到扎夫那邪恶的嘴唇微微地上翘了一下，他能想象出这些恶魔会对隆博那破损的身体做出什么暴行来。他们会拿他进行实验，从活细胞中培育出克隆体，然后可能也会折磨那个克隆体。最终，这个可怕的决定会给雷托带来一生的噩梦。拔掉他朋友的氧气管都比这个结局要好。

特莱拉代表更加锋芒毕露了：“我的人可以对厄崔迪家族和维尔纽斯家族的基因做很多事情。我们期待着许多……选择。”

“我已经劝公爵不要和你们做交易了。”哈瓦特明知此话一出口他就很可能会面对雷托的怒火，但老保卢斯经常这么说，“任何人——甚至公爵本人——都必须把家族的利益置于自己之上。”

如有必要，哈瓦特将提出辞职。

就在这时，雷托走了进来，看上去比这几个星期以来门泰特所见到的他更加充满自信。哥尼·哈莱克和杰西卡跟在他身后。公爵的脸上显露出了一种令人不解的力量，他看了看哈瓦特，然后以正式的外交礼节向特莱拉大使微微鞠了一躬。

“厄崔迪公爵，”扎夫开口了，“这项业务的安排有可能在您的家族和吾辈人民之间建起一座桥梁来。”

雷托轻蔑地俯视着这个小个子，宣布道：“不幸的是，这座桥梁永远也建不起来了。”

公爵走上前来，靠近了扎夫，哈瓦特立刻做好了准备。而哥尼·哈莱克看起来也做好了动手的准备。他不安地与哈瓦特和杰西卡交换了一下眼神。特莱拉保镖们发现苗头不对，而门泰特战士早就准备好在这个宽敞的大厅里来一场快速、血腥的肉搏战了。

特莱拉代表皱着眉头问道：“你打算违背我们的约定吗?”

“我没有违背什么约定。是我觉得你的价格太高了，对隆博，对维克多，对我自己的灵魂来说都太高了。你这一趟算是白来了，”公爵的声音依然坚定有力，“我不会把我的第一个儿子做成死灵，你今天也带不走我的朋友维尔纽斯王子。”

杜菲、哥尼和杰西卡都惊呆了，他们静静地在一旁看着。

雷托的脸上露出不可阻挡的强硬和崭新的决心：“我理解你一直想对我进行卑鄙的报复，尽管经过没收审判，我被宣告无罪。我已经发过誓，我没有运航机上攻击过你们的船只，而一个国王的话比帝国的法律更有价值。但你们拒绝相信我，这显示出了你们的愚蠢。”

特莱拉人似乎被激怒了，但扎夫还没来得及说话，雷托就继续用强悍而冷酷的话语打断了他：“我已经获悉了这次袭击背后的真相。我知道是谁干的，也知道是怎么干的。但由于我不能拿出确凿的证据，所以没有通知你们。毕竟不管怎样，贝尼·特莱拉都对真相不感兴趣——你们只对能从我这里榨取的东西感兴趣。而我是不会付钱的。”

哈瓦特吹响了哨声，一直在外面戒备着的厄崔迪卫兵冲了进来，控制住了特莱拉保镖，而哥尼和哈瓦特则站到了嘴里嘟嘟囔囔着的扎夫的身体两侧。

“恐怕我们不需要特莱拉的服务了。今天不需要，以后永远也不需要，”雷托说着，转过身来，粗鲁地冲他挥了一下手，“给我回家去吧。”

哈瓦特很乐意护送这个无比愤怒的人离开城堡。

个体会因为发现自己即将死亡而大为震惊。然而，整个物种是不同的，物种不会死亡。

——帕多特·凯恩斯，《厄拉科斯讲座》

在帕多特·凯恩斯建立的所有生态示范项目中，石膏盆地的温室洞穴是他最喜欢的。凯恩斯召集了一支探险队，带着他的副官欧姆恩和十五名勤劳的弗雷曼追随者去参观这个洞穴。

这不是他的常规种植或检查计划，帕多特只是想看看洞穴了，看看流动的泉水、飞翔的蜂鸟、从天花板岩石滴落的露水、新鲜的水果以及鲜艳花朵。这一切都代表了他对沙丘未来的设想。

这群弗雷曼人沿着环绕北方居民区的六十度线向东移动。虽然凯恩斯在沙丘待了那么多年，但他从没有学会成为一名沙虫骑士，所以欧姆恩为他准备了一个轿子。这位行星学家坐在里面，骑着沙虫，看上去就像个老太婆，但他自己却并不觉得尴尬，他已经不需要再证明自己了。

很久以前，当列特还只有一岁的时候，帕多特曾带着他的妻子弗丽思和他们的孩子去过石膏盆地。弗丽思是个很少会被吓住的女人，但当她第一次看到温室洞穴里那茂密的树叶、花朵和鸟儿时，她顿时就被吓呆了。而就在这之前，在沿着崎岖的山坡前往这个隐蔽洞穴的途中，他们还遭到了一支哈克南巡逻队的袭击。正是思维敏捷的弗丽思利用她的弗雷曼技巧，救了她丈夫和儿子的命。

凯恩斯平缓了一下他的思绪，搔了搔胡子，不知道自己是否为此对她表示过感谢……

在他儿子和法罗拉的婚礼上，列特曾严厉地指责他太过分心和冷漠，凯恩斯为此想了很多，他评估了一下自己走过的人生之路：他在萨鲁撒·塞康达斯和贝拉·特古斯待了很多年，忽然就被埃尔鲁德召唤到了凯坦星的皇宫，然后就当了二十年的帝国行星学家……

他把自己整个的职业生涯都花在了向别人解释上了，因为只有他能看清错综复杂的环境。他了解环境的各种成分，从水、太阳和天气的力量到土壤中的生物、浮游生物、地衣、昆虫……以及它们是如何与人类社会联系在一起的。至少从总体上来说，只有凯恩斯知道各个部分是如何配合的，毕竟他是帝国中最优秀的行星学家之一。他曾被称为“阅读世界的人”，是皇帝亲自挑选他来完成这项最重要任务的。

然而，他怎么能认为自己只是一个超脱尘世的观察者呢？他又如何能从每个星球、每个社会的复杂互动网络中脱离开来呢？他自己就是这个大计划的一部分，而不是一个公正的实验者。宇宙不可能有“外部”。几千年前科学家就知道观测者会影响实验的结果……帕多特·凯恩斯自己当然也影响了沙丘的变化。

他怎么能忘了这一点呢？

他们距离石膏盆地已经很近了，欧姆恩扶着帕多特下了沙虫，然后把他带到了洞穴外围的黑绿色山脊上。凯恩斯模仿大家的动作往前走，但很快就觉得腿疼了。看来他永远不会像他儿子那样，成为一名真正的弗雷曼人了。列特不但拥有父亲传授给他的所有行星学知识，而且这个年轻人也了解弗雷曼社会。列特在这两个世界中都是最优秀的。帕多特只希望这两个世界在他体内能和谐共存。

欧姆恩迈着大步，带着帕多特爬上了崎岖的斜坡。凯恩斯一直没能看清欧姆恩留在地面上的脚印，但他仍尝试跟上他的步伐，把自己靴子踩在同样的裂缝里，踩在同样的石头上。

“快，乌玛凯恩斯，”欧姆恩伸出手来，“我们不能在这空旷的地方待太久。”

天气很热，太阳晒在悬崖边上，热气蒸腾——帕多特又回想起当年他和弗丽思一起逃离哈克南巡逻队的事，这都过去多少年了？

凯恩斯走上一块宽阔的岩架，然后绕过一块棕色的岩石，直到他看到了为了防止湿气流失而密闭且伪装起来的洞穴入口。他们走了进去。

凯恩斯、欧姆恩和十五个弗雷曼人走进洞穴，他们跺着脚，抖落泰玛格靴子上的灰尘。凯恩斯自己动手把鼻塞从鼻孔里拔了出来，另一个弗雷曼人也这么做了，然后大家一起尽情地呼吸着潮湿的植物气息。帕多特半闭着眼睛，尽情享受盛开的花朵、果实、肥料、浓密的绿叶和空气中花粉的香气。

这些人里，有四个人以前从来没有来过这里，他们像朝圣者一样冲了进来，仿佛终于到达了自己梦寐以求的圣地。欧姆恩环顾四周，深深地嗅了嗅，为自己有幸从一开始就参与这个神圣的项目而深感自豪。一直以来他都像照顾自己的老母亲那样照料着凯恩斯，确保这位行星学家得到他所需要的一切。

“这些工人将替换这里现有的团队，”欧姆恩说，“我们现在安排轮班了，因为这个地方已经自己存活了下来——就像你说的那样。石膏盆地本身就是一个生态系统。现在不用我们做很多工作来维持它了。”

凯恩斯自豪地笑了：“这就对了。总有一天，沙丘所有的地方都会像这样，自我持续和自我更新。”说完他大笑起来，声如洪钟：“那么，弗雷曼人现在都忙着干什么呢？”

欧姆恩的鼻孔张大了，他的鼻子因为一直戴着鼻塞，都长出了老茧："沙丘还不完全属于我们，乌玛凯恩斯。除非我们除掉可恶的哈克南家族。"

凯恩斯眨了眨眼，然后点了点头。他很少考虑行星改造计划中涉及政治的方面。他只认为这只是个生态问题，而不是社会问题。看来他又错过了一件事。他的儿子是对的。伟大的帕多特·凯恩斯有着一种很狭隘的眼光，只会沿着一条特定的道路去看遥远的未来……但总会忽略了一路上所有的危险和干扰。

不过，他已经完成了最为重要的生态方面的工作。他是始作俑者，启动了一场他梦想中的席卷全球的巨变。他说："我想看到整个世界都被植物所覆盖。"欧姆恩无声地表示了赞同：毕竟先知凯恩斯说的任何话都是重要的，都必须要牢记。他们漫步到潮湿的洞穴深处，观赏着花园。

弗雷曼人知道他们的职责，他们会继续种植植物，即使要花上几个世纪。通过混入他们的饮食中的大量香料，一些年轻的人可能已经看到这个宏伟计划实现的那一天了，但仅仅是观察到变化的迹象，凯恩斯自己就已经感到很满意了。

石膏盆地项目是整个沙丘未来的隐喻。他的愿景现在已经在弗雷曼人们的心中牢牢地扎根了，即使没有他的指导，这个计划也会继续下去。这些坚强的人已经被他的梦想所感染，而梦想是不会消亡的。

从现在起，凯恩斯变成了一个有名无实的领袖了，变成了一个生态变革的预言家。他微微笑了起来。也许现在他终于可以抽出时间看看周围的人，认识一下结婚已经二十年的妻子，花更多的时间去指导儿子……

在洞穴深处，他检查了长满柠檬、酸橙和甜橙的矮树。欧姆恩走在他旁边，查看着灌溉系统、肥料以及种植的进展。

凯恩斯还记得他第一次带弗丽思来这里时的场景，他给她看了一切，还让她尝了那蜜糖般甘甜的橘子，凯恩斯至今还记得她脸上露出的愉悦表情。那是她一生中最奇妙的经历之一。现在凯恩斯盯着眼前的果树，觉得怎么也得为她摘一些橘子回去。

*我上次给她带礼物是什么时候的事？*他已经完全不记得了。

欧姆恩走到石灰岩墙壁前，用手指摸了摸。白垩质的岩石现在变得又软又湿，而它不应该这么潮湿的。他目光锐利地沿着墙壁和天花板，沿着不应该存在的断裂处，追踪起令人不安的痕迹来。

“乌玛凯恩斯，”他忽然开口道，“我有些担心这些裂缝，还有这个洞穴是否完整……我觉得现在不好说了。”

他们两人一起看去，墙壁上的一条裂缝明显正在扩大，向左右两边裂开，就像一道漂亮的黑色闪电。

“你是对的。水分可能正在使岩石膨胀并下沉……多少年了？”行星学家扬起了眉毛问道。

欧姆恩算了算：“乌玛凯恩斯，这里建成有二十年了。”

忽然传来了砰的一声巨响，天花板上裂开了一道大缝……然后其他地方也都开裂了，这是一连串的连锁反应。弗雷曼工人们都惊恐地抬起头来，然后瞥了一眼凯恩斯，似乎这位伟人总能以某种方式避免灾难。

“我觉得我们应该让所有人都撤离山洞。现在就得撤。”欧姆恩一把抓住了行星学家的胳膊，“我们必须撤离了，直到确定安全再回来。”

洞穴深处又传来了一声巨响，破碎的岩层开始移动起来，似乎试图在寻找一个新的稳定的点，四周全是嘎吱嘎吱的声音。欧姆恩拽着行星学家，其余的弗雷曼人则都跑向了出口。

但凯恩斯犹豫了一下，从自己副官的手中挣脱了开来。他答应过自己给弗丽思摘一些熟透了的橘子的，以表达自己对她的爱和感激……他这么多年来都忽视了她。

他迈着大步跑到那棵小树前，摘了一些橘子。欧姆恩拼命冲回去把他拽走了。凯恩斯兴奋地把橘子抱在胸前，很高兴自己没忘了做这件重要的事。

是斯第尔格把消息第一时间告诉列特·凯恩斯的。

法罗拉正和自己年幼的儿子列特-芝坐在一张桌子旁，对她多年来收集的草药罐子进行分类，她用树脂封好这些罐子，然后按照效力分好了类。躺在新妻子和养子旁边长椅上的列特·凯恩斯正读着一份偷来的文件，里面详细记载了哈克南家族香料仓库和军营的位置。

这时，斯第尔格拉开了门帘，像一尊雕像一样等待着。他的目光聚焦在远处的墙上，深蓝色的眼睛眨也不眨。

列特顿时知道出事了。他曾和眼前的这个人并肩作战过，当时他们一起抢过哈克南的补给品，一起奋勇杀敌。看到这位弗雷曼突击队员似乎不打算开口，列特便站了起来，问道："怎么了，斯第尔格？发生了什么事？"

"一个可怕的消息，"那个人终于开口了，他的语气就像冰冷的铅球一样沉重，"是你的父亲，乌玛凯恩斯，他死于石膏盆地的塌方。在洞穴顶部坍塌时，他、欧姆恩以及大部分工作人员都被困在了里面。一整座山都倒在了他们身上。"

法罗拉立刻哽咽了起来。列特自己一句话也说不出来了。"但那是不可能的，"他最后才说道，"他还有很多工作要做。他还——"

法罗拉手里的一个小罐子掉在了地上。它摔碎了，一大堆绿色的树叶散落在了破旧的地板上。"乌玛凯恩斯死在他梦想中的植物身边了。"她说道。

斯第尔格也附和道："这个结局对他来说再合适不过。"

列特一时说不出话来。当他听到妻子和斯第尔格的话时，脑子里不禁思绪万千，回忆和愿景都在翻腾，他清楚帕多特·凯恩斯的工作必须继续下去。

这位乌玛把他的弟子训练得很好。列特·凯恩斯将继续为了实现他的梦想而奋斗。从法罗拉刚才所说的可以看出，这位先知那悲惨的殉难故事将会如何在弗雷曼人口中相传。而且它的传奇色彩会随着每一个人的讲述而不断增加。

的确，这是一个合适的结局。

他又想起来父亲告诉过他的一句话："信仰的象征意义比信仰本身存在的时间要长得多。"

斯第尔格说道："我们不能为部落去取那些尸体的水了。因为尸身上覆盖了太多的泥土和岩石。我们必须把他们留在那座坟墓里。"

"理应如此，"法罗拉表示赞同，"石膏盆地就是一个圣龛。乌玛凯恩斯和他的副官还有他的追随者们一起牺牲了，他把自己身体里的水都献给了他所热爱的星球。"

斯第尔格眯起眼睛，表情庄重地望向列特："但我们不会让乌玛的愿景与他一起消亡的。你必须继续他的工作，列特。弗雷曼人将追随乌玛之子。他们必遵行你的命令。"

列特·凯恩斯迷迷糊糊地点了点头，怀疑他们是否已经把这个消息告诉了他的母亲。他努力让自己勇敢起来，挺直了腰杆，听从内心的感觉。他不仅将继续担任弗雷曼人在行星改造项目中的使者……现在的他肩负着更大、更深远的责任。他的父亲很久以前就提交了相关的文件，沙达姆四世也不加任何评论地批准了这些文件。

"我现在是帝国行星学家了，"他宣布，"我发誓，沙丘的改造一定会继续下去。"

面临生死抉择的人必须勇于承担责任，否则他将继续受陷于困境。

——摘自《在我父皇的家族中》，作者伊勒琅公主

雷托的曾祖父米克洛斯·厄崔迪公爵的雕像就矗立在卡拉市医院的院子里，时光、苔藓和鸟粪把这座雕像浸染得污迹斑斑。雷托从这位他从来不认识的祖先面前走过，看着他那安详的面孔，习惯性地点了点头，然后匆匆走上了宽宽的大理石楼梯。

虽然雷托走路还有点跛，但他的身体已经基本上康复了。他从令人窒息的绝望中走了出来，再次面对每一天。当他抵达医疗大楼的最高层时，他几乎没有喘什么大气。

隆博醒来了。

公爵的私人医生上前来迎接雷托，这一段时间他一直在为隆博治疗，同时等待着即将抵达的半机械人团队："我们已经能和王子交流了，公爵大人。"

穿着白色制服的医护人员站在生命维持舱周围，上面插着设计精妙的管子、注射袋和血液净化泵。机器不停地嗡嗡响，几个月来都是如此。但现在情况不同了。

雷托还没来得及冲上前，医生就拦住了他，说道："您要知道，王子的右脑受了严重的创伤，但人脑是个了不起的器官。隆博的小脑

已经将控制功能转移到了新的区域。信息已经在神经通路中流动起来了。我相信这将让半机械人团队的工作变得容易很多。”

特希雅靠在棺材形状的棺材上，凝视着里面，呢喃道：“我爱你，隆博——你永远不用担心这一点。”

作为回应，扬声器里传来合成的嗡嗡声：“我……也……爱……你……而且……永远……如此。”这些话语清晰、准确，只是每个词之间都有停顿，就好像隆博还没有习惯自己的讲话方式。

公爵目瞪口呆。*我竟然会考虑把你交给特莱拉人？*

光滑的维持舱敞开着，隆博那伤痕累累的皮肤和骨头裸露了出来，上面插满了管子、电线和各种连接件。医生介绍道：“起初我们只能用伊克斯密码跟他交流……一种有节奏的拍子。但现在，我们已经成功地将声音合成器连到他的语言中枢上。”

王子仅存的那只眼睛是睁开的，显示出他有生命和意识。雷托盯着隆博那张几乎认不出的脸看了好长一段时间，却想不出要对他说什么。

他在想什么？他知道真相有多久了？

维持舱旁边的扬声器又传来了合成声音：“雷托……吾友……今年的……珊瑚……宝石……海床……怎么样？你……最近……潜水……了吗？”

雷托如释重负，险些晕倒，他咯咯地笑着：“比以往任何时候都好，王子——我们还会一起出海的……很快。”突然，他泪如泉涌起来，“我对不起你，隆博——你应该知道真相。”

隆博的身体没有移动，雷托只看到他皮肤下的几处肌肉抽搐了几下，扬声器里又传来了那个没有感情、没有变化的人造声音。

“什么时候……我……成了……半机械人……我们……可以……造……一件……特别的……潜水服。我们会……再去……潜水的。你……等着……瞧吧。”

不知怎的，这位被流放的王子接受了自己身体的巨大变化，甚至接受了被替换成半机械人的未来。他的善良和富有感染力的乐观精神帮助雷托度过了老公爵去世后最黑暗的时期。现在轮到雷托了。

“真了不起。”医生感叹道。

隆博的目光没有从雷托身上移开：“我还……想要……哈克南……啤酒。”

雷托笑了。在他旁边的特希雅紧紧抓住了他的胳膊。在未来，这位受伤的王子仍然要经受身体和精神上的无尽痛苦。

隆博似乎感觉到了雷托的忧郁，他的说话能力也提高了一点：“不要……为我……感到……悲伤。要高兴……才对。我……很……期待……我的……半机械肢体。”雷托往前靠了靠。“我……是伊克斯人……对……机器……不陌生！”

这一切在雷托看来是那么的不真实，那么的难以置信。然而，它还是发生了。几个世纪以来，人体总是会对人造器官产生排斥反应，半机械人的尝试也因此总是失败。心理学家声称，人类的大脑拒绝接受机械如此猛烈的入侵。这种根深蒂固的观念可以追溯到前芭特勒时代那种由机器所引发的恐惧。据推测，这位姓岳的医生已经在李芝对这个问题进行了深入的研究，并且已经解决了这些问题。现在只有交给时间去证明了。

但即使这些部件如承诺的那样工作良好，隆博的状况也不会比老款的伊克斯机器人好多少。他没办法轻松地移动身子，对肢体进行精妙的控制也永远不可能。面对残疾的王子，特希雅会抛弃他然后回到姐妹会吗？

雷托年轻时，曾全神贯注地听过保卢斯和他的老兵们讲述重伤者的英勇事迹。人用精神战胜了不可克服的困难。但雷托从未亲眼见过这样的场景。

而隆博·维尔纽斯是雷托见过的最勇敢的人。

两周后，威灵顿·岳医生从李芝赶来了，随行的还有一支二十四人的半机械人研发团队，其中有男有女，两艘穿梭机里满载着医疗设备和物资。

雷托·厄崔迪公爵亲自监督手下人帮着卸货。身材纤瘦的岳对细节很挑剔，刚做完自我介绍就匆匆赶往太空港，眼看运抵的货箱，里面装着的是各种仪器，以及最终要装到隆博那些还能用的肉和骨头上的假肢部件。

地面卡车将人员和货物运送到医疗中心，岳医生坚持要立即见病人。当他们走进医院时，这位苏克医生看了看雷托，说道："我会让他恢复健康的，大人，虽然他还需要一段时间来适应新身体。"

"隆博会照你说的去做。"

在病房里，特希雅仍然没有离开隆博的身边。岳医生轻轻走到了生命维持舱旁边，研究着插管情况和诊断读数。然后他低头看了看受伤的王子，王子也用他那只奇怪的独眼看着他，那只眼周围全是受伤严重的烂肉。

"准备好了，隆博·维尔纽斯。"岳一边说，一边摸着他那长长的胡子，"我打算明天就开始第一次手术。"

隆博的合成声音在房间里回荡起来，经过一段时间的练习，他的声音变得更流畅了："我期待着……亲自……和你握手。"

爱是一种古老的力量，在它的时代里曾发挥过作用，但它已不再是人类生存所必需的了。

——贝尼·杰瑟里特格言

雷托从海边的悬崖上往下看去，看到卫兵已经根据他的命令在特定海滩上就位了。他没有给他们任何理由。由于担心公爵的精神状况，哥尼、杜菲和邓肯一直像厄崔迪雄鹰那样紧盯着他，但雷托知道如何让他们分心。

金色的太阳在湛蓝的天空中高高升了起来，但仍有一道阴影笼罩着他。公爵穿了一件白色短袖外衣和蓝色工装裤，这是一身舒适的衣服，没有符合公爵身份的装饰物。他深吸了一口气，凝视着前方。也许他可以短暂地当一回普通人。

杰西卡匆匆跟在他后面，身上穿着一件浅绿色的低胸单衣。“你在想什么，大人？”她的脸上流露出深深的忧虑，好像在担心他会像凯莉娅那样跳下楼去。也许是哈瓦特派她来查看一下情况的。

雷托看到海滩上成群的卫兵，露出了淡淡的微笑。毫无疑问，如果他这打算从悬崖上跳下去，这些人都会用自己的胳膊接住他的。

“我是在分散他们的注意力，这样我就可以离开了。”他看着她的鹅蛋脸。但杰西卡接受过贝尼·杰瑟里特的训练，所以不会那么轻易上当——他也知道最好不要去骗这个女人。“我已经听够了谈心、建议，受够了压力……我需要逃到一个能让我平静的地方去。”

她把手抚在了他的胳膊上。

“如果我不让他们分心，”他说，“他们一定会派一堆卫兵跟着我。”在下面，邓肯·艾达荷开始用他在吉奈斯学校学到的技术训练起那些卫兵来。雷托转过头来继续说道：“现在，也许，我能逃走了。”

“哦？那我们要去哪里？”杰西卡非常自信地问道。雷托对她皱起了眉头，但他还没来得及反对她的陪同，她就打断了他：“大人，我不会让你一个人去的。你是愿意带着一大堆卫兵，还是只带着我？”

他想了想她的话，叹了口气，指了指附近停机坪边上的绿顶扑翼机：“我想比起整支军队来，还是带着你吧。”

他穿过干草地时，杰西卡就跟在他的身后。悲伤仍时不时地从他身上流露出来。他甚至考虑过答应特莱拉人为了维克多的死灵而索要的不公平条件，这让杰西卡明白，他已经接近疯狂的边缘了。但最后，雷托还是做出了正确的决定。

她希望这是他康复的第一步。

机库里停着不少扑翼机，有的已经打开了引擎盖，机械师站在浮空平台上干活。雷托特意走到一架翠绿色外壳的扑翼机前，机翼下面是红色的厄崔迪老鹰标志。在离地面较低的地方有一个前后双座位驾驶舱，而非标准的正面或并排座位。

一名身穿灰色工作服的男子把头伸进了引擎室里，但看到公爵过来，他又把头伸了出来，说道：“最后还需要几次调整，大人。”他的上嘴唇剃得干干净净，脸上却有一圈银白色的胡须，这让他看起来像个猿人。

“谢谢你，基诺。”雷托有些心烦意乱，伸手抚摸起光滑的机舱盖来。“这是我父亲的竞赛扑翼机，”他对杰西卡说道，“他称其为绿鹰。我就是在这里面接受训练的，我和父亲一起驾驶绿鹰，在空中环飞、陡降和翻滚。”他露出一个苦乐参半的微笑。“看到公爵和他唯一的继承人冒这样大的风险，杜菲几乎都要疯了。我想我父亲就是为了激怒他。”

杰西卡检查了一下这艘不寻常的飞船。它的机翼很窄，向上弯曲着，机头分裂成两个空气动力学组件。机械师完成了调整，盖上了引擎盖，说道：“都准备好了，大人。”

雷托公爵扶着杰西卡坐进了后排座位，然后爬到了前排。她系上了一根安全带，雷托则系上了另一根。发动机发出嘶嘶声，他把这架光滑的飞机从机库开到了宽阔的赭色停机坪上。基诺跟在他们后面挥手。暖风轻轻拂过杰西卡的头发，直到座舱盖滑上为止。

雷托摸了摸控制杆，开始熟练地忙活起来——他全部注意力都放在了扑翼机上，没有理睬杰西卡。绿色的机翼因喷气推进而缩了进来，巧妙地交错在一起。涡轮引擎轰鸣着，飞船径直升上了天空。

机翼伸展开来，几乎要伸到扑翼机的尾部了，然后雷托猛地向左倾斜，低低地飞到了海滩上，他的士兵正列队等候在那里。当公爵垂下翅膀飞过他们头顶时，他们抬起头来，一脸惊讶。

“他们会看到我们沿着海岸线向北飞行，”雷托对杰西卡喊道，“但是我们离开他们的视线后，我就会往西走。他们不会……他们不会跟着我们的。”

“那我们就很孤单了。”杰西卡希望公爵的心情会随着这次荒野之旅而好转起来，但不管怎样，她还是要留在他身边。

“我本来就很孤单。”雷托回答。

扑翼机侧过机身，飞过了庞迪稻田和小农场。翅膀伸展到能展翅高飞的长度，然后开始像大鸟一样拍打起来。在他们下面是果园，狭长的斯尤比河，以及一座同名的大山——那是这座平原上的最高点。

他们向西飞了一下午，没有看到有别的飞船跟过来。地形也发生了变化，变得更加崎岖多山。雷托在一个高山湖边看到了一个村庄，他看了看仪表，改变了航向。很快，群山被长满青草的平原和陡峭的峡谷所取代。不一会儿，雷托翻转了机翼，向右侧飞去，直奔一个很深的河谷而去。

“这里是阿伽门农峡谷，”雷托介绍道，“看到梯田了吗?”说着他指向一边：“它们是由古卡拉丹的原始人建造的，他们的后代至今仍住在这里。只是很少被外人看到。”杰西卡仔细地观察着，看见了一个棕色皮肤，长着一张又黑又窄脸庞的男人，他很快便躲进了一个岩洞里。

雷托飞离了悬崖，继续往深处飞去，前方出现了一条白浪汹涌的大河。天色渐暗，他们掠过湍急的水流，在狭窄而蜿蜒的峡谷穿梭着。“这里可真美啊。”杰西卡感叹道。

在一个支流峡谷里，河水逐渐减少，露出了奶油色的沙滩。扑翼机收起翅膀，轻轻晃了几下，停在了沙滩上。“我父亲和我过去常来这里钓鱼。”雷托边说边打开扑翼机一侧的舱门，取出一个高大的自动装置，它自己立了起来，向沙滩底下发射了稳定桩。他们搭建了一个气垫，又拿来一个双人睡袋，把行李和食物都带了进去。

他们一起坐在河岸上聊了一会儿，傍晚的阴影笼罩着峡谷，气温开始下降。他们偎依得更近了，杰西卡那头青铜色的头发贴在他的脖子上。大鱼逆着水流而上，径直在他们面前跳了起来。

雷托保持着阴郁的沉默，这使得她往后缩了缩，盯着他烟熏般的灰色眼睛。她感到他手上的肌肉绷紧了，于是靠了过去，给了他一个长长的吻。

杰西卡违背了她在圣母学校里受过的所有教导，背弃了莫希阿姆对她的所有告诫，她发现自己甚至打破了贝尼·杰瑟里特的一个最主要的戒律。她忘了她的使命，忘了她对姐妹会的忠诚，杰西卡让自己爱上了面前这个男人。

他们紧紧地拥抱在一起，雷托久久地凝视着河边。“我仍然会做噩梦，”他说，“我的眼前只有维克多、隆博……还有火焰。”他把脸埋在双手里。“我以为我逃到这里，就能避开那些鬼魂了。”他看着她，神情阴郁，“我不该让你跟我一起来的。”

狂风开始掠过狭窄的峡谷，吹打着帐篷，片片乌云在头顶盘旋。“我们最好在暴风雨来之前进去。”他急忙走过去关上了扑翼机的舱门，结果刚回来就下起了大雨。他差点被淋成落汤鸡。

他们在帐篷里一起吃了一顿温暖的晚餐。然后雷托躺到了双层气垫上，仍然觉得很不舒服，杰西卡靠了过来，又开始吻他的脖子。外面，暴风雨越来越大，似乎想要干扰他们的好事。帐篷经受着风吹雨打，发出哗啦哗啦的响声，但杰西卡感到的只有安全和温暖。

当他们在那个暴风雨的夜晚疯狂做爱时，雷托紧紧地抱住了她，就像一个快要溺水的人抓住救生筏一样，希望能在飓风中找到一个安全的小岛。杰西卡回应了他的绝望，但又有些害怕他的激情，几乎无法应对他炽热的爱。他自己现在就像一场风暴，不受控制，不可抗拒。

姐妹会从来没有教过她这种事。

杰西卡在情感上饱受煎熬，但她最终还是下定了决心，把她所能给予的最珍贵的礼物给了雷托。她用贝尼·杰瑟里特技术操纵自己身体的化学成分，在脑海中想象他的精子和她的卵子结合……她让自己怀孕了。

尽管姐妹会明确指示她要生一个女儿，但杰西卡还是一再推迟，反复考虑，花了一个月又一个月的时间来思索这个最重要的决定。但经过了这一切，她意识到她再也不忍直视雷托的痛苦了。她必须为他做这件事。

雷托·厄崔迪公爵会再拥有一个儿子的。

我的孩子们将如何记住我？这才是如何衡量一个人的真正标准。

——阿布鲁尔德·哈克南

距离男爵那座四方城墙的堡垒不远的地方，一艘工业飞艇高高飘浮在阴沉的天空中。

在这艘飞艇的巨大货舱里，就在敞开舱口的正上方，格洛苏·拉班呈大字形悬在半空。要不是有手铐铐住了他的手腕和脚踝，他早就掉进下面哈克城里了。他的蓝色制服被撕破了，脸也因为与克鲁比队长的士兵发生冲突而瘀青血肿，克鲁比队长的士兵是根据男爵的命令制服他的。用了六七个最魁梧的卫兵才控制住了这只“野兽”，而且他们下手一点也不留情。现在，这个残暴的人浑身上着锁链，左右挣扎，好像想找点什么东西咬，或是找个人吐他一脸唾沫。

一阵风从敞开着的舱门里吹进来，哈克南男爵靠在栏杆上，冷静地注视着他的侄子。胖男爵那双像蜘蛛一样黑的眼睛就像两个深深的洞：“我允许你杀死我的兄弟了吗，拉班？”

“他只是你同父异母的兄弟，叔叔。而且他是个傻瓜！而我认为没有他我们会更——”

“不要总认为，格洛苏。你不擅长这个。选择回答我的问题。我允许你杀死哈克南家族的一个成员了吗？”

拉班的回答不够快，于是男爵拉动了控制面板上的一根杠杆。拉班左脚踝上的脚镣打开了，现在他只剩下一条腿在半空晃荡着了。拉班拼命扭动着，大声尖叫起来，但什么也做不了。男爵发现这确实是增加犯人恐惧感的一种原始且有效的方法。

“不，叔叔，我没有得到你的允许！”

“不，什么？”

“不，叔叔……我是说不，大人！”这个壮汉的脸痛苦地抽搐起来，他绞尽脑汁地想着正确的词语，试图理解他叔叔想要听什么。

男爵通过通信器和飞艇驾驶员说道：“带我们到我的要塞上空，在平台上空五十米处盘旋。我认为那里的仙人掌园可能需要一些肥料。”

拉班抬起头来，露出一副可怜相来，说道：“我杀了我的父亲，因为他非常软弱。他这一辈子都在给哈克南家族带来耻辱。”

“你的意思是，阿布鲁尔德不强大……不像你我？”

“是的，男爵大人。他没有达到我们的标准。”

“所以现在你就决定称自己为野兽。是吗？”

“是的，嗯——我是说，是的，大人。”

通过打开的舱门，哈克南男爵可以看到要塞的塔尖。在他们的正下方是一个花园露台，他有时就喜欢坐在那里，坐在沙漠多刺植物的中间，独自享用丰盛的大餐。“如果你往下面看，拉班——是的，我相信你现在视野比我要好——你可以看到我今天早些时候对花园做的一些改造。”

就在他说话的时候，拉班一眼看到仙人掌旁边的泥土里，插着很多根军用长矛，金属尖闪闪放光。男爵继续说道：“看我为你种了什么？”

身上就剩下三只手铐的拉班扭动着身子，脸上充满了恐惧。

“看看那些长矛的尖儿。如果我现在把你扔下去，你正好会被中间的那根长矛刺穿。但如果我稍微失手，错开了一点，我们仍然可以获得得分，因为每一支长矛上都写着分数呢。”他摸了摸上嘴唇，“嗯，也许我们可以把扔奴隶作为一项竞技活动介绍给我们竞技场的观众。这真是一个令人兴奋的新项目啊，你不觉得吗？”

“大人啊，请不要这样。你需要我！”

男爵用冷淡的目光俯视着他：“我为什么会需要你？我有你的小弟弟费伊德－劳萨。也许我会让他做我的指定继承人。等他像你这么大的时候，他肯定不会像你犯那么多错误。”

“叔叔，求你了！”

“野兽，你要学会随时留心听我的话。我从来不瞎说。”

拉班扭动着身子，铁链叮当作响。当他绝望地想说些什么的时候，冰冷的烟雾飘进了飞艇里。“您是想知道这是不是一个好游戏？是的，嗯，大人，这游戏确实非常巧妙。”

“这么说，把它设计出来的我很聪明喽？我要比你聪明多了，是吧？”

“比我聪明无数倍。”

“那就永远不要反对我。懂了吗？我总是比你领先十步，准备好你永远想不到的惊喜吧。”

“我明白了，大人。”

男爵看着侄子脸上那可怜巴巴的恐惧神情说道：“很好。我现在就把你放了吧。”

“等一下，叔叔！”

男爵摸了控制面板上的一个按钮，结果喇叭两个手臂上的镣铐都被打开了，拉班现在只剩下右脚踝还铐着，整个人倒挂在空中。“糟糕。你觉得我是按错键了吗？”

拉班尖叫道：“没有！您是在教训我！”

“那你吸取了教训了吗？”

“是的，叔叔！把我拽上来吧。我将永远照您说的去做。”

男爵走进了驾驶舱，命令道："现在带我们到我的私人湖上去。"

飞艇继续在这片土地上滑翔，一直滑翔到了一个人造池塘，停在了它肮脏的水面上。按照先前的命令，操作员下降到距离水面十米的高度。

看到等待着他的是什么，拉班拼命试着用那唯一的脚镣把自己拉起来。"没必要这样对我，叔叔，我现在明白了——"

当剩下的镣铐被打开后，拉班的话在锁链的哗啦声中消失了。这个魁梧的壮汉扑通一声，尖叫着落到了下方的水里。

"我想我有个问题一直没来得及问，"当拉班从舱口掉下去的时候，男爵从飞艇里冲他喊道，"你会游泳吗？"

克鲁比的人带着救援设备就驻扎在湖边，以防万一。毕竟，男爵不能拿这个唯一受过他训练的继承人的生命冒险。虽然他永远不会向拉班承认这一点，但他实际上也为阿布鲁尔德的死而感到高兴，谁叫他害自己损失了那么一大笔香料呢。拉班对自己的父亲所做的事需要很大的勇气——勇气和冷酷。而这是很好的哈克南家族传统。

*但我要比你更无情。*当那艘飞艇飞回停机坪时，男爵心想。*我刚刚证明了这一点，这样他就不会试图谋害我了。"野兽"拉班只能去捕食弱者。而且只有在我给他下令的时候。*

不过，男爵面临着一个更大的挑战，那就是他的身体仍在一天天地衰弱下去。他一直在服用进口的能量补品，这些补品能帮助他延缓虚弱，腹部的逐渐肿大也得到了控制——但为了维持这种效果，他需要摄入的药物剂量是越来越大了，而副作用却未知。

男爵叹了口气。在没有好医生的情况下，要给自己用药实在是太难了。共有多少医生因为无能而被自己处死？他都已经快要记不清了。

有人说，对某个东西的期待比得到这个东西本身更好。在我看来，这完全是一派胡言。任何傻瓜都能对奖品产生想象。我渴望有形的东西。

——哈什米尔·芬伦，《来自厄拉科斯的信》

这条机密信息通过一个又一个信使、一艘又一艘运航机，几经曲折才传到了厄拉奇恩的驻地——好像研究大师希达尔·芬·阿吉迪卡故意拖延似的。

很奇怪，因为特莱拉已经拖延二十年了。

芬伦急于阅读信息圆筒里的内容，心说如果阿吉迪卡胆敢再找什么借口，他就会拿出一系列的惩罚措施。他快步跑向了他位于大厦顶层的私人书房。

现在那个小侏儒又会发什么牢骚，扯什么谎话呢？

闪着微光的屏蔽场把窗外刺眼的阳光变得暗淡无光，芬伦一边哼歌，一边解码信息，这是个冗长乏味的工作。信息筒的基因锁使得它只会因为他的触摸而打开，这是一项无比精妙的技术，他怀疑特莱拉人是不是在向自己炫耀他们的能力。这些小侏儒并不无能……仅仅是烦人而已。他预计信中会有更多关于实验室材料的要求，以及更多的空头承诺。

解码结束了，但他发现里面的文字仍旧是看不懂——最后芬伦才发现它们还有一层二级加密。他感到很是不耐烦，然后又花了十多分钟的时间去解码这些字。

当真正的文本终于出现时，芬伦用他那双过大的眼睛盯着。他眨了两眼，然后又读了一遍阿吉迪卡的纸条。他完全惊呆了。

他的卫队长威洛布鲁克出现在了门口，对这条重要的信息感到十分好奇。他知道伯爵经常为沙达姆四世策划一些阴谋和秘密行动，但是他也清楚自己不能问太多的问题："芬伦主人，您需要叫一顿工作餐吗?"

"滚开，"芬伦头也不回地喊道，"不然我就把你调到迦太格的哈克南总部去。"

威洛布鲁克头也不回地走掉了。

芬伦拿着信息筒向后靠了靠，脑海中闪现着刚才看到的每一个字，然后销毁了这张硬邦邦的纸条。他将非常乐意把这个消息转达给皇帝。终于。他咧开那张薄薄的嘴唇，笑了起来。

甚至在沙达姆的父皇去世之前，这个计划就已经开始了。如今，几十年过去了，这项工作终于结出了果实。

"芬伦伯爵，我们很高兴地向您报告，开发进入了最后的阶段，结果似乎满足了我们的期望。我们相信，奥马尔项目已经成功，下一轮严格的测试将证明这一点。我们希望在几个月内全面投产。

"很快，皇帝将拥有他自己的廉价的、取之不尽用之不竭的美琅脂——一个新的垄断将把帝国的全部力量都置于他的脚下。所有在厄拉科斯上的香料采摘行动都将变得无关紧要。"

芬伦努力抑制住自己满意的笑容，走到窗前，凝视外面尘土飞扬的厄拉奇恩大街，看着外面那令人难以置信的干燥和炎热。在人群中，他辨认出了身着蓝色制服的哈克南士兵、衣着光鲜的水商、脏兮兮的香料工人、傲慢的牧师和衣衫褴褛的乞丐，而所有的这些人的人生都完全基于一种商品。那就是香料。

很快，香料对任何人来说都不重要了。厄拉科斯，纯天然的美琅脂，都将成为过时的历史名词。没有人会再关心这个沙漠星球了……他也终于可以把精力转移到其他更重要的事情上了。

芬伦深深地吸了一口气。离开这片沙子的感觉一定会很好。

虽然死亡会终结生命，但在这个世界上，活着是一件光荣的事情。

——保卢斯·厄崔迪公爵

一个人不应该参加自己孩子的葬礼。

雷托公爵穿着正式的葬礼服，站在厄崔迪葬礼驳船的船头上，他摘下了自己所有的勋章，哀悼他失去了唯一的儿子。在他的身边，杰西卡披上了一件黑色的贝尼·杰瑟里特长袍，但这并不能掩盖她的美丽。

在他们身后，一长串的船只跟着葬礼船，所有的船上都装饰着五颜六色的鲜花和丝带，以纪念一个男孩的一生，虽然这一生被不幸地缩短了。士兵们并排站在护航船只的甲板上，手持仪式用的金属盾牌。太阳冲破了乌云密布的天空，盾牌的光芒耀眼夺目。

雷托悲伤地凝视着镀金的鹰形船首，眼前只有卡拉丹的海洋。而维克多热爱这片大海。在远处，在大海消失在弯曲的地平线上的地方，雷托看到了闪烁的风暴和天空中的明亮闪光，也许这是那群电子章鱼来引领男孩的灵魂了吧，它们会把他带到一个未知的地方，就在波涛汹涌的海浪之中……

对于厄崔迪人来说，世代以来，生命本身都被尊崇为终极的祝福。厄崔迪家族的人会计算一个人在活着的时候所做过的事情——那些他可以亲身体验并用所有的感官去感受的事情。一个人的成就远比虚无缥缈的来世重要。有形的比无形的更重要。

哦，我是多么想念你啊，我的儿子。

在他与维克多共同度过的短暂岁月里，他试图给这个男孩灌输力量，就像他自己的父亲为他所做的那样。每个人都必须要有能依靠的力量，能去帮助自己的同志的力量，但又不能过分地依赖它们。

但我今天需要全部的力量。

一个人不应该参加自己孩子的葬礼。自然秩序被打乱了。虽然凯莉娅不是他的妻子，维克多也不是正式的公爵继承人，但雷托想不出比这更可怕的事了。为什么他是那个活下来的人，那个忍受真相和可怕失落感的人？

成群的船只驶向遥远的近海珊瑚宝石海床，多年前雷托和隆博曾在那里潜水，有一天雷托会带着自己的儿子去那里。但维克多最终没有等到那一天，雷托无法兑现他对小男孩许下的所有承诺了，无论是言语上的还是在心里的……

厄崔迪的葬礼船往高处升了好几层，最终变成了一座令人印象深刻的漂浮着的纪念碑。在顶层，足有十五米高的巨大卡布祖贝壳里燃烧着鲸油。在那里面，维克多的尸体躺在一个金色的棺材里，周围都是他最喜欢的东西——一个毛绒萨鲁撒公牛玩具，一个橡胶头的羽毛长矛，胶片书，游戏，他从海边收集来的贝壳。许多大家族的代表也送来了包装好的礼物。这些小玩意儿和纪念品几乎淹没了这个孩子保存完好的娇小身体。

鲜艳的花朵、绿黑相间的三角旗和长长的丝带装饰着镀金的葬礼船。人们捐赠的绘画和艺术家亲笔画的画卷描绘了骄傲的雷托公爵把他刚出生的儿子高举在头顶，教他斗牛……和他一起在码头钓鱼……保护他免受电子章鱼的攻击等景象。在其他画作中，维克多坐在妈妈的腿上，做学校布置的功课，或是抓着风筝线在跑步。然而，最令人心痛的却是几块空白的画板，这些空白的部分代表了维克多一生中没有经历过、也永远不可能经历的事情。

船只到达了暗礁，船员们下锚使驳船固定。随行船只都围在了葬礼驳船周围就位，邓肯·艾达荷驾驶着一艘小汽艇绕到船头，在船边停泊下来。

厄崔迪士兵们开始敲起他们的仪式盾牌来，声音越来越高，在海浪中回荡。厄崔迪公爵和杰西卡低着头站在一起。凛冽的风吹打在他们的脸上，刺痛了雷托的眼睛，弄皱了杰西卡的黑色长袍。

过了很长一段时间，公爵才站直了身子，深深地吸了一口气，想用海风驱走眼泪。他抬头看了看驳船的顶层，他的儿子就躺在那里。一束明亮的阳光在金色的棺材上闪烁着。

慢慢地，雷托将双手举向天空。

盾牌的碰撞停止了，人群安静下来。波浪拍打着小船，远处头顶上一只孤独的海鸟鸣叫起来。邓肯·艾达荷的小艇引擎发出了稳定的呜呜声。

公爵的一只手里拿着一个按钮，他按下了它。火红的烟囱向维克多倾斜过来，把燃烧着的油倒在他的棺材上。几秒钟后，葬礼驳船的顶层就被大火吞没了。

邓肯扶着杰西卡上了小汽艇，雷托随后也加入了他们。他们解开了葬礼驳船的绳索，熊熊燃烧的火焰愈加明亮起来，他们看着驳船渐渐漂向了远方

“结束了。”雷托说道，但眼睛却始终没有离开那团火焰，邓肯操纵着小艇加入了随行船队。

公爵看着那团黄橙色的火焰吞噬了整艘驳船，喃喃地对杰西卡说道：“我对凯莉娅再也怜爱不起来了。现在只有你给了我生存下去的力量。”雷托已经向阿曼德·埃卡兹大公表示了歉意，拒绝了他的女儿伊莱萨的求婚——至少暂时拒绝了——大公也悄悄地收回了求婚。

杰西卡被他的话深深地打动了，她向自己保证，如果雷托不愿意做出承诺，她就不会强迫他做出承诺。她得到了自己所爱的男人的信任，这就足够了。你是我唯一的男人，她心想。

她不敢让姐妹会知道她的腹中怀了一个男孩，等到她们发现出手干预为时已晚时再说吧。莫希阿姆给了她明确的指示，却没有向她解释杰西卡的女儿在宏伟计划中的位置。

但雷托非常想再要一个儿子……葬礼后，她会告诉他自己怀孕了——仅此而已。他至少应该知道这一点，这样他就可以指望再拥有一个儿子了。

当葬礼驳船那团火焰渐渐远离开时，雷托公爵感到他的决心也增强了。虽然他相信杰西卡，信任她且深爱她，但这悲剧给他留下了太多的伤痕，他知道他必须永远保持一个有尊严的距离。

他父亲告诉他，一位厄崔迪公爵总会与他的女人生活在不同的世界里。作为一个伟大家族的领袖，雷托的首要职责是保护他的人民，他不能让自己与任何人太过亲近。

我是一座孤岛，他这么想着。